去野

唯酒 著

上

四川文艺出版社

图书在版编目（CIP）数据

去野：全二册 / 唯酒著 . -- 成都：四川文艺出版社, 2024.6. -- ISBN 978-7-5411-6982-3

Ⅰ. I247.5

中国国家版本馆 CIP 数据核字第 2024KN5406 号

去野：全二册
QUYE

唯酒 著

出 品 人	冯　静
责任编辑	梁祖云
特约编辑	裴欣怡
装帧设计	Insect　孙欣瑞
责任校对	段　敏
出版发行	四川文艺出版社（成都市锦江区三色路 238 号）
网　　址	www.scwys.com
电　　话	0731-89743446（发行部）　028-86361781（编辑部）
排　　版	长沙大鱼文化传媒有限公司
印　　刷	长沙鸿发印务实业有限公司
成品尺寸	145mm×210mm　开　本　32 开
印　　张	18.5　字　数　607 千字
版　　次	2024 年 6 月第一版　印　次　2024 年 6 月第一次印刷
书　　号	ISBN 978-7-5411-6982-3
定　　价	65.80 元

版权所有・侵权必究。如有质量问题，请与大鱼文化联系更换。0731-89743446

目 录 / CONTENTS

上册

Chapter 01 · 辛德瑞拉 /001

Chapter 02 · 千梓街的少年 /040

Chapter 03 · 校园乐队 /072

Chapter 04 · 哥哥的保驾护航 /120

Chapter 05 · 美貌的烦恼 /170

Chapter 06 · 不同人的十七岁 /199

Chapter 07 · 少年的心思在发芽 /247

目 录 / CONTENTS

下册

Chapter 08 · 奋战高考 /283

Chapter 09 · 借你的梦想一用 /321

Chapter 10 · 青春的盛夏 /348

Chapter 11 · 没有什么能阻止小鹿 /370

Chapter 12 · 必要的分别 /397

Chapter 13 · 一晃七年过去了 /415

Chapter 14 · 少年的爱永远高贵 /456

Extra 01 · 阳光灿烂的生活 /487

Extra 02 · 周骛和周五 /513

Extra 03 · 去疯,去野 /536

Special extra · 奇妙互换之旅 /572

Chapter 01
辛德瑞拉

............❤............

台风将至，雨下得密匝又诡异，几只小鸟立在交纵的电线上扑扇翅膀，画面远看像褪色的电影海报。

这是 2013 年的苏州，夏天。

巷子里空无一人。

月亮掉进水坑，鹿苑撑着小黑伞，踩碎月光，步履匆匆向家赶去。

天灰蒙蒙的，唯有一抹亮黄立在墙角尤其扎眼，是邻居遗落的金橘盆栽，果实被风吹得摇摇欲坠。

她驻足两秒，然后将纤长的腿伸出伞外，精准地"踹"了上去，花盆顺着雨水顺利滑到屋檐下，终于消停。

鹿苑拐进自家院子，踩着木梯上楼。

屋内亮着灯，她进门第一件事就是把湿透的鞋袜脱了。暴雨的夜晚温度很低，她的小腿和脚被冷雨冻得白到发青，冷冰冰的。

鹿苑怕弄脏地毯，赤脚踩在自己的帆布鞋上，但地毯上很快又多了一摊从她鞋子里流出来的水。

在她的帆布鞋旁边，有一双干净的男生的白球鞋，是周骛的。

主卧门打开，人尚未出来，但声音先冒了头："苑苑，你回来了？"

鹿苑回应："嗯。"

周婕穿着绛红色的亚麻长裙，身姿绰约。她走至鹿苑身边，手掌放在她头发上摸了摸，是湿的，又问："吃饭了吗？要不要我——"

鹿苑不太习惯被不亲近的人触碰，避开了周婕的掌心，小声道："吃过了。我先上楼换衣服了。"

"去吧，别感冒了。"周婕站在楼梯口，目光追随着鹿苑的背影，目光里流露出一丝顾虑。

楼上很安静，隔壁周骛的房间悄无声息，只有门缝里溜出一缕光。

鹿苑洗完澡回到卧室，从书架上拿出一包饼干拆了，手机里多了两条好友林鲸发来的消息。

林鲸：【到家了说一声。】

林鲸：【你晚上吃什么？】

鹿苑拍了张饼干的照片发过去：【吃这个。】

屋外倏忽狂风大作，树的枝丫打在窗户上发出奇怪的声音，她起身把窗户关严。

林鲸又问：【只吃饼干？没有别的东西吗？】

鹿苑嘴里叼着片饼干回复：【不是，不想麻烦。】

如果她说自己没吃晚饭，周婕肯定会拉着她在厨房坐下，陪她用餐。

但她宁愿饿肚子，也不愿与对方尴尬相处。

事情要从一个月前，她老爸鹿正元宣布再婚说起。

鹿正元忙于生意，单身多年，鹿苑从未听说过他有再次成家的念头，本以为他就万花丛中过，片叶不沾身到底了，没想到半路杀出个程咬金。

再婚消息传出后，奶奶就千叮咛万嘱咐："妹妹，千万不能在阿姨面前耍小性子，否则你会很不开心。"

鹿苑对这件事没有概念，也没想象自己有个后妈会是什么样，但是她并没有被奶奶吓唬住，如果谁欺负她，她就欺负回去，《甄嬛传》谁还没看过。

婚礼前，鹿正元安排一家老小和女方吃了顿饭。

那是鹿苑第一次见到周婕。

和她预想中的继母形象有很大的出入。周婕看上去只有三十几岁，肤若凝脂，眉眼尖细，一头秀发披散在肩头，浓浓的美女氛围感扑面而来。

鹿苑对她无感，不尴不尬地叫了一声"阿姨好"就移开了视线。

鹿正元不满意，大概觉得鹿苑不够给他长脸："这就完了？平时教你的礼貌呢?"

周婕赶紧打断鹿正元:"好啦,你不要为难小孩子。苑苑跟我第一次见面能说什么?以后慢慢相处不就好了。"

鹿正元顺着她给的台阶下,开始夸女儿:"苑苑这孩子其实很乖。她小提琴练得不错,改天让她给你拉一段。"

周婕看着对面垂头的小姑娘,说:"是吗,我也觉得苑苑很合我眼缘。"

鹿正元乐得一笑。

鹿苑一个人坐在末端,听着大人们觥筹交错间的互相恭维,以及鹿正元迫切的待娶心情,心中多了一些对未来生活的茫然。

开席前,他们说起另外一件事。

周婕有个儿子,也要转来这座城市上学,鹿正元已经托关系把人弄进了鹿苑在读的高中。

鹿正元对鹿苑说:"周骛哥哥比你大一点,成绩很好,你以后可要跟人家好好的啊。"

鹿苑对那什么"周五"还是"周六"的并不感兴趣,只在心中腹诽:《甄嬛传》又添加一枚种子选手啊。

鹿正元吩咐服务员上菜,又看了看表,问周婕:"对了,小骛怎么还没到?"

周婕说:"去商场了,马上就来。"

鹿苑觉得有点闷,起身去上厕所,又在露台玩了会儿手机,待凉风将她脸上的潮热全都拂去才折返。

酒店包厢的名字一般都叫"上善若水""至善至美"……让人云里雾里。

她在脑海里搜寻了好半天才想起自己刚刚是从哪一间出来的。

正要开门,就和一个男生相撞了,还撞掉了他怀里的芭比娃娃。

"对不起。"

两人异口同声给对方道歉,鹿苑鼻尖嗅到清淡的皂荚香,来自男生身上。

视线向下,她看到男生蹲下捡东西,干净的发旋,薄薄的脊背,耸起的肩胛骨像一匹蓄势待发的幼狼。

伸出的一截手腕有着坚硬的骨骼感,手掌窄长,骨节明晰。

一个身材高大的男孩子。

就是兴趣略微另类了点，这个年纪还玩芭比，啧。

周婕听到门外的动静，将面面相觑的两个高中生迎了进去。

这个男生就是周婕阿姨的儿子。

"你干什么去了，怎么来这么晚？"周婕低声问询，顺手帮他整理着衬衫领口。

周骛还没来得及讲话。

"小骛别站着了，快坐下吃饭吧。"鹿正元坐在主位热情道。

周骛的位置被安排在鹿苑旁边，有人问询迟到的原因，他开口："听说鹿叔叔家有个小妹妹，我去挑了件礼物。"

说着，他把芭比拿了上来。

鹿正元哈哈大笑："小骛真细心。不过她只比你小半年，算不上小妹妹。"

鹿苑也无语地碰了碰鼻尖。

周骛毫无窘迫之意，抿嘴轻笑，淡定说道："是吗？看来我的信息有误。"

"还愣着干什么，周骛哥哥给你买了礼物。"鹿正元忙叫鹿苑，语气强势，意思是叫她起身道谢。

"哦，谢谢。"鹿苑像个工具人被支配着，第一次正面看周骛的脸，"但是我没有给你准备礼物。"

"没关系，今天的主角不是我们。"

周骛看着她笑，眼睛澈亮，浓黑的睫毛投下的阴影掩着瞳仁，俊朗如山涧的清风明月，亦好看得像个假人。

鹿苑也不自觉地跟着假笑了一下。

众人道："瞧瞧，这两个小孩多懂事啊。"

因为鹿苑和周骛的表现良好，这个新组合家庭愉快地吃了饭。鹿正元和周婕本来担心两个孩子对彼此不接受，不过目前看来，这个问题并不存在。

之后，他们举办了婚礼。

周婕带着周骛正式搬入鹿正元在燕家巷的独栋小楼里。

宫斗剧并未在家里上演，周婕也不是灰姑娘的恶毒继母。

相反，她知书达理、温柔和善，甚至对鹿苑表现出若有若无的刻意和讨好。

周骛无论是长相还是脾性，都随周婕，是个一身清白的少年，看见她时常会露出友善的笑。

但她和他们之间始终隔着一层透明的膜。

鹿苑敏锐地察觉到自己神经里的一丝怅然若失。

老爸有了伴侣，把对她的关注转移得一干二净，就连她住了十几年的房子，每个角落都填满周婕生活的细节……一切都让她很不自在。

这种迷茫她不知道怎么排解。

可她不是个小孩子了，清楚自己在老爸心中的分量会越来越低，她不想主动去印证这一点。

从周婕母子搬进来的那天开始，鹿苑就很少待在家里，电玩城、朋友家、图书馆……各处流连，回去得越来越晚，尽量避免碰面。

这一个月来，除了偶尔如今晚这般撞见，一切顺利。

甚至她都没见过周骛几面。

不知这位"受害者"是不是和她一样，昼伏夜出。

鹿苑的变化鹿正元一直未发现，婚后的他不再只是单亲父亲，更是一个陷入恋爱的中年男人。

明明是自己的家，却要躲着别人，朋友觉得这样很奇怪，问她："你准备这样到什么时候啊？"

鹿苑穿着吊带睡裙，坐在椅子上晃着腿，目光从柜子上的芭比上一扫而过："到开学就好了。"

放下手机，她又看了一眼，才发现那娃娃其实是辛德瑞拉。

"……"阴阳怪气大师！

8月底，十六中终于开学。

鹿苑人生第一次这么期待上学，最起码白天不用在家度日如年。

鹿正元和周婕因为要去公司，没有时间送他们，叫两个人自己乘公交车去学校，又叮嘱鹿苑给周骛指路，他今天是第一次去报到。

从燕家巷出来就是热闹的街区。公交站台，少年少女一前一后站着，出了家门就好似不认识。

连日暴雨过后，天终于放晴。

鹿苑的心情一如出笼，明媚又灿烂。

蝉鸣刺破浓荫，吟唱酷夏的热烈。

江南的早晨，微风裹挟着潮湿而来，拂过脖颈，像被雨打了般黏腻。

鹿苑披散的头发贴在脖子上，她从书包里掏出皮筋，把头发扎起来。

一不小心，皮筋从她指尖弹了出去，滚到一双白球鞋边上。

视线向上是笔直的腿，黑色运动裤，白T恤宽宽大大的，随意勾勒着少年挺拔的身形。

周骛站在垃圾桶旁，眼底的清润不知在何时褪去。鹿苑错愕了两秒，看到周骛动作娴熟地打着游戏，低垂着眼皮，清瘦面颊向里微微凹陷，满眼不耐烦。

此刻，他比她更没耐心装好学生。

鹿苑手指拽着书包带子，一时忘记怎么称呼对方，脱口而出："喂，帮我捡下皮筋。"

周骛看过来，微昂下巴，露出锋利的下颌轮廓。

"喂？"他黑漆漆的眸里涌现轻蔑，轻轻重复着她的用语，"你该叫我什么？"

202路公交车来了。

鹿苑踩着台阶上车，车厢里弥漫着雨伞捂湿的味道，有点难闻，她找了个位置坐下，打开窗户让风透进来。

那根掉在周骛鞋边的黑色皮筋她没有捡，脏了，她不要了。

卸书包的时候，看见周骛的鞋子走过她身边，带起一阵小风，和好闻的皂荚气息混杂在一起。

燕家巷距离十六中乘公交车有四站路，中间要经过一条横跨护城河的大桥。

好友林鲸在上高中前就跟着父母搬到了桥对面的小区，两人经常在公交车上偶遇。

这天经停时，鹿苑探出脑袋寻找林鲸，没看到她。但是沿途的风景不错，浓绿的梧桐树叶几乎掩盖了她目光所及的苍穹，偶有水滴落下，隔绝了热空气。

周骛偏头，但是很快被眼前的女生挡住视线。

她的双臂撑开，手握住被风吹飞的长发，校服衬衫随着她的动作向上拱起，隐约可见肩膀轮廓、蝴蝶骨、白色的内衣肩带。

女生的头发吹得他满眼都是，周骛抬手拨开，见鹿苑从书包里掏出一根皮筋，有个小麋鹿的装饰，她用牙齿咬着皮筋。

她后颈的皮肤，和清晨的阳光一样，白得晃眼。

陌生的城市，陌生的人，他忽然被周婕强行塞了进来。

一个月了，烦躁感丝毫没有减弱。

十分钟后，公交车在校门口停下。

鹿苑背起书包率先下了车，周骛走在她身后。

鹿苑迎着阳光，眉眼挑衅："我带你去办公室，会不会影响你装酷？"

周骛："？"

"麻烦你自己去探索宇宙吧。"

说完，她不等周骛反应，脚下生风似的走了。

一个女生冲鹿苑挥舞："小鹿。"

"鲸鲸！"她上去牵住对方的手。

那女生显然也非常兴奋，回握住她，两人一起汇入叽叽喳喳的高中生人群里。

林鲸假装无意向周骛瞄了一眼，轻声评价道："那是你阿姨带来的哥哥吗？长了一张'品学兼优'的脸喔。"

鹿苑哼笑："金玉其外，败絮其中。"

林鲸眨眨眼睛："发生什么了，你怎么这么讲？"

"不想讲这些烦心事了。"鹿苑凝眉片刻，又笑着问，"你知道你在几班吗？"

"不知道，一起去看吧。"

"走。"

在教职楼下的张贴榜上找到自己所在的班，鹿苑在七班，林鲸则是十七班。

鹿苑一口气爬上三楼，教室里的座位已经被占了一大半。扭着身体的，趴在桌边的，开学第一天大家难掩兴奋，姿态各异地聊着天。

鹿苑的个子在女生中算是比较高的，她在后门找了个座位。

虽然是新组的班级，但很多人以前是在一栋楼乃至一个楼层，都认识或者见过面，随便聊上几句，就熟悉起来了。

鹿苑现在心情不是很美丽，并不想说话，低头玩自己的手机。

半个小时过去，班主任还没有来。

坐在鹿苑前桌的是一个中长发女生，刚刚就听见她的声音最密集。只见她脸色突然不好，问身边的同学："你带那个了吗？"

"哪个？"

"我例假来了。"

"没有。我帮你问问别人。"

几个女生四处帮忙借，愣是找不出一个带卫生巾的人来。中长发女生看一眼鹿苑，动了动嘴唇，又泄了气似的转了过去，没勇气跟她开口。

鹿苑头没抬，在书包里找到个小布包，丢到那女生桌上，继续玩手机。

"谢谢！"女生语气里带着一丝侥幸和感激，如蒙大赦，拿起东西往教室外走。

待她上完厕所回来，鹿苑已经收起手机，手掌托腮看向走廊。

"刚刚谢谢你啊。"女生把小布包还给鹿苑。

鹿苑把东西收进书包里："不客气。"

"鹿苑，我高一的时候就知道你了。"女生微笑着道，"我叫宋缨。"她的手指在桌上比画，写自己的名字。

鹿苑没看清楚，想了想，问："'长缨在手，敢缚苍龙'的缨？"

女生眼底露出惊喜："你好厉害。这么久以来，你是第一个了解我爸对我寄予什么希望的人。"语气有点嫌弃，但不乏对自己名字寓意的骄傲。

鹿苑耸了耸肩膀，实话说："不是。我刚巧知道这句话而已，小秀一把。"

"哈哈！"宋缨感觉她的性格还挺可爱，并不如外表那般具有进攻性，"和你说话前，我还以为你是一个超级高冷的人呢。"

鹿苑："……你不是第一个这么说的。"

宋缨好奇地观察着眼前漂亮到过分的女孩子，她的皮肤是接近于透的那种白，光洁无瑕，鼻头挺翘，眼尾微扬，给人一种清冷的疏离感。

下半张脸却还未脱稚气，有点小狐狸或者小猫般的幼态，可爱又略显叛逆。

由此，她对鹿苑的刻板印象是觉得她不好相处。

鹿苑左边耳朵打了三个洞，有一个在耳骨上。

因为要上学，只是用透明耳针穿着。

依然很酷。

"你不怕被老师发现吗——"

宋缨话还没说完,教室后面传来一道刺耳的"刺啦"声响,是男生的球鞋摩擦瓷砖地面产生的。

几人在玩笑打闹,撞歪了好几张课桌,一个人跑向门口,迎面撞上一个戴着白色耳机的男生,把他装在裤兜里的手机连带耳机,一起扯着摔到地上,滚了老远。

黑色的手机屏幕顿时多了一张白蜘蛛网,裂了。

教室里静默了一会儿。

周骛手还抄在兜里,没有说话,但眼睛里已经流露出不耐烦,甚至还有微不可察的厌恶感。

那几个男生不是没读懂他的眼神,有些不爽,不太客气地问:"哥们儿,怎么说?"

周骛抬了抬眼皮,只说了一个字:"赔。"

为首的男生瞪大眼睛,以为自己听错了。弄坏别人的东西赔偿是天经地义的事情,他们并不是不想赔,但没遇到过这么跩的。

单纯看不惯。

"赔不起?"

周骛懒得浪费时间,捡起手机绕过他们,缓缓道:"算了。"

他的嘴毒得恰到好处,明目张胆地在看不起他们。十六七岁的男孩子最要面子,一个个跟炮筒子似的,一点就炸。

"你很嚣张啊!"

"都干什么呢?"教室前门被推开,班主任孔虎走了进来,带着他独特而又尖锐的嗓门。

此人在教师队伍里是出了名的脾气臭,奈何教学质量好。

他长得有些奇怪,一米七左右的个头,四肢纤瘦,但是脑袋和肚子却非常大,像一根行走的冰糖葫芦。

孔虎把玻璃杯往讲台上一放:"都在干吗呢?没事儿干了?你爸妈辛苦挣钱把你送到学校里来打架来了?都给我滚回座位去。"

周骛就近拉开了张椅子坐下。

那几个男生也相继回位,都不敢惹孔虎生气。

"一个个欠的,非得骂一顿才舒服。"孔虎张嘴就没好话,哪怕开学第一天也不屑于装,"我看你们活泼得很,买二斤炮仗给你们送上天吧。这都高二马上就高三了,高考还有几天?都会数数吧?"

众人被骂得像霜打的茄子。

"都打起精神来!"孔虎想起什么,看向刚围在一起的几个男生,都是什么货色他可清楚得很,又道,"储旭,说你呢,实在不想学你就睡觉,别欺负同学。"

被点名的男生不服气地把身体往后一仰,脚踹课桌横杠,前排的同学被他震得一抖,自觉地把椅子挪了挪。

孔虎:"你还不服气是吧?"

储旭:"老师,你怎么知道不是他欺负我?"

孔虎道:"人家今天第一天转学过来,能欺负你哪儿?"

这时大家才意识到,周鹜这张脸,此前从未在十六中出现过,于是纷纷扭头打量,满足自己的好奇心。

而被围观的人正偏头看向窗外,眼神散漫,不为所动。

但不妨碍大家得出结论:新同学长得好帅。

隔壁班的班主任来提醒:"孔老师,开会了。"

孔虎安排几人去领新书和新校服,又交代大家待到下午放学再离开学校。

他前脚刚离开教室,刚刚想揍周鹜的那男生就扭头朝储旭嚷嚷道:"虎哥什么意思?""虎哥"是他们给孔虎取的"江湖称号"。

储旭也一脸不爽:"我怎么知道!"

"什么叫我们欺负他?"另一个男生看热闹不嫌事儿大,"不显山不露水的,倒让虎哥为他说话,小心把你的校霸位置抢了。"

储旭挑了挑眉,不知道在想什么。

"噗!"

在玩手机的鹿苑笑出声来,实在没忍住。

校霸评选已经够"中二"了,听到男生亲口说出来,喜感程度简直翻倍。

储旭手里转着的黑色签字笔掉地上,问她:"小鹿,你笑什么啊?"

鹿苑当然不会承认自己在嘲笑他,她摸了摸鼻子,转移话题道:"也许,新同学不想当校霸,他只想当你爸。"

说完,她的目光和周鹜的就这么在窗玻璃上对了个正着。

他竟然就坐在她身后,瞳仁黑沉沉的。

这窗户也不知被谁擦得这么干净,她看清楚周鹜释放出的真实情绪。他的眼皮很薄,外眼角微垂,看着是很贱,还有些桀骜不驯的少年气。

怪不得储旭他们想揍他。

不过,她说错了吗?

鹿苑不急不忙地错开了眼神。

储旭和他的"中二"兄弟听了鹿苑的话,感觉有点道理,准备去找周鹜麻烦,等商量完才发现人早就走了。

"吓跑了?"

储旭说:"跑得了和尚跑不了庙。在学校里收拾不了他,我不信他一直不出校门。"

傍晚时分,落日余晖落在小鸟白色的翅尖上。

男生们把自己班级的书领回来,他们浑是浑,但干重活儿都义不容辞,绝不会让女生受累。

他们搬完东西准备去小卖部消费,在图书馆门口碰见刚出来的周鹜。

他们大汗淋漓,他倒是香喷喷的。

储旭叫住他,斜了眼:"事儿不解决就想走?"

周鹜站得笔直,单肩挂着黑色的书包,气息阴沉沉的,像个文弱少年。

"你想怎么样?"

储旭其实也没想好怎么办,毕竟是他们弄坏了他的手机,应该要赔的,但是不知为何,他现在就是好生气。

一个男生抓住储旭的手腕:"'存款',开学第一天打架不好吧,虎哥不得弄死你。""存款"是相熟的朋友给储旭起的外号。

"我知道!"储旭摸了把自己的脑袋。

他长得有点像年轻时候的苏有朋,又奶又凶,短发支棱着,哪怕在找人麻烦时也像一颗热情洋溢的海胆。

"我只服比我厉害的人,瞎嘚瑟的就老实挨揍。"

周鹜当然不会等着挨揍:"你想怎么样,说。"

"比一下篮球。"

周鹜:"……"

十六中的篮球场就在图书馆旁边。

储旭是校篮球队的，他提前说明："你要是不敢，就跟小爷我道个歉，原谅你上午的嚣张。"

周骛："快点。"

储旭："……"第一次见着这么着急送死的。

周骛和储旭单挑，采用正规的篮球1V1规则。

储旭防守，周骛进攻。

防守方击地传球，将球传给进攻的一方，比赛开始。储旭一开始的防守并不算尽全力，他想先试试周骛的水平。

事实上周骛根本不屑保留，他只想快点结束回家。他顺利攻破储旭的防守，得分进入下一轮。

紧着是第二分，周骛一开始就把储旭压得死死的，导致他后面根本没有反抗的机会。

周骛在第三次进攻的时候，察觉有东西从眼前飞过。

"啪"的一声，这次他看清楚是一个小黑点，划过他的胳膊，擦出一条细长的伤口，血顺着胳膊往下流。

周骛顿住，把球转了个方向，猛地砸向围观的男生，气势汹汹。

他们也被吓了一跳，快速闪开。

一个躲在人群后面的瘦小男生被拎出来。

周骛看着瘦，但空荡T恤下面的肌肉却很有力量，那瘦小男生被他摔到储旭跟前，跟只鸡崽似的。那瘦小男生吃痛地咬了咬牙，却不敢承认什么。

作案工具是一块棱角尖锐的小石头，被扔到储旭脚下。

"两个方法。"周骛说，"你想找回场子，正大光明地赢我，就此翻篇。第二，想玩见血的去校外，我奉陪到底。"

不良少年的小把戏，周骛在过去生活的地方见识太多了，比这阴的比比皆是。

在这里，不会有人知道他曾经扮演过什么角色。

储旭这个小弟手头特别准，百发百中。

见血了，就闹得有点大，他们玩脱了。

事情出了，总要有人承担责任。

"这次是我不地道，跟你说对不起。"储旭后退一步，笑了笑，点头算是道歉，"你的手机坏得严重吗？我赔给你。"

周骛冷冷看着他，没说话。

储旭被那冰冷的眼神震慑住，咽下口水："或者你给我手上划一刀，这事儿算一笔勾销，都是一个班的。"

这时，有人大声催促道：

"快点去小卖部了，渴死了，你女神已经去了。"

"哈哈哈哈，你说的哪个女神啊，咱们'存款'好多倾慕对象。"

"放屁，我的女神只有小鹿一个。"

……

等人走了，周骛捡起书包，仰头喝水。

落日大道，林荫尽头。

白衬衫，黑褶裙，十六岁的少女忽然闯入他的视线，与黄昏好风光格外映衬。

她在学校的这一天应该很快乐，脸上洋溢着灿烂的笑容。

像夏日的野风，清甜，凉爽，呼啸而过。

恍惚间，他好像看到夕阳穿透了她的衬衫，刺在她的骨骼上。

蝴蝶骨，肋骨，根根清晰纤细。

这画面贯穿于他脑中一天了。

学校没有家里那种逼仄的气氛，鹿苑性格开朗，很快和几个女同学打成一片。

如果没有碰巧和周骛在一个班，她会更快乐。

女生们打扫完自己班级的包干区，距离放学时间还有半个小时，校门还没开放。她们决定去小卖部买点零食和饮料。

十六中的小卖部其实是个小超市，也是同学们课余最大的休闲娱乐场地——shopping mall（购物中心）。

开学第一日，小超市里客流量空前地大，老板娘在柜台上摆了自制绿豆汤，深受同学们喜爱。

她们去的时候只剩下两杯了，鹿苑要了其中一杯。

这时绿豆汤还是半成品，塑料杯里码着绿豆、糯米饭、青红丝，还有蜜枣，待有客人要，老板娘只需加上冰镇的薄荷水，就算完成了。

喝一口清凉解暑，非常上头，鹿苑从小到大都喜欢这个味道。

但不习惯的人会觉得像牙膏水。

鹿苑把水喝完，捅开封膜，用勺子挖里面的绿豆和糯米吃。

门口拥进来一群男生，带进来一股热空气，老远就听见储旭的声音："老板，冰镇的脉动还有吗？"

忽地，有人拍了拍她的肩膀："小鹿，要不要喝奶茶？"

一个高瘦白净的男生，她高一时的同学，现在也在一个班，叫陈然。

鹿苑晃了晃塑料杯："已经喝这个了。"

陈然笑着露出洁白的牙齿，从冰柜里拿出两杯奶茶："再喝点别的。"

鹿苑摇头："要留肚子回家吃饭。"

于是，陈然把奶茶放回去一杯，又从收银台上取下一根棒棒糖，付了钱后递给鹿苑："那就吃颗糖吧。"

鹿苑笑了笑，扭头和女孩子挑起了文具。

储旭那群人虎视眈眈地盯着陈然，眼里快冒出火星子来，直到对方走出小超市。

刚眼尖看见鹿苑的那男生叫张晓海，不屑又嫉妒地说："陈然真会献殷勤，见缝插针地在我们小鹿眼前刷存在感。"

完全忘记，自己也在做同样的事情。

储旭"啧"了一声："什么叫'我们小鹿'？注意你的言辞！"

张晓海嘿嘿道："还好小鹿贫贱不移。"

"别秀你那五毛钱的文化了。"储旭大口喝着脉动，笑了起来，"那傻子根本不知道，她从不喝奶茶。"

开学以后就是铺天盖地的作业，文具消耗非常快。鹿苑习惯一次性囤很多东西，放在桌洞里存着，防止短缺的时候到处借不到，也可以给别的同学应急。

她拿了三盒黑色笔芯和整打的修正带。

宋缨帮她检查了下拿的商品："鹿苑，你拿成 0.38 规格的笔芯了，考试要 0.5 的。"

"哦。"于是鹿苑蹲下来换，怪不得她刚刚挑的那一堆还剩那么多，原来是滞销货。

宋缨听见储旭他们在议论鹿苑，很大声，生怕全世界不知道。高中生这个年纪最忌讳绯闻了，老师要找谈话不说，同学之间更是会把八卦传得离谱，且不分场合地起哄。

很烦人。

况且，被储旭这种人喜欢，也没什么值得骄傲的。

正当储旭要以巧克力献殷勤时，宋缨白了他一眼，自动化身"护鹿队"队长："你们能闭嘴吗？别乱嚼舌头，像个八婆。"

张晓海回撑道："我们提一下也算嚼舌根？是陈然在给小鹿添乱好吗！"

"现在是你在大声喧哗！"

鹿苑不想自己的名字变成八卦关键词，把商品往收银台上一拍，打断几人，喊道："老板，算钱！"

"结账。"有个人站到柜台前，指尖带有一点点油墨味，不小心擦过她的耳尖，凉凉的。

周骛从货架上拿了一盒邦迪，站那儿像一座山。

众人莫名其妙地安静下来。

老板："创可贴十二元，刷卡还是付现金？"

微信支付在高中生中还没有普及，十六中的小超市和食堂收银是一个系统，刷饭卡就可以。

周骛把卡片贴在机器上，让老板扣钱。

男生的手臂横在鹿苑眼前，她看见他白皙的皮肤上有一道划伤，血迹已经干涸，皮肉还外翻着。

第一天就打架？老鹿同志到底带了个什么便宜儿子回来？

天黑透的时候，鹿苑才到家。

燕家巷亮起了昏黄的路灯，催促着孩子们的脚程。

她推开门，鹿正元和周婕已经回来了。两人难得在厨房忙碌出一桌饭菜，周婕笑着看鹿苑，这次没有碰她："快点来洗手吃饭了。我今天煮了你喜欢的甜汤，庆祝你们开学。"

鹿苑闻到桂花蜜的味道，放下书包，听见鹿正元问："周骛哥哥呢，你们没有一起回来？"

"我没看见。"

"你这孩子……"

鹿苑进客卫洗手，话音刚落，院门再次被打开，是周骛回来了。

夫妻二人同样的话术又来一遍。

两人在卫生间门口差点撞到，周骛侧身让了一下。

鹿苑走到客厅，突然好奇地回头看了一眼，只见周骛在打肥皂，低着头，任细碎的头发遮住眼睛。

那是一款很普通的除菌皂，他洗得很认真，严格按照七步洗手法，足足洗了两分钟，指尖被他搓出血色，白里透着粉。

晚饭间，一家四口围绕圆桌安静用着餐，周婕眼尖，看见周骛胳膊上的创可贴。

"怎么回事？"她问。

周骛低声道："不小心撞了。"

周婕没有多想，叮嘱他："那要小心点啊，你们高中生学习最重要了，身体不能出问题，不然很受影响。"

周骛规矩回话："我知道了，妈。"

听着母子两个短短的对话，鹿苑想他真是个霁月清风的好少年。一想到他在学校里那样，回家却装好学生，鹿苑就觉得很神奇。

周婕如果知道他这样两面切换，会是什么反应？

她不自觉弯唇笑了下，嘴角多了抹看好戏的意味，被鹿正元察觉。

"苑苑，今天在学校怎么样？"鹿正元问。

鹿苑不太想回答："就那样吧。"

她端起碗喝汤，鸡头米的味道很好，香甜软糯。

鹿正元就知道会是这个答案，也不指望她说什么，直接告诉他们："我特意拜托孔老师把小骛和苑苑安排在一个班级，兄妹俩在学习上也好有个照应。"

周婕对这个安排很满意："这样再好不过了。"

两个当事人不太满意，一言不发。

事实上，他们从进家门到现在没有说过一句话。

鹿苑"谢谢"老爸，一点活路都不给她。

饭后，周婕让两个男人洗碗，把鹿苑喊上楼。

鹿苑跟上去，周婕才解开谜题。

她给鹿苑买了一些衣服，重点是两件文胸："你这个年纪胸部正在发育，一定要穿戴合适的内衣，才会有漂亮的胸型。"

鹿正元结婚前独自带着女儿过，本来做父亲的在这方面就糙得很，他忙生意又不怎么着家，导致鹿苑一直是野蛮生长的。

周婕细心地发现鹿苑穿的还是胸垫小背心，已经洗旧了，不是很贴

/ 016

身,于是下午她特意去商场帮鹿苑挑选了几件衣服。

鹿苑不适应被关心,尤其是当周婕提出让自己试内衣给她看,无论如何她做不出来。

周婕也不勉强:"那你回自己的房间试,有不合适的就告诉我,我拿去换。"又说,"不用不好意思,你这么漂亮,抬头挺胸。这不是一件羞耻的事情。"

"谢谢阿姨。"

"不客气,苑苑。"周婕终究没有忍住,摸了摸她毛茸茸的脑袋。

鹿苑走出周婕的房间。

客厅的灯关一半留一半,鹿正元不知所终。周骛靠在厨房门框上,偏着身子沉浸在一片光里,唇上叼着一根白色的"香烟",莫名有些颓废感。

"喂!"鹿苑抱着衣服,心一提,迈下两个台阶走到转角处,压低了声音,"你不要在家里抽烟。"

大概是因为周婕的善良,导致鹿苑此时对周骛也产生了一丝善意。

——小心被他们发现,吃不了兜着走。

周骛转过来,掀起眼皮瞧了她一眼。

他把唇上的东西取下,攥在手里,又松开手指,出声:"这是烟?"

是棒棒糖的白色杆子。

鹿正元不知从哪儿钻出来,凶巴巴地看着鹿苑:"说什么呢,怎么对小骛这个态度?"

鹿苑:"……"

"他吃的是我的棒棒糖。"她迟疑了半天,说道。

陈然送给她的那根棒棒糖本来放在桌子上的,现在没有了。

鹿正元被逗得烟从鼻腔里呛出来,咳了几声:"哥哥吃你一颗糖还计较,小气鬼。"

周骛说:"鹿叔,你忙吧。"

鹿正元又不放心地看了看鹿苑,叮嘱道:"不要吵架。"说完,拿了车钥匙出去了。

周骛抬腿走上楼梯,与她相差一个台阶,两人的视线正好持平,但他还是微微低了些脑袋,与她不偏不倚地对视着。

偌大的房子,空气和浮游的尘埃都是静止的。

鹿正元有事出门，周婕在楼上洗澡。

只剩下他们两个。

鹿苑被他盯得呼吸紧促，太近了，她的心脏跟着颤了颤，从他的眼睛里再次看到了不良少年的坏劲儿。

她闻到他呼吸里的草莓味。

"喂，你吃了我的棒棒糖。"

少年蹙着眉，他很讨厌她对他的称呼，丝毫没有愧疚和抱歉，更没有礼貌。

"吃了，怎么样？"

鹿苑说："赔给我。"

片刻后，她的一只手被执起，周骛在她掌心里拍下一张纸。待眼前的人离开她的视线，她摊开掌心，是一张叠成方块的红色钞票。

足够买她一百根棒棒糖。

洗完澡，鹿苑试了周婕给她买的衣服。

每一件都很漂亮，把少女的身体衬得犹如洁白娇贵的小苍兰。

睡前，鹿苑躺在床上，从枕头下拿出手机给周婕发了一条微信，汇报衣服都可以穿，再次感谢她。

没几分钟，就收到了周婕可谓体贴又温柔的小作文回复，并提醒她，一家人不用那么客气，让她早点睡觉。

对于成为一家人，鹿苑至今仍没什么真实感。

还有点割裂。

十几岁的女孩子其实心很软，容易被收买，哪怕是鹿苑这样倔强又充满棱角的，实则并未感受过太多的关心。

周婕只需要稍微拉拢一下，她就屁颠屁颠靠上去了，把对方当作自己真正的亲人。

鹿苑不想与周婕走得太近，她自己也说不清楚原因。

可是，周婕的确是一个没坏心的人。

至于周骛……一个小时前在楼梯拐角处，两个人距离近到她稍微偏个头，就能碰到他的鼻尖，他的嘴唇嫣红，水果糖的甜味几乎扑在她的面颊上。

少年好整以暇，眼神肆无忌惮。

鹿苑没跟男生靠得这么近过,也没碰着过这么跩的,忽略逐渐发烫的耳朵,警告他:"小心我告你打架。"

"和早恋比,哪个严重?"

他扬了扬那根棒棒糖杆子提醒她,留下这么一句话,绕过她上楼了。

算了,反正等她考上大学就会离开家,就见不到他们了。

老爸爱跟谁好就跟谁好。

第二天上学,按照学校规定,他们穿了统一的夏季校服。

白色的短袖衬衫,男生是黑色西裤,女生是百褶裙,青春的气息和屋外的梧桐树一样,笼罩着小楼的角角落落。

来给他们家打扫卫生的许阿姨眼前一亮,拿出手机对着两人的背影拍了张照片:"这两个小孩真好看啊。"

周婕脸上挂着笑:"嗯,是很好看。"

许阿姨脱口而出:"跟拍广告一样,好登对——"说到一半,她意识到他们算是兄妹关系,便及时打住了。

周婕没有仔细听后半句,喝完咖啡,拎包出门。今天她上班没有那么急,开车送孩子们上学。

周骛拉开副驾的门,而鹿苑直接钻入后座。

不用挤公交车的感觉还是很好的,夏天"铁皮盒"里的味道很难闻,但是鹿正元很少开车送鹿苑上学。

他的公司很忙,还要到处出差,哪怕回家早了点也不怎么去接她,宁愿躺床上睡觉,只会甩零花钱让她自己打车,他称这叫锻炼。

今天正式上课,学生们到校时间也比较早,还要换位置。

周婕的车刚停下,鹿苑就急匆匆推门下去:"阿姨再见。"

"苑苑再见。"周婕手还搭在方向盘上,声音不自觉也轻快了些,"慢一点,时间来得及。"

她坐在车里看着两人的背影,是如许阿姨所说,很养眼。如果她真的拥有这样两个乖巧的孩子,那真的要笑醒。

正当她要拿出手机拍照时,发现已经拍不到那两人同框了。

那两人一下车就分道扬镳。

一个疾如清风,一个稳如松柏。

周婕无奈地摇了摇头,驾车离去。

昨天下午排位表出来得太晚了，鹿苑没有来得及看就回家了。早上到教室的时候，她的同学都快把桌子搬好了。

宋缨给她打招呼："鹿，早上好啊！"

宋缨拍了拍她身后的课桌："你坐在这里，桌子已经搬好了。"

"谢谢。"

宋缨笑眯眯地说："不是我帮你搬的，是陈然啦，你们是同桌。"

陈然已经开始早读了，话不多，对她说了声："小鹿，早。"

"早上好。"

其他同学也相继开始背书，鹿苑赶紧坐下收拾自己的桌子。

虽然已经分科，但还没有小高考，书和教辅资料非常多。

鹿苑一股脑把所有的书垒在课桌上，将自己包围起来，从讲台上只能看到她的脑袋，莫名有安全感。

身边很多人都这么干，还能营造出一种特别用功的氛围。

但这种现象很快被叫停。

第一节课是孔虎的数学，他在腋下夹着黄色三角尺、数学书，提前两分钟进教室整顿纪律。

"把你们桌上堆的书都给我拿下去，搞什么玩意儿呢！"

大家不情不愿，象征性拿掉一点，无异于隔靴搔痒。

孔虎见自己好好讲话不奏效，就开始吼了："听不懂话吗？全都拿下去，只留当天上课的书。不要玩小把戏，都是上一届玩剩下的。"

孔虎拿人举例："像周骛那样，让老师能看到你们的手在做什么。"

——你干脆装个监控得了！

大家在内心里号叫，又忍不住好奇去看周骛的桌子到底是什么样的。

鹿苑感到众多目光几乎偏到了自己脸上。

周骛坐最后一排，又是那么巧合就在她后面。

鹿苑也扭头观摩这位"榜样"。

他的桌上除了一本数学书、一个笔袋，什么都没有，好变态……这对高中生来说，跟裸奔有什么区别？

而课桌的主人戴着一副细框眼镜，数学书里夹着一张试卷，唰唰写着，头都没抬一下。

被人围观了，竟然是这个反应。

呵，装吧。

不过有一说一,他戴眼镜气质还是非常惊艳的,文质彬彬,真有点学霸的样子。

她的视线只是多停留了一会儿,周骛忽然抬头,两人就对视上了。

"怎么,'碉堡'等着我给你炸?"他用笔尖戳了下试卷,皱着眉头,顺便嘲笑她面前的"小山丘"。

"谢谢,不用!"鹿苑咬牙回道。

"还不转过去?"

"……"

上午的课结束,鹿苑明显感觉到高二的课程比高一紧张。因为两年要学完高中三年的全部课程,还要完成会考。

孔虎提前带他们熟悉高三节奏,还留了试卷给他们中午写。试卷发下来后,鹿苑上下扫视一遍,题量多且题型复杂。

她"啧"了一声。

陈然拿到试卷先写上自己的名字,问:"怎么了?"

鹿苑说:"好多,好难。"

头大,午休肯定没时间睡觉了。

陈然笑了笑,嘴边有个酒窝:"尽量写吧,有不会的我给你讲。"

差点忘了,陈然的成绩在高一时维持着班级前三、年级前十。这点题对他来说是小菜一碟,那么作为他的同桌总能喝到"肉汤",顺便吃点"肉渣"。

"先谢谢你,那我就当真啦。"

"客气。"

宋缨转过来趴在鹿苑的桌子上:"小鹿人缘真好。陈然,我也能有幸旁听一下吗?"

总听别人叫"小鹿",宋缨虽然只认识她两天,也不自觉这么叫了,顺口又亲切。

陈然不吝啬分享:"当然,见者有份。"

由于最后一节课的老师拖了堂,导致他们去食堂只能吃到空气。

宋缨和鹿苑结伴去校外吃午饭。学校门口的小吃店类型挺多,北方美食比如兰州拉面,南方美食比如重庆小面,还有鸡排、肉夹馍,很受学生欢迎。

反而是本地小吃门可罗雀。两个人图方便找了一家人不太多的馄饨店,味道如预料,不怎么样。鹿苑吃了一点就放下勺子,说不如回去写试卷。

宋缨说:"小鹿,你比我想象中用功哎。"

毕竟她对鹿苑的刻板印象就是高冷。"漂亮"是鹿苑最大的标签,这一类女孩子,一般都对学习过敏。

鹿苑问:"你真的觉得我用功吗?"

宋缨点头:"很认真啊。"

鹿苑双手托下巴:"三年高考五年模拟,逐梦深圳电子厂。我也是有追求的好吗!"

"哈哈哈哈!"

十六中虽然在市内不是最好的中学,但也是重点,本科率在百分之九十以上。真不学习的,进不来。

事实证明,如果你没有和一个人真正接触过,你根本就不知道她是怎么样的人。

午饭吃得不满足,鹿苑提议去买杯饮料带回教室,她们走到马路对面的商业区,那里热闹一些。

买完果茶,两人聊着天回学校。

距离校门口稍远一些的地方,有个叫"晴天"的网吧,是储旭的哥哥开的,经常能看到储旭和班上的男生聚在那里。

此时,鹿苑无意间往里瞥,瞧见了一个白天黑夜都会出现在她视线里的人。

她把果茶交给宋缨:"你先回去,我还有点事。"

"怎么了?"

"没事,我很快就回去。"

鹿苑站在马路对面的梧桐树下,她近视有一百度,看不太清楚,拿出手机对准那边拍了张照片放大,果真是周骜。

听说储旭的哥哥在外面混得很开,还坐过牢。

储旭经常以此狐假虎威,这也是他能当上校霸的原因。

周骜刚来几天就和他们沆瀣一气,他的行径超出了鹿苑的认知,他还有多少"惊喜"是她不知道的?

网吧里。

储旭隔着玻璃发现烈日下的鹿苑,此时她眯着眼睛,举着手机。

储旭:"哎,那不是小鹿吗,她在看什么啊?"

有人跟着看过去:"好像是在拍照?"

储旭的哥哥储臣跷着二郎腿坐在沙发里,挑了挑眉,问道:"你们班的?"

"是啊。"

储臣"呵"了一声,打发一小弟道:"去把她轰走。小丫头不学好,对网吧这么好奇干什么?"

小弟乐呵呵地出门。

"喂。"一直低调的周骛忽然出声,透着冷寒,他看了眼储臣,眼底露出不悦,"你不要吓唬她。"

储臣脸上玩味:"哦,那你说怎么办?"

周骛推开门,自己去了马路对面。

鹿苑正思考拍下来的照片是删掉,还是在需要的时候给周婕看时,屏幕下面多了一双白球鞋,以及宽松的校服裤子。

周骛瞬间转移似的,从网吧里忽然降至她面前,把她头顶的阳光遮了个严严实实。他像个冰箱,周身冒着飕飕寒意,脸上也冷冰冰的。

"你拍什么?"

鹿苑快速把手机往身后一藏:"没什么。"

"删了。"周骛漆黑的眼睛盯着她,不容置喙,"或者我给你删。"

鹿苑不可能把手机给他的。

周骛冷静一秒,手臂绕过她的腰侧,拽起她藏在后面的腕子。握住的那一瞬间他微微讶异,她的骨头太细了,桡骨下面的小肉肉也软得不像话。

手机顺利落入他的手中,都不用解锁,很好。

"把手机还给我!"这个人竟然抢她的东西。

眼前的男生有着绝对的身高优势,尤其在他故意把手举起来时,鹿苑根本就够不着,蹦起来也够不着。

他点进相册,只有一张带有他侧脸的照片,很模糊。

其他的照片好像是演唱会的,乱七八糟的,他把自己的删掉就退出来了。

鹿苑惊呆了,生气又羞耻:"你这个大坏蛋!"

"是。"周骛轻笑一声,"所以我很会揍小孩,一拳解决两个,你别来惹。"

说完他再次抓起鹿苑的手腕,向一边扯去,把手机塞进她裙子的小兜兜里。

"神经病。"鹿苑手腕被他攥一下就红了,她揉搓着,无语地走了。

以后再关注他一下,她就是狗。

周骛看着鹿苑走进校门,才又回到网吧里。

储臣刚才坐在沙发上看戏,将对面的情况看得一清二楚。他真是服了,不让别人去吓唬,自己过去把人欺负了。

他问:"那小丫头是什么人?"

周骛坐在他对面的桌上拆手机,闻言手指一顿,那滑腻触感似乎还停留在指腹。

鹿苑是谁?并没有合适的定义。

半天,他才回:"社会主义接班人。"

"……"

周骛的手机屏幕彻底坏了,得换新的。

一个手机屏幕并不便宜,好在储臣在市区有个手机维修店,各种型号的配件都有,不用去外面搞。

储旭昨晚一说,储臣今天就把该用的东西都拿过来了。

修手机这事儿就该专业人士来,但周骛有点兴趣,想自己动手。

这个年纪的男孩子都太爱装了,瞧自己弟弟就知道,以为自己什么都懂。

储臣就先看周骛折腾,不行再上去嘲笑也不迟。倒不想周骛无论是拆手机,还是检查零件、组装、测试,都非常有逻辑。

十五分钟后。

周骛把修好的手机开机,"Hello"字样跳出来。

"好了。"周骛说。

储臣不由得挑了下眉:"可以啊小子,毕业来我店里打工吧。"

周骛抬眸看他一眼,没接话。

这家伙不喜欢开玩笑，脑袋聪明，还挺正经。储臣琢磨着问："你怎么跟我弟那帮二货混一起了？"

周骛抿着嘴角："是你弟把我的手机弄坏了。"

他并不屑与谁为伍。

"行。"储臣笑着点点头，无所谓。

手机修好了，周骛不想再待在这个乌烟瘴气的地方，起身走出店门。网吧门口停着一辆重型机车，黑色的车身，非常酷，吸引了他的注意。

他脚步微顿，目光在那上面停留了片刻。

"喜欢？"储臣问。

周骛这次点头了。

"你还没成年吧？"储臣说，没驾照就不能骑车上路，"周末来我车场玩，我教你。"

"嗯。"周骛又点了下头。

午休已经开始。

孔虎最终没忍心让他们把一份试卷都写完，只需要完成前面十四道填空题就可以了。毕竟就这么点儿时间，中午不睡只能下午的课上睡。

孰轻孰重，他还是知道的。

填空题写完也并不简单，计算量其实挺大，吃完饭鹿苑就一直趴在桌子上写，身后的人回来也没发觉。

直到课代表让坐在后面的同学把卷子收上来，班里躁动起来。

陈然突然问："你胳膊怎么了？"

鹿苑："啊？"

宋缨听到热闹也转过头来："看上去有点严重，是巴掌印吧？"

她的手腕上有一片红色的指印。

鹿苑也纳闷，快一个小时了，竟然还没消，不过也不疼。

宋缨："小鹿，你是被人打了吗，谁打你了？"

大家想一想也该知道，在学校里是没有人会打鹿苑的，只有可能是在家里人被打的。

鹿苑都不知道怎么解释了，只感觉身后有人站起来，后脑勺投下来一片阴森森的影子，接着是试卷哗啦啦的声音，周骛两根手指蜷缩，指骨轻叩她的桌面。

鹿苑把试卷交了，趁人还在这儿，故意提高声音说："嗯，是被人打的，住在我家里的人。"

宋缨很给面子："家暴啊？"

陈然说："就算做错了事，家长也不能打人。"

鹿苑斜了斜眼，点头道："我听说家暴是可以报警的，警察会管。"

"……"周骛收走了试卷，又回头瞥了眼，那细细的手腕像根白葱段，多了几根指印覆在上面。他记得自己动作其实很轻，只在她挣扎的时候，稍微用了点力。

她的皮肤太白、太娇气，而少年的骨骼又太坚硬，攥一下就跟受伤一样。

某人阴阳怪气完就趴桌上睡觉了，什么事儿也不记。

那个下午，他时不时侧眸，皱眉，烦躁。

快放学时，见她手腕上那印子彻底消失，他的眉头才舒展开。

开学一周，除了棒棒糖和网吧的交手，两个人也算和平共处。

——在学校充当不熟的同学，在家是陌路兄妹。

不过，以前鹿正元单身的时候，很少在家里现身；现在每天晚饭的点儿都能看见他了，回家还挺准时，这就是爱情的魔力吗？

鹿苑不是很懂，但是每天都能看见老爸，也是一件开心的事。

周日上午，鹿苑写完作业出门。

她换鞋的时候，周婕捧着一个鞋盒走了过来："苑苑，我给你买了新鞋子，试一试。"

又送她东西啊……

鹿苑很不好意思，除了说谢谢也不知道怎么表达。球鞋是联名款的，不是死贵的那种，但也要小几千。鹿苑当即试了试，和她今天穿的裙子挺配的。

周婕："挺好看的啊，就穿着吧。"

"好的。"鹿苑视线在家里环视一圈，"我爸爸呢？"

周婕笑了笑："他出差，昨天就走了，因为太着急就没来得及和你说。"

鹿苑蹲着系鞋带，声音有些闷："他去哪里了？"

"科隆。"周婕说。

"那他什么时候回来？"

"那边有几个代理需要谈，时间上可能会久一点。"

鹿正元在本地经营着一家规模挺大的家具公司，和国外挺多厂商有合作，出差是家常便饭。而周婕则是外企的设计师，两人因工作结缘。

周婕见她情绪低落，安慰道："你有事可以和我说。"

鹿苑说："没什么。"

以前老爸也不在家，但到哪儿出差还是会告诉她一声，顺便带点礼物回来。现在倒好，出国了也一声不说，把她留给两个陌生人。

周婕见她不想说，也不再问："苑苑，你今天去哪里？"

"同学家。"鹿苑回答道。她真想告诉周婕还是多关心关心自己的儿子好了。

不知道是不是她的错觉，周婕关心她多过于关心周鹜，肯定不知道他背地里都干了些什么。

"阿姨——"鹿苑在想怎么委婉提建议，那边听到趿拉拖鞋的声音，周鹜手抄兜，从楼上下来了。

"你又去哪里？"周婕问。

"图书馆。"

鹿苑走到路口时，看见周鹜站在那儿低头看手机，好像在跟人发消息。他穿着一身休闲装，连个书包都没带，能去个屁的图书馆。

鹿苑走过去，看见他从打字变成打电话，跟那头的人说："还有半个小时。"

果然啊。

她本来都不奇怪了，但是越走近，越发现事情的不对。

她脚上穿着的新鞋子，竟然和周鹜现在穿的，是男女同款！

"救命"两个字直接冲出大脑。周婕怎么回事，怎么能给他们买一模一样的鞋子呢？又不是双胞胎。

或许是她的目光过于直白炽热，那个被盯着的人终于有了点反应，撩开点眼皮看过来："有事？"

鹿苑不可能告诉他这么尴尬的事情，祈祷他最好不要发现，愣怔半天才吐出几个字："没事。劝你行事小心，别一不注意就'铁窗泪'，亲人也跟着两行泪。"

储旭的哥哥她见过，长得凶巴巴，有许多小弟，不像好惹的。

其实她也不是歧视,就是天然的害怕。

鹿苑自认不是个好学生,但对比某些人,她简直品学兼优。

周骜收了手机,问:"我在里面铁窗泪,你在外面两行泪?"

——神经病!

这三个字鹿苑是在心里骂的,谁要为你流眼泪,想得美。

但是不论如何,她总感觉周骜和小混混在一起,必然是多行不义必自毙。

今天是周日,林鲸妈妈还在家。

她切了点水果端进来,又不可避免地问鹿苑:"你和阿姨相处得怎么样?"

鹿苑笑呵呵地回答:"挺好的呀。"

林鲸妈妈说:"那就好。你们这个年龄的小孩子总是主意多想法多,一定要多和大人沟通知道吗?只有你们表达了,我们才能理解你们。"

林鲸妈妈是远近闻名的"妇女主任",她姓施,人称施主任。

最会做思想工作了。

林鲸见施主任还有滔滔不绝的趋势,赶紧打断:"妈妈,我们下午还要写作业看课外书,你去忙自己的吧。"

施主任说:"看书啊?那就看吧,我出门了。冰箱里有吃的,饿了就去吃。"

"好的,妈妈再见。"林鲸迫不及待地把老母亲送出门。

"你这熊孩子。"林鲸妈妈无奈地摇了摇头,碍于鹿苑在,也不跟她计较了。

听见防盗门关闭的声音,鹿苑赶紧从椅子上跳下来,趴在地板上,把林鲸床底下的吉他包掏了出来。

——她藏在这里的。

去年她迷恋上吉他,老鹿不同意她学,直接拿去扔了。她怎么解释他都不听,一律做不务正业处理。

在他看来,只有经他认可过的小提琴才算正儿八经的高雅乐器。

无奈之下,她只能将吉他藏在好朋友家里。

老鹿的行为其实很奇怪,他不太管鹿苑,但在某些方面又很强势,但凡鹿苑喜欢的他全都否认,有事没事凶她两句,制造很在意女儿的假象。

不知是在欺骗别人，还是在欺骗自己。

鹿苑把琴拿出来弹了一会儿。

林鲸是个很会倾听的人，她放下正在做的一切事情，双手托腮，氛围感这一块被她拿捏得死死的。

她真诚又不浮夸地道："你的进步好大，好像一个音都没弹错。"

"彩虹屁"在任何人群都非常受欢迎，且让人失去理智。

鹿苑受到鼓舞，又激情演奏一曲。

很快到了中午，楼上楼下的邻居都需要休息，鹿苑不敢多弹，怕影响别人。

吃饭的时候，两个女生倒豆子似的聊天，分享在各自班级的事情。

总的来说还是比较开心的，这个年纪的烦恼从来不会超过两天。

林鲸从鹿苑的话语里捕捉到两个女生名字，就问："你认识了新同学，不会跟我疏远了吧？"

女孩子都是霸道且需要偏爱的，无论是亲情还是友情。

"那不能，咱俩是最好的，别人都是浮云。"

"嘿嘿嘿。"

"哈哈哈。"

"我要吐了！"

"垃圾桶在这儿，吐吧。"

……

吃过午饭后，林鲸打开电脑，准备看一会儿偶像剧再写作业，结果那个圈圈在屏幕上转了好半天，忽然跳出来让她检查网络连接是否正常。

她妈妈竟然把网给切了。

"我真是服了我妈。"林鲸无语道，"你还在我家呢，她连这点面子都不给。"

这届家长也太无理取闹了吧，说好的信任呢？

鹿苑躺在床上快笑岔气："因为她知道，我比你的人品更不好。"

笑够了，她起身："走，我带你去网吧冲浪。"

两人去的是千梓街的一家小网吧，在一排精品小店的掩映之下，十分不起眼。

一进去，鹿苑就带林鲸找两个安静的位置，点了一些话梅、鸡爪、薯片、柠檬茶等小零食，吹着空调，可以在这儿待一下午。

林鲸不喜欢玩游戏，只想刷一刷追的偶像剧。

一开机，她就被网速惊艳到了："好厉害啊。"跟家里的比，这是坐火箭上网的吧。

鹿苑弯着嘴角笑，承诺："以后我都带你出来。"

"嗯！"林鲸瞥了一眼她的屏幕，问道，"你还要买吉他吗？"

鹿苑："有点想买把电吉他，加入校园乐队……但现在没有钱，等老鹿回来我攒点生活费再说。"

周骛下了出租车，老城区的破烂与"上有天堂，下有苏杭"的描述严重不符，但人气却是很足。

形形色色的店铺，小摊小贩，热闹非凡。

一颗穿着橙色 T 恤的"海胆"，从一扇喷绘门里向他跑来："周大爷，你终于来啦。"

周骛眉目清冷："别这么叫我。"

储旭挠挠下巴，天那么热，他不想动粗，只能动动嘴皮子问周骛："你在以前上学的地方，没有因为太跩被人打过吗？"

"没有。"周骛面无表情地回答，"你想打架？"

"不！"储旭不想招惹他，上次说的什么"见血的办法"都把人吓得够呛了，再加上周骛是他哥请过来的，惹不起。

储臣的地盘是个摩托车训练基地，挺大的，里头也很酷。

"牛吧。"储旭指着远方的场地道，"我家的。"

周骛没有说话，但是这唤起了他某些记忆。

储臣叼着烟从办公室里出来，一巴掌拍在他傻瓜弟弟的后脑勺上："就你话多，去里头搬东西去。"

储旭摸了摸自己的脑袋，屁颠屁颠跑远了。

储臣又点了一根烟，看看周骛。

这男生是臭屁点，但又不是傻，他的长相气质很干净，穿穿衣打扮也不是便宜货，应该是有钱人家里养尊处优的小少爷。但他眼底总有股阴沉的气质，小小年纪，也不知道有什么可深沉的。

储臣问周骛想不想玩车。

周骛淡声道:"随便吧,只是想找个地儿待一会儿。"

储臣这下更意外了,本以为小朋友是来见世面的,却不想是来打发时间的。再仔细看看他,其实从头到尾,眼里都透着烦躁和无聊。

储旭搬完货,拎了一兜子冰水过来:"哥,中午吃什么?"

"吃吃吃,就知道吃,你是猪吗?"储臣习惯性骂他。

储旭也习惯性地辩驳:"中午了,你不吃饭吃空气啊?"

"哦。"储臣看了看手机,是到点了,于是从钱包里抽出几张一百块递给储旭,"去对面端一锅鱼,再加几个菜。"

储旭拿着钱,瞪一眼周骛,见他没反应,麻溜走人。

其实基地有食堂,饭菜中规中矩,奈何这位少爷嘴刁吃不惯。

储旭打包了外面饭店的饭菜,把人家的锅给端过来了,老板要给装打包盒里他不肯,说搁打包盒里一吃就是外卖,跟搁锅里的吃起来不是一个味儿。

几个半拉大的男孩子凑在一起吃东西,像小狼崽子抢食,吃什么都非常香。

周骛不知是食量不大还是嘴太刁,没吃几口就停了,坐到边儿上,悠闲地跷着长腿。

大家吃完饭,储旭还得把锅送还给饭店老板。这次他终于没办法容忍"周大爷"了:"你就看着我跑腿?"

周骛挑眉:"?"

储旭:"你不能去吗?"

周骛:"我不是客人吗?"

服了。真当做客呢?你带礼物了吗?

太阳还毒辣着,几人在屋里打游戏,周骛没参与,身体靠着落地窗,神思有些许迷糊。他的双眼皮褶很薄地向外延展,很漂亮,皮肤又白,被晒得泛红。

面容突然有几分孱弱感。

耳边尽是窸窸窣窣的声音,倒是让他想睡觉。

这里难得是一个让他有安全感的环境。跟燕家巷的家比,是他自己尝试建立的人际关系,乱七八糟,但是自在,不用伪装成好孩子。

阖家欢乐,只是周婕想要的生活,但不是周骛想要的。

他甚至不想融入那个家。他从小跟着老人家,没和周婕一起生活过,现在有陌生的中年男人,还有……和他火星撞地球的跋扈少女。

周骜在沙发上睡了一觉,起来已是下午三点。

走出屋子,储臣跟他招手:"过来。"

储臣的摩托车停在他的专属车位里,牌子和车型周骜认识,还是花了大手笔改装过的。储臣对周骜非常客气,也舍得,挑了一辆最花里胡哨的给他。

储臣先是花式炫了一圈技回来,笑着问周骜:"想不想学?哥教你。"

周骜点头,说:"行。"

"左手离合,右脚刹车,前刹车先别用——"他从零开始教学,正在说呢,周骜长腿跨上去,低头检查了下。

紧接着,只听见"轰"的一声,伏低身体冲了出去,周身带股子戾气,像一条矫健的游鱼,快速超越了前面一辆蓝色的。

储臣瞪大眼睛,呆呆看了两秒。

储旭和兄弟一齐跟着储臣看呆,张大嘴巴道:"我发现这家伙是真的会装。"

他忙不迭拿出手机拍视频。

嫉妒归嫉妒,他还是很羡慕周骜的,因为的确帅炸了。

但是他不满十八,他哥就一直没给他碰,只是在这里顺便帮忙干活。

周骜在场地上溜了一圈就回来了,摘了头盔。少年的头发乱了,湿了,脸也被热得红红的。他甩了甩,模样像只桀骜不驯的大狗,还是没有摆脱孩子气。

储臣哼笑道:"诓老子?"

周骜把钥匙拔下来,淡淡地道:"你要教,但我没说不会。"

他一脸淡定,完全不亏心,储臣被气笑了。

但不可否认,这种狡猾的刺头,是挺招人喜欢的。

天太热了,周骜和储旭进屋喝水,储臣又在外头站了会儿。

这时,有个人走了过来,问:"刚那个男孩呢?穿白T恤的。"

"怎么了?"

"他是不是叫周骜?"这人就是刚被周骜赶超的,经常在储臣的基地练车,叫齐小飞。

储臣斜着眼:"你找他有事儿?"

齐小飞笑了笑:"没什么,我们是熟人。没想到在这个地方碰见,叙个旧呗。"

储臣扫对方一眼，要真是周骛的熟人怎么刚刚不过来找，等人走了之后再打听。

他也不是傻子，做生意的这一片都是什么人，他门清得很，齐小飞什么德行他再清楚不过了。

磨了半天，储臣说："他一个高中生和你能有什么旧？别叙了。"

齐小飞昂脖子往里张望了望："储老板，学生就是什么好鸟吗？他作恶的时候你弟还没脱纸尿裤。"

储臣："他不是好鸟，你是好鸟，行了吧？"

齐小飞见不到周骛，但是摸清楚了底细就走了。

储臣静了静，心说周骛既然和齐小飞这种人有过节，还真是个有故事的男生。

太阳西沉，周骛在晚饭前回家。

周婕打电话来催。

快到家时，他又收到一条微信：【桥下面左边第一家烤鸭店，买一只回来。】

周骛知道烤鸭是某人喜欢吃的。也不能算是喜欢，只是周五那天晚上家里没有来得及做饭，就在外面点了一些，鹿苑多夹了几次。

后来烤鸭连续两天出现在餐桌上。

周婕其实不太会对人好，只会给人买东西、给人做吃的……以为这就是好，就能俘获人心。

从前是这样，现在还是这样。

不过周骛并不想提太多，一个大男人关注这些，多少显得有点矫情。

照做就是了。

他在千梓街下了车。

天有点昏沉，火烧着云，视线尽头都是橙红色的光芒。

对面一个黑色的网吧门头下站着一个穿着制服的片警，表情严肃，正对两个女孩子耳提面命。

这是林鲸第一次进网吧，也是第一次被抓。

真是无语它妈给无语开门——无语到家了。

警察叔叔这天巡社区的时候，负责任地往里头察看一下，就抓到两条"小鱼"。

倒也不是多大的事儿，稍微教育一下就好了。但这个警察认识林鲸的爸爸，不免要多说几句，吓唬两人。

两个小姑娘先是认错、道歉，态度良好，看对方还继续说，莫名有点担心。

——告到家长那里，就很麻烦了。

鹿苑向来是个听不进去劝说的人，跟上课一样，被念叨太多，不自觉就走神，目光乱瞥。

马路对面，一个高个男生，宽松的 T 恤后背被晚风吹起，长身挺立，手里握着一瓶冰镇纯净水，慢慢喝着。

他看似面无表情，又似乎对她做了个口型。

这一刻，鹿苑忽然就神奇地解锁了唇语。

铁窗泪？

"啊……"鹿苑忍不住惊叹出声。

"都抓现行了，你还有心情走神？"警察叔叔眼睛盯着鹿苑，有些生气。

"哎，我不是——"鹿苑赶紧解释，但又不能说她是在看对面的人。

林鲸扯了扯她的手，态度恭良地道："叔叔，我们错了，真的错了，下次再也不来了。"

言下之意就是赶紧放我们走。

警察叔叔把火力转移到林鲸身上，看了她半天："鲸鲸啊，我可听你爸说你了。每次你犯错，认错比谁都快，恨不能上刑场谢罪。"

"你也是个人才，嘴上认错，行动上就不改，死也不改，拿刀砍脖子也不改，是吧？"这老警察是个人精，"你要是生在过去，在间谍这一行头里说不定大有一番作为。"

林鲸再次无语。

我招谁惹谁了？滑跪太快也是错吗？

鹿苑憋不住笑，肩膀直抖。

她看到周骛沿着路标，优哉游哉向家的方向走了。

老警察也没放过她："还有你。你朋友是认错快，你是打死也不认，天王老子来了也不认错……你俩是怎么当小姐妹的？"

"……"

认错或者不认错,都能惹来一连串的唠叨。

两人被念得臊眉耷眼的。

持续了十来分钟,这位叔叔终于放软了些语气:"你们两个小姑娘,漂漂亮亮的,少来这样的地方。"

——早知道就不来上网了,来个人拯救我吧。

鹿苑低头看自己的鞋尖,不过片刻,视线里多了一双白球鞋,接着是警察叔叔的声音:"你有什么事?"

周骘抬手指了指鹿苑,出声:"叫她回家吃饭。"

鹿苑:"?"

老警察意外,当即要看周骘的身份证,没想到还真叫他给拿出来了。可他证件上的住址并不在本地,证件号码也不是本地的。

"谁叫你来的?"老警察问。

周骘回答:"我妈叫她回去。"说完他也有点烦躁,干脆直接报了家庭地址,"住在燕家巷1608号。"

这倒是跟鹿苑身份证上的一模一样,老警察信了,并且自动认证了两个人大概率是一家人,表亲关系,最后念了一句:"跟你哥哥学学,人家一看就规矩听话的,还找你回家吃饭。"

鹿苑:"……"

桥上,林鲸挥手跟鹿苑拜拜:"明天见。"

鹿苑想抓她,一把没抓住:"去我家吃饭吧。"

"不不不。"林鲸自从她家里有了后妈和便宜哥哥,就再也没去过她家了。

只剩下两个人,鹿苑不知道自己是幸运还是不幸。

周骘来不来,她都丢脸丢到家。

几个小时前还嘲笑人家"铁窗泪"呢,自己倒好……但扭头不认账这种浑蛋事儿,她也做不出来。

但心态已经崩了。

有的人大风大浪不翻船,有的人在阴沟里翻了。

她已经做好准备听周骘刻薄的奚落了,过了会儿,男生把食指上挂着的塑料袋递到她面前:"拿着。"

鹿苑不明所以:"干吗?"

周骜动了动嘴角："你不吃？"

也不知道怎的，她竟鬼使神差地接了过来，反应和他说"叫她回家吃饭"一样，好像才明白他们住在同一栋房子里，在一张桌子上吃饭。

是一家人。

总之，鹿苑在那个傍晚是愣愣的。

路灯已经亮起，周婕看着一桌子饭菜，坐在沙发上给周骜发了条微信，问怎么还没回来，刚刚不是已经说快到了吗。

周骜没回。

下一秒大门被推开，一大一小两个人影出现在门口。周婕站起身，脸上带了点微笑："你们怎么一起回来了？"

鹿苑没回答，侧头瞥了瞥周骜，听见他说："巷子口碰见的。"

他的声音依然冷冷的，很有可信度。

周婕没有怀疑，似乎很开心他们可以和睦相处，连忙招呼道："那快去洗手吧，吃饭了。"

一楼的客卫空间很大，有两个台盆，两个人可以一起洗。在周婕的注视下，就没有必要假惺惺的一个洗完另一个接上去，洗手又不是洗澡。

周骜还是遵循着七步洗手法，他躬着腰，T恤布料软而薄，勾勒着少年人脊背的一节节骨骼。

十六七岁正是男孩子拔高的年纪，个子疯长，身体总是在宽大的衣服里空荡荡的，鹿苑感觉他应该是很瘦的，但露出来的手臂却线条流畅，肌肉紧绷，瘦长的手指都洗红了。

两人并排站在一起。

蓦地，鹿苑的心旌漾了一下，像蜻蜓尾巴点过平静水面，引起一片涟漪。

又短促地消失。

鹿苑水只冲了三秒，就关掉了龙头。周骜侧头向她看过来，不明状况，眼神好像在说"我怎么会和一个邋遢鬼生活在一起"。

她眼皮耷拉，又用了除菌皂，重新洗了一遍。

周骜收回眼神。

鹿苑悄悄朝着客厅看了一眼，周婕没往这个方向看，她问周骜："你会告诉你妈妈我被警察问话吗？"

"看你表现。"

"……"

上学前，鹿苑站在玄关处看着几双鞋子踟蹰。

最终还是穿了一双旧的，至于为什么，她心知肚明。

周一早上一般都比较忙，某些学生要狂补作业。

比如小鹿同学。

数学作业有两道大题没写，她昨晚睡前想了想，没想出来，就没有为难自己。

第二节课下课以后，因为天气原因升旗仪式取消，鹿苑在补作业的路上狂奔着。陈然是数学课代表，去收作业。她处于"灯下黑"的状态，公然拿了陈然的作业来抄。

过了一会儿，陈然收作业回来，看见鹿苑已经全都抄好了，就敲了敲她的桌面提醒："鹿苑，不要抄作业。"

往往不正常的事情太多了，正常的观点就变得奇葩起来。

鹿苑眨了下眼睛："？"

说鹿苑爱学习吧，她本末倒置，为了完成任务抄作业。

说她不爱学习吧，可人家就算抄，也规规矩矩地写完。

陈然叹了口气："原则上，我不主张你抄我的作业。你能把答案抄在纸上，能抄进脑子里吗？"

陈然果然是当班干的人，说话也一板一眼，很有领导风范。

恍惚间，鹿苑都以为自己在和班主任对话呢。

"抄作业很影响老师对你的判断。一个班四十几个人，他不可能人人都兼顾，只能通过作业完成度来判断你对知识的掌握情况。"

陈然看了鹿苑一眼，耐心十足地从桌肚里抽出一张草稿纸来，对鹿苑说："你不会可以问我，我给你讲。"

宋缨和她的同桌也转过来："课代表，正好最后一题我也没做出来。一起听可以吗？"

气氛都烘托到这儿了，题喂到嘴边哪还有跑的道理。

于是乖乖坐好听讲。

走廊被雨水打湿，男同学们都没有出去，聚在教室后头叽叽喳喳地聊着感兴趣的话题：篮球比赛、游戏、车……更有甚者在教室里拿手机公放电影。

课间有半个小时，这边在学术讨论，那边在开茶话会。

简直"冰火两重天"。

不学无术队，储旭就是成员之一，他玩手机的时候忍不住往鹿苑的方向看了眼，只见几个人的脑袋凑在一起，关系很亲密的样子。

尤其是鹿苑和陈然，靠得很近。

虽然没有肢体接触，但真是让人烦躁。

张晓海是储旭的"嘴替"，首先按捺不住了："陈然这孙子，当小鹿同桌还不够，连下课时间都要抢着炫耀。"

另一个人说："他好像在给他们讲题吧。"

"讲题只是借口！"张晓海一口咬定，"就他会讲？"

"不然呢？让'存款'去讲！"那人说道，然后自己忍不住笑喷，"他敢讲，别人敢听吗，反向补习哈哈哈！"

接着是一阵哄笑，也不知道有什么好笑的，反正男生们捡乐呵跟捡钱一样积极，就喜欢瞎闹腾。

储旭脸上一阵羞赧扫过，也跟着笑了起来。

过后不知是出于什么搞破坏心理，他故意把手机音量放到最大，好像这么干扰，别人就不能学习一样。

储旭给他的兄弟看周末在车场的视频，其中一个戴着黑色头盔没露脸的是周骛，引得大家一片尖叫。

"周骛这么厉害的吗？看不出来啊。"

鹿苑不聋，从他们口中听到某人的名字，没有听懂他们说的是什么东西，只听到"周骛厉害"，心想他果然周末是去混了。

他们的声音太吵，都听不清楚陈然说了什么，也容易让她走神，鹿苑感觉也有点烦。

教室的前门被推开，雨水扫进来。

一个男生从她的桌边走过，带起一阵沐浴液的清香，周骛的长裤不小心扫了下她伸出桌外的手肘，凉凉的。

鹿苑握笔的动作一顿，抬起眼睑，看见八卦主角本人。

他也正好垂眸，看着她。

一秒后。

鹿苑继续做题，手速非常快，一闪而过的眼风好像在说：

看什么，美女在搞学习呢！

我努力死你！

不知是不是鹿苑幻听，她竟听到周骜的一声低笑，像是从鼻腔里漏出来的。

Chapter 02
千梓街的少年

沐浴学霸的光辉到底不一样，陈然的讲课方式耐心兼顾温柔，不会使人对自己的智商产生怀疑。

再加上他长得挺帅，每个女生都不排斥和好看的男同学多接触。

鹿苑都觉得自己好学起来。

其实陈然和鹿苑相识不只于高一，他们上小学就同过班，只是初中分在不同的校区，高中才又考进同一所学校。

只不过鹿苑是个一定程度的脸盲。

高一的某次，两个人在一个组讨论问题，闲聊起来陈然提了这事，鹿苑压根儿不记得对方。最后还是他伸出手臂，指着上面的一个小黑点说："这是你上三年级，用铅笔给我戳的。"

鹿苑终于想起来了。

当时她偷偷带了铅笔刀去学校，自告奋勇帮所有人削铅笔。几个小孩为了抢夺一个铅笔刀打架，一不小心戳到陈然的肉上。

小孩们都吓得哭成一片，在办公室集体"号丧"，家长们则非常尴尬。

老鹿作势要揍闺女，被陈然拦下来，小男孩红着眼睛说："叔叔你别揍她，你一巴掌下去，会把她揍死的。"

几个大人都憋不住笑了。

时间太久了，鹿苑能记得才怪。陈然没法忘，因为手臂上的疤痕一直留着。

鹿苑对陈然的印象比对别的男生好很多，无论是小时候还是长大，他总是很靠谱。

她难得集中精力，直到周骛回到座位上，才稍稍分了点神。

他的存在感太强了。

开学以来，两个人面上不说话，但要说毫无交集也不太可能。传作业时有半秒钟的眼神接触，手指会不小心碰到。

教室的座椅是统一规格的，周骛的个子又太高，长时间蜷着腿很难受，他偶尔伸出课桌外放松，就会和不安分的鹿苑碰到。

有一次，鹿苑不小心还踩了他的鞋，白色的标志上留有一个灰色的脚印，她心虚，快速扭过头装没看见，周骛只是露出一言难尽的表情，也没找她算账。

两人白天前后桌上课，回家住在同一栋房子里，时间久了，鹿苑自然而然对他的气味很熟悉。

比如今天，他身上是干净的沐浴露和除菌皂的气味。不过年轻男孩流汗也不难闻，总是淡淡的，带点儿野性。

自动铅笔不小心戳破了纸张，陈然用黑色签字笔的笔头敲了敲她的手背："算错了。"

鹿苑一愣："啊？"

陈然看她怔怔的小表情，给她指出来，又说："没关系。这条辅助线的思路是对的，你从这里开始算就行。"

"哦。"鹿苑低下头，重新开始写，模样乖乖的。

宋缨和同桌得到答疑解惑，识相地转了过去。

陈然弯腰抱起作业本，去老孔办公室。

教室里还是吵吵嚷嚷的，储旭那帮二货看过周骛的视频后，闻风而来，围在他座位周围吹嘘："周骛，骛哥，你就是我哥。"

"这个周末去玩吧，秀一把？"

男生在这个年纪不仅喜欢装酷也容易搞崇拜，半个月前，几个簇拥储旭的还想揍周骛，现在就直接喊上"哥"了，就连储旭本人都倒戈了。

这中间只需要有一个厉害的点就可以，恰恰他是有的。

周骛身体往椅背上一靠，眉心紧跟着蹙了下："秀屁，别围着我。"

男生们因为那张脸过于臭了，散开一点，又窸窸窣窣地讨论周末的事，直接把时间给定了。

鹿苑用手指蹭了蹭鼻尖，听到后面的动静，不由得跟着皱了眉。

她不知道周骜的成绩如何，但这半月来他上课悄无声息，下课就趴在桌上睡觉，前阵子和储旭那些男生有纠纷，现在直接被叫上"哥"了。

老鹿总是说，人是好的难学，坏的易学。

周骜如果堕落下去，连个民办本科都混不上怎么办？不过也不愁，他长得不错个子也高，以后说不定可以当个模特。

不像她，连下课都在做题，啧啧，未来之路光明灿烂啊。

越想越远，鹿苑竟然替周骜想到前途问题了。因为他是周婕的儿子，她是替周婕考虑的，到底和陌路同学不一样。

过了一会儿，陈然回来了，把她从走神的边缘拉了回来："写完了吗？"

"嗯。"鹿苑把练习递过去，陈然看了，没有问题。

鹿苑起身伸了个懒腰："陈老师，我能出去了吗？"

陈然坐在椅子上头也不抬，把自己的杯子给她："顺便帮我接杯水。"

"不客气！"鹿苑帮他省略了那声谢谢，就和宋缨出去了。

周骜用几个点头把人打发走，脸色才稍有缓和，连答应了什么自己都不清楚，他从桌肚里把下节课要用的东西拿出来放桌上。

鹿苑起身的时候，椅背撞了下他的桌子，他早有预料，身体向后撤，也懒得看那个罪魁祸首了。

余光瞥到她的同桌，陈然嘴角多了抹笑，有点对她无奈的意思。

周骜定了片刻，收回视线。

周一下午最后一堂课是班会，老孔讲了几件事，最重要的就是这周开始晚自习了。

最初是针对住宿生的，走读生不做要求。但是从高二开始，走读生也要晚自习，会安排老师来看晚自习，偶尔还会上课。

以后放学时间很晚，鹿苑还不知道自己怎么回家，给老鹿发微信问。

德国跟这边有时差，老鹿没回。

事情讲完，老孔便公然抢占班会课讲数学，教室里响起一阵不满又不敢的愤懑，被老孔用敲黑板的声音压下去："等你们平均分130再跟我叫。课代表，把习题册发下去。"

老孔讲习题册比较笼统，都是中规中矩的题目，没什么好讲的。到后面解答题，他才讲得比较细，掰开揉碎的程度。

"鹿苑，你上来写。"老孔指着那个低着头的女生道。

这题陈然给她讲过，再做一遍罢了，鹿苑上去写完下来，老孔点点头，难得夸人："咱们鹿苑同学终于用功起来了，继续加油啊。"

鹿苑也咧咧嘴角。

临近下课，老孔下来给某个同学单独讲题，路过鹿苑那儿跟她提了几句："看来把你安排和陈然坐在一起这个决定是对的，有他影响，你的积极性也能上来。"

老孔虽然不能把全班四十多个学生都顾着，但每个学生基本什么情况、什么性格，他也都花心思去了解过。

鹿苑这姑娘有点上进心，但不多。

碰见不会的题，老师不讲，她也不问，就囫囵这么过去了。给人的印象就是不用功，得过且过。

下课后，老孔让陈然去办公室把他们班新订的补充习题抱过来，每组自动往后传。

传到鹿苑那儿就只剩一本了，没有周骘的。他的学籍是新转过来的，很多名单都没有更新，经常有教材遗漏。

老孔拍了拍周骘的肩膀："你的那份在我那儿，正好，你跟我来一下吧。"

老孔和周骘的身高悬殊，站着的时候他都得抬头看人了，于是他选择坐下，顺便让周骘也坐到隔壁桌老师的椅子上。

"你转来咱们学校有段时间了，老师一直想找你聊聊。"老孔是土生土长的本地人，讲普通话偶尔也夹杂着点儿方言俚语，但他还是尽量用了"咱"以显示亲切，"还适应吗？"

周骘表情不多："嗯。"

老孔说："第一天我看储旭他们围着你叫嚷。那几个都是没开窍的捣蛋鬼，一门心思想玩，脑子还缺根筋，但人不算太坏，你别搭理他们就是了。"

周骘点了下头，又"嗯"一声。他眼皮垂着，不看人的时候斯斯文文的，有点冷还有点乖，一看就是个好管的。

"我看你好像不喜欢说话？"老孔拧开玻璃杯喝了口茶叶水，打量着他,"你妹妹倒是开朗,这个是她的好朋友,那个也是她的好朋友,角落里扒拉出来只耗子都跟她熟。"

周骛听到"妹妹"两个字,没反应过来,问:"谁?"

老孔被问得也是一愣:"我说的是鹿苑。"

周骛:"……"

"你俩不是兄妹吗?"

周骛这次没点头也没摇头,算是默认。

老孔笑起来:"情况我听你们家长说了。鹿苑呢,性格比较活泼,你刚来,还没和班里同学融入,所以我把你们兄妹放在一起,你们中和中和。"

周骛:"……"

老孔大概是很满意自己的安排,私下里总是比在教室里和善,甚至还开了个玩笑问:"你俩在家不打架吧?"

周骛不知道说什么好,就没接话。

老孔想想,他们都这么大了应该不至于,这才开启正题:"不过,成绩就不用和她中和了,你可以提点提点她。

"她脑袋瓜子挺聪明的,劲头上来了数学能考上130分,下限也能跌破90分,太不稳定。"老孔果真是把每个人都研究了,鹿苑是个令人头疼的存在。

"你之前的成绩单我都看了,相当不错啊,来这儿可不能因为环境改变就松懈,要继续保持。

"其他科我管不到,数学课代表陈然坐在你前面,有事多沟通,不愿意跟老师说的可以跟课代表说,你俩水平应该差不多。"老孔看周骛这性格,估计也不会找自己。

"他什么水平?"周骛忽然出声。

刚刚说了半天,他一直沉默着,说到陈然,他才有反应。老孔自动把周骛的疑惑归类为男孩子间的好胜心,或者同类的惺惺相惜。

老孔如实说道:"高一没分科,分数计九门总和,现在看没参考性。高二月考开始就是3+2模式,语数外总分+物理化学等级,是骡子是马,拉出来遛一遛就知道了。"

【老爸,从今天开始学校要上晚自习啦,我想买一辆自行车,方便

上下学。】

【鹿正元同志,我要买车。】

【爸爸,你手机丢了?】

【爹,打钱!】

鹿苑连续四天给鹿正元发微信,商量买车的事情,都没有得到回复。

周五晚上,鹿苑洗完澡,擦着头发蹲坐在椅子上,看着一条消息都没有的手机,心里有一股莫名怪火:男人,你惹到我了!

鹿苑不信鹿正元没有收到自己的微信或者他的手机丢了,明明今天早上还听到周婕和他打电话来着,谈起恋爱来像年轻人一样黏腻。

可就是不给她回复。

鹿苑心情很复杂。

从周一上晚自习以来,晚上放学回家不方便,她都是蹭林鲸家的车,好在鲸爸比较靠谱,会把她送到巷子口。

她不好意思麻烦周婕,一开始还想周骛肯定会开口告诉周婕这件事,却不想周骛也没提,一到放学他人就消失了。

无论如何,鹿苑决定周末去买一辆自行车,不再管老鹿的意见。

周六早上九点,周婕来敲她卧室的门。

鹿苑因为前一天晚上写作业到凌晨一点才睡,这会儿眼睛还睁不开,白皙的脸蛋上压出凉席的条纹,红红的。

周婕探了探她的额头,没生病,说:"这周你爸爸还回不来,我们去看奶奶。"

鹿苑的奶奶年龄不算太大,但是因为身体不怎么方便,在家里没人看着总是磕碰。前年老鹿干脆把她送到高级养老院去了,有二十四小时的专业人员看护,白天还有志趣相投的老头儿老太太跟她打牌,日子过得好不快活。

现在老鹿结婚,她更是不想回来了。这么大年纪,快乐地活几年不好吗,何必再花心思精力和人磨合呢。

鹿苑也不想和陌生人一起生活,住养老院挺好,可是没有十六岁的女孩去住养老院的先例。

九点半,她钻进周婕的车后座,看见周骛已经坐在里面了,耳朵里塞着一副耳机。

他也去吗?

等周婕上了车，鹿苑扒着前面的座椅，问："阿姨，我爸爸有说什么时候回来吗？"

周婕启动车子，从后视镜里看她："你想他啦？"

鹿苑撇撇嘴："没有。问问而已。"

周婕解释："可能要再过一两周哦，这次事情有点多。"

"哦。"鹿苑不再说话，拿出手机玩，刷了刷很久没有更新的朋友圈，发现都是老鹿的动态。他和几个挺着大肚腩的外国男人，在参观自动化工厂。

像财经报纸里的配图一样，宣扬他的公司非常厉害，非常国际化。

鹿苑感觉心里凉凉的，像喝了一碗过夜粥，干脆把手机关掉，不看了。

低落的心情在见到奶奶之后才好起来。

周婕买了很多补品，拎着满满当当地过来。可惜鹿奶奶和周婕之间并没有婆媳情分，相处起来客客气气的，限于场面。

聊了一会儿，鹿奶奶就掩唇咳嗽了一声道："你要是有事就去忙吧，让孩子们在这里陪我待一待就行。"

周婕有点尴尬，这明显是不把她当成家里人。但这也算解救了她，毕竟和一个陌生老太太侃大山也不是什么舒心的事。

周婕说："好，正好我公司里还有事情。"

说完她就出了门，对站在走廊的周骜和鹿苑交代道："我先回去了，你们中午陪奶奶吃饭。小骜，带好妹妹，别瞎跑，结束后就回家知道吗？"

被委以重任的人眉尖短促地拧了下，冷声问周婕："怎么带，把她捧手里吗？"

鹿苑："……"

周婕被气到，但很少见儿子开玩笑，她的脸上终于露出憋不住的笑意来："好了，别贫了。"

周婕的电话响了，她好像也确实是公司有事，一边接一边向楼下走。

站在栏杆里面看到她开车离去，周骜也没有要进去的意思，他的肩背很直，像一柄锋利的刀，生人勿近。

鹿苑没有管他，进去和奶奶聊天。

今天她戴了银色耳钉，还是三个，头发撩起来就能看到。她问奶奶："好看吗？"

奶奶说："挺好看的，但是上学别戴。"

鹿苑笑嘻嘻道:"知道,被我爸看见会弄死我。"

奶奶并不担心周婕会对鹿苑不好,但还是问了下她最近过得怎么样。

鹿苑就把这两周以来发生的事情都告诉奶奶,包括高二的课程很紧张,每天都要上晚自习了。

"那放学很晚,回家不安全啊。"奶奶说。

"没事的,放学的路上有很多学生和家长。"

"你爸去接你吗?"

"怎么可能?"鹿苑抠了抠手指,"我们班有很多走读生都是骑自行车的,都不用担心堵车,我也准备骑车了。"

既然她都想好了办法,奶奶就不多说什么了,从抽屉里拿出一沓钱来塞到鹿苑手里:"去买一辆好点的车,骑着也安全。"

鹿苑不愿意要奶奶的钱,但是奶奶硬给,她就拿着了。

奶奶朝窗外看一眼那个薄削的少年,他是在给祖孙两个单独相处的空间。

"小骛,外面晒不晒啊?"

周骛把手机收起,走了进来。他话不多,在长辈面前更是一贯的好学生人设。奶奶很喜欢他,毕竟干干净净的男孩子谁不喜欢呢。

周骛对奶奶也很耐心,有问必答。他笑起来的时候,薄薄的眼皮上好像也沾染了情绪。

奶奶对周骛说:"如果学校里有人欺负她,你要保护她,她现在是你妹妹。"

她对校园的概念还停留在上个世纪,鹿正元上学因为穿得不好被同学看不起。

周骛看一眼鹿苑:"嗯。"

鹿苑无语,我看着需要保护吗?

周骛却早移开了视线。

中午奶奶没有留他们吃午饭,机构的午餐是专供给老年人的,清淡寡味。

从养老院出来,正午的太阳快把人炙烤化了。

鹿苑扎起马尾,耳朵上闪闪的,她漂亮得有些张扬,就像春日里的阳光下抓不住的蝴蝶。

周骛垂眸，看到她颈后那一片细致白皙的皮肤，目光定了两秒，一个荒唐的念头从他的脑海划过：她应该很脆弱，尖锐的物体划一下就会流血。

鹿苑扭过头来，眼神明艳锋利："看什么？"

"还疼吗？"他忽然开口。

"什么？"鹿苑被问蒙了。

周骛抬了抬下巴，指向她的手腕，上次被他攥一下就红了。

鹿苑反应过来，本来就不疼，如果他不提她早就忘了，既然他提了，她倒打一耙也不是不可以："废话，你下次再抓我，我就咬你。"

周骛："……"

"去吃饭了。"周骛敛了表情，嗓音微微克制。

他们现在所在的地方距离学校不太远，那边有一家大型的体育用品店，鹿苑想吃完饭去看一看车，不过，她考虑到另一个棘手的问题。

买了也不能马上骑，估计还得再过一周。

吃午饭的时候，两个人本来就不太对付，也没什么话好说。

在鹿苑吃完计划怎么跟他说自己还要出去一趟时，周骛先一步开口："我有事，你自己回家。"

他起身去把钱付了，然后走出店门。

坐在隔壁桌的男生，像鼻子灵敏的狗一样，闻着味儿，迅速跟了上去。

鹿苑低头给林鲸发消息，问她下午能不能出来。等了一会儿，林鲸说可以，两个人约定了在那家体育用品店见面。

她是上了公交车才发现自己的钱包忘记在刚刚的餐厅里的，幸好车还没有开出去，她直接"前门上车后门下车"，原路折返。

齐小飞初中毕业后，跟随父母来到这座城市。

自从知道周骛也来了之后，他体内的"病毒"就活泛了，像犯了狂犬病一样，躁动不安。

他时常在储臣的摩托车基地转悠，目的就是守株待兔，没想到今天在这儿看见周骛。

真是意外之喜。

不过，他身边跟了一个女生，齐小飞没敢轻举妄动，等到两人分开才贴上去。

周骛走到阴凉树下停住，手抄兜，人松松散散地站着，视线寻找尾随着自己的人。齐小飞在快被他发现时，竟心虚地往树后躲了躲。

在那一刻，他对周骛的恐惧多过于好奇。

周骛没耐心，烦躁地开口："出来。"

齐小飞稳了稳神，这才现身，故作轻松地笑起来："被你发现了，神奇。"

大多数人的笑容都是好看的，只有他的笑看起来很恶心，因为不怀好意，像蛆虫。正常人都怕沾上他们这种小混混，比沾上病毒还反感。

"周骛，你现在越来越厉害了啊。"齐小飞笑说，声音里还夹杂着不甘和嫉妒。瞧瞧他现在，人上人的姿态，摇身一变，成了干干净净的高中生。

周骛冷眼看齐小飞："没话说就滚。"

"找你叙个旧而已，干什么这么火大？"齐小飞被他的态度吓了一跳，没想到周骛现在越来越没耐心了。

"你要没正事我就走。"周骛嗓音凉到极致，"想打架看我心情，很不巧，你爷我今天不太爽。"

说完他真就走。

"别忘本啊，需要我帮你回忆吗？"齐小飞堵在周骛跟前，用肩膀撞周骛，目光挑衅。

周骛目光冷漠。他比齐小飞高出很多，居高临下又轻蔑地看向对方。在齐小飞张嘴之前，他突然拎起对方的衣领，齐小飞几乎被周骛拎得离开地面。

少年的暴怒像天上的电闪雷鸣，不会管血肉之躯的死活，也没有人类情感。

这是最恐怖的。

齐小飞吓得瞳孔微缩，努力挣开周骛的钳制，试图还手。

"你们在干什么？"鹿苑撑着把遮阳伞，站在台阶下，疑惑道。

周骛顿时定住，没有说话。

于是，鹿苑走近了点，看清齐小飞正要对周骛挥拳头。这是在打架？

"你们在干什么啊？"鹿苑又问了一声，这声里多了些喝止的意味。

周骛一动不动，看了下她，又垂着眼皮看地面，那种又乖又跩、令人矛盾的眼神："不知道，我不认识他。"

049 /

鹿苑没有想到有一天能撞破周骛的打架现场,但这不是重点。

她靠近看了看这个怒目圆瞪的男生,眉毛都快飞起来了,鹿苑对他的第一印象就非常不好。这种斜横的怒气她只在储旭身上见过,但是储旭比他可爱,也比他好看。

鹿苑对一切长得好看的人多了点宽容,但是对他没有。

她问齐小飞:"你是准备打他吗?"

"你没眼睛?没看到他打我吗?"齐小飞对于这个莫名其妙从天而降的女生同样仇视。

鹿苑说:"我有眼睛,我只看到你准备打他。"

这是实话,她从餐厅里走出来,目光在游离中看到他们的时候,只看见这个男生在做什么。

但是在齐小飞听来就是嚣张,和周骛本人一样嚣张。

"你再说一遍?别以为我不打女人!"齐小飞怒吼。

鹿苑不怕无能怒吼,还觉得有点可笑,一些男的觉得"不打女人"是一种恩赐和谦逊,能不能打得过女的还另说,这是视法律于无物吧。

他一口一个脏话挺令人反感的,鹿苑脸上也是不耐烦。

"你打我又怎么样?"她不知道他们之间发生了什么事,但多少也猜出一点来,这人不会无缘无故要揍周骛。就像之前储旭要揍周骛,也是因为他实在跩上天了——欠打。

虽然她也很想打他。

不过无论如何,周骛勉强算是她的家人,这个小混混又是什么东西,两边矛盾,她肯定是要帮周骛的。

鹿苑突然很想教训一下这个满嘴脏话的男生。

猜到她要做什么,周骛神经紧张了下。

齐小飞是什么种他很清楚,义气道德没有身上三两的骨头重。他抓住鹿苑的手,扯到自己身边。如果对方抬一下手,他就能给她挡住。

鹿苑大概是怒气太重,完全忽略了被他攥着的手,盯着齐小飞警告:"架不是乱打的,劝你动手前先想想自己要承担什么后果。"

齐小飞脸上的怒横不减:"少吓唬我,你叫人来啊。"说到后半句他气息弱了点,周骛一人就能把他揍得站不起来。

鹿苑理所当然,说:"不需要叫人,你知道他什么背景?我保证你动他一根手指头就吃不了兜着走。"

闻言,周骛本人都忍不住挑了下眉,看向眼前的女生,不懂她在影射什么。

齐小飞噤声一秒,估计也是被镇住了。

现在的形势的确对他不利,权衡片刻后,他骂骂咧咧地走了,但不是给鹿苑吓走的,而是因为周骛的脾气今天实在是炸,如果再待下去他不知道还会发生什么。

等齐小飞走远,周骛的视线落到鹿苑脸上:"你是准备替我上吗?"

鹿苑心说"我又不会打架"。她看上去能挨得住谁的揍啊?

"你觉得可能吗?"

周骛冷笑:"你刚嚣张到我以为你是这儿的地头蛇。"

鹿苑翘了下嘴角,低头看两个人抓在一起的手,若有所思。

周骛松开手指,想到什么:"我有什么背景?"

鹿苑甩了甩被他抓红的手背,回答:"《未成年人保护法》,你不懂法律吗?"

周骛:"……"

他看了她一会儿,表情不像是开玩笑。

"我说错了吗?"

"没有。"

耽误这么久,鹿苑差点忘记自己本来要干什么了,直到她的手机在裤兜里响起来,接通后好友的声音传来:"小鹿,我已经到了,你人呢?"

鹿苑还没坐上车,没法对好友扯出"我马上到"的谎,不然会被扇扁:"你再等我半个小时。"

林鲸在电话那头沉默好一阵,都懒得骂她了,只能提醒:"那你快点啊,五点半体育用品店就要关门了。"

"知道,马上来。"鹿苑挂断电话,用手机查询公交站点播报,下一班公交车还有四站才能到。

她一边皱着眉看手机,一边问周骛:"你这种情况多久了?"

"什么情况?"

鹿苑也不太好表述,斟酌了半天才说:"就是,又菜又贱。"

周骛:"……"

"刚那男的虽然没有你高，但看他那阵势真的很凶，我看他不具备手上很有分寸的素质。"

周骛的清瘦是肉眼可见的，肩膀是宽的，腰是窄的，衬衣被微风吹起一角，露出的一截腰有淡淡的阴影，好像是腹肌的沟壑。

鹿苑没见识过真人腹肌，不能确定，但也不好意思地偏开了头。

他淡淡地说："没多久。"

鹿苑叹了口气："我也不是指手画脚，就是一个建议，要不要听看你自己。改改脾气吧，别太臭屁，你这样很容易挨揍的。"

上次手臂上的伤，也是因为打不过别人才破的吧。

周骛手抄在兜里，肩背笔直，低了一点头，慢悠悠地答应她："好。"

鹿苑见自己游说成功，挺有成就感的，今天多少算功德圆满，便跟周骛告别："我还有事，先走了。"

9月的苏州还闷在蒸笼里，热得密不透风。

周骛的视线定个在某个方向，梧桐树的叶片，被风吹着，被太阳烤着，煎熬着，在他眼前晃啊晃。

直到鹿苑在他的视线里消失。

晚上八点。

周骛回到燕家巷，偌大的客厅里只亮了一盏台灯，周婕盘腿坐在沙发里，腿上放着一台笔记本电脑，鼠标放在抱枕上滑动。

茶几上放着一盒轻食沙拉，剩下多半没吃，下午连续收到两个孩子不回家吃饭的微信，她就懒得给自己做饭了。

再加上她的工作也有点忙，随便应付一下肚子就行。听见动静，她猛地抬头，看见周骛手臂撑着柜子在换鞋："你回来了。"

"嗯。"周骛淡声回应。

"吃饭了吗，要不要再吃点东西？"周婕问，拿起手机看了眼时间，已经不早了。

"我不吃，你别忙了。"周骛说，换了鞋子准备上楼洗澡。

"小骛。"周婕把大灯打开，一室明亮，光线从周骛棱角分明的五官轮廓上流淌下去，他的脸仿佛质感高级却冰凉的假面。

她拍了拍沙发垫子："如果不着急的话，过来陪妈妈说会儿话吧。"

周骛下意识地想拒绝，但是看到周婕的眼神竟有些楚楚可怜，他动了恻隐之心，于是调转方向走了过来。

母子两人单独相处的时间很少，不是周婕不愿意，是她总抓不到周骛。

"这一个多月来事情很多，我没来得及问你，在这里还适应吗？"

少年两条长腿微微分开，手肘抵着膝盖，双手交握在一起，哪怕是放松的姿势都透着冷淡："适应不适应，我不都需要在这里生活吗？"

"我——"周婕叹了一口气，嘴角有一丝苦笑，"小骛，你怪我吗？"

周骛说："没有，随口一说。"

周婕不到二十岁就当了妈妈，当时自己还不成熟，又是单亲，在很多事情上都留下了遗憾。现在她醒悟过来，尽力在弥补，只是不知道还来不来得及。

"学习上还好吗？这边的教材和你以前学的有点不一样。"周婕说，"但是我听你鹿叔叔说，你们现在的班主任是十六中口碑最好的，就是严格了点，能管住学生。严师出高徒嘛。"

周骛声音里透着烦："这些你不用操心。"

周婕尴尬一笑："也是，你从来没让妈妈操心过。"

周骛沉默着，忽然说："上周学校开始上晚修，九点半下课。"

周婕没有反应过来他想说什么，就顺着往下说："一天学十几个小时，很累吧。"

"放学会很晚。"周骛看她一眼。

"怪不得这几天你们俩比我还晚回家呢，原来是这样。"周婕恍然大悟，略僵硬地道，"市区这边治安还可以，但是你们还是要注意安全。"

没听懂就算了，周骛拿了手机准备回房："我一个男的能有什么危险？"

周婕笑说："你和苑苑都要注意安全。"

"你自己跟她说吧。"少年不经意嗤了一声，眉头锁着几分烦躁，"哪天晚上蹭不上别人的车，还得走着回来，是需要注意。"

周婕愣住。

九点半以后公交车停运营了，两人要怎么回家，她没想过这个问题。

周骛那冷淡的破性格也就算了，鹿苑竟然也没有跟她提。这孩子……看着活泼，没心没肺的，但其实最不喜欢麻烦别人，也没有真正地把她当作家人。

鹿苑前一天傍晚和林鲸去看自行车。

那家体育用品店的货很紧俏，都没现货，只剩下几辆儿童自行车，两边带着辅助轮，像小翅膀，鹿苑上去试了试，腿实在抻不开，只能作罢。

旁边的大人告诉她们，不如去自行车专业品牌店买，价格优惠，且种类齐全。

时间有点晚，鹿苑只能第二天再说。晚上回到家还要挑灯夜战，老孔布置的作业太多了，两天周末光是数学就有三份试卷。

第二天鹿苑快十点才起床。

还是周婕过来敲门，把她喊醒的。

"苑苑，今天我带你去买一辆自行车吧，以后我来不及接你们的话，可以骑着上下学。"周婕已经穿戴整齐，就等她换衣服就可以出门了。

鹿苑的眼睛忽地亮了。

尽管自己已经做好了打算，但是听到周婕这么说，她还是感觉到惊喜。

等她洗漱完，换好衣服，周婕和周骛已经坐在餐桌边吃早餐了，从她的角度能看到周骛侧着的身影。

周婕一直跟他说着什么，可惜他面瘫，没反应。

鹿苑故意咳了一声才走下来，周婕当即停止了和周骛的交谈，对她招手："吃点东西，我们就出发。"

鹿苑走到桌边，端起豆浆喝，有点开心地问："阿姨，你怎么知道我想要一辆自行车？"

周婕看了眼对面的男生，他默不作声地吃着面包，好像没听见她的问题。

鹿苑迫不及待地又问："是不是我爸告诉你的？"

虽然老鹿没有回复她的消息，但是鹿苑已经帮他想到了理由，比如他的工作很忙，来不及回复每一条消息，但还是把她的事情记挂在心上了，只是拜托别人去办而已。

毕竟父爱如山嘛。

周婕没说话，笑了笑。

鹿苑顿了顿："怎么了？"

周婕解释道："你爸没跟我提过，是你哥说的。"

好了,她对面那个冷若冰霜的男生,脸更垮了。

鹿苑一边喝豆浆,又悄悄瞥了眼周骛,不知道他一大早为什么摆臭脸,真是阴晴不定。

她没想太多,情绪忽然有点低落。

像小时候为了完成任务在作文里写"父母淋雨给自己送伞;深夜高烧,父母连夜背着去就医"一样,都是小孩自己骗自己的,其实父母根本就没有那样做过。

骗着骗着,在记忆里好像就成真的了。

她把碗放进水池时,周骛也离开餐桌,被周婕喊住:"你干什么去?"

周骛说:"写作业。"

周婕对他招手,好像能抓住他的一片衣角似的:"下午再写吧。"

周骛迟疑几秒,黑色的手机在指骨明显的手掌里抓着,看那神情好像是对周婕没有办法才妥协的。

他一直懒懒的,怕麻烦。

鹿苑无意窥探这对母子私下的关系,避嫌装聋,低头洗着碗。直到许阿姨来他们家做卫生,喊了一声:"哎哟,谁把我的活儿抢了?"

周婕向厨房里看。

许阿姨是胖胖的身材,眯着眼睛笑成了一条缝儿:"太阳打西边出来了。"沉默片刻又唠叨道,"不过这事儿不用你小孩干,好好学习就成了。"

鹿苑被几道目光看得有点不好意思,这也不是什么大事。

可能许阿姨觉得上一句话的"太阳打西边出来了"说得不好,会导致鹿苑给周婕留下不好的印象,便找补起来:"我在你们家做了好几年,苑苑的房间一直都自己收拾得干干净净,完全不用我打扫。"

周婕干笑了两声:"是吗?"

许阿姨对鹿苑是有些感情的,跟奶奶一样,一直尝试着在周婕面前给鹿苑树立良好的形象。

鹿苑抽了纸巾擦手,走到玄关换鞋,被周婕打量着:"你穿这个出门吗?"

T恤衫和牛仔裤,她人很瘦,松松垮垮的,不修边幅中又透着些许中性的酷。

"怎么了?"鹿苑不明白。

周婕可能不懂这个年纪女孩的想法和审美,说:"今天是周末,我们出去逛街,穿得漂亮点也没有关系。"

学校不允许女生穿除校服以外超出膝盖的裙子、短裤,男生头发不能遮挡眉毛,更遑论染头发。

因此,大家都是穿着千篇一律的校服。夏装还好看点,冬天就是蓝白运动服,全靠年轻的颜值撑着。

周婕建议鹿苑去换一身适合外出的衣服,还到她的房间帮忙挑选。周婕看上一条白色的棉布裙,让鹿苑换上。

这条裙子腰掐得很细,侧面看薄得像纸片,背后料子少,花瓣一样拱着蝴蝶骨。

皮肤在空调房里凉飕飕的。

鹿苑都忘记是什么契机买回来的,一直没穿过,还有点不习惯。

"很好看,女孩子不要避讳自己的美貌。"周婕看出她的游移,口吻里带着鼓励,"和你今天的耳钉很搭。"

周婕早就知道鹿苑有耳洞,而且不止一个,只是没刻意提起。

她也很少进鹿苑的房间,状似无意地扫视一圈,像许阿姨说的,干净整洁,色调统一,很舒服的感觉。

小提琴包被放在书架的最上方。

搬进来两个月,从来没有听鹿苑拉过。

本质上,鹿苑和周骛一样。

自己的想法并不重要,这是重组家庭,他们不想给自己惹麻烦,就只能在家长面前装乖、听话。

看自行车的时候,鹿苑听着工作人员介绍车子的性能和价格,没有发表意见。

周婕做决定下单了一辆灰粉色的自行车,价格一千多元。

质量挺好,在学校也不算惹眼。

"只一辆吗?"销售人员眼风利索地瞟了一眼坐在休闲椅上的男孩子,他穿着黑色的T恤和运动裤,宽松的款式依然能看出他的腿很长,裤脚是束着的,露出一截白冷骨感的脚踝。

他从进门到现在一句话都没讲,表情有点不耐烦。

周婕被提醒了才想起来似的:"再挑一辆黑色的。"强调,"男孩子骑的。"

说完她问周骛:"小骛,你喜欢什么样的?"

周骛在看手机,眼睛没有离开界面,丢下两个字:"随便。"

这个年纪的男生都没有耐心陪女人逛街,也不爱说话,可以理解。

周婕说:"那就和刚才的同款吧。"

销售员连卖两单,脸上洋溢着职业微笑,也不忘给客人暖场:"周女士,你的儿子和女儿漂亮又乖巧,真养眼。"

这马屁精准到点,周婕心情不错,是她想听到的话,孩子听话,家庭和睦。她又故作谦虚地推辞道:"哎呀,养孩子很操心的。"

"都一样,你的福气在后头。"

周婕付了钱,工作人员让鹿苑试骑,说调整座椅的高度。鹿苑只是坐了一下,脚能够地,就下来了。

不知道是不是周婕的错觉,总觉得鹿苑对新东西兴致不高,甚至有点逃避,上回给她买新衣服时明明不是这样的反应,她不算是嘴甜的小孩,但看得出来很高兴。

"苑苑,要不要去外面骑一会儿试试?"

鹿苑不为所动地摇头:"穿裙子不方便。"

这的确是个理由。周婕还是不放心:"如果你不喜欢就换,不要考虑价格,买东西一定要买自己喜欢的。"

工作人员手指顿了顿,停下写单子的动作,看向她。

鹿苑白皙的脸颊泛了淡淡的粉色,嘴唇轻抿:"就这个吧。"

直到这时,一直专注手机的周骛抬了下眼皮,奇怪地看着鹿苑。

过后他站了起来:"该吃饭了。"

周婕看时间已经快十二点了,问:"啊,你饿了?"

"嗯。"

工作人员问:"这车你们骑走,还是——"

"送家里去。"周骛不给对方省事的机会。

周婕下午要去公司开会,吃过午饭,把两个人送到家门口便驾车离去。

鹿苑轻轻松了一口气,头也不回地上楼,回房间。周骛的房间在她隔壁,不久后也响起了关门声。

她把最后一点作业收尾，又喝了一点水。

窗外的日头依然很足，蝉鸣密集，仿佛夏天还未过去。

鹿苑在轻微的噪声里不知不觉睡着了，没过多久，被一阵电话声吵醒，是自行车店的工作人员打来的。

车子已经送到了，让她下来开门。

她怎么记得周骛留的是她自己的电话号码？

幸好睡前没有换衣服，她整理了一下头发，趿拉着拖鞋就跑到楼下，却看见大门已经开了，两个纸箱放在院子里，周骛正在签单子。

送货的叔叔笑了笑说："好了，没问题我走了。"

都签收了还打电话给她干什么？

鹿苑不理解这个逻辑，却见周骛已经半蹲下拆箱子了，随着他躬身，T恤下滑露出一截锁骨。

太阳落到一半，热度被云层削弱，在少年人的背上覆下浅淡而大片的浮光，宛如缥缈的云鲸。

空气也松快了些，输送来一丝凉爽。

周骛拆的第一个箱子是她的灰粉色自行车，组装很快。他把车子立起来，拍了拍坐垫，对她说："过来试一试。"

"不是已经试过了吗？你放那儿吧。"鹿苑揉了揉泛红的眼睛说，多少有点顾左右而言他的意味。

周骛看着她，像是某种执着。

她有点不理解。

两人就这么互相看着对方。

"鹿苑。"周骛叫她的名字。这是他第一次连名带姓地叫，两个字在他的唇齿间冒出，带着磁性，很陌生。

他用眼神审判鹿苑，足足过好几秒，再次开口："你不会骑自行车。"

不是疑问，是肯定。

也就瞬间的工夫，绯红慢慢爬上鹿苑的脖子、耳朵、脸颊。

这么久以来，鹿苑第一次生出了想打周骛的冲动，最后还是《未成年人保护法》制止了她，保护了他。

"我现在不会，我还不会学吗？"鹿苑忍不住反驳一句。

周骛唇边浮出一层浅到不注意就看不出来的笑："是吗？"

有人还在心虚着嘴硬："我打算买完再学。"

"嗯。"周骛点点头，表示了解，"早上那兴奋劲儿，不知道的以为你会开飞机。"

"住嘴！"她的脸要丢没了。

周骛没时间跟她斗嘴，接着去拆那辆黑色的骑行车。两辆车造型差不多，斜梁上可以绑水壶，还有喷绘图案，他的好像比她的大一些。

院子里多了一堆可回收废物，泡沫碎屑横飞。大小姐也没闲着，主动拿出去丢到巷子口的垃圾桶里。

正巧有个老太太路过，跟她要纸箱子，问她："妹妹，还有吗？"

鹿苑把纸箱给了对方，热情道："我家里还有很多，拿给你。"

"我跟你去吧。"老奶奶大概是不好意思坐享其成，或者想顺便再捡点别的废品。

鹿苑带老太太来自己家门口，身后有陌生人跟着。她一边带路一边还要社交，等抬腿迈门槛时，"嘭"一声闷响，脑门撞到一个微热的胸膛上，鼻腔里灌入淡淡的沐浴液的清爽。

他午睡前洗过澡了？

鹿苑一时发蒙，揉了揉鼻头。周骛脸上嗖嗖冒着冷气，看上去准备揍人了。

鹿苑在他动手前赶紧指着身后的老太太："我来打扫剩下的垃圾。"

周骛扫了眼那老人家便明白是什么意思，但也只是让老奶奶在门口等，他进去拿。

两个少年人动作利索，废品又有了去处，很快把院子打扫干净。

老奶奶大丰收后心情不错，一高兴就喜欢东拉西扯，问他们"你们是兄妹还是姐弟""大人不在家吗"。

鹿苑在洗脸，周骛不喜攀谈，防备心也重，不像里面那个没心没肺地把人往家里带，三两句话就应付过去了。

等鹿苑出来，老奶奶已经离开。

"我上楼了。"鹿苑抹了抹两鬓的水珠，脸蛋像水里捞出来的剥壳荔枝，莹莹润润的，白得发透。

周骛站在屋檐下，斜靠着门框看她一会儿，等人已经走到转角处才开口："你是准备明天推着车去上学吗？"

鹿苑："？"

那也太傻了吧。

她就没见过嘴这么毒的人。你才推着车去上学,你全家都推着车去上学!

"我先坐公交车!"她咬字强调。本想找时间让林鲸教她的,学会了再骑车上学,这有什么难的?

"什么时候学?"周骜接着犀利地问。

"要你管——"

鹿苑扭头欲要发怒,便听见他不容置喙的嗓音:"下来,学车。"

太阳磨磨蹭蹭的,还舍不得落山。

白墙黛瓦的屋顶落了层余晖,淡淡的,仿佛轻笔描写的水墨画。

墙下挺阴凉的,但鹿苑仍旧有种不真实感,她竟像只听话小狗似的,对这个奚落她的人言听计从。

屁股在坐垫上,双手扶着车把,脚撑着地面,一切准备就绪,可她总感觉车子在向一边歪。

"别低头,向前看。"周骜站在她身后,语气更接近命令,对她说。

"哦。"她目视前方,第一次这么呆。

人在屋檐下,不得不低头,她忍!

"出发。"

鹿苑牢记口诀,眼睛死盯着前面,单只脚离开地面踩上脚踏,像个蹒跚学步的小豹子似的,一股脑向前冲。

轮子只运行了四分之一。

"啊!"她吓得大叫了一声,这次不只是车子往一边歪,身体也在疯狂地向单边倾斜。

"往前骑,别叫。"周骜的声音竟还在她耳边,但一丝感情也没有。

"我要摔倒了!"鹿苑被吓得脾气也有点大,她马上跟个西瓜似的摔得四分五裂了,他还在只顾着发号施令。

周骜走过来,人快比她高出两个头:"这不是好好的嘛。"

那是因为危险来临前的恐惧占据了她所有的理智啊。

鹿苑不想表现出自己的害怕,嘴硬道:"我再不停下就摔了。"语气里还有微不可察的委屈。

周骜大概也是没想到鹿苑有这一面,平时狂得不可一世,女孩们众星捧月地供着她,男生也抢着套近乎,认识不认识的都喊"小鹿女神",

骑个自行车而已，搞得像被他逼着上刑场。

吓死她算了。

一阵沉默过后。

鹿苑小声说："我怕摔，怕疼，不行吗？"那声音里小心翼翼地透露出求饶、可怜、撒娇。

周骛干干地咳了一声："行。我在后面扶着你。"

征程重新开始。

背后有人保驾护航就是不一样，鹿苑不再畏首畏尾，也能听进去他的话："眼睛看前面，别看脚下，掌握车头。"

她骑了一会儿，风吹到脸上，带走刚刚因紧张分泌出来的潮湿汗水，挺舒服的。

周骛扶着自行车后座，瘦长的手指只是搭在上面，给她固定一个方向。鹿苑的运动神经不算太废，被他护着就骑得很顺。

他松开手，看着鹿苑慢慢离去，给自己拆了根棒棒糖。

刚刚到嘴里，就听到那边的尖叫声。那穿白裙子的身影像丧命的蛾子似的掉落在水泥地上，翻得彻彻底底，连车带人，都不带挣扎一下的。

周骛把糖咬碎，跑过去。

膝盖和手肘都没见血，只是擦破了点儿油皮，一粒小石子卡在膝盖的皮肉上，周围皮肤泛着红。

鹿苑甚至都没让他扶自己就起来了，就是那气性比伤口大，不服气，又理不直气不壮地质问："你怎么不扶我？"

周骛低垂着眼睫一时语塞，没给原因，把卡在肉上的那粒石子拿掉了："还骑不骑？"

鹿苑气不过，又不甘心，押着脑袋不说话。

半个小时下来车子没学会，架倒是快吵起来了，求人的比求的脾气大。鹿苑觉得委屈，无缘无故摔了个大跟头，这个人不解释也不道歉。

周骛把车弄起来，他长手长脚，姿态松散地靠在墙边，有些吊儿郎当的味道。

他眼睛看向某处，似乎在谋虑。

鹿苑逐渐冷静下来，觉得自己反应过度了，跨上车，眼睛瞥向那个男生，眼神已经表达了诉求，此时无声胜有声。

可他没反应，气氛就很微妙。

心脏像充了水的气球，鼓鼓囊囊，东倒西歪，她一个人单脚蹬了半圈轮子，才缓缓开口："我要继续学，来扶我。"

用最弱的语气，说最嚣张的话。

"我休息会儿，被你气着了。"周骛这次眼都没抬一下。

"哦。"她憋着气，收回了视线，嗓音闷闷的。

当她再次扩开肩膀，迎着凉风时，所有的不快全都忘了。

周骛低下头，勾唇轻笑。逗毛的小动物，比的是心智和耐心。

那天下午，周婕开完会很快就回家了，她停车时，两个人也刚进屋。

鹿苑只能勉勉强强算会骑一点，到大马路上不太安全。可是她和周骛谁都没有跟周婕坦白，也没提下午学车的事。

明明很正常的事情，可两个人心照不宣地选择隐藏。

晚饭时，鹿苑还没想好借口，这几天她不骑车上学，又怕周婕问，捧着碗皱眉头纠结。

周骛忽然开口，说自己下午打球崴了脚。

周婕忙问："严不严重？"

周骛："没事，不能剧烈运动了。"

周婕长松一口气，又厉声教育道："还想运动呢？这几天车也别骑了，我先送你们上下学一阵子，正好忙完这一个项目也不用加班了。"

至此，鹿苑也松了一口气。

周一早上，周婕开车把兄妹俩送到学校门口。

学校路段不能停车，她将两个人放下就得离开，鹿苑急匆匆地往学校里跑。

周骛把随手看的书和手机，一件件塞进书包里，有条不紊地下车离开。

周婕很想叫住鹿苑，让她等等周骛，可她也知道可能性很小，十几岁的孩子思想已经处于成熟和戒备之间，让他们打心底接受一个兄弟姐妹很难。

鹿苑今天到校比较早，已经有十几个人坐在位子上了，没几个正经早读的，都在吃早饭，肉馅包子、糍饭团，味道一锅大杂烩，比早市摊子还丰富。

她放下书包，陈然正在看书，在那些稀稀拉拉吃早饭的人中显得独树一帜，浑身散发着好学生的光辉。

"早上好，陈然。"

"早，小鹿。"

陈然视线没有离开书本，语气平稳，在两个英文单词之间夹杂了三个中文字。

鹿苑感受到学霸普照，"时不我待"几个字如一把钢刀悬在脑门，赶紧拿出英语书出来背。她这边刚翻开，那边宋缨的同桌就背着书包踩进门，吼了一嗓子："快，'老虎'来了！"

正在吃早餐的几个吓得一哆嗦，东西往桌洞里塞，校规不允许在教室吃饭。

老孔捧着茶杯进教室，站在讲台上向下俯瞰，用"目光如炬"形容他也不为过。大家安静半天，他竟然开口："没吃完早饭的赶紧吃，等下学校来检查了。"

众人一愣，将信将疑，看他表情不像假的才拿出来继续吃。

早上贪睡几分钟起不来吃饭，老师也是可以理解的。

老孔又发话："吃完的把作业拿出来，我抽查一下。"

这次"哆嗦"的人是鹿苑，她大概长了一张从不好好写作业的脸，老孔指着她说："就你吧。"

鹿苑："……"

"老虎"脸上带着似笑非笑的表情，走下来，差两步到鹿苑桌前，前门传来男生的声音："报告。"

周骛穿着白色校服，单手拎着书包，面无表情地站在门口。因为个子太高，站得又直，让人十分担心他会一不小心就戳门框上。

老孔脸上笑意更甚，以为他是鹿苑搬来的救兵，阴阳怪气地吐了几个字："哟，来得够及时的啊。"

周骛听不懂他在说什么，语气里有掩饰不住的不耐烦："我能进来了吗？"

"进来吧。"老孔大摇大摆地走到鹿苑桌前，拿起她的作业，倒要看看她做了多少。

假期一共三份试卷，鹿苑全都做完了，只有一张的最后一道大题没写，但能列出来的式子她都列了。

鹿苑侧了侧脑袋，看着老孔，无辜的眼神里透露着倔强：你哪只眼睛看我没写作业的？

老孔干笑两声给自己找补："嗯，越来越上进了。"

铃声响起，教英语的章老师抱着书走进来，用眼神剜着老孔，让他赶紧滚蛋，早读是英语和语文的，跟他有屁关系。

待人走后，鹿苑无语地拍了拍高一就在孔虎班上的宋缨："他经常犯人来疯吗？"

宋缨扭过头来："他就没正常过，会让你时刻感受到'The tiger is watching you（老虎一直在盯着你）'。"

鹿苑："……"

谢谢，已经在害怕了。

章老师发了完形填空单项练习让大家中午做，卷子再次"缺斤短两"，发到周骛那里就没了。

她让周骛下课跟她去办公室拿，一进门就听见老孔眉飞色舞地说着早上抽查作业把学生吓半死的事。

一个老师问："可人家全写了，你打脸不？"

老孔并无囧色，甚至扬扬得意："这有什么打脸不打脸的，自己班里的学生跟自己孩子似的，她写全了我还欣慰啊。"

而他杀鸡儆猴的那只"鸡崽子"，之所以是鹿苑，完全是因为她是女孩子中最开朗的，被批评了也不会恼脸。

众人赞同地点点头。

老孔又说："也是挺逗。她哥还给她打掩护，以为打岔我就不查了。不是一家人不进一家门。"

旁边老师立马八卦起来："她哥是谁？"

老孔："这学期转到我们班的，叫周骛的那男孩。"

"哦，听说成绩挺好的。"

"看吧，"老孔脸上浮出得意的笑容，"估计能跟陈然平分一些秋色。"

"喊，嘚瑟死你算了。"

听了全程八卦的周骛除了无语就是佩服老孔的脑补能力，他怎么不知道自己给某人打掩护了？

吃过午饭，鹿苑回教室前又去买薄荷水，被老板娘告知今天是最后一天供应了，因为秋天了，店里改供应热奶茶。

她和老板娘都很熟了，经常开玩笑，异想天开地问："那不能为我一个人专供吗？"

老板娘温温柔柔地笑，反问："你觉得呢？"

当然不可以了！

鹿苑敛着眼皮，狂吸了一口，幻觉般嗅到某人的气息，<u>丝丝缕缕</u>，身后的塑料帘子被人掀起，带起一阵风打到她的后脑勺。

是周骜，他刚一直在小超市里。

以往在学校里从不给她一个眼神的人，竟低头看了她好几眼，那神情也是一言难尽。

鹿苑握着绿豆薄荷水，反看回去："看什么——"话说到一半她又想起昨天晚上学车一系列的事情，闭了嘴。

周骜喝着水，喉咙跟着滚动，瓶身外结出一层水雾汇成水柱流到他手指上。鹿苑傻愣愣看着他喝完，把瓶子丢进垃圾桶里，把嘲讽丢给她："看你撒娇。"

语气有点欠。

鹿苑："看我撒娇需要花钱的，你买票了吗？"

可惜这句话她没有来得及说，那个人就消失在浓绿的树影下。

宋缨在人走后学周骜的口吻又说一遍："在线观看小鹿撒娇，高清无码哈哈哈。周骜这么冷酷的外表下竟藏着有趣的灵魂，看不出来啊？"

鹿苑叹息："那你看出来小鹿马上就要打人了吗？"

两个人到教室，距离午休铃声还有十几分钟。男生们抓紧时间在教室后排玩笑打闹，女孩子们都安安静静地坐在座位上写作业。

鹿苑回到位子上坐下，陈然难得没有在学习，拿了本闲书在看，不知道是武侠还是什么。

于是追随学霸步伐的鹿苑也没急着写作业，慢慢吃着绿豆沙。

陈然放下书，瞥见她胳膊上的一块秃噜皮儿，是昨晚磕破的油皮，现在已经变白了快要褪掉。

"你手臂又怎么了？"陈然还记得上次是指印。

鹿苑没准备向陈然隐瞒："说来话长，我在学自行车，摔的。"

"你不会骑车？"陈然微微吃惊，但是她受伤比不会骑车这事更严重一点，"摔疼了吗？"

鹿苑给出一个"你觉得呢"的眼神，却摇摇头："反正现在不疼了。"

陈然："要不要我教你？"

鹿苑想拒绝，她已经有师父了，就在身后。话说到这里，鹿苑下意识扭头，然后看到储旭几个人走了过来，围坐在周骜旁边。

"周骜你看不起兄弟，周末约你不出来？"

周骜本来趴在桌上睡觉，被吵醒，满脸写着"你有屁就放"。

储旭上辈子大概是个史莱姆或者非牛顿流体，性格百变，也不像第一次看到周骜嫌恶的眼神那般一点就炸。

他已经可以轻松无障碍地在周骜身边叭叭了："这周有时间吗？"

鹿苑和陈然被吵得无暇聊天，干脆写作业了。储旭幸灾乐祸地笑起来。

鹿苑忍不住扭过头来，看着他："储旭！"

储旭一惊，扬眉应声："哎，小鹿找我什么事儿啊？"

鹿苑皱了皱眉："你没事儿去扫厕所吧，看你力气多得用不完。"

储旭："……"

周骜已经懒得搭理他们了，从桌肚里拿出手机，松松垮垮地靠着墙，手指在屏幕上滑动着，鹿苑看清楚，他竟然在玩消消乐……

唉，无药可救，山东蓝翔在向你招手没看见吗？

鹿苑无言地趴回去写作业。

储旭占了周骜同桌的位置，愤愤瞪着前面两人的背影，眼珠子快把陈然的校服烫出一个洞来，低声咬牙道："天天看这两个人挺不好受的吧？我们小鹿守护者联盟要被气吐血了，真想把陈然这孙子换走！"

周骜叉着腿，手指落在屏幕上一顿，抬起眼眸瞥了眼前面的人，应付似的"嗯"了声。

"你说什么？"储旭探着脑袋凑过来。

周骜把手机关了，塞进桌子里，拿出试卷，顺便抬手做了个请的动作："说完了吗？滚吧。"

有一瞬间，鹿苑挺担心周骜的状态的，和储旭混在一起会不会被传染"中二病"啊。

晚自习最后一课快结束时，鹿苑收到周婕的微信，说她已经来接他们了，车停在前面路口，让两人放学就过来。

鹿苑回复了"好"。

周婕又提醒她，晚上天黑，扶着点儿周骛，别让人踩他的脚。鹿苑这才想起来他"崴了"这件事。

下课铃声打响，两个人一前一后出校门，又走了一段路才慢慢靠近。

路灯将两少年的影子拉得很长，看到路口那辆打着双闪的白色奔驰时，鹿苑尴尬地对周骛说："那个，我们要不要做戏做全套？"

周骛略微侧着脑袋瞧她，眼神疑惑："什么全套？"

鹿苑手臂支棱了下，他那么高的个子，真不知道如何下手算是"扶"。扶腰还是扶肩膀？

犹疑时，男生的手臂已经落下来，搭在她的肩头，带着异性的重量和体温，他的嗓音也在头顶飘落："行了，就这样。"

很好，他知道她在说什么。

沉默，死亡一般的沉默。

明明十几米的道路，却像走了半辈子那么长，鹿苑第一次跟这个年龄的男生肢体接触，手脚像是刚装上去的，嘴也不利索，开始没话找话。

"我上次建议你不要太装了的事儿——"

"嗯？"少年的嗓音沉沉的。

"真的对你没好处，"鹿苑有些苦口婆心，"搞不好，你会为此付出代价的。"

"哦。"

周骛问："你呢？你也装，为什么付出代价的也是我？"

他指着自己假装受伤的脚。

鹿苑望了眼黢黑的天空，人有点眩晕，竟想不出半句能反驳的话来。

"如果我现在打你一顿，你能用自己的高素质原谅我吗？"她皮笑肉不笑地问。

"我没素质。"周骛同样面无表情地回。

好吧。

周婕见两兄妹破天荒地搀扶着出来，心头一紧下了车："小骛，你怎么了？"

早上还能正常走的，难道一天下来更严重了？

周骛："？"

鹿苑说："你不是让我扶着他吗，我扶了。"

那也不用跟拖狗似的啊，周婕不放心地看向周骛："你真没事？"

被过度关心的人一脸黑线，丢下三个字"死不了"就上了副驾驶。为某人装瘸是不是他十七年来做过最傻的事？

鹿苑也麻溜爬上后座，乖乖坐好。

周婕想不明白现在的年轻人都怎么了，刚不是挺好的嘛，大人稍微问一句就冷脸。

两人在周婕不在的时候又练了几次，周骛才点头答应鹿苑跟他一起上路。只不过这之前，他的脚不能一下子就"好"了，且得装两天。

大少爷在学校里打球、跑步一点不耽误，在家下楼梯、上台阶都得人伺候，只管伸手，自然有个叫小鹿的"小太监"迎上去。

周婕没深究原因，倒乐得见这样的成果。

一周过去，鹿苑习惯了骑车。

鹿正元终于给鹿苑回微信了，借口不出鹿苑所料，他太忙，消息一下子就沉到最下面去了，又叫她有事就跟周婕说，不必什么都找他。

这么说，当然也没错。

鹿苑不知道怎么回，如果说爸爸和别人是不一样的，有些话她只能跟他讲，又显得矫情，鹿正元也不会理解。

周五晚上不上晚自习，晚饭后周婕拿上车钥匙就急匆匆出门了，鹿苑拿着书包回房。等她写完两份试卷已经十点多，也没听到楼下有车进来的声音。

周骛在自己房间很少出来，家里静悄悄的。

她拿了睡衣在走廊站了站，看见浴室的门缝是黑的，确定里头没人才推开进去。

鹿家的这栋小楼放在现代小区里有点像联排别墅，单层的面积不是很大，一楼是起居室，一家四口的卧室在二楼。

老鹿和周婕的主卧里有浴室，鹿苑和周骛用外面的客卫。

十六七岁的少年处于一个敏感的年纪，对隐私和异性都尤其戒备，无论男生还是女生。

两人共用卫生间一直小心翼翼。

周骛住进来以后，鹿苑每次洗完澡的第一件事就是开窗通风，散去热气，除了必要的盥洗工具，不留任何私人物品和使用过的痕迹。

周骛亦是这样。他爱干净，从一丝不苟的洗手方式上就可以看得出，有时他也会去楼下那个没热水的卫生间冲澡。

两个人不和归不和，日常嘴欠互撑，但在这种事儿上默契地避嫌。

如碰巧大人不在家，就都尽量不出房门，晚上出来倒水见着对方也是闷头走开，一个眼神的交锋都没有。

莫名其妙的尴尬和莫名其妙的默契，一直存在着。

鹿苑洗完澡，头发没擦就出来了，水顺着脖颈往下流，睡裙的胸口和背后洇湿了一大片。

她也不知道自己在期待什么，脑袋抻着往楼下看，还是黑的。

周婕没回来，她不想睡。

于是她又顺手把自己的内衣洗了，磨磨叽叽地拿去阳台晾。

除了浴室，两人的阳台也是通着的，换句话说可以互相走动。鹿苑没料到，这个时间了，周骛房间的窗帘竟然没拉，让她将他屋内的布置陈设尽收眼底。

他人坐在椅子上，正对窗外，腿松散地敞开着，有点懒散和自闭的坐姿。

耳朵上戴着副耳机，头发被压倒一片，眼皮垂着，他一个人待着的时候总是这样，要么冷漠要么烦躁。

自从搬进来，他的心情好像一直都很差。

鹿苑看得有点呆，他的皮肤很白，脸型又窄，在光影下很像动画建模做出来的完美假人。

周骛听见动静抬头，两个人的视线就这么对上了。

除了尴尬，还是尴尬。

她的双手还举着，正在夹内衣……一秒反应过来，鹿苑迅速跑开，过了五秒，一只白皙瘦长的手在周骛的视线里又出现了，把夹着她的内衣和袜子的圆衣架往旁边拽了拽。

说惊魂未定有点过，她心绪起起伏伏地回到卧室，脸微微发烫。

不知过了多久，楼下终于传来停车的声音，接着是开门声、说话声。

然后是周骛进浴室洗澡的动静。

这个家再次热闹起来。

果然是老鹿回来了，周婕吃完饭就出门是去机场接他的，从上海开车来回要差不多四个小时,她时间估得一点都没错。

鹿苑把头发擦到半干,毛巾往椅子上一丢,就推开门出去。

楼下依然是只开了一半的灯,影影绰绰。鹿正元和周婕在餐桌两边对坐,他面前放着一杯冒着热气的清茶,一边喝一边和周婕聊天。

鹿苑想下去和老爸说话,但有点不好意思打扰他们。夫妻多日不见,聊的事情小而细碎,多半围绕着家庭和孩子。

有女主人就是不一样,鹿正元什么都不用管。

周婕告诉鹿正元,他走的这段时间楼上那两个小东西关系融洽了挺多的,两个人还偶尔晚自习下课搭伴回家。

鹿正元闻言放下茶杯,问周婕:"院子里停的自行车你给她买的?"

周婕笑着点头。

老鹿的眉头逐渐皱起,他想了想,说:"公司里还有一辆车闲着,我让老梁招个司机早晚送他们好了。"

以前家里只有一个学生的时候,老鹿也不是没想过这种安排,怕把闺女养得太娇惯,也怕麻烦。但是现在又多了一个,周骛不是他亲生的,必须客气。

周婕说:"没必要吧。"

老鹿习惯性否定自己的女儿:"苑苑哪会骑车?做事毛手毛脚,上高中了数学还有计算错误,老师跟我告状,我都快气死了。"

周婕却不觉得:"我看她骑得挺好的,也没那么粗心,你应该对她有个正确的了解。"

老鹿没再说话了,两个人的认知出现偏差,但并没有就鹿苑会不会骑车这件事讨论下去。成年人聊天,点到为止就好。

鹿苑手撑着栏杆,回想老爸对自己的评价。

她真的很差吗?

周婕去岛台洗杯子,老鹿跟着。在家里为什么还要形影不离?鹿苑在心里想,目光不自觉追随两个人。

鹿正元本来欣赏着周婕涮洗玻璃杯,看了一会儿,他突然俯身低头,在周婕的嘴唇上亲了一下。

周婕似乎料到了他的动作,自然而然地勾着他的脖子,回吻他。

哎,画风怎么突然少儿不宜了?

在家撞见父母亲热,很多同学都有这种尴尬经历。

但她的印象里，几乎没有老鹿个人的一面，他的身份标签只是爸爸，而不是一个男性，这画面对于十几岁的她来说很怪异。

若干年后回头看，他们也不过一个四十岁，一个三十几岁，很多人在这个年龄还没寻到第一个爱人，还很年轻。

陷入爱情，是这个世界上最容易的事情之一。

时间的长河太浩渺，我只是站在一节高台之上，就以为能看穿人生。

其实不过窥见浮生一隅。

鹿苑心惊肉跳，看傻了，以至于身后的脚步声都没注意。头发被人抓住，后颈一凉，那人把她向后扯了扯。

"看够了吗？"周骛压低嗓音问她。

鹿苑被迫仰头，又是一惊，脚底差点打滑。

周婕听到动静停下："什么声音？"

"他们还没睡？"

"这都几点了，应该睡了吧。"

周骛掌心盖在鹿苑的唇上，防止她出声。

长久的死寂，直到楼下重新正常聊天。

明明什么坏事都没干，却比当事人还要尴尬，她"唔"了一声，周骛将手拿开。

"还想继续看？"周骛捏着她的胳膊把人拽起来。

"我才不想看。"她着急地否认。

苍白的辩解。

他脖子上挂了条毛巾，随手擦着发尾上的水，看好戏似的看着她，幽幽道："不想看也看了几分钟，辛苦你了。"

鹿苑眼眶里还有刚刚因为疼痛憋出来的潮红，她憋了憋，头也不回地跑回房间。

听见反锁门的声音，周骛把毛巾扯下来，垂着手又在黑暗里站了一会儿，竟下意识搓了搓触碰到柔软嘴唇的指腹。

片刻后，他也回房关上门。

Chapter 03
校园乐队

十六中每两个星期放一次假,中间的那个周末不需要早读,也没有排课,但得在七点四十之前到校。

早晨六点鹿苑醒了,确切地说她一整夜都没睡,现在眼皮涩得打架。

昨天晚上发生了什么?

老爸和周阿姨在楼下亲密。

她因为偷窥被周骜抓包。

这剧情发展下去妥妥能上狗血八点档,还是过时的那种。相比于剧情的"抓马",鹿苑更在意的是自己的脸面。

她对看那种羞羞的事真的没有很好奇。

初秋的晨雾还未散去,鹿苑在衬衫外套了件针织衫,在全家人起床之前,就骑着车上学去了。有些住宿生已经坐在教室里了,依旧是"早餐与背书齐飞,吹牛共抄作业一色"。

嗅到食物的味道,她的腹腔也开始造作起来,尴尬地咕咕叫。

去小卖店来回要十几分钟,她的懒惰战胜了口欲,她从文具袋里摸出一根棒棒糖放嘴里咬着,慢悠悠地拿出英语试卷开始写。

刚写一点,宋缨的同桌就背着书包来了:"小鹿早,吃早饭了没?"

"你要请我吃吗?"鹿苑眯了眯眼睛笑道。

"也不是不可以。"宋缨的同桌是个很瘦的男孩子,叫吴小丁,戴着一副眼镜,个子不高,给人一种严重偏科或者"死宅"的感觉。

但他人其实挺好的，就是爱唠叨。

"你在写英语？"

鹿苑把手里的试卷递出去："要抄吗？给你。"

某些基础练习大家都不想浪费时间，但为了交任务还是会写一写。

吴小丁很激动，闷头抄了几个字才感觉不对劲，一张试卷她就写了个自己的学号和姓名，他还脑残地全抄下来了。

吴小丁恶狠狠地瞪眼睛："生煎还我！"

鹿苑笑得乱咳嗽。

吴小丁郁闷地找修正带，这要被章老师火眼金睛看出来不得扒他的皮，顺带当着全班同学的面嘲讽。

鹿苑的烦心事一扫而空，和吴小丁斗起嘴来毫不留情。

鹿苑从小认识的人就多，有男有女，她对任何一个异性都是坦荡的，很奇怪，好像只有面对周骛，才会有莫名其妙的尴尬。

七点半了，教室里陆陆续续来人，鹿苑继续写题，一个熟悉的高瘦身影从前门进来。

是她目前最不想见到的人。

后门明明开着啊，他为什么不从后门进？

周骛肩上挂着黑色的书包，手指勾着包带，面无表情地扫她一眼，跟君王恩临似的。

目光对视之后，昨晚的画面乍现，两人又回到不说话的状态里。

她条件反射似的咬紧牙齿，把整只生煎咬破了，这玩意儿里头装着饱满的油脂，"噗"一声，精准地滋到男生纯白的衬衫上。

"……"

画面无比诡异，有人脸瞬间就黑了，看看案发现场，又看看始作俑者，眼神很复杂。

讲道理，鹿苑真有点怕他揍自己，身体往后面躲了躲："我说不是故意的，你信吗？"

"你自己信不信？"周骛瞥她一眼，触及灵魂地问。

吃瓜群众都快憋出内伤了，在周骛坐下后，一个个终于笑疯。

"你小狗撒尿圈领地啊？"

"这是什么土味碰瓷？"

班里同学不知道两人的关系，鹿苑没说，另一位主角也闭口不提，任谣言四起。

上课铃声响后,英语老师捧着电脑进来。

周末的课程安排与平时不同,各门功课"雨露均沾",一个老师分到两节课。正常的安排是一节课做题,下一节课讲题。

周骛回到位置坐下,倚着靠背,屈腿踩着横梁。身上一股子肉包味,实在没法忽略,他的眉头拧得更深。

过了会儿,等人都低头自习,他纡尊降贵地拎了拎前面那白色"扑棱蛾子"的马尾,不咸不淡地丢下三个字:"给我洗。"

周末在学校自习的感觉还是很不错的,写作业有人讨论,上课小声聊天没人管,玩手机不用担心被收,因为初中部不上课,连食堂的人都变少了。

周骛趁午休时间回了趟家,洗澡换完衣服,午饭就来不及吃了。

周婕和鹿正元正在家里办公,桌上摊了一堆图纸没收拾,见状她愣了一下:"怎么回事?"

周骛语气平平地说:"看不出来吗?"

周婕当然看出来衣服脏了,但周骛吃东西一向规矩,小时候都没嘴漏洒过汤,可……她想问又不太好意思,站在那儿犹犹豫豫的。

周骛眼尾瞥见,低声说了句:"没什么,一个笨蛋惹的。"

周婕没打算追究笨蛋的责任,小心帮忙整理着衬衣领子。周骛看一眼时间,现在回学校差不多:"我走了。"

"等一下。"周婕拽住他的手腕,往厨房那儿拉,"你是不是还没吃饭?那怎么行。"

周骛想也不想就拒绝。

听见周婕又说:"苑苑今天不知道怎么回事,很早就去学校了,我估计她也没吃早饭,哎。"

周骛:"……"

周婕从冰箱里拿出一些提子、小番茄,洗净装进一只透明饭盒,塞他手里:"你和苑苑一起吃。女孩子多吃水果人也显得水灵,今天周末应该没那么严吧?"

周骛一脸无语,他是某人的爹吗?

她的正牌爹坐在家里喝茶,可不会管她下午吃不吃水果。

周婕好笑地瞧着他冷漠的眼神，有点哄的意味："别这么小气，你是哥哥。"

鹿苑中午和朋友出去吃饭了，骑车在学校附近的商圈逛了逛，午休开始了才回来。她在校门处被保安拦下来，校园里不能骑车。

但是学校那么大，怎么可能一直推着走？很多人还是会避开老师的眼线，偷偷骑。

鹿苑在大树下重新跨上车，刚蹬了两下，篮球网那儿就跳下来一个男生，大手握住她的车头，一下子就给逼停了。

鹿苑吓了一跳，回魂后才看清是她认识的人，但不是她的同学，是她邻居沈知燃的同学。

"干什么去？"此男留着平头，耳朵上面的头发剃了道闪电的形状。

鹿苑心还怦怦直跳："你干什么啊，吓死我了。"

男生哈哈大笑，扭头朝身后看了一眼意欲寻找附和："小鹿说她被吓到了，好搞笑。"

沈知燃也笑了起来，抖着肩膀不能自已的样子。

鹿苑脚踩着地面，中午热起来，她就把针织衫脱掉披在了肩头："你有话快说，有屁快放。"

男生无语地碰了碰鼻子，问："上次跟你说的事情考虑得怎么样了？"

沈知燃和他的朋友搞校园乐队，四个人，有模有样的，鹿苑在今年的元旦晚会上看过他们的表演，是挺拉风的。

夏天的时候，乐队的女主唱离开了，沈知燃就问鹿苑愿不愿意加入，各种威逼利诱。鹿苑没想过自己够不够格，她有点好就是几乎不会怀疑自己的能力。

阻碍在老鹿那里，本来他就觉得鹿苑不好好学习，一个社团都不允许参加，如果知道她跟沈知燃不务正业，肯定一巴掌把她拍死。

鹿苑侧头，看了眼铁网里面，沈知燃坐在绿色的塑胶地面上，穿藏青色的球衣，支着腿，头发汗湿之后被他擦得乱七八糟，却掩饰不住五官俊朗。

光天化日之下，大少爷嚣张地玩手机，眼皮都懒得抬一下。

鹿苑问："学姐呢，你们怎么不去找学姐？"

"不是都跟你说了，学姐要搞学习，没时间。"闪电男"啧"了一声。

鹿苑："我不要学习的吗？"

"你学什么？"沈知燃眼神疑惑，要不是他突然冒出一声不正经的笑，鹿苑真信了他的邪。

闪电男赶紧打住："你不是才高二嘛，我们今年高三，马上就要离开学校了，想在最后一次校庆上留个纪念。"

原来真实原因是这个。

鹿苑又问："我真的行？"

"我看挺行的。"闪电男对鹿苑贼有信心，"我们喜欢性格好相处的妹子，不拘小节。你想想，以后你就是公认的女神，在学校横着走。"

鹿苑抬脚踩踏，脚背勾着，倒转了一圈发出"刺啦刺啦"的声音："行吧，我晚上给你们回复。"

闪电男笑了笑，在她的车篮子里丢了一杯冰奶茶，又敲了下车铃铛催促道："给你买的，拿去喝吧。"

奶茶是早买好的，本来就准备给她，如果没有在这儿碰见也会去教室找。

"我不喝，你拿走——"鹿苑话说到一半，看见闪电男看人的眼神突然犀利起来，盯着她身后某个地方。

鹿苑也扭了下头，周骛不知何时就站在她身后。

早上那身充斥着肉汤味的衬衫被他脱了，换了黑色T恤和运动长裤，垂下来的手臂和脖颈，肤色冷得明显。

他回家洗澡了？

鹿苑闻到沐浴液的清香和树上的桂花香反复杂糅，交替传入鼻腔。

周骛眉毛轻挑，眼神阴郁又不屑，意思很明显：你倒是挺会社交，早上一拨，中午一拨，都不带重样的。

很快，他就离开那片树荫下，留他们面面相觑。

闪电男问鹿苑："谁啊，怎么那个眼神看你？"

鹿苑也不明白："没谁，同学。"

"刚还说要好好学习，你这是干什么？"闪电男笑了笑，人都走了他还盯着后背看，眼珠子都快盯出来了，"不过，这哥们儿挺帅。"

鹿苑挑了挑眉心，说："喜欢啊？那你们结婚吧。"

"……"闪电男无语。

沈知燃终于打完一把游戏，从地上站起来抖了抖球衣，露出那副精致的护膝，整个人都透着一股矜贵的少爷感。

他知道周骛和鹿苑的真实关系，讽刺道："你们俩，话一旦掉地上，今晚得死一个人是吧？"

鹿苑骑着车走了。

午休没有老师看，她从后门悄悄溜进去。

看见周骛的背影，单手握笔在写试卷，速度很快，有轻微的"唰唰"的笔尖摩擦声音，另一只手肘放松地撑着桌沿。

塞着耳机，就代表他的自我防备系统进入"请勿打扰"状态。

鹿苑都找到规律了。

他的同桌也意识到这个细节，小心翼翼地在旁边玩着手机，不敢越雷池一步。

鹿苑有感觉，周骛情绪不好跟自己有关，因为早上把他的衣服弄脏了。如果她有一件很喜欢的衣服，被许阿姨洗坏了，她也会郁闷好长一段时间。

大小姐不要面子的吗？她磨叽了半天，从自己辛苦积累的"碉堡"里抽出一张试卷来，侧身拍了拍周骛的桌子。

男生闻声抬头，薄薄的眼皮撩起来看着她。

鹿苑尴尬地说："这张试卷你有吗？我不记得传给你了。"

周骛停下笔，拎起正在写的在她眼皮子底下展示了一秒，又低头继续，一副不想闲扯的样子。

说实话，这行为有点傻，借口太拙劣。

鹿苑讪讪地转回去，此时的教室说安静也安静，说不安静也那么几个人细若蚊蚋的声音在半空中飘着。

她犹豫半天，决心场外求助：【你有没有把谁惹生气过？】

林鲸：【我妈天天在家生气啊。】

没妈的鹿苑：【……那你怎么办的？】

林鲸：【你阿姨和哥哥欺负你了？】

鹿苑很诚实：【这次是我做错事了。】

林鲸：【你问我的话那就是滑跪，以最快的速度滑跪。大喊口号：我有错，我不该，都是我一个人的罪过。我不相信这样还有人责怪可怜巴巴的美女。】

鹿苑：【绝对不可能。再见，小鹿是有骨气的人。】

她们虽然是好朋友，可到底性格不同，小鹿同学的面子大过天。

午休不知不觉过去，下午是物理和化学的天下，恰好两门课的老师都是中年男人，上自习的时候不屑于在教室里挪动一步，作业布置下去，如无必要直接就瘫在讲台上了。

鹿苑因为昨晚失眠，中午又吃得很饱，写着写着就趴在桌上睡着了。中途陈然叫过她一次，但她没坚持到十分钟，又睡过去。

陈然干脆就不叫了，写作业的时候偶尔分神帮她盯一眼老师。

物理两节课结束后，教室里再次吵得跟菜市场似的，人还是没有醒来的迹象，宋缨想找她上厕所也叫不起来。

宋缨问吴小丁："她不会死过去了吧？"

吴小丁说："……你探探她鼻息，也可能是发烧生病了呢，送医院还能救回来一点。"

宋缨只是靠近听了听她的呼吸，并没有真的去探，万一这厮有起床气，真给吵醒了谁负责？

这群人上了一天自习太无聊了，又来了几个围在她桌边讨论：小鹿昨晚到底干吗去了？

仗着鹿苑脾气好、开得起玩笑，他们的话题如脱缰的野马一去不复返，连吃席坐哪桌都顺便给安排了。

宋缨说她要坐孩子桌，论抢菜，那些孩子都是弱鸡；吴小丁说要坐就坐老头桌，他手脚利索能拿到几包好烟……明明白白。

周骛几个小时内把该写的不该写的弄完了，多余的补充习题他现在没打算写。他拿出手机，拇指在屏幕上滑动几下，目光最终落到前面趴着的人身上。

两条手臂围成一个小窝，脸埋在里面呼呼大睡。

如果他没记错的话，昨晚她回房间也就十一点出头，正常睡觉不至于困成这样。

为什么？

被吓着了？

那些无聊的人讨论够了就做鸟兽散，周骛在桌洞里摸到一个东西，是中午周婕给他装的水果，纸袋有良好的保温效果，这会儿还是冰凉的。

马上就上课了。

他拿玻璃饭盒在她唯一露出来的耳朵上贴了两秒，鹿苑被冰得激灵一下，瞬间就清醒了。

眼睛还没睁开，模模糊糊看到一条手臂，往她桌子里塞了个什么东西。周骛放下东西，人就出去了。

鹿苑揉着眼睛坐直，抽屉里多出来的东西是个玻璃饭盒，眼尖的她发现这是自家的，肯定是周骛干的了，不会是别人。

她怔了怔，好久都没动。

陈然从外面回来，鹿苑身体往前倾了倾让他过去，他也看着她面前的玻璃饭盒出神。

其实他已经回来一两分钟了，只是在门口站着而已。周骛冰她的耳朵，给她桌肚放东西，然后完美隐退，陈然全程看见。

而鹿苑也并不感到意外。

这其实是很亲密的行为，和同学之间分享零食本质不同，是一个男生对一个女生的特殊照顾。

陈然手里握着乌龙茶，也是冰的，瓶身外水珠沁湿了手指也浑然不觉。他回想了一下，鹿苑和周骛有交集吗？

可以说鹿苑几乎和班上所有的同学都说过话，包括一天到晚没正形的储旭，两人也能拌几句嘴。

但是陈然竟然找不到一丝鹿苑和周骛正经聊天的印象。

这恰巧说明，很反常。

鹿苑打开饭盒，往陈然那儿推了推，问："要不要吃？"看见他手里的乌龙茶，"你刚去小超市了？"

"嗯。"陈然回神。

鹿苑皱了下眉："怎么没告诉我啊？"

陈然大方让出自己的东西："你喝吧。"

"不用了。"鹿苑摇头，"本来是想提一下神的，现在不困了。"

"嗯。"

水果鹿苑一个人根本就吃不完，周婕给装得太多了，她没有享独食而是分给了周围的同学，人多嘴就多，最后只剩下几颗红彤彤的小番茄。

上课铃声再次响起，化学老师有事没来，让课代表看纪律。

周骛在上课几分钟后才进来。

又过了几分钟，她把饭盒还给周骛，压在他的书上，陈然和周骛的同桌都看见了，愣了愣，又很默契地什么都没问。

饭盒里有奇怪的东西，一个奇形怪状又丑陋的番茄小人，脑袋顶的头发是她吃剩的海苔碎，黑芝麻是眼睛，白芝麻是龅牙……

小人旁边躺了张字条：

【我有错，我不该，都是我一个人的罪过。你别生气了，我回去就洗衣服，绝对给你洗得干干净净。】

说她笨蛋还真是一点都不辜负这称号，以为他因为早上那点破事生气。

鹿苑把东西传过去很久，没有收到周骛的反馈，她侧头看了看，周骛低头在写作业，留给她一个干净的发旋，毫无反应。

还没消气吗？

她要抑郁了，真难哄。

下午五点半就放学了，鹿苑收拾了书包去车棚取车，和周骛一起回家。

一路上，两个人都没有说话。

到巷子口的时候手机响了，她看一眼手机，对周骛说："我还有事，晚点回去。"

消息是沈知燃发来的。

下午，鹿苑给沈知燃回复说她要加入乐队，现在沈知燃约她去他家里谈具体事宜。

沈知燃家住在巷子的另外一头，靠着老街。这一片的很多年轻人都搬走了，而他们之所以还住在这儿，只是因为上学方便。

沈知燃家比她家大很多，也比她家有钱。他还没成年，父母就给他装修了一间个人工作室，可以练习乐器，也可以招待朋友、吃喝玩乐。

他的父母很开明，不像老鹿，大男子主义。

鹿苑其实挺羡慕沈知燃，除了他的臭屁。

出来天已经黑了，巷子里日复一日地亮起路灯，鹿苑骑着车向家里赶，饭菜刚上桌，周骛坐在沙发上玩手机。

鹿正元和周婕则在说事情，声音很低，听不清，鹿苑看老爸的脸色不是很好。

周婕对她招手："先过来吃饭吧。"

鹿苑不知道发生了什么事，木着一张脸去厨房装饭。这是鹿正元回

/ 080

国后一家人第一次坐在一起吃饭，菜色比往常丰富，但氛围并不好。

鹿正元没吃几口，就去院子里抽烟打电话了，鹿苑也抓紧回房写作业，今天她想早点睡，就不熬夜了。

晚上八点多，鹿正元打完电话来敲鹿苑房间的门。

"爸爸，有事吗？"

鹿正元站在门口，探头往里瞧了瞧，问她："你刚在干吗？"

"写作业啊。"鹿苑奇怪地看着他。

鹿正元走到她的书桌前，拿着摊着的语文作业看了眼，确定她是在写作业，然后才推开阳台的门。

"苑苑，过来，跟爸爸说两句话。"老鹿坐椅子上，一副要谈谈的架势。

"哦。"鹿苑跟上去。

"吃饭之前，你去哪儿了？"鹿正元看她的眼神很严肃。

鹿苑突然怔了怔，这是要干什么？

然后又听见他道："想好回答我，别看你哥哥的房间，他也不能给你打掩护。"

不是，她既没朝他房间看，也没让他帮忙撒谎啊。

鹿苑声音沉了沉，说："去沈知燃家了。"

鹿正元这才点头，说道："我刚才开车回来的时候，见你的自行车停在他家院子里，还以为自己看错了。"

搞半天，是在考验她有没有撒谎。

她本来就不屑骗人，但是老鹿这样搞让人很不舒服，而且已经不是第一次了。

老鹿点了根烟，他坐着，鹿苑站着。

"你去他家干什么？"

鹿苑如实说了她和朋友准备做的事情。

"你觉得这是你现在该干的事情吗？"鹿正元一听干脆把烟都掐了，真的生气了，"你现在在班级和年级考多少名，自己没有数吗？非得我来提醒你？"

自己是什么水平，鹿苑当然清楚。

"我们只是放假或者课余时间练一下，不会耽误学习。"鹿苑说，"平时我也一直用心在学，排名没退步。而且我现在又不是马上就高考了，总要有一点课余时间。"

"一派胡言!"老鹿根本就不听她的话,"我跟你说道理你是听不懂吗?让你怎么做就怎么做,哪那么多自己的想法?

"我的要求是不退步吗?我要你考进年级前一百名,你现在给我考的是什么玩意儿?班里不到五十个人,你考三十名挺光荣的是吧?"

鹿苑:"……"

她忽然不想说话了。

鹿正元用训员工的方式教训她:"我之前也让你培养兴趣爱好了吧,几万块的小提琴说买就买,就放在书架上落灰,你今年拉过一次吗?"

鹿苑忍不住反驳一句:"那也不是我想学的啊,不是你出差看别人拉,觉得很高级才买的吗?"

"……跟我顶嘴,长本事了。"老鹿怒目圆瞪。

父女俩气氛越来越不对劲,差几秒就得烧起来了,周婕及时站在走廊叫人:"老鹿,出来一下帮我个忙。"

"来了。"鹿正元起身,在鹿苑后脑勺上拍了拍。

"马上要月考了吧,我再给你一个月的时间,期中考不到年级前两百名,就赶紧给我从那什么破乐队退出来。"

房门"嘭"的一声关上。

鹿苑坐在老爸刚刚坐过的地方,仰望星空,心情像被一片一片撕碎的纸张,撒得满地都是,拼也拼不成了。

爸爸出差回来既没跟她讨论有趣经历,也没问她最近过得好不好,只是因为在沈知燃家的院子里看到她的自行车,就心血来潮把人骂一顿。

真是够无语的。

还有那什么莫名其妙的年级前二百……他们整个年级有一千多人,她在班里还排三十名呢,放眼整个年级,她那点分数跟一杯水倒进海里似的,哪找得到?

老爸可真敢说。

鹿苑气得胃痛,又默默叹了口气。

隔壁房间窗户推开,周骜坐在窗台上,一条腿屈着,另一条腿放松地搭下来,不良少年的灵魂再次被释放,吊儿郎当的,公然偷听。

周骜犯浑的动作娴熟,但和老鹿又有些不同。

老鹿是成年人的烦闷、压力的宣泄,他微低头,被月影修饰轮廓,更符合一个不染纤尘的翩翩美少年形象。

说简单点,就是他耍帅成功了。

鹿苑心里忽然冒出书中的一句话:有怪踩月而来。

并不是指妖怪,而是长相俊美的心上人,深夜前来赴约。

周骛半夜出来撞见她被老爸骂到狗血淋头的场面,放在这里有些不合时宜,但意境是一样的。

男生的手撑在膝头,手指蜷缩着,不怀好意地瞧着她。可她心情实在不好,一句话都懒得讲,垂头盯着自己的鞋尖发呆。

周骛不学好,打架,和小混混一起,只要伪装得好就没事,她跟他比简直是小巫见大巫。

算了,不应该在乎这种小事。

"鹿苑。"周骛眯着眼睛看她几秒,嗓音低沉地叫她的名字。

被叫的人抬了下头,眼眶里闪过一丝潮意。

"干什么?"鹿苑没什么好气,也听不出情绪,但眼神还是戒备又倔强的。

周骛人从窗台上跳下来,走到她面前,缓缓弯下腰。

"你要干什么?"鹿苑睁着一双黑白分明的眼睛,脆弱情绪已经消失,只余眼尾稍红。

周骛手插在兜里,轻轻摩挲布料,掀唇笑了笑:"不是 social queen(社交女王)吗?还在乎一个中年男人的看法?"

鹿苑愣住。

老鹿只是一个普通的中年男人吗?一时之间,她竟分不清他话里话外是嘲讽还是安慰。

她怔了半天忘记说话。

少年和她四目相对,目光流转间,两人好像藏了八百个心眼子。不过目前的形式看,801个属于周骛,鹿苑是-1个。

突然,瘦长的手指抬起,在她头顶揉了揉,动作很轻。

鹿苑人都蒙了。

他在干什么?为什么莫名其妙摸她的脑袋?

少女还在持续惊讶,他已拧开她房间的门,光明正大地走了出去。

回神已经是半个小时以后了,鹿苑酝酿的那点消极情绪完全被他打乱,头皮上似乎还流窜着微凉的指腹触感,酥酥麻麻的。

她从椅子上站起来，把衣架上的衣服收下来。

隔壁房间的窗户漆黑，也没有动静，主人不知去了哪里。

整理完她拿了睡衣去洗澡，穿过走廊时，瞥了眼楼下。鹿正元和周婕分别坐在沙发两头，中间铺满了图纸，周婕腿上放着笔记本电脑。

他们在谈论着工作，偶尔，老鹿会不自觉摸摸周婕的头发，捏捏她的肩膀，问她要不要吃点水果，他去洗之类的话。

鹿苑抿直嘴唇，也许周骛说得没有错，只把他当作一个普通的中年男人，那些对她不客观的评价，不放在心上就行了。

鹿苑这一觉睡得有点长，醒来时天光已大亮。她惊吓住了，以为起迟了，把手机摸过来扫了眼，才六点五十分。

门外传来洗漱的声音，水流和玻璃杯磕碰洗手台，她换好衣服坐在床上等了一会儿，待周骛下楼她才去洗手间。

她吃早饭的时候，周骛已经出门了，两人完美错开。

鹿正元拿着平板电脑看新闻，瞟她一眼似乎想评价两句，被周婕推了推肩膀，示意他闭嘴。

鹿苑理解，当你不喜欢一个人的时候，他做什么都是错的。

于是，她也全程不把老爸放在眼里，闷头喝着粥，然后收拾书包出门。

大门关上后，周婕才忍不住开口："麻烦你收起冷脸，好好的气氛被你搞得一团糟。"

鹿正元把平板电脑倒扣在餐桌上，"我讲道理的时候她听吗？你看看，昨晚刚骂过，今天吃饭还跟没事人一样，我看她根本没放心上。"

周婕皱了皱眉："小孩子嘛，快乐最重要，人的一生只有一次当少年的机会。"

老鹿是个生意人，听不懂妻子文绉绉的话。他只知道自己努力工作赚钱，看到鹿苑整天高高兴兴的，呼朋唤友，他就怒其不争。

他告诉周婕自己的担忧。

周婕反问他："那你有没有想过，你工作那么忙又不陪她，苑苑不开朗，难道你要让她抑郁自闭吗？"

像从小跟着外公外婆的周骛，现在已经什么话都不肯对她说了。

周日这天的自习安排全是文科，再加上理科班的学生本来就不太重视,下午整个课堂氛围都松散不堪。

甚至有些男生干脆出去打球了。

鹿苑翘了最后一节课,去天台找沈知燃他们,顺便认识乐队中的另外一个男生。对方自我介绍说:"我叫韩硕。"

鹿苑伸手:"'函数'你好,我叫'几何'。"

韩硕没握她的手,握了个拳头跟她碰:"小鹿,我听说你了。"

鹿苑挑了挑眉:"嗯?"

韩硕说:"今年的学校元旦晚会上,你不是唱歌了吗?"

原来如此,鹿苑问:"是不是很牛啊?"

韩硕的表情说明了一切:"那是相当厉害啊!"

沈知燃拍了下手打断两人马上要进行的互相吹捧:"别瞎扯了,你想把认识的男的都收进后宫吗?"

"我挺想认你们当儿子,你答应吗?"她坐在一张破旧的椅子上问。

沈知燃嗓子憋了下,好几秒没出声。

那边韩硕和闪电男都笑岔了气。

天台她没来过,没想到场地挺大的,缺点是背阴,有点潮,地面都起了青苔。

但不失为一个安静的好地方。

沈知燃给几个人说了以后的时间安排,每周碰两次先磨合。不可能每次都去他家里,太远了,在学校的话就约在这个地方。

鹿苑没什么意见,但是马上月考了,她这段时间还是要把大部分精力花在课业上。老鹿给她定的目标有点远大,但就算再生老鹿的气,她还是想尽力做到。

散会。

鹿苑从兜里掏出根棒棒糖,先一步下楼,图书馆侧面的楼梯很窄,是铁框子搭建的,一次只能走一个人。

转弯时碰见两个手挽手的女生,看那模样应该是高三学姐,其中一个人手里还抱着一沓模拟卷,而他们现在还做不到综合模拟。

其中一长发女生抬了抬下巴,问鹿苑:"沈知燃在上面吗?"

鹿苑站在高他们一级的台阶上,点了下头:"在呢。"

女生又问:"你认识他是吗,刚在干什么?"

鹿苑歪歪头,她没有义务回答这个问题,侧身让她们过去。磁场这个东西是相互的，就像鹿苑感觉到对方不是什么善茬，对方也看出来鹿苑不是个软柿子。

学姐没说话，从她身边走过，用胳膊故意撞了她一下，把她手里拿着的棒棒糖给撞掉了。

从三楼掉到一楼地面。

鹿苑皱了下眉，但她不打算和对方计较，都是沈知燃那只花蝴蝶惹出来的事情。

他们是从初中部直升上来的，沈知燃比鹿苑高一届，同校四年，鹿苑见过他身边出现的太多女生，有校庆给他送花的、过生日塞礼物的、元旦送贺卡的……

这些是有名的，还有些默默暗恋的。

鹿苑不是很理解。

等人上去了，她倾身看去，两个女生站在沈知燃面前，一脸娇羞地说着什么。

橙红的霞光丝丝缕缕落在他的头发和鼻梁上，仿佛浸染进皮肤里，质感高级，衬得少年一身骄傲与不羁。

他不似周骛那般，脸上总是冷漠和厌烦。

女生说了多久，沈知燃就侧耳倾听了多久，十分耐心，嘴角勾着抹笑，好像也对人家有意思似的。

但鹿苑知道他根本没意思，单纯是渣。

鹿苑走到一楼，在草地上找了找，看到那根荔枝味的棒棒糖，捡了起来。

回到教室时自习课还没结束，黑板上写着新的数学作业，鹿苑拿出来把每道题的题干都扫了一遍，确认自己会做的题就放在一边，不会做的题就尝试写一写，卡壳就跟身边的人讨论。

"陈然，这道题你写了吗？"鹿苑把试卷往陈然的桌子上推了推，动作十分自然。

她没有注意到陈然今天一整天都没有看她，也没说一个字。此时陈然握笔停顿，抵着桌沿，眼神克制，沉默着把自己的卷子给了她。

鹿苑看了一会儿，对解题思路还是有点不理解，又问。

陈然随手把她的草稿本拽过来，复原了试卷上的几何图，又画了几道辅助线。

"哦,明白了。"鹿苑把本子摆正,特意抬头看一眼陈然,果不其然,他的表情不太对劲。

"我是不是打扰你了?"鹿苑问,"感觉你的心情不是很好。"

男生静默的几秒,似乎在肯定她的猜测。他问鹿苑:"你……为什么不问周骛?"

这次轮到鹿苑不解:"我为什么要问他,你不想帮我解题了吗?"

当然不是,鹿苑长着一张好看的脸,垂眼沉默的时候,是在自责加装乖,全世界都辜负她似的。

"没有。"陈然说,"你们不是在——""谈恋爱"三个字,他有些说不出口,更不适合在班级里说。

"谈恋爱吗?"鹿苑自己猜到了,"我怎么可能跟他在谈恋爱,你为什么会这么认为?"

陈然立刻道歉,但没说猜测的依据:"是我误会了。"

鹿苑点点头,吐槽道:"而且他像是能教得了我的样子吗?"

这一句陈然不同意,虽然还没有正式考过试,但是他看过周骛的数学作业,不是一般人的水平,有些稀有题型和竞赛题他都没把握,周骛的卷子是满分。

就连老孔都叫陈然放平心态,得失心无须太重,因为天外有天,人外有人。

是什么意思,不言而喻。

前门敞开着,有人从过道中间走过。

鹿苑专注在试卷上,写写画画一阵子,又开始跟陈然聊天,听见他问:"我很好奇,你很少和周骛讨论问题,无论是学习还是别的。"

鹿苑根本就不知道怎么回答这种问题,陈然的疑问也显得奇怪。仔细想想的话,她的单科偶尔能够上中上游,奈何不稳定,经常随波逐流。

她对自己的水平清楚,要找学习小伙伴嘛,当然是找陈然这种超级学霸了。

至于周骛,谁知道他是什么臭水平,万一是储旭那样的呢。

于是,鹿苑停下笔一脸真诚地看着陈然:"你是不是嫌我太吵,打扰你学习了?"

"嗯?"陈然对上她的眼神,脑海里竟闪过一丝愧疚,很对不起她,

"没有,只是问问,别多想。"

鹿苑放松地笑了笑,幅度很轻却很有感染力,眼睛和嘴角都沉浸笑容:"你要是觉得不开心一定和我说。老孔把我俩放在一起坐,也不能委屈你。"

陈然闷声道:"没有委屈,写题吧。"

"嗯。"鹿苑伏低脑袋,心无旁骛地趴在试卷上。

陈然提醒一句:"头抬高一点,不然别想要你的好视力了。"

"哦。"鹿苑拱起的肩胛骨平了点,听话地坐直了。

"你好像对班级里别的同学的认知不是很全面,其实,人外有人的。"陈然最终还是叹了口气说。

鹿苑以为这是陈然的自谦,好学生就是这样,家庭作业总是说自己随便写写,考试出来就说考得很一般,结果成绩出来是第一名。

她眼都不抬:"在十六中能赶超你的人还没出生。是我鹿苑说的,你记住了。"

"别替我说大话。"陈然笑着摇了摇头,转过去了。

鹿苑却忽然神色严肃起来:"我没有瞎说,这次月考,你肯定稳坐年级第一。"

"嗯,你继续吹。"

陈然的确有常驻第一名的实力,但他很低调。此言一出,吴小丁和宋缨都好奇了,纷纷转过来听鹿苑如何吹下去。

只见她从笔袋里拿出一支铅笔,又从"碉堡"里抽出一张A4纸,放在两张桌子中间,自己握住下边,让陈然握住上边。

傍晚多云,天边忽然变暗,远处响起一道轰隆隆的巨响。

鹿苑压低了声音,盯着陈然的眼睛:"嘘,别说话,跟着我的动作来。"

两人握住同一支笔,在白纸上推拉,陈然一脸蒙,但也跟着照做了。

围观的两个人已经彻底无语了,吴小丁翻了个白眼:"我真信了你的邪。"

鹿苑画圈终于结束,一张白纸上全是鬼画符,她用食指抵着拇指的指腹,在纸张上弹了一下,嘴巴一张一合念了一顿咒语。

"好了,我确定,第一名绝对是你。不是的话,罚我抄你一个月的作业。"

"你这个叫屁的惩罚。"吴小丁说,"你干脆让课代表给你写一个月的作业好了。"

"……"

陈然把草稿纸收起来,说:"好了,不要在班级里搞封建迷信。"

鹿苑说:"请笔仙这种事情,对小学生来说很幼稚,我们高中生做就刚刚好。"

宋缨和吴小丁虽然已经无力吐槽,但不可否认,降智游戏还是挺吸引人的,至少解压。于是纷纷要跟鹿苑再玩一次,看看马上要到来的月考,自己能考个什么鬼。

三个人玩得不亦乐乎,一直到下课铃声打响。

陈然收拾着书包,他们这一周是坐在窗户下面的,考完试就会换到最里面一排。因为靠着窗,他总能透过反射看到后面的同学。

比如周骛。

他毫无异样地在做着作业,眉宇凝结,班级里的吵闹和他隔绝成了两个世界。但某个恍惚的瞬间,他扫了眼那个快乐的源泉,看了几秒,眼神极冷,又面无表情地移开视线。

他们的关系扑朔迷离。

当然,陈然也很好奇,周骛到底处于哪个位置。

学校定在这个周四周五考试,考完就放假。

看上去是个完美的安排,其实能把人累死。因为科目多,两天考完的话就必须把早读和晚自习全部拿来考试。

高一的时候不是没这么干过,但大家纷纷抱怨。老孔说:"那要不周六别放假了,给你们考。"

这更不行了,占什么都不能占休息。

老孔阴险地笑了笑:"真是给你们欠的,还有胆子跟我叫嚣。"

鹿苑在考试的前两天神经绷得很紧,一有空就抓着陈然给自己查漏补缺。晚自习下课以后,她回家压缩了吃饭时间,回房间继续看错题,基本上要弄到凌晨一点才睡。

就连周婕都提醒她,注意劳逸结合。

只有老鹿在唱反调,嘲讽她临时抱佛脚,早干吗去了,鹿苑自动把他的话过滤了。

反观周骛,节奏一直是优哉游哉的,不紧不慢,磁悬浮列车上做实验的水杯都没他稳。不过，鹿苑无暇关心这些，她自顾不暇。

周四早上六点，鹿苑端坐在餐桌前，眼睛跟睁不开似的一直打架。她的皮肤很白，眼皮下面盖了层隐隐约约的青色。

时间太早，许阿姨来不及做早饭了，就在外面买了油条。她捏住油条咬了一口，又发呆，实在太困了。

周骛坐她对面，桌子太大，远到都看不清对方脸上的表情。和她完全是两种状态，少年气定神闲地用调羹喝粥。

许阿姨去厨房把菜放下，回来看见她还捧着那根油条慢吞吞地啃着，笑着道："苑苑干什么呢？你哥要吃完了，不等你了。"

鹿苑费劲地撑开眼皮，动了动嘴唇，但是没发出声音。

周骛拎着书包离开餐桌，冷声说："拜考神，助她一飞冲天。"

鹿苑一个激灵给吓醒了。

许阿姨笑得不行，掐着自己的腰咳嗽半天，又喊人："你这就走啦，不等她啦？"

少年已经骑着车，消失在小巷的晨雾之中。

第一场语文六点五十分就开始了，很多同学都还没睡醒。

考场安排是按照高一期末的排名来的，七班的同学分散在各个教室，鹿苑处于中间位置，考场在五班，陈然自然去了一班，而周骛作为新来的估计在理科班的最末。

两天"咻"一下子就过去了，鹿苑都没怎么见到自己班上的人。

考试过程还算顺利，就是数学难了点，后面的几道解答题，题目认识她，她不认识题目，只能把前面两小问写了，重轴题根本不是她该考虑的问题。

同理，物理和化学也一样。

但比较友好的一点是选修课只计等级，不记录分数。比如考六十分和考八十分的人，差不多都归在 B 等级里。

哪怕年级第一名和第二名相差了十来分，也都只是 A+ 等级。

考完试的那天，傍晚就放学了。

鹿苑没有回家，和好友林鲸去商场吃饭、看电影，顺便吐槽吐槽生活里奇葩的事情。鹿苑说了自己因为跟沈知燃组乐队，被高三学姐针对的事情。

林鲸说:"沈知燃真够招女的,害广大女生日思夜想。"

鹿苑问:"你喜欢他吗?"

林鲸:"我怎么可能喜欢他那个类型的,又傲又不可一世。"

鹿苑点头表示认同,说道:"但是长得帅的,我觉得还是可以的。"

"像你哥哥那样的吗?"

"他长得帅吗?"鹿苑疑惑道。

"你的眼睛有问题吗?"林鲸有点生气的意思,奚落她,"周骜还不帅那谁帅?那么高,那么白,气质还那么冷傲……"

"打住打住,你说的是他吗?我怎么没发现。"

鹿苑这话有点应付和盲目否认。她对周骜的第一印象其实很好,气质独特,又帅又干净,她也不是瞎子。

但是后面知道他真实的性格,超出她的想象了,要时刻谨防掉进他的坑里,就无暇欣赏美貌了。

如果哪天他对她好一点,她大概也许会纡尊降贵欣赏品鉴一下他的颜值吧。

两个未成年的小姑娘夜晚在外面,家长是很担心的,尤其是林鲸的爸妈,得知两人上网吧被抓后,恨不能在她身上装监控。

十点不到,鲸爸就亲自来接人,林鲸无奈地叹了一口气上车。

鹿苑也叹了一口气,老鹿和鲸爸完全是两个反向极端。

十六中的老师工作效率都很高,周一早读课上,就听说月考的卷子已经批好了,也排了名。

吴小丁趁课间操时间跟别班负责统计的同学打听了成绩,把他周围同学的成绩条偷偷拍了下来。

鹿苑看到自己的分数,是三百的中间数,班级排名第二十五,年级排名是三百多,快四百了。她这段时间挺努力的了,也就进步了这么点名次,说不定还会往下掉。

还有一个多月,几乎没可能达到老鹿的要求。

"小鹿怎么了,考得不好吗?"宋缨问。

鹿苑翘着嘴角笑笑:"没有啊,是我的正常水平。你呢?"

宋缨和吴小丁的分数比她高不少,一个是班级排名第九,一个第十三名。

只有小鹿受伤的世界达成了。

吴小丁又神秘兮兮地说："'老虎'要开心了，这次考试这么难，总分数和数学单科的最高分数都出在我们班，刚我们从操场回来的时候，我瞄了他办公室，嘴巴都咧到耳朵上了，还假惺惺地说不满意呢。"

宋缨说："第一名是谁啊？"

"420分！牛吧？"吴小丁回答，如果是联考，在市里也是排得上名的。

宋缨："我问谁是第一名你答非所问干吗？事关小鹿的声誉，她考前还给陈然算了一卦呢，说一定是他。"

如果不是陈然，小鹿就打脸了。

小鹿的脸不重要，重要的是她还扬言要抄学霸的作业。

吴小丁一脸莫名其妙，说道："陈然啊。他的成绩一直是断层的，甩开第二名那么多。"

这个消息在傍晚的班会上得到印证，老孔捧着他的玻璃杯走进来，掩饰不住脸上的喜悦，先给了陈然一个肯定。

功底扎实，心态好，发挥稳定，这样的人不得第一谁得第一。

不像有的人偏科，考起来随心所欲，宛如脱缰野马。

他说这句话的时候，眼睛看着鹿苑的方向，某人羞愧地低了低头，说的就是她本人。

本来是担心数学的，结果数学还可以，语文考得一塌糊涂，最基础的古诗词错了两个，作文还差点写偏题了，半路才圆回来。

鹿苑沉默着抠指甲，假装看不见孔虎。

直到老孔在台上点了另一个名字：周骛。

她才发现自己会错意了。

鹿苑眼睛亮了下，同时又忍不住想看一眼周骛的表情。

和班上大多数同学一样。

他转来一个多月了，没人知道他的真身是魔还是仙，是学霸还是学渣，抑或是空有一张帅脸的普通男同学。

总之就是想凑热闹围观一下，毕竟也是为数不多的集体活动了。

鹿苑忍住不看，想起上次周骛说要炸她"碉堡"的事，两人总是一言不合就急眼。

啧，偏个科，就要公开处刑。

也不知道老孔是怎么想的，他手指敲了敲黑板："你语文哪怕多考两分，也不该是这个名次。"言语中充满了惋惜。

鹿苑心想：真的很差吗？

老孔现在连语文的事都管，储旭在考场上睡觉打呼噜他都没有这么说过。鹿苑感觉奇怪，因为老孔虽然这么说，但是看眼神并不算生气。

接着他开始讲别的事情，刚刚念周骛的名字好像就变成无足轻重的小插曲，鹿苑悄悄对陈然说了句"恭喜"。

陈然低调地说谢谢，提醒她不要在课堂讲话，小心被老孔拎典型。鹿苑觉得陈然竟学会了臭屁，和某些男生一样高冷起来，就没有在意。

老孔讲了一连篇废话后，让坐在第一排的同学把数学试卷发下来，大家自己先订正，晚自习的时候讲。

鹿苑拿到试卷后都懒得看了，因为能得的分她都得了，考试不会的题目现在看依然不会，盯出花来也没用，不如直接等投喂吧。

于是她把试卷往"碉堡"里一塞，偷偷写别的作业。

这种行为在老孔看来就是态度不端，走过时瞪了鹿苑一眼，鹿苑不明白他的逻辑在哪儿。

鹿苑瞥见陈然的，果然比她高出好几十分，比闪闪的红星还闪耀。吴小丁转过来头来观摩年级第一的试卷，看到后却神色怪异。

"陈然，数学最高分不是你？"

陈然绷直了唇线，没有出声，却似默认。

鹿苑笔尖一顿，笑了："你这说的什么话，陈然就得每门功课都得第一才行啊？年级第一还不够吗？"

"我不是那个意思。"吴小丁说，因为他早上听到的那个数学最高分，比陈然的分数足足高了十分。

也就是说，把大多数人折磨疯的数学，那人竟然几乎没有扣分。

吴小丁把情况一说，几个人都沉默了，鹿苑默默叹息一声："呃，好变态的分数啊。"

"说是谁了吗？"

"我以为是陈然就没问，谁知道不是。"

她看了眼陈然有些低落的表情，虽然她依旧不理解原因，只是因为低了十分吗？

但她还是安慰他："可你是年级第一，实力超群好吗？而且大家向来只记得住第一,没人记住第二。你看,咱们班第二名都不知道是谁。"

她可真会安慰人,有理有据,还有"厚黑"的"鸡汤"。

这都是老鹿跟她说过的话,只有第一才能够被记住。

话音刚落地,只听见身后的座位"刺啦"一下,发出椅腿摩擦地面的声音。

鹿苑被吓到,忍不住回头。瞧见周骛站了起来,蓝白校服被他宽阔的肩膀撑着,犹如一棵冷冰冰的雪松。

"周骛,走了。"储旭在门口喊人。

周骛脱掉校服外套,里面是一件短袖,手腕上戴一副黑金色护腕,包裹着分明的骨骼和冷白的皮肤。

他把桌上的试卷和课本随便塞进抽屉里,走出教室门,应该是要翘课和男生们打球。

鹿苑侧过身体坐正,三心二意地听着大家聊天。吴小丁反驳了鹿苑的话,说第二名无用论很害人,那也是金字塔的顶端了,因为很多人终其一生都难以望其项背。

鹿苑想说点什么,但又觉得吴小丁的话也很对。

而陈然一直沉默着。

下课铃声打响后,宋缨和鹿苑去学校外面吃饭,她们路过篮球场,看见挥汗如雨的男生。

鹿苑下意识用眼神找一下周骛,但没找到。

宋缨想了想告诉鹿苑,那个最高分把陈然打击到的原因。

那十分看似不多,和他们这等"平民"多练习两道题提高准确率不同,他触摸到了陈然从未达到的高度,高手角逐,可以说是天才没跑了。

命运差之毫厘,失之千里。有的人发现一个元素得了诺贝尔奖;有的人运气差点,一生寂寂无名。

谁不害怕天才啊。

这样说,鹿苑就明白陈然的心理了。但是哪个王八犊子忽然开窍了呢?

晚饭过后,她们回来自习。

整个教室像烧开了的热水壶一样,咝咝冒气,屋顶几乎要掀翻,也就是经典语录所描述的:全班都炸了。

除了数学，语文和物理试卷也发下来了。

年级排名表张贴在后面的黑板上，一群人挤在那里，鹿苑进都进不去，还有一拨挤在周骛的位子旁，喋喋不休地讨论着，个个脸上都是兴奋劲儿。

鹿苑不知道发生了什么事，坐下来找自己的语文试卷，但是没找到。

过了会儿鼎沸还没停下来，语文课代表顾清过来敲了敲她的桌子："鹿苑，语文老师办公室有请。"

意思是让她别找了，被语文老师扣下来了。

鹿苑脸一黑，预感极其不好。

她喝了点水才动身。

语文老师姓高，三十岁出头，又白又漂亮，说话温温柔柔，唯一的缺点就是压不下纪律，总是被某些男生气到脸红。

鹿苑进去的时候，几个老师正在聊天，每人桌上都有一杯奶茶，包括四十八岁的物理老头，除了老孔，他只端着一杯苦菊，噘着嘴唇在吹热气。

"你过来，我跟你好好谈谈。"高老师对鹿苑招手，把试卷递给她，让她自己看，又问，"其实你的分数不算差，知道为什么单独把你叫过来吗？"

鹿苑点头，模样很乖。

高老师说："那你自己说说。"

鹿苑说："不该错的题错了。"

高老师叹了口气："看来你还真是心里有数啊，那考试的时候为什么不好好认真审题呢？古诗词也不仔细记。"

鹿苑垂着脑袋，她不习惯看老师的眼睛，就盯着桌面，压在她下面的一份试卷是周骛的，125分。

竟然比她高。

高老师也看着周骛的试卷叹气，抱怨道："你们一个两个都不看重语文。总觉得做再多阅读理解也提高不了两分，不如数学做对一道题得十几分来得重要吧。"

孔虎在旁边安慰："高老师，你可别这样说。"

高老师说："还有下面这个周骛，我真是气无语了。"

老孔板着脸说："正好我也要找他谈话，这小子看着白净斯文，太嚣张了。"说着,他就打发一个路过的学生,把七班的周骛喊来。

鹿苑眉心跳了跳,两个人搭伙被骂,这是什么运气?

她不要这运气。

高老师弱弱地白了老孔一眼:"孔老师,你少在这里装大尾巴狼了。心里早乐开花了吧?我看你就是想把他叫来炫耀的。"

鹿苑再次挑了挑眉,什么情况?

耳边嗡嗡响着老师们的调侃与讨论,她七拼八凑,终于给整个下午各种人的怪异表情,找出了原因。

高老师说:"我听说周骛数学考了最高分。卷二的附加题,他一分没扣?"

老孔眯着眼睛憋笑:"是有这回事。"

高老师说:"要不是语文拖太多后腿,他的总分就该超过陈然了吧?"

"陈然还是挺稳的,没那么容易超过。"老孔认真分析道,"周骛物理也拿了满分。吃亏就吃亏在物理化学只计等级,语文是他的短板……"

说到这里,物理老头也跟着老神在在地笑起来,一脸骄傲。

鹿苑人都听傻了。满分?

她拿了72分就沾沾自喜,觉得自己已经安全了。

鹿苑在听语文老师念叨的时候,周骛在门口,懒洋洋地喊了一声"报告"。

整个办公室的老师都对他行注目礼,又默契地低头做自己的事,假装不在意。男生抬眼看了眼鹿苑,冷冷淡淡的,走了进来。

鹿苑感觉到身后一个黑影子压下来,凉飕飕的。

老孔明着说他偏科,语文考这个鬼分数把语文老师气成什么样子了,实则就是点名了他本该处在更高的位置。

有些事情,他不是做不到,只是不想做。

谁都听得出来,这是偏爱。

鹿苑惊呆了,而且125分,只是个"鬼分数"吗?

她都还没达到呢。

高老师为了佐证老孔的观点,翻出他的试卷,指出他的作文和阅读就是在随便写,稍微认真一点多考个五六分,就不用屈居第二了。

周骛垂着眼皮,一副悉听尊便的意思,神情还有点散漫。

"周骛，你听到我说话了吗？"

"嗯。"他脸上有笑意，又很恣意，"不是说课代表太稳了吗？我一下子追上来不太好吧。"

老孔愣了愣，明白他的意思了。

他是故意考成这个样子的。

陈然在第一名待太久了，又是断层的。如果第一次月考就把陈然给干下去了，就没什么意思，他这次先试试水，让对方感觉一下被追赶。以后再一步一步打压，被赶超的恐惧感会一直跟随着陈然，直到被拉下神坛。

攻击对手，自然是短痛不如长痛了。

老孔沉默着，一时不知道说什么好。

语文老师继续翻着鹿苑的试卷，说："'楼船一举风波静，江汉翻为雁鹜池'的wu到底是哪个？"

"啊？"鹿苑刚刚走神了，看见自己写成了周骛的骛。

"下面是'鸟'。周骛名字的骛，是'马'。字义不同。"高老师说，"这两个wu字，分别是什么意思，你不懂就就让你哥哥教，教明白了。"

"你们这群学生，太欺负语文了。"高老师越想越生气，挥手发落道，"回去把这首诗抄二十遍，这两个易错字的字义抄二十遍。"

鹿苑说："二十遍太多了吧？"

高老师道："怎么，你还有意见？"

鹿苑小声道："我觉得抄写有点浪费时间。"

"不想抄那么多遍，你倒是记住啊。"高老师终于硬气一次，目光转向周骛，"写完不用交给我了，你来监督她。你们这难兄难妹的，光荣吗？"

看样子两个人的关系在老师中已经是公开的秘密。

周骛动动嘴角，嗓子里半天才冒出一声含混的"嗯"。

老孔在旁边看得直乐，对周骛趁火打劫道："顺便把数学也教一教，你们近水楼台的，学校家里，二十四小时待一起。"

鹿苑："……"

周骛："……"

物理老头也来凑热闹："还有物理啊别忘了。你那70分快跌出B了，放在高考连个双非二本都没了。"

鹿苑走出办公室，拎着自己的语文试卷，心里有点难受。短短半个小时，她接受的信息量太大了，需要缓一缓。

周骛被高老师留着多说了两句话，鹿苑走到转角的时候，他才过来。

男生肩膀的布料擦过她的耳边，更像是不小心撞上来的，皮肤的热度隔着布料传来，鹿苑鬓角的一小撮碎发随风飘了下，又落回脸上，痒痒的。

她抬手勾到耳后。

她看周骛的眼神有些复杂，从半个小时前开始。

像情景剧：超级转转转。

一开始以为他是个好学生，结果不良少年该干的事他干完了；好不容易接受他的不良少年人设了，结果是个超级大学霸。

她对周骛的了解，好像很片面。

他还有多少"惊喜"是她不知道的？

第一天见面的时候，老爸就说过周骛的成绩很好，当时她以为那是场面话，就像老鹿也夸了自己小提琴拉得很好。

周骛停下来，看她一眼："回去罚抄了。"

他傍晚打完球，身上微微带着汗味，因为是年轻男孩，并不难闻，和衣服上的洗衣液味混在一起。

唉，她这臭脾气："不用强调，我记得住。"

"那你愣什么？"

鹿苑心里默默叹气，忽然冒了句："其实陈然很厉害的，从我认识他到现在，一直是第一名。"

"你吓唬我？"周骛把卷子随意卷成一个筒，屈指，拿着，"现在有我，第一名马上不是他了，多享受享受。"

鹿苑没见过这么狂的人，她撇了撇嘴。

周骛轻笑，低了下头："你不是给他算了一卦？我这次算是帮你保住神棍名声，不用谢。"

"鹿·神棍少女·苑"："……我谢谢你。"

她只是开玩笑啊，如果陈然考不上第一她就可以抄作业了。

"不过下次别赌了。我会让他考不上第一，也让你永远抄不上他的作业。"他漫不经心道，错身上了楼梯。

鹿苑的脸又羞又红，在少年身后控诉："你偷听我们说话。"

"还需要偷听吗，小鹿同学不是已经名声在外了？"

两个人回到教室的时候，虽然晚自习已经开始，但还是没有安静下来，周骛的语数外总分比陈然低五分，第二名。

这足够令人兴奋的了。

鹿苑坐下来，开始抄写错的古诗词，又去查两个wu字，弄清字义，以后才不会写错。

鹜：泛指鸭子。比如：落霞与孤鹜齐飞，秋水共长天一色。

骛：纵横奔驰。

如果不是这次考试写错，鹿苑根本就不知道这两个字还有分别，也没注意到一个下面是"马"，一个是"鸟"。

啊呸，周野鸭！

因为还有别的作业要写，古诗词她没有抄完，只是把字义抄在错题本上，写着写着，那个鹜字就不自觉加了前缀：周鹜。

她很快反应过来，用胶带撕掉，交给周骛："喂，你看吧。"

周骛对某个字过敏，视线抬高，侧了下头，漆黑的眼瞳锐利摄人。

他用两秒看完，又用一秒说："继续写罚抄。"

"哦。"鹿苑乖乖转回去，趴在桌上继续写作业。

周围的同学不知道发生了什么事，但长得好看的人总能得到更多的关注，两人之间的氛围稍微不一样很快就被发现了。

下课，吴小丁扭头过来找人聊天。能陪他聊天的也就是鹿苑而已，陈然从下午开始又忙又沉默。

"你们怎么了？"

鹿苑把错题本给他看一眼："罚抄呢，因为一个字，高老师让他监督我。"

虽然大家都知道和周骛的名字有渊源，但这个理由也太牵强了吧，严重怀疑老师有私心。

只有鹿苑知道，老师不会担忧这个问题，因为他们是兄妹。

吴小丁说："你和他什么时候变这么熟了？"

鹿苑没有回答，心说我们还有更熟悉的关系，说出来吓死你。

和鹿苑不一样的是，周骛的交际圈子小，他很少和班里的同学闲聊，那张冷淡的脸总是不耐烦,只代表四个字:生人勿近。

也就和储旭那几个二货兄弟打球,但仅限于打球。

因为这次考试,他的实力实在藏不住了,一到下课,不少同学找上门跟他说话,讨论他那张令人惊艳的物理试卷。

满分啊,不是人干出来的事。

理科班的学生普遍对语文没那么在意,的确是练来练去也提高不了几分,但对这种单科大神个人崇拜很严重。

两个单科第一的实力,让大家坚定地相信,他在总分上超过陈然已经是板上钉钉的事情了。

更何况陈然自己,肯定已经焦灼了。

鹿苑隐隐约约明白周骛这么做的用意——"无意"释放出危险信号。

杀人诛心。

好手段,好心机。

鹿苑已经替陈然发抖了。

吴小丁问:"那你能帮借一下物理试卷吗?"他看周骛的那张试卷在几人手上来回传阅,都快被撕烂了。

宋缨靠在她的桌上:"我也想看,小鹿你跟他说一下。"

"你们怎么不自己借?"鹿苑眉心紧了紧,刚已经够丢脸了,她不想伸手跟周骛借东西。

宋缨:"你们是前后桌啊,方便讲话。"

"……"

鹿苑磨磨蹭蹭一直等到上课铃声再次打响了,所有人都回到座位,才扭头过去:"那个,把你的物理试卷给我一下。"

周骛此时没有在写作业,正低头玩水果消消乐,"叮叮"的声音从桌子后面发出来,果然听起来没有之前那么弱智了。

呵,这可恶的智商崇拜。

鹿苑的声音他没听见。过了一会儿,他才抬起头,问:"怎么了?"

鹿苑脸蛋绷得很紧:"物理试卷给我一下。"

她的手伸出来,做了个向上的动作。

周骛把手机关了,丢抽屉里,作势要拿试卷,结果竟绕了下做个虚晃的动作,转而在她掌心拍一下:"又抄?"

"?"

他对她到底有什么误解？

鹿苑在某些情况下抄作业也是为了省事，她只抄自己不会的题目。因为很少问老师，她就按照解题步骤自己想。

白嫩的掌心被周骛拍得红了点，不疼，但是热热的。他这人怎么回事，上次揉她的脑袋，现在又拍她的掌心。

"把你的拿过来。"他从透明的笔袋里抽出一支黑色签字笔，又把桌上的两三本书都移开。

鹿苑自己都没反应过来，他身后的两个人集体做出讶异的眼神。

"我怎么感觉周骛有点宠小鹿啊，这是要亲自给她讲题吗？"

"别人找他要个试卷，他都一脸不耐烦。"

"难道是小鹿上次生煎包碰瓷成功了？"

"小鹿好幸福，想魂穿。"宋缨发出奇怪的呜呜叫，"羡慕"两个字写在眼睛里，左右眼各一个。

只要她想，全世界的男孩都想给她讲题。

"还不拿过来？"周骛用笔的另一端敲了下桌面，催促鹿苑。或许是因为学霸光辉在今天晚上突然笼罩到他身上，鹿苑神奇地听话了，乖乖奉上试卷。

她又尴尬地指指自己后面："不是我，是他们。"

周骛越过她，瞥一眼前桌，吴小丁和宋缨尴尬地笑笑，像是占便宜的缺德闺密。

他把试卷拿出来让鹿苑递过去，和他们没有任何言语上的交流。

鹿苑把椅子稍稍挪了个方向，周骛捏着她的试卷看了几分钟，眉心越拧越深，大概是很少见到考70分的物理试卷，体会到了物种多样性，问她："哪些是不会做的？"

鹿苑真诚地说："做错的和没写的，都不会。"

周骛："……"

也就是说，一张110分的物理试卷，扣了40分。

突然之间，曾经发出那种"美女在搞学习呢"的傲娇眼神和"我这么用功肯定是个学霸"状态的鹿苑，气焰再也嚣张不起来了。

在学霸面前的小鹿，只是一个渣渣。

老孔在这次月考之后，无声无息地做了一次家访，他甚至为配合鹿正元和周婕的时间，周六晚上过来，风尘仆仆。

和夫妻俩说了两个学生在学校的一些情况，基本上就是普遍文科不太出色。周骛不用担心，他脑袋聪明，只要摆正态度就没有问题。

鹿苑还是老生常谈的，有点飘。另外她还有一个比较致命的问题，就是无论会还是不会的题目，她从来不问老师。

明明是那么开朗的一个女孩，在学校里人缘也好，不知道是什么原因，她总是不太愿意麻烦别人。

老孔问鹿正元："鹿苑爸爸，你知道为什么吗？"

鹿正元自然不可能知道。

老孔叹了口气，安慰道："倒也没关系，有些事情她不愿意和大人说，肯定愿意和朋友分享。正好她现在有个哥哥了，两人一块学呗。"

于是，不知从哪一天开始，鹿正元在一楼的茶室多了张双人书桌，供兄妹俩晚上写作业用。

双人书桌是一个长条案，足有一米八长。

周婕亲自画的图纸，鹿正元让他工厂里的老工匠亲手打的，私人订制，为了两个人的学习，父母也算下了血本。

其实无论是鹿苑还是周骛的卧室，完全可以供多一个人学习。但家长知道，两个十六七岁的少男少女，毕竟不是亲兄妹，深夜共处一室不合适。

鹿苑这段时间很乖，鹿正元说什么她就做什么。

况且，她还挺喜欢做功课的时候身边多个人的，一个人写作业的时候，她碰到不会的题目，网上搜索不到就干脆空着，等到第二天去抄。

现在不会的可以问了，只要脸皮够厚。好巧不巧，鹿苑问的问题从来没有难倒过周骛。

他身体里似乎住着只机器猫，要什么有什么。

在学习上的有求必应，让鹿苑感觉有哥哥其实很好的，就算总欺负她，和她斗气，也总比一个人好。

她开始管不住自己的心，也慢慢喜欢上周骛了。周婕和鹿正元一样有工作，但是每天晚上都会回家，无论早晚，和两个孩子打招呼，聊一聊学习和生活，或者随便说几句话。

鹿苑暑假里一直在试图逃离这个家，早出晚归，就害怕见到周婕，现在哪怕只有两个人吃饭的时候，她也不会尴尬了。

鹿正元没和周婕结婚的时候，许阿姨只照顾她一个人，不需要做全天，下午过来打扫卫生、做饭，等鹿苑放学到家，许阿姨就走了，回去陪自己的家人吃饭。

鹿苑看着一桌子菜，再看看许阿姨的背影，心里空落落的、酸酸的。有点讽刺，这才过了多久，她就很嫌弃过去的孤独了。

现在的问题是，她和周骛两人分坐在书桌的两端，各自写着作业。

鹿苑学习的时候容易走神，发呆，乱瞟，抠手指，数头发……任何事情都比学习有意思。

她改不掉坏习惯，一抬头就能看到周骛的脸，偶尔还会和他视线撞在一起。

然后就是莫名其妙的尴尬，令人窒息的凝滞。

后来鹿苑想了个办法，拖着椅子跑去周骛身边跟他做同桌，这样就不会对视了。

"干什么？"周骛看她奇怪的动作。

"这样坐比较有氛围。"她笑着说。

周骛闷头看书，回了一句："我给你在前面立个黑板，再把老孔请过来站岗，更有氛围。"

鹿苑皮笑肉不笑地回："好了，你可以闭嘴了。"

不要打扰美女考清华。

桌子长到可以在上面打滚，可两人还是经常手臂戳到对方，黑色的签字笔在纸上"刺啦"一声画老长。

周骛一脸黑线，阴沉地问她："你老动什么？"

说完他愣了一下，噤声，继续做自己的事情。

"错了错了，我真的错了。"鹿苑嘴上道歉也利索，但只浮于表面。

等重新归于平静，她慢慢地也脸红了。

这天周六，不上晚自习。

周婕和鹿正元都不在家，两人吃了饭，一直在书房待着，鹿苑趴着写作业，周骛没作业要写了，拿了本补充习题看。

鹿苑无聊地侧了下头，见他手臂搭在桌沿，手指微屈摩挲着。以前她没有近距离看过他，仔细瞧了眼，他手肘关节那儿有道磕破的疤，和正常肤色有色差，皮肉也是不平整的。

她小时候玩四轮溜冰鞋,摔得手肘和膝盖鲜血横流,不过这么多年过去,那些疤痕早没了。

周骛这么白的皮肤,一点瑕疵都没有,不至于是疤痕肤质,那极有可能是近几年弄上去的。

被人打了?

就像上次在学校附近,被一个满口脏话的男生拦下来欺负。

鹿苑用笔帽戳了戳额头,听见他的嗓音带着颗粒感:"你想磨蹭到几时?"

鹿苑问:"上次我撞见你和那个男生,不是你第一次挨揍吧?"

周骛把书倒扣在桌上,按了下座椅扶手,倾身压迫过来,眼神危险得跟要揍她似的:"不如你先说说,你挨揍都是怎么哭的?"

鹿苑比较想知道周骛受伤的原因,为此不惜出卖自己的隐私:"我说你就说吗?"

周骛笑了声,手指在她额头上弹了下:"你先说。"

"……"

他怎么又欺负她?

鹿苑不屑地撩了下头发,指着自己左耳的三个耳洞,还有右耳的两个:"social 小鹿怎么可能哭,她流血不流泪。打这五个洞,眼睛都不眨一下的。"

周骛忽然问:"为什么打?"

明明平时也不戴首饰,就这么空着。

秘密这个东西,自然需要等价交换。

鹿苑说:"上初中的时候'中二'呗。"

周骛看着她,没说话,漆如深江的眼透着疑惑。

鹿苑:"你也知道我爸脾气挺差的,一言不合就骂我。做错事了骂,心情不好也骂。"

"然后呢?"周骛理解鹿苑说的骂,应该就是在阳台那样,言语强势,不分青红皂白地指责、否定她。

"我这人很记仇的。上小学的时候,他凶我一次我就在小本子上画正字,画了好几页纸。后来那个小本本被许阿姨当废品卖掉了,什么证据都没了。我自己也是记吃不记打,每次他骂完我再买点东西来哄哄,我立马就原谅了。

"其实想想，我这样，像条狗，没骨气。"

鹿苑叹了口气："我不想麻木。上初中的时候就想到了这个办法，在身体上做记号就不能丢了。"

周骛抬了下眉骨，看着眼前的女孩子，脸蛋圆润，白皙可爱，这双眼睛漂亮但颓废厌世。他怔愣片刻，直到鹿苑的视线也落在他的瞳孔里。

他们近在咫尺地看着对方。

他在沉默里找回自己的声音，有点哑："还好没去文身。"

鹿苑："我想文身来着，可未成年啊，给钱老板也不答应。"

周骛："……"

他的手指撩起，状做摸一摸那柔润粉嫩的耳垂，最终还是在半空停下来："他凶了你五次？"

对应五个耳洞。

"当然不是。也挺多次的，小的那些我就算了，闹得实在太僵或者他动手了，我就打一个。"鹿苑颓废的眼神敛去，顶着一张纯真无害的脸蛋，说的都是凉薄的狠话，"我倒要看看能攒多少失望。攒到我彻底承受不了，就离开家。"

手机突兀地在桌上响起。

鹿苑自己抄底了，还没听到周骛的坦白就得走了，她答应了沈知燃今天晚上去工作室。

电话接通，沈知燃的声音传来："我在你门口，就不进去了，你赶紧出来。"

"你不介意多等一会儿吧，我还没换衣服呢。"鹿苑拿着手机站了起来。

"我昨天跟你说什么了？"

鹿苑倒是耐心，对着电话道："别生气啊。我家门口有个草垫子看见了吗，是给大黄趴着乘凉的，现在给你趴，休息休息，不客气。"

沈知燃"啪"的一声挂了电话，懒得跟她废话。

她走到书房门口，想起什么，又转过头，却看见周骛沉着一张脸，又是那种阴骛、不耐烦的神情，不知道谁怎么他了。

"作业没写完，你去哪儿？"声音也冷。

鹿苑被问得一愣，尴尬地摸了摸后颈："我出去一下，两个小时以后就回来了。"她跟他对视上，忽然心虚，"如果我爸和周阿姨回来，你就……就说我去鲸鲸家吃饭了。"

"说实话。"他一眼看出她在撒谎。

鹿苑也不想撒谎的，但还是有必要隐瞒一下。如果老鹿知道她去了哪儿，今晚回来肯定少不了一顿骂，这就很没有必要了。

"去和队友碰面。"不知为何，她现在对着周骛竟看到了爸爸的影子，手指无措地搓着衣角，重复道，"我两个小时以后就回来了。"

周骛想起那天晚上，一贯张扬的少女红了眼，又极力掩饰伤心。

比整日梨花带雨的更惹人心疼。

抑或心碎。

少年心脏蓦地抽丝，有什么奇怪的情绪作祟，可他并不想站在她的对立面，做一些令她厌恶和感到害怕的事。

他僵硬地说："路上注意安全，回来继续做功课。"

鹿苑脸上再次露出笑意："我走啦。"

太阳下山后，巷子窄又背阴，温度变得很低。

鹿苑把搭在沙发上的校服外套拎起来就往外走，开玩笑归开玩笑，她也不能让沈知燃那个臭屁等自己太久。

她出来吸了一口凉气，没看见沈知燃，倒是隔壁的院门打开，走出来一个女生。

"小鹿你要出门？"女生一手端盆，一手拎桶，"我养的金橘可以吃了，拿给你一点。"

"谢谢初姐姐。"鹿苑两步跑过去，金橘是已经洗干净的，还挂着水。她捡起一颗丢进嘴里，口感非常有层次。

女生叫初澄，也在十六中上学，今年高三。

鹿苑又吃了一颗金橘，昂了昂下巴问："你拎水干什么？"

初澄说："好几天没下雨了地上有点干，总是起灰尘，我用水泼一下。"

"哦，那我站远点吧。"鹿苑躲到台阶上，贴着墙。

巷子里鸦雀无声，初澄站在自家门前，端着水桶将水环绕着泼出去，下一秒就听见一声大叫。

是个男声，猝不及防中又隐含愤怒。

沈知燃在巷子口，听着聊天声就过来了，那一盆凉水浇下，成功把他熄灭。

鹿苑看清来人，笑得金橘籽儿差点从鼻腔里喷出来。

沈知燃的头发丝上都坠着水，整个人湿漉漉的，衣裳紧贴着身体。他人倒是没发火，甚至没生气："今天出门有人给我算了一卦，说会撞邪，我还不信。"

沈知燃看了眼初澄，口吻带了点儿玩世不恭的戏谑："结果你在这儿等着我呢？"

怎么听怎么像调戏人。

初澄没想到能泼到人，愣了几秒才反应过来，泼人的比被泼的窘迫，她连忙道歉："不好意思，我没看见。"

沈知燃摊了摊手问："道歉就完了？"

"那——"初澄默两秒，才回屋里拿出毛巾。

她是个清冷的性子，平日里也不爱讲话，深吸了一口气道："你擦一下，赶紧回家换衣服吧。"

这话其实没毛病。

可沈知燃大少爷也能给挑出刺儿来："我怎么觉得你在打发我，泼了人想逃避责任？"

初澄抿了下唇，问："你想做什么？"

沈知燃嗓音不清楚，拿她的毛巾擦着头发："这得看你。"

初澄："……"

鹿苑捧着金橘都快吃完了，他们高三组的瓜还没放完。

死寂般的沉默过后，初澄低柔的嗓音响起："我让你进来洗澡、换衣服，你来吗？"

然后又是一阵死寂，连飞过巷子的蚊虫都能替沈知燃尴尬死。更何况鹿苑，她直接跑到自己家门口去了。

"你牛。"沈知燃无意识舔了下嘴唇，低低地冒了声。他把用好的毛巾塞初澄手里，优哉游哉地离开了。

鹿苑跟上去，用力憋着笑。

走了没几步，少年脚步一顿，折返回去，抬手挡住初家正要关闭的木门，高大的身量立在那儿，如漆黑的岩石山压下来。

他问初澄："你知道我是谁吗？"

初澄："……"

沈知燃指了指自己:"沈知燃,跟你同班两年,就算记不住名字,也应该脸熟吧?"

何况还同一个巷子这么多年,虽然隔得老远,分散在巷子的两个出口处。

初澄不为所动,眼神冷冷淡淡的,带点疑惑:"什么?"

那模样,让人拿她没办法。

"没什么。"沈知燃松开手,留下一句狠话,"记着你了,泼我一身水。"

鹿苑刚刚急着出门,错拿了周骛的校服外套,两件都搭在沙发上,颜色款式一样,根本就分辨不出。

她穿上后,尺寸严重偏大,袖子甩得老长,跟唱大戏似的,她闻了闻袖口,是熟悉的除菌皂的香味。

沈知燃过来了,鹿苑赶紧放下袖子:"你在做梦吗?初澄怎么可能不认识你?"

邻居,一个学校,一个班级,充分必要条件三个,够多的了。

沈知燃沉默半响:"你敢信,这是我印象里,第一次跟她说话。"

鹿苑不能想象:"你们没事吧?"

沈知燃笑了笑:"忽然想起来,她每次看见我,跟见空气似的。"

"可能你长得不显眼。"鹿苑笑着接道。

沈知燃若有所思地冷哼了一声。

鹿苑:"还不允许有女生看不上你吗?"

晚风吹散了少年疑惑的讨论声,消失在巷子里。

11月中旬,深秋已至。

吃早饭的时候,周婕告诉鹿苑,周骛的生日要到了,让鹿苑帮忙想一下送他什么礼物,这是他成年前的最后一个生日了。

鹿苑说不知道。

周婕皱了皱眉,不肯放弃:"你和小骛天天待在一起,他喜欢什么,你没注意吗?"

鹿苑低头看了看自己的手背,红印今早才消掉。昨天晚上两人一起写作业,因为一道物理题她错了两次,就被周骛给拍了,说她没往脑子里记。

还说她脑子不用,可以捐给别人。

鹿苑叽叽咕咕地说:"送他两耳光吧。"

"什么?"周婕没听清楚。

鹿苑垂下眼皮,乖乖的:"没什么。"

话音刚落,楼梯那传来脚步声,周骛拎着书包下楼了。身上穿着十六中的校服,规规矩矩的,拉链拉到最上面,高瘦的身材把麻袋似的蓝白校服也穿得很好看。

除了阴冷的脸色。

他瞧了她一眼以示警告,很好,周婕没听清,他倒是听得清楚。

这个月对鹿苑来说,重要的自然不是周骛的十七岁生日,而是即将到来的期中考试。

但是最近她和沈知燃他们玩得也很开心,即使不是练习时间,在食堂碰见,韩硕他们也会叫住鹿苑,给她买瓶酸奶,或者塞一兜子糖,顺便开两句玩笑。

当然,她加入乐队后的所有动静,都是瞒着老鹿的。

少年的心思总是按捺不住,随时起飞,鹿苑那段时间已经足够低调,但还是出了点问题,问题不是出在老鹿身上。

发生在周一那天,老孔过来讲了几句话就被通知去教务开会了,让班长冯晴晴管一下纪律。

冯晴晴是个温柔娇小的女孩子,看着乖乖的,帮老师办事可以,但是在班级里说话根本就压不住。

老孔这边一走,储旭那帮人立马就抱着篮球出门了,喊道:"周骛,骛哥,走!"

冯晴晴涨红了脸喊道:"储旭,你给我回来。"

储旭笑嘻嘻地道:"行啊,我吃完饭再回来。"

冯晴晴气得直跺脚,但也只能在小本本记下他的名字,告诉老孔,总有人能狠狠教训他。写完,她又扭头看向周骛,眼神祈求。

后者慢慢悠悠地写完最后一个字,走廊里已经吵得跟菜市场没区别,六班被罚大扫除,一群人乐呵呵地拿着抹布在浑水摸鱼。

学生时代,只要不是坐在课堂里上课,干什么都有意思。

让他们去工地搬砖,绝对比写试卷卖力。

好学生并不是他的标签,是陈然的标签。周骛丢了笔,也走了出去。

疯了，彻底疯了。

宋缨也喊鹿苑去小卖部买零食。

"来啦！"鹿苑看周骛已经出去了，就没什么顾忌。

两个人走到楼下，碰见一高三学姐，披着黑长直的头发，脸上化着淡淡的妆，涂着有心机的裸色口红。

连老师都看不出来的妆容。

鹿苑记得她，上次在天台找沈知燃的其中一位。

"鹿苑，你现在有时间吗？"学姐问。

"有事？"

学姐说："沈知燃找你，在天台，有事跟你说。"

鹿苑"啊"了一声，从校服兜里翻出手机，一条消息都没有。

"他没给我发消息啊。"

学姐说："他手机没电了，不然也不会叫我来传话。我还能骗你不成？"

好像也是。

鹿苑没多想，就跟着对方走了。

宋缨说："那我先去小卖部了，你结束赶紧过来。"

"好。"

两人挥了挥手，向着相反的方向去了。

篮球场上，张晓海眼疾手快，踹了一脚储旭："'存款'，是小鹿女神！"

储旭对着众人做个"暂停"的动作，抱着篮球朝着铁网外看去，这是他的庄严时刻，也是给小鹿的排面。

众人配合，周骛无语。

储旭喊了两声鹿苑，她没听到，侧着头跟另外两个女生说着什么，神色肃穆。

他笑嘻嘻地道："看看小鹿这人缘广的，又俘获两个美女小姐姐。"

张晓海："你除了吃陈然的醋，连女的醋都要吃？你这么痴情，小鹿知道吗？"

储旭踹回去一脚："放屁，我吃的哪门子醋？"

周骛仰头喝了口水，视线越过鹿苑，看见她的好朋友在朝着相反的方向上去。

鹿苑跟两名学姐走到图书馆后门，上了天台。但是等候她的并不是沈知燃，而是三个陌生面孔的女生。

她这时才反应过来自己上当了。

也怪她神经过于松懈，平日里没树过敌，也就没人找她碴儿。

"沈知燃呢？"她问，"既然不是他叫的，那我就走了。"

"站住。"一个女生扣住她肩膀，"叫你走了吗？"

鹿苑"哦"了一声："我走还要跟你打申请吗？"

这五个人中有个高个子，是领头的，抱胸趾高气扬地盯着鹿苑："不是沈知燃，就叫不动你了吗？你以为你是谁啊？"

鹿苑扑哧笑了声，说："我说我是你爹，你要喊我一声吗？"

对方看上去凶巴巴的，像是特意来找碴儿的，听见她嚣张地放了句狠话后，那领头的叫嚣道："你以为自己很厉害是吧，不给个教训不知道谁是学姐？"

鹿苑在心里叹了口气，在那个高个女生拽住她马尾的时候，她一拳头上去，砸在对方的鼻梁上。

太猝不及防了，其余四个女生都愣住了，她竟然敢先动手。

几人反应过来，分工熟练地抓鹿苑。鹿苑有点后悔，今天真是出师不利，从决定相信这个学姐的那一瞬间开始，她的智商就下线了。

当初沈知燃来找她的时候，可没说还有这等精彩"售后"啊，简直无语至极。

她被推倒在地，掌心和膝盖都磕破了，石子扎进肉里，疼得要死了。

其中一个人的手被鹿苑咬伤了，"啊"地尖叫起来，人当场气炸，扬手就要上来打她。

手没落下去，楼梯那边传来密集的脚步声。

女生脸色大变，青如菜色。

图书馆的天台很少有人过来，也没有监控，所以她们才会肆无忌惮。但是如果她们在这里施暴被人看见，告到学校那里，每个人都是吃不了兜着走的。

沥青地面上多了一双干净的白球鞋，和鹿苑同款。

那个要打鹿苑的女生，手在半空被人打掉，人也被打得往后趔趄两步。她看向来人："喂，关你屁事？"

周骛侧了侧头问:"你们打她了?"

他蹙着眉,面色不善,那女生立马闭了嘴。

储旭和张晓海几个人也跟着跑上来,看见鹿苑坐在地上,也快气炸了。

"你们几个还真是坏啊!"储旭怒骂道。

女生们对鹿苑一个人的时候很嚣张,可是面对成群结队的男生,就害怕起来。

张晓海拦了下储旭:"'存款',你要打女生吗?"

储旭说:"坏人还分什么男女?揍的就是她们!"

那群人中,吸引鹿苑上来的那个明显很有脑子,威胁道:"你们要是敢打我们,我就从这边跳下去,就说是你逼的,到时候谁也别想好过。"

这种后果储旭承担不起,任何一个人都承担不起。

趁他愣神的工夫,几个女生起身快速跑下去了。

"小鹿,你还好吗?"储旭过来蹲下,忧心忡忡地看着鹿苑的手,刚想抓过来看看,就被拂开。

周骛把鹿苑从地上拉起来了,于是只有储旭蹲在地上,仰视大家,姿势十分诡异……

——"你是来拉屎的吧。"

这句台词忽然从他脑中冒出,说的就是他自己。

周骛手指轻轻捏住鹿苑的手腕:"疼不疼?"

鹿苑诚实地点头,疼什么的就好,主要是憋屈,一口气咽不下去。她问周骛:"你们怎么知道我在这里?"

要不是他们来了,没准她真有可能被揍扁。

说起这事,储旭就骄傲了,跟个大喇叭似的:"刚刚我们在篮球场看见你往这边走呀。"

"那怎么想起来找我的?"鹿苑还是不明白,看这架势明显知道她今天有此一劫。

储旭继续转播:"骛哥说来找你的。我们本来以为那几个女生是你的朋友,但他说那是生面孔,而且还把宋缨给打发走了,估计没好事。"

原来如此。

这心思缜密得可以去演《甄嬛传》了。

说到《甄嬛传》,上周他们班做了一套阅读理解就是讲这部剧的,她几乎拿全分了。

鹿苑收回神思,看了看周鹜。后者一直攥着她的手腕,别开目光看向别处,闷声说:"走了,去医务室。"

走到图书馆楼下,正好碰见从小卖部里出来的宋缨,怀里抱着一堆小零食和饮料:"小鹿,你干吗呢,这么半天不来?"

鹿苑抱歉地笑笑:"出了点事,耽误了。"

"啊!"宋缨看到她手上的擦伤,红红的血绺子,"谁干的?那个把你喊走的学姐吗?"

鹿苑说:"说来话长,我先去下医务室。晚了那边该下班了。"

宋缨把东西往储旭手里一塞:"我陪你去!"

周鹜说:"你们都回教室,马上晚自习了。"一群人乌泱泱地往医务室拥,肯定会引起围观。

宋缨看见鹿苑被人牵着,有点奇怪,但放在这个场景里又很合理。她刚想说"我是女孩子,我陪鹿苑去比较好吧,你去算怎么回事",就对上周鹜那双眼睛,薄薄的双眼皮向两边展开,很好看,但内里的尖锐和冷漠几乎冲破皮囊,让人不敢言语。

她话到嗓子眼里又不敢说了。

"那好吧,你想吃什么,我再去买一点给你晚修的时候吃。"

鹿苑说:"随便吧。"

"好。"

天早就黑了,但是医务室这会儿还门庭若市,灯光下站满了人,不是挂水的就是等着取药的。

最近换季,气温骤降,住宿的学生里不少都感冒了。医务室不大,诊疗室的门是开着的,放了个布帘子,鹿苑掀开喊了一声:"老师。"

没听见回应声,迎面撞上一个背对她坐着的小男生,看模样是初中部的,剃着圆寸。校医老师一手拿着针管,一手把小男生的校服裤子往下拉。

只拉到露出五分之一的屁股蛋,然后一针管子戳上去,小男生呜呜叫了两声。

"……"

鹿苑眼珠子定住了。她刚刚看到了什么?一个男生的屁股?

鹿苑觉得自己眼睛瞎了，这时，窄长的手指盖住她眼皮。

"别看了。"周骘沙哑的嗓音传来。

"哦。"她仓皇退出。

校医老师打完针掀了帘子出来，问她："怎么了？"

周骘抿着唇："受伤了，处理一下。"

"我看看。"校医老师脱了手套，看了看她的手肘，又蹲下检查她膝盖的受伤情况，眼神严肃起来，"怎么回事？跟人打架了？"

鹿苑摇头："不是，摔倒了而已。"

"还而已，你这伤的面积挺大的啊。"校医老师从办公桌后面的白色小车里拿出一个医药箱来，指了指左边的一间小屋，"进来吧，我给你处理一下。"

鹿苑撸起袖子和裤管，乖乖坐好，待消毒水擦到皮肉上时，她疼得一哆嗦，小声说："轻点啊老师。"

"是你的皮肤太娇了吧。"校医老师笑笑，又随口道，"你的体质可能对疼痛很敏感，忍一下。"

"哦。"鹿苑垂下眼皮，用力掩饰着自己因疼痛而逐渐扭曲的五官。

"老师！老师在吗？我发烧了！"外面又传来学生的声音。

校医老师叹了口气，她忙了一天了，从中午到现在连口水都喝不上。

"来了。"她看了眼周骘。

少年手抄兜，站得笔直在床前，眼睛紧紧锁在床上受伤的女孩身上，跟领导监督似的。她问："你们是同学？"

以鹿苑的理解，肯定就是点头完事。

"一家的。"周骘突然出声。

校医老师的神情里有可以托付他人的惊喜，她把棉棒递给周骘："那最好了，你来帮她清创吧，就擦擦消毒水再包扎，然后纱布在这儿。会吗？"

周骘说："可以。"

"处理好把东西放在这儿就行，不用管，我待会儿会来收拾。"

"谢谢老师。"鹿苑忧心忡忡地看着校医的背影，又把视线挪到周骘身上，更加焦虑了。

"坐过来。"周骘说，骨节分明的手分别拿着棉棒，在凳子上坐下来，对她示意着。

校医老师已经帮忙处理了手掌和手肘的伤，现在要处理的是膝盖，鹿苑略尴尬地凑过去。

周骛又说："对着我，不然怎么给你弄？"

她又侧了点身过来，两人面对面坐着。

她坐在治疗床上，他坐在凳子上。鹿苑的眼神没处放，只能垂着眼皮，视线里男生两条长腿放松敞开，校服拉链也是拉开的，可以看见里面白色的 T 恤，下摆稍稍凌乱，露出运动长裤的白色裤绳。

"太低了。"他说。

鹿苑就这么坐在床上，两条腿荡着，这个角度对周骛来说不是很方便，刚校医老师说她皮肤太娇嫩，对疼痛比正常人敏感，太粗糙会弄疼她。

"哦。"于是鹿苑脱了鞋子，腿放在床铺上，"这样行了吗？"

"太远。"他又说，左腿就不方便涂药了。

"那怎么办？"鹿苑额角渗出了点汗意，一方面来自伤口的疼痛，一方面是太紧张。

他沉默片刻，腿收了点，说："脚，踩我腿上。"

"啊，这样不好吧？"鹿苑对这个操作方案存疑。

"快点。"周骛的语气不耐烦中夹杂着点局促，"外面等着看病的人很多，你想再麻烦校医吗？"

鹿苑当然不愿意，已经很不好意思了，因为现在早就过了校医老师的下班时间。于是，她颤颤巍巍地把脚搭在少年的膝头。

她的脚不丑，脚型是秀窄的，白色棉袜的袜口很短，有一圈浅色的小花，包裹着纤细的脚踝。

有点可爱。

周骛眼睛盯着她膝盖上粉色的皮肉伤口，丝丝缕缕地渗着血。

"我会轻点。"

"哦。"鹿苑避开他的眼神，尽量不看。少顷，她的眼圈忽然红红的，泪水在眼眶里打转。

周骛停下："疼了？"

"不是。"

"那哭什么？"

"你看错了。"

"眼泪滴到我手背上了。"

"反正我没哭。"有人仰头扁着嘴,像一株倔强的小白杨,半晌后又说,"就是觉得很丢脸,我长这么大,从来没有在学校里被人打过,这是第一次。"

周骛嗓音低低的:"我知道,你的朋友很多,连学校犄角旮旯偷吃的耗子都跟你熟。"

"我本来就有很多朋友。"她理直气壮。

"现在只有我在陪你。"

鹿苑有一瞬的恍神,终于肯正视他的眼睛,问:"你……你现在为什么忽然对我这么好?"

周骛捏着棉棒,缓缓地涂抹着,他透过棉棒,能感受少女肢体的瑟缩和颤抖。

"你觉得呢?"

鹿苑回想他几分钟前说的话:"因为我们是一家的,你是我——""哥哥"两个字她说不出口,也从来没叫过,以后更不可能叫。

周骛沉默着,没再接话。

鹿苑消声片刻,在想这件事的后续,问他:"你觉得我是惹事精吗?"

"我为什么要这么认为?"周骛愣了一下。

"因为事情的起因,是我加入沈知燃他们的乐队。我爸不高兴,喜欢他的女生也不高兴。"

周骛把棉棒扔了,换成纱布和胶带,有条不紊地处理着,反问:"如果我也不高兴,会左右你的决定吗?"

鹿苑诚实地摇头,她这辈子最忠于的人,只有她自己。

周骛点了下头:"别人的喜好不会影响你的决策,也不能决定你是一个什么样的人。"

说完,他把纱布贴好了,垃圾扔掉。

"别哭了。"少年的拇指快速而略粗糙地擦过她的下眼皮,把挂着的泪珠拭掉,"回去上课了。"

两人回到教室,晚修已经开始了。

语文老师坐在讲台前,手撑着额角,神情专注地看着电脑屏幕。

鹿苑用鞋尖轻踢了下后门,发出一点点声音来,坐在门边的同学很有默契地把门开一条小缝让她进来，看见后面还跟着周骜，那同学的眼神亮了一下。

以往无论迟到与否，周学神都会光明正大地从前门进，跩得不行。

这还是第一次看见他这副姿态。

鹿苑猫着腰回到座位，宋缨立刻扭头过来，拉开外套拉链，掏出一个紫菜饭团，还有一小罐热咖啡。

鹿苑看她东西是从怀里掏出来的，一言难尽地道："你干吗？给我吃少女味吗？"

闻言，陈然和吴小丁都憋得肩膀直颤。

女孩子的行为好奇怪。

"去你的。竟然不理解我的良苦用心。"宋缨小声说，"这不是天冷了吗，我不知道你几时回来，又怕饭团冷掉，就用肉身焐着，天然保温。"

鹿苑听了感动得不行："谢谢姐妹，我一定一口一口吃。"

宋缨笑着说："你还疼吗？"

鹿苑头埋在"碉堡"下面咬饭团，黑椒牛肉味的，很好吃。

"还好啦，没什么问题。"

陈然这才注意到她手心里贴着胶布："怎么受伤了？"

吴小丁也扭过头来，一脸关心："小鹿，你被人打了还是摔伤了？"

鹿苑塞了满口东西："这故事太长了，等我下课再给你们娓娓道来。"

"行吧。"

语文老师听见动静，往这边看了一眼，几个人立马噤声乖乖转了回去。鹿苑把热咖啡给了周骜，一起放他桌上的还有一袋薯片和一颗卤蛋。

周骜实在没办法想象在教室里吃这两样东西，只要了咖啡。

下课后，几个同学凑过来听鹿苑讲她被不良少女围堵的故事，她并不介意被人知道。

晚修第二节课是物理，物理老头经常不来，让大家有问题就去办公室找他。

周骜在上课铃声打响之后就出去了，一整节课都没回来。

鹿苑这才逐渐意识到不对劲。

高三文科班在另一栋楼。

周骜来到沈知燃所在的班级，女生偏多，晚自习也不是所有人都来上的，比如沈知燃，他翘课了。

他视线在教室里睃着,高三(18)班的老师走出来:"同学,你有什么事吗?"

周骛说:"我找初澄,她家钥匙在我这儿。"

那老师点了下头,把人叫了出来。

初澄和周骛虽然是邻居,但并没有说过话,更不存在什么给钥匙。就算需要转交钥匙,也该是鹿苑那个热心肠的。

因此,她出了教室直接问:"出什么事了?"

周骛昂了昂下巴,指着第三排坐在最后一个披头发的女生,问初澄:"她是谁?"

初澄扫了眼回答:"谢梧。"

周骛说:"帮忙把她叫出来,去图书馆的天台。"

初澄眉心几不可察地拧了下,但是她并不想问原因,点头说好便准备进去了,又听见周骛说:"说沈知燃约她,记得带上手机。"

初澄顿了顿,还是没问,进去了。

谢梧是跟老师诌了个借口才出来的,一路爬上天台,心情是掩饰不住的雀跃和期待。

远处的操场上亮了几盏大灯,红色的塑胶跑道上三三两两的,有几个学生或者老师在跑步。图书馆在隐蔽之处,也有幸获得一二光亮。

但这天,还是灰蒙蒙的,起了夜雾。

站在天台上的男生高高瘦瘦的,叫她的名字:"谢梧?"

对方不是沈知燃,是那个帮鹿苑的男生。

谢梧心脏骤然发抖,这不是跟下午她骗鹿苑的套路一模一样吗?

她话都说不出一句完整的来,也不敢发问,扭头就跑。

"你跑,我还能找上你。"周骛朝她走过去。

谢梧嗓音颤抖道:"你想干什么?这是在学校!"

"学校又怎么样?"周骛笑起来。

"你到底想干吗啊?"谢梧快哭出来了。这人是个疯子吧?

"下午不是挺厉害的吗?"

欺软怕硬是人之本性,所以,她选择直接道歉:"下午是我们的错,我道歉行了吧?你让我走吧。"

"我不需要你道歉。"

道歉是这个世界上最没有用的东西。

只有你承受和受害者一样的痛苦，才算平等。

"那你想要我做什么啊？"谢梧呜呜哭起来。她觉得自己真倒霉、真无辜，怎么会这么不小心碰上这种疯子。

她一定要告诉老师，让学校主持公道，把这种人彻底清出学校。

周骛说："把另外四个人约过来。"

那五人组里，他并不能记清每一个人的长相，也不知道名字。他不可能一个班一个班地去查，打草惊蛇不说，浪费时间。

所幸他看见了谢梧，就在沈知燃的班上，事情简单多了。

"什么？"谢梧婆娑的泪眼瞪大。

"不许哭！"周骛凶她。

谢梧颤颤巍巍地拿出手机，按照周骛的指示，挨个给那些女生发消息，说沈知燃约她们来天台。

沈知燃的个人魅力何其大，不出半小时，几个女生都来了。

然而看见的却是不好惹的周骛。

Chapter 04
哥哥的保驾护航

物理自习课上,鹿苑唇里含了一颗压片糖,薄荷味的,防止自己犯困。

不知道是不是因为今天身心俱疲,她破天荒地极度想睡觉,写着写着就鬼画符起来,脑袋连连点着课桌。

最后一次,陈然用手背帮她垫了一下,鹿苑脑袋触到他的皮肤,一个激灵清醒过来。

她一脸茫然地看向陈然:"老师来了吗?"

陈然弯了下唇:"没有,你困了?"

"有点。"鹿苑打了个哈欠。

陈然说:"你干脆趴桌上睡十分钟,再起来就精神了,别小看这几分钟的休息。"

"还有多少时间下课?"

"十分钟。"陈然说。

鹿苑朝身后看一眼,周骛的位置上空空如也,他的物理作业已经写完,本子丢在桌上。他的同桌正沉默如一粒灰尘,奋笔疾书着。

"周骛回来过吗?"

"没有啊。"同桌说。

鹿苑皱了皱眉,已经九点了,他去哪儿了?不知道为什么,她总觉得有什么事情未完待续,比如说那几个欺负她的学姐怎么样了。

周骛去天台找她的时候,除了拦了一下那个正要打她的人,并无反应,就连当场要为她报仇的储旭都不如。

说实话,那时候鹿苑是有点不平衡的,她被好几个人欺负呢。

作为同在一个屋檐下生活的人,还是她名义上的哥哥,怎么能是那个态度呢?

但是现在想想,其实不太正常。

鹿苑脑子也不笨,周骛是什么样的人她多少清楚一点。她立即拿起手机走出教室,调出周骛的电话打过去,一阵忙音之后,被挂断了。

她有种不好的预感,心脏被火烧般提起来,周骛肯定是去找那些女生了。

鹿苑闭了闭眼睛,一边给他发消息,一路狂奔,沿着林道寻找这个学校里没什么人去的地方,操场、篮球场、球场后面的小树林,最后才想到图书馆的天台。

那里晚上去太危险了,没有护栏,一不小心掉下去怎么办?

鹿苑走到楼下就大概确定了,几人在上面呢。

周骛站在那儿,光影模糊地描摹着他修长而清瘦的身体,他拦住下楼的去路,几个女生小声哭着,你推我搡不肯上前,和下午完全是两副面孔。

周骛没耐心地问:"你们谁先来?"

女生们不说话了,她们前面架着一部手机,录像功能早已打开。

天太暗了,鹿苑只能听到低低的啜泣声,还有道歉求饶声,完全看不清她们脸上的表情,也不知道周骛是不是以其人之道,还治其人之身。

周骛打她们了?还是逼她们做不想做的事情?

她感觉到害怕,以暴制暴并不是一个合规的办法,甚至和那些女生并无区别。

"周骛!"

鹿苑大喊了一声,气喘吁吁地走过去:"你们在干什么?"

周骛看见她,声音有一丝轻颤和错愕,随后逐渐平稳。他忽然笑得人畜无害,对鹿苑招了招手,说道:"过来。"

鹿苑脚步虚浮地走过去。

她不知道周骛原本是要做什么,以及已经做了什么,但是那些女生被他吓哭了,龟缩在黑暗里退无可退。

"周骛,你想干什么啊?"鹿苑声音很轻。

周骛笑了笑,手臂勾住她的脖子。少年伏低下巴,凑在鹿苑的耳边,吊儿郎当地道:"给你看点有意思的。"

鹿苑看向他手上的手机,视频已经录了半个小时,三个女生痛哭流涕,形象全无,她们卑微地对着镜头阐述自己犯下的过错,以及表达歉意。

小丑表演现场。

三个人已经道歉了,还有两个在鹿苑到来之后,再次表演痛苦。

如果现在要让鹿苑发表一下观感,她说不上来。想到下午自己所遭受的委屈,现在真的很爽,坏人得到惩罚,这个爽不只解气,也因为有人做了很多事给她撑腰。

只是这样的周骛,让她感到陌生和害怕。

周骛把视频拉到中间,故意放出一点音频出来,是其中一个人的鬼哭狼嚎,给她们"欣赏"抑或回忆一番。

女生们眼神怯懦而愤恨,但是不敢在这个疯子面前表现出来,鼓着腮帮子说:"我们都道歉了,她也亲耳听到了,视频能删了吗?"

"轮不到你做主。"周骛嗓音极度冷漠。

音频停了,黑屏的手机在他掌心攥着,他随意晃了下,好似那些女生的命门被拿捏。

不知道他要拿着这个视频做什么。

鹿苑不想在这个阴森森的地方待下去了,她抓了下周骛,小声说:"我们回去吧。"

"嗯。"

那女生着急了,哽咽道:"你把视频删了,求你了。"

鹿苑回头看了眼,周骛则置若罔闻,欲要下楼。

女生情绪恐慌,尖叫:"你到底要用这个做什么?"

在场的所有人都知道,只要这个视频散播出去,这几个女生就完蛋了。而下一秒,这个始作俑者,活阎罗给了她们的猜测一个肯定的印证:"你们敢再惹她一下,我会把视频挂到网上。"

少年用眼神威慑:"让你们社死。"

网络上的攻击,可比学校的这点屁事难以承受多了。

后面那个几个女生是如何崩溃的,鹿苑记不太清楚了,只记得自己被周骛拽着手,走到楼下,人都麻了。

从黑着灯的图书馆走到教学楼区域,重新回到热闹里,周骛松开她:"没事了,以后她们不会再来找你。"

鹿苑木讷地点点头,又问:"你会去找她们的麻烦吗?"

周骛看着她,没说话。

鹿苑解释了句:"我不是要做圣母的意思。就是……我没有打过人,我希望你也不要这么做,对你很不好。"

"放心。"周骛转身去了洗手间。

鹿苑挠了下耳朵,回到教室里。上了一天的课,大多数同学都有点累,写作业都是趴在桌子上的,被老孔瞧见肯定要呵斥一顿。

所以也没有人发现她出去了。

她感觉很累,趴在桌子上闭上眼睛,手臂伤口被不小心压住有些疼,她于是又坐起来,听到周骛从后门进来,一落座,她猛然清醒过来。

他的同桌问:"骛哥,物理课堂随练给我看下,最后一道题没写出来。"

周骛把本子扔给对方,从抽屉里摸出化学作业。

他写了一会儿,看着前面人的背影,纤细乖巧,长发扎起,露出雪白的后颈。

像一只乖巧可怜的小动物。

是兔子?还是狐狸?

周二早上,鹿苑起床时已经六点了,有些晚。

她没磨蹭,洗漱完来不及吃早餐就推着自行车出门。许阿姨在洗衣房听见动静追出来:"早饭还没吃呢。"

鹿苑匆匆忙忙道:"来不及了,我早读下课去小店买个面包。"

"那你等下。"许阿姨去锅里捞了两个白煮蛋出来,装在保鲜袋里,"外面卖的东西能有什么营养啊,鸡蛋你带到教室里吃。哥哥也真是的,不等你就走了。"

鹿苑看时间不够,就没跟许阿姨一起控诉周骛:"我走啦,再见。"

"路上慢点骑车啊。"许阿姨在身后喋喋不休地念叨。

少女挥了挥手,不消片刻,车尾就消失在晨雾之中。

鹿苑骑到主干道上,刚上桥,看到蓝白校服、黑书包单边挂在肩膀上的少年长腿撑着地面,低着头玩手机。

他是在等自己吗?

鹿苑怔了怔,拨弄车铃铛,周骛闻声抬头。

"你还可以睡到早读再起床。"他掀起眼皮看了她一秒,又漫不经心地垂下,丢给她一个早餐包。

鹿苑呆呆地接过来,忘记自己已经有早餐了。

还真是在等她。

以前两人早上不一起出门。周骛经常走得很早,鹿苑赖一会儿床,确定周骛下楼她才去洗漱。

无形中的默契,避开对方。

后来连续几天,两个人一起上学,晚修结束,再一起回家。

鹿苑不明白周骛为什么要等她,直到某天傍晚放学,鹿苑收拾好书包,物理老师把周骛叫去办公室,说是有事。

周骛对鹿苑说了句:"在这儿等我。"然后就下了楼。

她在教室里等了半个小时。当天的值日生检查完毕:"鹿苑,你不回去吗?"

鹿苑说:"我要过一会儿。"

同学点点头,说:"那我要回去了,钥匙给你,你锁门吧。"

"别。"鹿苑想到明天还得早起过来给大家开门就头疼,她拿上自己和周骛的书包,"我也走了。"

天色已晚,云霞零落,呈现一片颓势之态。

鹿苑来到车棚,坐在车座上边听歌边等周骛。

耳机被人扯下来,她抬头一看,竟然是谢梧。当然,她还叫不出来对方的名字,只是这张脸最近总是在她这儿刷存在感。

谢梧抱着手臂,眼神不善。另一个女生扯扯谢梧,小声说:"我们的视频还在她手上,别惹毛她。"

鹿苑把手机收了,白嫩的一张脸皱着,看上去很不爽:"你又想干什么?

"有事说事,没事就滚。"

谢梧说:"把我们的视频删了。"

她说话的时候,另外几个姐妹在四处放风,谨防周骛过来。

鹿苑这才明白,周骛这些天总是和她同步上下学,原来他早就想到这些人会在放学路上找她。

今天就挺不巧的。

鹿苑也不怕她们，反正车棚这儿总是有人路过的，她们不敢怎么样。

"你别在这儿跟我耍横，我不吃这套的。"鹿苑抿唇，轻轻舔了下自己的小虎牙，是发狠的姿态，"恃强凌弱算什么本事？再说，我也并不弱，是你们仗着人多欺负我一个，好意思吗？"

另一个高个女生道："别跟我说这些，听不懂。你和沈知燃的事情我们就算了，姐儿不跟你计较，但是视频得删了。"

"凭什么——"鹿苑话没说完。

那个放风的女生喊了一声："喂，人来了。"

几个人来不及走就被周骛堵住了。他手里拎着一沓卷子，校服袖子撸到手肘，很是随意。

此时的他并不像在天台那天晚上那样阴鸷。

他的眼睛是内双，眼皮薄，眼型狭长，看人的时候自带居高临下的冷漠，甚至没有说话，只是一个眼神睨过去，就足够表达出一个强有力的字：滚。

几个女生知道惹不起周骛，只能讪讪走掉。

周骛把卷子放进书包，问："不是让你在教室等我吗？"

鹿苑没有回答这个问题，无聊地踢了踢脚下的小石子，嘴里冒了支支吾吾的一声："你也不能一直保护我啊，总有落单的时候。"

周骛把车推出来，闻言，手指微顿，说："能。"

他甚至没有谦虚地说一个尽量，或者让她自己小心。

鹿苑又问："有视频在手，看样子她们是不敢对我怎么样了。"

"嗯。"

"可是，如果她们再来围堵我，你会真的把视频放出去吗？"鹿苑很好奇。

少年跨上车，长臂撑着车把，躬身时像一头矫健的狼崽子："你以为我跟她们开玩笑吗？"

鹿苑闭嘴了，跟随他一起出了校园。

其实她更想问周骛，为什么不交给老师处理呢，孔虎这人虽然挺"狗"的，一天到晚骂他们，可是遇上事的时候，他也是真的"顶"。

晚风吹在少年人的脸上，有人做伴，回家的路就不显得寂寞。

"你在想什么？"等红灯的时候，周骛看着她紧绷的小脸。

鹿苑低声说:"我在想更加妥善的解决方式。"

"这是最有效的。"周骛简短道,"有我在,还有视频,你就是安全的。"

鹿苑默默叹了一口气,周骛根本就没有想过去告诉老师。

就像,他也从来不把自己内心的想法告诉周婕一样。

周五这天早上,两个人照常一起去上学。

早读课一结束,班长冯晴晴就过来找鹿苑,说她被高三学姐欺负的事情,老孔已经知道了。

鹿苑正在喝水,舌尖差点被烫到。

她忘了,这件事当天晚上她和几个朋友说了,但是没料到周骛直接去找那些女生,过了几天,竟然还传到了老孔那里。

鹿苑问:"谁告诉老孔的?"

冯晴晴一向秉公办事,说:"这个时候,你就别问是谁说的了。我问你,你后来有没有再跟她们起冲突?"

鹿苑没法回答,她并没有回头算账。

但是周骛找她们了,还逼迫对方录了道歉视频。鹿苑不想让周骛牵扯其中,ась问:"我们是回去找了,但是应该算不上冲突。"

冯晴晴眉心皱起:"'我们'?"

鹿苑:"……"

班长显得有点焦虑,说:"本来是她们单方面霸凌你,学校肯定会处理。但是如果还有别的事情,性质就变了。"

鹿苑:"……"

冯晴晴:"那你快点跟我讲一下怎么回事,我来想一下话术,应对教务处的问询。"班长的爸爸妈妈都是在机关工作的,她耳濡目染多年,处理这些事情一向有经验。

周骛上厕所回来,见鹿苑趴在他桌上欲言又止、欲说还休:"不舒服吗?"

鹿苑实话实说:"老孔知道我们的事了。"

周骛低头拿书,撩起眼皮,故意逗她:"我们的事?什么事?"

鹿苑咬了咬后槽牙,他还有心情开玩笑。

"当然是我被打,你又去把人欺负了的事情啊。"

周骛把书拿上来,鹿苑抬了下手,让他收拾好书桌又放下,听见他说:"知道就知道,我没欺负任何人。"

"你不觉得麻烦吗?"

鹿苑也不是害怕,就是觉得处理起来很烦,后面说不定会发生什么事,比如老孔觉得都是因为她加入乐队才惹出来的事,直接勒令他们乐队原地解散。

距离上课还有几分钟,周骛长指捏着笔,身体松散地靠在椅子上,黑色的外套松垮着,衬得他的皮肤极白,而五官浓郁凌厉。

"怕麻烦就没法出气。你后悔了吗?"他嘴角多了一抹讽刺,看上去并不担心,"那些老师的逻辑是大事化小,保护每一个学生,无论好坏,不影响学校秩序,至于公平是什么、对你的伤害,对他们来说不重要。"

就像她曾经说的,《未成年人保护法》也保护了那些犯了罪的未成年。

鹿苑绷着嘴角,手指用力抠他的书角,不一会儿,那本英语书就卷得跟烂煎饼似的。

原来他早料到老师会知道,怎么处理,于一些大人而言,校园霸凌也只是女生们之间的扯头花。

他那样做,只是为了抢先一步帮她出气。

周骛把自己的英语书从她手里抽走,敢情不是她的就不心疼:"我去应付,别担心,现在转过去准备上课的东西。"

他指了下她那垒得越来越高的"碉堡",找东西也越来越难,经常动一发而大厦倾,一群人帮她捡书。

老孔为了不影响他们下午上课,晚修的时候才把人叫过去,直接去教务办公室。

看见鹿苑身后跟着高个子的周骛,气质黑沉沉的,他没好气地问:"你来干什么?"

周骛进门后就站到鹿苑前面,直接说:"这事我参与了。"

老孔叹气:"我知道你护着你妹,可你一个好学生,何必跟高三那些不指望高考的人牵扯?"

周骛脸上几乎没有表情:"你判断好学生的标准是什么?"

老孔不说话了,又叹了口气。

不一会儿,教导主任和那五个女生也来了,事情的大致情况也已经清楚,是那些女生先找碴儿的。

但鹿苑也犯了错。

老孔的办法是:双方各打五十大板。

鹿苑很生气,反问老孔:"她们几个人要打我,难道我不反抗由着她们打吗?万一给我打住院了呢,或者给我推下楼,没命了呢,这责任算谁的?"

"……"

教导主任打断她:"你没有别的办法吗?长腿不能跑啊,长嘴不能告诉老师?"

鹿苑心想,她明明是受害者,可还是免不了一通教训,被挑刺,心都凉透了,就开始肆无忌惮,胡说八道:"老师你不读历史的吗?我们中国人的骨气就是人不犯我,我不犯人,人若犯我,我必追讨。新闻联播里也天天宣传'犯我中华者,虽远必诛'呢。"

还虽远必诛?看把她能耐的!

又扯什么历史和新闻联播,调子拔那么高,教导主任听得头大:"打住打住,这位同学,你这么会引经据典,语文考不了满分对不起你这口才。"

鹿苑:"……"

说什么不重要,把他们迷惑晕就对了。

主任在鹿苑这儿说不到什么,目标就转向那五个高三女生,问她们为什么欺负人。

高三女生知道责任是逃不掉的,干脆把脏水泼到鹿苑身上,说她行为不检点,总是和男生混在一起。

老孔眼神犀利起来:"她和谁混在一起了?你说清楚。"

高三女生:"沈知燃他们啊!她一个女生,总是和那些男生成群结队,混在图书馆天台。对了,还有她和这个同学,天天出双入对。"

周骜只觉得讽刺,都懒得动嘴了。

老孔说:"鹿苑和你说的那个同学的文娱活动,学校是知道的。不用你监督。"至于鹿苑和周骜是重组家庭的兄妹,老孔觉得没有必要跟一个学生解释。

谢梧说:"学校不是明令禁止谈恋爱吗?为什么她就可以?一个女生拈花惹草,不怕给学校和低年级学生带来不好的影响吗?"

鹿苑忍不住说:"觉得影响不好,那你为什么不去打沈知燃?来打我是因为我好欺负吗？"

谢梧咬牙切齿："……那是因为你本来就风评不好。"

教导主任大吼一声："行了，让你们来这里吵架来了？"

这时，办公室的门被推开，高二（7）班的语文老师站在门口："不好意思，我路过的，刚听了一耳朵实在听不下去了，进来说两句话行吗？"

老孔说："高老师，你想说什么就说吧。"

高老师走进来，看了眼谢梧："我听你一口一个行为不检点、风评不好、拈花惹草，这是你一个女生对另一个女生的评价吗？你和鹿苑熟吗，相处过吗，是怎么知道她人品如何的呢？

"学校不允许你们谈恋爱，因为你们现在最重要的就是高考。但也只是文明倡导，没有不允许男女生做同桌，不允许男女生说话，不允许你们正常接触，怕的就是矫枉过正。

"整个社会环境已经很浮躁了，对女生也相当严苛。老师希望给你们创造一个良好宽松的环境，学校是难得的一片净土。可是你仅凭看到的一个女生和男生唱歌，就污蔑她的人品和生活作风，和网络上的键盘侠有什么区别？还是说，你用正义的名义，实行语言和行为的暴力，来满足自己的私心？"

高老师总是很温柔，还经常被班里的男生气到无语，大家都以为因为她是女性，所以柔软。

可是现在她的字字句句都很有力量，让人没法反驳。

这件事，鹿苑本来就没有问题，都是那五个女生的错。

教导主任沉默了一会儿，说："聚众斗殴，欺负低年级学生，你们胆子不小啊。先回去上自习，学校要研究一下对你们是该处分还是警告。"

五个女生臊眉耷眼的，被堵得哑口无言，听到处分时，更是要瘫痪了。

她们走到门口时，一直没出声的周骛忽然说："等下。"

"你还有事？"老孔问。

周骛说："给鹿苑道歉。"

"行吧。"老孔心说他记忆可真好，"那就在这儿道吧，老师们见证。"

于是，几个女生再次给鹿苑说对不起。某人的嘴角翘了又翘，努力地抿下来。

事情算是得到圆满解决，比周骛想象的要好一些，只是他不清楚施暴者最终的惩罚是什么，抑或是无关痛痒，那些话只是给鹿苑一个交代而已。

鹿苑和周骛也要走,被老孔叫住。

"你们俩等一下。"

鹿苑问:"还有事吗?"

老孔哼哼两声:"别以为你们干了什么老师们不知道。鹿苑你这两天手上一直贴着胶布,字丑得跟狗啃似的,当我们瞎吗?被欺负了为什么不告诉大人?"

她坚持闭嘴,不说话。

"是觉得老师会和稀泥吗?"老孔看她那张脸,白白净净是挺乖,一双狐狸眼可鬼精鬼精着呢,打的什么主意谁都不知道。

"周骛,把你手机里的视频删了。"老孔讽刺道,"你为了你妹妹可真是有手段啊。"

周骛不愿与老师为难,爽快答应。

他只是恐吓了一番,并没有实质伤害她们,拍视频是为了握一个证据在手,掌握主动权,保证鹿苑的安全。

"下次不许这样了啊,不然给你们俩也来一个处分。"

两个少年走出办公室,老师们长叹一口气。

老孔说:"家里两个孩子,父母应该很头疼吧。"

高老师:"看着乖,其实两个都有主意着呢。大的智商高,心机重;小的倒是天真,可耐不住会煽动同学。刚我在改作业,冯晴晴火急火燎让我来救人,说得要多惨有多惨。"

老孔就猜到是这样,不然高老师怎么会平白无故路过教务处?

这可是在六楼最边上,又不是大马路。

老孔叹息:"以后,他们家长有的头疼了,你就等着看吧。"

距离期中考试不到一周。

这个周末学校放假,周六是周骛的生日,周婕从午后就开始准备晚餐的食材,鹿正元傍晚提前回家,带回来几箱阳澄湖的大闸蟹,让鹿苑送给隔壁初家一箱。

鹿苑回来问他:"我能送给鲸鲸家两箱吗?"

鹿正元看她一眼就知道她打的什么鬼主意,无非是想出去玩,说:"这就是鲸鲸爸送给我的,你觉得呢?"

鹿苑讪讪笑着："我不觉得了。"

她在微信上跟林鲸聊天，林鲸问她有没有给周骛准备生日礼物，鹿苑说没有来得及，而且她这阵子在攒钱买吉他，根本不舍得为周骛花钱。

林鲸：【无语它妈又给无语开门了。】

鹿苑笑着扔掉手机，去厨房拿了一只青色母蟹。周骛在书房里看书，她想把螃蟹缓缓放到他脖颈后，吓他一跳。

可他身后像是长了眼睛似的，突然抬手，攥住她的手指，她吓得将螃蟹一扔。那只螃蟹掉在桌上乱爬。

少年皱了下眉，看着她："你又想干吗？"

鹿苑说："送你一个生日礼物。"

周骛凉飕飕的眼神睇她："为什么改变主意？"

"什么？"

"你不是本来计划给我两耳光的吗？"

鹿苑："……"

许阿姨在厨房里喊："哎，我螃蟹怎么少了一只？是不是爬到哪儿去了？小骛、苑苑，你们快来找一下，不然几天就臭了。"

周骛拿着螃蟹起身，去找许阿姨了。

鹿苑跟在后面，笑得前仰后合。

其实这天的气氛到这里，还算是阖家欢乐。

周婕的手机响起，来电显示是香港地区的号码，她看到后眼神忽然就变了，直接摁掉。

不到两分钟，那个号码再次打来。

周骛坐在沙发里，也看见了，周婕只好拿着手机去院子里接，具体对话他听不清楚，隐隐约约传来周婕情绪激动的控诉。

比如，"我不会让你见我的儿子的""小骛几岁都跟你没有关系，他是我一个人的孩子""别再联系我了"等等。

周婕打完电话回来心情就很不好了，只能强颜欢笑。

周骛同样沉默。

鹿苑敏锐地察觉到异样，理智告诉她：这是别人的隐私，知道得越少越好。

于是她火速逃到楼上。

她跟着老鹿生活在单亲家庭，人情世故听了不少，也能想象到，周婕和周骛的那个层面应该很复杂,她十九岁生下周骛,都还没结婚,孩子丢给父母养。

周骛经历过什么,她不知道,但这往前的十七年他应该不快乐。

草草过了个生日,吹了蜡烛,晚饭过后,鹿正元拉着周婕散心,一直讲笑话给她听,鹿苑趁机离开家,去找林鲸玩。

两个人在千梓街瞎逛。

鹿苑跟林鲸讲她被人伏击的事儿,还好有周骛,不然就惨了。

林鲸说:"你哥哥对你挺好的啊。"

鹿苑挠挠耳朵:"好像是还可以哈?不知道从什么时候开始,我不讨厌他了,还觉得有他挺好的。"

一条街来来回回,两人逛到晚上八点半,开始往回走。

路过一家卖吉他的店,鹿苑走进去试弹了一会儿,把手机给林鲸:"帮我录一段视频。"

"录什么?"

鹿苑坐在高脚椅子上,一脚撑地,一脚踩着横梁,指尖拨弄琴弦,说道:"一首歌。"

《生日快乐歌》。

少女边弹边唱,调子缓慢悠长,嗓音清脆,像是清吧里驻唱的女歌手。

一曲结束,鹿苑被老板认出来了,调侃她:"小姑娘,你都来我店里看几次了,每次都是又弹又唱的,到底买不买啊?"

鹿苑说:"我买啊,过完年就买。"

毕竟钱还没攒够嘛。

老板无语:"我记住你了。"

鹿苑咧着嘴角笑,她坐在店铺炽亮的光下,自然不会看见街对面,在黑暗里沮丧的少年。

他此刻正看着她。

林鲸说:"录好了。"

鹿苑检查过后:"我还要再录一段 VCR。"

林鲸:"……"

十分钟后,林鲸"痴汉脸"道:"小鹿,你这也太会了吧!"

鹿苑眉飞色舞,志在必得:"拿捏人,还得看小鹿的!"

过了一会儿,周骛的手机亮起。

鹿苑发来两段视频,第一个是她弹唱的《生日快乐歌》。

第二段,视频里明艳的女生脸,她笑得明媚灿烂:

"锵锵锵!

"周骛骛同学,生日快乐呀!

"十七年前的今天,你来到这个世界上。

"告诉你一个秘密:你是很多人的幸福所在哦。

"我代表人类宇宙,欢迎你!"

两个女生在店里磨蹭到老板打烊。

林鲸打了个哈欠,问鹿苑:"你攒多少钱了?"

鹿苑说了一个数字,林鲸说:"你现在穷得我想给你捐钱。"

鹿苑拉着她走出门,不给老板听见:"不怪我,老鹿现在不太给我零花钱了。"

家里有周婕坐镇,鹿正元自然要收回鹿苑的财政大权,而她之前花钱没节制,导致如今"存粮"不多。

"太可怜了。"林鲸拍拍她,临走前还给她买了一杯薄荷凉茶。

因为今天周婕心情不好,老鹿要忙着安慰老婆,自然就空不出时间搭理闺女。鹿苑十点多到家时,一楼客厅还亮着灯。

她蹑手蹑脚换上拖鞋,鹿正元和周婕都在书房里待着,墙上挂着投影幕布,一帧一帧地变换着,改变着房间里的光影色调,但是电影没人看,夫妻俩坐在沙发上,牵着手,有一搭没一搭地聊天。

书桌上放着她和周骛的周末作业,分成两摞。

鹿正元大概是老板当习惯了,手上也没闲着,随意就翻开了鹿苑的作业本。

她站在客厅,忽然有些紧张。倒不是像小时候因为错太多或者不写作业而心虚,她的本子上,有很多不属于她字迹,是周骛的。

有时候他为了讲题方便会直接在题干旁边列公式,偶尔还会写详细的步骤,以便于她下次想不起来就直接看他写的,表明那是正确答案。

要是他以为她的作业都是周骛帮忙写的怎么办?

下一秒,鹿正元就开口了:"苑苑这作业怎么回事啊?字迹都不是她的。"

鹿苑:"……"

老爸还真是一点都没让她失望。

她走了两步,改为拎着拖鞋上楼。二楼浴室里传出水声,现在快十一点了,他怎么这个点才洗澡?

鹿苑回到房间,在地毯上躺了一会儿,这样可以清晰地听见门外的动静。不知道为什么,她觉得有点心虚和孤独。

明明周婕和周骜的事情,跟她也没有什么关系。

翻开和周骜的微信对话框,她发了两条视频,他一条都没给她回。鹿苑不相信他两个小时都没看手机。

几分钟后水声停了,接着是拖鞋趿拉在地板上的声音。

她一个鲤鱼打挺爬起来,走了出去。

周骜不知道鹿苑已经回来了,而他也刚回来。他今晚一直在外面漫无目的地游逛、打游戏,和那些不上学无所事事的小混混没什么区别,还和一个欺负卖菜老奶奶的醉汉动了手。

又在街对面静静欣赏了半个小时鹿苑在吉他店里和朋友开玩笑。

他看到她的生日祝福了,但不知道怎么回应她的热情。

鹿苑猛地拉开门准备去找周骜,却没想到出来见到的是他上身没穿衣服的样子。好在下面套了条运动长裤,头发上的水一直往下落,他拿挂在脖子上的毛巾擦了擦。

"喂。"鹿苑出声。

周骜被吓了一跳,肩膀微微抖了下往后退,表情有一丝惊惶和怪异。

鹿苑察觉到他耳朵竟然是红的,不知道是不是因为洗澡热的。他的身体都是骨骼和肌肉,皮肤白,肩背宽阔却很单薄,小腹那儿挺精壮的。

女孩子也娇嫩,但小肚子是软的,怎么吸都吸不成那样的线条。

鹿苑看了几秒,忽然有点害羞。

周骜没有理会她的"不礼貌",闪回房间,从斗柜上抽了件T恤套上。

鹿苑跟上去,在他关门前用脚插进门缝里,就这么抵着。周骜动作很快,快关上门时被卡住了,他皱着眉,眼底的情绪晦暗不明:"想干什么?"

鹿苑看着他的情绪逐渐烦躁,像是被惹毛了的恶霸,她忽然起了点捉弄人的心思,手掌抵着门不让他关上,懒懒地问:"看见我给你发的消息了吗?"

周骜见她一时半会儿不肯走,干脆侧身靠着墙:"嗯。"

鹿苑眼球往上转了转瞅他:"为什么不回我消息?"

"回什么?"

"谢谢啊。"鹿苑理所应当地说。

周骛回:"不客气。"

鹿苑被他弄生气了:"你应该跟我说谢谢,这样很没礼貌。"

周骛擦完头发,拨了下额前的发丝,拎着毛巾,表情清冷声音也清冷:"你有礼貌,天天喊喂。"

鹿苑本来是来求表扬的,没料到会被怼。对于怎么称呼的问题,除了喊名字她实在喊不出口"哥哥"二字。

但是有时候在家里,却并不合适连名带姓地叫。

他的意思是让她叫哥哥吗?

鹿苑在喉咙里酝酿许久,还是不行,换了个话题问:"你今天是不是不开心?"

"想听八卦去楼下,管够。"说完,他把手里半干的毛巾扣她脑袋上,一气呵成把门关上了。

鹿苑顶着毛巾,眼前陷入混沌,等她恢复视力的时候,只看见猪肝色的门。

他为什么又生气了?这么臭屁,以后要不是霸道总裁,她第一个跳出来不服。

鹿苑郁闷地拿着毛巾去浴室挂上,又去取自己的睡衣洗澡。

房间里,周骛拧开书桌上的台灯,但没心情写试卷,拿出手机想找个游戏来打,刚点开就嫌弃游戏弱智,本来就是用来下课打发时间或者困了醒神的。

母亲今晚的烦躁和反常一直徘徊在他脑海中,挥之不去。

静默许久,他再次点开小视频:"锵锵锵!周骛骛同学,生日快乐呀……"

鹿苑洗完澡下楼倒水,鹿正元和周婕竟然还在。

本来两人中间还有条缝,能让人看清他们在牵着手,现在那条缝已经不见了,两人紧挨着坐。

鹿苑长这么大,也是第一次亲眼看见人是怎么谈恋爱的。

为了防止像上次那样,撞见非礼勿视的画面,她闷着头、赤着脚往下俯冲,力求速战速决,赶紧撤退。

可是今天,周婕大概没有精力和鹿正元做一些亲密的事情,只想聊天和倾诉。

鹿苑俯身用楼梯扶手掩护自己,听见鹿正元问:"小骘……见过他爸爸吗?"

"?"

鹿苑动作停滞了,她不是有意偷听八卦的,可既然他们讲到这儿了,她就姑且没素质一回吧。

周婕说:"我怎么可能让他见?我养大的孩子,没花他一分钱,没得到他一天的照顾,小骘也从没有感受过父爱。"

从来没见过爸爸啊……

鹿苑皱了皱眉。

其实周骘的身世也没什么离奇的,就是情况不太容易被理解。

周婕刚上大学时,认识了一个学校外聘的企业家教授,也就是周骘生物学上的父亲。周婕快四十岁还这么漂亮,年轻的时候自然是校花级别的。

她和周骘的爸爸,一个有貌,一个有才。那一年周骘的爸爸三十岁,一个高智商的男人轻易地把初出茅庐的周婕吸引到了。

他们很快同居,然后就是周婕怀孕。

当时她想法也天真,就是先把孩子生下来,再结婚。可周骘的爸爸是不婚不育那一派的,既不可能结婚,也不可能养孩子,让周婕去打胎。

周婕挺像两千年初的台偶女主角的,休了学,怀着孩子走了。

后来周骘的爸爸从学校离职,去香港工作。

周婕把孩子生下来才发现生活根本不是偶像剧,父母不理解,身边人歧视她未婚先孕,阻碍重重。

再后来,周婕把周骘给父母照顾,自己重新上学和工作。

周骘十岁的时候,周骘的爸爸才知道自己有个孩子。或许是人年龄大了,心态改变了,改变了不婚不育的观念。

他几次三番找周婕复合,还想要回儿子。

别说周婕对他已经没感情了,想到自己作为单亲母亲所经历的一切,她更不可能让他见儿子。

这想法,好像也没有什么毛病?

鹿苑的腿蜷缩得有点麻，她抬了抬屁股，放松一会儿，听见周婕对鹿正元说："我骨子里是个偏执的人，如果你哪天对不起我，我绝对会加倍报复回来哦。"

鹿正元懒懒一笑，反问她："我怎么对不起你？女儿、家，乃至整个身家都在你手里呢。"

周婕淡淡一笑。

鹿苑觉得听到这里就差不多了，后面的可以不用听，可是她皱着的眉头始终无法平复。单亲妈妈是很正常的，想要孩子就要了，自己做主就好。

她十九岁生下周骜，那十八岁就要怀孕……

周婕那么温柔的一个人，却那么大胆。

鹿苑对自己的妈妈已经没有印象了，她以为周婕就是那种作文里的慈祥母亲，柔软无度。

可并不是的，她骨子里也带着一股子狠劲和执拗。

他们好像要起身了，鹿苑赶紧猫腰逃开。

周一早上，鹿苑再一次睡到六点才起床。

洗漱完下楼，大人不在家，周骜坐在餐桌边慢条斯理地吃着早餐，厨房的门开得很大，许阿姨一边整理小葱一边跟周骜讲话。

"我经常买菜的老板娘给了很多小葱，一次吃不完，我种一点在你爸爸——哦，鹿叔叔的花盆里，以后慢慢吃。"

家里没人跟她说话，她只能对着眼前这个沉默寡言的男生叨叨，也不管他爱不爱听。

"苑苑不喜欢吃葱，一点都不沾，蒜也不吃，韭菜更不要了。"

周骜："……"

许阿姨："小骜，你吃葱姜蒜吗？"

周骜："还好。"

"不挑食，是个好孩子。"

许阿姨说："苑苑只有几岁的时候，我就来照顾她了，是她奶奶请我过来帮忙的。她妈妈离婚不要她了，她爸爸又整天不着家，老太太带不了孩子。本来我们俩照顾一个小姑娘挺好的，可老太太身体不行，年纪大了各种病找上门。

"前两年中风了，幸好苑苑下楼喝水，去奶奶的房间检查一圈发现了打了'120'，才把人救下来。"

许阿姨说着就有点心酸，抹抹眼泪："后来她奶奶去养老院，家里就剩下她，吃饭睡觉都是一个人。上学忘带什么东西，下雨了，也没人给她送学校去。我就跟她说，平时把卫生巾、雨伞、止痛药什么的都在书包里装着，需要的时候不求人。"

周骛："嗯。"

鹿苑："……"

她现在有点想过去把许阿姨的嘴捂住。有这么揭人老底的吗？

许阿姨："我刚刚说什么来着？"她意识到自己跑题。

周骛："挑食。"

"对，很娇气的。"许阿姨又笑眯眯，"不过我们这儿的小姑娘都娇气。你妈妈是个好人，挺照顾她的。"

许阿姨这个马屁，是帮她拍的。

鹿苑不想许阿姨再说这些，走路故意弄出一些声音。

许阿姨洗了手给她盛粥，又去煎蛋，让她先坐下喝点水。

鹿苑平时都是自己盛饭的，根本不需要别人为她做这些事，可是今天她大摇大摆地坐在周骛的对面，眼神凶巴巴地盯着他。

她心里有点气。

给他唱歌，祝他生日快乐，他倒好，无视、不领情，这不管放在谁身上都难受。

许阿姨把粥放在她面前，挥了挥手："看什么呢我的小祖宗，眼珠子要掉下来了。"

周骛不说话，继续喝粥，他在长辈面前的教养一向挺好的。

鹿苑刚动勺子，周骛就起身，拎着书包离开了。

许阿姨老调常谈地问："不等苑苑啦？"

周骛说了句："有事。"

许阿姨无奈地摇摇头，也是个有个性的小孩子，不像他妈妈那样温和："苑苑快吃，不等就不等，我们可不要人等。"

鹿苑艰难地说："许阿姨，我不是几岁的小孩子了，不用哄……"

许阿姨尴尬："哦，我忘了。"

时间已经不早，鹿苑喝完粥，放下碗就骑车出门了。来到千梓街的桥上，周骛如往常停在那儿玩手机。

等她？

可是那几个学姐已经被学校处理了，不敢来找她麻烦了。

周骛听见动静，收起手机，看也没看她丢下两个字："走了。"

鹿苑鼓了鼓嘴巴，跟上。

周一早上升国旗，学校宣布了对那五个人的处分。三人记过，一人记大过，还有一人留校察看。

这个结果大快人心。

鹿苑不理解为什么这其中会有区别，就去问冯晴晴，看她那边有没有什么风声，留校察看是很严重的处分，再犯一次就会被开除。

冯晴晴是个小灵通，告诉鹿苑，记大过的是谢梧，留校察看的是那个高个女生。

"这有什么区别吗？"鹿苑疑惑地问，"那三个女生只是小喽啰，只负责听命，我理解，可是谢梧和那个谁为什么不一样？"

冯晴晴扬了扬眉梢，觉得自己的答疑解惑非常有范儿："谢梧把你骗到天台，实施暴力，她是这件事的主谋，记大过一点没冤枉她。

"至于那个高芬芬，因为她犯的事儿可不止这一起。"

高个女生叫高芬芬，还真是人如其名啊。

果然，校园霸凌都是惯犯，鹿苑表示愿闻其详。

冯晴晴："高一年级有个叫姜雪的女生，因为上学期给沈知燃送了份生日礼物，被高芬芬给搞了。这小半年姜雪的成绩从年级前一百名跌到后排，人也抑郁了，老师和家长一直找不到原因。"

鹿苑奇怪："她为什么不说？"

"你一开始为什么不告诉老师？"冯晴晴看着鹿苑，反问道，"每个人都有自己的理由，你有底气可以报复回来或者有人给你撑腰。那个女生很内向，大概觉得喜欢沈知燃，并且送礼物还被发现，是一件很丢脸的事情吧，直到你的事出了，她才有勇气说出来。"

鹿苑有些唏嘘。

喜欢本无错，为什么被欺负了还要忍气吞声？

冯晴晴说："学校领导决定，给高芬芬留校察看的处分。"

吴小丁在旁边听了一耳朵，忍不住插嘴："留校还是太轻了，应该给她开除才对。"

冯晴晴点点头,又说:"但毕竟是未成年人,又马上高考了,学校秉持着给她改过机会的原则,才把人留下来的。"

鹿苑鼓了下嘴,冷声道:"她欺负人的时候,倒是没想过自己没试错成本。"

"别义愤填膺了。"冯晴晴笑着看这两人,"高芬芬现在臭名昭著,不开除在我们学校也待不下去了,学校领导周末两天都在处理这件事。她父母也来了,意思好像是要给她转学,换一个环境。"

吴小丁:"高三转学影响很大啊。而且她成绩很不好,也转不到什么好学校去。"

鹿苑不同情施暴者,说:"便宜她了。"

而这件事结束之后,所有人都忘记了有个导火索隐身了。

傍晚,鹿苑去找沈知燃说请假的事,考试马上来临,她得全力以赴。

学校门口的小吃店,四个人围坐在一起。

沈知燃长腿跷在椅子横梁上,身体靠后,三心二意地玩着手机,那张帅得张扬的脸在烟火缭绕里像是星星陨落下来。

怪不得这么多女生喜欢。

光是这一会儿,小吃店里坐着的女生就集体向他行注目礼了。

闪电男和韩硕讨论着处分的事,都表示对鹿苑此次遭遇的同情,又怕她因为这事退缩,极力劝她不要做惊弓之鸟。要怪就怪沈知燃那厮,长得太招人,拈花惹草。

"跟老子有屁关系,躺着也中枪。"

沈知燃不吃这套,他放下手机,脸上出现一丝抱歉:"小鹿受伤的确是我的疏忽,有什么想要的尽管和我说,能办的我都给你办到。还有上下学的路上,我可以——"他话头倏忽调转,问,"你需要我陪吗?"

言外之意是,她已经有人陪着了。

鹿苑皱了皱眉,问他:"你知道高芬芬吗?"

"嗯?"沈知燃挑了下眉骨,略作思考,"今天处分的那人?"

鹿苑又问:"姜雪呢,你知道她吗?她被高芬芬搞抑郁了。"

"这又是谁?"沈知燃笑了,声音里都透着懒,他是真不知道也不觉得会和自己有关系。

其实这两个人的确和他没关系,他什么都没做,只是长了一张好脸而已。

可要说他纯洁无辜，又有点奇怪。

鹿苑不知道该说什么，也没胃口，没过多会儿就撂下筷子，起身要走。

沈知燃说："等会儿，我给你写了首歌，发你邮箱了。"

"给我？"鹿苑回头。

沈知燃笑笑，片刻后改了口："说是给我们也可以。你回头看看。"

闪电男说："很适合你哦，小鹿。"

"行吧。"鹿苑叹息一声，走出小店。快要考试了，她根本没有心情看什么给她写的歌，心烦意乱，压力山大。

期中考试定在这个周末，全区联考，为期三天。

从周五到周日。

周四晚上考试座位表出来了，老孔拿过来贴在后面黑板上，让大家把课桌椅分开，书搬到教室后面，课桌空出来。

挪桌子这点事鹿苑不在话下，但是前面某个不长眼的大概把自己想成蝴蝶了，飞过鹿苑的位置，把她的"碉堡"撞塌了，文具盒、试卷、书、练习册，掉得满地都是。

"抱……抱歉，鹿苑。"男生脸都红了，尴尬地挠了挠耳朵，"我给你捡。"

"算了，都堵在这儿别人没法过了。"鹿苑瞥了他。这男生身材略胖，她委婉地说了事实。

宋缨说："你先过去吧，我们帮她捡就好。"

"不好意思啊。"男生继续红着脸走了。

鹿苑蹲下来，一点点把东西捡起来，放在文具盒里的修正带壳子摔裂了，自动铅笔芯也断了好几根。

陈然把自己的桌子扯离鹿苑，正要过去给她帮忙，就看见周骛已经来到她身边。

男生之间也很奇怪，明明无冤无仇，偏偏有那么点儿野生雄性动物的争强斗狠劲。

王不见王的意思。

陈然只好停下来。

鹿苑一眼看到周骛的球鞋，他瘦长的手指，手背上纵横的青筋，她

141

胸腔里还堵着一口气,用极小又怨怼的声音说:"不要你帮我捡。"

周骛微怔,然后手松开,捡到半空的书又掉回地上。

鹿苑:"……"

这个脑回路奇特的人,故意的吧!

周骛面无表情,"听话"地回到自己的位子上,脸色也不太好,冷得下一秒就要抽人了。

从上周六开始,两个人就闹别扭了,现在都没和好。周骛知道原因,因为他没有对她说谢谢。

鹿苑不是个小气的人,谢不谢都无所谓,但不喜欢自己付出的热情被无视,无回应。两个人照常一起上下学,一起吃早饭和晚饭,但就是不说话了。

确切地说,鹿苑单方面的沉默是诱因。

周骛的沉默是结果。

见周骛走了,陈然过来帮她把东西捡起来,搬到后面的空桌子上垒起来,问:"你没事吧,考试太紧张了吗?"

鹿苑摇头:"没有啊。"

陈然笑了笑:"那就好。放松心情,好好考没问题的。"

吴小丁说:"课代表别担心小鹿,还是担心你自己吧。我比较期待的是你和周骛,谁是这次的第一名。"

陈然不明白:"你关心我干什么?"

另一个游手好闲的人说:"因为我们打赌了啊,骛哥到底能不能把咱们课代表拉下神坛。万众瞩目啊,我赌了五毛钱辣条。"

陈然:"……"

吴小丁转移目标:"小鹿,你这次要不要再算下,陈然还能第一吗?"

鹿苑站后面,其实就在周骛身边,近到可以看见他乌黑的头发、干净的发旋,闻到他身上的味道。

闻言,周骛的视线从手机上移过来,黑沉的眼睛盯着她。

"或者,这次骛哥是第一?"

"神棍小鹿预言一波。"

趁着挪桌子搬书的这十几分钟,教室里闹得跟爆油似的,或许是即将到来的考试让大家都精神不正常了。

就连陈然也有些期待地看着她,那眼神透露出的意思并不是让她预言，而是：你更看好谁？

周骛已经收回目光，懒散地靠着椅子玩手机，嘴角扬起若有似无的嘲讽，懒得理这群傻子。

鹿苑在鼎沸的人声里回到自己的位置坐下，整理书桌。所有的书都清出去，只留下几门功课的错题集和试卷，光秃秃的，跟没穿衣服似的，忽然就没了安全感。

她突然体会到了某人的上课视角。

"我猜这次拔得头筹的，非神棍小鹿莫属。"鹿苑嘴角平着，慢慢悠悠地道。

她要是能考第一名，那所有校园小说里"努力三个月，逐梦清华"的可就弱爆了。大家听见她说了那么一句，便懂一旦她张口胡说八道，就代表心情不美丽。

不过这会儿也正常，谁不正在被考试压力折磨呢？

上课铃声响起，众人回到自己的位子上开始复习。第二天考试，头天晚上各科老师就没有留作业，大家自主安排时间复习。

桌子拉开后，每个座位都成了孤岛，鹿苑距离陈然有点远，但和周骛以及宋缨的距离没有改变。

陆续有几个同学猫着腰来到教室后面，找周骛借化学和数学的试卷看，明天的理科就考这两门。

还有一些找陈然请教问题的。

有个男生请教陈然物理题，最终他得出来的数据和标准答案不一样；男生又去问周骛，他直接把试卷甩给对方，眼皮子都没抬一下。

周骛的脾气显然不像陈然那么好，"友善"这两个字大概跟他没关系。

这男生不太清楚周骛的性格，就大着胆子问，让他给讲题。在经受了周骛长达五秒的"你是智障吗"和"少来烦老子"的不耐烦眼神之后，周骛终于抬起手指，说："笔拿来。"

最终的结果是，陈然也加入战局。至于半个小时前的较量，并不影响。

鹿苑趴在课桌上，安静地看着错题集。自从和周骛一起写作业的这一个月来，她的错题集明显变厚，倒不是错误率上升，而是学习态度好了点，也写得详细。

桌板被人用手敲了下，鹿苑抬头，宋缨问："小鹿，你还有修正带吗，借我一个，明天买了还给你，今晚不想出去了。"

"有的。"鹿苑说。她的抽屉就是个小型仓库，什么修正带、笔芯、草稿纸等都囤了很多，谁来借她都慷慨解囊，也不用还。

她从桌肚里摸出一个丢给宋缨，又往里摸了一下，表情忽然愣住，一脸尴尬地把空盒子拿出来，刚刚那是最后一个。

轻微又古怪的女孩气音，从嗓子里冒出来。

文具盒里的也摔坏了，但是她又不可能把给宋缨的要回来，只能对着自己无语地"啧"了一声，什么破脑子啊。

鹿苑大晚上也不想跑小超市了，就想着明天早上过来买。

她把盒子甩手丢进身后的垃圾桶，继续看题。

这天晚上，高二（7）班的学习氛围从来都没有这么浓厚过，只是因为期中考试过后，就开家长会了。

初中的时候老师总说，高中考察的就是个自觉性，十六七岁的少年心里都有数的，谁都不想当众被老师"鞭尸"，更不想连累自己的家长跟着丢脸。

鹿苑物理看困了，眼皮打架，又翻出明早就要考的语文古诗词来看。

过了会儿，身后的几个男生离开，安静了一瞬。

她的肩膀被人拍了下，周骛的嗓音从后面传来："明天上午第二场考物理，不会的抓紧问。"

鹿苑头也没回，只说了两个字："没有。"

话音落地，便听到身后椅子摩擦瓷砖的声音，"刺啦"一声，像嘲笑。

鹿苑："……"

好在下课铃声响起，杂乱的讨论淹没了那道刺耳的摩擦声。

鹿苑第一次跟人冷战，没经验，对象还是周骛，是一种别别扭扭的心理，比扯头发打架要折磨人一万倍。

她立马站起身，拿着水壶出去，待到再上课才回来，意外地发现桌上多了一整盒修正带，还有一管铅笔芯。

鹿苑没想到宋缨会还一整盒。

第二天考完语文，鹿苑去上厕所，回来的路上碰见宋缨，两个人不在一个考场，宋缨给她带了一瓶乌龙茶，还有一个修正带。

鹿苑接过来，讷讷道："你不是已经给我了吗？"

/ 144

宋缨疑惑，说："没有啊。"

鹿苑拧开乌龙茶喝一口，奇怪道："那是谁昨天放在我桌子上的，一整盒，会不会是放错了？"

"反正不是我，我穷。"宋缨说，"这么'壕无人性'，有可能是有人送给你的呗，平时什么东西没了不老去你那里借吗？也该'反哺'了吧。"

鹿苑点点头："行吧。"

三天在高度紧张中度过，鹿苑现在对试卷和分数都有了一定的把握：会的题目保证不错。高一的时候因为数学计算错误，她被老师和老鹿念了挺久。

期中考试以后，周一还要接着上课，每个人都生无可恋。

老孔并不体恤他们，班会上恐吓他们，说期中考试的卷子他随便翻了下，某些人写得惨不忍睹，就等着家长会算账吧。

班会开完就是换位置，宋缨趁机问鹿苑："小鹿，你感觉如何？"

鹿苑没感觉："还可以吧。"

宋缨瞅了眼陈然："课代表我就不问你了，你手指头缝漏点儿分数就够我们一百名往后的爬不少。"

陈然则瞥了眼身后的某人："也不一定。"

这些明显过谦的言论大家都不想听了，集体嘘他一声，但是陈然具体是如何考量的，只有他自己知道。大概也只有他还记得和周骛之间的较量。

这一个月来，他时常关注这位对手的状态。

鹿苑的"碉堡"再一次因为撞击而坍塌，好在只塌了一部分，她蹲在地上捡，周骛没帮她，站在身后冷冷地看她。

有人性子倔得跟牛一样，他倒是要看看，到底要被撞倒多少次才肯改。

期中考试成绩在一天后出来，那些老师也急于知道结果，基本上是一边考一边批。

于是，等老孔在课堂上激动地宣布，周骛考了全校第一名、全区第七名的时候，班上同学再一次炸了。

周骛经此一役，算是彻底封神了。

陈然一向稳，这次也不会有太大的改变，只比周骛低了两三分，但是头部的竞争大，在区里就够不上前茅了，显得略微暗淡。
　　这是他首次跌落，自己有着一颗平常心，但身边人比他更在乎排名。
　　于是乎班上的同学主要分成两拨，一拨在吹周骛，把他奉成神仙供着；另一拨负责安慰陈然，吴小丁暗自丧着脸，说是要唱一首《小寡妇哭坟》逗逗他。
　　鹿苑丢了个纸巾团砸在吴小丁的脑袋上："闭嘴吧你。"
　　吴小丁翻白眼："唢呐组的嘛，负责哀乐呀。"
　　"好好的人都要给你唱衰了。"
　　鹿苑作为陈然的同桌，大概有点与有荣焉的意思，安慰陈然道："你知道，长路漫漫起伏不能由我。这种事嘛，大家都不想的，看开点啦。"
　　陈然本来心情不怎么样，这一下倒被她弄笑了。鹿苑一边写选修课的作业，一边继续："放轻松，下次第一还是你的。"
　　陈然嘴角翘着，挺认真地跟她说："小鹿，我并没有那么在乎第一名还是第二名，我什么水平自己知道，我的目标不是一次小小的考试。"
　　鹿苑："那我也永远支持你。"
　　说完，她的身后吹起一片小风，有人推开椅子出去了。
　　呵呵，看美女气不死你。
　　鹿苑瞥见那道黑色外套的影子一闪而过，脸色冷峻，她玩味地勾了下嘴角。
　　她的分数上了三百中间数，因为这次的考试和上一次月考难度差不多，排名也就上升了十几。
　　总结一句话，她在龟速前进。
　　鹿苑清楚，老爸肯定不会满意的。让他满意除非她考上清华，还不如做梦来得美。

　　最后一节课是自习，还剩十几分钟的时候，周骛和储旭他们翘课，抱着篮球出去了。他既没有拿第一名的样子，也没有好学生的品行。
　　鹿苑时隔一个月点开和老鹿的微信对话框，说了周末开家长会的事情。
　　她又多加一句：【老孔说事关会考，一定要来。】
　　这次老鹿没无视她的诉求：【我看着安排，你专心学习。】

鹿苑松了一口气，终于不用为家长会烦心了。

她晚上没有吃饭，晚自习前去一趟小超市，11月份奶茶和咖啡是最畅销的，乌龙茶和绿茶被冷落。

但是鹿苑只喜欢茶，清清爽爽。

"老板娘，今天有放乌龙茶进去吗？"鹿苑指着恒温柜问道。

老板娘正忙着对账，高声回："放了几瓶进去吧？你找找，应该没卖完。"

鹿苑费劲在里面扒拉出一瓶热的乌龙茶，塑料帘子被拉开，进来一阵冷风和运动完的男生。一只清瘦的手伸到她面前，抓走了她没来得及拿出来的乌龙茶。

鹿苑闻到味道，不用看就知道是谁。

周骛站在她身后，半个肩膀就把她压制住了。他的头发有点湿，歪了歪头，眉眼里掩饰不住的嚣张和挑衅："要这个是吗？"

鹿苑说："给我，我找到的。"

下一秒，男生就把瓶盖拧开，仰头灌了一大口。

"哦，我喝过，你还要吗？"他问。

这天早晨，太阳晒到她的眼皮发痛，鹿苑醒来忽然意识到，自己和周骛的关系回到了起点。

连续好几天，他们要么不说话，要么寸着劲儿招惹对方。

周骛抢走她的乌龙茶那天，晚上回到家，周婕给他们分别煮了鸡蛋面就上楼了。

两人相对而坐，餐厅里亮着两盏小灯，安静而温馨，鹿苑去厨房里拿了瓶老干妈出来，淋了一勺在面上，又问他要不要。

周骛抬起手。

鹿苑弯弯笑眼看他，忽然说："我帮你倒吧。"

然后她把半瓶老干妈全倒进他碗里，半碗白汤立马变成一碗红汤，她眼里的笑意更明显，一张小脸满是得意，却不见抱歉的影子，说："啊，手滑。"

周骛的眼神阴郁得要揍人，睨了她半晌还是忍住了，默默把一碗面都吃了。

吃完从脸红到脖子，一句话都没跟她说。

其实诱因真不是多大的事,不就是没回应没说谢谢吗?

可有的人一旦杠上了就停不下来,还非要从中寻找乐趣。

这就是少年人。

时间终于来到周五下午的家长会。

鹿苑以为老鹿说的自有安排是他会抽时间过来,最终的结果是他让周婕来给两人开家长会。

但也挑不出毛病。

周婕坐在周鹜的位子上,前面鹿苑的就空了。

老孔对周鹜和鹿苑的成绩没有什么太多要说的,一个考了第一,另一个虽然中不溜但也算是稳步前进。

家长会以后,他把周婕留下来说了鹿苑被高年级女生欺负的事。作为班主任,他有必要跟家长一个交代。

周婕惊讶:"我不知道啊,回去也没跟我说。"

"这兄妹俩口风挺紧的嘛。"老孔笑着,心想早知不说了。

"两人?周鹜也参与了?"

老孔:"他没干什么,就是护着鹿苑,好在没出大事。"

周婕不知道两人的关系什么时候那么好了,周鹜的性格她清楚,教养虽好但对人冷漠,对很多事都事不关己。

他有着不属于这个年龄的成熟。

她没有多想,大概是少年人的相处总是比成年人单纯,就算表面处不好,心里也早已把对方当成自己的家人。

这天晚上,鹿正元从外省出差回来。

周婕把鹿苑的成绩条给他,说:"苑苑进步了,你看,十几名呢。"

鹿正元从繁忙的公事中抽神,说:"她就是没把心思都花在学习上,要是全力以赴,怎么会只考三百多点?"

"你一天上班十个小时,也不见得每时每刻都在工作吧?"周婕反驳他,"干吗这么要求孩子。"

鹿正元想,鹿苑不是周婕的亲生女儿,自然不会设身处地为她着想,为了讨孩子喜欢也不会有严格要求。

但是这话他不能对周婕说。

鹿苑小的时候很胆小,又奶又乖,从来不做违逆他心意的事情,鹿正元是很喜欢的。青春期以后，她总有很多自己的想法，要这样，要那样。渐渐地，鹿正元回过味来，这不就是他前妻的作风吗？

鹿苑的妈妈很漂亮，在艺术院校教音乐，工作稳定，时间充裕，当时这种背景的女性在婚恋市场非常受欢迎。

鹿正元曾经因娶了这样一个太太而感到幸运，亲戚朋友乃至生意上的伙伴都羡慕他。

美好，省心，这是他对婚姻和家庭生活的理解。

鹿正元自认为是一个十分有上进心的男人，对家庭也有极强的责任感，从不亏待妻女，虽然他有点大男子主义，但相比于吃喝嫖赌，这简直不算缺点。

不知道日子从何时起，鹿苑的妈妈心态发生改变，她不想囿于家庭生活，照顾女儿和丈夫的柴米油盐。

夫妻矛盾日渐增多，见面就吵，对方在自己眼里全无优点。

两人在女儿六岁时离婚，鹿正元的想法很简单，共同抚养孩子，但是监护权要在鹿苑妈妈那里，他可以付给对方一大笔抚养费。因为他自己没有时间带孩子。

鹿苑的妈妈什么都不要，离家的时候只带走一个箱子。

也彻底离开这座城市。

鹿苑被留在燕家巷和奶奶一起生活，后来是一个人，再到现在的重组家庭。

按照鹿正元的价值观，再回忆过去的那段婚姻可谓是失败透顶，前妻那种因为美丽而产生的飘浮感，是他最看不上的。

在发现女儿越长越漂亮，开始呼朋唤友，身边围绕很多男孩子的时候，鹿正元感觉到自己作为家长的威严正在被挑衅，他总是致力于反对鹿苑喜欢的一切东西，时时刻刻谨防鹿苑变成她妈妈那种人。

一个女孩子就应该规规矩矩上学，考个好成绩，找个正经的工作，别整天搞那些浮在半空的事情。

鹿正元没有说话，周婕也不知道他是怎么想的，出于好心，她想让鹿正元了解鹿苑在学校的处境，转述了老孔说的那件事。

鹿苑洗完澡，随意绑了个丸子头出来，意外地发现自己房间的门敞开着。

老爸坐在她的书桌前，正翻阅她整理好的试卷，脸色不善。

"爸爸，有事吗？"她不自觉地笔直站在书桌前，像个罚站的学生。

"你的期中成绩我看到了，你自己觉得怎么样？"鹿正元抬头看她。作为老板，浑然天成的压迫感让人不敢在他面前弄虚作假。

鹿苑动了动嘴角，既然老爸让她发表一下看法，那她可就自信大胆地讲了："我感觉还可以啊，不出意外的话，下个学期我计划——"

"你要不要听听，你在说什么玩意儿？"鹿正元的脸更黑，"我可以原谅你脑子笨，但前提是你已经尽自己最大的努力了。可你的心放在学习上了吗？"

鹿苑心说，你的脑子才笨呢，自己都没考上什么好大学还说我。

"你又不是天天看着我，怎么知道我没放在学习上？"

"我哪次回来，是看到你在努力的？"

鹿正元最受不了鹿苑顶嘴："不反省自己的问题，来挑我的毛病了？我在外面辛苦挣钱，供给你最好的条件，可是你干了什么？你对得起老爸的良苦用心吗？"

既然老爸把话题拔高到这个程度，那鹿苑可就真的没话讲了。她不是不知道怎么反驳，而是清楚，再开口可能会说出真正伤人的话。

老鹿可以骂她，她不能当面指责老鹿这个做父亲的不尽责。

不然他得疯。

"既然你没有达到我的要求，那按照我之前说的，和沈家那臭小子搞的什么活动，给我退出来。"

鹿苑不想退，也从来没有答应过这个要求，所以没接话。

"听见我说话没有？"鹿正元凌厉地盯着她。

"听见了。"鹿苑低声回答。

"不要再让我看见你和他们混在一起。"

鹿苑说："过几个月行吗？反正沈知燃快要毕业了，我们也肯定会解散的。"

"我刚刚说的话你还是没听进去？"老鹿想到周婕跟他说的。她因为和沈知燃混在一起被学校里的不良少女围攻。俗话说，苍蝇不叮无缝的蛋，她要是就在教室里乖乖学习，会被人欺负吗？而且沈知燃是个什么样的人，整个巷子都知道。

老鹿越说越生气，突然想揍人。他把手边的一沓试卷摔到鹿苑的脸上,发出一声闷响,白花花的纸张从她脸颊上掉落,洋洋洒洒飘了一地。

鹿苑就这么站着,垂着眼睫,一动不动。

看着挺可怜的,白皙娇嫩的皮肤都被打红了,一张比较硬的纸片割伤了她的侧脸,本来是一道细细的小口子,还看不出来,过了几秒,那道口子开始缓缓向外渗血珠。

血越来越多,往下流。

要说心疼,鹿正元也有恻隐之心,十六岁的孩子做错事了不应该体罚,可刚刚发了那么大的火,再温言软语地去关心,他抹不开面子。

老鹿迟疑了几秒,丢下一句"你自己想想",然后起身离开她的房间。

屋内的光线突然变亮,刺得眼睛痛,鹿苑克制住情绪,第一时间把自己房间的门关上,遮盖自己的一片狼藉,然后才回去慢慢收拾地上的试卷。

皮肉上的痛感,尖锐的蜇刺,她拿出镜子,血竟然顺着颧骨流到了下颌。

她赶紧拿出手机自拍一张发给朋友,自嘲地说:【好看吗?战损。】

林鲸:【你又被人打了?是高三的那几个人吗?】

鹿苑当然不会承认这是被老爸打的,多丢人啊,于是回:【自己不小心割的。】

林鲸:【什么刁钻的角度能割到脸?】

鹿苑:【趴在桌上睡着了,试卷边缘。】

也不知道林鲸信不信,过了一会儿,林鲸打来几个字:【明天我小姨来家里吃饭,还有我外婆和小表妹,你见过的。你来我家吧,我们一起玩。】

鹿苑握着手机,迟迟没有动,和朋友聊天还是没能转移注意力,好像安慰也没有什么用。

屋外传来脚步的声音,听着是周骛,他先是进了卧室,又去了洗手间。

鹿苑:【不去了,这周末家里有事。】

发完,她把手机一丢,大力把自己摔在床上。

周六早上,鹿苑八点钟就醒了,天是阴的,导致室内都是清清冷冷的。

她躺在床上,听见楼下传来汽车声。

老鹿又要出差,说是去上海考察商铺,明晚才能回来。

鹿苑掀被起身，走到窗边，看到周婕站在车旁细细跟他叮嘱路上注意安全，按时吃饭等。过了会儿，周婕也开着车出去了。

鹿苑关上窗，回到房间换衣服，然后洗漱下楼。

和周骛在楼梯口撞了个正着。

他今天起得也早，晨间洗了澡，淡淡的青草香，还换了床单被褥。许阿姨在掸沙发上的灰，见状笑说："小骛，你的床单被罩又要换了吗？"

周骛淡淡地"嗯"了声。

许阿姨说："那你放在洗衣房吧，打扫好客厅的卫生我来洗。"

"不用。"周骛拒绝了，先鹿苑一路下楼，把床单丢进滚筒里，花了几秒钟的时间研究洗衣机是如何操作的，神情专注得宛如科学研究。

鹿苑看得直皱眉。

许阿姨也跟赏花似的看着他操作，待洗衣机发出"呜呜"的启动声音，才笑着指出他操作错误的地方："小骛，你没自己洗过衣服吧，不放洗衣液怎么洗干净？"

是啊，大少爷怎么可能做家务活呢？

"还是我来吧。"许阿姨当仁不让。

周骛的脸上没有被人戳穿的窘迫，也没给许阿姨机会，摁了暂停摁扭，倒了洗衣液进去，重新启动。

许阿姨脸上出现一丝尴尬，又道："那快点过来吃早餐吧，今天我来得早，给你们煮了牛肉粥，闻到香味了吗？"

"嗯，谢谢阿姨。"鹿苑笑容灿烂地走到餐桌边。

"不客气，苑苑。"许阿姨最喜欢鹿苑的一个优点，每天早晨都会元气满满。她看似叛逆，但对每个人都是笑脸和礼貌。

许阿姨擦了擦手，坐下陪他们一起吃早餐，顺便问问中午吃什么。

鹿苑说："我要出去，中午不在家吃饭。"

闻言，周骛瞥了她一眼。许阿姨接着问周骛："小骛呢，想吃什么？"

他心不在焉地甩下两个字："随便。"

问他还不如不问，随便是这个世界上最难做的菜，许阿姨撇了撇嘴，继续看着鹿苑，她脸颊上贴了一张肉色的创可贴。

"小祖宗，你的脸怎么了？"

鹿苑用应付林鲸的说辞骗许阿姨："昨天写作业睡着了，不小心被试卷割伤了。"其实只能算一半的谎话，真的是试卷割伤的。

"作业这么多啊,周五晚上就要写起来啦?"许阿姨挺心疼的,"学校也真是,不把学生当人了吗?"

鹿苑笑了一下,跟着许阿姨一起吐槽:"对,我们就是没有感情的做题机器。"

周骛的视线随着鹿苑而牵动,如果没记错的话,昨晚他九点回房间,她房间里的灯已经熄了,怎么可能写作业写到睡着?

鹿苑喝完粥,去厨房漱口,然后拿书包出门。她在门口换鞋,穿了周婕送给她的那双联名款球鞋。

一条手臂穿过她的腰侧,摁在门上。

"去做什么?"周骛的声音从耳后传来。

鹿苑先是被吓了一跳,回过神来,扭头看了眼吓人的罪魁祸首,他脸色冷冰冰的,尤其眼神,特别没温度,仿佛是领导的质询。

真是奇怪,他们什么时候是需要互相报备行程的关系了?

而且,最近不是在冷战吗?

"要你管——"鹿苑脱口而出三个字,舌头打了个结,"去找林鲸写作业啊。"

周骛继续问:"在家不能写?"

鹿苑忍无可忍:"不想跟你一起写。"

说完,她一根一根掰开他抵着门的手指。

其实鹿苑今天挺想找个地方彻底疯玩一下的,可是作业真的很多,所以出来逛街的时候,她甚至带了五份试卷……也不知道老鹿知道会不会对她有改观。

雨淅淅沥沥地下着,不知道什么时候是个头。

她撑着一把小花伞,在千梓街走了一会儿,看看已经变成金黄色的梧桐树、古建筑、教堂……

就是不想在家里待着。

千梓街的东头是某大学的西门,那儿开了很多精品小店,门脸花花绿绿的,大学生特别喜欢逛,商品丰富,价格亲民。

鹿苑走进一家卖化妆品的店,说她想打一个耳洞。姐姐问鹿苑打哪里,鹿苑指着右边耳朵上面说:"这儿。"

"耳软骨啊!会有点疼哦。"姐姐说。

鹿苑说:"我知道的。"

打耳洞过程很快,两秒钟。

"回去以后别沾水,洗脸的时候注意一点,过两天再洗头,可以用酒精棉擦一擦旁边的皮肤。"

"我知道了。"

"你打了好多耳洞,全都戴上耳饰,会很酷啊。"那姐姐笑着道。

"谢谢。"

鹿苑付完钱,走出化妆品小店的时候,右边耳朵上多了一个bling bling(闪闪发亮)的小耳钉,非常好看。她无意识地用手指拨了一下,撑着小花伞走了出来。

这一天,手机里没有任何人给她发消息。

她也并不想找任何人,在一间咖啡厅里落了脚,点一杯咖啡、两块焦糖饼干,拿出作业本消耗一整天。

这么久以来,她第一次没有周骛在旁边写作业。

莫名地有点孤独。

外面的天已经黑透了,梧桐树叶摇曳,滴滴答答落下水珠。

耳朵开始发痒,碰一下就有肿痛感,她用手指顶了一下,不出意外的话,右边的耳尖已经变成胡图图的耳朵了吧。

空气太潮,还是感染了。

"早知道不装这个酷了。"她嫌麻烦地自言自语,但事情已经发生了,不可能把洞填上。

雨还在下,她现在懒得动,根本不想去买酒精棉,连手机没电也不想管。

干脆趴下睡觉。

快到吃晚饭时,许阿姨来到书房,问正在看书的周骛:"小骛,打电话问一下苑苑什么时候回来,要不然我做得太早,菜要凉了。"

电话是关机的,周骛眉头拧了下。

许阿姨:"没事儿关什么手机啊,让人担心。"

周骛静默片刻,把书收进包里,问:"她出门的时候,是不是心情不好?"

许阿姨愣住了,怎么也回想不起来,就说:"不是你俩在门口说话的吗？"

周鹜问许阿姨只是想印证自己的猜测，他的感觉大概有个百分之八十的准确率。

"我打电话给她的小姐妹问问。"许阿姨说着就开始拨号，得到的回答是她并没有去。

林鲸还反问："不是说你们家里有事，出不来吗？"

屋子里一时陷入寂静。

许阿姨道："如果是这样的话，估计你猜中了，她心情不好。"

周鹜莫名地烦躁起来，眉心再也没舒展开过，并且委婉地强迫许阿姨把她所知道的鹿苑朋友电话都给打了，就连隔壁的初澄和巷子另一端的沈知燃都没逃过电话骚扰。

但都没有见到鹿苑。

雨下得越来越大，空气阴冷潮湿，直往骨头缝里钻，苏州的冬天就是这样令人讨厌。

好在周婕今天晚上加班，没有让这件事闹大。

许阿姨说："估计自己散心呢，应该没什么事。"

周鹜语气很淡，夹杂不悦："万一呢，出事了谁能负责？"过后意识到自己态度不好，又说了句"对不起"。

许阿姨有点蒙，大概是觉得周鹜的反应过了，鹿正元找不到女儿都没那么着急过。

"苑苑以前没手机，经常一个人跑出去玩，十点才回来呢。"

这话不说还好，说了，凝在少年眉宇间的阴云更浓了。

"没人管她吗？"

说来也怪，他自己叛逆的那几年，夜不归宿是家常便饭，可放在鹿苑身上，就是不行。

许阿姨表示无话可说。鹿苑看上去有人管的样子吗？

"别太担心，她小时候为了引起她爸注意，总是玩离家出走，但是都不敢走远，怕摸不回来，一般就在千梓街逛，一找一个准。"

话刚说完，就看到周鹜已经穿上外套，出了门。

咖啡厅里暖烘烘的，充斥着咖啡豆的香气。

鹿苑这一觉睡得很熟，醒过来时她不知道是几点，但店里的顾客已经没几个了。

至于她为什么醒过来,是因为有个冒着水汽的黑色影子立在她跟前,脸色白得吓人。在她睁眼的那一瞬间,周骛的怒气跑出来:"你傻吗,在这个地方睡觉?"

鹿苑蒙了几秒,语气先理智一步,也跟着火冒三丈。

"你骂我干什么?"

她的脸,不知道是被气得还是被热得,像个小火炉一样烧起来了,白里透红。

咖啡厅里的其他人朝他们看过来。

周骛没有坐下,走到桌子的另一端,在她跟前站定,本来是准备拿她的书包把人直接拎走,弯下腰时,看见她右边耳朵上新鲜红肿的伤口。

除了她自己,这个世界上只有他知道这代表什么。

"你又打耳洞了?"周骛拨开她脸颊的一缕头发,浓密又顺滑,有幽幽的清香。

他逐渐想明白,那根本不是"中二病"发作。她的皮肤娇嫩,痛感也比别人敏感,在刹那的疼痛中找到快感,是自虐倾向。

"你干吗骂我?"鹿苑并不理会他的问题,一脑袋官司,"我在这里睡觉关你什么事儿,又没睡你的房间。"

周骛不吭声。

鹿苑感到莫名其妙,他为什么会找到这里,还张口就没好话。

"你凭什么骂我?说清楚。"

"你除了这句,没别的话——"周骛叹了口气,算了,"对不起。"

"什么?"鹿苑更蒙。

"我的错。和好吧。"周骛脱口而出。不管谁对谁错,也不说自己冒着大雨翻遍了整条街,以为她想不开,结果她关了手机在这儿睡大觉。

鹿苑一个人呆呆地坐在黑色的皮沙发上,看着落地窗外。

周骛推门出去了,他穿着黑色的外套和运动长裤,清瘦的身材在雨夜中宛如一柄锋利的刀刃,熠熠生光。

两分钟前,他对她说了什么?

对不起?

不过,道歉的态度并不好,小鹿同学不是很满意。

过了几分钟她还在发呆,咖啡厅的玻璃门再一次被推开,先进来一阵冷风，然后是去而复返的少年。

他手里多了一盒酒精棉球。

睡一觉醒来，她耳朵上的炎症更严重了，缓缓向外流着透明的液体。

"别动。"周骛把东西放在桌子上，人站在她身边，把她披着的头发全都拢起来，问，"有扎头发的吗？"

"有。"鹿苑讷讷的，从书包里找出一根黑色的皮筋递给他。

周骛接过来，在她脑后扎了个松松垮垮的马尾。

两人一个坐着，一个站着，她的肩膀蹭着他的裤子。裤管里是男生竹子一般拔着长的腿。再往上，是松紧带和裤绳，T恤也是松垮的。

周骛拆了一支棉签。刚打好耳洞为了脱卸方便，耳钉后面是没有乳胶垫子的。他一手托着她的后脑勺，另一只手拿棉签抵着银色耳针，一下子给顶了出来。

瞬间的感觉非常痛快，耳朵清爽了不少。

鹿苑抬了下头，眼神和周骛对了个正着，他也垂着眼眸，瞳仁黑漆漆地盯着她。

可能是对视有点突然，两个人都怔了一下。

鹿苑先开口打破："你干吗把我的耳钉扔了？"

"要装酷还是要耳朵？"周骛冷冰冰地摆条件，无情地告诉她，"不拿掉你明天早上变'二师兄'。"

鹿苑哼了声，不怎么服气："那还是女神的脸。"

这句臭屁的话，直接换来周骛的一声冷嗤。

他搁在她后脑的手掌没有拿开，手指在外面冻得冰凉，指尖泛着白，隔着厚厚的头发，触摸到温热。

鹿苑也感觉到了他手指的寒意，从一个点到全身，并且不断放大，她讪讪低下了头。

周骛抿着唇，轻扯着柔软的耳垂，用酒精棉把脓血擦掉，处理好后他下意识低头，想吹一下让伤口快点干，弯腰的瞬间，他动作停滞。

他看着她的侧脸，雪白的皮肤，精致玲珑的五官，眼尾飞扬明艳，两腮微嘟，眼瞳里隐藏着润润的水汽。

她近在咫尺，是有体温的，不是在虚无缥缈的梦里。

周骛猛地回神，松开手指。

"你干什么啊？"她睁着双大眼睛。

"为什么又打耳洞?"周骛换了个话题。昨天储臣约他去摩托车训练基地,来回花了三个小时。他不知道家里发生了什么,但看两个大人的反应并无异常。

"好玩呗。"鹿苑说。

狗屁。

既然他已经知道了那个五个洞代表什么,怎么可能猜不到这个新鲜的伤口是怎么回事。无非是鹿正元再次因为某件事责骂了她或打了她。

周骛不太理解鹿正元的逻辑。

于他来说,女儿应该是脖子上拴着绳的狗,让怎么叫就怎么叫,不让她叫,她就得趴窝里忍着,不能发出一点声音。

周骛的成长经历截然相反。

周婕过去的十几年是在弥补自己人生的缺憾,不太记得这个儿子,一年回不了一次家,也很少打电话。

其实挺逗的,那两个成年人对于自己酿下的果浑然不在意,依然可以坦然生活。他和鹿苑却为了这狗屁的重组家庭,像物品一样被随意搬运,被迫改变自己的脾气。

这样的父母,值得全心全意地对待吗?

他们不过是仗着两个孩子年纪小、心思单纯,无所畏惧地拿捏罢了。

周骛静了几秒,蓦地开口:"打耳洞,离家出走,你还能再幼稚点吗?"

鹿苑气咻咻地翻了个白眼:"你见过谁离家出走还带着试卷的?谁给你说的?"

周骛不会出卖许阿姨,直接跳过她这句话:"那就不要再做伤害自己的事。"

鹿苑嗤了声,没说话。

周骛拿走她的奶白色书包,单边挂在自己的肩上,示意可以回家了:"实在皮痒就告诉我。"

鹿苑眼皮掀起,想听听他到底能吐出什么象牙来。

"哪儿欠揍我揍哪儿。"周骛说。

两个人走到门口,鹿苑抬手企图给他一巴掌,谁知这人后背竟然闻到风声,一下子攥住她的手腕,顺便向前扯去。一大一小两手掌叠在一起,摁在玻璃门上。

推开，风迎面而来。

然后在黑夜里，他扯唇笑了笑。

找到鹿苑的时候周骛就给许阿姨发了条消息，让她先走，他自己会把人带回去的。

饭菜都做好了，放在保温罩里，到家的时候可以直接吃饭。

鹿苑坐在椅子上，叨咕叨咕地表示自己今天其实没有浪费时间，写了五份试卷。周骛去厨房装饭，随口说了句："嗯，我吃完饭检查。"

变态。

鹿苑怀疑这人的精力是无限的，要在家长面前装好人，要考第一，要管她学习，最后还要抽空去装酷。

可厉害死他了。

周婕回到家的时候，两人也才刚在桌边坐下，她对眼前的场景表现出诧异，一来是这个点竟然还没吃好饭，二来是两人像是不计前嫌似的坐在了一起，这么大一张圆桌以往都是隔了八丈远的。

她换好鞋子问怎么回事。

周骛用三个字应付过去："有点忙。"

那估计就是因为写作业废寝忘食了。周婕想坐下来陪孩子们说说话，但她加班到现在太累了，又一整天都在跑工地，这会儿只想躺床上睡觉。

"吃完早点睡，碗筷放在水池里就好。"周婕说完就拖着疲惫的身体上楼了。

于是，因为期中考试弄出来的这一系列事情，她到最后都不知道。

两人因为周骛的那句"对不起"重新和好，但该刺的时候，还是忍不住撑对方。

不一样的是，鹿苑不会故意在他面前说支持陈然考第一之类的戳他肺管子的话。

虽然她的支持并非仙丹妙药，没有什么用。

但换而言之，作为住在一座房子里的，他们才是"一家人"。

又经历了一次月考之后，十六中马上迎来期末考试，这次又是全区联考。

周骛已经适应了这边的考试制度，以碾压的姿态考了年级第一，他的名声在高二年级里也越叫越响。

这个年纪的学生其实心思很单纯，喜欢人就图长得好看，如果智商高的就更好了。恰好周骛能满足一些人颜值和智力崇拜的标准。

2014年的元旦，他的抽屉里多了一些明目张胆的礼物和贺卡。

还有些是别班女生托鹿苑塞给他的："小鹿麻烦啦，给周骛。"女生笑眯眯地又塞给她一根不二家棒棒糖，"这个是给你的，荔枝味的。"

鹿苑拆了棒棒糖在嘴上叼着，饶有兴趣地看着包装精美的礼盒，去叩他的桌子，一脸调侃："喏，行情真好。"

周骛从化学题里抬眸瞧她一眼，脸色不豫，闭口不语。

鹿苑被他盯得发虚，把东西放下，讪讪扭头。

少爷终于发话了："哪儿拿的退哪儿去。"

鹿苑以为他是收礼物没经验，作为一个社交达人，对这种事她极有心得，于是转过身来耐心教他："别有心理负担。如果是贵的礼物当然得还回去，但这种一盒巧克力、一罐子糖，还有贺卡，你这么拒绝就显得不给人家面子了。让女生的脸往哪儿搁？"

周骛："……"

鹿苑："以后见面了，跟人笑一笑，找个机会说清楚就好了，别弄那么僵。"

这种"迷惑"发言又被吴小丁听见，他抓住每一个机会调侃鹿苑："万一人家误会呢？"

宋缨作为鹿苑在这个班上最好的朋友，当然是维护她，开口道："放屁，小鹿有什么错呢？她只是想给每一个男生温暖罢了。"

"？"

鹿苑回过味来。这是维护吗？这是肆无忌惮的奚落吧。她拿了个纸巾团砸向两个人的头。

结果砸到吴小丁前面一个男生的后脑勺，男生捂着就开骂："哪个孙子砸你爷？"

鹿苑赶紧埋脑袋，"凶杀案"见证者也集体缄口。

周骛的脸还冷着，嗓音低沉清冷："没事做就写作业，益智补脑。把你那无处安放的情商匀一点给智商。"

鹿苑："……"

不带这么羞辱人的。

因为过节，晚自习就有点松散，走读生可以不来。但是今天老鹿和周婕肯定在家里过节，鹿苑干脆就在学校里算了，周骛也是一样的想法。

但也不一样，鹿苑觉得，如果可以，周骛天天都想不回家。

英语老师在给他们放完两篇听力训练后，就没有再布置作业，找了部英文版电影放，教室里自由得跟交易市场似的。

周骛把抽屉里乱七八糟的东西清空了，没有人敢借着送礼物的名义再来打扰他，他像是飘在菜市场上空不肯下凡的神仙。

一个人好相处还是不好相处，都在脸上写着。

好相处的那个人就是鹿苑，今晚来找她的人不下七八个，美女的人气总是在节日里彰显出来。鹿苑作业写不成，电影也看不进去，时间光耗在座位与后门之间的路上了。

坐在门边的男生直接喊："鹿苑，要不我跟你直接换个位置，或者你在这儿丢个纸箱子，专门收礼物。"

鹿苑扬声笑了笑，没理他，直接过去把门关上了。

结果没过几分钟又来个敲门的，一个男生小声说："帮忙叫下你们班鹿苑。"

此男生叫祁俊，鹿苑高一的同学，个子很高，皮肤有点黑，像一块行走的巧克力，五官却是硬朗好看的。

鹿苑走过去，体面地微笑："干吗呢？"

祁俊说："给你个东西。"

他递过来一个扁扁的小盒子，用碎花纸包着，还绑了个蝴蝶结，鹿苑被这少女心一下子给弄不会了。

祁俊解释说："我看你朋友圈经常分享五月天的歌，就给你淘了张亲签专辑，算是老古董了，拿着吧。"

这种过于用心的礼物鹿苑没有办法拒绝，因为没法衡量价格，之前有人送给她稍微贵点的礼物，都被拒了。她当着祁俊的面就把礼物拆了，眼角流露出灿烂的笑："厉害啊，我都找不到。"

祁俊略微害羞地摸了摸自己的后脑勺。

可是，鹿苑接下去又说："但是我没有差不多价值的礼物送给你，你会介意吗？"

祁俊没料到鹿苑会这么说，表情有点呆。

"你等下。"鹿苑跑回座位，拿出一盒夹心巧克力，进口的，她还没舍得吃就给祁俊了,"这个很好吃的,你拿回去吃吧。"

祁俊那张黝黑的脸竟然也出了点红晕,受宠若惊般,连连点头:"好……好的,那我先走了。"

鹿苑嘴角上扬,挥了挥手:"嗯,新年快乐哦。"

祁俊从高二(7)班离开,心情雀跃,都没顾得上脚下的楼梯,一个踉跄连摔下两层台阶。

他蹲下揉了揉脚踝,盯着巧克力,慢慢察觉出不对。

相同价值?所以,鹿苑是在跟他等价交换?

祁俊才反应过来自己被骗了,他不是想拿专辑来换巧克力的啊。

鹿苑这次回去,跟那个"门神"男生说:"这次再有人找我,就说我不在。"

"好嘞。"

于是,再来人找鹿苑的时候,那位看热闹不嫌事大的同学笑眯眯地转述:"兄弟你来得不巧了,鹿苑说她不在。"

鹿苑:"……"

榆木脑袋吗?是怎么考上高中的?

晚自习放学,鹿苑把桌子里的东西收拾出来,一个书包都塞不下。除了那张极有分量的亲签专辑,还有某位不知名男同学给她折了五百颗星星……

储旭路过她的位置,看见鹿苑把那一罐星星装书包里,咕哝了一声:"哪个娘娘腔送的?"

关键是这么"娘"的玩意儿鹿苑都收了,竟没收他送的电子手表。

鹿苑瞥了眼储旭,撑回去:"别人是'娘',你是'爹',行了吧。"

储旭:"……"

其实鹿苑也不是贪图人家的东西,更不虚荣。就是觉得,那个为她折纸的男生耗费了很多精力和时间,这样重量的喜欢不应该看都不看就拒绝。

教室里的人都快走完了,鹿苑才把零零碎碎的东西整理好。周骜敞着校服站在走廊,戴着白色的耳机,他的半个身体沉浸在黑暗里,一明一暗切割的光线落在他的鼻梁和眉骨上,越发清冷。

鹿苑抓紧出来,除了书包,怀里还抱着毛衣外套。

周骜抬了眼，视线从她毛茸茸的发顶扫过去，一个字都没说，两人并肩下楼。

他的腿很长，走得极快，鹿苑还拿着这么多东西，小碎步跟着，怀里的毛衣掉了。她鼓了鼓腮帮子，无奈地说："你等等我，走那么快干吗？"

楼道的灯没有全开，呈现暗灰色。

周骜回头，弯腰捡起她的毛衣："腿短还拿这么多东西。"

鹿苑背起书包，不甘心地反驳："怎么样啊，我受欢迎你嫉妒？"

"嫉妒你丢三落四？"周骜说，指了指她又掉地上的钥匙串。

不知道是不是她的错觉，鹿苑觉得周骜今晚心情不好，他平时也嘴毒，但没有这么高频率地见缝插针地损人。

"哦，不是嫉妒我，那你是嫉妒送我礼物的男生吗？"鹿苑的脑回路也是清奇，她擅长在逻辑混乱时胡说八道，用魔法打败魔法。

"那你怎么不送我礼物呢？"

学校的走廊灯感应不是很好，脚步声一旦小了就干脆灭了，于是总能看见有学生在转弯处使劲儿跺脚。

周骜站在黑暗里，熠熠的目光盯她几秒。

明明那么暗，她的心脏却似被强光穿透了。

鹿苑意识到自己嘴秃噜，伸手跟人要礼物是什么毛病？

可能是和周骜相处时间太久，她就忘了分寸，就像对好友林鲸那样"你给我买好看的文具""你帮我抢××的周边"。

廊灯又蓦地大亮，鹿苑来不及掩盖自己脸红的事实。

周骜问："有想要的东西吗？"

鹿苑："不不不，我开玩笑的。"

"嗯。"他点了下头。

第二天早上，她还没起床就听见外面的敲门声，极有辨识度，不轻不重的三下。等她穿上拖鞋出来，人已经下去了。

地板上放着一个纸箱子，贴了张便笺纸。

周骜的字她一下子就认出来了，瘦长遒劲、笔锋飘逸，和他的性格一样凌厉却不受约束。

【新年快乐。】

他竟然还真送她新年礼物了，鹿苑穿着睡衣把箱子搬起来，有点重。

突然很期待周骛送的礼物,把箱子放书桌上,掀开盖子。
——《学霸带我学数学》《高考热搜题》《高中物理小题狂做》《英语全程提优训练》。
"……"
鹿苑:我谢谢你。

这一学期的期末考试过后,学校又补了连续一周的课才放学生回去。
那时候,千梓街各门店的歌单已经换成有新年氛围的曲目了。参天的枝丫也被市政修剪,树叶凋敝,光秃秃地透着惨白天光。
鹿苑期末考的成绩还不错,如她承诺的那样,虽然慢,但是在稳健地进步。
老鹿也就没多说什么。
但一波刚平一波又起,今年是他和周婕结婚的第一年,理应是在苏州这边过年的,只是周婕的父母年迈,身体又不好,夫妻俩决定和孩子们去那边陪老人。
订机票的时候,鹿苑说她想留在家里。
鹿正元:"我们都走留你一个人是怎么回事,你怎么生活?"
鹿苑说:"我以前不都是一个人吗?怎么可能忽然生活不能自理了?"其实她就是不想和他们去见周婕那边的亲戚。本来就是重组的家庭,鹿正元还带个拖油瓶,验证她有多不受欢迎吗?
她去养老院看奶奶,有的时候周骛陪着,但很少进去。
"我去陪奶奶。"鹿苑在做好决定前就给自己找了充足的借口,"她又不能坐飞机,把她一个人留下才不好吧。"
鹿正元还想说点什么,被周婕拦住了:"不要再说了。既然苑苑不愿意去,就不要勉强。"
鹿苑抿了抿嘴角,意志一直很坚定。
周婕说:"苑苑,暑假的时候带你去玩好吗?那里靠海,海鲜和风景都不错哦,不信你问小骛。"
鹿苑捧着茶杯,这才抬眼去望坐在她正对面的周骛。
男生懒散地坐在沙发里,两腿分开,握着手机在给什么人发消息,不知何时,他已经在看她了。
眸子定住了般,如漆黑的深渊,一眼望不见尽头。

那眼神，在某一瞬间让鹿苑觉得自己做了不该的，或者对不起他的事情。

她又喝了一大口水，用水杯掩盖自己的心虚。

小年当天三个人就离开了。

鹿苑在年三十的那天去养老院陪了陪奶奶，给她讲笑话耍宝。养老院没回家的老人也挺多的，不是儿女在外地，就是和家里人相处不睦，各有各的理由。

待晚上八点一到，工作人员就开始赶人了，家属不能过夜。

鹿苑背着包走在空城里，忽然体会到了周骛这半年来的感受。

上不上，下不下。

他的顺从和伪装都是为了周婕，他的脸上总是很烦躁是因为他并不愿意融入这里的生活，但如果他一直待在过去的环境里，又会让周婕有负罪感。

怎么样他自己都不开心。

鹿苑回到燕家巷，空荡荡的屋子里满是最后一次大扫除的消毒液味道。

城市里已经禁烟花了，有凉白的月光坠进来，如水一般，落在她的脚边。

少年时代的依赖感很好培养，你对我好一点，我陪陪你，就容易形影不离。但她和周骛终归不是一家人，他也不是她真正的哥哥。

不写作业的晚上，时间莫名其妙多到用不完，鹿苑打开电视机，每一个频道都在转播春晚，她加高声音，就留着听声音，然后去厨房煮了一碗汤圆做夜宵。

等她吃完东西，收拾衣服上楼洗澡，电视还开着，开到第二天早晨。

营造出家里很热闹的感觉。

从晚上八点到午夜，一直有人给她发新年祝福，手机在床上跟要炸了似的。回祝福，想文案，想创意……这玩意儿非常耗费脑细胞，她又不愿意程式化群发回复，一套流程走下来她人也快交待了。

到了凌晨一点，手机终于消停下来，她躺在床上酝酿睡意。

迷迷糊糊间又是连续的振动，她困了，看都没看就接起来。

人在这个时候脾气也大，所以鹿苑只是接通但没出声，等着对方先开口。

谁知对面那个人也跟着一起沉默，两个人比赛，比一种"谁先开口谁就死"的世界级赛事。

轻轻的呼吸声，从遥远的地方传来。

最终还是鹿苑先破功，懒洋洋道："干吗，逗我呢？"

"睡了？"周骛的声音与以往不太一样，像温水，缓缓流淌，鹿苑听出了微不可察的温柔。

然后在意识到对方是周骛的时候，她的精神错乱了几秒，原本以为是哪个恶作剧的好朋友。

周骛怎么会给她打电话？

"没有。"她说。

周骛忽然问："你在干什么？"

鹿苑从床上坐起来，掐了掐自己的脸蛋，迫使自己亢奋起来："我在陪奶奶打牌啊。"

"老太太这时间还打牌？"周骛似乎笑了，唇齿研磨出来散漫的音色，"够拼的。"

鹿苑也跟着笑了声，为了不让自己认输，倔强地说："不行吗？我们过年亢奋。"

"那你接着亢奋。"周骛紧跟着说了句。

鹿苑偏不："……我现在又不亢奋了。"

空气再次静止，听筒里没了说话的声音，只余淡淡的呼吸声。鹿苑盘腿坐在床上，目光却落在书桌上，摊着几本花花绿绿的辅导书。

看上去平平无奇。

可收了这么多礼物，这几本书打败了亲签专辑，打败了昂贵的电子产品，还打败了手折星星，日日出现在她的书桌上。

"怕吗？"周骛又问。

鹿苑不确定他是不是要戳破她的谎言，含混不清地问了句："什么？"

"没什么，在家注意安全。"他淡淡地说，"我——你爸和我妈，很快就回来了。"

"哦。"

"挂了。"

"那，再见，"鹿苑摁掉通话，把手机往被子上一丢，脸蛋忽然灼热起来。

她是在害羞吗？

上高中就别想有什么寒暑假，高考这座大山只要立在眼前，就算不在学校也得千方百计安排补课。

在鹿正元从丈母娘家回来前的那几天，是鹿苑最自由的日子。

巷子另一端的沈知燃和她一样，对自己不感兴趣的事一向懒懒散散，应付一下都不肯。长辈们在忙着应酬的时候，他和鹿苑、韩硕、闪电男在小阁楼的工作室里玩。

沈知燃上次发她邮箱里的那首歌她还没来得及看，被挤到垃圾邮件里，顺势就忘了。

等沈知燃想起来问，鹿苑才假装说："看了看了，太忙，没来得及跟你反馈呢。"

沈知燃跷着二郎腿，吊儿郎当地窝在沙发里打游戏："小朋友要诚实，少放屁，看你那心虚的表情。"

闪电男也贱兮兮地笑："抓紧看看，是惊喜。"

看那几人的表情鹿苑就知道没什么好事，她用沈知燃的电脑登录自己的邮箱，在垃圾邮件里找到那首歌。

花了一分钟看完，其中半分钟都是皱着眉头的，鹿苑不加掩饰地嫌弃："你确定是写给我的吗？"

沈知燃"狙"了个人，找个地儿猫着，难得正经抬头跟她说话："你不喜欢？"

鹿苑说："我觉得对我来说有点幼稚。"

沈知燃脑袋抬了半分钟，目光威胁加质疑："你说什么，再说一遍？"

鹿苑重新看回来：

六月的某天

我在朝阳前清醒

空无一人的街道

还有你洁白的裙摆

你看见了吗

少年的爱意

飞蛾扑火，曲意逢迎，跌入深渊

却炽热高贵

这世界还无以匹配

鹿苑小声问韩硕:"你觉得适合我吗?真的不是沈知燃暗恋某个女生后的少年春心?还挺自恋。"

"我听见了。"

她的后脑勺飞来一张餐巾纸团。

沈知燃放下手机,掀开那架黑色的斯坦威,修长的手指在黑白键上萤舞流窜,曲子的前奏飘了出来。

他自己唱了一遍给鹿苑听。男生的声音清晰干净,如淙淙的流水,轻快明亮,竟意外地好听。

少年慵懒地往她那儿一瞥,唇角带笑:"怎么样,还幼稚吗?"

鹿苑略微纠结,人和人是不一样的,这明显不是女生的视角。

如果自己唱的话,会不会显得"中二"和"硬凹"。

沈知燃把钢琴合上,那双眼笑得肆无忌惮:"我们要的是跩得二五八万又热情的真性情小鹿,不是故意装深沉的鹿苑,你就是你,十六岁就要十六岁的样子。"

鹿苑没好气:"你少来,我十七了。"

闪电男在那儿笑得嘎嘎叫:"十七怎么了?你想谈恋爱?哥跟你说这也叫早恋,少动歪心思。"

鹿苑说:"我想个屁。"

"屁也不行。"

"……"

鹿正元年后忙着拜访客户,周婕与他作为夫妻档应酬,来家里拜访他们的人会叫她"鹿太太""老板娘",然后把鹿苑和周骛错认成亲兄妹。

开学的前几天,是"鬼混"的高峰期,鹿苑写完了作业后,花很多时间和朋友待在一起。

她不想被鹿正元看见再吼一顿,于是在这个家里装成了隐形人。一楼的书房,总是摊着写好的各种作业,书包挂在椅背上,中性笔帽丢三落四地放着。

制造她一直在学习,只是临时离开一下的假象。

学渣们的小聪明总是很多,对于"摸鱼"这项技术,她从这时就初见天赋。

偶尔也有马失前蹄的时候，长时间不回来被人发觉，问到周骛那儿："苑苑去哪儿了？"

周骛光明正大地坐在沙发里打游戏，向来无所畏惧，他的成绩单是最厉害的免死金牌。

"不知道。"他只有三个字敷衍。

过了一会儿，在手机上给鹿苑发了消息，也只有四个字：【有人问你。】

鹿苑那边立即回复：【我马上回，帮我打掩护！】

于是，这场掩护一直打到3月份，十六中校庆。

周骛没想到自己会跌进去，掉入无底深渊，只能认栽。

Chapter 05
美貌的烦恼

其实3月初发生了两件大事,给了鹿苑绝佳的放纵机会。

第一件事是鹿正元的公司出了一点问题,他是做建材和进出口贸易的,有消费者在媒体那里爆料他公司的产品测出甲醛严重超标。

这事性质严重,导致公司名誉受损。鹿正元放下手里头的好几个合作,专门来处理。那阵子他很少回家,回了家面孔也是板着的,谁都不敢惹。

鹿苑作为这个家里的头号炮灰,自然离他远远的。

她明白,老鹿心情不好就想发泄,家里就那么几个人,许阿姨、周婕,还有周骜,哪一个他骂得着?

无非是她这个亲生女儿罢了,因为有血缘关系,是唯一的亲人,不会离他而去,所以肆无忌惮。

有的时候鹿苑在沈知燃那里待得晚了点,怕进门的时候被问,还会提前发消息给周骜,让他过来接,把他当成自己的保护甲。

周骜对她这种上哄下骗的行径十分不齿,十有八九都是沉着脸的。

但是他良心还在,每次都会来接人。

3月份的第二件大事就是老孔生病请了一个月的假,让六班的数学老师来代课,班主任一职则由高老师暂代。

高老师生性温柔,不戴耳麦说话声音都很小。

但是七班的这群熊孩子也是挺欠的,被老孔吼的时候恨不得上房揭瓦，天天吵着要造反，要去教务处投诉老孔。结果"魔鬼"一走，这帮人又开始心虚焦虑。

接着谣言四起。

老孔又不用生孩子坐月子，请了这么长的假，会不会是离职的前兆？

然后有人说：老孔的履历可以去更好的学校教书，没准还真有可能。看看他在十六中的这两年，暴瘦得厉害，估计是被气着了。

然后大家就是后悔，非常后悔。

还有一拨人则是猜测老孔的身体状况。

"你们没有发现吗？他本来就长得像糖葫芦，现在越发像一棵豆芽了，只有脑袋是大的。"

"生什么病，会变成豆芽？"

"对啊，身体干巴得好吓人啊。"

讨论这些的是在班级里很安静的那一批人，观察力敏锐，也是最强吃瓜群众。

私下聊天嘴上多少有些不把门。

"你们说什么呢？"一个男生拍案而起，"平时装得挺有素质，背地里可着劲儿嘴贱呗。"

大家没想到站出来骂人的竟然是储旭，他气得眉头"竖着"，怒意要冲出来了，多少有点"仗义每多屠狗辈"的意思。

一个戴眼镜的男生感觉自己被"内涵"了，反驳道："我们就讨论一下啊，你激动什么，而且平时不是你最会气老孔吗？"

储旭说："是，我浑蛋。但我不服直接辩，比某些人背地里诅咒好。"

"谁诅咒老孔了？"另一个同学说，"我们都不想他生病啊。"

几个年轻气盛的男生互看不顺眼，一言不合就要打起来。

十几岁的学生总是考虑不周，无所顾忌，难免有嘴贱或者脑袋发热的时候，但大家都是担心老孔的，怕他不回来了。

班里的声音一浪高过一浪，把在办公室的高老师吸引过来了，她皱着眉推开门："都吵什么，整个楼层就数我们班的声音最大。"

很多老师都爱这么说，只有高老师这次说的是实话。

冯晴晴说："高老师，我们在说孔老师的事情呢，大家都很担心他。"

高老师无奈："看你们这一天天的，都不够你们操心的。"

更多的话她也没有透露，但是下课后把冯晴晴和陈然叫出去了。

冯晴晴因为刚才听吴小丁的一通分析，还真是有点后怕，一到办公室就颤着嗓子问高老师："孔老师，他是不是癌症——"

高老师：……什么玩意儿？

她摸了摸自己的额头，沉默半天才说："不是，不是绝症，能恢复，孔老师也不会把你们带到一半就离职，别瞎操心了。"

冯晴晴说："那我们能去看看他吗？"

高老师同意了，但是又说："明天傍晚，让陈然去吧，你就别去了。"

冯晴晴不理解，她才是班长。

高老师说："他都生病在家里了，你们还能远程气死他，老孔那张破嘴真骂起来你一个小姑娘能受得了吗？让陈然去，他脸皮厚，没关系。"

陈然："……"

冯晴晴："……"

第二天放学，陈然还真跟着高老师去了老孔那儿。不出所料，老孔黑着一张脸问他："听说你们要造反了，还造谣我绝症啦？"

陈然："……没有。"

老孔："看我回去不好好收拾你们！"

陈然说："老师，你真的没事吗？"

"你看我像有事的样子吗？"老孔挥了挥手，把人赶走了。

陈然回来以后把老孔的身体状况和精神状况都一一跟大家汇报了，省略了骂他的内容。这帮人知道老孔既不会走，也没有得绝症，总算吃了颗定心丸。

会从此变乖吗？

当然不会，谁还不趁着一个月的时间使劲儿疯？逃晚自习的，伪造出门证的，逃避跑操的，五花八门，层出不穷，高老师管也管不过来。

好在学习正事上个个心里有数，没太离谱，她也就睁一只眼闭一只眼了。

时间很快就到了3月下旬，校庆活动。

文艺委员早前就在班级里通知了，虽然学校没说强制，但是每个班最好出一个节目。

这个年龄都要面子了，不愿意出丑，最后还是吴小丁和另一个男同学挺身而出，出了个相声。吴小丁唯一的要求就是，以后不准喊他"老嫂子"。

至于鹿苑,她是逃晚自习的主力成员,去"鬼混"了。

乐队的其他三个成员都是高三学生,还有三个月就高考。早前就说过,这是他们最后一次在学校公开表演,意义非凡。

本来她嫌那首歌很"中二",可是越唱越有感觉,到最后写着作业都会随意地哼出来。宋缨听见了说:"这是什么歌,没听过,很好听的样子哎。"

鹿苑神秘一笑:"保密。"

宋缨:"搞什么啊?"

鹿苑说:"这是我们校庆的保留节目。"

其实到现在为止,她仍然觉得这首歌描绘的是一个场景:沈知燃视角,对某个女孩子炽热的喜欢……为什么会说是专给她写的歌呢?

该不会是暗恋她吧?

校庆的这天是周五,下午全校都上自习,因为老师要集体开会,约等于给全体放假。操场那边在布置场地,紧锣密鼓地排练节目,还来了众多知名校友。

很多同学都跑去凑热闹了,班里只剩下一半的人在自习。

而周骛,鹿苑一整个下午没看见他人,校服和手机都塞在桌子里。

傍晚时,她的好朋友林鲸拎着个小箱子过来了,站在后门探了下头,"周迅脸"惊叹:"好多人啊。"

又加了一句:"好多男生啊。"

十六中理科班众多,文科只有几个班,每个班人数也远远少于理科班,而且文科班女孩多男孩少。

猛地看见这么多男生,她还有点不适应呢。

林鲸是鹿苑邀请来给她化妆的。学校里有老师负责妆造这一部分,但是要排队,鹿苑懒得过去了。而且老师只看了她的脸几秒就上妆,根本没有时间分析她的面部特征,以及研究出合适的妆容。

但是好朋友就不一样了。

林鲸对化妆有一套,但凡涉及美的东西,她都很有心得。

"鹿鹿你放心,我绝对会给你弄得超级漂亮的。"林鲸在鹿苑的位置站定,打开化妆箱,里头专业的设备引起不少人的围观。

"这个小平板,是镜子吗?"宋缨指着一个东西问。

林鲸回答:"是调粉底的。"

"粉底液还要调?"宋缨不明白,"小鹿的皮肤那么白,最白色号往脸上扑不就完了?"

林鲸笑了笑:"不一样的。每个品牌的最白色号也都不一样呢,合适的最重要,直接往上扑跟糊墙有什么区别?"

宋缨表示受教了。

看以后谁还敢说美女不需要脑子,美学也是一门学科,不是人人都能研究明白的。

今天的妆容要求不复杂,但还是花了近两个小时才化好,最后林鲸给她把头发扎上去,弄了一个高马尾。

周五这天不用穿校服,鹿苑穿了条复古的牛仔喇叭裤,可以很好地包裹她圆翘的臀部。她和周骛一起骑了小半年的自行车,大腿的线条很漂亮,并不是毫无美感的筷子腿。

上面是一件黑色的小吊带,露出小蛮腰。

"好像还缺点什么?"林鲸食指点了点下巴。

"什么?"宋缨都看呆了,"这还不够漂亮吗?"

"好像是首饰?"林鲸自己找了一下,又问鹿苑,"你有带什么闪闪的东西来吗?"

鹿苑说:"学校里又不允许戴耳环。"

"有点单调了哎。"林鲸皱着眉头,略作思考,翻了翻化妆箱下面的小杂物,找到一包五颜六色的小珠子。

"我帮你做一个吧。"

她的动作很快,用一根玻璃线把五颜六色的珠子串成一个锁骨链,比画一下,就给鹿苑戴上了。

宋缨再次人形表演"看呆"二字。

前一秒她还觉得这位姐妹太离谱了,这是在打扮芭比娃娃吗?后一秒就直接跪地,眼前这位,这不就是妥妥的千禧年辣妹吗?

大胆,惊艳,叛逆。

宋缨:"小鹿,你好辣哦。"

鹿苑没有谦虚地说一般,毕竟她现在是好姐妹的作品。她微微扬着下巴,眼角飞扬起来:"那是自然咯。"

"这得迷倒多少男人啊,真不愿意让你出这道门。"

鹿苑大胆地说:"哈哈哈,看美女不迷死他们!"

她的话音刚落地,教室后门传来篮球扣地的声音,是几个男生回来了,鹿苑脸上的笑还没收敛,往那边望去,看到了穿着黑金色球衣的周骛,四肢修长,腕骨细而精致。

他的额上戴了一条同色系的发带,隔开白皙的脸和凌乱的碎发,修饰着窄立的脸型。

鹿苑一句话堵在嗓子眼里,心说他这样随意的运动风还挺好看的。

两个人见到对方,皆是一愣,默不作声地移开了目光。

储旭是那群男生中第一个发现鹿苑今日格外漂亮的,平日里总是"小鹿长""小鹿短"地烦她,现在忽然哑了,脸也红了,目光呆滞地看了她五秒,愣是一句话也说不出来,回到位子,脑袋埋下去。

其余几个低低地起了声哄,也回去了。

周骛手里握了瓶纯净水,他坐下来喝了一口,看着鹿苑,淡淡地问:"你刚说,迷死谁?"

鹿苑:"?"

突然卡顿。

林鲸收拾了东西要走,被七班几个女生拽住,让她留下来分享心得。

"你怎么这么会化妆啊?"

"因为我感兴趣的东西,就会用心研究啊。"林鲸笑嘻嘻地说。

"给鹿苑化得真好。"

"所以我们从小到大,都是最好的朋友啊。"林鲸趁机炫一波友情,宣誓自己的主权,"鹿鹿一直是我的模特,我们配合得天衣无缝。"

鹿苑的座位被人霸占了,她在课桌旁站着,愣愣地看着坐在椅子上喝水的周骛,看他的喉结随着水流滚了下。

"我好看吗?"她突然开口。

男生那双如浸在深潭里的眼睛凝了她几秒,然后挑了下眉心,手指指她露出的那截雪白的腰,紧实的曲线,开口:"露肚子不冷吗?"

"……"

鹿苑咬牙:"谢谢你,我不冷!"

周骛喝完水,把瓶子隔空投进垃圾桶,他的手指关节漂亮,划出一道流畅的抛物线。

侧眸的瞬间，里面有轻微的笑意。

校庆晚会在七点开始。

学校还请了两三家媒体和摄影，来跟拍此次活动。

唱跳歌曲和语言类节目是穿插着来的，防止有人在观看节目的时候睡着。鹿苑拿到节目单，看到他们的节目竟然是在最后一个。

这就很不友好了，那她前面几个小时岂不是要一直饿着肚子等？

大家都去吃晚饭了，她在教室里喝果茶，一边等待一边和闪电男发微信，偷了他好几个表情包。

身后传来响动，周骛在收拾东西，看样子是要离校，她蒙了一下问："你要回家了吗？"

言外之意是，那晚上我岂不是要一个人了？

周骛没回答是或者不是，只说："有事。"

鹿苑把果茶吸溜得贼响，以表达不满。

周骛肩膀挂着包带子走到门口，听见那抑扬顿挫的响声，像是撒娇。他有点无奈，又折返回去问她："怎么了？"

鹿苑并不说自己不想一个人回家，找了个借口："我们乐队是在最后表演的，我想让你给我拍照片和视频。"

啊呸，谁不能拍？

有专业的摄影师好吗？

周骛虽然不知道学校是怎么安排的，但也明白他肯定不是第一选择，跟她有交情的人遍布在各个角落。

"几点？"他问。

鹿苑把节目单递过去，周骛看了之后说："我知道了。"

鹿苑又问："晚上一起回家吗？"

"一起。"

说完，他大步离开教室。鹿苑在心里悄悄翻了个白眼，有一点点失落，他为什么一点都不好奇？

周骛去了物理老头的办公室，答应了帮他批卷子。

不过，就算今天没事他也不想去。看她和别的男生组团气他？有病吗？

外面很吵，整个校园都是，物理老头笑着说："我们老年人，就不喜欢这种咋咋呼呼的，吵得我心脏病都出来了。"

"嗯。"周骛垂着眼。

物理老头瞧着周骛："小伙子很沉得下心，不错。"

自己倒是喋喋不休地唠叨起来。

周骛躲无可躲："老师，快点吧，我等会儿还要去接人。"

物理老头："……"

操场那边传来爆笑声，是挺烦的，如果不是要等某人他会直接回家而不是在这儿耗时间。九点四十分一到，周骛拎包走人，一句话都不给人多说。

操场，台下面坐了很多领导，如老神仙打坐般威严而慈祥。后面的学生和老师，有些胆子大的已经溜号了，胆子小的困得东倒西歪。

前面的节目都挺符合主旋律，就他们，三男一女的乐队组合，显得离经叛道。

周骛站在操场最边缘的一棵樟树下，听到主持人报幕："今晚的最后一个节目是灰色鱼雷乐队的《奇妙宇宙》。"

他拧着眉，这是什么破乐队，又是什么破歌？

但是在鹿苑穿着黑色露脐装出来的时候，台下的掌声口哨声开始此起彼伏。她站在高台中心，整个人都沐浴在镁光灯下，自信又张扬。

第一排的领导脸黑了一半，这是校庆，不是大小姐的演唱会。

她的声音很特别，介于清爽和颗粒感之间，他忘了拿手机。

六月的某天

我在朝阳前清醒

空无一人的街道

还有你洁白的裙摆

你看见了吗

少年的爱意

飞蛾扑火，曲意逢迎，跌入深渊

却炽热高贵

这世界还无以匹配

一首歌唱完，另一半领导的脸也黑了，十六七岁的孩子上着学呢，还爱意？爱你个大头鬼。

177 /

但是学生们很兴奋，掌声经久不息，大喊着让他们再唱一首歌。

少女脸上洋溢着欢快的笑，她很享受掌声，手掌做眺望姿势，似乎在用目光寻找人，可爱至极。

然后，她看到他了，脸上笑意更甚。

周骛的眼神暗了又暗，但凡有点语文基础的人，都明白这是一个男生的独白，高贵的姿态，却卑微地暗恋。

他觉得自己被人看透。

羞耻，惨败，心脏被戳穿的钝痛感，把他袭击得体无完肤。

顷刻的慌乱让他错失理智，很快又恢复。鹿苑那个脑子，不可能发现他心中所想。

歌是沈知燃写出来的，能是什么意思，不言而喻。

所以，和他没有关系。

鹿苑在呼声中握着话筒，人来疯又叛逆："我要再唱一首《倔强》，是我最爱的五月天。"

当我和世界不一样

那就让我不一样

坚持对我来说就是以柔克刚

她这个临时的决定把准备下去的队友也搞得猝不及防，几人又匆匆掉头，拍子连错好几个才跟上，但也只能宠着她，能怎么办呢？

歌唱完鹿苑竟还没疯够，在伴奏里，她欢快地蹦蹦跳跳："有人跟我说，青春就是会'中二'，就是所向披靡，超级无敌。所以，祝我们'中二'万岁。"

主持人没听清楚她的话，忙不迭纠正："我们是十六中，不是二中，十六中万岁哈！"

台下爆笑震天，氛围这块算是被她推到今晚的最高处。全校的"二货"们都开始干活了，理智残存的大人们被雷得外焦里嫩。

周骛在众人撤场之前离开，他靠在篮球场边，玩着手机等鹿苑。

已经十点半了。

鹿苑被朋友拉去说话，沈知燃和韩硕二人背着吉他路过篮球场，看到站在黑暗里的周骛，沈知燃跟队友说了声让他们先走。

周骛对沈知燃没什么好印象，甚至还没有储旭来得友善。

"哥们儿，你这眼神有点意思。"沈知燃松弛地看着周骛，"我是抢你老婆了，还是抢你妹妹了？"

周骛收起手机，动了动嘴唇："不会说话可以滚。"

看到周骛心情不好，耐不住脾气，虽然被骂，沈知燃就爽得不行，故意吊了他好一会儿，不滚也不说话。

直到周骛嫌他碍眼，忍无可忍要走的时候才开尊口："加个微信，我有好东西发给你。"

一分钟后，一张照片传到周骛的手机上。

沈知燃说："小鹿因为我受了委屈，也为乐队付出很多，算我欠她的。那首歌的确是给她写的，是谢礼。

"至于什么意思，你自己品。"

说完他优哉游哉地走了，闲得跟遛弯似的。

照片里，天微亮的千梓街，郁郁葱葱的绿，空荡的街道。一个男生静静站着，挡住了正在骑车的女生，只拍到她翩飞的白色裙摆。

学车的那几天，他们被人看到了，还拍了照片。

所以，那首歌写的是他和鹿苑。

区别是歌词里是6月，照片摄于9月。

周骛瘦长的拇指落在屏幕上，迟迟没动。

他以为自己隐藏得很好，可昭然若揭的心思，不经意的渴望和偏爱，怎么可能瞒得住？

鹿苑的外套落在操场，找不到了，但是时间太晚，她只能先回家。

去车棚的路上，她像喝了假酒一样兴奋，问："你帮我拍的照片呢？给我看看。"

周骛拿出手机正要点开相册，忽然手指一顿，说："没拍。"

"你在干什么啊？"鹿苑睁大眼睛，不可置信地看他。她就交代这一件事，他都没做。

"忘了。"周骛接过她的书包，仗着腿长，故意走得很快。

"我真是服了你了。"鹿苑悄悄翻了个白眼，小跑跟上。

周骛用手机给鹿苑打了手电，鹿苑解锁把车推出来，刚骑了两圈就发现不对，总是一颠一颠的，她停下来。

周骛回头："怎么了？"

"我的车子，被人放气了。"鹿苑下来，用手机照了下车轮，有一道很长的口子。

她吊带外面只穿了一件校服衬衫，冻得缩了缩肩膀。

"这才几度，你的衣服呢？"周骛语气责问，把自己的卫衣脱下来，罩她脑袋上。

鹿苑也顾不得矫情了，真的很冷："怎么办？我们打车回家吗？"

这个时间，有没有出租车往这儿来不说，校门口全是接学生的私家车，也不一定能进来。他搜了下路况，很长一段都是标红的，太堵了。

"那怎么办啊？"鹿苑现在又饿又困，再加上今天很累，神情恹恹的。

周骛两条长腿撑着地面，对她说："把车锁了，过来。"

鹿苑照做，但不知道他是什么意思。

"上来，我带你。"周骛把书包从肩上卸下来，垫在前面的横梁上，意思是让她坐上来。

"能行吗？"她小声问，"能坐得住吗？会不会把车子压垮？"

"你才多重？"周骛敞开腿，给她让位置。

"还是不要了吧。"鹿苑没有这么坐过别人的车，但是这种骑行车没有后座。

"你还想不想回家睡觉？"

周骛单手往上一抱，直接让鹿苑背对坐在他的车前杠上。

两个年轻的身体弯成两轮残月，贴在一起。

路过门卫，为了防止被发现，一个加快速度，一个默默往身后人怀里躲着，极有默契。

骑行车呼啸而过。

夜间的风冷得彻骨，让人不自觉往热源上贴，汲取温暖。

鹿苑乖巧缩在周骛给她创造的小港湾里，裹着带有他体温和味道的卫衣，只露出两只眼睛，悄不作声地看着街道两旁一闪而过的店铺，停放的私家车，光秃的树枝，寒风从眼角刮过。

唯一能在她周身驻足的，只有彼此的呼吸、心跳脉搏，牢牢包围着她。

鹿苑把手放在他撑着方向的手臂上。

岁聿云暮，星霜荏苒。

从学校到家的这条路，好像变得很长。

还可以再漫长一点。

两个少年各自想着心事。

全程，鹿苑两手像挂件玩具一样挂在周骛坚硬的手臂上。

到燕家巷路口，她身体僵了一下，周骛意会，停下车让鹿苑下来，自己也下来了，一起向家里走去。

他们间细小的默契多到数不胜数，每一件事都说不上来是为什么。比如现在，不想让家里的人知道他们可以有这样亲密的关系。

大门紧闭，她拿钥匙开了门，轻轻喊道："我们回来了。"

无人回应。

玄关处，四双拖鞋摆放整齐。

周骛顺便拿手机看了眼，正好刷到半个小时前周婕发来的微信。

"说今晚不回来了。"周婕接了个无锡的项目，又忙又乱，时间太晚，只好住在那边的酒店长包房了。

"哦。"鹿苑低叹一声。

周骛在她身后换鞋子，手越过她的脑袋，撑着墙壁问："怎么了？"

"没什么。"鹿苑说，"我都习惯了。你没发现吗，老鹿一个月也回来不了几次。"

"我没发现。"周骛盯着她的发心，不知道是唱反调还是有意闲聊。

"哦，可能是他和周阿姨结婚，家里就有什么东西吸引他了吧。"鹿苑嘴角笑了下，"反正他以前都是不怎么回的，有时候宁可住酒店。"

鹿苑转身时，额头贴上他的手臂，她揉了揉脑袋，矮身从他臂弯里钻出去。

周骛握着手机怔在那儿几秒。他好像能看到一个几岁的小姑娘，每次放学回家，推门喊一声："我回来啦。"

无人回应，她失望地撇了撇嘴，眼圈有点红，强忍着眼泪，假装不在意是否有人等待。如果没人在乎她，那她也不在乎对方好了，就这么没心没肺下去。

鹿苑走到沙发边，放下书包，说："我去洗澡了。"

"嗯。"周骛轻轻应着。

一路骑车回来，空气又冷又湿，身上很不舒服。周骛懒懒地动了动脖子，骨节发出"咯哒"的声响，路过浴室，里面传来细细密密的水声。

他拿了睡衣和毛巾去楼下的浴室，一楼没有热水，他飞快冲了个战斗澡，刚套上衣服出来，就看到厨房里一个纤细的身影在晃。

鹿苑脑袋探着，在找东西吃。

今天没有人回来吃饭，许阿姨就没做，冰箱里都是一些生鲜食材，唯一能立即吃进肚子里的是半袋吐司。

她当即就拿了一片塞进嘴里，好像不吃下一秒就会被饿死。

周骛擦着滴水的头发："你又饿了？"

鹿苑两腮都塞满了食物，嘟着嘴勾画出一张松鼠脸，含糊道："我快十个小时没吃东西了，不是又饿了。"

周骛把毛巾搭在椅背上，走了过来。

"吃面条行吗？"他问，这是唯一能快速做出来的东西。

鹿苑摇头："我想吃馄饨。有面皮、蔬菜，还有肉，营养均衡。"

周骛看她："你把自己的安排倒是很明白，没有的话我是不是得先去买个菜？"

好好的人，可惜长了嘴。鹿苑在心里呵呵两声："我有这么娇气吗？"

"你不娇气吗？"周骛跟着她说，下一秒就被打了脸。

她蹲下打开冰箱的冷冻层，拿出许阿姨包好的馄饨，一盒一盒，像小胖鸭子一样排着队。

许阿姨担心鹿苑一个人在家的时候总是煮泡面或者点外卖，不健康，就包了很多种馅儿的大馄饨，让她换着口味吃。

她在周骛眼前举了举："我想吃什么馅儿的都有，厉不厉害？"

周骛说："厉害，自己煮吧。"

鹿苑赶紧拽住他的T恤下摆。她饿得两腿发软，心脏发慌，根本不想动弹："你帮我煮。"

周骛回头，纯棉T的料子柔软，被她一扯，领口直直往下，露出一截干净的喉结和锁骨。少年人的皮肤白，又矜贵细致，让人有种自己在侵犯人间仙子的罪过感。

"松手。"他居高临下地发话。

"哦。"鹿苑手指猛地松开，布料弹了下。

周骛抬腿返回厨房，接水，开火。

鹿苑捧着手机玩，偶尔瞟一眼背对着她看火的周骛，心想，如果早点有个陪着她长大的哥哥就好了。

或许小时候哥哥会欺负她，骗她的零花钱，抢她好吃的，恶作剧，但有个人陪着总比一个人好。

周骛也会嘴毒撑她,给她出头,是个矛盾的存在,但她始终没有办法把他和"哥哥"这个身份画上等号。

这很奇怪。

娇气的大小姐还在延展思绪,周姓男仆已经把汤碗放在她面前。

两个少年围着这么大一张桌子,安静地坐着。汤里放了紫菜和虾米,鲜掉眉毛,鹿苑吃得满足,把汤都喝光了。

周骛放下手机,看着见底的碗,一度担心她会撑着,问:"晚饭为什么不吃?"

鹿苑抽纸擦嘴:"谁要顶着圆滚滚的肚皮上去唱歌啊,影响状态,拍照也好丑。"

"肚皮为什么会圆滚滚?"周骛不理解。这个年龄的男生新陈代谢快,体脂低,再加上打篮球等各种运动,不用刻意训练就有硬邦邦的腹肌了。

但这种话在鹿苑听起来就很讨打了,她没有生气,反而笑起来,告诉周骛:"你不懂吧,我给你变个魔术,你就明白了。"

"嗯。"周骛双手抱臂,靠在椅子上静观其变。

只见鹿苑站起来,身体裹在宽宽松松的睡裙里,随意扎着丸子头,像一株水灵灵的小水仙。

她双手抚平放在自己小肚子上,布料压下去,这时的小肚子还是一马平川的。

"看清楚。"她清幽地提醒道,然后身体核心忽然发力,平坦的小腹鼓起来,还真是圆溜溜的。

周骛也是第一次仔细观察女孩子的身体,表情都呆滞了。

那弹性,与气球别无二致。

"神奇吧?"她翘嘴笑起来。

这个表演只持续了几秒,周骛缓缓移开了目光,低声回应她:"是很神奇。"

"啊,反正就是男生和女生的身体不一样,等你以后有女朋友就知道了。"

"嗯。"周骛的声音很轻,他当然知道女孩和男孩的身体结构是不同的。

整个一楼出现短暂的安静，鹿苑从脖子到耳朵慢慢变红了，她没勇气再说话："算了，你忘记我刚刚的样子吧。"

她撞上周骛的眼，他略略看着她，似乎在思考着什么。

"所以，我多赚到半分钟的杂技表演？"

这话好像在替她"挽尊"。

鹿苑趿拉着拖鞋，极速竞走爬上楼，进了自己房间，摔上门。她刚刚到底在干什么，周骛是个男生啊，她怎么能给他展示自己的肚皮？

就算感谢那一碗馄饨的恩情，也不用这样吧……

这一整夜，鹿苑都没能睡好，一直在做梦。

梦到她被人打了肚子，胀痛不已。

第二天是周末，正常放假。

九点钟了鹿苑还没睡醒，许阿姨拽住洗漱好、吃过早餐、已经学习了好一会儿的周骛问："苑苑怎么还没起床？"

这话问了也是白问，他能知道什么？

周骛摇了摇头，下意识地看了眼鹿苑的房门。

"我进去看看。"许阿姨轻轻旋开门把，只见躺在床上的人，脸色苍白，蜷缩成一只煮熟的虾。

"乖乖，这是怎么了？"许阿姨担心得眉心都拧成"川"字。

鹿苑半趴在床上，气若游丝地说："我肚子疼。"

"痛经吗？"

"不是，疼的地方在上面。"鹿苑指了指。

许阿姨以前学过专业育儿的相关课程，照顾大孩子也是一样的，她手伸进被子里摸了摸又摁了摁："这里吗？"

"嗯。"鹿苑已经没有力气回答了。

"一直疼吗？"

"一阵一阵的。"要是一直疼的话她半夜就叫救护车了。

许阿姨说："应该是胃积食。不怕的，躺一会儿，吃点健胃消食片。如果还疼再去医院。"

听到这个答案，鹿苑羞到扯被子盖住自己的脸。任何一个电视剧都没写过女主角是撑死的，她宁愿是阑尾炎什么的，至少显得正经一些。

周骛站在床头，问许阿姨："健胃消食片有指定的牌子吗？"

"怎么了啊？"许阿姨笑眯眯地看着周骛，一脸的欣慰，"心疼妹妹啊？"

周骛动了动嘴唇，扔出一个简短的答案："她昨晚吃的馄饨，是我煮的。"

许阿姨点头，又问："你给她煮了几个？"

"十个。"

许阿姨眼睛睁大，一副要了她老命的表情："小祖宗哎，晚上吃那么多不是等着撑坏胃吗？她的饭量六个就够了。"

周骛："……"

他没有注意过。确定这是人类的饭量？给猫吃的吧？

许阿姨看少年眉宇凝结深沉，心说这也怪不着周骛，都是那么大的人了，便开玩笑逗他："你这么自责，难道是你亲自喂到她嘴里的？"

周骛不禁逗，沉着脸没再说话，下楼去了。

鹿苑被逼着在床上躺了一天。

第二天好了点，在狂补作业中度过，终于赶在零点前写完。

周一上学，鹿苑感受到了校庆晚会带来的影响余波。中午她和朋友出去补自行车轮胎，回来的路上，三不五时就有人跟她打招呼。

十六中的论坛，刷屏的一向是男生。周骛最近是热门人物，有他那张脸，再加上他期中考试打败陈然后，简直堪称最闪耀的明星。

其实，男生长得稍微好看点都能作为话题重点，由此可见帅哥是稀缺品。"普男"遍地走，但再漂亮的女孩子也很少榜上有名。

鹿苑算是为女生们挣了一口气，连续几天热度居高不下。

和她说话的，要她"企鹅号"的，鹿苑来者不拒。

那几天她没和周骛一起上下学，有家住得近的女生认识了她，平时在学校里也没时间，就晚上放学时间一起聊聊。

讨论的问题五花八门。

"你唱的那首是原创歌曲，好厉害哦。"

"不是我原创，我不厉害。"

"可是你唱得很好，以后会考艺术学院吗？"

"我现在在理化班呀，文化成绩才是我的护身甲。"

"你和沈知燃关系好吗？"一个女生眼冒星星。

"现在，过去，未来，都不会谈恋爱的那种，也不搞暧昧。"

这种回答显然很懂问问题的人所关心的，令人舒畅，女生们更兴奋了。

众所周知，以沈知燃的才华和卖相，进娱乐圈不是梦，但愿他那个时候的女朋友可以低调做人。

"那沈知燃的'企鹅号'，你能告诉我吗？"

"我和他有事漂流瓶联系。"鹿苑对上其中一个女生哀怨的眼神，略略收敛了表情，"建议你去找他本人要，一般他都会给。"

问题有的时候多到鹿苑回答得也有点不耐烦，由此可见朋友是不能硬凹的，但是她并不主动和人保持距离，都是等对方主动离开。

不过，事情都有两面性。

肯定有一部分人不喜欢她出风头，看不惯她。

鹿苑之所以很快能意识到这个问题，并不是她全身长满了眼睛，而是连续几天，她的自行车胎都被人划坏了，且都是在学校里。

这天中午，在又看到车轮上那道熟悉的口子之后，她无奈地叹了口气。

不能再这样下去了。

写完午后随课练，她拿出手机琢磨了下，给人发消息。

文字修修改改，挑挑拣拣，唉声叹气。

肩膀被人拍了拍，周鹜抬眸看她："怎么了？"

光看她丧着脸，屁股下跟装了发动机似的，一直转。

鹿苑把手臂降下，趴在他的书上："我的车又坏了。"

"又？"周鹜眉尖轻蹙了一瞬，"怎么回事？"

鹿苑眨巴着一双大眼睛，眼尾故意低垂着，装出可怜的小模样："你还记得校庆那天，我的车被人划车胎了吗？同样的作案手法，到今天已经被划三次了。"

她伸出三个手指头，像是在发毒誓，还咬牙切齿的。

周鹜抬起食指，把她那三根指头压下来，挑着嘴角，嘲笑她："你集邮？集齐七次召唤神龙？"

"你能不能对我有点同情心啊？"鹿苑改为幽怨的眼神，继续盯着他。

周鹜已经低下头，继续做自己的事情，或许是她的目光流露得过于渴望了，他说："我很同情你。所以，你先午休。"

鹿苑的两手掌叠放在桌上，垫着下巴，像一块撕不开的口香糖："然后呢？"

"下午，我去找学校保卫处查监控。"周骛再次指指她的桌子，命令，"现在，趴过去，睡觉。"

"哦。"鹿苑乖乖扭回去了。

周骛把桌子收拾好就出去了，不知道是要去干什么，鹿苑无心睡眠，脸蛋压在桌子上静静闭目。

过了一会儿，宋缨扭身过来，一副欲言又止的样子。

"干什么？"鹿苑问。

"我有个问题很好奇。"

"说。"

宋缨的表情小心翼翼，为防止稚嫩的友情不堪一击，又多加了一句："可能有点冒犯，如果你不想回答，可以不回答，没有关系的。"

鹿苑脖子昂起来："你说不说？"

铺垫到这里，反而她对宋缨的问题比较好奇，但是她自己好像并没有见不得人的秘密。

"说说说。"宋缨扯过她的草稿本，用自动铅笔写下一行字。

Q：【你和周骛，真的不是在谈恋爱？】

鹿苑在那行字下面接。

A：【不是。】

Q：【那他为什么这么对你？你又那么看他？】

宋缨其实更想直白地说：你为什么要对一个帅气男生撒娇，而那个男生又全然接受你的撒娇。

A：【你猜。】

Q：【我好奇死了，你快点告诉我吧。】

A：【……】

宋缨快被好奇心折磨死了，但是既然朋友不说，她就不勉强，每个人的隐私都该得到尊重。

鹿苑低着头，在手机里翻找了一下，又把宋缨给拍回来，一张照片递到她鼻孔下面。

是周婕朋友圈的婚礼照片。

穿礼服的中年夫妻，身边分别站着男孩和女孩，这样的解释一目了然。

重组家庭，异姓兄妹。

宋缨张大嘴巴，被鹿苑一巴掌捂住："嘘，我不想被人知道。"

宋缨连忙点头："我不会说出去的。你隐藏得好深啊。"

大家都是同龄人，不想在学校里被议论私事的心情是一样的，宋缨可以理解。

两个人意见达成一致，本来在午睡的陈然和吴小丁被她们的小动作弄醒了，看过来。吴小丁也很好奇鹿苑到底给宋缨说了什么，但是既然听到宋缨的最后一句话说保密，两个男生也就按下了好奇心，没有问。

周骛敲了保卫处的门，里面站满了人。不仅有保安，还有两名男老师，看样子，不是在激烈辩论，就是吵架。

"同学，你有什么事？"

周骛说需要调一下车棚那边的监控，保安一下子就明白了，笑着道："看到没？又发生一起。"

一个男老师说："到底是谁这么恶劣？"

这两名老师过来也是因为接到学生的投诉，自行车在学校被划坏了。而类似的投诉，连续一周，发生了十几例。

把大家都气坏了，竟然有人在学校里做这种缺德事。

看来并不是针对个人，更像是一起恶作剧。

车棚里面并没有监控，两边倒是有几个摄像头，但没办法监控到里面。每天来来往往那么多人，不容易抓到。

正常课间也有同学从那路过，还有保洁、负责绿植养护的大叔，每个人看着都不像是有坏心眼的。

保安拿出一张表格来，递给周骛："同学，你先登记一下班级、姓名、学号。抓到作案的人会通知你。"

周骛在纸上落笔，写到周字又画掉，改成鹿苑，接着是一串数字。

保安看笑了："不是你的车啊。"

周骛顿了下："同学。"

保安看纸上的名字，明显是个女孩子的，就不点破他了，笑着说："你同学的学号，你没有记错吧？"十几个数字呢。

"没错。"周骛并没有理会保安的调侃,离开了监控室。

下午的大课间有十五分钟,鹿苑再次转过来趴他桌上。

"你去看了吗?"

看得出来,她被这件事弄得真的烦躁。周骛写完一张物理试卷,合上笔帽,说:"看了,人流量太大,需要时间。"

虽然知道会是这个结果,鹿苑还是难掩失望,低声说:"我怎么这么倒霉,可劲儿逮着我这一棵弱弱的小草薅是吧,就不能换一棵欺负欺负吗?"

她说这句话的时候,那张冷冷的帅气的脸似乎短促地笑了下。

他的心被一棵小草的草叶,轻轻拂过。

"你还笑?"鹿苑不满。

"你看错了。"周骛当然不可能承认,又问,"你最近得罪人了?"

"什么意思?"鹿苑问。

"不是说,只欺负你这一棵小草?"他学她的口吻。

鹿苑恍然大悟,之前她就猜测和谢梧那次事件性质一样,果然是这样。美女就是容易遭人嫉妒,甜蜜的负担啊。

她丝毫没有注意到这是周骛在刻意引导。

"那我得罪的人可能有点多。"鹿苑认真思考了下,明星还有"真爱粉"和"黑粉"呢,她被人喜欢和被人讨厌的概率是一样的。

周骛点了下头:"可能吧。"

一想到上次被谢梧她们骗,被推到地上,扯头发,鹿苑到现在还感觉头皮隐隐作痛呢。

前几次划车胎,难道是警告?

下次,车胎会不会就改成她的脸蛋了?

鹿苑脑子有点蒙,嗡嗡的,简直没法想象。

她问周骛:"他们会不会在半路上伏击我?"

周骛:"……有可能。"

鹿苑思考许久,对周骛说:"那我和她们说一声,今晚不和她们一起走了。还是和你一起回家吧。"

全程都有个男生陪着,她对自己的安全也放心。

周骛还是一个字一个字往外蹦:"好。"

那个恶作剧的坏蛋一直没找到。

好在后面的几天,她的车轮没有再被划坏,也没有人来找过她的麻烦。

鹿苑还是每天继续和周骛一起回家,不怕一万,就怕万一,要是不幸被揍了,脸蛋不好看的还是她自己。

最近也是有点奇怪,学校里老孔不在,班里的事情找高老师办,比如和别的班抢实验室、抢器材等,高老师太斯文总是力有不逮,让他们颇有一种"没妈的孩子像棵草"的悲凉感。

家里,鹿正元和周婕也总是不回来。鹿正元不着家已经是常态化了,而周婕的忙碌则导致两个人又回到小时候"留守儿童"的状态里。

现在稍微好点,他们两个人做伴。

鹿苑时常觉得每天睁眼闭眼都是周骛,家里大大小小的事都找他,修水管、交电费、成绩单签字……偏偏学校里给她辅导作业的,还是他。

周骛都快赶上她爹了。

即使是这样,不能否认的是如果这个家里只和周骛相处,比和周婕相处自在很多。

千梓街回暖后再次热闹起来,每天骑车上学都能看见遛狗遛娃的人,摆摊卖早点的都比冬天多多了,服装店的老板娘也开始在门前打起了羽毛球,再次尝试减肥。

春天真的来了。

鹿苑把厚实的羊角扣大衣换成了牛仔外套,单薄又时尚。走在茂密的枝叶下,她也是一道绝妙的风景线。

时间过得很快,踩到了3月的尾巴,然后4月份就是她的生日。

倒霉催的是她的生日在愚人节的后面一天,这天中午,她去外面吃饭,回来晚了点,大家已经开始伏案写题。

对高中生来说,每写一张试卷都要耗费掉一个健全人格,总之是个老大难题。鹿苑还在做"准备工作"和"心理建设",在桌肚里找替换笔芯,竟掏出一张卡片来。

鹿苑,17岁快乐。

祝你福如东海长流水,寿比南山不老松。

喜欢你的人很多,不缺我一个,但我还是会一直喜欢你哟。

这字歪歪扭扭的,像干旱地里没吸到营养的赖苗子,一看就是男生写的，还是个纯情少男。

不过，写出这种字体的男生，一抓一大把。

鹿苑想不出是谁。

她把卡片压在文具袋下，开始写课后随练，写完之后又看了几眼，还是想不出答案来。宋缨转过来找她说话，瞧见后快笑死了："哪个有才的，愚人节跟你告白。"

鹿苑讷讷道："是恶作剧吧。"

宋缨："应该是这样，不然脑袋也太傻缺了。

"鹿鹿，你的生日要到了？过吗？"

鹿苑有点纠结："明天要上晚自习，应该没有时间。"

"过吧。"宋缨又是劝又是祈求，"延后到周五晚上呗。最近很无聊，正好可以找个理由吃蛋糕。"

周五晚上不用上晚自习，而且第二天还不用早读，是个放松的好机会。

鹿苑说："我要再考虑一下。"

每年都会有朋友和同学记住这个日子，还给她送礼物。可是鹿苑也没有那么爱过生日，她喜欢热闹是真的，但并不想庆祝这个日子。

下了课以后，班里跟她好的同学就传开了，颇有一番"来都来了"的意思，起哄让她请客吃饭。

储旭在睡梦中被一帮人吵醒，睡眼惺忪地睁开，问她："小鹿，你要过生日啦？"

鹿苑点点头。

"去我哥店里过呗，有超级大的包厢，能装下好多人。"储旭说，"最重要的是吃饭唱歌都不用钱，你办生日会我请，好不好？"

旁人看不下去了，就连他的小弟张晓海都没眼看。

鹿苑侧身跟他聊着天："好啊。我要是决定的话，就告诉你。"

"没问题。"储旭一脸幸福，又趴下去睡了。

大概是一头务实又可爱的猪。

鹿苑每次转身，都会下意识把胳膊肘挂在椅背上，或者抵在后面一张桌子上。这次动作太大，带掉了某人桌上的书和笔袋，甩了老远。

她心虚不已，赶紧蹲下去捡，又悄悄瞥周邅。果不其然，发现他沉着一张脸，说不上来是没情绪还是不高兴。

191

"我正在给你捡啊。"鹿苑小声辩驳,所以,你不要对我摆臭脸了。

周骛没说话,也纡尊降贵地从座椅起来,捡起滚到后面的一支黑色签字笔,然后是桌腿旁边的修正带。

两个人的脑袋正好凑在一起,掩藏在几十张课桌后面,莫名安静又隐蔽。

鹿苑对上他的眼睛,漆黑又干净。对视让她突然心跳加速,说不上来是紧张还是空气太稀薄,情急之下,她张口问:"你今天看见有谁在我的桌洞里塞东西吗?"

"什么东西?"他懒懒散散地蹲着,手臂搭在膝盖上,指尖几乎点着她的手背。

谁让他问是什么东西了啊?

这重要吗?

"一张生日贺卡。"她组织了下语言,又补充一句,"不对,应该算表白的情书。"肉麻的内容她就不说了。

周骛抽走她抱住的书,站了起来,冷漠地说:"没有。"

鹿苑:"?"

没有就没有,你凶我干什么?

鹿苑在一番权衡之下,决定在周五晚上请大家吃饭,地点在储旭哥哥的 KTV 里。

一呼百应,报名要来的人很多。

她本来要跟储旭打听一下费用和包厢大小的问题,结果储旭一个高兴,说他全包,不用鹿苑操心。鹿苑是不可能让他请客的,付钱的时候,她抢先刷卡就行了。

傍晚放学天还没有黑,鹿苑要回一趟家洗澡换衣服,周骛跟她一道走。

早就跟许阿姨说了不用做晚饭,按理说她打扫完卫生早该走了,结果等两人到家,她还等在门口。

"小乖乖,回来啦?"许阿姨一脸笑意道。

鹿苑把车靠在水池边:"许阿姨,我们今晚出去吃。"

"我知道啊。"许阿姨还是笑着,她脸挺胖的,在这个年纪一笑就是慈祥的好看,"我在等你回来。"

许阿姨从外套兜里掏出一个红色的信封："今天是你的生日啊。你们小孩子喜欢什么东西我也不知道，给，你自己买吧。"

"这——"鹿苑不能要这个钱。

"拿着吧。"许阿姨说，"我还等着回家做饭呢。"

好吧。

"谢谢阿姨，我用这个钱买好吃的。"

"我先走了。你们俩晚上出去注意安全。"许阿姨唠唠叨叨地交代着，"小骛，照顾好妹妹。"

周骛卸下书包，"嗯"了声。

鹿苑今天收了挺多礼物，唯独没有收到眼前这个人的，看样子是不会有了。

周骛就是这样的人，不喜欢仪式感，也不喜欢表达，就连上次她唱歌给他听，录祝福视频，都没有得到回应。

如果，如果他们没有因缘际会住在一栋房子里，只是普通同学，估计连朋友都不是。

鹿苑说不上来是失落还是什么，耷拉着小脸回卧室换衣服。

今晚要穿的衣服是她早就搭配好的。

一条蝴蝶袖的白色裙子，裙身上有精致的刺绣，裙摆到大腿，还挺有大小姐的贵气感，下面是一双高筒的黑色靴子。

在屋子里捣鼓了一会儿，过生日的兴奋感逐渐上来，从"好烦啊要请大家吃饭真的很累"到"今天是我十七岁生日哎，我要美死你们"的过程演变。

房间里有点闷，她把门窗打开，人站在全身镜前化着妆，自恋地发现自己真的好漂亮。

手机里放着歌，鹿苑听得多，早就会唱了，一切到这里她就忍不住唱起来，甚至还跳了两下动作，对着镜子有模有样的。

最后 Ending，她也定格。

人家是做超级帅气的动作，她则是来了个优雅的公主礼。

音乐声音太大，以至于隔壁有人出来她都没有听到，待她顺着自己的右手方向看过去，指尖正点着周骛的额头。

周骛："……"

鹿苑："……"

他穿着简单的白色卫衣和牛仔裤,身材高大,干净又帅气。可能是看不懂她这个动作,也可能是在看傻子。

空气静默了两秒。

少年抬食指,蹭了下自己的眉心,以视作给她的回应。

她是想一枪打死他的意思吗?

是吗?

是吧。

周弩的眼神有点蒙,还有点嫌弃。

事情发展到这个地步,鹿苑想让周弩帮忙叫救护车,她快不行了,要尬死了。

就算很多年以后再回头看,也绝对不会是可爱,是傻。

当安静到静无可静的时候,周弩微蜷着手指,用关节叩了下她的门:"可以走了吗?车到楼下了。"

"来了。"鹿苑猛吸一口气,跟了上去。

两个人在出租车上保持沉默,恰好司机师傅也不爱搭讪聊天,就这么一路静默到地老天荒。

行驶过大桥的时候,车停了一下,林鲸小跑着上来,坐上副驾驶。

她扭头看了眼两个人,感觉有点奇怪,但不知道怎么说,于是笑着打了个招呼:"小鹿,小鹿哥哥,你们好呀。"

周弩朝对方点了下头:"你好。"

然后又没话了。

林鲸看着前方,又摸出手机,给鹿苑发微信:【你们干吗了?】

鹿苑回:【我死了,别跟我说话。】

林鲸自动翻译了这句话:【……哦,丢脸了。】

储旭哥哥开的 KTV 在市中心,距离住的地方并不远。

他们到的时候,已经有很多人到了,该唱的唱,该吃零食的吃零食,鹿苑和周弩一进门,就被用彩炮轰了,洋洋洒洒落下碎纸片。

"小鹿,生日快乐呀!来,让我们快点玩起来。"

包厢挺大的,能容纳二十几个人,但也叽叽喳喳吵得不行。

"我们先叫吃的吧。"鹿苑说,然后拿起墙上的呼叫电话让服务员进来。

很快，进来一个穿着白衬衫黑马甲的服务生姐姐，她笑着说："吃的已经在准备了，烤了一些牛肉、羊肉，还有鸡翅什么的，你们还想吃什么零食，就过来在 iPad 上点吧。"

这是什么操作？

鹿苑不明白，而看储旭的表情，他有所预料，但也不太懂。

好吧，鹿苑不管了，拍手掌说："都让一让，专业歌手要来碾压你们啦！"

"哇——"一行人配合着她，点了一连串的流行歌曲。

林鲸看到随即跳出来的歌单："小鹿，你会唱《广岛之恋》吗？"

鹿苑点了下头："会，千梓街的那些服装店经常放。"虽然她自己的歌单里没有。

"你的业务范围真广。"林鲸把《广岛之恋》给切到前面，"先唱这一首好吗，我想听。"

"当然可以啦。"她一向是"麦霸"，今晚打算从头唱到底。

在鹿苑刚跟进去的时候，储旭就连忙抢下另一名同学的话筒，说道："给我，这种情歌我要和小鹿一起唱。"

虽然他没有听过《广岛之恋》，但是一个"之恋"二字肯定表示是情歌。

鹿苑自然是没有意见，她唱完女生部分，让给储旭，结果这厮一开口跟没装电池似的，还找不到调子。

"我说'存款'，你放过我们吧。"吴小丁不满道。

"老嫂子闭嘴！"

"你才闭嘴！"

鹿苑："……"

吴小丁拍了下坐在沙发最边的周骛，他正在漫不经心地玩手机，显得有些无聊。

"骛哥，你替吧，这也太难听了。"

周骛扫了眼正在唱歌的两人，鹿苑坐在高脚凳上，一条腿押着，另一边踩着台阶，慵懒、浪漫、松弛。

那一眼，忽然攫住他的心脏，夺走所有的大度和宽容。

他伸了手，储旭乖乖把话筒交出去。

其实周骛的声音也很好听，清越干净，虽然没有原唱的声嘶和沧桑，却带了些磨砂感,很独特,在他开口的那一瞬间,鹿苑不由得侧眸看着他。

他垂下眼皮,看屏幕下方的歌词,正好接上。

这时,包厢的门被人打开,进来四五个服务生,端进来几个大托盘,全是吃的喝的。

后面跟着一个高个子便装男人,寸头,左耳上有一颗钻石耳钉,长相十分帅气,对比这一屋子的男高中生,略显粗犷了些。

他还牵着一个高个子女生。

储臣走进来时,鹿苑就把歌给切了,歪了歪脑袋。

她认得他。

但是储臣不知道鹿苑认识自己,笑得一脸浑不吝:"你们才多大,毛都没长齐呢就唱这歌?"

周骘瞥他一眼:"你二十几岁,也没少唱爸爸的爸爸是爷爷吧。"

储臣瞪大眼:"……你嘴那么毒长大也是不容易啊,三百六十度总有个角度能被你杠。"

周骘浅淡地笑了下,不予计较。

储臣知道说不过这个臭小子,就干脆转移目标,扭头看了眼被周骘挡住的女孩。看清鹿苑的脸,他被什么好玩的逗了一样:"哎哟,这小丫头是谁?"

储臣尾音拖得老长:"这不是去年,你在网吧门口把人快吓死的那个吗?"

"住口。"周骘睨着储臣。

储臣那张嘴天生也是欠欠的,哪天死了烧成灰,绝对还能剩下二斤嘴的水平。他偏偏就不住口:"只准你欺负别人,说都不能说,你这也太霸道了吧?"

鹿苑听得有点蒙,但多少也懂了一些。是有那么一次,在网吧门口,周骘曾骗她说一拳能解决两个小孩,把她吓得不轻。

结果他还不是被小混混堵在街上,最后跟她求救。

站在储臣身后的女生打断:"别斗嘴了。"她走到鹿苑跟前,好奇地打量着鹿苑,笑着道,"这就是今天的小寿星吧,长这么漂亮?"

鹿苑感觉自己像动物园的猴子被人围观:"呃……"

"你叫什么名字?"对方问。

鹿苑："鹿苑，你叫我'小鹿'就好。我的朋友都这么叫。"

储臣介绍道："梁晴。"

众人不知道怎么好，就集体喊姐姐，把梁晴逗得乐开了花。她爽朗又漂亮，有一副天生就该是老板娘的松弛感："你们好好玩，想吃什么就叫服务员，今天小鹿同学过生日，臣哥请客。"

两个大人是来打招呼的，他们要是一直待在这儿，大家也玩不好，于是说了几句话就走了。

鹿苑现在还有点蒙，她的生日，怎么能让陌生人请客呢？

而且她还说过这个陌生人的坏话，真是羞愧。

倒也不是鹿苑见钱眼开，而是她发现对方并不是她刻板印象中的穷凶极恶。

漂亮皮囊，大方，这些都是储旭哥哥的优点。还有多金。

鹿苑不由得心虚了下。

宋缨把提前存在这里的冰激凌蛋糕拎来，大家给鹿苑唱《生日快乐歌》，许愿，吹蜡烛，祝她生日快乐。

在许愿的环节，她闭着眼睛，双手合十。

只是假装在许愿。

从小到大，这么多生日，这么多许愿的机会，她一个都没许过。

每次闭眼都是在冥想，或者什么也不想地数数，如果有人问她许了什么愿望，她就说是秘密，说出来就不灵了。

如此混了多年，她想做的事情有一些，但称之为梦想，寄托希望的没有，就懒得骗自己。

今年也不例外。

宋缨问她："小鹿，你许了什么愿望，可以说的吗？"

鹿苑老神在在没有讲话，林鲸帮她说了："说出来就不灵了，不能说。"

大家都信了这鬼话。

周骛坐在距离她最远的一张沙发上，看得最清楚，烛火在她精致的脸上跳跃着，那豆大的光亮都比她那张脸鲜活。

她的眼皮和动作是机械的，神情在欢腾中甚至有些颓废。

他发现了。

但不知道为什么。

生日愿望的事很快被揭过,储旭还记挂着他哥说的事呢,就问鹿苑:"去年周骜欺负你了?"

鹿苑卡了下,兄弟,记忆力好不是让你用在这儿的。她无奈地道:"算是吧。"

"他欺负你哪儿了?"储旭接着问。

冯晴晴的职业素养极高,立马发现用词不当的地方:"你这说的什么话,听起来好不正经。你应该问她,到底怎么回事?"

"对啊,到底怎么回事?"

鹿苑:"……"

周骜听不下去几个"二缺"胡扯,听多了有损自己的智商,他推门出去。

鹿苑站起来,忙不迭说:"等下再说,我去上个厕所,饮料喝多了。"

等她走到外面,周骜已经不见了。

于是她又去收银台那边,准备提前把钱付了,总不能真占人便宜。可是储臣和梁晴就站在那里跟员工讲话,一时没有离去的意思。

鹿苑摸了摸自己的脖子,有点尴尬,还是先去厕所吧。

洗手间的熏香味很浓,装修得也很华丽,像是五星级酒店的大堂。隔壁有人喝多了,呕吐声和冲水声此起彼伏,听着就有画面感了,太恶心了。

鹿苑出来洗了手,嫌弃地走远了点,站在走廊摸出手机,给周骜发微信:【你去哪儿了,我们几点回家?】

如果她没有看错的话,周骜从唱那首歌开始,脸色就转阴了。

消息刚发出去,就有人从身后拍了拍她。

Chapter 06
不同人的十七岁

鹿苑以为是周骜来了,转过身,却看到一张陌生的面孔。

一个二十几岁的青年,个子很高,跟周骜差不多,染着一头奶奶灰的头发,不太帅,像个呲了毛的扫把。

青年目光呆滞地看着鹿苑的脸。

她问:"你有事吗?"

"认错人了。"他迷糊回应。

鹿苑没再理会,略显烦躁地离开。那人竟再一次地箍上她的肩膀,说道:"不好意思,小妹妹。"

鹿苑强调:"我知道了,别碰我。"

"哎,我都说不好意思了,怎么还这么劲儿?"他清醒过来,脸上浮现一层轻佻的笑意来,勾着嘴角笑,似乎用舌头舔了舔自己的后槽牙,致使一边的腮帮子突然拱了起来。

一股酒气扑面而来。

他大概以为自己这样很帅,霸总邪魅狂狷的表情被他表现得淋漓尽致。

"……"

鹿苑不知道自己上辈子造了什么孽,要在生日这天看到这样的表情,那是一种跟帅完全不沾边,只剩下油腻的动态。

她不想跟喝醉酒的人废话,身体往后撤,准备跑掉。

却不想那人比她更快,手够上来,猥琐地摸她的腰:"你跑什么?我都说对不起了。"

"滚啊!"鹿苑紧张到脊背发麻,浑身血液横流的程度,脑门也突突直跳,她狂拍对方,把他的手拍开。

好在正对着她的包厢门被打开,又出来两个男的,拉开了醉酒的人。

鹿苑以为是正义的路人,松了口气,道了谢。

两人架着醉酒男挡住了她的去路,其中一人道:"我朋友喝醉了,他不是故意的。

"虎哥?虎哥?"

他唤了声那白毛,被白毛一巴掌拍开:"你妈死了你叫?"

鹿苑低头拨了下裙子,手机在刚刚挣扎的过程中掉在地板上,滚了几滚。

大小姐在外头被朋友捧着供着的时候多,没受过这样哑火的委屈,心里恼火又怨怼,但这种时候面对陌生人,还是体格悬殊的男的,最好不要放狠话。

她只想快点走开,只当是被狗咬了一口。于是她一句话都没有理,自顾自捡起地上的手机。

这行径不知惹了这群人哪根神经,白毛挣脱两个搀扶着他的人,指着鹿苑说:"喂,小丫头片子你跩什么,看上你是给你面子。"

"呵呵。"鹿苑实在忍不住哼笑出来。

白毛狠道:"跟我叫板?"

一条走廊,两边各站着一个人,而穿着黑色制服的服务生在尽头,只露出半个身体,还隔着老远,完全没注意到这边有人在寻衅滋事。

白毛上下打量着她,这姐长得实在好看,嚣张跋扈的明艳感,挺少见的,关键腰细腿长,皮肤还白。

他笑着夺过旁边人手里的啤酒瓶,递给鹿苑:"干了这瓶,我让你走。"

鹿苑直接给了他一个白眼,对挡着她的人说:"让开。"

大哥没放话,那人自然不可能挪开,跟着耸肩笑了笑。

白毛再次舔了舔自己的后槽牙:"是不是不给我面子?"

另一人说:"妹妹,我大哥喝醉了想敬你一杯,多大点事,别扫兴,就一杯酒而已。"

这种话多出自中年人酒局上，也是喝醉酒后的发疯症状，给姑娘灌酒时动不动就说"不喝不给我面子"，以威胁年轻的女下属。

鹿苑上小学的时候，鹿正元还不是这么大的老板，逢年过节请人吃饭，鹿奶奶去乡下养身体，他只能把鹿苑带在身边。

一个个肚腩比五个月孕肚还大的男人，逼着小姑娘喝酒，不喝就威胁不给订单或者卡升职流程，每当这时，鹿正元就会用鹿苑作借口，说道："别这样好吧，这边还有孩子呢。"

鹿苑眨巴着大眼睛，一脸懵懂地看着那些大人。

那些人才稍稍松动态度。

后来，鹿正元也阻止不了这样的情况，太多了，他尽量不带鹿苑，或者即使带了也让服务员把她牵出去找个地方玩。

回家的路上，鹿正元背着睡得迷迷糊糊的鹿苑，一脸雄心壮志地说："爸爸的奋斗目标，就是我苑苑以后不被人欺负，也不会被人逼着喝酒。"

长大后老鹿疲于奔命挣钱，越来越没耐心听鹿苑说话，父女两人的关系逐渐降至冰点。鹿苑却一直都记着老鹿曾经说过的话。

老爸虽然脾气不好，但是优渥的生活条件给了鹿苑嚣张的底气。她眼皮轻轻一翻，翘长的睫毛在灯光下熠熠生光，傲慢地吐出几个字："你算老几，我要给你面子。"

白毛："……"

白毛的小弟："喂，你知道虎哥是谁吗？"

鹿苑说："别烦我。"

"本来我还不生气的，这女的怎么这么嚣张呢？"白毛男怒目横瞪，粗着脖子涨着脸，撸起袖子准备收拾她。

鹿苑脑袋蒙了蒙，迅速思考自己凭什么这么嚣张来着？

哦。

她冲着拐角处高声喊："周骜，储旭——"一连串几个男生名字，她背后可是有人的。

可是KTV包厢的隔音都特别好，那几个人又是在里面发疯，可能根本就听不到。白毛抬手掐住鹿苑的后颈，一脸戏弄："叫什么叫，省点力气，跟我去里面叫也不迟。"

那股疼痛感持续不到两秒钟，后面就有一股力量，把白毛给掀翻了。

鹿苑的身体因为惯性猛地往前冲了下，跌在地上，她不适地咳嗽了几声，看见周骛竟然是从后面过来的。

她想说点什么，抬手去拽他。

"你别——"她话没说完，周骛一拳头砸在那白毛的鼻梁上，白毛的鼻孔里瞬间有血喷出来。

鹿苑把话咽了回去，其余两个小弟也都愣了，哪个不长眼的上来就揍人？

周骛的动作又快又准，白毛因为酒劲没反应过来，低头捂住自己的鼻子，疼得嗷嗷叫起来。

鹿苑："……"

她惊恐地咽了下口水。

或许是这边动静太大了，服务生终于听到动静赶来。储旭几个透过包厢的小窗户看到有人打架，跟着出来看热闹。

结果看到熟悉的白裙子挤在人群里。

"我说刚刚幻听了，小鹿在喊我。"原来是真的。

周骛的手关节上沾了血，他活动了下手指，脸上倒是没有多少表情，只是眼神比平时更冷了几个度，问鹿苑："他碰你哪儿了？"

鹿苑老老实实地告状："他碰我的肩膀，还摸我的腰，掐我的脖子。"

"行。"

几个男孩子冲过来很快，吴小丁看见周骛一个人对上三个男的，自然是要上去帮忙的，结果储旭推了他一把，说："不用。"

吴小丁："？"

储旭说："周骛一个人就能解决。"

鹿苑一直以为周骛空有气势不会打架，上次被她撞见和齐小飞在街角，还无辜地向她求救。

竟然是装的？

赶来拉架的服务生也被储旭几个拦在狭窄的走廊里，就是不让人过去。现场乱成一锅粥，看热闹的，惊恐的，尖叫的。

周骛的怒气浮上来，额角、眼尾充斥着暴戾。

白毛被打倒在地，身体蜷缩得像一只大头虾，他在周骛面前毫无还手之力，他的兄弟也不敢上前阻止。

一只干净的白球鞋在他眼前放大："道歉。"

"道个屁！"白毛挣扎道，眼睛睁得老大，看来他的酒彻底醒了。

球鞋微微抬起，下一秒似乎要狠狠踩下。

所有人都倒抽一口冷气。

别人不敢拉架，鹿苑敢。她下意识摸了下自己的脖子，走过去扯周骛的手小声说："不要了吧。"

她的心脏跟着怦怦直跳：会不会把人打伤？

周骛收回脚，反手握住她，拉到自己身边，目光没有丝毫减弱："我再说一遍，跟她道歉。"

白毛终于在喘不过气来的边缘意识到命比较重要，留得青山在不愁没柴烧。他弱弱地说了一句："对不起。行了吧？"

周骛松开人，储旭也把白毛的两个小弟放开，两人把白毛架起来，骂骂咧咧，往地上啐了一口。

储臣赶来时只看到白毛一脸血，他脸色一变，都是混的，他不会不知道对方什么人。

再看看周骛，他终是无奈地摇了摇头，十七八岁的男孩子太冲动了。

他冲服务员喊了声："都愣着看热闹，不知道把人拉开？"

其中一个男生被他吼得缩了缩脖子，指指储旭道："几人拦着呢，不让啊。"

储臣往储旭的后脑勺狠狠拍了一下："你一天到晚惹事，有当学生的样子吗？"

储旭道："哥你说什么呢，他们欺负小鹿！"

储臣沉默了下，没再出声。

那句"你们不会找大人啊"堵在嗓子里，毕竟谁都有热血和犯傻齐飞的时候。青春何其珍贵啊。

白毛三个人拖着醉醺醺的身子走了，还有原本在屋子里龟缩的几人也赶紧跑了。

围观的都散了，走廊终于安静下来。

弄成这样大家都挺不开心的。男生们不知道怎么安慰鹿苑，只能说："算了算了，别理这种垃圾。"

"我没放在心上。"

"那就好。"林鲸放心了，"很晚了，要不大家都回去吧。"

一群少年去门口等车，家住得近的就拼车走。

林鲸和他们一起，两个女生先上了车，储臣却把周骛叫住了，留在前台说话："你刚刚在他们的包厢里看到熟人了吗？"

周骛抬了抬眉："谁？"

这就是没看到的意思。储臣也不想给他添堵，就没多说，还是给他提了一个醒："你揍的那人我认识，家里在我车场旁边开维修店的。你懂我的意思吧，他可不是个普普通通没故事的小混混。"

道理周骛都懂，他说："你觉得我是被吓大的吗？"

"哈哈哈哈！"储臣笑，"你知道就行，他今天这怂样主要是喝醉了，加上理亏。"

周骛低头拿钱包，丢出来一张卡："算一下今天多少钱。"

储臣"啧"了声："说了我请客，算个屁。"

周骛没再说什么一码归一码的话，点点头："我走了。"

等人走出去，储臣才跟坐在沙发上的女朋友说道："这套路真熟悉，去年我见他把小丫头吓得半死，这会儿就这样了，啧啧。"

梁晴也跟着笑："小孩子嘛，就是这样，一开始都是喜欢谁欺负谁啊。"

林鲸在千梓街桥的这一端下了车，司机再开一段，把两人送到燕家巷入口。

鹿苑下了车，脑袋木木的，走得也慢吞吞，她有好多信息需要消化。

周骛会打架。她不喜欢会打架的男孩子，比如储旭，只能当个小伙伴逗闷子。

但是她说不出讨厌的话来，周骛是为了她才那么做的。

鹿苑走走就停住了。

周骛在她前面，一会儿没听见脚步声，回过头来："怎么了？有东西忘了？"

鹿苑摇摇头，努了下嘴。

周骛也停下来，等她朝着他走过去，两个人并肩再一起走。

"今天不开心吗？"

"有一点。"听得出来，她神情怏怏的。谁在生日这天发生这种事还能开心啊？

周骛"嗯"了一声，没安慰，也没有就今晚打人的事情给她解释什么。他拿钥匙开了门，让鹿苑先进去。

时间不早，明天还要上学。

鹿苑上楼就回卧室拿衣服，准备去洗澡。周骛站在走廊，说了句："我去楼下洗。"

"哦。"她碰碰鼻尖，为什么要跟她说呢？

这澡洗的时间有点长，她一边冲着热水，一边把自己大脑里的烦心事丢掉，不知为何，还是感觉慌慌的，大概是心有余悸吧。

擦身体的时候，她才发觉两件事不对。

一件，她又把周骛挤到楼下去洗澡了，那个卫生间没有热水。

还有一件，她走的时候忘记付钱了。

她套上睡衣，急匆匆出来，正巧撞上从楼下上来的周骛。他端了杯水，被她一撞，那水壮烈牺牲，全洒在两人身上。

一秒钟的工夫，鹿苑身体触碰到周骛的胳膊、胸膛，皮肤是凉的。

"你怎么……"

"怎么了？"

两人同时皱着眉看向对方。

"我走的时候，忘记付钱了。"

周骛敛了下眼皮："我知道，储臣不收，想请客就让他请呗。"

鹿苑"啊"了一声，她不习惯欠人家的："挺多钱的吧，怎么行啊？"

周骛在心里默默叹了口气，耐心跟她说："以后有的是机会还人情。"

"我跟他又不认识，怎么还？"女生小声咕哝了句，还是有点纳闷。

周骛绕过她回自己的房间，走到门口又丢下一句："不是你还，就是我还。"

说完，他关上门。

鹿苑再次对着猪肝色的门发呆，什么意思？

算了，不想了。

她回到房间，看见碎花床单上放了个琴盒，上面贴一张白色的便笺。

鹿苑苑，生日快乐。

一直快乐。

周骛送她礼物了？还学她的口吻写便笺纸？

鹿苑有点激动，手有点抖地打开，是一把 Fender 的美产电吉他，极地白色，美轮美奂。

这小半年来，她省吃俭用，只想买个几千块的入门款。

结果，他送了把五位数的。

有钱真好。

鹿苑暂且忘记了周骜为什么会知道她想买吉他的原因，手一直抖着，控制不住"啊啊"叫了两声，房子都快被她震坏了。

她根本不能掩饰住自己的这点情绪。别人送的生日礼物，她有六分喜欢都会表现出九分，为的是让送礼物的人高兴。

可是这次，她真的有十分喜爱。

鹿苑很快又出现在周骜的门口，砰砰砸门。

周骜在换衣服，刚刚那件T恤湿了，他一边套一边走过来，以为她是有什么要紧的事。

结果门一开，两个人对视，就挺尴尬的。

像网上的"沙雕"视频，两只小狗在铁门的两边嚣张叫唤着，恨不得咬死对方，结果门被打开，两小只又尴尴尬尬、礼礼貌貌起来。

周骜扯了下衣服下摆，问："怎么了？"

鹿苑抱着琴，卡壳了，支支吾吾地七扯八扯："你学我？"

"学你什么了？"周骜一脸的不明白。

鹿苑脸蛋有点红，还有点热："学我叫你周骜骜。"

"哦。"他略微低了下头，"不能叫吗，鹿苑苑？"

鹿苑："……"

闭嘴吧，再叫就恶心人了。

鹿苑："那个，我就是来谢谢你，送给我琴，我很喜欢。"

"嗯。"周骜手抵着门，没有让她进去的意思。男孩子的床可能有点乱，还有不该女生知道的隐私。

鹿苑却不想说一句谢谢就走，无聊地找话题："很贵吧？"

周骜："对我来说不贵。"

还真是跩。

"你很有钱吗？"

"比你多点。"

跩死你算了。

"……"

还能不能好好聊天了。

周弩沉寂一秒:"想谢我不如来点实际的。"

"什么实际的?"鹿苑眨了下眼忽然紧张,不会要对她做什么吧?

周弩指了下阳台:"给我唱首歌吧。"

鹿苑松了口气,问:"你想听什么?"

两个人很有默契地从她的房间绕道,来到小阳台。周弩在躺椅上坐下,说:"《奇妙宇宙》。"

这不是在校庆上唱的歌吗?他觉得好听?

"可以啊。"鹿苑独自捣鼓了一会儿,调了音,坐在他对面,两个人都敞着腿,膝盖几乎要碰到彼此的。

六月的某天

我在朝阳前清醒

空无一人的街道

还有你洁白的裙摆

你看见了吗

少年的爱意

飞蛾扑火,曲意逢迎,跌入深渊

却炽热高贵

这世界还无以匹配

周弩倾身看着她,定定的,暗沉的眼睛里似乎有了光。

鹿苑唱完问他:"好听吗?"

周弩反应过来,身体向后靠去,懒懒的:"还行。"

"喊。"鹿苑才不信,"你就口是心非吧!承认我漂亮、优秀、性格好、有才华,很难吗?"

男生双臂拢在脑后枕着,闭上眼睛:"承认你厚脸皮不难。"

"你睡着了?"鹿苑好想扒开他的眼皮哦,他躺在自己面前,这个身高,真的太长了。

"没有,在晒月亮。"

"吸收日月之精华吗?你要练什么功啊,降龙十八掌还是九阴白骨爪?"她笑嘻嘻地问,还沉浸在自己得到一件昂贵礼物的喜悦中。

"可能吧,今晚的月色很美。"他静静地说。

鹿苑并没有听懂,她至今还不明白这首歌唱的是什么。

但是不重要了。

他喜欢的女孩子,他希望她快乐。

穿最漂亮的衣服,吃好吃的食物,得到最好的东西,一直和喜欢的人在一起。周身花团锦簇,暖阳笼罩,自由盛放,被世界温柔以待。

整个 4 月份,家里的大人依然忙碌。

周婕的项目在方案敲定以后就开工了,所以她没有办法天天回来,只能每个星期回两三天,看一看两个小的。

她给周骛卡里打了钱,是他和鹿苑两人的一切开销。就像很小的时候,她不回家去看他,只给家里老人寄钱,名义是养孩子的费用。

可是周骛的外公外婆都有很高的退休工资,并不需要周婕的钱,只需要她的人,但这一点她根本做不到。

她需要全身心投入工作,短暂地"忘记"自己是个单亲妈妈,过去的同事也没人知道她有孩子,如此才能让躯体变成铜墙铁壁去厮杀。

周骛对此没有意见,他早习惯了,周婕在鹿苑面前设立好妈妈形象才让他不适应。

老鹿终于处理好公司的负面新闻,让业务回到正轨上。这天他回来,看见家里空荡荡的,顿时就感觉不太舒服了。

尽管知道周婕也在忙,他还是忍不住打电话过去问了问。

周婕那边没什么时间和他讲电话,匆匆说了两句就挂掉了。晚上等孩子们都回来,洗漱完回房间睡觉,周婕也差不多该休息了,两个人又通了一次电话。

这次通话比上一次更加激烈点,主要还是说谁多照顾家庭的问题。

谈恋爱的时候大家都很宽容,结婚后很多事情不得不摆到台面上来,就成了吵架的由头。

房子隔音挺好的,但也耐不住隔壁声音太大啊。

鹿苑在床上坐了一会儿,呆呆的,心也跟着老爸揪起来,生怕他说什么不该说的伤害周婕。可她的担心总是多余,最终还是拿了副耳塞,躲进被子里。

终于到了周一。

老孔休假回来,也代表他要开始整顿班级了,这一个月来,某些不自觉的人总是皮痒，得敲打敲打。

首当其冲的就是储旭。

老孔虽然经常恨铁不成钢地骂储旭："你要是没事儿干就趴那儿睡觉。"但其实他还挺关注储旭的。

老孔的电脑里有个文档，是高二（7）班每个学生每次考试每科成绩的统计，做成折线图时时观测。

如果有人出意外，他就得及时矫正。

储旭被老孔叫到办公室说了一通，整个人蔫了吧唧的，不知道受了什么刺激，老孔不忍多说："滚滚滚，回去自己想想。"

储旭回到教室，侧着脑袋趴下，就连他的小弟张晓海和小猴都发现了，过来逗他，说他的小鹿女神今天好像挺开心的，瞧她一股神光普照、满面红光的样子，赶紧去问问有什么好事，捡个二手乐呵。

储旭烦躁地说了声"滚"，又说："我是捡垃圾的吗？还捡个二手乐呵？"

张晓海心说，怎么了啊，你不一直是"舔狗"中最会的吗？

当然这话他是不敢说的，开玩笑也得有度。

储旭因为个子高，也是坐在最后一排，但是不跟鹿苑一个大组，班里的位置又是每个月调整一次，周而复始，所以他有四分之三的时间距离鹿苑还挺远的。

此时他歪着脑袋，稍微一睁眼就能看到鹿苑和周骛。

储旭心里微微泛着酸意。以前他吃陈然的醋，因为陈然和鹿苑是小学同学来的，总是比别人熟悉一些，陈然那个事儿精心机非常重，总拿学习去勾引鹿苑，让她没法拒绝。

储旭虽然生气，可也没有什么危机感。鹿苑对待陈然并没有那么特殊，和班上大多数同学一样，笑嘻嘻的。

可是最近……略有不同。

也不是最近，是从周骛来到这个班级，两个人从一开始针尖对麦芒，找机会总能戗两句，从说"他不是想当校霸，是想当你爸"和"'碉堡'等着我帮你炸"，再到周骛帮鹿苑整顿高三学姐。

甚至是生日那天，周骛对鹿苑那不一般的维护。

想到这里，储旭就一脑袋委屈。当时他为什么没有听到鹿苑的呼救声，为什么没有赶着去救鹿苑？让周骛捷足先登了。

209 /

虽然周骛长得帅成绩又好，可是他储旭可爱又搞笑啊，家里还有钱。所有的男人都忙着帅，谁来负责可爱？

想到这里，他不免又思考，自己真的能为了鹿苑得罪白毛那种不要命的人吗？

暗恋是什么？

是我嫉妒那些在你身边，被你照拂的花，嫉妒他们凭什么可以有那么好的运气，可是我又没有勇气走进你的光圈里。

教室的后门被推开，一阵微凉的风吹来。上一个同学叩了叩鹿苑的桌子，笑着说道："老孔有请，请你闪亮登场。"

鹿苑的脸沉了下，把零食塞进桌肚里，起身过去了。她离开没几秒，周骛也跟着出去了。

"呵！"储旭从鼻腔里嗤出一声惊天动地的嫉妒。他不会跟到办公室去保护小鹿了吧？

你当看眼珠子呢？

其实不然，周骛只是有点事找物理老头而已。

鹿苑敲了门进去，老孔对她招招手："你来啦，过来。"

鹿苑还真感觉到脊背一阵发凉，紧着喉咙走过去，对上老孔不太善良的微笑："老师，什么事儿？"

老孔打开统计表，扫了两眼，随口问鹿苑："我看学校的宣传视频，你校庆上出风头出够了吧，能安安心心学习了吗？"

鹿苑脸上有点不好意思，点了下头。

老孔轻轻皱着眉头说："会考已经结束了，挡在你们面前的就是高考这座大山。我看了你高二以来的成绩。"

老孔顿了顿，在琢磨措辞。

其实他请假的这一个月，还有校庆，是影响到了一些人的成绩和心态，他对学生们有点愧疚。

鹿苑也跟着吸了口冷气。

老孔说："鹿苑，你知道老师最担心你什么吗？老师不是对长得漂亮的女孩有偏见，漂亮是一件特别好的事。但是你的心思容易飘，对学习之外的什么都感兴趣，总觉得自己还有退路、有资本。

"等你到了社会就明白，漂亮只在硬实力前面才是加分项。毫无底牌的漂亮，对女孩子来说是一种负担。"

老孔说这些发自肺腑，希望鹿苑能明白。

但是看她好像不太明白，于是老孔指了指在窗边正在跟物理老师讨论问题的周骛："不信问你哥哥。"

问他干什么？鹿苑想说。

周骛从桌上瞥了一眼过来，目光落在鹿苑那张无辜又懵懂的脸上。

这兄妹俩也是挺有意思的，一个来办公室是来讨论竞赛事宜，为高考保送做准备的，一个还因为成绩上的破事被约谈。

不过鹿苑这个人的优点还是可圈可点的，比如她心态好。

就这么对比呢，每天还能乐呵呵的。

周骛收回目光，问老孔："你到底想说什么？"

老孔喝着水直接被呛到咳嗽，那张嘴如花洒一般喷出范围广、密度大的水雾来，鹿苑眼疾手快，往后退了两步才免被殃及。

刚刚罩在鹿苑脑袋上的疑云不明不白地散开，她从口袋里掏出一包香香的餐巾纸，抽了两张递给老孔。

"老师，你没事吧？"鹿苑盯着老孔的脑袋看，想起班里的同学说他越发长得像豆芽菜，这么一看，还真是。

他真的太瘦了。

老孔接过来擦了擦，这样窘迫的场面实在不适合谈话了，摆摆手，让鹿苑回去了。

预备上课铃打响，周骛也收了东西一起回教室。

物理老头这才八卦地问老孔："周骛刚问你的，是什么意思？你想跟小丫头说什么？"

老孔憋红了脸，说道："这还不明白吗，我怕她谈恋爱！别人谈恋爱我不知道，但是她谈恋爱成绩肯定下降。漂亮的小姑娘不用她招惹别人，就有小伙子赶着上来，真是愁人。"

物理老头摸摸自己的下巴："问她哥有什么用啊？"

老孔说："让她哥敲打她一下呗。周骛这孩子悟性高，做事还是比较靠谱的。"

高老师没跟他们聊天，她抬头看了眼走廊。鹿苑在那儿等了会儿周骛，两个人是一起离开的。

她想说，你们有没有想过其实他们不是亲兄妹。

211 /

比别人更……近水楼台先得月啊?

这个猜想只闪了一秒,高老师就觉得自己太过分了,怎么能这么想学生呢?

鹿苑和周骛一起上楼,一直锁着眉头。

周骛心里也想着老孔说的话,不确定他想表达什么。

路过开水房,鹿苑还在走神,差点撞到一个端着热水杯的男同学,周骛扯了下她的手臂,才避免遭殃。

两个人都惊魂未定,忙不迭跟对方道歉。

那男同学微微欠着身,看着鹿苑脸都红了。周骛看了眼男同学,低声对她说:"别想没用的了。"

他很早就明白个体存在差异,你不能要求一个人既多才多艺还智商拔尖。

"不是没用的。"鹿苑淡淡地摇了摇头,眉宇间肉眼可见的焦虑,"老孔对我说的这些话到底是什么意思呢?"

"什么?"他忽然也不太明白她了。

鹿苑说:"真的很像告别或者交接。"

周骛:"……"

他有种不好的预感。

鹿苑默默叹气,小声跟他探讨:"你说他瘦这么严重,脸色也很不好,还请了长假……是不是他得了什么重病?"

周骛:"……有可能,但是我建议多关心你自己吧。"

鹿苑并未把"漂亮论"放心上,老爸也经常跟她说,美貌在才华面前一文不值。

最终鹿苑得出一个结论:原来我是一个有美貌的人。

这对多数人来说是个稀缺品,难道不值得高兴吗?

午休的时候,陈然来了。

周末他没有来学校参加自习,因为他外公去世了,这两天都在家里帮忙。

一坐下来,鹿苑就发现他下眼皮的两团青色,熬夜熬的。

"你还好吧?"鹿苑担忧地问。

"没事。"陈然把书包里的试卷拿出来,是他晚上抽空写的,竟然都做完了。鹿苑除了佩服都不知道该说什么了。

"厉害啊!"她小声叹息着,能在那么悲痛的环境下写作业,绝非常人。

陈然无可奈何地笑了下,说道:"我外公八十几岁了,他走了我都没什么感觉,而且家里的事也不太需要我上手。"

"哦哦。"鹿苑其实不太理解陈然说的,因为年纪大了离开亲人不至于太悲痛,试想一下,如果她的奶奶——哦不,她完全不能试想。

陈然又从书包里拿出一个白色的盒子:"上周你过生日,我都没有时间去,礼物还是要补上的。"

鹿苑打开,是一块樱花粉的卡西欧手表,价格在千元左右,与少女风格相得益彰。

高中生送这个价位算是挺高的了,但是陈然既然已经放到她面前了,退回去不好处理,收下又略显贵重。

鹿苑花了五秒钟的时间纠结,然后笑着说:"好好看啊,我一直挺想买的,但是没舍得。"

陈然猜出她是说客套话,鹿苑的零花钱不夸张,但吃穿用度都是很好的,不至于买不起。

他嘴角微微翘了下:"你要不要试一下,看看表带合不合适?"

"好哦。"鹿苑把表扣在自己的左手手腕,扣眼戳在最后一个刚好。

陈然说:"挺好看的。"

鹿苑拍了下宋缨的肩膀,胳膊抬给她看:"好看吗?陈然送的。"

宋缨表现出一阵羡慕,笑嘻嘻地说:"课代表好有钱哦,下次我过生日也有吗?"

陈然笑说:"你想要什么跟我说,也要我买得起。"

宋缨:"那肯定不会坑你的咯。"

话都是玩笑,谁也不会平白无故收同学贵重的礼物,都还没工作赚钱呢。哪怕是鹿苑,别看今天收了陈然的手表喜滋滋,等他过生日估计也得买个差不多价位的。

宋缨和鹿苑做同学快一年了,很清楚她的作风。

十几岁的少年说稚嫩也稚嫩,说成熟也挺成熟,老鹿那一套她学得很周全。

那一个下午，鹿苑和陈然说话挺多的，两天时间不在，学校里发生的事情就和他桌上累积的试卷一样多，且杂。

鹿苑看着陈然有些抑郁的脸，想起一件事情来："下周末金鸡湖半马，我记得你也报名了，一起去吗？就当春游了。"

陈然点头："我们班我记得好几个报名的，都有谁来着？"

鹿苑只记得自己和周骛，是老鹿让他们报的，但是她告诉陈然："我不知道啊。"

周骛把笔撂了，拿起桌上的纯净水喝了一口，脖颈微扬，勾画出一道凌厉好看的弧度。他的目光轻轻落在鹿苑的耳后，那一小片白净的皮肤上。

黑色的碎发，细细的小绒毛。

她今天表达的喜欢，和那天晚上收到电吉他说喜欢，别无二致。

男生眼皮压着情绪，低低的，到眼尾才松一些，朝着眉骨铺开，他也没干什么，却总是让人觉得不好惹。

在学校里他不太露出这种真实的情绪来。同学眼中，他虽冷漠没耐心，但正常相处还是可以的。

谁来借个什么东西，问道题，他也不拒绝。

鹿苑还在跟陈然说下周末马拉松的事情，话说一半，就听见身后椅腿拖拉地面的声音，那个烦躁劲儿，她听得出来。

鹿苑有点茫然地看向后门，少年的身影已经消失，蓝白色的校服衣角，一闪而过。

鹿苑不知道周骛怎么了，当天晚上回到家观察了一会儿，也没看出个所以然来。

不过周婕这天回来了，捧着电脑在书房里和他们一起奋斗，她的电话不断，刚坐下就要去外面接，干脆就一直待在客厅了。

鹿苑模模糊糊地听着周婕跟电话那头的人沟通，语气可谓强势，雷厉风行，是她没有见过的一面，对周婕的印象有点改观，亲和减少，敬畏有加。

鹿苑食指和中指弯曲，撑住自己的下巴，问："你不开心吗？"

周骛握笔的动作停下，看过来："写你的作业。"

"我写完了。"

周骜说:"写完就想想老孔跟你说的话。"

鹿苑纳闷,老孔跟她说什么来着?这一天下来可把她忙死了,竟忘得一干二净。

周骜收拾了书包去楼上洗澡,鹿苑只能等他洗完再上去,在书房里玩着手机打发时间。

过了一会儿,周婕进来,问她:"听你爸爸说,你们这周要去跑马拉松?"

鹿苑点了下头。

别人在赛前都要训练个两三个月,但是对学生来说不难,因为每天的跑步量都很大。

周婕说:"要注意自己的身体节奏,别受伤,别为了完赛不管不顾,参与过程很重要。"

看周婕认真地交代着,鹿苑实在没掩饰住自己的心虚,还有她新买的跑鞋、运动服、绷带,只能坦诚:"我可能完不了赛,跑一会儿就去拍照打卡了。"

周婕闻言哈哈大笑,忍不住摸摸她的脑袋,真是可爱,然后又说:"到时候,帮哥哥拍几张照片好吗?"

鹿苑:"?"

周婕声音很低:"阿姨很忙,没时间去看你们比赛……也不能给他加油。"其实何止这种无关紧要的活动,周骜的家长会、大小送考、升学宴,周婕完美错过他成长的每一个阶段。

现在想弥补,晚了。

甚至,她还没有那个条件去补偿。

周六早早起了床。

4月的南方其实不太冷了,但是地表好像经过一个冬天的冰冻,还在缓慢往外释放冷意。鹿苑刚踏出院门就缩了回来,认命地套了件薄款运动外套。

两个人在路口等车的时候,挺拔,朝气,修长,周身染着青春的气息,巷子口聊天的老人一时愣了神,满眼是羡慕。

春风恰与少年同,十里清风慕天青。

周骜穿着白色的短款运动装,袖口和裤腿有黑杠勾边,额间束着浅色的发带，干净帅气。他斜肩背着包，里面装着两人零碎的东西，药品、头绳，还有手机什么的。

鹿苑在倒腾她的破相机，站在大马路上当个睁眼瞎。等出租车来了，周骛瞧她一眼，不声不响地坐了上去。

司机师傅有点纳闷，看着少女迟迟不上车，就摁了下喇叭。

鹿苑抬起头，看身边已经没人了，只有面前浅蓝色的出租车，车窗半降，某人好整以暇地观察着她。

那双眼睛里有一丝嘲弄，还有看戏的意味。

而她，像个傻子站那儿。

鹿苑一个白眼快要翻出来，小声咕哝带着黏糊的撒娇："干吗不叫我？"

她的便宜哥哥这才开尊口，丢给她一句："看你磨蹭到地老天荒。"

鹿苑拉开车门，不忘回嘴："我磨到山无陵，天地合，行不行？"

"行。"周骛点点头，"你想上天也没人管。"

出租车都是统一从右边上的，比较安全，他们又都不喜欢坐在前面，周骛就定在右边位置，也不说往里让一让。

鹿苑不管不顾地挤进去，鼓着嘴赌气，手抓座位，用力撅了下屁股，顺利把周骛给挤走了。

只有小学生赌气才干出来的事，放在高中生身上难免显得幼稚。

这动作让两人都愣了一道。

周骛别过头，不再说话，看向窗外。

鹿苑基本上同步。

只有司机实在忍不住了，问他俩："你俩经常吵架吗？挺让你们爸妈头疼的吧？"

"……"

好吧。

也不知道这位吃错了什么药，本来已经进化成和她"相依为命"的程度了，结果又回到刺头。

他的脾气一直延续到半马始发地。

跑的人很多，但是能跑完的不多，多数是和鹿苑一样来凑个热闹，或者趁机交交朋友的。

会场叽叽喳喳的，人气很足。鹿苑还碰见了几个认识的人，跟她打招呼,又问老鹿怎么没来,她也只能如实交代。

还有同校的女生见着周骛,嘀嘀咕咕地捂着嘴笑,说他穿运动服真的很好看,身高腿长,肌肉线条利落,像"撕漫男",还说他可以去演运动题材的电视剧。

但女孩们也不太敢主动跟他讲话。

周骛并不知道有什么可笑的,登记完在休息区找了个地方坐下,给腿上贴几张防肌肉拉伤的胶布。

那几个女生在他脚边的塑胶地上放了水和巧克力,说是请他的,说完就跑到一边去了。

鹿苑还在找自己认识的人,忙里抽闲看了周骛一眼。

学校里,他在班里不太出来,看不出人气多高,这种户外活动简直是只开屏的白孔雀。

周骛贴好胶布,把挎包丢鹿苑身上,拿起地上的水和食物,径直走向那几个女生,淡漠地开口:"我不收东西,你们拿回去,或者我丢进垃圾桶,选一个。"

那几个女生的小脸本来洋溢着兴奋,下一秒都被他吓垮了。

鹿苑:"……"

他竟跩到开屏都不屑了吗?

——好冷漠。

鹿苑心说,完全不照顾女孩子的感受。

她蹲下系鞋带,有个人拍了下她的肩膀,是林鲸。林鲸今天也穿着运动服,扎了高马尾,但是胸前并没有号码布。

"只有你一个人?"林鲸眯着眼睛笑了笑。

"喏,还有个千年的王八万年的龟。"鹿苑抬了抬下巴,指向乌泱泱人群里的周骛,他因为个子太高,在人堆里尤为耀眼。

林鲸笑得肚子疼,不用想也知道鹿苑突然又嘴毒,肯定是两人斗嘴斗输了。

"你不跑吗?"鹿苑问道。

林鲸说:"我没有报上名,不过陪我爸来的,你的包给我吧。"

鹿苑把挎包和相机递给好友,颇有气势地动了动脖颈和手腕,一副要大杀四方的模样。金鸡湖短程也就十四公里多点,不算特别长,封路三个小时。

林鲸是个做事熨帖的女生，已经提前把路线整理好了，骑着自行车，还带了水和能量补给。

鹿苑拨弄了自己的头发，吃了一块巧克力后，说："你记得帮周骛拍点照片。"

林鲸愣了一下，点头："好啊。"

八点开跑以后，鹿苑就和周骛分开了，两个人的节奏相差实在太大。鹿苑跑了一会儿，脖子里就黏黏的。

倒也不是热的，空气太潮湿了，很不舒服。鹿苑看着在她前面不近不远的白色身影，几次想不跑算了，但是又觉得放弃太可惜。

"小鹿？"陈然追上她，打了个招呼。

"陈然，你怎么在我后面啊？"鹿苑惊奇问道。男生不是一般都比女生体力好点吗？

陈然说："我今天迟到了，登记的时候，大部队都已经走了。"

鹿苑点了下头，视线还是落在前方，周骛跑得很松弛，他的肩膀上扛着细碎干净的阳光，很是好看。

而她正在看着的人，忽然转头也看了她一眼，漆黑的眼睛被蒙上了一层湿漉漉的雾气，异常明亮。

鹿苑忽然心脏轻颤一下。

周骛看她只有几秒，然后他们被后来居上的人群冲散了。等鹿苑再用目光去寻找，已经找不到他了。

——他竟然不等我？

鹿苑心头古怪地冒出这句话来。

大概是他们每天等着对方上下学，以至于鹿苑在比赛的时候，还想让他等。

失落还有轻微的埋怨，缓缓涌上她的心头。

陈然在她耳边说着话："小鹿，要不要加快速度？"照她这个速度下去，肯定没法在规定时间内跑完。

鹿苑兴致寥寥地摆了下手："你先走吧，我待会儿找我朋友去吃东西了。"

陈然见她是真的无心跑完，便一个人先跑走了。鹿苑又跑了一会儿，被很多人超越过去，渐渐落后。

她最终只跑了七八公里就停下来了，在街边的服务站拿了瓶水，慢慢喝起来。林鲸在非机动车道骑着自行车，走走停停，也拍不到周骜了，便问鹿苑："带你去终点，还是我们去书店玩？"

这种大型的活动无论是对"社畜"，还是学生来说都挺难得，性质就像集体春游，这一天告别工作、繁重的课业，晒在阳光之下，一身轻松。

鹿苑想了下，周骜的手机什么的还在车上，到时候他在湖的另一边不好联系，所以她根本就没有偷懒的可能。

"去终点吧。"她攀上林鲸的车后座。

林鲸忍不住吐槽："好嘛，现在是我负重九十斤，骑行马拉松的意思吗？"

两个女孩子环着湖，偶尔换骑，终于在两个小时后到达终点。

前六名已经在领奖了，是专业跑马拉松的人，当然不会有周骜。鹿苑在人群里找了几圈，看见有自媒体记者模样的人围着什么。

她便也进去看了看。

赛程上规定，在规定时间内跑完的选手都有奖牌，周骜是第三十个跑进的，主办方在给他发奖牌，还有一兜子纪念品。

他被人群簇拥着。

对方示意周骜把奖牌戴脖子上，只见他一脸的不情愿，只捏在手里，被人堵得无可奈何。

鹿苑乐了，拿着相机咔咔对他一通拍，总算不负周婕所托。

赛事是知名企业赞助的，照片和视频要拿去作为企业宣传。除了拿奖项的那些明星选手，肯定还要再拍些养眼的照片挂在公司的官网上。

而周骜这种长得帅气漂亮、身高又挺拔的男高中生，自然是重点拍摄对象，非常能体现马拉松精神。

鹿苑这边咧着嘴角狂拍，被一个胖乎乎的男摄影师挤了下去，脚还被踩了，她心爱的球鞋上面忽然留下一个斑驳的鞋印。

"喂，你踩到我了。"鹿苑看着对方说。

男摄影师不好意思地笑笑："抱歉啊小妹妹，我这正工作呢，你看帅哥等一会儿行吗？"

"谁看帅哥了——"你知道你拍的这个人是谁吗？

鹿苑不爽地在心里腹诽，眼皮下忽然伸过来一只白净瘦长的手，握住她的肩膀，突然把她拽了过去。

等她反应过来时，人已经站在包围圈的正中央，四五个相机镜头或者手机都对着她。

她愣住了，这是什么操作？

脑袋上一黑，被套上枚奖牌。

周骛站在她身后，胳膊搭在她两肩，对着镜头，说："拍吧。"

大家："……"

不明真相的吃瓜群众，会以为那奖牌是女孩子得到的。

鹿苑一开始想挣脱的，她不擅长弄虚作假，也不能取代别人的成果，刚一动就被周骛钳着肩膀固定住了。

那些拍照的主办方并不介意，一个不够还送一个，何乐而不为呢。

鹿苑就这么晕乎乎地跟着周骛在那儿耗了十来分钟，还要讲一讲参加马拉松的感想，不知不觉，她借着周骛的光，竟真的有种载誉而归的骄傲感。

等人都走了，她才感觉到自己脖子上的重量。

"干吗给我戴？"鹿苑取下来，在手里掂了掂，又看了看，挺好奇的。

周骛看她一眼："你不是对奖牌很有兴趣？"

鹿苑："……也没特别有兴趣。"

"没兴趣你乱拍什么？"周骛垂眸问她，顺便把号码布撕掉。

我那是在拍你啊，奖牌有什么好拍的。但是这话鹿苑没说出来，如果跟他说周婕让拍的，他肯定会嗤之以鼻。

在她愣怔的时候，周骛手在她面前打了个响指："走了。"

"给你。"鹿苑把奖牌还给他。

"送你了。"

鹿苑一喜："我回家说是我赢的，行吗？"

周骛看着她："随便。"

那一个瞬间，鹿苑再次生出奇怪的错觉来，"随便"两个字周骛是宠溺着说出来的。

漾在心头的那缕柳枝，再次拨皱一池春水。

她和周骛竟然已经可以互换东西，共用一个背包，并且她对他有了一定程度的占有欲。

他不等她，她就不开心了。

这感觉把十七岁的女生吓到，她怎么能对一个男生有这种依赖的情绪？

不该是这样。

鹿苑迫使自己冷静两秒，赶快丢掉那些奇怪的想法。

也正是在这时，人群如海浪般散去，互相认识的自然而然地凑在一起。

陈然也拿到了一块奖牌，他走过来跟周骛打了个招呼："很巧啊，你也参加马拉松了？"

"嗯。"周骛淡淡的一声，朝鹿苑伸手，"手机。"

"哦。"鹿苑在挎包里找出来给他。

陈然微微愣怔了下，他们这是……

前一秒看见鹿苑和周骛站在一起，陈然只以为他们也是凑巧碰到的，却没想到他们的关系似乎比他想象的更深层次一些。

男生的心思在这一刻更加敏感。

地面是红色塑胶的，白色的鞋子更加显眼，他们穿着同一个品牌同个系列的球鞋，还有衣服，也是同一个品牌的相似款。

陈然记得上个学期周骛给鹿苑的一饭盒水果。

就在陈然陷入思考的时候，周骛扫了他一眼，低声问道："有问题吗？"

陈然摇了下头，他不可能就这件事去问鹿苑。

但是他和周骛都是男人，彼此间一个眼神，就能读懂对方是来者不善。比如此刻的周骛，虽看似云淡风轻，但眸光里全是挑衅。

陈然无奈地摇了摇头，对鹿苑说："小鹿，我先回去了。"

"要不要中午一起吃饭？"

时间还不到十一点。她想多点人，热闹，不能一天二十四小时都和周骛独处，那些微妙的情绪，像是在病毒培养皿里，疯狂蔓延。

陈然刚要拒绝，另一个女生气喘吁吁地跑过来，扶着鹿苑的肩膀道："我爸先回家了，我们去吃饭吧。"

陈然："？"

那女生好像对鹿苑和周骛之间的关系感到很自然，陈然怪自己的性格太闷，太要面子，不好意思开口问。

2014年的园区没有林鲸结婚的那一年繁华，但也几乎是这座城市建设的风向标。他们在书店旁边的一个西餐厅吃饭，然后去书店玩一会儿。

店里有不少青年人，也是穿着跑步的衣服，从马拉松上下来的。

男生们坐在一边，他们随手买了本题库就地刷了起来。这行为令人胆寒，卷王卷到窒息。

但两个女孩子还是忍痛闭目，买了一些漫画，一边喝咖啡，一边慢慢地翻阅，决定享受静谧的午后时光。

两个人还要低声交流着，捂着嘴笑嘻嘻。

漫画对于人物面部和身体的刻画十分精致，从女性向的角度很能满足幻想。

林鲸看到一个让人脸红的，就戳了戳鹿苑："你看，他这衣服开得好低。"

鹿苑的嘴角翘了下，大大咧咧地道："干脆别穿得了，遮遮掩掩。"

林鲸悄悄掐她的大腿："你别看，都给我拿回家。"

鹿苑很自然地说："我不喜欢这种闷骚的男主人设，要脱就全脱好了。我喜欢辣的。"

林鲸干咳两声："喂喂，小点声，被他们听到了。"

鹿苑笑了下，继续看书。

陈然听到了，笔尖直接在本子上画出一道痕迹来。他掩饰着自己的尴尬，微微抬眼，下意识看了眼周骛，只见周骛沉着脸，丝毫未变，看向眼前的女生。

他有点想管束她，但更多的是无可奈何。

片刻后，周骛继续做自己的事情，他们这一桌再次陷入安静。

下午三点多，林鲸的爸爸和朋友吃完饭，准备来接她一起回去了，鹿苑他们和她不一起，就告别了。

鹿苑去门口送林鲸，陈然看时间也差不多该散了，便起了身。

他沉默了下，问周骛："你们……一起回去吗？"

"不然呢？"周骛抬了下眉，理所应当地反问。

好吧。

陈然在门口跟鹿苑打了个招呼就走了。

于是，又只剩下他们两个人。天黑得反常，落地窗外的梧桐树和街道突然变得暗沉起来，像一张被磨损的老照片，充满了岁月感。

早上还是艳阳天,下午就要下雨。

鹿苑去吧台付了咖啡和蛋糕的钱,周骜起身把辅导书和鹿苑的漫画书收起来,一起装进背包里。

装进去前,他的手指微微撩起,看了两页。

呵,她一天到晚都在对些什么玩意儿感兴趣?

两个人一起走出书店去打车,刚到燕家巷大雨就噼里啪啦下了起来,掷地有声地落在浅灰色的水泥地面上。

还好两人都没淋雨。鹿苑进屋换了拖鞋,听见豆大的雨滴打在窗棂上,紧接着是电闪雷鸣。

她惊得倒退了一步,撞上身后的人。

"你多大了,还怕打雷?"周骜掌心捂住她的耳朵。

他的手指落在她的脸颊,带着凉意,有清疏的洗手液的味道。

指尖带电蹿至她的大脑,再到心脏。鹿苑脊背打了个哆嗦,不动声色地退开:"今天这雷太夸张了。"

周骜察觉到她的躲闪,垂下手,轻轻摩挲了下指腹:"还不是怕?"

鹿苑:"……"

周骜已经绕过她,打开客厅的大灯,接着是书房,一室明亮。

"来写作业吧。"

"啊?"鹿苑呆了下,不是很想去。

周骜回头看她:"你看了一下午漫画了,想明晚挑灯夜战吗?我不会给你抄,不会的也不教。"

这威胁过于致命,鹿苑赶紧冲过去。

傍晚的时候,她写作业的动作极快,手上快出虚影,也不说话,一副丧失表达欲的样子。跟她说话时,她也木木的,跟丢了脑干似的。

周骜得出一个结论,她饿了。

周六许阿姨休息,天将晚的时刻周婕打电话过来,说今晚不回来,让两人自己解决晚饭。

鹿苑坐在他旁边,将电话内容听得一清二楚。

听完她就想撂挑子不干了,因为今天下雨,不好打车出门,叫外卖也慢。沮丧完,大小姐又不死心地打开外卖软件,一个个看过去,结果令人失望,最后无奈地将手机放下。

过了一会儿,她提议:"我们去初姐姐家蹭饭吧,她奶奶做饭很好吃的。"

周骛只给了她一个眼神:"我要面子。"

言外之意就是她不要面子。

鹿苑摊着手:"那你说怎么办?"

周骛去厨房,给自己倒了杯水,喝完在冰箱前蹲下,问那个倚在门框上的人:"馄饨你想吃什么馅儿的?"

鹿苑抱着手臂,慢慢跟他细数:"周一荠菜,周二鲜肉,周三虾仁,周四牛肉,周五三鲜……我都快吃吐了。"

周骛的眉尖轻蹙了下,说:"那今天换换。"

鹿苑眼前一亮:"什么?"

"吃全家福。"

鹿苑:"……"

谢谢你,你才是集龙珠吧。对做饭这件事完全没兴趣,偏偏嘴还挑。周骛没有鹿苑那样挑食,但这顿饭也没让着她。

鹿苑不爱吃荠菜,她对这个蔬菜的讨厌程度快赶上韭菜和葱姜蒜了,偏偏家里就剩荠菜馄饨最多。周骛把几种馅料的一块扔进锅里,捞的时候根本没法分。

最后只能透过皮儿的颜色判断大概是什么馅的。鹿苑在连续吃了两个荠菜馅的馄饨后就挺不服气,蛮横地往周骛的碗里拨。

他偏偏不给她胡作非为的机会,两个人打闹着把饭吃完了。

情绪总算回到正轨,周骛还是那个毒舌又贱的周骛,不是让她脸红心跳的人。

饭后鹿苑主动洗碗,周骛去书房,某人的漫画书展开压在物理课本下面。

其实周六的晚上写作业是最好的,下着雨,安静。不紧不慢,有充分的时间纠错、讲题。但他忽然不太想写了,把笔一丢,拿出手机打了两局游戏。

鹿苑听到游戏的声音,也默认自己这晚不写作业,干脆上楼洗澡了,然后抱着零食下来看电视。

身后游戏的声音还没有停,她不忘提醒一句:"你今天不要洗冷水澡了吧,会感冒哎。"

"嗯。"周骛放下手机上去了。

屋外狂风大作，屋内温暖如春。

这个氛围非常适合看电影，她找了部鬼片等周骛洗完澡一起看。眼看着楼上的水声快停了，电视却忽然黑屏了。

她关掉重启一下，还是不行。

"你洗完了吗？"鹿苑在楼下直接扯着嗓子喊，"电视坏啦，快点下来看看。"

周骛刚擦干水，套了条灰色的运动长裤，手指碰到架子上的T恤时，他突然顿了下，迟疑几秒改抽了条毛巾，擦着头发，趿拉拖鞋下来。

上面直接没穿。

鹿苑还蹲在电视柜前捣鼓各种线，拔了又插上，试了几遍都没反应。

一条手臂穿过她眼前，带着清爽的薄荷浴液，男生单膝半跪在地上，格开她乱动的手，说道："去沙发那儿等着。"

鹿苑的视线顺着他利落的手臂线条蔓延，看见他瘦白的后颈，随着手臂用力而拱起的肩胛骨。

这个年纪的男孩子，骨骼总是很硬，他从背面看上去像一头蓄势待发的狼，尖锐、锋利、不可一世。

鹿苑脑袋忽然又木了一下，所有的话都咽回肚子里，一点声音都不敢发出，怕打扰他的思路。

他把刚刚她弄乱的线整理好，拆了机身的后壳，小零件码了一地，发现是显示屏接触不良导致，重新接上，电视这才正常显示。

鹿苑全程盯着他修电视，眼神一错不错地定在某处。运动裤就挂在胯上，松松垮垮的，浅淡勾勒着细窄的腰，薄如纸片的腹。

他的身材像个倒三角，隐藏进松紧带里的人鱼线引人遐想，既是少年又非常性感。

她失神地摸了摸鼻子，觉得自己疯了。

周骛把电视重新组装上，说了两个字："行了。"

见鹿苑还呆呆盯着自己，他眼里有不清明的疑问："怎么了？"

少女这才回神，故作老成地说了句："你衣服呢，也不怕生病？"

周骛面色不改，稀疏平常地回答："楼上，不小心弄湿了，你不是急着喊我下来吗？"

"哦。"她点了下头，完全忘了其实按照周骛的性子，何须解释这么多,他从不废话的。

"准备看什么?"他问。

鹿苑说:"鬼片。你有时间和我一起看吗?"

"嗯。"他走到沙发边,抽了张湿纸巾擦手,"你先看,我去楼上穿件衣服。"

"哦。"

鹿苑感觉自己好久没这么乖,这么惜字如金了。她更没看到某人偏过头去,轻轻扬起的嘴角。

那天晚上两人看的鬼片没太大感觉,是国产惊悚片,配乐再阴间和过度渲染都不会害怕,因为知道不会有鬼。

看到后面鹿苑昏昏欲睡,觉得自己的胆量真是练得够够的。

晚上十一点,她先周骛一步回房间。

躺在自己的床上却又睡不着,就这么在脑子里反反复复摊煎饼,听着雨声熬到夜里三点。

她的心情就和窗台的天气一样,湿漉漉的,漏着风。

少女的矛盾,只有这雨知道。

她拿出手机,给好友发消息:

【我又犯错了。】

【因为我发现,我好像喜欢——】

【算了,我现在好乱啊。】

凌晨四点,鹿苑拥着被子浅眠,却一直被梦侵扰。

梦里都是那个朝夕陪伴着她的少年,他嘴毒、高傲、暴戾,他像沙漠里满是刺的荆棘,没人敢靠近。

只有她是那个唯一的勇者,要亲身体验一下,他的身体是不是温的,心脏是不是柔的。

早晨七点,楼下传来开门声,是许阿姨来了。鹿苑瞬间被惊醒。

手机还落在手边,好友给她回了几条消息:

【你喜欢上周骛了是吗?为什么说自己犯错?】

【喜欢人是错?】

【还是因为那个人是周骛,所以觉得犯错?】

身为她的发小,林鲸很了解身在庐山的这个人,外面已经风起云涌,大雨瓢泼，而她还什么都不知道。

其实周骛看她的眼神早就不对了。

鹿苑看着对话框里跳出来的三条绿色气泡，陷入思考，她不知道怎么回答。

掀被起床，洗漱去楼下。

楼下只有许阿姨一人，一贯坐在那里吃早餐的人不见了，鹿苑下意识问道："周骛呢？"

许阿姨边择菜边笑她："一大早上就找你哥哥，看不见阿姨在这儿吗？"

鹿苑："……随便问问。"

倒也没有找。

许阿姨指指她身后："不就在你身后吗？"

"啊？"鹿苑吓了一跳，扭头就看到周骛还真悄无声息地站在她身后。这人走路一点声音都没有的。

"找我什么事？"周骛垂眸。他今天穿了件纯黑色的T恤，头发微微凌乱，脸和嘴唇有些苍白。

鹿苑再次叹息一声："我真的是随便问问。"

周骛意味深长地冒出含混的一声："哦。"

他绕过她，慢慢悠悠地去厨房倒水。

鹿苑："？"

听你这口气，还不相信了是吧？

许阿姨说："今天给你们俩煮面好不好？我买了点鸡毛菜，可新鲜了。"

鹿苑坐在桌边，托着下巴，眼睛笑成一道月牙："我最喜欢吃鸡毛菜了。"

许阿姨戏谑她："我小乖乖那张嘴，最大的优点就是哄人，要是别这么挑食就好了，瘦得这小身板哟。"

说完她便起身去做饭，看见周骛站在料理台前，掰开了一板药，正要就着水往嘴里送。

"小骛，你感冒了？"

周骛说："嗯。"

其实是感冒的前奏，嗓子不舒服，头也有点昏，不出意外的话今天下午症状就会加重,所以他习惯提前下猛药,把症状憋回去,不耽误时间。

许阿姨说:"我听苑苑的声音也变了,你俩这是一起感冒的?"

周骛:"可能。"

许阿姨把周骛的药拦下来,从柜子里拿出感冒灵,顺便让鹿苑也喝了一点,细碎地念叨着:"春天虽然到了,乍暖还寒听说过吗?也不能那么早就把衣服脱掉。"

鹿苑正捏着鼻子喝药呢,一口水呛在嗓子里。

"你这又是怎么了?"许阿姨都无语了,一个两个太不会照顾自己。

"你们爸妈也真是的,家里两个准高考生呢,一天到晚不着家。"许阿姨不可能怪孩子的,就只能埋怨大人,"把你们俩丢在家里,也不怕出什么事。"

鹿苑再次无语,还有点心虚,静静地抿着水。

高二下学期的时间过得很快。

各科老师基本上把课程都过完了,开始了第一轮的全面复习。

鹿苑坐在位子上就能感觉到时间的流逝,一轮又一轮的月考,换位子,就像开了电影倍速。

班上的同学好像变得麻木,又好像和以往没有不同。

下课叽叽喳喳或者趴桌上补觉的依然是那几个男生。某些爱从前门进的依旧不管有没有迟到,说的就是周骛本人。

每一次老师已经喊了上课,他漫不经心地站在前门喊一声"报告"都像是对老师权威的挑战。

但是因为他成绩好,老师总是很宽容。

5月下旬,学校保卫处把鹿苑喊过去了,说通报车胎被划的事情。

当时是晚饭时间,距离晚修还有半个多小时。鹿苑饭都没吃就冲了过去,一想到那几天被整得那么烦躁,她就咽不下这口气。

倒要看看,她到底又得罪了谁。

保卫办公室竟站了七八个学生,一个穿着polo衫的中年男老师站在中间,对大家说:"经过保安大叔一个多月的努力,终于逮到那个恶作剧的人了。"

鹿苑看不懂了,怎么那么多人啊?

老师说,其实是给学校做卫生的一个老太太,因为这半年一直和家里人闹矛盾，心情不好，又无处发泄，所以就来学校里划学生的轮胎了。

和那些去超市里捏方便面的人性质一样。

那七八个学生扯着嗓音"啊"了一声，七嘴八舌道："不是吧，这是什么离谱剧情？我们学校里也要上演婆媳矛盾了吗？"

"太坏了。"一个同学说，"干吗抓着我一个人的车子划啊，知道那几天我是怎么过的吗？天天扛着自行车去修理店，都怀疑人生了！"

鹿苑笑了声，说："我以为是自己得罪谁了，这两个月特别小心。"

男老师道："上次不就和你们说了，是群发性事件，不是针对哪个同学的。"

鹿苑愣了一下，总觉得哪里不对。

无论如何，抓到那个人，学校也把她开除了，总算给受害的学生一个交代。

鹿苑走回教室的时候，才琢磨出来自己被周骛骗了。

明明老师都说了，不是针对个人的作案，为什么他要让她回想自己得罪谁了，害她担惊受怕两个月，天天追在他后面走。

他怎么还是那么坏？

整个晚自习，鹿苑都不想搭理周骛。第三节课时她不住地打瞌睡，脑袋磕着桌子，周骛从后面丢了颗薄荷糖在她桌上。

鹿苑被惊醒，但没忘记自己在单方面和他冷战，快速地丢回去："我不要！"

这一声，全班同学都听见了，并且意会到：两个人在吵架，鹿苑在对周骛发脾气。

周骛抬了抬眉，神情明显有些意外，没再跟她说话。

晚修下课前五分钟，大多数人都提前整理好书包，就等下课铃声打响，好冲出教室。

鹿苑慢吞吞地收拾着东西，余光里周骛已经背着包离开教室，并且立在门外玩起了手机。

她这边还是不紧不慢的，像茶艺大师品茗，急死拉磨的驴，全班同学都走光了她才拎着书包站起来去关灯。

敢欺骗美女，我等死你！

她鼓着脸，心说。

等她出来，那个站得笔直的玩手机的人已经靠在栏杆边，姿态变得懒散。

周骛瞥她一眼:"还要跟我一起走吗?"

他的眼睛看着她,好像知道了什么。

鹿苑扫视黑漆漆的校园,半天才说:"……当然一起走了。"

已经一起这么长时间了,怎么可能再分开?

静默间,周骛好像嗤了声,迈着长腿离开。

"喂,你等等我啊,这里好黑。"她喊道。

前面那少年故意似的,越走越快,长腿一迈几乎要消失在她的视线里。鹿苑只能小跑着追上去,追上后在他后背狠狠拍了一下,又一冲动勾下他的脖子。

可是她那点力气怎么比得过男生,周骛竟提着她的手臂,直接把人背起来。

初夏的晚风,把某个人的尖叫声吹得细碎,落向四面八方。

6月的序幕在不知不觉中拉开。

鹿苑再一次感觉到时间的滚轮在加速向前。上一届高考完,他们回到学校上课,老孔让冯晴晴组织大家,把书搬到楼上原高三的教室。

而从那一天起,他们也在任何一门的试卷上写上:高三(7)班。

这叫提前体验高三的紧迫感。

他们在6月底迎来期末考试,区联考,试卷比较难。老孔一直说鹿苑偶尔的小聪明是有的,但是基础不算扎实,容易翻车。

这次期末考试,她的名次掉了几名。

越往后成绩和名次就会越稳定,这是一种可怕的趋势。

此时,鹿苑已经不会去想怎么跟老鹿交代,而是怎么跟自己交代。

同时,学校也挺"争气"的,别的年级放两个月的暑假。学校直接给准高三生们掐头去尾,全用来补课了,只放了中间小一个月的时间,作业还多得压死人。

7月中旬的某天,燕家巷再次浓阴笼罩,蝉鸣鼎沸。

隔壁的初姐姐要搬家了。

鹿苑和林鲸跑过去给她帮忙,其实也没有什么好忙的,东西都收拾得差不多了,剩下一些书和笔记可以分给两个学妹。

初澄考了F大新闻系,在上海。

"我是文科你是理科,但语数外这三门是一样的,回头你们俩一人复印一份,自己看着弄吧。"初澄淡淡地道。

她做人做事一向认真守规则,笔记也写得整齐漂亮。鹿苑看着一目了然,像拿到了武功秘籍一样。

初澄看着自己生活了十几年的房子,忽然生出一种感慨来。

以后应该会一直在上海生活了吧,而燕家巷的老宅子,就像她念书的十六中,再也不会回去了。

林鲸好奇:"可是奶奶还生活在这儿,你不回来吗?"

初澄轻轻笑了下,告诉两人:"一年后,你们就会知道了。"

日月更迭,岁月不歇,我们奔赴盛夏,奔赴伟大前程。

而青春,无论好坏,总会被丢在身后。

鹿苑躺在地毯上吃雪糕,了然道:"我懂。就像你现在肯定写不进去一张试卷了吧。"

初澄笑:"差不多。"

过了会儿,她问:"你们想好考哪个大学了吗?"

林鲸先举手:"有一说一,这个要看我能考得上哪里吧。"

鹿苑也没想好,她心里只有一个目标,那就是离家远一点。

"以后我去上海,你会照顾我吗?"

初澄:"只要你来。"

初澄爸爸的车停在路口,两人扫荡一空离开她家,还顺走了初澄放在书桌上的一对玻璃小猫,是大英博物馆的天气瓶,一人一个。

巷子的地面被晒得很烫,像是烧起的火炉,没谁会在这个点出来。

鹿苑一出门就听到了自行车铃的声音,沈知燃骑车飞驰而过。

有一阵子没见面了,沈知燃晒黑了点,但不妨碍长得还是帅的,因为瘦,脸颊的骨骼感也明显了点。他这个假期过得很快意,去世界各地旅游,去南极,去草原,去东非大裂谷。

沈知燃一个急刹车,在她面前停下来,瞧着两个人。

"拿的什么?"他忽然问。

鹿苑说:"初姐姐的笔记啊。"

沈知燃的视线掠过她们的面孔,手忽然伸进那纸箱子里翻找了下,最终定在那对小猫上。

"玩具没收了。"说着,他就把东西拎走了。

林鲸看呆:"他怎么那么奇怪,多大了还抢女生的东西。"

鹿苑也不知道沈知燃为什么忽然抢东西,他那么有钱,想要什么没有,竟然抢个几十块的天气瓶,还是二手的。

神经病。

8月中旬学校就要开始补课。

鹿苑赶在这之前,去养老院看了下奶奶。

天太热了,地表温度直逼四十摄氏度。她准备打个车过去,不至于那么难受。而周骛也已经起床,穿着简单的白T和灰色运动长裤,头发有点湿,刚洗过澡,坐在沙发里看《动物世界》。

鹿苑:"……"

起这么早就为了看这玩意儿?怎么想的?

睡懒觉不香吗?

她走到门口换鞋,突然又回过头来,问:"我去奶奶那儿,你要不要去?"

大少爷纡尊降贵地站起来:"等我下。"上去换衣服了。

鹿苑看着他的背影,突然有点愧疚。重组家庭就是有这样的尴尬,作为小的见到对方的亲戚真是无所适从。

比如她自从老鹿和周婕结婚,就只见过周婕的父母一次,还是在婚礼上。

但是周骛陪她看了好几次奶奶。

下了出租车,从养老院门口到奶奶的公寓的那一段路都是阴凉地儿,两人拎着水果慢慢地走着。仔细想想,自从转学到这里,除了过年的那一次,他好像没有回过以前的家。

也没听他提起过以前的事和旧时的朋友。

有种……斩断前尘的感觉。

鹿苑问:"你会想家吗?"

周骛垂下眼皮看她,眼神有点奇怪,大概也是没想到她第一句就整出这么无语的。

"怎么了,你准备开时光机把我送回去?"

"……"

鹿苑眨了下眼睛:"你再嘴毒,我打你了!"

"不想。"周骛的嗓音淡淡懒懒的,像冰水在炎热的夏天被融化,也透着烂,仿佛熟透了的水蜜桃。

他不知道鹿苑在想什么,用反问代替郑重其事的回答:"你呢?"

鹿苑想一想,如果高考完她离开了。

"我会特别想我奶奶。"

周骛看得出来,她对老太太很依赖。

又听见她笑嘻嘻地说:"我最喜欢我奶奶了。"

周骛:"嗯。"

他对于这一点并没有共鸣,从小到大他没依赖过任何人。

两个人到奶奶的公寓的时候,正值上午的娱乐时间,工作人员送来一盘果切,鹿苑来得早不如来得巧,没多会儿就把一盘水果"造"完了。吃完,她又躺在老太太的身边玩手机,吹牛皮。

她仅仅是出现在这里,就把老人家哄得心花怒放。老太太的手跟撸猫似的揉着她的肚皮,闹得她发出小猫一样"嘤嘤嘤"的乱叫,很细很软,也很可爱。

周骛发现,也只有在奶奶面前,她才能当一个真正骄纵的孩子。

在许阿姨,或者周婕面前,她多少透着刻意的讨好。

鹿苑吃完午饭就趴在床上睡着了,电视里咿咿呀呀放着戏曲。老人房间的空调温度一向开得不低,她的额间冒着热意,枕头压得嘴唇微张,老太太找了扇子给她扇了一会儿,等她睡熟,这才关上门。

周骛无聊地半坐在沙发上玩手机,偶尔看一眼院子里被晒得软塌塌的树叶。

除了里面那个呼呼大睡的,他没耐心陪过一个人。

但是心情会因为她的小猫叫变得柔软。

手机里跳出一条消息,看得他眉头一皱。

太阳快落山的时候,他们才离开养老院。

正赶上晚高峰,不太好打车,公交车也拥挤不堪。

鹿苑用手机拉地图,说:"吃过晚饭再回去吧?"

她现在不是很想回家,想在外面待一会儿。

就和他,两个人。

周骛手抄在兜里,点头说了声"好"。同时他也看了看这条街,上次就是在这里碰见齐小飞的,说明对方打工的地方或者家就在这附近,现在又是下班的点。

但他想,不至于每次都能碰上。

这条街靠近杂货批发市场,又挨着高架入口,什么店都有。

鹿苑在手机里扒拉出一家苍蝇小馆:"吃串串吗?"

"可以。"周骛的嘴不挑,吃什么都可以。于是,鹿苑带着他七拐八拐,走进了一家小店。

可能是太久没有吃垃圾食品了,鹿苑一进去就口舌生津,拿着托盘跟鬼子扫荡似的,牛羊肉三十串起步,鸡翅和大虾各拿了十串,还有猪脑、鸭血这种奇奇怪怪的东西,她准备用来试验周骛,看他的胃是不是和他的大脑一样厉害,吃透元素周期表。

烫串的小哥看着她的盘子,又看看她人,忍不住说:"我们家的串量挺大的,人均五十就吃得饱饱的,不建议你点那么多。"

鹿苑指指身后,某个低头玩手机的男生:"没事,有人。"

小哥无奈一笑:"行吧,反正就是这么建议你。"

鹿苑去冰柜拿了一瓶雪碧和豆奶。雪碧给自己,豆奶递给周骛。只见他头也没抬还在看手机,单手握着玻璃瓶身,口子朝着桌板边缘,利落一磕,瓶盖就被起开了,可谓行云流水。

这动作,放在夜宵摊儿上耍帅也未尝不可,能吸引一票小姑娘。

她惊叹着咕咚咕咚喝了几口雪碧,翘首以待。

等服务员端上两个盆子和三个碗的时候,她才发现自己真是点多了。上学的时候因为动脑子热量消耗得多,可是暑假她都瘫成水了,真吃不完啊。

周骛也看了一眼,说:"吃不完,你就留在这儿刷盘子。"

鹿苑:"……"

你这不是废话嘛,我肯定吃不完啊。鹿苑对这种事没什么经验,一开始就猛吃,很快就吃累了,等反应过来时,肚子已经撑了,里头还装了那么多雪碧。

周骛握着手机,慢条斯理地进食。

鹿苑则捏着鸡翅签子,怔怔地发呆,一副介于撑坏和便秘之间的复杂表情。

她很痛苦,真的点多了,还剩下整整一盆。

又不能退，愁人。

鸡翅挺大个的，是翅尖和翅中组合，鹿苑啃完了翅尖，翅中冷在那里久久没动："我吃不完了，怎么办？"

周骛低头看着手机，说："那就留下来洗盘子。"

"我真的要打你了。"她瞪他一眼。

周骛伸手，把她剩下的翅中拿过来，吃掉，又说："你去外面走一走消食，慢一点，别走得太快。"

鹿苑的视线还停留在那根鸡翅上，他竟然，吃了她吃过的东西。

脑子里下了暴雪，持续的雨夹雪。

鹿苑石化了十秒，木木地起身，走到小店门外。看着灯火通明，市井烟火浓重的街头，她猛吸了一口气。

疯了。

等她在街上走了半个小时以后再回来，周骛已经解决掉那大半盆串串了，只剩下猪脑和鸭血没吃，他受不了这玩意儿。

服务员过来数了签子，领周骛去里面付钱。

鹿苑拿起两个人的背包，放在腿上又坐了一会儿，服务员把桌子收拾了，给她上了一杯热水。

片刻后，桌对面坐下一个人。

那男生眯着眼睛笑："又见面了，要不要说是巧合呢？"

鹿苑和齐小飞只有一面之缘，中间还隔了快十个月。一般不帅的人她统一做脸盲处理，自然记不住他这人。

"你是谁？"她不耐地问。

齐小飞还是笑得不怀好意："怎么样，周骛没被虎哥收拾啊，还敢出来吃饭。"

虎哥又是谁？

鹿苑听不懂，她指了指马路对面的中医院，说："你是不是认错人了，那儿有眼科，你去挂个号吧。"

鹿苑的嘴也不饶人，但是齐小飞并没有生气，比起马上就要看到周骛倒霉，这点小小的嘴上功夫又算得上什么？

有的人就是死鸭子嘴硬。

鹿苑正要起身，就感觉到一阵凉风从她耳边冲过。周骛的T恤撩过她的手肘，走过桌边，他拎起齐小飞的后颈，拖出店外。

鹿苑都没看清楚发生了什么。

她对面的凳子被带倒两三个，还撞了个人，坐在一楼大堂的人闻声都齐刷刷地看向门口，周骛已经拖着齐小飞消失在了夜色里。

鹿苑不明所以地跟了上去，自从上次看见周骛踩着白毛的脸让他道歉，鹿苑对周骛能有多会儿打已经不稀奇了。

远处有路灯，勉强能看清楚。

周骛问他："还不死心是吧，又来招我？"

"我说什么了？"

鹿苑怔怔呆在那儿，听着周骛平静地放狠话。

她早就认不出齐小飞了，但是，此情此景，莫名熟悉。

去年的某个时候也是在这里，他被人堵住，差点被揍。

等她走过来，他说，自己不认识对方。

当时的鹿苑没有多想，就信了他的邪。

现在回过味来，哪有那么简单？

齐小飞冷笑："周骛，你当着这么多人的面下了虎哥的面子，以为自己能全须全尾多久啊？"

鹿苑生日那天，齐小飞也在场，他只是躲在包厢里没有出来。

"要不是虎哥有更重要的事，这三个多月是你赚来的，好好珍惜吧。"齐小飞又说，"周骛，你该是什么样的人就是什么人，这点你改不了，也装不了，你偷来的安稳日子也该到头了。"

鹿苑头皮阵阵发麻，没想到这件事还会有后续。

周骛似乎没听到齐小飞在说什么，天太黑，鹿苑也看不清他是什么表情。

只见他抬了下手，打算放过齐小飞一马："现在，给我滚。"

齐小飞很得意，因为周骛确实把他的话放心上了。

他又看了眼鹿苑，一个光鲜亮丽、非常漂亮的女生。

他拖着腿起来："美女，找男朋友擦亮眼睛。你眼前的这个人还真不是你看到的那样，他从小就不学好。

"当年我们一起玩的，有个人还在里面蹲着。"

齐小飞说："都是他干的。"

鹿苑一直觉得，男生毕竟是青春期，年龄小，会做点冲动的事。

可是齐小飞说的话超出了她的认知范围，要知道她可是一个把《未成年人保护法》挂在嘴边的人。

她抬抬眸看向周骜,依然没有看清楚他的脸。

周骜没有说一句话。

空气静默着,鹿苑没有被人当众处刑过,不知道那是什么滋味。

但她似乎能感觉到周骜冷若冰霜的眼神。

几秒过后,鹿苑挡在周骜前面,抱着手臂说:"你鬼扯什么,再不走他不收拾你,我就收拾你。"

鹿苑说完这句话,感觉到身后的人身体僵硬了一下。

齐小飞无论是过去还是现在,总是在团伙中扮演小喽啰的角色,精神上的巨人、实力上的矮子,他愤愤不平,伸张正义,却也深知自己根本不是周骜的对手。

每次都是他挑事,以前周骜跟他玩的时候,被欺负了,会护着他,现在周骜要弄他。

在没讨到便宜后,齐小飞顺着周骜的意思,走了。

现场重新归于宁静,店门口围观的人,手机捏在掌心,报警电话还没打出去。

鹿苑站得老远就闻到辣油的味道,烧烤店的孜然、羊蝎子的膻腥……都混在一起蹿入鼻腔,形成一种复杂又破败的烟火气。

她转过头看向有些陌生的周骜,不自觉手指抓紧了裙摆,她有很多话想说,疑问抑或是安慰,却不知道该怎么起头。

他的眼睛是浓黑的,皮肤很白,细碎的头发被无意间向后拢了一下,露出高耸的眉骨、锋利的眉,整张脸轮廓细致而凌厉。

鹿苑觉得自己不是害怕打架,她只是害怕这个人被撞破不堪,被揭露窘迫,他不该是这样。

很久之后,她才明白那种情绪其实是心疼。

周骜也在看她。

片刻后,他脸颊的骨骼稍动,好笑似的问:"你准备怎么收拾他?"

鹿苑摊了摊手,说:"这不是有你在吗,还不允许我捡个狠话放一放啦?"

"狐假虎威。"他的嗓子里又冒出一句低低的调笑来。

鹿苑有点尴尬,但松了一口气:"不行啊?"

237 /

"行。"他漫不经心道,随即对她勾了下手指,"回家了。"

出租车经过老城区的护城河,对岸的灯火映着幽深的河水,点点串串,宛如天上月跌落。

两个人如往常般坐在后排,中间隔了一拳的距离,男生的腿总是习惯性敞开着,又直又长,落拓不羁。

鹿苑光裸的膝盖蹭到他的运动裤,有粗糙的摩擦感。

她想跟周骛说,自己不相信齐小飞说的那些,他们才是朝夕相伴的人,她没有道理去相信一个三番五次来挑衅的小混混。

这是最基础的逻辑,她还是有的。

反观周骛,他完全没有开口说话的欲望,浓密的睫毛垂下,掩饰着情绪。好像,他并不需要谁的理解和认同。

沉默一直持续到各自回房。

卧室空调温度开得很低,鹿苑拥着薄被闭上眼睛,预备睡觉时才想起来最重要的事还没有解决。

齐小飞说的,周骛打了虎哥,这事没完。

怎么个没完法?

于是,她摸手机给周骛发了条微信过去,问他知不知道虎哥是谁。

这条消息石沉大海,难道睡了?

周骛的房间。

他看到鹿苑发来的文字了,回答是很容易的,但是他也明白隔壁房间的人,给一句回应她得立马从床上跳起来敲他的门。

今天中午他收到储臣的消息,说的也是这件事。

过了一会儿。

鹿苑:【为什么不回消息?】

周骛:"……"

头疼。

鹿苑:【没有看见?还是真睡了?】

鹿苑:【我现在去敲你的门,当面说?】

周骛本来坐在书桌前戴着耳机打游戏,看到这一条身体忽然挺直,最后一句话杀伤力太大。他粗暴地摘了耳机,丢桌上。

然后听见门外赤脚踩踏地板的"咚咚"声,似有人锤地而来。

在门敲响前,他打字回复。

【不许敲门。现在，回床上去。】

【我看见了。】

【不想说。但没想到撒什么谎骗你，所以正在思考。】

他在一条条回答她的疑问。

这栋房子里只有他们两个，他不知道放她进来，两个人会发生什么奇怪的化学反应，所以不可能让她进自己的房间。

鹿苑站在他的门前，手落在半空，停下来了。

她听见周骛拖鞋的声音，也知道他正向她走来，但在门里停住了。

他们之间隔着一道门，她像一条傻狗。

她鬼使神差地又发了条：【多久能想到？】

周骛：【需要一点时间。】

鹿苑：【你不是很擅长骗我吗，为什么要这么久？】

周骛：【想一个骗得住你的理由，没那么容易。】

因为是放暑假，两人的手机都没设置静音。触摸键盘的响脆，发送消息的丁零，在那道木门里外，此起彼伏。

这是什么感天动地的兄妹情？

鹿苑低头看自己，她穿着白色的吊带睡裙，棉布很薄，随着呼吸，胸口在起伏。脚趾因微不可察的紧张而扣紧地面，脚尖泛了红。

愣怔片刻，心脏倏忽高频率跳动，手机再次振动。

周骛：【先回去睡觉，想好了告诉你。】

鹿苑回答：【哦。】

她竟会乖乖等着他来骗她。

再次回到床上，鹿苑才发觉自己身体很热，脖子和腿窝都渥了细细密密的汗，不知道是紧张还是害羞。

这一夜又是接连不断的梦，梦到火山喷发，岩浆滚滚，她站在不远的地方，被灼热扑了一身后，烫意落在她的小腹，又坠又疼。

早上六点不到天亮了，她受不了地睁开眼睛，看见窗外的朝阳穿过树枝，落在碎花床单上。

冲进洗手间，发现生理期到了。

鹿苑找出一条新的内裤换上，贴上卫生巾，又把脏的洗了，再次慢吞吞回到床上。

这条巷子里还没多少人起床，她因为腹痛又迷迷糊糊地睡了个回笼觉，再次醒来时已经八点多。

周骛的对话框是静止的。

她把手机塞到枕头下闭上眼睛，突然听见门外的水声。她立刻爬起来，推开门看见周骛已经换好了衣服，额间的发有点湿，一缕贴在眉尾。

"你干吗去？"她问。

周骛大概也没想到早上起来就见到一个白脸的少女鬼，身体一个趔趄就要往后倒，好在他及时抓住了栏杆，没让自己顺着楼梯滚下去。

他看她雪白的皮肤，眼底有两团淡淡的青色。这是昨晚被吓到了，没睡着？

"下楼吃早餐，你有什么意见？"

鹿苑不怎么相信地看着他，他这明显是要出门的样子："你是不是要去找那什么虎哥？"

"嗯，我去找揍。你要陪我一起挨吗？"

说完不等鹿苑反应，他就下了楼。

鹿苑还穿着睡衣就没追去，重回房间换了一条裙子才下来。

吃早饭的时候，周骛心情有些烦躁。其实他昨晚睡得挺好的，那个白毛会怎么样报复，他并没有放在心上，无非是小混混那点破事。

他想解决，有几百种方法。

真正烦躁的源头，是视线尽头，那只"扑棱蛾子"。

她再次一身轻飘飘地从楼梯飞了下来，走到他身边，带着水果香甜，目光热切地看着他。

周骛在心里骂了句脏话，实在没忍住。

"你吃完饭干什么去？"鹿苑一边喝豆浆，一边问他。

周骛说："有事出去。"

鹿苑点点头："那我跟你一起去吧，"

周骛沉默片刻，点头说"好"，又说："蒸锅里有白煮蛋和小馒头，去吃一点。"

"哦。"鹿苑听话地起身，眼尾瞥向他，男生纹丝不动地坐在椅子上刷手机。

周骛把手机收了装进牛仔裤兜，厨房门半掩着，她正背对着他捞煮鸡蛋。

他起身，疾步走出家门。

他看见巷子尽头的车水马龙，这座城市在渐渐苏醒，刚把手机拿出来打车，腰侧的衣料就被一只白嫩的手扯住了。

往上是一双深琥珀色的眼，她的眼尾轻轻上挑，呈现平铺的扇形，歪头看他。

"我怕你被人揍得太严重，在旁边帮你叫'120'，行吗？"

"你最好不是呐喊助威。"周弩说。

最后的结果还是两个人一起出门。

周弩今天约了储臣。

是要去帮他升级基地的报名系统，其次才是问下白毛的事情怎么解决。但鹿苑坚持认为他是去撂架的。

周弩解释不通，干脆把这个拖油瓶挂身上带走了。

鹿苑在下了出租车后，看见基地的大门，破烂，喷绘，非主流，她也的确认为周弩是来打架的。

无论周弩在过去的地方过着怎么样的生活，但是在这里他得罪了人，是因为她。

她也知道周弩准备独自替她担着，就像上次她被学姐欺负，可她根本不可能心安理得地不管。

她也害怕，周弩手上没分寸。

鹿苑踩在那片水泥地上，眯了眯眼睛，随他进去。

里面是宽阔的场地，铁门边上有一栋小楼，门口没人，有一条彪悍凶猛的德牧，看面相异常英俊，目光炯炯地看着来人。

鹿苑不自觉往周弩身后躲了下，慢半个步子。

德牧迟疑了一秒，朝着他们的方向狂奔而来。

鹿苑倒抽一口凉气。

德牧冲上来后狂摇尾巴，绕着周弩打转，狗尾巴毛茸茸的，很粗，扫到鹿苑的小腿和脚踝，痒痒的。

她绷直了嘴角，身体也站得笔直。

隔壁初姐姐家养了条小黄狗，时常在巷子里溜达，臭不要脸地到各家蹭饭。但那是小型犬，还认识她。

周弩蹲下，抚摸着它下巴，德牧也亲切地舔着周弩的手指。

鹿苑呆了呆："你认识它？"

没等到周骛的回答，敞开的大门跑出来一个人，是储旭。

"小鹿，你怎么来啦？"男孩子一脑门的汗，手指上还沾了灰。

"这是你家？"鹿苑有些意外地问。

储旭说："这是我哥的车场，不上学我就在这儿边待着，也帮帮忙。"

鹿苑嘴角抽了抽，尴尬道："你哥哥的产业还挺多的哈。"

储旭闻言，脸上洋溢出肆无忌惮的笑容来："进来啊！"

他都来不及问鹿苑是来干吗的，就急着邀她进屋，怕她在太阳底下晒着了。同时他又看见了周骛。

储旭干巴巴地问："你们在一起呢？"

鹿苑没想太多："我跟他一起过来的。"

听到鹿苑的回答，储旭心里的确生出一点硌硬，但他根本没有办法对鹿苑冷着脸，自己快速调整了情绪："小鹿，你要吃雪糕吗？东北大板还是可爱多？"

鹿苑记挂着自己在生理期："我都不能吃，吹一会儿空调好了。"

储旭一根筋的脑子自然听不懂，只有周骛回头看了她一眼。

平时他们都在二楼玩，打游戏、打牌、吃外卖，还有储臣的办公室可以休息。储臣和几个教练在开会，储旭直接把鹿苑带到活动室，落地窗可以看到整个训练基地。

今天是工作日，来练车的人并不多。

他又拿来冷饮招待，他和周骛是冰镇的美年达，给鹿苑的是一支草莓味的可爱多。

"你喜欢吃草莓味吗？"储旭蹲下来问，小鹿可可爱爱，应该是喜欢草莓味的。

"还可以啦。"鹿苑有点尴尬地接过可爱多，看着储旭那望眼欲穿的模样……

"你是不是也想吃啊，给你好了。"鹿苑心说，我不能吃，赶快拿走拿走。

"你吃你吃。"储旭的脸上出现一道羞羞的红晕，"我一个男人，抢女生的东西多丢脸啊。"

两个人你谦我让还没结束。

半掩着的门被人从外面打开，刚刚去洗手间的周骛回来了，身后跟着那条德牧。他淡然觑了两人一眼,抓走鹿苑手里的可爱多。

储旭虎视眈眈地瞧着周骜。

在他瞪眼睛的时候,周骜已经把快化掉的冰激凌解决了,冷冰冰地给出一句:"我是男人,抢女生的东西,不觉得丢脸。"

储旭都无语了。

周骜看了眼鹿苑,"我过两个小时来找你。"顿了顿,又说,"跟狗玩一会儿。"

说完,他就出去了。

鹿苑想跟着去,但是被储旭拦了下来:"周骜什么意思,让你跟狗玩也不要跟我玩?"

鹿苑一脸的一言难尽:"就你这理解能力,真的是自己考上高中的吗?"

大门再次被推开,走进来一个二十几岁的女孩。

梁晴说:"小旭,你哥找你。"

"哦。"储旭不舍也没办法,只能出去了。

梁晴看着鹿苑:"小鹿?"

那条德牧依偎在鹿苑的腿边,大舌头伸出来哈气,把她的小腿蹭得湿漉漉的。鹿苑一动不动,她还不适应大狗。

梁晴说:"它跟周骜很熟。可能你跟周骜身上的味道一样,它闻到熟悉的味道就忍不住想亲近。"

鹿苑也不太懂,就点了下头。梁晴坐在她身边,细细地瞧了瞧她,自言自语道:"不愧是小旭天天挂在嘴边的女孩子。"

鹿苑警惕地问:"他说我什么了?"

"你是他的小鹿女神啊。"梁晴说,"可惜希望要落空了,他没机会,你有男朋友。"

前一句鹿苑认。

后一句,鹿苑不明白。

"我没有男朋友啊。"

梁晴说:"你跟周骜不是在谈恋爱吗?"

"不是。"鹿苑下意识就否认,又三言两语解释,"上次还有今天,我们一起是因为住在一起,重组家庭的意思。"

梁晴愣了一下:"原来是这样。"

没过多会儿,梁晴被人叫走。她让鹿苑在这边玩一会儿,说周骛很快就回来。

鹿苑没想到自己真的像个拖油瓶一样被带出来,在这儿跟一条会舔人的狗面面相觑。其实,德牧性情温和,和它凶狠的长相不太符合。

她的手指穿插进狗毛里,抚摸了几下,窄窄的脸,料峭的五官,身材倒是健硕。

大狗"嘤嘤嘤"撒娇,舔着她的掌心,又把脸蛋子搁在她并拢的膝盖上,溜圆的琥珀眼冲她放电。

好奇怪的"修狗",竟然还会勾引人。

可能是这狗长得太英俊了,鹿苑有瞬间的心动,拿出手机和狗贴贴拍了两张照片。别说,它真的很像人,好脸熟。

嗯,和周骛很像。

梁晴回储臣的办公室拿包,她等下要回自己的公司。

周骛坐在储臣对面,正在弄系统,他皱着眉,下一秒就要把电脑炸了的不耐烦模样。

梁晴说:"记得让储臣请你和你妹妹吃饭。"

周骛侧眸,下意识问了句:"什么?"

梁晴:"我说,你妹妹。"

少年握着鼠标,细长的食指抖得虚空,又轻微落到实处,愣是没接下面的话,不知是不想接还是没必要。

储臣点了烟:"上次你做得过了,宗虎那人又那么爱面子。你不亲自去找他当众道歉,你和小丫头往后安生不了。"

"不可能,我肯定会保护好她。"

欺负他的人,别说道歉,他根本没办法和对方言和。

梁晴没料到周骛已经把人打了,时隔三四个月,怒气竟一点没消。

储臣抽着烟,无所谓地笑道:"你想怎么弄?"

周骛不紧不慢地说:"办法是想出来的,慢慢想。"

储臣蹙了下眉,很快猜到:"感觉你已经有主意了,怎么回事?"

"嗯。"周骛的声音很淡,好像这并不是多大的事情,"没有,但是会想到的。你觉得他为什么这么长时间没找我?"

储臣也愣了愣。

心说挺聪明啊，流氓不可怕，就怕流氓有文化。

宗虎在老城区这一带混的，做着修理铺的生意，手脚多少不太干净。前阵子他就因为犯事躲去外地了，连找周骛报仇都得再等等，这次回来，可不得新账旧账一起算。

周骛不是以为打完架、撩完威风就算完事。他这三个月没闲着，把宗虎的事弄得清清楚楚。

梁晴走到门口，听到两人的交谈，脊椎麻了一下，现在的小伙子挺为姑娘豁得出去啊。

储臣说："要我说，你干脆让他打一顿得了。"

周骛说："做梦。"

他的字典里没有"低头"两个字。

搁在裤兜里的手机突兀地振动起来。

鹿苑：【你能帮我叫下那个姐姐吗？拜托她来下洗手间。】

他叹了口气，回头，没看见人影，问："晴姐呢？"

储臣笑说："走了，干吗？"

周骛当然不可能跟储臣说实话："走多久了？"

"十来分钟了吧。"

周骛起身来到窗边，看向楼下的马路，梁晴的白色宝马已经驶离，只余下一段尾气。他问："这儿有别的女生吗？"

"有，黑崽。"就是鹿苑刚才撸的那条德牧，储臣问，"你要干吗？"

"我出去一趟，别动电脑。"周骛头也不回地跑了出去。

鹿苑坐在马桶上，她怎么也没想到这种"社死"的事情竟然发生在自己身上。从来生理期的那一天开始，许阿姨就告诉她，把卫生巾、止痛药什么的都装包里，以备不时之需。

她一直做得很好。

可是今天追周骛出门太匆忙了，根本没带包，就带了一部手机。

偏偏还是生理期第一天。

她匆忙跑来洗手间的时候，才意识到自己两手空空。

这怎么搞？

她无望地等了大概十五分钟，周骛那边还没反应，她以为是没接到消息，打了个语音过去，被他掐断。

回复两个字：【知道。】

又过了十分钟，门外传来脚步声，不像女生的。

储臣这儿的洗手间男女各一间，女厕所除了梁晴用，基本上没人来过。鹿苑刚要出声，一只手伸到门头上方，从空隙里把一包粉红色的卫生巾丢了进来。

鹿苑感动到要哭出来，低声说了句："谢谢姐姐。"

对方一句话都没说，好像也没离开，有点奇怪。

鹿苑默默地把卫生巾贴好，但脚麻了，她只能再坐一会儿打发时间。这时，放在膝盖上的手机亮了下。

周骛：【弄脏裙子了？】

鹿苑："……"

她这一生的无语和脏话都交待在今天了，血色一点点从脖子里漫到脸上。

五分钟后，在她打开门看见倚靠着墙站立的男生，彻底"社死"。

懂她意图，给她买卫生巾，怕她弄脏裙子的人，从头到尾都是周骛。

Chapter 07
少年的心思在发芽

鹿苑拖着半边麻木的腿出来，故意把门声音弄得大了点。

周骜扯掉白色的耳机线，顺便把手机收了起来。

"好了？"他问，面色平平。

鹿苑讪讪的，脸上带着一丝赧然，不怎么自然地说："嗯。"

"去吃饭吧。"周骜说，但身体依然靠着墙没动。

鹿苑向楼道里走了两步，男生的视线漫不经心地落在她腰下一秒，旋即移开。

他又快两步走到她身侧，鹿苑觉得这经历似曾相识。

青春期的女生总是会有不方便的几天，偶尔感觉到不对劲，就会故意走到前面，用女生才能理解的暗号告诉同伴："帮我看一下，沾到没有。"

而周骜，似乎就在做这样的事。

她现在又感觉小腹跟火烧似的，心说：大哥，不要这样，我不是那种粗心的女生。

可现实的情况就是她没有带卫生巾，她的便宜哥哥帮她去买的。

好在他的眼神只停留片刻用以确认，不会让人感到不舒服。反而有种轻轻痒痒的感觉，在心里挠开。

储臣的训练基地有正儿八经的食堂，师傅操着一口川渝地区口音，在烹饪方面听着就靠谱，当然做的一部分菜也算好吃。

两个人进去的时候，储旭正在帮忙。

食堂和学校差不多，菜式丰富，自助餐模式。

储旭闻声活儿都顾不上干了，赶到鹿苑旁边："小鹿，要不要吃麻辣虾球，我做的，超级好吃，强烈推荐。"

"你还会做这么复杂的菜？"鹿苑很意外，当即就很给面子地说，"你推荐的，我肯定要吃啊。"

除了麻辣虾球，鹿苑又要了清蒸鲈鱼、辣子鸡，蔬菜配的是绿豆芽炒韭菜，因为别的素菜她根本就看不上。

周骛看着她，欲言又止。

等到鹿苑真正开吃的时候，储旭才意识到大小姐这种生物是很难伺候的，也不是谁都有福气摊上。

首先是她接受储旭的建议，吃了麻辣虾球，但是她本人又不太能吃辣，被呛得脸红脖子粗，让那个建议的人心生愧疚。她辣子鸡只挑花生米吃，就连鲈鱼这种刺非常少的鱼类，也能差点卡嗓子。

最后才是绿豆芽炒韭菜，一根一根把韭菜挑出来才可以吃。

鹿苑挑韭菜的时候，储旭已经三下五除二把饭都扒完了，双手托腮看着她，好奇地问："小鹿，天天和你一起吃饭的人，没有嫌弃你吗？"

说完，他忍不住地看向了周骛，寻求一个答案。

后者静静地进食，没回答。

鹿苑眯着眼睛笑了下，有点不好意思地说："我就是偶尔精致一点，等到上学，比猪崽子都好养活。"

牛吹到这里，那个一直默默吃饭的人才开尊口，一开口就是撑她："偶尔？你确定？"

鹿苑心虚："偶……尔……尔……这样的频率。"

储旭看着他们说话，心里又好笑又酸涩。

和鹿苑相处总是令他很高兴，嘴角忍不住上扬想笑，酸涩的是周骛经常和她一起吃饭，令人嫉妒。

挑食是挑了点，但他羡慕周骛这种甜蜜的烦恼啊。

鹿苑今天出师不利，点的两个辣菜没吃多少，又不好意思浪费，看着餐盘艰难吞咽。

"不方便吃，就不要顾着给谁面子。"

储旭被喊去帮忙后,周骛忽然出声。

回过神时,她餐盘上的两个菜碟已经被人拉了过去。周骛闷不作声解决掉剩下的,囫囵吃着,也不管味道如何。鹿苑张了张嘴,想不到该说些什么,忽然觉得他的话其实挺对。

不应该为了别人高兴,做自己不能做的事。别人的开心也没有那么重要。

周骛在储臣这里有点事,鹿苑也懒得出去晒,就窝着打游戏。储旭过来陪她打了几把,又从丢在地上的书包里抽出几张试卷写。

明天就要开学了,他还有好几张没补完。不过他这个作业也不能叫"补"而是叫"瞎写",题看都不看,直接"裸奔"。

鹿苑无聊,瞄了一眼,无语道:"这是判断题,你写ABCD干吗?"

储旭一愣:"英语试卷还有判断题?"

"一直有的,你不知道吗?"鹿苑惊道,她指尖落在试卷上点了点,"对的写T,错的写F,这个你总知道吧?"

"嘻,一个暑假放得我都找不到东南西北了。"储旭摸了摸后脑勺,也没觉得不好意思,继续狂写,字儿快飘到外太空了。

他性格很冲也很热情,手上的力道却很轻柔,像蔫了吧唧的杂草根。

鹿苑盯着他的字,莫名觉得熟悉。

等周骛那边给储臣弄完系统,已经是下午五点了。

橙红色的夕阳摇摇欲坠,光线落在远处的蓝色铁皮屋顶上,像是安静的卷轴。

周骛站在走廊敲了下门:"回了。"

"哦。"

鹿苑把手机收起来,轻飘飘地走过去。因为她今天穿着白裙子,露着两条又细又长的腿,脚上是秀气的小凉鞋,衬得身体更纤细了。

她又回头对储旭说:"我走啦,明天见。"

储旭站起来:"明天见。周末你可以来这里玩啊,我请你吃东西。"

鹿苑说:"行啊。"

两人走出基地的大门,周骛低头看出租车堵在前一个路口了,司机在软件上发消息,让他俩往前走一点。

鹿苑散步似的,忽然问:"你和储旭的哥哥问清楚,那个虎哥是何方圣神了?"

周骛的眼尾瞥过来,又蓦地敛下,没想到她竟还记着这破事。

"一个地痞罢了,不用担心。"他说。

鹿苑点了点头,又问:"既然是小痞子,应该不会善罢甘休吧,你想好怎么办了吗?"

周骛看向她,眼睛微眯:"你又想干吗?"

鹿苑现在已经不像昨晚和今早那么一惊一乍了,有一搭没一搭地跟周骛聊着:"不想干吗,想听听你的想法呗,我还没惹过这种人。"

周骛愣了愣,突然意识到鹿苑的生活圈子……其实很简单,她不乖,但也不野。

"人是我揍的,跟你无关。"

"不是不是,我不是那个意思。"鹿苑赶紧澄清,解释道,"其实那天,你打人的样子虽然有点可怕,但不可否认,还是挺爽的。"

鹿苑想说,那一瞬间我感觉到自己对另外一人来说很重要。

周骛说:"怎么解决我心里有数。明天就要开学了,你专心上课。"她本来就容易三心二意,再扯上乱七八糟的事情,成绩肯定掉得快。

等红灯的时候,鹿苑忍不住问:"你不会再主动找他碴儿吧?"怎么看他也不像是老实等着挨揍的人。

"我是傻子吗?"周骛问她。

鹿苑说:"反正我想说,你要是有什么事别瞒着我。我不是傻白甜,闯了祸后什么都不管让别人给我擦屁股。那个白毛,我跟他有仇,他跟你有仇,一个闭环,我们现在这状态,也算荣辱与共了吧?"

荣辱与共……

周骛抬手揉了揉眉骨,忽然问:"白毛是谁?"

鹿苑:"……你揍的那人啊!"

他话题转移得好生硬!

晚上,鹿苑带周骛去吃了某条巷子里的阿福砂锅,她的形容是:炒鸡(超级)好吃,墙裂(强烈)推荐。

周骛对这种小吃一向没什么感觉,但是小店里坐满了人,是那种单独的小桌子,小情侣一对一坐着,因为空间小,挨得也很近。

倒是很有感觉。

鹿苑从消毒柜里拿了筷子和勺子，握在手心翘首以待。因为等待时间长，热气腾腾的两碗砂锅端上来的时候，周骛竟觉得味道还不错。

就是会吃一身的汗。她额间细软的小绒毛贴着脑门、鬓角，修饰着脸蛋，很圆很可爱。

周骛没忍住多看了两眼，待她抬起头来时才移开视线。

可能是"荣辱与共"这个词产生效应了，两个人在千梓街走走停停，始终在一处，待到天彻底黑透才回家。

燕家巷1608号院子里，这天反常地提前亮起了灯光。

还未进门，就听见客厅里传来细碎的聊天声，老鹿的笑声隐隐约约飘到她耳朵里，还有周婕的。

也不知道怎的，鹿苑心里头忽然不太舒服，像一块湿湿的棉被压下来，又重又不透气。

明明一年前，她还总盼着老鹿多在家里待一段时间。

两人都有默契地不让家长知道他们有什么事，鹿苑在门口站定，问："如果问起我们去哪里了，怎么说？"

周骛低声说："图书馆。"

"哦。"

她还没看清楚，周骛已经先她一步进去，冲门里道："我们回来了。"

"吃饭了吗？"周婕随口问道。

"吃了。"周骛答。

周婕说："你俩明天开学了吧，作业什么的都弄完了吗？上学该带的东西都收拾准备一下，别等到早上来不及。"

有周骛在，这半年来鹿苑的作业基本上不存在不写完的情况。她走进书房，把摆着的试卷和暑假作业本都装进书包里。

条案不常用的另一端，放着几个整理箱，装着书和相册，都落了灰。

她远远地瞥了一眼，是两个大人的结婚照，还有婚宴上的照片。

去年，周婕觉得在家里摆着两个中年人的婚纱照很奇怪，照片送来之后就一直搁在箱子里。

今天也不知道怎么回事，竟拿出来，看样子还想挂上。

"阿姨，要干什么？"鹿苑问道。

周婕指了下楼梯的那面墙，被她打了几个隐形钉子，她说："我在那规划了一个照片墙，来挂这些，不然放在桌子下面发潮。"

"哦。"鹿苑不是很理解她的想法，只能点点头。

周骛也扫了一眼，冷漠地抿直了唇线。

鹿苑收拾完给周婕帮了会儿忙，用抹布擦着相框，顺便一点点回忆着照片里的情景，有几张是一家四口的，照片上笑着的只有两个家长。

她和周骛一律没表情，漠然得像是被拉来的临时演员。

突然有一张颜色鲜明的吸引了鹿苑的注意，只有她和周骛两个人。一个对着镜头笑得灿烂，一个扯着嘴角。

男孩站在女孩的身后，双手搭在她的肩膀上，冲出屏幕的青春气息。

"这是哪儿来的？"鹿苑好奇又问周婕，她不记得自己看过这张。

"哦，我从那个马拉松的官网上看到的，觉得挺好看，就下载洗出来了。"周婕拿过来多瞧了两眼，大概也觉得赏心悦目。

之前她让鹿苑帮忙拍一点周骛的照片，可是周骛一个人照相的时候总板着张脸，跟谁欠他钱似的。

鹿苑从周婕的指缝中，隐约看到相框后面用马克笔标记着：

小骛、苑苑摄于 金鸡湖

照片都挂完后，周婕总算歇下来去厨房倒水。周骛看都没看那照片墙一眼，直接上楼回房了。鹿苑倒是饶有兴趣地欣赏了一会儿。

这时，鹿正元走过来，站在她身后默默地看着那些照片，若有所思。

他这个年岁，身材并没有走样，依旧风流潇洒，就是手插兜的姿势，在家里也像个领导。

他抬起手腕看了下表，道："鹿苑，你上去准备下，我十点半去找你，咱们谈一谈你的开学计划。"

他说这话的姿态是铁血鹿总。

"哦。"她回答的声音也不自觉低了几度，回到房间，在书桌前坐下来，忽然干什么都没力气了，只想瘫着。

距离十点半没多长时间了，她只得从椅子上行动起来，把房间整理一下。

视线落在立在书柜旁的电吉他上，她蹙起了眉。这种带有娱乐性质的东西，被老爸看到肯定会一通说教，说不准还会责骂或者扔掉。

鹿苑其实不太有精力和老鹿辩驳了，现在她明白无论说什么，他都不会认真听她一次。

在鹿正元心里，自己的女儿大概就是和前妻一样，日子过得太好，吃饱了撑的，想七想八，叛逆、矫情。

在这个中年男人眼里，女孩子内心的柔软、细腻、诘问、自我反省和挣扎，都可以用"矫情"二字概括。

一个疲于奔命，一个还在青春里挣扎。

当然不可同日而语。

鹿苑把琴装进琴盒里，竟在卧室里找不到一处可以藏的地方，只能去阳台看看。周骜房间的窗帘没拉，透着一块白亮出来。

她硬着头皮去敲了。周骜把窗户打开："怎么了？"

"我能把琴放你那儿一下吗？"鹿苑有点汗颜地道，"我爸待会儿来我房间面谈，我怕被他看见又是一阵血雨腥风。"

因为平庸的成绩，她现在连珍视一个自己热爱的东西的资格都没有。

周骜只是看着她，却没说话。

鹿苑脸蛋快速皱了下，小声补充："我等下就拿回来。"

片刻后，周骜似乎叹了一口气，问她："以后你准备怎么办？以后他进去检查一次你藏一次？"

鹿苑："以后的事以后再说。"

周骜把窗户拉大一点，单手接过琴盒，放在自己的床侧："放我这儿吧，等你不需要藏的时候再来拿。"

鹿正元并不会去周骜的房间检查什么，周婕更不会。

他有年级第一的金甲护身，干什么都理所应当。

鹿苑讷讷地"哦"了一声。

那边老鹿已经敲门了："你好了吗？"

鹿苑还不知道老爸此次前来意欲何为，但是她似乎已经患上了应激障碍，每次他说要谈一谈，她就像是被人扼住了喉咙。

鹿苑开了门，老鹿直直走进来。他还没有洗澡，白衬衫黑西裤挺括利落，带着浓重烟味。

鹿正元坐在椅子上的时候，鹿苑不自觉站直了身体，看向他。

"别紧绷了，我不是来骂你的。"老鹿看着她，又指指床面，"坐下吧。"

于是，鹿苑坐在床沿，放松了一点。

老鹿微微叹息着说："这段时间我太忙了，也没空管你，包括上学期期末你考成那个样子，咱们俩都没谈谈。"

鹿苑心说，你何止是这段时间忙。

老鹿又说："但是我也花了些时间问过你们班主任你的情况了，还是不稳定。你们所有的课程都学完了，第一轮总复习也早已经开始了，你现在还只考个三百出头。"

虽然没张口骂她，但这种责问更直击心灵。

"你来跟我说说，你是怎么想的？"老鹿问她，"你是准备一直只考这点分数，混个普通二本吗？"

这语气任谁听了都瑟瑟发抖。

鹿苑弱弱地说："还有一年。"

老鹿跟没听见似的，问道："你告诉爸爸，你还准备努力吗？"

他依然没大动肝火，也没扬卷子抽她的脸，但听起来令人心凉又无望，好像是讽刺。不愧是老鹿。

那一瞬间，鹿苑彻底放弃和老鹿的良好沟通，他说什么就是什么了。

老鹿眉宇间凝聚着诸多烦心的事，他从西裤兜里掏出烟，缓缓点上，又把打火机和烟盒扔在鹿苑摊开的书本上。

过了会儿，他的气压仍旧很低："你要实在不行，我也可以把你弄出去，现在就得开始准备了。总而言之，我鹿正元的女儿不能在国内混个三流大学。不说面子，你这性格，没学历没本事，在社会上怎么混？只靠一张脸吗？"

鹿苑本来以为老爸敲打一番睡一觉也就过去了，但是没想过他竟然起了这心思，用钱把她砸出去。

她发愁道："就算出去成绩也有要求的，还要学习语言。"

"所以，你以为哪条路容易？"老鹿抽着烟，反问她，"我也不想让你出去，可你国内的学校考得上吗？"

鹿苑说："我也没那么差。"

其实在学校里她还真不算学渣，只是没有那么拔尖而已。

老鹿的话语里对她多少有点失望，可能是生意做大了吧，碰见的那些个老总的儿女，不是在国内的顶尖院校就是出国"镀金"了，反正各显神通。

反观还在象牙塔里傻乐观的鹿苑，鹿正元比她更着急，望女心切。

他多希望一觉醒来，鹿苑就考全校第一了……只可惜，那注定只是个梦。

鹿苑完全没有过出国的打算。在自己的国家都学不好，出去当傻子吗？可是看老鹿的威严，她还是决定不说了。

时间已经不早，周婕站在门外说有点事找他。接连两三次这么打断，也不知道是真的有事，还是有意给鹿苑解围。

鹿正元站起来，对她说了句："我的计划就是这样，具体怎么选择要看你。上学期我要求你考进年级前二百，让你退出乐队。你一个都没做到。我没骂你，是真觉得就此放你不管了吗？"

意思就是如果她自己不行，他不介意采用强制手段干预。

"你是我女儿。"鹿正元停了停，虽然他不是经常在家，可是对鹿苑的了解好像比任何一个人都深刻，"你在想什么，以为我不知道吗？"

最后一句话成功把鹿苑给弄自闭了。

老鹿出去后，问周婕："怎么了？"

周婕柔声说："进来说吧，别影响孩子休息。"

鹿正元叹了口气，随着周婕进到尽头的那间主卧里。周婕已经洗完澡，穿着睡袍坐在床沿擦着头发，随口问道："你刚刚又在说苑苑吗？"

鹿正元解开两粒纽扣，动了下脖子，说："没办法，这孩子总是太不让我省心。"

周婕停下动作，看向站在台盆前刷牙的人："我上次和你说的话，你没有听进去对吗？"

"你说什么？"鹿正元嘴里含着泡沫，含糊一问。

周婕淡淡地说："我看过一些教育专家的讲座，真的不建议打压式教育，对小姑娘，你更不要这样。"

鹿正元吐掉牙膏沫子："从小到大都是这样教育的。她皮实，脸皮厚，和小骛不一样。"

有谁会说自己女儿脸皮厚？

周婕心里很无语："你有没有想过，苑苑对你的责骂一向不吭声，只是在忍你。"

鹿正元脸突然拉下："我是她爸爸，供她吃喝长大，她有什么资格说忍我？"

周婕被他突如其来的声音弄得一惊，不自觉就站了起来："你不能用这种思维想问题。"

至少在家庭、妻儿面前，他并不是一个上位者。

两个人都意识到谈话氛围不是很好，鹿正元及时打住，说了句："我先洗澡。"然后进了浴室。

等他洗完澡出来，周婕已经吹好了头发，拿着电脑坐在沙发上处理邮件了。

"你准备什么时候睡觉？"

周婕头也没抬："你先睡吧，我得开个'夜车'。"

以前鹿正元不是不知道周婕的工作也很忙，两人的认识源于一个朋友组的局，当时周婕穿着干练的白色套装，站在窗边打电话，鹿正元一眼就被吸引住了。

他很欣赏这一类的女性。

可是真的结婚以后，两个人因为忙碌的工作所产生的矛盾是没办法避免的。鹿正元上了床，静了一会儿："我想和你商量一下，家里两个高考生，你看能不能稍微把工作放一放。"

周婕心说：你不能把工作放一放吗？

但是她选择不说这种尖锐的话："公司又接了两个政府项目，这无论对公司还是对我来说都很关键。项目完成以后，我差不多就升分公司总经理了。"

鹿正元却说："这一年，无论是对小驽还是苑苑，都很重要。"

周婕道："我知道，所以就算我再忙，每个星期都会回家来两三天，有事情我也会及时和老师沟通。"

鹿正元还是觉得这样不妥。周婕说的每周回来两三天，及时和老师沟通问题，她根本就做不到。

工作一旦忙起来，吃饭睡觉的时间都没有。

他斟酌了一下说："这个升职的事，今年不升也可以明年升，不着急。我公司又拓展了部分国内的品牌，前景很好。以后两个孩子无论是出国读书，还是想创业发展，我都可以支持。"

言外之意是作为他的妻子，周婕完全不用为生计奔波。

只可惜，周婕只有外表是温柔的，骨子里比谁都拗。

这话踢到了她的铁板上。

鹿正元这人最大的缺点就是顽固、强势、大男子主义。

她把电脑"啪"地一合，捧着出了卧室，直到夜里三点才回来。

鹿苑第二天起了个大早。一方面是因为今天开学，另一方面是昨晚老爸把她说得的确不太好受。

许阿姨今天不在，是周婕起来帮他们准备的早餐，老鹿已经坐在桌边了，昨晚虽然两人拌嘴冷战，可到底是成年人，不可能在孩子面前演绎现实。

鹿苑没看出来他们吵过架。

鹿正元问两人："今天要不要我送你俩去学校？"

鹿苑因为昨晚的事还不太高兴，就没搭理老爸。

周骛说："不用。"

周骛吃完早饭，坐在沙发上等了几分钟。鹿苑也放下碗筷，匆匆说了句："我去上学了。"然后兄妹俩一起骑着自行车离开家。

高三是学校第一批开学的。

但是大家脸上都不太开心，也就刚进教室的那一会儿稍微热闹点，不出半个小时，教室里就弥漫着丧尸围城的破落感。

没多会儿，老孔就来了，照样是拎着一把尺子，对着黑板"哐哐"敲了两下："给我打起精神来，是上学来了还是上坟来了？高三已经开始了啊，一个个臊眉耷眼的，给谁看呢？"

坐在前排的一个小男生无力地辩解："不是，大家都还没适应。假期综合征。"

开学第一天，倒也不必这么骂吧。

老孔不吃这一套，接着吼道："不适应？什么不适应？上了几年学了还不适应？把自己当偶像剧主角了吧，可没人疼你们。布置两张卷子治疗一下假期综合征，保证药到病除。"

全班："……"

老孔吼完这一通算是激起民愤了，等他前脚一走，后脚班上的同学就开始小嘴叭叭叭骂起他来。

说他来"大姨夫"了，更年期，投胎的时候忙着冲刺忘记带脑子，等等。

反正师生在互相伤害的道路上愈战愈烈。

鹿苑也漫不经心地和吴小丁他们聊着天，随意说了两句自己的假期生活。陈然的生日在暑假，他没请任何人，但是发了朋友圈，鹿苑把他的生日礼物补上了，装在一个盒子里。

除了陈然，没人看见里面装的什么。

"谢谢小鹿。"陈然说。

"不客气咯。"鹿苑无所谓地趴在桌上，漫不经心地抽了单词本出来背，即使这会儿还没有老师来布置任务。

上午第四节课上完，宋缨照例找她去校外吃饭，鹿苑站起来两秒，忽然跟泄了气的皮球似的坐回去了："算了，你找别人去吧，顺便帮我带个饭团回来，黑椒味的。"

"怎么了吗？"宋缨忙问。

鹿苑说："单纯不想动而已。"

"那好吧。"

连续几天，鹿苑身体像长在凳子上似的，除了上厕所和吃饭，就没怎么离开。因为她心情的确很低落。

作为高中生的大家都有压力，正常点的压力全来自学习，不正常的是家长搞出来的焦虑。

老鹿在要放弃她的边缘，说她考试再考不好只能送出去"镀金"。

鹿苑也不是完全没心没肺的人。人都有羞耻心，以前觉得考个三百多点，差不多的学校，能上就行。

但是现在她对自己产生了怀疑。

这小半年，她一直是和周骛一起写作业的，问问题的频率大大增加了，自认为还算努力，乐队也结束了，可成绩并没有什么改变。

反观周骛，像是开了挂似的，节节升高。

一开始他的分数和陈然差不多，后面干脆把陈然的心态也给搞崩了，远远把陈然甩到后面，自己一骑绝尘。

个体间的差异性，比如智商这些，有的时候真的挺打击人的。

无论如何，鹿苑不想在高考这件事上再被老鹿操控。

怎么做，她又不太懂。

一段时间心里闷闷的，她又打起精神来跟陈然打听："我看你朋友圈，你暑假补课了？"

"低调，低调。"陈然压低了声音，"给我补课的老师也在我们学校教书，这算违规。"

"哦哦。"鹿苑也跟着压低声音，跟做贼似的，"你感觉怎么样呀？"

陈然拿出手机，顺便把那条学习的朋友圈删掉了，以防止被人看出来："还可以吧，我上的是竞赛课。"

那就和鹿苑这样想补基础的没什么关系了。

"好吧。"

"小鹿，你想补课？"陈然声音里隐含不可置信。

鹿苑点了点头，犹豫着说："初步有这个打算，还在摸索阶段。"

陈然的妈妈就在初中部当语文老师，有这方面的资源，可以帮一点忙："看你具体想补哪方面的，我去帮你打听。"

鹿苑想了一下，五门功课，她不偏科……也就是每门功课都是半罐子水平，应该都是要补的。

还有物理和化学，她不在状态也能跌出B。有的学校会要求1A1B的选修成绩，到时候也不能因为到了门槛，选修成绩不行给刷下去。

鹿苑说："我想五门功课都补。"

陈然："……"

陈然："你有这么多时间吗？怎么协调学校的课？"

鹿苑："我还在想办法。"

陈然叹了一口说："你不应该找补习班，你该找家教，1V1。"

鹿苑想，这样也不是不可以。

其实这些事找周婕会更好办一些，可是周婕这段时间一直很忙，比他们高三生还辛苦。

鹿苑根本不想麻烦她。

周骜也发现鹿苑的闷闷不乐了，之前鹿正元打了她一次，她跑出去打耳洞。

这次谈话，她没做任何举措。周骜也从侧面问过鹿苑，鹿正元有没有打骂的行为，鹿苑摇头说没有。

"那为什么不开心？"周骜又问。

当时两个人坐在书房里，周骜早就写完作业了，鹿苑还在磨蹭一些大题。

"没有不开心啊。"鹿苑不喜欢对人倾诉自己的心事。

突然，一只手伸过来，手指背在她额头上贴了几秒，像是在试探她有没有发烧。

"不舒服吗？"

"也没有。"鹿苑说，感觉他今天有点奇怪。

又过了一会儿，他拿着手机摆弄两下，像是明白过来什么。

在网上复制了一段文字，粘贴在备忘录上，递到鹿苑面前。

【生理期心情不好是很正常的。女性要正视自己的情况，适当释放自己的情绪，多休息，和身边的人聊天，或者吃一些食物，巧克力、水果等，不要把不舒服藏在心里。】

那段文字有点长。

鹿苑没有看完，手掌"啪"地盖上屏幕，不知道点到了什么，屏幕切换到通知页面，乱七八糟的各种新闻。

"我没有。"她倔强地说。

周骛看向她的眼神不太信，用拇指和食指捏着她的手腕，抬起来，又抽出自己的手机。

鹿苑轻轻吐了口气："那个，早就结束了。"

"哦。"周骛应了一声，切换到日历 App 上又看了眼时间。就在几分钟前，他搜索了女性生理期的相关知识，跳出来很多东西，科普说女性经期一般在三到七天。

看来，她的生理期算是比较短的。

思绪至此，周骛关掉手机，连自己都不想搭理了。尽管知道这只是正常的生理常识，但放在这个情景下，难免会被眼前这人误认为变态。

也确实挺变态的。

8月下半旬是在炎热的蒸笼里度过的，伴随着时光穿梭般的高三节奏。

正式开学前，老孔才告诉大家要进行一次摸底考试，考完顺便把座位给调整了。

七班一年都没有集体调整座位了，别的班大多是半个学期就换一换，老孔在这种事情上很懒，目前的座位是他精心安排的，做同桌的两个人基本上都能互相帮助一下，也不会有矛盾。

不过，年级主任还是建议老孔抽空把座位调一调，这有利于保持同学之间的新鲜感，接收不同的学习方法，听起来还挺人性化。

上个学期，高老师说过学校并不会强制要求男生和男生坐一桌，女生和女生坐一桌。但最后还是如此要求了。

老孔叹了口气，说等考完试看着安排。

这次摸底还是一天内考完，从早读到晚修。

鹿苑摸到试卷的时候就感觉到手生了。首先是答题的语感不对，其次是速度降低了许多，写得磕磕绊绊。

除了两门选修，语数外基本上写完还来不及检查就交卷了。

考完的成绩也确如她所料的那样，很差。

差两分到三百。

拿到成绩条的那一瞬间，鹿苑是真的感觉到自己被命运扼住了喉咙，开始呼吸不畅。

但这是她自我选择的结果，暑假的那一个月太放纵了些，分数给了她最直接的反馈，抑或是报复。

班上四十几个同学，几家欢喜几家愁。有人丝毫没有懈怠，犹如黑马显著上升；有人正儿八经给自己放了个"暑假"，一落千丈。

反观她周围坐着的两个学霸，都在四百分以上。满分480，别人愣是比她多考了一百多分。

太搞心态了。

鹿苑那一整天都没怎么说话，沉默是今晚的康桥。

宋缨在后面的黑板上看到鹿苑的分数，也沉默了下，晚自习的时候趴在她的桌子上，问道："小鹿，你还好吧？"

"好啊，不然我会死吗？"鹿苑眨巴了下眼睛，故作轻松道。她总不能在同学面前表现痛苦吧？那不仅无济于事，反而会增加别人的焦虑。

宋缨斟酌了一下安慰的话："考试嘛，玩的就是心跳，起起落落的很正常。接下来你努力一点，成绩就上去了。"

鹿苑应付着点点头。

但是谁都明白，"努力三月考北大"只是个古老的传言。

吴小丁这次考得非常好，直接跃居全班第五，正当他也要加入安慰队伍的时候，鹿苑直接打住了，说道："你别说话，看到你我现在有点扎心。"

吴小丁嘿嘿笑起来："那你右边和后面，一个第一，一个第二，你扎心吗？"

鹿苑直接做了一个扇苍蝇的动作了事。

宋缨说:"马上要换位置了,不知道会把我安排到哪里。小鹿,我不想和你分开。"

周骛进来的时候,看见鹿苑还在和人聊着天,脸上带着看不出情绪的笑,没心没肺。

"我也舍不得你,我们一起抱头痛哭吧。"

"就算分开我也会穿越人海去找你的。"

"呕……别逼我打你。"

"哈哈哈!"

他走过她的身边,侧了下眸,但没在位子上坐下,直线走到张贴榜处,食指落在名册上,从上往下滑,到快走完一个班的时候,才看到鹿苑的名字。

她这次数学滑铁卢了,语文和英语的优势也没凸显出来,所以总分很差。

还有心情笑。

周骛坐回椅子上。晚自习课间,他几次想找鹿苑谈一谈,但她似乎没时间,凑着脑袋和陈然细细密谋着什么。

对于鹿苑这次的成绩,陈然表示了同情,但是爱莫能助。平时讲讲题,做一些不算浪费时间、力所能及的帮助是没问题的。但是要保证帮她提高成绩就很难了,大家都是高三学生,谁都没有这个义务,也没能力。

"你报名有点晚了。"陈然蹙了下眉说,"前天和你说的那个冲刺班老师,他的私教小班上已经有六个学生,不好再塞人进去。"

鹿苑表示理解,这种事也不能着急,毕竟她也不是第一天才成绩差的,于是道:"那就请你妈妈再帮我留意一下吧。"

"好。"

很快,上课铃声打响。

鹿苑没有立即写作业,从桌肚里摸出手机给什么人发了几条消息,然后才收起来。

周骛看着她一系列的谜之操作,干脆也没再理她,闷头写自己的作业。隔了一会儿,他再次抬起头来,果不其然发现鹿苑正对着桌子一动不动,那样子根本就不像在审题,而是在发呆。

当天晚上两个人回到家,周婕和鹿正元都在。

桌上有留给两个高中生的夜宵,扬州炒饭和鱼丸汤,周婕亲自做的。

这个点还不到老鹿的睡觉时间,他穿着睡衣坐在沙发上看平板电脑,随口问鹿苑:"你们最近有考试吗?"

考的话,需要给他汇报一下成绩,才方便他做出决定。

对于不到三百的总分,鹿苑完全不好意思说出口,一调羹炒饭递到嘴边,没吃,也没说话。

安静的那两秒,周骜先开了口:"没有。"

鹿正元有点意外:"是吗?你们也开学半个月了吧。"

他有老孔的联系方式,但作为学生家长,也不能总是和老师发微信远程监控学生,何况他也没那个时间。

周骜说:"要赶进度。"

鹿正元又是一愣,问:"你们第一轮复习还没结束吗?"

鹿苑低头吃饭,心想老爸这样有点可怕。他在公司里日理万机,居然也能知道他们第几轮总复习。

周骜直接没有回答他这句疑问,吃完饭把碗筷拿到水池里。

周婕从冰箱里拿出牛奶,放在桌上等恢复常温,问道:"不早了,你们是要洗洗睡觉还是怎么安排——"

鹿苑这天情绪内耗严重,想睡一觉,还没开口就又听见周骜说:"再做会儿练习。"

周婕看一眼墙上的时间,说道:"也行吧。那你们睡前把牛奶喝了,杯子放那儿就行,明天许阿姨来洗。"

"嗯。"周骜已经拎着书包进了书房。

鹿苑怔怔地站在原地,因为他把她的书包也拿走了。

他今天到底怎么回事,考第一名还要这么自虐?关键还拉着她这个渣渣一起虐。

但是学霸都这么拼命呢,她要是先去睡觉了,老鹿又有的一通讲,于是她也只能不情不愿地跟上去。

目前发下来的试卷就数学和物理,还有一门英语。周骜前面两门基本上没什么错的,错题集写那么一两道就算完事了,英语也早在晚修的时候搞完了。

这会儿,他拿了一本自己买的材料在做,看上去一点都不困。

鹿苑打了个哈欠，真是搞不懂他为什么会这么有定力。

注意到她飘散的目光，周骜出声问："你有不会的题目，趁这个时候问我。"他会教到她吃透。

鹿苑摇头："没有。"

其实她现在处在一种没有头绪的状态里，陷入了莫大的茫然，很多题目说会也会了，但是下次再遇到变种的题型，她大概率还是做不出来。

"真的没有？"周骜看着她，眼神忽然有点严肃，或者说，凶，"数学不是错了很多？"

听到这句话，鹿苑的脸上漫上来一点血色，热热的。她知道自己这次考得很差，可周骜倒也不必这么晚了还提醒她。

她会想办法的。

"我已经都订正好了。"她加重了声音说。

"随你。"周骜大概也情绪不顺，"成绩是你自己的，骗我没有用。"

鹿苑在老爸那里听惯了风凉话，再听这种话从周骜的嘴里说出来，挺难受的。她丢下一句："本来就是我自己的。"说完，她拿起手机和数据线上楼了。

周骜盯着被她关上的玻璃门，头更疼了。

她这个学习态度、这个水平，考个屁的大学，明年6月份该去逐梦新东方了。冷静了片刻，他只能打开她的书包，把错题集和试卷拿出来看了看。

其实他也不太明白鹿苑的成绩为什么会这样，她脑子也不笨，有些稍微难一点的题目，他以为她会空着，倒也能写出几问来。

但经常一到考试就不太行。

原则上来说，还有小一年的时间，不用过分着急。可他怕她这一年还不开窍，或者就此掉下去了。

正式开学的那天，周骜有点忙。

高一和高二的去参加开学典礼，不上课，高三的也在自习。周骜去了趟储臣的网吧，打印点资料。

碰上了宗虎。

确切地说，宗虎是在储臣的店里等着周骜。这几个月他躲在外地，过得也不太好，头发黑了都没时间染回去。

此时，他跷着二郎腿坐在沙发上："哎哟，这不是耍尽威风的跩王吗？"

周骛差点没认出宗虎来。

他也笑了笑，气势确实挺跩的："你谁？"

"我谁？"宗虎站起来，走到周骛边上，一脸的不爽，"上次打我打得爽吗？"

"哦。"周骛面色淡然，眼尾挑着了然的神色，"被我打到地上的那个。"

谁都不愿被提起这种侮辱人格的事，这货死到临头了还嚣张。

"你不会以为这事儿就这么算了吧？"

周骛打印完资料，无所谓地说："你想怎么样就去做，别在这儿跟我放狠话，不吃这套。"

"行啊。"宗虎说，"那丫头跟你一个学校，你妹妹吗？"

周骛走到门口，折返回来，一抬手，猝不及防地扣住了宗虎的脖子。宗虎脸涨红乱咳嗽，如荆条扼喉，又冷又硬，他感觉自己快咽气了。

他的弟兄们闻声起身："你干什么？给我松开！"

"我没打算弄你，但如果你敢去找她，"周骛顿了顿，"你动她一下，我不放过你。"

周骛拿着资料离开，那几个小弟要去搞他，被网吧老板喝住了："要找死也去别的地方找，在我这儿不用等警察来，我亲自弄你。"

储臣坐在吧台里抽烟，眉上的那道疤痕明显又放浪："何必呢，去招惹他。"

刚刚两人对峙的时候，储臣完全没有要帮谁的意思，他就是一个无良且流氓的中间商。

"一学生跟我这儿跩。"宗虎不屑道，摸了下自己的脖子，跟卡了刺似的难受。

储臣咧着嘴笑，伸出两根指头："他可是弄你两次了。"

宗虎的一个小弟说道："那是因为他太阴了，趁我们不备好嘛。"

储臣无语道："打个架，谁还给你喊预备起的时间？现在的高中生也不都傻。"

"不会就这么算了。"宗虎眯了眯眼睛，"这小子滑得泥鳅似的，他不好搞，小丫头不还在这学校吗？"

储臣又抽一根烟,看向外面的日头,有些无语。他知道周骛并不好惹,奔着多一事不如少一事的原则,说:"别那么傻,弄完人自己还得进去蹲两天。不至于。"

"那小子之前不是在我店里揍你吗?视频还在我这儿呢。"

宗虎冷了冷,说道:"视频给我。"

"刚说你傻,还真是没冤枉你。"储臣讽意满满地看着眼前这"二百五",说道,"你想干吗,那个臭小子可不是个好捏的柿子,等着被你弄?"

"那你说个屁?"宗虎斜了眼,"我有的是办法。"

"什么意思?"

"你刚看他穿的鞋、戴的手表没有?可都不是便宜货。"宗虎幽幽道,"这小子,家里有钱着呢。"

"……"

储臣看了会儿宗虎,没说话了,好像明白了什么。

鹿苑这些天有点忙。

她找了家学校旁边的补习班上了几节课,利用晚自习去的。

补习班的老师挺负责任的,基础知识讲得很细,但是不深入。她上的第一节数学课甚至是从区间开始讲的。

不得不说,这对鹿苑来说有点浪费时间了,上课的时候她总是走神。于是她听了几节课就先离开了。

她和周骛连续三天没怎么讲话,在教室里他没搭理她,回家一起在书房写作业,他也一直闷头忙碌。

鹿苑以为是上次两人拌嘴,弄得周骛不高兴了。

是她说话冲、不识好歹,她想跟周骛道个歉,却一直没找到机会。

周骛从老孔的电脑里拷贝了鹿苑这一年来的各科成绩汇总。

等鹿苑上楼睡觉,他整理了她的试卷,一张一张去统计失分点,由此来判断她的知识掌握情况和薄弱的地方。

上过高中的人都知道,做过的试卷宛如天上飘的雪,而且鹿苑试卷也写得变幻莫测,这个工程量挺大的。

他相当于在给鹿苑私人定制一个补漏计划。

白天要上课,忙自己的事情,晚上才有时间。他的睡眠严重不足,经常熬到凌晨三四点，直接趴在桌子上睡着了，等醒来时天也亮了。

许阿姨进来打扫卫生，心疼道："小骛，你这也太拼命了，考第一还这样，这不是要比死你妹妹吗？"

周骛嘴角扬起挖讽的笑，楼上睡觉的那位她知道个屁。

他收拾了东西去楼上洗澡，碰上起床下楼的周婕。

"小骛，你没事吧？"周婕叫住他。

"能有什么事？"周骛随口反问了句。

他只是无意的，但周婕有点尴尬，想碰一下他的头，又记起周骛最讨厌别人摸他的头发，这个年纪的男生都这样。

有次周婕下意识揉了他的后脑勺，被他反应激烈地躲开了，还挺伤人自尊的。

"注意休息。"周婕看着他眼底的那一片淡淡的青色，"学习再重要，没有好身体也是不行的。"

可能是周骛一向不叫她操心，也没惹出过什么事，周婕并没有鹿正元对孩子的那种迫切感，甚至她都觉得如果周骛考一个普通的大学，只要开心，也没什么。

"知道了。"

周骛有点烦躁地绕开她，上楼了。

花了几个晚上，周骛总算把鹿苑的"底细"摸清了。

总而言之，就是这位大小姐的知识架构太散了，多种知识各干各的，各自逞能。

她最大的问题就是不会总结，也很少复盘。不掌握学习方法，蛮干是大忌，考试很容易翻车。

做完这些摊在桌边的时候，周骛也不知道自己在发什么疯，他毕竟不是她爹。

他做了一个针对鹿苑知识点查漏补缺的提纲，小厚一本，能把她掌握不牢的东西串联起来，再培养下她复盘的习惯，估计再考两次，她提高二三十分没什么问题。

只是还没机会拿给她。

老孔那边也把新的座位表安排好了。理科班的女生普遍比男生少，七班一共四十二名学生，女生十三人，男生二十九人。

那必然还会有一个男生和一个女生同桌。

老孔决定让鹿苑和陈然钉在一起，不动了。理由还是过去那些，主要是对陈然比较放心。

他把表格打印出来以后，就让冯晴晴拿去贴到教室后面的黑板上了，晚自习的时候就换。当时周骛正在办公室帮物理老头干活，无意间扫了一眼鹿苑现在的位子，发现旁边还是陈然。

至于他自己，则是挪到了别的组，前面是储旭。

"不是男女分开坐吗？为什么这两人不动？"他直接问老孔，脸也有点黑。

老孔被问得一愣，那语气完全就像大领导来学校问责了。过了好一会儿，他才回过神来："嘿，你这话问的，你当自己是校长啊？"

周骛盯着他，目光灼灼。

老孔无奈地说了原因，又道："他俩人坐在一起相安无事，鹿苑有个什么问题，还能请教一下陈然。"

"一个第二名，有什么可请教的？"

"你小子怎么吃错药了？你妹是公主吗，第二名还教不了她了？"老孔忍不住了，平时周骛挺有礼貌的，今天哪儿哪儿都不对，"到底有什么问题？"

"你上学期不是担心鹿苑谈恋爱？"周骛花了十五秒才想到这个理由，"现在不担心吗？"

"和陈然坐在一起能有什么问题？要谈早谈了。"老孔慢慢说道，气得喝了口茶。

"他不是男的吗？"他立在老孔面前，大有得不到满意答复就不走的意思。但是看着老孔紧锁的眉，他没有耐心再等下去："我是她哥。你最应该放心我。"

这是周骛第一次承认自己是鹿苑的哥哥。

脱口而出的那一瞬间，他心脏漾了片刻，说不出来的感觉。

因为他并不坦荡。

当冯晴晴把座位表贴出来的时候，所有的人都拥去后面看了。宋缨要搬去另外一个组，和英语课代表一桌，吴小丁和上次撞掉鹿苑"碉堡"的男生冤家路窄。

鹿苑和陈然前面的人换成了班长冯晴晴。

而周骛和他的同桌也没分开,但和她不是一组了,他同桌平时受学霸恩惠众多,颠颠地把他的桌子带书全搬走了。

这会儿全班同学都忙活着,就鹿苑懒洋洋地靠在座位上吃杏干。

晚自习铃声打响十分钟教室里才安静下来,各自顺书,开始自习。

没多会儿,教室前门被打开,周骛走进来,视线在教室里绕了下,然后径直走到陈然的桌子旁,指骨叩了下桌面,道:"跟我换下位子。"

陈然很意外:"怎么了?"

周骛说:"老孔的安排。"

他只有这么一句解释,陈然还是蒙的,但陈然并不怀疑周骛在说谎,他也不可能说谎,只是不明白老孔为什么要这么安排。

周骛看着陈然,两条手臂自然而然地垂落,贴了下桌沿,问:"有问题吗?"

"没。"陈然说,收拾了下东西,便起身把桌子搬走了。

等到周骛真的坐在自己身边,鹿苑不太能适应,总觉得右手边有个冰柱戳着,冷得浸人。

生怕她问出一句什么来,被他当面撑。

她看着他整理桌子,看得有点愣。周骛转过头看她:"怎么了?"

鹿苑讷讷道:"没,就是不懂老孔为什么忽然让我们俩坐在一起。"

周骛把晚自习不用的教材和试卷收到桌肚里,也没打算骗她,说:"我要求的。"

"为什么?"那双溜圆的眼睛茫然了一瞬。

周骛说:"你摸底考试什么情况没数吗?还想放任自己多久?"

鹿苑:"……"

他在说什么?又戳人肺管子!

"你想干吗?"她戒备起来。

周骛无所谓她听不听得懂,淡淡地说:"管你。对你负责任。"

"你在说什么?"

她转着的签字笔落到试卷上,空空攥着拳,看向他。

"听不见就算了。"周骛嗓音里囫囵冒声,抽了张试卷写上自己的名字。

"你刚刚说什么对我负责任?"鹿苑还在傻愣愣地问。

周骛被问得有些无从招架。不愧是校园乐队主唱，中气很足，她的声线清晰到左右周围的同学都能听见。

他有一瞬的尴尬，突然抬手，用拇指和食指捏住她脸颊，拽了下，低声道："别说话了，写作业。"

松开的时候，鹿苑揉了揉自己的脸，有种特别不真实的感觉。他刚刚那话，怎么听着歧义那么大。

我管你。

我对你负责任。

热腾腾的血液又在她的身体里叫嚣，太不听话了。

碍于周骛那张无时无刻准备上岗撑她的嘴，鹿苑也没敢继续发呆，默默拿出今晚要写的作业。

当天晚上，鹿苑躺在床上翻来覆去睡不着觉，她还不知道周骛所说的管她是什么意思。

他自己私底下的模样还见不得光呢，到底谁管谁？

第二天晚自习上，鹿苑拿出在辅导班买的一份试卷来写。

第一轮的总复习早就结束了，其实堆积到晚上的作业任务已经不多，班上的大多数同学都练就了在语文课上写数学、数学课上写物理、物理课上写英语……这样气死老师的本事。

周骛也会这样，他从高二开始就肆无忌惮了。

因为老师讲的很多题目他完全不需要听。

这份试卷其实不太贴她，很多题型都是重复的，鹿苑抽着写了两题，再次感觉在浪费时间。

她发了个微信，问同在辅导班上课的某个同学那边的进度如何。

消息刚发出去，手机被人抢了去。

周骛把她的手机压在小臂之下，问："上课时间，给谁发消息？"

你管我给谁发消息呢？

鹿苑心里这样说，但嘴上却不敢言："还给我，别侵犯我隐私。"

"侵犯隐私？"周骛重复着这几个字，觉得好笑。事实上，他根本就不会看她的手机内容，屏幕早黑掉了。

他的视线扫过她面前摊着的那本辅导书，又拿过来看了两眼，问："谁给你选的这本？"

"自己选的，怎么了？"

周骛把书合上，丢到一边，从自己的桌肚里拿出一张试卷递给她："先不做这本。写这张试卷，下课前写完卷一，卷二回家接上。"

鹿苑忍不住拧了下眉，但还是听了他的鬼话。

这份试卷她做完第一题就感觉不一样了，饶是半拉学渣，她也能感觉到含金量很高。题是很熟悉的，题干上的条件不多，又和以前不太一样，一不小心就掉坑里，出题人十分刁钻。

当然刁钻。

这份试卷是周骛自己出的，原型来自她之前做过的练习和考试，题型变了个种，数据也换了。

她花了近一个小时完成，精神高度集中，手和脑子也快累瘫了，甩着腕子坐在椅子上神游。

周骛花了几分钟把答案对了，十四道填空题错了四道，解答题也有一定程度上的失误。他敲了下她的脑袋："过来，看这里为什么会错。"

鹿苑觉得自己眼珠子都直了："不是吧，今晚就要解决掉？"

"你以为呢？"周骛反问。

鹿苑累了，不太想动脑子，目光随着课间热闹的人群而去，陈然和一群男生凑在一起，不知道说些什么。

周骛盯了她两秒："别看他，看我。"

他的声音严肃又具有蛊惑性，听得出来不爽。鹿苑只好忙不迭把双手撑在桌沿，集中精力在卷面上。

——别看他，看我。

这种话老孔也经常说：别低头看桌子，看我。

脸不同，给人的感觉也不同。一个是霸道总裁，一个是普通中年男老师。

从那天以后，周骛基本上每天都会多布置一张试卷给鹿苑，数学、物理和化学居多，两门文科机动。

一般当天写完当天讲，讲的那一部分就放在家里书房，然后做错题集。这一系列操作完成，两个人基本上要到一两点才睡。

每天睡不到五个小时挺累的，但鹿苑莫名积极起来。周骛手把手带着她复习，可比那个收费不菲的辅导班值多了。

渐渐地,她就把那辅导班的课全退了。

但学习这事,不能只靠着旁人拉。

鹿苑上课有不清楚的地方,依然不喜欢问老师,就自己瞎琢磨。周骛不强求这一点,但是给她强调,无论问谁,绝不能带着疑问睡觉。

"以后每天,最少问我五个问题。"这是他的强制要求,"做不到就别睡。"

鹿苑:"哦。"

高三的生活其实很简单。

做题、听课、吃饭、睡觉,四件套。

自从和周骛做同桌后,两个人的生活算是彻底绑在一起了。

9月第一个月假的前一天正是储旭的生日,校霸邀请班上同学吃饭,鹿苑和周骛自然在列。

吃饭的地方不在学校附近,两个人就没骑车。

下午的课上完就放假了,储旭和张晓海他们先去饭店,周骛被物理老头喊走了,说他竞赛训练的事儿。

鹿苑收拾好书包,戴着耳机坐在教室里等了一会儿。

周骛再进来拿书包的时候,看见鹿苑有些惊讶:"怎么没跟储旭他们走?"

"我们俩不是应该一起的吗?我跟别人走干吗?"

这话忽然让周骛愣了一秒。

他摇了下头,拿好东西,走到门边等她出来再关灯。

虽然是初秋,但盛夏的余热仍未消散,学生还穿着夏季校服,六点多天也没黑。

校园里已经满是丹桂飘香,金黄色的小花瓣凌乱地飘在少年的肩头。

鹿苑伸手,接了一瓣桂花,贴在鼻端闻了闻,好香。

校门口来接孩子的私家车已经寥寥无几,周骛拿出手机,手指在上面快速打了几个字,不知道在跟谁发消息。

鹿苑以为他在打车,等了五分钟,车还没来才知道他并没有叫。

"所以,你刚在干吗?"她问。

他绷着嘴唇,面无表情:"储臣在网吧里,等下和他一起去。"

"怎么不早说?我们在这儿傻站着半天。"鹿苑疑惑,但也没多想,反正他这个人内心总是高深莫测，一般人也猜不透。

两人朝着储臣的网吧走去，鹿苑还记得去年这个时候她挺怕储臣这个刑满释放人员的，也就两面的缘分，她倒是一点都不怕了。

网吧一排的店面比马路高一点，鹿苑走到门口正要进去时，周鸷还站在下面："你先进去等，我去买瓶水。"

鹿苑："这里有卖水的啊？"

周鸷没回答，兀自走了。

电脑后面坐着一个年轻的男孩子，鹿苑问他："储臣哥哥在吗？"

"老板？"男生不解，"今天周五他得去训练，你找他有事吗？"

周鸷为什么要说储臣今天在？

鹿苑去门口看了眼，却发现周鸷已经过了马路，拿着电话，边打边朝对面的小巷子里走去了。

看他脚步快成那样，他平时不都是挺气定神闲的吗？

第六感告诉她，不对劲。

等鹿苑也跑过去的时候，周鸷已经走过一段巷子要左转了，她大喊一声："你去哪里？"

周鸷回头看见她，又跑了回来："你来干什么？"

鹿苑被他一凶，就忍不住问："你凶我干什么？"

周鸷笑了笑："没有凶你。去储臣店里等下，我马上回来。"

鹿苑也不在乎他的态度了，问："你是不是要找人去打架？"

"不是。"

鹿苑不走，伸手扯了下他衬衫的一角，问道："你是不是要去解决那个白毛的事情？你一个人去不好吧？"

"我不打架。"周鸷低头看她的手指，把白衬衫都给攥皱了。很意外，她竟然连这种事都能猜到。

鹿苑说："我说了，这也是我的事情，你别什么都一个人去干。"

这一个月来，其实她也在等着，看这件事到底是个怎么样的解决办法。

惹上这种地痞流氓很烦。

周鸷还没开口，巷子里传来脚步声，接着是嬉笑怒骂。宗虎已经从另一边过来了，看着他们，舔了下牙齿，笑道："哎哟，又成双成对。

小美女，你是来看你哥哥挨揍的吗？"

一个小弟在旁边跟着笑道："上次请你喝酒你不喝。这次陪我们虎哥吃顿饭，我们可以考虑放你们一马。"

鹿苑听到这种油腻又"中二"的言论就烦，她生理性不适地皱了皱眉头。

周骛默默叹了口气，对她说："你去马路边等着我，我和他们解决一下，保证不打架。"

"怎么可能？"鹿苑看着他们，都是一副头脑简单四肢发达的样子。

周骛的眼神也认真起来，决意不再骗她："真打起来，你在这儿会影响我。如果你想看到我被揍到鼻青脸肿，就在这儿待着吧。"

鹿苑并不想给周骛添麻烦，也不想看到他被揍得鼻青脸肿。在这种时候，她还是识时务的。毕竟在打架这方面她贡献不了任何价值，除非对方纯打嘴炮，她还能顶上一阵子。

但那是不可能的。

鹿苑老实地退到巷子出口，不知是不是错觉，她好像听到周骛低声念了个字——乖。

周骛看着鹿苑走出去："这跟她没关系，你想怎么解决？"

宗虎几人哈哈大笑起来。

"我说了给你机会，你说怎么解决。"周骛说，"之后不要再找我。"

"以为我会跟你打一架了事吗？"宗虎说，"那天你要是跪地上求我，说不定我还能考虑放你一马。现在过期不候了。"

周骛没接话。

"听说你成绩不错，还是全校第一？肯定很爱学习吧。"宗虎把玩着手机，调出那段他打人的视频，"如果我把这视频发到你们学校邮箱里去，会不会很精彩？"

周骛眼神变了变。

"想要视频，得拿钱买。"宗虎看他这样，志得意满地道。

周骛几乎没有任何犹豫地问："你们要多少钱？"

"先拿个一万块，给哥几个去爽爽。"宗虎试探着道。

周骛犹豫了下，似乎纠结了，回道："我现在没有那么多钱。卡里只有五千，先转给你，把视频删了。"

"你先转了再说。"

等周骛转完钱，宗虎果然言而无信，他竟不知道有钱人家小孩的钱这么好骗，他笑得猥琐道："主动权在我这儿，另外五千拿来再说。"

"你最好说话算话。"周骛揪住他的领子，又松开。

只刹那的工夫，周骛眼前一黑，侧脸迎来一拳头。是宗虎砸上来的，致使他的右边颧骨像碎了般，又辣又疼。

"这一下，是还给你打我的那一下。"宗虎咬牙切齿，终有大仇得报的快感，"你小子记住了，别在我的地方狂，否则我有无数种办法让你待不下去。"

周骛没还手。

宗虎带了五个人，他再能打也不占便宜，更何况外头还有人在等着他呢。

遥远的路灯点亮灰黑色的天空，他在垃圾桶边吐掉了口腔里的血沫子。身后的几人还在调笑，笑他是个孬货，好学生被一段视频拿捏住了。

周骛没在意，走了出去。

他说过，宗虎敢动鹿苑一下就弄他。

从来都不是玩笑话。

鹿苑站在路灯下，拍了下小腿上的蚊子。路灯旁边就是一棵参天的桂花树，树叶和花瓣一起落下，周骛的球鞋踩在落叶上，发出"沙沙"的声音。

鹿苑抬头，看见他立在面前。

灯光太暗，什么也看不清。

"他们人呢？"鹿苑往后瞥了眼，心说怎么那么快。

周骛手抄兜里，手臂带了她一下说："从另一边走了，我们也走吧。"

"哦。"鹿苑连忙跟上，走到灯光下，她才看到周骛颧骨上有一道淤血印子，"你们打起来了？"

"那种脑沟一马平川的生物，不打架可能吗？"

鹿苑指了指他的脸："可是你的脸——"看上去很严重，鹿苑想说又不敢说，总之很难受。

今天不上晚自习，学校门口的各种小店该关的也关得差不多了，只有一家便利店还亮着灯，放着粤语歌，杨千嬅的声音很空灵，且有辨识度，一个穿着蓝白相间校服的女生坐在后面玩手机。

鹿苑把周骛拉进去，去冰柜里拿了一杯冰块，又要了几张纸巾。

"敷一下，不然明天会很严重。"她把冰块递给周骛，两个人并排坐在小桌边。

周骛食指随意拨弄了一下结满水珠的杯壁，皮笑肉不笑地道："我以为你会买热饮给我敷。"

鹿苑握着杯子，把冰块往他脸上一敷："你当我傻吗？这种常识我还是有的。"

她并不算那种四体不勤五谷不分的大小姐，从小许阿姨就教她挺多生活技能的，生病吃什么药，磕碰怎么处理，包括煮个面或者馄饨，她都可以。

只是因为这一年来，家里有了周婕，她忽然变成了一个有"妈妈"的娇气小孩。

她贴了一会儿就要松手，周骛看出她的意图，两条手臂松弛着支在椅子上，突然说："你帮我弄。"

鹿苑意外地"啊"了一声，站了起来。她一手轻抚着他的后脑，另一只手握冰杯，手指擦过他的皮肤。

外面是黑着的，便利店的玻璃上倒映出两人。

播放器里的歌还在继续……

周骛"咝"了声。

"怎么了？"她忙问。

"疼。"

鹿苑垂下眼皮盯着他。周骛的脸很瘦，皮肤下没有太多的脂肪填充，这样的脸看起来漂亮又立体，跟标准的建模一样。

可受起伤来也比胖的人显得严重，大片的毛细血管破裂，在清透的皮肤下，清晰可见，该有多疼啊。

鹿苑忽然有点忍不住，眼眶里聚积了大泡泪水，打着转儿，却倔强地不肯流下来。

很多人都对周骛说过，让他照顾自己。

那些都是日常的叮咛，并没有人让周骛为自己拼命，他为什么要这么做？

鹿苑很想问周骛。

是因为她吗？

/ 276

周骛听到抽鼻子的声音，抬起眼皮看她："怎么了？"

"我是个惹事精，给你添了很多麻烦。"她低声道。

周骛意识到她的情绪忽然低落下来，可能是看他受伤太害怕了，可他直觉不是这样的。

他不知道为什么，也找不到原因。

"这件事跟你没关系。"他顿了顿，故意说，"要是觉得对不起我，上课少走神，多写两道题，再考试别给我丢人。"

鹿苑："……知道了。"

周骛脸上的淤青很久才消掉，好在那段时间周婕和鹿正元都没怎么回来，许阿姨问了句，他说自己起夜不小心碰门上了。

许阿姨肯定想不到是因为打架，把这粗心归结于他学习太累，赶紧买了西洋参、坚果等补脑抗疲劳的东西，又给他手里塞了瓶安神补脑液，说特别有效，让他喝下去。

周骛自然不可能吃这种乱七八糟的东西。他戳了吸管，直接塞鹿苑嘴里："给她补补，现在的脑子已经不够使了。"

鹿苑差点被呛到，被迫喝了一整瓶中成药，含糊地说："看不起谁呢，下次考试，等我吓死你。"

周骛面无表情地"哦"了一声，很欠地说："我好害怕。"

还没到月考，周骛就接二连三地收到宗虎的威胁，又给他转了几笔钱过去。每次都不算多，他几千几千地打，还真像是从自己零花钱里抠出来的。

那感觉对宗虎来说挺爽的，没钱就发一条消息过去，有个有钱又"二百五"的傻帽供他吃喝玩乐。

9月底的月考结束时，周骛大致算了下，自己一共给宗虎转了三万多，差不多能判个三年以上，然后他报警了。

他知道报警对他来说也并非没有任何损失。储臣KTV的视频肯定会被公开，事情的前因后果也就明白了。

周婕会知道自己的儿子是什么样的人，肯定会失望。

学校也会斟酌他这次事件的严重情况，虽不至于开除，但也会给予相应的处分。

可是他一点都不后悔。

277 /

周婕赶回来处理这件事,是在国庆节的第三天假。

周骛还差一个月多才成年,警察经办这件事还得找监护人。她在电话里听到对方说涉案金额高达三万时,脑袋都跟着蒙了一下:"你是不是拨错号码了?"

警察说:"周骛,十六中,高三,没错吧?你来一趟就知道了。"

周婕去的时候,案情已经足够清晰明了,监控、转账记录,证据链都是完整的。周骛在报警之前早做足了准备。

警察简单跟周婕阐述了一下事情的经过,首先是宗虎性骚扰鹿苑,周骛替她出头打了人。后来被抓住把柄,怕被学校处分就一直遭受对方勒索。

"他没跟我说过这事。"周婕纳闷道。

办案的警察无奈道:"这要问你自己了,怎么不关心孩子,小半年了,就没发现他有什么不正常的?"

周婕只能摇头。

自从今年接了项目,她就很少有时间兼顾家里,两个孩子需要什么,她都是直接给钱的。

不过,就算她想跟周骛沟通,他也不见得愿意跟她说些什么。说一句不好听但实在的话,她和周骛,不太熟。

母子俩生活在一起的时间满打满算都不到两年,去年她和鹿正元领证结婚,本没有打算把周骛带到苏州这边来的。

是家里的老人一力要求她,趁孩子成年前培养感情,正好鹿正元在这边也是有些人脉的,什么都能给办好。一个孩子是养,两个孩子也是养,两个做伴更好。

周婕接受了这个建议。

可是现在……

周婕看了一遍当天的视频,不由得皱起眉头,因为周骛打人的那个动作,和他平时寡言少语、听话懂事的模样大相径庭。

"能把这个视频发我一份吗?"周婕问。她看着都有点害怕。

警察摇头拒绝了。

警察那边的重点并不是打架这件事,而是宗虎对周骛敲诈勒索的金额挺大的,说:"犯罪嫌疑人对事实供认不讳,能判上几年了。"

周婕惊讶："就三万多，判这么重？"

警察抬眼看了周婕一眼。眼前的这个女人，漂亮，开着好车，打扮入时贵气，看样子也做着一份体面的工作，怎么问出的问题又傻又不接地气？

警察道："分几次给的。你该关心自己的孩子，最好给他找个心理医生疏导被恐吓后的心理问题。还有，一个学生手里为什么会有这么多钱？"

周婕没说话了。

她处理这种事情有些力不从心，只能把丈夫叫过来。

鹿正元知道后的反应不比周婕平静多少，但他这个做生意的更像个走江湖的，见过的事、认识的人不少，琢磨了一会儿也就没觉得多离谱。

他并不了解周骛，理所当然地认为是未成年人社会经验不足，因为打了架怕被批评，才被威胁了这么长时间。

鹿正元抚着周婕的后背，轻声说："小骛也才十几岁，害怕是正常的。你看苑苑，平日里飘得不像话，碰着事儿不还是个胆小怕事的小姑娘吗？还得她哥哥出头。"

周婕听了丈夫的话，这才感觉合理了点。其实男孩子会打架也没什么，十七八岁，血气方刚，只要他不做坏事就行了。

回去的路上，鹿正元一边开车一边欣慰道："其实这也不是坏事，兄妹俩一起经历了事情，感情也会更好。"

周婕淡淡地笑了一下，回忆起某天凌晨她从公司回到家，书房的灯还亮着。周骛趴在桌上睡着了，胳膊下面压着的是鹿苑的试卷。

那画面还挺温馨的，周婕甚至有一点感动。她想，就算婚姻生活里有诸多不易，但至少有这样温情的一刻。

鹿正元沉默了一会儿，忍不住问："小骛身上怎么会有这么多钱？"

周婕也说不明白这一点。她平时给周骛打钱挺宽裕的，但也只会满足一个学生的花销，怎么着也不会让他动辄出手几万。

"可能是他外公外婆给的吧。"周婕说，"老人家年纪大，身上存着的退休工资还有租金什么的也没地儿花。"

鹿正元评价："那是太溺爱了点。"

他从不会给鹿苑太多零花钱。

周婕没接话。

鹿正元趁机又说:"发生这种事是我们家长的失职。要是有个人能在家里多照看着他们,也不至于这样。"

周婕:"……"

鹿正元讪笑着道:"你看,能不能牺牲一点小我——"

三句话不离这一套,周婕直接把他这话给顶了回去:"你和我结婚,难道是为了让我帮你照顾女儿的吗?"

"我不是那个意思。"鹿正元忙着解释。

"孩子我会尽力照顾,工作我也不会放弃,你死了这条心吧。"周婕扪心自问,对鹿苑够好的了,比他这个父亲还尽责。

但是她能做的,也只有这样了。

后半段路程,夫妻俩基本上无交流。

周婕还有点想不通,周骛真的是那种胆小怕事的人吗?竟然被骗了三万多才报警,为什么报警的时候就不怕被发现打架了呢?

他那么聪明的一个男孩子,应该明白,这件事有许多解决办法。

高三国庆只放三天。

假期的最后一天,鹿苑九点多起床,穿着裙子在家里晃了一会儿,揪着手指,看向门口。

她现在有点坐立不安。

周骛做这件事的全过程,她也是前两天他报案之后才知道的。当时她瞪大了眼睛,不敢相信。他就这样把一个地痞流氓给送进去了?

"不会被发现吧?"

"发现什么?"周骛问。

鹿苑犹豫了下,心虚道:"让他们发现,你是故意的。"

周骛面无表情道:"这是他自己的选择。你挂在嘴边的《未成年人保护法》,我按照你说的做了。"

他也算依法办事。

但这件事被知道了,还是难免担心老鹿发疯。今天鹿正元和周婕又去派出所交涉了一次,鹿苑起了床之后就一直等着,看他们回来怎么说。

周骛还漫不经心地坐在沙发上打游戏,突然扯住她的手腕往后拽。鹿苑一屁股陷在沙发里,脑袋差点磕到他肩膀。

"你……你干吗?"她被吓了一跳,惊魂未定地问。

周鸯眼都没抬一下,坚持着把游戏打完了,皱着眉嫌弃道:"晃得头疼。"

他手指压在她的腕上,冰凉的指腹贴着一跳一跳,温热的脉搏。

"神经病!"她甩开周鸯的手,逃去了楼上。

夫妻俩快中午才到家,先找周鸯谈的。

其实鹿正元和周婕并没有训斥他,反倒是安抚。周婕心疼地说:"小鸯,妈妈希望你以后无论发生任何事,都告诉我。"

鹿正元也跟着说道:"或者告诉鹿叔叔。这些事本就该由大人来解决的。"

"知道了。"

周婕:"当时害怕吗?"

"还好。"

"怎么能不害怕,我像你这么大的时候整天在外头玩,遇上流氓还尿呢。"鹿正元说,"监控我看了,来龙去脉也都清楚。你打人算正当防卫,学校那边我会去沟通,不会给你处分。"

鹿正元大方道:"那些钱应该也拿不回来了,不过无所谓,鹿叔叔给你补上。"

鹿苑听到楼下的动静,把门开了一条缝往下瞅。

看见周鸯被两个人簇拥着安慰,他碎发清爽地落在额角,默不作声地听着,十分乖巧。

这招扮猪吃老虎,竟真的把所有人都骗过去了。

到头来毫发无损。

但是她自己就没有那么幸运了,学渣没有资格享受学霸的那份待遇。

毕竟这件事是因她而起。

老鹿顾念着她这次月考有进步,没放开了骂,还是说了几句:"过个生日非得去外面是吧,你是公主吗?要是安分点就没有这事。"

鹿苑说:"我不是故意的,而且被那个人骚扰不是我的错。"

鹿正元知道不是她的错,但总习惯性说两句,毕竟情绪总要有一个发泄的出口:"怎么,现在说都不能说了是吧?"

"⋯⋯"无语。

"那种娱乐场所,是你未成年人能去的吗?"鹿正元不客气地怼她,

"从今天开始,不许再去那种地方,也少出去玩。给我在家安分学习。"

"知道了。"鹿苑不耐地回了句。

好在周婕及时赶过来救场:"你没事干就去睡觉,清清大脑。发生这种事你不安慰就算了,还能怪到苑苑头上,怎么想的?"说着,她把鹿正元推到卧室里,火力也转移走了。

两人关起房门,鹿正元叹气:"不给个警告以后说不定能惹更大的事。"

"有的时候,我真的不知道你在想什么。"周婕说,"小鹜我从小没管过他,你看他走歪了吗?"

老鹿解开领带顿了顿,对这个说法倒也赞同,他摆了摆手:"算了,不说了。"

鹿苑听着走廊尽头那间卧室里逐渐变小的声音,松了一口气。

宗虎进去,保证他们读高中期间没人再来找麻烦,她出了一口恶气,周鹜也没被责备。

到目前为止,这件事算是得到圆满的解决。

过了会儿,周鹜上楼。鹿苑听见声音打开门,突然执起他的手。

"干吗?"他看着她奇怪的动作。

"击个掌,庆祝取得胜利。"她解释。

"嗯。"周鹜象征性地在她掌心拍了一下,笑了笑,又圈起拇指和食指,在她脑门上弹了下,低声说了两个字,"笨蛋。"

10月份就这样过去了,按部就班地复习,周考,月考。

然后就迎来11月份,周鹜的18岁生日。

大鱼

有爱的青春陪伴者

去野

唯酒 著

①

四川文艺出版社

Chapter 08
奋战高考

鹿苑偶然间发现，周婕连续有几天都不太开心。

明明回到家已经晚上十一点多了，她也不着急去洗漱，反倒坐在沙发上发呆，默默叹着气，有的时候会看着周骜的背影若有所思。

有天鹿苑出来倒水，看见周婕站在院子里打电话，似乎是在跟什么人掰扯着。一开始鹿苑以为是周婕公司里的同事跟她通电话，后来看见周婕急得脸都有些红，才意识到自己意会错了。

可能是更加隐私的事情。

鹿苑连忙退去楼上，不小心带倒了许阿姨平时择菜时坐的小凳子，弄出一些声音来。周婕看过来，鹿苑忙找借口道："我口渴了。"

说完她感觉这话挺傻的，有点此地无银三百两。

周婕点了下头，示意她快点上去休息。

鹿苑踏上楼梯时，周婕忽然喊了一声："苑苑。"

鹿苑回过头来，周婕垂着手，目光正看向她。周婕穿着一条月白色的蚕丝长裙，外面罩着藏青色的开衫，长发松松绾了个发髻，又插了一根木簪。

有点像从画卷里走出来的美人。

也是鹿苑想象中的妈妈的样子。

周婕笑了笑，对她招手："你要是不急着睡觉，过来陪阿姨说会儿话好吗？"

鹿苑不知道自己能陪周婕说点什么，但她想不到拒绝的理由。

虽然一起生活一年了，但是真正谈心的机会并没有。两人一起坐在沙发上，鹿苑闻到她身上淡淡的香水味，好闻又高级。

周婕低了低头，叹气道："其实也没有什么，就是因为哥哥的事情有点闹心。"

鹿苑下意识道："他上次打架是因为我，他其实很好的。"

"不不，我没说那件事，也知道他很好。"周婕说，"算大人的事情吧，成年人的事情很复杂，我有的时候很羡慕你们小孩。"

鹿苑："……"

周婕抬手拨弄了下她略微凌乱的丸子头，忽然出声问："苑苑，你想过你妈妈吗？"

鹿苑上一个问题就不知道怎么回答，本来就挺惆怅的了，结果这又来一道送命题。她感觉自己现在就像坐在考场上，接连碰到两道超纲题，束手无策，焦灼地抠手指。

主要是不知道周婕想听到什么答案，毕竟周婕现在才是老鹿的妻子，她妈妈在很多年前已经是过去式了。

见她沉默半晌，周婕笑了下："不好回答吗？"

"也不是。"鹿苑狠了狠心，"有的时候做梦会想到，白天冷静的时候就不太想。"

周婕说："其实，梦是人的主观意识。"

鹿苑点头。

如果不知道标准答案是什么，那就只能说真实感受了。一个新手演员，全是感情，没有演技。

鹿苑说："我现在只有一点她的印象了。"

周婕看着她，等她继续说下去的样子。

鹿苑有点不好意思："上小学的时候还经常想到她，我爸要是骂我，我就记仇，气鼓鼓地说等我妈来给我报仇。

"这个愿望没有实现，她从离开家，就再也没有回来看过我。一开始我们还会打电话，因为她跟我爸闹崩了，后面就彻底不联系了。"

记忆里还有很多关于妈妈的画面。比如她很漂亮，唱歌好听，还会做很好吃的蛋包饭，给自己梳很精致的辫子。

她脾气不好，偶尔也会凶自己，但如果要换一个温柔的妈妈，自己也是不愿意的。

自己的妈妈是独一无二的。

可时间过去太久了，距离现在十一二年了。鹿苑吃了很多孤独的苦，苦把童年的快乐都遮蔽掉了,那些时光的记忆变得寡淡乏味,像失去汁水的甘蔗。

周婕听完,身体像被刺穿一个洞般:"因为分开久了就没有感情了吗?"

鹿苑耸了耸肩,故作老成地说:"没有什么会永垂不朽啊。"

周婕问鹿苑:"如果,你还有机会见到妈妈,愿意认她吗?"

鹿苑想了想,虽然她在本本上面记了很多"仇",打了六个耳洞。可真正记仇的人,被亏待一次就失望了。

"说认有点奇怪,她本来就是我妈妈,无论来不来看我。"鹿苑顿了下,声音很低,"会想见一见的,因为好奇。"

周婕沉默着,注意到女孩子的表情有点低落,不适合再聊。

"上去休息吧,早点睡。"

周婕烦心的事情,十来岁的少年自然不明白。

但是,鹿苑听到"梁宗实"这个名字的时候,有一种直觉,能和周婕和周骘的生活牵绊的男人,无非是周骘的爸爸。

他是不婚不育一族,近些年也不知道抽了什么风,忽然想跟母子俩的生活产生联系。

去年周骘生日,他买了一份价值不菲的礼物,直接寄到周婕公司总部,又转到这边的分公司——因为他不知道周婕目前具体的工作地点,贸然打听她的家庭住址也挺奇怪的。

那份礼物周婕并没有拿给周骘,而是直接送给打扫卫生的保洁了。

这一年来,周婕总是不堪其扰。尤其是周骘生日将近,对方说想见一见周骘。周婕早就说过,周骘是她一个人的,他没有父亲。

梁宗实却说:"你不用那么紧张,以为我是来跟你抢儿子的。你要明白一个法律事实,即使周骘是非婚生子,作为父亲我也是有权利跟你争抚养权的,但是我并没有那么做。"

周婕说:"他马上成年了,他不可能跟你走,不是我在左右他的人生。"

那个中年男人在电话里笑出声,像只狡猾的老狐狸:"你太天真了。我早几年就见过那个孩子,长得跟我很像,智商很高。"

周婕屏住呼吸,突然有种被控制住的恐慌感。

梁宗实告诉周婕:"十八岁也还不成熟。作为一个父亲,我是想跟你探讨一下孩子的前途问题。"

周婕："你有什么资格讨论他的前途？"

梁宗实气定神闲地笑了笑，说道："话别说太早。我以前是不想要他，但你是生而不养，我们都没有尽到做父母的责任。

"我们都中年了，不用再无意义地吵架。难道你不想知道小鹜这些年是怎么过的吗？你父母又为什么要强制要求你把他带在身边，你没有怀疑过用意吗？"

周婕回想着梁宗实的话，顿时不寒而栗。

从高三开学，鹿苑就感觉到时光的匆忙。

她被周鹜带着日复一日地复习，晕头转向，有种不知今时今日是哪年的恍惚，再加上学校之外加注在他们身上的离奇事件。

但有的人，偏偏就是能有条不紊地做许多事情。

周鹜在 9 月下旬参加了物理竞赛的复赛，抢了个省内名额，又在 11 月份参加了全国决赛。

他参加完竞赛回来的时候，鹿苑问了句："感觉怎么样？"

周鹜说："很好。"

"正常的人应该会说'一般一般，我是去做分母的'，再不济的说'还可以'。你这个成绩还没出来，就说很好是什么意思？"鹿苑歪着脑袋嘀咕，多少有点吐槽的意思。

周鹜看向她："你说一般人，我是二般人。"

鹿苑差点翻白眼："你好臭屁啊。"

周鹜皱眉："……臭屁是什么？"

鹿苑想起来周鹜在自己心目中的画像，竖着食指嚣张地晃了晃，解释道："真霸道、不臭屁的霸道总裁才有人喜欢。"

七班因为男生多，总能挑出那么两个长得帅，成绩还可以的。就比如陈然，还有一个叫鲁洋的男生，他们因为平易近人的性格，受欢迎程度成功超越整天摆冷脸的周鹜。

她这句话说完，窗台突然冒出一个别班女，看着周鹜笑眯眯地道："周鹜，听说你这周生日，祝你生日快乐哦。"说着，递进来一个礼物小盒子。

周鹜没接，难得礼貌性地对那女生说了句："谢谢。"

鹿苑怔了怔，手指还维持着原来的姿势。这不是打她神棍小鹿的脸吗？

尴尬得她当场咽了一口口水。

周鹜翘起一边的嘴角，勾出一个浅浅的微笑来，从笔袋里拿出一支签字笔顺势塞进她手握成的圈圈里，笔身上方刻了"周骛"两个字。

这是决赛入围的纪念品。

"送你，多写点儿字。"

鹿苑懵懂道："你过生日，为什么给我送礼物？"

周骛没有回答。

班里有人闻讯赶来对他说生日快乐，哄闹着问他要不要请客吃饭聚一聚。

都高三了还聚个屁。

周骛以前都不会答应，现在更不会。

冯晴晴转过来看两人，也弯着眼睛笑了一会儿。鹿苑不懂冯晴晴在笑什么，只记得冯晴晴对自己说："小鹿，那你可以回礼啊。礼尚往来才有礼貌嘛。"

回什么？

这个问题，鹿苑晚上躺在床上也没有想明白。要送什么礼物给周骛做他的成年礼物呢？

她的目光，在黑暗中的房间转了转。书架上摆满了东西，小提琴、辛德瑞拉、纸星星……

最终停在折纸星星上，一个不知名男孩送给她的，因为懂得对方花了很多时间，所以她珍贵地保存着。

土到极致，就是时尚……

第二天中午，她伙同林鲸去学校门口的精品店，买一点色纸，准备折给周骛当作礼物。

林鲸一脸吃了馊饭的表情："你不是已经不需要买电吉他了？为什么还会这么抠？"

鹿苑说："能够历久弥新的，不在于高价的东西。"

"什么意思？"

鹿苑解释："我昨晚细数了自己所有的家当，总而言之就是身无长物！我还没有才华写一首歌给他，也不能做他爸爸给他温暖，钱也不多……现在的我，最宝贵的是自己的时间。那就从人生里分出几个小时，专注为他做一件事。"

林鲸反应了一会儿，说："有点浪漫，也有点鬼扯。第一次听到有人把土味和抠门说得如此别致。"

鹿苑已经专心去挑选色纸了，图案五花八门，星空、大海、山脉……都非常漂亮。

林鲸又问:"那你准备折什么?"

鹿苑:"千纸鹤。"

林鲸:"为什么不折星星?比千纸鹤漂亮,而且一个罐子里装不到多少吧。"

鹿苑真情实感:"折星星费时间。我的时间也很宝贵的,可以分一点给他,但不能分太多。"

林鲸:……无语它妈,又又又给无语开门了。

有诚意,但不多。

鹿苑最终买了一盒蓝色星空的色纸、一个玻璃罐子,总共花费不到三十块钱。

下午第一节语文课,高老师给大家讲作文,在投影上放了一篇例文,不需要动笔记,但是她不打算放任自己的两只"鹿爪"休息。

上面眼睛紧盯着老师一派淡定,下面紧锣密鼓,手指翻飞。

跟许阿姨做家务的时候一样,客厅里开着电视,她忙忙碌碌地择菜、打扫卫生、织毛衣,一心多用。

千纸鹤这种"中二"玩意儿是她小学的时候玩的,一开始动作不熟练,要两三分钟才能折一只出来,练着练着,就变成一分钟折一只。

这期间,周骛写着物理试卷扫了鹿苑几眼,有制止的意思,见鹿苑不为所动,直接摁住了她的手腕:"好好听课。"

他的语气不怎么好,惊着她了,彩纸"刺啦"一下撕成两半。

鹿苑惊惶地看着他,差点以为是老孔来盯梢了。

高老师听到这边的动静,看了两人一眼,拎着卷子走过来:"桌肚里是什么?"

"没什么。"鹿苑说。

"我看见了,拿出来。"高老师不为所动地诈她,一副不解决不肯走的架势。

鹿苑很干脆地把一兜子千纸鹤捧了出来,放桌子上。

高老师:"……"

多大的人了,还玩纸。

她直接气笑了,要批评吧这也不是什么大事,要不批评就略显放纵了些。

"废话我不说了,你要是脑子累了,想松懈就看看周骛吧,看看人家是怎么学习的。每一次成绩的取得,都基于日常的刻苦和奋斗。我知道你们很累，但这个时候还真不能放松。"

"哦。"鹿苑挠了挠耳朵，原来是要跟他这样的学习啊。

沉默了一两秒，她手肘故意往他胳膊上一戳，男生猝不及防抖开手臂，藏在语文试卷下面的物理习题册就露了出来。

高老师："……"

"所以，我终究还是错付了，是吗？"

周骛："……"

午后迷迷糊糊的全班同学醒了过来，集体发出一阵哄笑。高老师板着个脸，把鹿苑好不容易折好的千纸鹤收走了："没收，不要做与上课无关的事情。"

但是她竟没有拿走周骛的物理习题册。

这就非常双标了。

鹿苑所有的愤怒化为一个犀利的眼神，投向周骛："我花了一节课折的。"

"你还有理。"周骛淡淡地收回眼神，几秒后，又漫不经心地问了句，"这东西是做什么的？"

鹿苑心说这不是很明显吗？但是她没有回答，笑得得意扬扬，反问道："好看吗？"

"丑，且土。"他说了三个字，每个字都非常欠打。

鹿苑直接不理他了，但也没继续在课堂上折纸。因为下一节课是英语，再下面一节是物理，全都是不能走神的。

虽然礼物被当事人嫌弃了，但鹿苑也不准备临时更换了。她花了两个晚上，折了九十九只千纸鹤，正好塞满一个玻璃罐。

当时已经是凌晨两点了，她给玻璃罐上又粘了点亮晶晶的小珠子，想给他写两句祝福语，可落了笔不知道什么样的祝福语才配得上他。

晚风打乱枝丫，猎猎作响。

她坐在窗前，手里握着刚刚折好的第一百只，指尖抚着翅膀，然后拿着他送给自己的签字笔，写下了几个字。

鹿苑不是一个情绪含蓄的人，只是有些话，她不知道该不该开口。

他不是别人。

她暂时做不了决定，就只能交给未知的命运。

写完丢进罐子里，晃了晃让它沉到里面去，她的视线又回到那支灰色的笔上，除了周骛的名字，还有英文字母，好像是品牌的拼写。

笔头顶端，雕刻了几个字母。

"Os At Nb"。

什么意思?

她甚至去翻了英汉词典和词汇本,都没找到这个注解,看上去好像也不是英文单词。是什么很厉害的东西吗?

鹿苑皱了下眉,忽然有点挫败感,她竟然看不懂。

这一夜她胡乱地做了几个梦,梦到周骛的爸爸闯到家里,是个非常帅气的霸道总裁,那跩样就是中年版的周骛。

他把周骛带走了,她追出家门跑了老远都没追上。

这场奔跑持续到第二天早上,她急得在被子里直冒汗,两条腿和睡裙都湿了。

然后她大脑里灵光一现,忽然对那六个字母有了新的解析。

她是学理化的,可不就是三个化学元素吗?搞得神神秘秘。

起床后,她把玻璃罐子装进书包里,准备拿到学校再给周骛。

她穿着睡衣去洗漱,在走廊碰见从卫生间里出来的周骛,还顶着湿漉漉的头发,搭着条白色的毛巾,慢慢搓着。

两人对视一眼,鹿苑张了张口,想说:你怎么又早上洗澡?

每次她进到热气腾腾的卫生间真的很尴尬。

"不早了,发什么呆?"周骛绕过她,进了自己屋,带起一阵风。

鹿苑无言地进了浴室,发现里面只是有一点水汽,并不热,难道他洗的冷水澡吗?

这天是周五,周骛的生日在周六。虽然他明确表达了意愿,不想浪费时间吃吃喝喝,但挡不住有人热情。

相处了一年多,多少和班里人有点感情。他没像元旦的时候让人热脸贴冷屁股,脸上偶尔带点笑,但是贵点的礼物一律不收,要是有人给他送贺卡,或者几颗糖、一块巧克力,他也就没推辞。

无论男生女生,统一写贺卡、送糖,还有个嘴秃噜的,把"生日快乐"说成"新婚快乐",敢情吃的是喜糖。

周骛抽起本书照那人的屁股蛋轻轻抽了下:"滚蛋。"

对方笑得惨绝人寰,捂着屁股颠颠跑了。

东西太多了,周骛的桌肚放不下,不少进了鹿苑的肚子里,她负责爱屋及乌的那个"乌",放心大胆地吃了几颗糖。

只是被周骛看了几眼,欲言又止。

午休时,冯晴晴转过来传试卷,顺便问了句:"小鹿,你送学霸什么呀？"

"送他离开千里之外。"鹿苑接过试卷说。

冯晴晴咂声叹道："……你真是，肆无忌惮啊。"

鹿苑用手指搓开两张卷子，分了一张给周骘，对上他不太好看的眼神。

周骘伸手，鹿苑把卷子拍在他掌心。

他的手却没有收回去。

"干吗？"

"你的礼物呢？"某人淡声问。

鹿苑一边在试卷上写名字，一边抖着肩膀笑："别着急，给你准备了一份大礼。"她在书包里摸了摸，把亮闪闪的玻璃罐子"啪"的一声放置在他桌上。

周骘没想到，千纸鹤是折给自己的。那感觉说不上嫌弃，但也绝对不是惊喜，确切地说：看不懂。

鹿苑两条手臂往下塌，身体趴在桌子上，对周骘勾了勾手指："你凑过来点，我有话对你说。"

于是，周骘伏低了些身体靠近她肩膀。

"这里面装着一百只千纸鹤。除去被高老师收掉的二十七只，想创意，装饰瓶子等损耗掉的时间。平均我折一只要一分钟，也就是说——"

她顿了下，又神秘兮兮地笑起来。

周骘是本着看她到底能整出什么幺蛾子的心态，但是注视着他的眼睛总是又亮又纯澈，瞳仁是琥珀色的，里头像藏着一汪湖泊。

他的神经，不受控制地麻了下，火突然燎起来了，在他身体里一寸一寸往上冒。

"在神棍小鹿还比较短暂的人生中，至少有珍贵的六千秒，是专属于你的。

"周骘骘同学。

"我是不是很有诚意？"

周骘在心里骂了个脏字，她整死他算了。

鹿苑只用两个人才能听到的声音说，没人听得清，但听得见在说话，前面那对吃瓜群众押着脑袋想往后靠。

周骘掩饰内心翻云覆雨的情绪波动，把玻璃罐收进桌肚里。

鹿苑不太满意他这个反应，撑着桌沿起来，双手托着下巴，专心致志地盯他："说说！"

"说什么?"周骛嗓音有点哑。

"喜欢吗?"鹿苑问。

过了有一个世纪那么长,周骛才找回正常的声音:"嗯。"

"我要你说出来。很喜欢,我的礼物。"

鹿苑肆无忌惮地看了他一会儿,他的皮肤很白,也很干净,稍微有点情绪就能看到脖子和耳朵的肤色变化,此时正逐渐泛着粉。

竟然害羞了。

她的大眼睛很能装情绪,研究,审视,尽在直白的目光里。

某些话,似乎就要呼之欲出。可少女最后还是被他捏着下巴,强行把脸扭了回去:"写作业。"

鹿苑倒也听话地拎起笔,左手蹭了蹭被他拇指不小心触碰到的嘴唇,原谅他装高冷,心说:看美女不拿捏死你!

在想什么,或者要说什么,也不尽在这一天。

过了生日再说吧。

鹿苑用午休写完了一张专项练习,教室里大多数同学都伏在桌上睡觉了,抑或是压低了脑袋写别的作业。

她收拾着桌面,刚刚一直用他送的那支笔,忽然问道:"你去参加的是物理竞赛对吧?"

"怎么了?"周骛脸压在胳膊上,额前的碎发被弄得有点乱。

鹿苑皱了下眉,嫌弃道:"就是你送给我的这支笔,为什么刻化学元素,什么毛病?"

周骛:"……"

鹿苑:"以为我看不懂?"

"……笨蛋。"

有的人,写了你不看,看了你又不懂,不懂你还不动脑子。

没救。

鹿苑看得出来,周骛心情不错。

不仅仅是考试后的自我感觉良好,有班上同学的热情把他带动着,想高冷也没办法。

两人这周末放假。

周婕早早预订了老字号私房菜,给周骛过十八岁的生日。

周骛生日的前一天梁宗实过来了,下榻在一家酒店。他找过周婕,希望由她亲自做媒介,介绍两个人认识,省得他自己忽然跳出来说"我是你爸"。

周骛能信他才有鬼。

周婕问:"你想怎么认识?"

梁宗实道:"生日那天你就把我带过去,先说是叔叔也没关系,重要的是让小骛知道我这个人。循序渐进吧。"

周婕没有同意,她说:"那是我们的家宴,还有我丈夫的家人,你去不合适。顶多就是结束了我带他来认识你一下,至于他能不能看得出来,对你有什么看法,我不能保证。"

梁宗实除了接受,没有更好的办法。

但是他们千方百计,却没有料到,周骛见过梁宗实这个人。

他从小就心思细腻,有人在他学校门口驻点观察他,又和他有些神似,怎么可能没察觉?

说是家宴,也就那么几个人,再加上关系亲近些的叔叔伯伯。下午,鹿正元去养老院把奶奶接来,周婕去检查场地,留两个小的收拾完自己去饭店。

饭店离他们不远,走着就到了。

11月底的天已经很冷,周骛在T恤外头套了件白色的运动外套,路过洗手间,看见鹿苑身上是黑色的裙子、小皮鞋、过膝袜,精致又矜贵。

隆重的装扮,不知道的以为今天是她的生日。

"可以走了吗?"他叩了下门。

"来了。"

走到饭店门口,周骛手机上收到一条微信,周婕让他去把蛋糕取了,就在旁边的店里。

"我和你一起去?"鹿苑问。

"不用。"周骛走得有点热,把外套脱了塞到鹿苑的手里,"我去一下就来,你进去吧。"

"好吧。"

话是这样说,但是鹿苑没有进去,反正没开始,去了也是坐着傻等。这家私房菜的环境很好,在一个古朴的四方院子里。

穿着汉服的工作人员在下头打扫着,鹿苑把外套挂在自己的手臂上,掏出手机,对着天空拍了几张照片。

她没注意一个身材高大、西装革履的男人站在屋檐下看半天了。他走过来,和转身的鹿苑差点撞到。

"对不起。"鹿苑蹲下捡衣服。

那男人也蹲下来，被她制止了："不用，谢谢。"

梁宗实淡淡地笑了声，看着她："这衣服不是你的吧？"

"关你什么事啊？"鹿苑不喜欢别人猜测自己家的隐私，不怎么客气地道。

周骛在门口看见了梁宗实，两个人对视一眼。周骛的目光不偏不倚，只是看着那中年男人。因为还没有挑明身份，梁宗实眼神下意识避了避，有种说不上来的心虚。

预感待会儿的会面应该不会太顺利。

鹿苑感觉到周骛进到包厢以后，心情忽然又不好了。

可能是不适应这种社交场合的热闹，今天的主角是他，亲戚也带了自己家的小孩过来，七八岁，狗都嫌的那种。

切蛋糕的时候，小孩端着盘子满地跑，胡乱抹奶油。鹿苑感觉挺好玩的，她用手指挖了一块，趁周骛不注意，抹在他鼻尖。

这种拙劣的恶作剧成功的可能性不大，手都没缩回来就被周骛捉住了。他抬起手臂勾住她的后颈，往自己身边压了下。

"你几岁了？"

鹿苑趁着自己脑袋贴在他手臂上的工夫，两个人也算相互制衡，把手上剩下的奶油全蹭他脸上了。

周骛一副吃了苍蝇的表情，反正挺无奈的，碍于大人在场，弹了下她脑门才把人放开。

这些动作都是很正常的小孩子行为，旁边的大人也觉得挺有意思，说兄妹俩打打闹闹的，关系才会好。

鹿正元今天的状态倒是不错，抽着烟问周骛竞赛能不能拿到前五十名。

周骛说："成绩快出来了，到时候看。"

鹿正元点点头："鹿叔叔对你有信心。现在剩苑苑一个人了，我们再给她想想办法。"

周婕了然地笑了笑。

鹿苑本来都没太注意这事，但是忽然被鹿正元提起来，她像一个在山脉上奔跑的人，忽然就冲到了悬崖边，太猝不及防了。

一直以为分开是很久以后的事情，想想才发现已经不远。

周骛的物理竞赛如果够上前五十名，基本上就能保送了，而她……

不能想，不能想。

她看了周骛一眼，小声说："真的吗？"

周骛耸了耸肩，有点无所谓。

周婕出去一趟接了个电话，回来时这边的饭局也该散了，毕竟不是大人的酒局，有小孩子到睡觉的点了。

送走那些叔叔伯伯，周婕和鹿正元把周骛带到另一间茶室去了，让鹿苑在这边等。

"有什么我不能听的啊？"鹿苑纳闷道。她以为父母是在跟他谈论考学的事情，毕竟这是他们现在生活的重中之重。

鹿正元对她摆了摆手："没你的事，在这儿待着。"

鹿苑："……"

"小骛，妈妈带你认识一个叔叔。"走到茶室门口时周婕才说。

周骛看了眼木门，像是早已料到了什么。此前的两个小时里，他也在猜测这个人何时出场，总不能是巧合吧，在他生日这天出现在这里。

原来在这儿等着。

还有两三个小时这天就过去了。他挡住了周婕的手，突然说："我记得你以前说过，希望我快乐。"

周婕怔怔的："是啊，怎么了？"

"我知道里面是谁。不用介绍了。"周骛一字一句地道，"请你，放过我。"

说完他推开了周婕，向外走去。

茶室的门被人从里面推开，梁宗实站在那里笑了笑："周骛，我们见过的。"

周骛回头扫了他一眼，眼神里全然是不耐烦。

其实他对梁宗实说不上厌恶和恨，毕竟一个不认识的人，你恨他做什么呢？就像鹿苑因为对妈妈没有感情了，她也不会恨，只剩下麻木。

梁宗实说："你不要误会，我不是来跟你妈妈抢你的。你十八岁了，人生已经可以自己做主了。"

"那你可以走了。"周骛说。

梁宗实看上去没生气，也没被下面子的尴尬："我想，你或许也会对自己的父母感到好奇，毕竟人总是会想追溯自己的来处。"

周骛觉得很可笑，他以为自己是谁。

周婕无奈，对梁宗实说："人我带到了。但是小骛并不想认你，我不会强求他，你还是走吧。"

梁宗实却忽然说:"你是不是对孩子过于放纵了?"

"你说什么?"周婕面对指责脸上挂不住。

"我说过今天来并不是为了抢孩子,你们都不信。"梁宗实叹了一口气,"我只是单纯地想给他的前途提供一个便利,省得误入歧途。"

"什么误入歧途?"周婕听不懂了。

梁宗实说:"小婕,你应该不太了解你的儿子吧?他真是一个有德行的孩子吗?不见得吧。"

周婕急着帮周骛辩解:"不要瞎说。"

"你把他丢给你父母,这些年只想逃避现实,也没去看过他几次吧。"梁宗实说得很慢,但字句清晰,"他初一时把同学的鼻梁打断了,差点被学校开除。是你父亲疏通关系,赔了一笔钱才把事平息下来。他没有悔改过,该干的不该干的他都干了。"

梁宗实看着周婕:"这个套路熟悉吗?"

周婕脑袋嗡嗡的,根本处理不了这些信息。半天,她颤抖着出声:"你继续说。"

"你父亲管不了他,才让你把他带走的。我以为他跟着你能学好,终究还是高看他了。"梁宗实看着周骛的背影,男生始终没有回头,他嘴角露出一丝嘲讽的笑,"我听说上个月,他以被敲诈为由,又把人送去坐牢了。"

梁宗实说:"你看他的样子,像是能被人威胁的样子吗?他的智商一直很高,你只看到他成绩优异,可聪明并不代表品行好。"

其实这个男人和鹿正元有点像,做事只看结果,不关心过程。

他对孩子没有多少爱,毕竟不是自己带的,也没养过,但所谓的"责任"倒是有一点,所以看不下去的事,他会管一管。

周婕身体发僵,手指冰冷。

她浑身的血液都冷得骇人,致使她脊背软塌下来。就像当年十几岁生孩子,被人戳脊梁骨一样难受。

她靠着鹿正元,怎么也不敢相信梁宗实说的这些,是发生在周骛身上的。

品学兼优、听话懂事、让她引以为傲的儿子。

这些年她错过了什么?父母为什么不告诉她?

"小骛,是这样吗?"周婕声音很小,站不住脚,又似乎在期待着他的否认。

只要周骛不承认,她就绝对相信自己的儿子。

296

可是周骛说："他说的都是真的。"

"你为什么不学好？"周婕不能接受，嗓音艰难地问。

男生看着她难过，却并没有多大的触动："那种环境，我能学多好？"

周婕重复地问他："小骛，我不明白，为什么啊？你为什么要这样做？"

其实她心里想的是，为什么要这么坏、这么狠，做一个善良的小孩不好吗？

周骛知道她在想什么，看眼神就知道。

他说："我没有伤害任何人。"

"不是我教唆那人性骚扰的，也不是我让他敲诈的。"他说话的时候语气十分麻木，"每个人都应该为自己犯的错付出代价。"

他甚至好笑地想，绝不原谅任何一个伤害自己的人。

原谅是上帝的事，他的任务是送对方去见上帝。

梁宗实见自己的话得到印证，说："现在还小就这种心态，真的成年怎么办呢？"

周婕闭了闭眼睛，低吼道："你闭嘴，我的儿子跟你有什么关系！"

周骛不想在这儿听下去了，和他们掰扯细数自己的"罪行"毫无意义。

"我们只是凑巧做了一家人。"他看了眼周婕，"我对你没有要求，请你，对我也不要抱有期待。"

"小骛！"周婕撕心裂肺地喊。

鹿苑趴在消防的楼梯口，透过小窗户看着外面的情形，心里倒抽一口冷气。

她的本意只是想过来听一听老鹿和周阿姨对周骛的安排，却没想到听到这么刺激的对话。周骛走过去的时候没有看见她，他直接从旋转楼梯下去了。

鹿苑推开门走出来，老鹿和周婕皆是一愣，有点不知所措。

梁宗实也侧了下头，不知道发生了什么。

老鹿拧着眉问："你来干吗？"

鹿苑没听，冲着梁宗实走过去说："周骛品行怎么样轮不到你说，但我知道你是真的坏，又老又坏。偏偏挑他生日的这一天来搞事情，你怀的什么心思？"

梁宗实被这个女孩说得整个人都在状况之外。

鹿苑趁人还蒙着，一鼓作气道："人家都不想理你，还来喋喋不休，

297 /

你以为自己是谁啊？你配吗？实在想念经，我们这儿庙挺多，要不要我替你找一个？"

梁宗实依旧没有任何反应，只余脸上的一抹尴尬。

老鹿先听不下去了："这有你什么事啊？赶紧回去。"

鹿苑现在根本不在乎老鹿怎么看。

"让我知道你再去找周骜的碴儿，我还接着骂你。"

她叨叨着，被老鹿烦躁地"啧"了一声。

她说："不用赶我，这就走。"

她下楼的时候，给周骜打了个电话，没接。

等到了楼下，早不见人影了。

鹿苑站在风里，缩了缩肩膀，又跺了跺脚。晚秋的凉意直接往她光裸的腿上贴，她接着打电话，还是没人接。

"怎么回事？"鹿苑小声咕哝了一句，有点不爽。

我又没得罪你，干吗不接我的电话？

她在心里正要开骂这王八蛋，脑袋上忽然落下一件带着皂荚味的外套，遮住了全部的视线。鹿苑把衣服扯下来，听到有人说："别骂了，不是在等你嘛。"

"你怎么猜到我在骂你？"鹿苑转身，不知何时周骜已经站在她身后，垂着眼皮，眼神里有些无奈。

"这用猜？"他问。

"那你怎么知道我会来找你啊？"她又追问了一句。

周骜眯着眼睛看了她片刻，想说，因为我知道你会追下来。

还有，因为想带你走。

"猜的。"周骜说。

"你跟我玩绕口令呢？"鹿苑直接无语了，她自顾自穿上了周骜的外套，朝着街边走去。

其实她不太会安慰人，也可能周骜根本不需要安慰。但是鹿苑不想瞒着周骜，自己已经听到那些话。

"我刚刚，听到了——"她坦白道，不知道怎么形容那种偷听的愧疚感。

"我知道。"他轻轻叹了口气。

周骜的手机在兜里一直响，他完全不想接，但也没摁断掉，就让它这么响着。鹿苑可算知道刚刚自己电话没打通的时候，对方这边是什么情形了。

反正这人就这么晾着,是吧?

来电声断了五分钟,又再次响起来。也非常符合周婕的个性,耐心、锲而不舍。

这其实很折磨人。

鹿苑听烦了,她手伸过去,去他裤兜里掏手机。

把周骛吓得一愣。

她把手机拿了出来,挂断,关机。

"不想接就别让它响。"她说。

周骛皱了下眉,好像想说点什么,但最终还是点点头。

可能是那边发现周骛的手机关机,过了不过片刻,她的手机又响了起来,是鹿正元打来的。

鹿苑没接都知道老爸会说什么,无非是骂一通,问两人为什么不接电话。鹿苑很烦他们这样,然后切到语音说了一句:"别催!"

然后她把自己的电话也关了。

周骛还是没说话。

沿着这条路,不到十五分钟就能到家。

鹿苑忽然说:"要不,我们别回家吧?"

"去哪儿?"周骛回头看她,有点意外。

鹿苑想了想,说:"去后庄吃串串吧。也不一定吃串,什么都行。他们不是一直在打催命电话吗?就急死他们好了,谁还没有脾气了。"

"为什么?"他又问。

鹿苑:"不是说了嘛,急死他们!"

"为什么要吃串串?"他说,"我问的是第一个,审题顺序不要乱,否则不给分。"

"因为我想吃,我饿了啊。"

周骛点了下头,说:"那走吧。"

两人在路边等车,正好有一辆蓝色的出租车停到两人跟前:"走吗?"

"走!"鹿苑招呼了一声,拉开车门坐进去,报了地址。

"去吃东西啊?"

"是啊,不然呢?"鹿苑问。

司机笑笑:"后庄的串挺好吃的,地道。"

两个人并排坐着,无言地看向街道。

司机三番五次从后视镜里看他们。

到了目的地。

司机："二十六块，扫码。"

两人拿出手机，看着黑屏，同时沉默了下。

鹿苑说："你等下啊，我开个机付钱。"

司机看了眼周骛："男生的呢？"

"也关机了。"周骛淡声道。

司机乐了，抱着手臂，说："没事，你俩慢慢来。你们小年轻出来就出来，别搞离家出走那一套，还关机，家长得多担心啊。"

手机开机得几秒，鹿苑无语地说："叔叔，你别瞎说。我家就在千梓街，到这儿不过七八公里，你见过谁离家出走是吃个串就回去的？看不起谁呢？"

司机再次笑了笑："好好好，我说错了。"

两人的手机一个型号的，但是周骛的手机先跳出来程序，付了钱。

周骛先下了车，忽然出声："你知道有个功能叫飞行模式吗？一秒开关，非常方便。"

鹿苑感受到他真情实意的嘲讽，在他的后背上打了一下："我忘了好不好？而且——"

"而且什么？"

"关机显得很酷。"鹿苑尴尬地碰了碰自己的耳朵。

"嗯，酷酷的大小姐，走了。"周骛扯了下她空荡荡的袖子。

因为鹿苑提前发了条微信，让家里别催。两个人关机的这二三十分钟里，没有电话再打进来。可见她做事还是顾及了点的。

小店里的人挺多，都是大学生和上班一族，油烟缭绕。

周骛撑着手臂，没动，也没说话。

鹿苑问："你不吃啊？"

"不想吃，别管我。"他虽然陪着来了，但实在没胃口给她实物表演。

鹿苑把一碟盐水花生推到他面前："哦，那你给我剥花生吧。"

"我真是欠你的。"周骛低声骂了句，戴上一次性手套，一粒一粒把花生抠出来。

鹿苑盯着那盘花生米，愣了会儿神，半天也没说出个所以然来。

"那个，我吧，其实从小到大，受到过不少同学的善意。"她支支吾吾地，有点搞笑地说，"就立志，给每个同学温暖。但是你这事儿出得比较突然，我还没来得及编。"

"嗯？"周骜抬眸看她。

"你要是不介意，可以等我打个腹稿再来安慰，或者你有想听的话、想要我为你做什么事，都可以告诉我，只要不违法犯罪。"

周骜看着她。

"没有。"他嗓音很淡地说。他并不需要那些冠冕堂皇又模式化的安慰。

"好吧。"鹿苑也觉得周骜不需要，毕竟他和别人是不一样的。

"你知道我有这个心就可以了。"鹿苑说，"随时来小鹿银行自动取款。"

她虽然对他过去的事情很好奇，但并不想问。太多大人，自己的道德不怎么样，却要求自己的小孩有健全、完美的人格。

这一点，她从老鹿身上深有体会，只是没想到周婕也是这样。

周婕那失望的眼神，真的很伤人。

快十二点了，这一天过得真快啊。鹿苑撑得晕乎乎的，还好外套遮住了肚子。

她揉了揉小腹，好像梁宗实在饭店里说的那些话，是在梦里，或者上辈子发生的。

他们吃饭的这条马路，对面是一条河，河边的木栅栏上绕着漂亮的星星灯。月光映入河中，水光粼粼。

有几对情侣，站在河边吹风，抑或是聊天。

"我们也看一会儿月亮吧。"鹿苑建议道，"等会儿再回家。"

"好。"

她将下巴搁在柱子上，感觉到周骜在她身后，觉得很安心。

"叮"的一声，手机响了起来。她定了闹钟，十一点五十八分。她想赶在今天最后一个祝福他，以此收尾，应该可以抹掉不好的记忆。

鹿苑还没来得及开口，眼前的一个人影就压了下来。

周骜迎面抱住了她。

"你的话还算数吗？"他的声音很低也很哑。

"什么？"鹿苑没有料到这个拥抱，她的脸埋在他的胸膛里。

"我今天很不开心，需要你对我说点什么。"他说，湿热的呼吸贴住她耳朵。

"生日快乐，哥哥。"

她心里酸软一片，只能用那声"哥哥"为自己找补。

2014年，11月22日。

这只是故事中的某一页。

我瞻前顾后，别别扭扭，可根本忍不住对你的喜欢。哪怕伪装成小狗，也要对你摇尾乞怜。

窗外的天空露出鱼肚白，书桌上的东西也逐渐有了轮廓，鹿苑从枕头下摸出手机，六点十三分。她一整夜都没有睡，光在床上"摊蛋饼"了。

几个小时前，他们回到家里，鹿正元和周婕房间的门已经关上了，不知道睡没睡，但难得没有出来找他们的事。

鹿苑拿了衣裤和毛巾去洗澡，对周骘说："我很快就好，你等下。"

"我去楼下。"

说完他就进了自己房间。

等鹿苑冲完澡擦着头发出来，从栏杆往下看，男生也已经穿着T恤和运动裤站在吧台边喝水了。

其实刚刚在车里的时候，她的心情还是挺平静的。可不知道怎么回事，后劲越来越大。她跟喝了酒似的，头昏脑涨，血流滚烫。

"醉意"持续到太阳升起。

她又躺了一会儿，渐渐有了睡意，但是楼下却响了鸣笛，早餐叫卖的声音，整条燕家巷正在苏醒。

七点，她听见院子里的车开出去，便从被窝里爬了出来。但是做什么事都变得寸步难行，洗漱的时候担心会撞到周骘，幸好没看见人。

回到房间换衣服时，又犯了难，不知道穿什么好。

鹿苑是个美而自知的女生，不像她的朋友林鲸有美丽羞耻症——因为自己打扮得漂亮了些就会不敢出门，生怕被人注意到。

她内心的口头禅是：看我美不死你！

快九点，她拿出生日那天穿的裙子换上，又在裙子外面套了件精致的小马甲。往嘴唇上涂了一点点粉色的唇蜜，把熬夜的气色掩盖掉。

楼下许阿姨正在擦柜子，听见声音，扫了她一眼。

"乖乖。"她老人家一脸的嫌弃，"今天什么温度啊你穿这么少？要下雨的嘞。"

鹿苑透过窗户看了眼院子的地面，是干的："没下啊。"

许阿姨早上骑着小电驴来的，冷得不行，进屋好一会儿都没缓过来，现在身上的羽绒小马甲还没脱呢："午后有雨，看这满天的云。"

鹿苑实在没看出来。

"哎哟，一个两个真是让人操心。"许阿姨又喊了一声，这次眼睛是放在周骛身上的，他从书房里出来，穿得也没比鹿苑多。黑色的短袖和运动裤，衬得皮肤苍白无血色，个子又高，跟个冷血杀手似的。

"你俩就耍彪吧，生病难受的是自己。"许阿姨一激动操起了自己家乡的方言，听上去十分无奈。

鹿苑站在饮水机前，倒了点水，又丢进去两片干柠檬。

周骛走过来，嗅到她发丝上的草木香："要出门？"

他的声音很正常，听不出来有什么情绪。

"不啊。"鹿苑耳朵有点点充血，淡定地问，"怎么了？"

周骛没直接说漂亮，声音很低："为什么穿成这样？"

鹿苑笑了笑："我在家漂亮地写作业，不行吗？"

周骛盯着她的侧脸看了会儿，杯子是白色的，她的嘴唇柔粉湿润，跟杯沿有点粘连，留下一点透明的粉色。

周骛还分不清那到底是什么。

但其实她素着一张脸，就足够漂亮了。

鹿苑用指尖细致地蹭掉杯沿沾染的唇蜜。

"老师布置的还没写完吗？"他把重点转移到学习上，声音莫名有些不自然。

"还有半张物理试卷，和一份英语专项练习。"因为昨天他过生日，搞得她一下午都没能安心写。

"那快点。写完这些再做一份数学吧。"周骛淡淡地说，"主要看做过的题有没有巩固。"

"我吃完早饭就去。"

"小骛，你来一下。"周婕站在二楼的楼梯处。

鹿苑以为周婕去上班了，平常她周末也都是去公司的。但是昨天出了那种事，她要是能安心去上班也怪了。

周婕的出现，突然让鹿苑有种无力感。

想到周骛的处境，还有她不可见人的心思，好像永无天日了。

周骛把茶杯搁在岛台上便上了楼。

周婕今天的精神状态不太好，穿着一条宽松的长裙子，藏着纤瘦的身体，脸色苍白，一看就是昨晚没睡好。

她指了指自己房间的沙发："妈妈想跟你聊一下。"

周骛看着她，皱了下眉："你没事吧？"

周婕摇头，嗓音有点沙哑："今早跟你外公打了电话，聊了快两个小时你的事情。然后我想了想，你做错事情也有妈妈的责任，不应该都怪你。"

周婕认为他做错了事情，周骛并没有什么感觉。

周骛没坐，只是倚着门框站在那儿，无聊地看着周婕。

周婕揉着太阳穴，还是有点难受："但是，有些事我还是想从你这里知道。你跟我来到这里一年多，从不让我操心，我以为——"

"你以为什么？"他说，"我只想尽快过掉这两年，离开这里。"

"我就是这样的人。"周骛虽然在周婕面前装乖，但是被揭穿了他也没什么好隐藏的，"让你失望了。"

周婕神色难看："小骛，你别这么说。"

"这些年可能你过得很难，自顾不暇，我也走了一些弯路。"周骛没管周婕的阻止，继续说道，"犯的那些'错'我没有办法补救了。很抱歉。"

许阿姨曾经跟周骛念叨鹿苑小时候的事情。

她妈妈刚走的那几个月，她几乎天天做噩梦，每次打电话都哭，哭完就跑出家门。小孩子不会控制自己的情绪，也看不懂大人的脸色。有次闹过火了把鹿老太太推到地上，老太太急了，扬手甩了她一巴掌，这才算把人吓住。

周骛跟鹿苑有些不同，周婕也跟鹿正元不一样。鹿正元好歹经常回来看鹿苑，即使不温柔，但也让她有人管。

他身上从小就有周婕辍学生子的标签，走到哪儿都被议论、被戳脊梁骨。同龄的小孩听到大人说，也没人跟他玩。

周骛的外公外婆年纪大了，能做的也只是养着他而已。

他也觉得自己和正常家庭的孩子不一样。

叛逆才是他的本色。

七八岁的时候，要是有谁说他私生子、没爸没妈、他妈不要他这种话，他都是当场就报复回去。

谁都知道周老头的外孙不是个好东西，以后肯定会走上比他妈更歪的路。

他的三观，从一开始就不健全。

上初中认识了齐小飞那帮人，老大叫谭焯，已经辍学。和他们混在一起，周骛乐在其中，低级的快乐，获得太容易了。

他第一次参与惹事，是外公帮忙解决的，赔了钱又道歉，因为谭焯把责任都推到了他身上。

把人领回去的路上,老头白着脸,指着周骛说:"下次惹事我不会给你收拾烂摊子了,法律不会对你们宽容。"

周骛安静着,完全没有听进去,眼里也全是蔑视。

他又跟着谭焯他们混了一年多。

谭焯和齐小飞肆无忌惮,但周骛和他们到底是不一样的。他心不坏,只是找不到生活的意义,想混着罢了。

老头说过一句话,法律不会对他们容情,法律会让他们受到应有的惩罚。

那时候他上初二,好像已经能够看到这群人的结局,社会的渣滓。他并不想和他们烂在一起,可是想离开也没有办法,谭焯和齐小飞那帮人不会放过他。

或许是第一次周骛的外公解决事情很见成效,让谭焯有一种感觉,周骛可以当这个冤大头。

谭焯和齐小飞经常缠着周骛"借钱",周骛不给钱,他们就去他家门口或者学校堵。

"我们是过命的兄弟吧,你忍心见死不救吗?"这是谭焯的经典"语录"。

沾染上这群人是很难甩掉的,大人都拿他们没办法,而他得在那个地方上学,外公外婆也在那里。

周骛觉得不能再这样下去了。

后来,谭焯跟周骛借钱他没给,谭焯又不知听谁说,周骛家里有很多贵重首饰和字画,很值钱,随便一件都能卖几十万。

初三的那年寒假,周骛的外公外婆去乡下祭祖。

他一个人在家,家里遭遇入室抢劫,第二天东西还没转手出去,抢劫犯就被警察抓了。

再后来,外公对周骛恨铁不成钢,周骛只是冷漠地说:"我的事,我自己承担后果。"

这句话也不知道怎么戳中老头的痛点了,捋着他的后背说:"外公知道你不是坏孩子,只是迷茫了一阵子。你以后好好的行不行?求你了,不然我们老的真的没命活。"

这件事除了祖孙俩,谁都不知道,包括周婕。

周骛初三下半年很乖,乖到上高中。

老头还是担心,周骛太聪明了,胆子也大,就像一颗定时炸弹。这样的人走正路还好，走歪路那是救都救不回来。

老头负不了这个责任。

所以周婕结婚的时候，他强烈要求她把周骛带走。

周骛没有安慰过女生，除了鹿苑。

周婕这个年龄的女性，人生阅历是他的数倍，她坐在沙发上默默抹眼泪，他更不知道怎么办。没有按照周婕想象中的样子长大，他不感到抱歉，只是有些遗憾。

他做人，只想对得起自己。

周骛于心不忍，走过去拍了拍周婕的肩膀，本想说些安慰的话，到了嘴边却只有那么一句："去洗把脸，这样走出去鹿苑会问你。"

周婕问："你说想尽快过掉这两年是什么意思？你对妈妈难道没有一点感情吗？"

周骛微微叹了一口气："别想太多。我上大学肯定要走，你清楚的。"

周婕知道那不是一个意思。

上大学归上大学，离开归离开。

周婕："难道我带你在这个家的一年多，你一点留恋都没有吗？"

燕家巷1608号吗？

周骛想说这不是他的家，话到嘴边还是没有说出来。不是他不毒舌了，而是为了减少接下来无意义的对话："别纠结这些了。"

周婕欲言又止地看着他，最终还是转移了话题："你以前见过梁宗实？"

"一两次。"

"你怎么猜到是他的？"周婕有些震惊。

周骛能怎么说呢？

那段时间他正在想办法跟谭焯划清界限，也正在被对方纠缠和威胁，所以每天出校门的时候非常谨慎，那个人站在校门口一动不动地看他，比小混混还要显眼。

"那个人，"周婕也有点好奇，"他来找你做什么？"

周婕低声道："他知道你快要高考了，觉得我和你鹿叔叔为你的前途提供不了什么帮助。"

"让他滚。"周骛告诉周婕，"我做事只凭自己心意。我不待见这个人，再让我看见他，不知道会做出什么事。"

鹿苑在吃饭的时候看见周婕红肿的眼皮，全程噤声扒饭。这件事说到底跟她没有关系，属于极为隐私的事情，她也不便出言安慰。

周骛也很安静，桌上四个人，就数他最淡定。

许阿姨把碗筷收拾进厨房，又把鹿苑喊进去，递了个冰袋给她，小声说："拿给周阿姨。"

"哦。"她讷讷接过来。

许阿姨又交代道："就说你自己想关心她，给她冰敷眼睛用的，听到没？"

"唉，知道了。"鹿苑叹息一声，又问，"为什么啊？说是你拿给她的犯法吗？"

许阿姨在教鹿苑拍周婕马屁这方面一向很积极，她总是致力于搞好这重组家庭的关系，生怕周婕对鹿苑不好。

其实鹿苑觉得周婕对自己挺好的，毕竟又没血缘关系，但是许阿姨并不这样认为。

虽然显得心机深了些，但事实就是，现在家里没有出现本质的矛盾，周婕也不会挑鹿苑的错。但是许阿姨很清楚周婕对鹿苑好，最大的原因并不是因为喜欢她，没有谁会真的爱别人的孩子，何况周婕连自己的孩子都不一定爱。

周婕目前对鹿苑的好，只是因为爱屋及乌。

如果以后，这个"屋"不那么牢固了呢，会不会伤害她？

这些话对小孩子没有必要说，反正多做点总没错。

鹿苑按照许阿姨说的，拿了冰袋给周婕。

周婕接过来，顺势就拉了鹿苑的手摁在腿边。她的手又软又热，很温柔，指腹轻轻搓着鹿苑的手背。

她在表达亲昵，也在寻求安慰。

女性长辈的温柔是这个世界上任何一个人或者金钱都无法代替的，鹿苑在某一瞬间慌神、心软，甚至真心希望周婕是自己的妈妈。

她第一次抱了周婕，没多会儿，后颈有点点湿润。

周一早上，周婕不知道做了什么决定，罕见地没有去上班，亲自做了早餐，还问要不要送他们去上学，被周骛以不习惯为由给拒绝了。

鹿苑明显有种预感，这个家，好像即将变得很乱。

骑车上学的路上，鹿苑开始像许阿姨、周婕一样多愁善感。据研究表明，女性的焦虑情绪是男性的两倍。

这种焦虑以到学校早读终止。

周边是同学的朗朗书声，每个人脸上的表情麻木又苦大仇深，古诗词是杀父仇人，单词本是杀母仇人，恨不得撕开揉碎。

脱离了一地鸡毛的生活，单纯的同学和学习环境是一剂安慰良药。怪不得人们把学校称为象牙塔。

鹿苑背得发疯，两手兜着，像是从书本里捞着什么往脑子里灌。

周骛扭头看她："你在做什么？"

"作法。"鹿苑面露痛苦，"我背不下来怎么办？一边记一边忘。"

周骛被她搞得有些无语，抽出跟她一样的单词本，说："十个一组，先快速记忆。背到第十个再回去背第一个单词，循环往复三次。晚上睡前再巩固一次，差不多就形成深刻记忆了。这需要技巧，别浪费时间。"

"哦。"鹿苑将信将疑，"你试过吗？"

周骛给了一个令人信服的答案："亲测过。"

"你去学文科应该也会很厉害吧？"

"众所周知，文科和理科的语数外试卷是一样的。而我，总分第一。"

鹿苑乐了："聪明了不起啊？"

"有脑子了不起。"周骛弹了下她的脑门，"你的时间已经不多了，剩下的时间记五十个，下课抽背。"

以前鹿苑也听说过这个方法，但没实践过，感觉挺麻烦的。但是被周骛带着一起做，她忽然就有了信心，毕竟她也挺爱搞智商崇拜的。

周骛背书的习惯不像之前坐在她前面的吴小丁那样，嗓门大得能把房顶掀翻，也不像陈然那种密密麻麻地出声，他只是平静而专注，看起来很轻松。

她能确定，周骛没有被生日那件事影响，无论刚刚发生了什么事，他都能立刻进入学习状态。就像以前跑马拉松，她累得大脑瘫痪，他竟然还能接着做试卷。

这就是比她多考一百多分的脑子。

幸亏总分池不大，不然周骛的分数是她两倍，她会更丢人。

高三的时间比高二快很多，在距离高考还剩三百天的时候，老孔就在黑板旁边挂了个立牌了，每天改一个数字。

一转眼就剩下不到二百天。

学校组织了一次高考誓师大会，邀请家长来参加。

但是在这之前，老孔搞了个骚操作，很早就给班上每个同学发了本小册子，上面是全国各个大学的名字，以及录取分数线。

"拿到了看一看，自己都能够着什么学校，省得心里没点儿数。"

班上的同学基本上是嘴上吼着老孔没人性，身体却非常诚实地去翻找学校。其实很多人早就有了目标，但是和身边的同学一起讨论，再朝着目标进步，搞得自己马上就要踏进大学门了似的，显得非常热血。

冯晴晴和她的同桌姐妹情深，两个女孩子不太愿意离家太远，也不怎么能适应北方的气候。冯晴晴说自己去年冬天跟着爸妈去北京，一周没上大号，回来都拉血了。

她给自己的设定的目标是复旦、交大，还有南大。

同桌和她成绩差不多，目标也差不多。

鹿苑拿到名册时有点犯难，她以前只是想离家远一点，但具体去哪里完全没概念，关键要看能够着哪个学校。

真到选择的跟前，人就非常迷茫。

她这两个月成绩是进步了，也稳定下来，但只是勉强上 340 分，擦边达到今年第一批投档线。选择并不多，更遑论喜欢。

怪不得老鹿跟她着急，说实在学不来就出国。

这样想来的确挺愁的。

她看了几眼小册子，什么目标也没写，就丢进了桌肚里。冯晴晴转过来，笑着问周骜："学霸，你要去哪里？"

她同桌说："学霸还用自己选吗，都是大学来抢的。我记得你物理竞赛进前五十了吧？"

周骜"嗯"了一声。

冯晴晴一拍脑门："哎哟，我白问。您这是一只脚已经踏进大学里了呀。"

"别比较别比较。"她同桌安慰，"这样一看，学霸的选择范围可窄了，就那么一两所，不像我们哈哈哈呜呜呜……"

鹿苑沉默地听着。

周骜从高二的时候就跟着物理老头上竞赛课了，他在物理上很有天分，基本次次考试满分。

那个时候他还坐在她后面，平时她跟身边的人开玩笑、插科打诨的时候，他总是一副来去匆匆的样子，也不参加任何课外活动。

在她不知道的时候，他早就为自己选择了保送这条路。

他需要尽快离开这个让他无所适从的地方。

这样一想来，难过的浓度又增加了一点。

晚修最后一节课，鹿苑有点累，身体逐渐趴在桌子上，脸压在手臂上写着数学题。

周骛能感觉到她的情绪低落，虽然不太准确，但也猜着是因为那个小名册。

还剩十几分钟下课，他提前把东西收拾好了，手指弹了下她的耳尖："睡着了？"

"没有！"鹿苑捂住耳朵，有点蒙地看向他，做贼心虚地以为他又要说自己姿势不端正。

但周骛根本就没提这茬，问她："有想要去的大学吗？"

鹿苑沉默着看他，没点头，也没摇头。

"那想做的事情呢？"他又问。

鹿苑依然不知道怎么回答，她这半天也在想，但没想好，胡乱回答了一句："吃喝玩乐，混吃等死。"

周骛皱了下眉："没想到没关系，但别说这种话。"

他知道她有多好，被很多人喜欢，善良开朗，漂亮，很会唱歌，而且唱得很好听。

鹿苑再次低头。

周骛则拿出小册子，又抽了支笔，在上头圈画起来，主要是筛选一些城市和学校。内陆一些和北方地区……她应该不太会去，所以，画掉。但北京应该可以。

离家太近也不行，所以苏锡、常州这种也画掉。

上海、北京、南京、广州……他挑着她可能会去的地方画上圈，再筛选分数够的学校，在纸上列出来。

做这些的时候，周骛很清楚自己在干什么，以及想要怎么打算。

两个人的未来都没完全掌握在手里。他有百分之九十的可能会去北京上学，从一开始就打算好了。

那百分之十，是为鹿苑动摇的，如果她需要的话。

鹿苑愿不愿意去北京他不知道，他也不会自私地强求她去北京，未来是她自己的。

他只是想用自己的能力，为她指一指方向，铺一铺脚下的路。

其实无论她在哪儿，想见她的人，总是有办法的。

按照她现在的进步速度，他有信心在一模的时候再帮她提高十分，选择范围又能宽泛一点。

鹿苑写完试卷，瞥见周弩正在写的那张纸上，整齐地列了一排的大学名字，后面附着往年的录取分数线，最上面的一个是"376"。

呃，这个分数。

想也知道不可能是他自己的，他从转到这里就没下过四百分。

难道是她的？

"你在写什么呀？"鹿苑问着，伸手就要去够，这样挺没礼貌的，但是对周弩她都习惯了，并且忽然兴奋起来，"给我的吗？"

周弩眼疾手快，抓起纸，迅速往身后藏起。

鹿苑身体一个重心不稳，扑到他肩膀上。他在兜帽卫衣外头穿了件校服，敞开着，她的鼻头正巧就磕在拉链上，好痛。

她揉了揉鼻子，还不忘自己要干什么："我都这么惨了，给我看看。"

"卖惨没用。"周弩说，"跟你没关系，写你的作业去。"

"我写完了。"鹿苑很有力地反驳，伸手，"跟我没关系，为什么不肯给我看啊？"

周弩没被她绕晕："考试时别人的试卷跟你没关系，也不肯给你看。"

鹿苑脱口而出："你不一样。"

两人都愣了一下。

是啊，你不一样，我也不一样。

两人斗嘴的这会儿，前排的冯晴晴及其同桌两个人同时笔尖一顿，竖起耳朵仔细听。

"求我。"他说。

鹿苑也睁大眼睛看着他，人傻了一样。

"求你。"她眼神里流露出一丝可怜巴巴，用很轻的声音喊他，"哥哥。"

过了有一个世纪那么长，鹿苑眨了下眼睛，说："可以给我看了吗？"

周弩把纸拍在她桌子上，一瞬间，他又有些后悔，不该这么早给她的，受煎熬的是他自己。

好在他有本事一秒转正经脸，说："按照你现在的情况，筛选了这几所专业还不错的学校。现阶段没想好也没关系，但是必须得有个分数上的目标。就像爬山，站得越高，看得越远，将来你面临的选项就越多。明白？"

"哦。"鹿苑呆呆看着他。

除了给她讲题，周弩很少一次性说这么多类似鸡汤的废话。

这种"鸡汤"放在老孔嘴里也毫不违和，但被老孔说就显得特别唠

311 /

叨，被周鹜说，就很让人信服努力是有用的。

鹿苑认真研究了下这几所大学的名单，在地域上并没有什么规律。她先看在北京的，有五六所，但也有在距离北京很远的广州的。

她的视线落在那所录取分数在 376 分的院校上，不敢相信地看着周鹜："你是认真的吗？还是写来凑数的？"

周鹜想了想，说："胆小鬼连梦想都会惧怕，碰到棉花都会受伤，有时也会被梦想所伤。你是哪种人？"

鹿苑听明白了一半："感觉很有道理，像名人名言，我记一下写作文的时候用。这是谁说的？"

周鹜淡定道："一个姓周名鹜的哲人。"

鹿苑："……"

她还真记下了这句话，但写在本子上感觉有点眼熟，把"梦想"替换成"幸福"二字，可不就是名人名言吗？

等她反应过来时，周鹜已经扬唇笑了起来，低声说："你要相信自己。不相信也没关系，那就相信我。"

在周鹜说出口的那一瞬间，鹿苑就点头了。

与其说相信，不如直接叫信任。她点头很用力。我也会努力的，跟上你的脚步。

梁宗实在周鹜的生日宴上搞事情的后遗症在家里持续了很长一段时间。

鹿苑一直以为，家长只是单纯搞成绩论，但实际并非如此。以前他们信任周鹜，是因为他成绩好、不惹事，现在得知他要犯事就犯大的，他基本上就成家里的重点观察对象了。

就连不怎么回家来的老鹿，空闲时都会问一问周鹜的情况。

周婕更不用说了，她把工作推掉了一大半，朝九晚五地上下班，安排两个人的早饭和晚饭，有的时候还会陪他们熬到半夜。

尽管鹿苑并不清楚这种"陪伴"有什么意义，她更像是在做一些对得起自己的事情。

学校的誓师大会鹿苑感觉挺傻的，但是老师和家长觉得很有必要。这次老孔没让大家回去自行通知，直接把消息发到了家长的手机里。

这天晚上到家，鹿苑没跟老鹿说这事，还是他自己问起来。

她说："你要去吗？"

老鹿喝着茶："我看时间吧。"

"哦。"鹿苑点了下头，倒完水就准备回房了，被老鹿喊住。

"你不想让爸爸去？"

鹿苑愣怔片刻，不知道是心虚还是什么，反正有种说不上来的感觉，回道："你不是一直很忙吗？那种事情就是喊口号而已，对你来说是浪费时间，我也没期待你会去。"

她承认说这话有点语言报复的意味，事实也是如此。

反正这两年家长会什么的，他从来没露过面。

"这样。"这下是老鹿若有所思地点了点头。

誓师大会这天的时间安排挺充实，上午还是排满四节课，午休，然后下午两点参加高三学生家长的誓师大会，各班的班主任再组织家长会，具体谈一谈每个学生的状况。

午休的时候，鹿苑还不知道老鹿到底要不要来，但又不想自己问。一点时，她小声问了下周骜："周阿姨有说什么时候过来吗？"

"怎么了？"周骜停下笔。

鹿苑："没，就是想说这边不好停车吧，得停到前面路口的商场里。"这种话一听就是借口，她一个学生什么时候会担心这种事了？

周骜拿出手机看了眼时间，然后就看到了周婕发来的微信。

【我和你鹿叔叔已经到了，在操场这边，人挺多的。】

鹿苑想知道的信息都有，周骜直接把手机递到她面前。鹿苑心一沉，没忍住道："我爸竟然也来了。"

她把手机推了回去，有点不开心。

这会儿她终于清楚自己莫名其妙的情绪来自哪里了，她现在一点都不想让老鹿来参加学校的活动。

曾经有多期待，现在就有多排斥，因为她和周骜的兄妹关系会尽人皆知。

莫名有种很难收场的感觉。

反观周骜，他盯着那微信界面看了会儿，皱着眉，没有给周婕回复消息。

鹿苑有种错觉，周骜也不想让他们一起出现。

午休结束，高三的各个班级在教学楼下面排队，再出发去操场。冷风将午后昏沉的同学吹得一个激灵清醒过来，然后叽叽喳喳地讨论起来。

还有一百八十天，他们就高考了。

这个时候讨论的话题也挺奇怪的，充斥着八卦：这个家长穿什么衣服，那个家长多大的排场……听说此次誓师大会的领誓人是一个叫何楚天的男生，一班的。

可是他的成绩在年级里根本就不拔尖，始终徘徊在十名以内，第一名就没沾过边。

吴小丁说："这肯定有内幕吧，周骛一直蝉联第一就没下来过，凭什么这种出风头的机会是他们的？"

有女生道："这种事不是随便吗？有什么好争的？"

吴小丁："面子啊！就算周骛不上去，再不济我们还有陈然呢，稳如老狗一般的存在！"

陈然："……谢谢，不用给我抬咖。"

然后路过的某个一班同学就给出了最终解释，那位同学的老爸给学校捐了两百万。

众人："……那是应该出点风头。"

冯晴晴戳了下鹿苑："小鹿，这次是你爸来还是你妈来啊？"还没见过小鹿家里人呢，每次家长会都不来。

鹿苑要怎么说？

因为我家在这个班里占了两个坑，所以家严家慈都来，惊喜吗？待会儿你会看到雌雄双煞！

"我爸来。"她说，然后看到冯晴晴一脸忍不住的笑意，"干吗啊？"

"没事！没事！"冯晴晴笑得脸上都带了点红晕，一副喜事将近的样子。

"奇奇怪怪。"鹿苑咕哝了一句，情绪始终不高。

冯晴晴找了个借口："不是不是，作为颜霸，好奇你家的基因。"

鹿苑玩着手机，笑了笑，损起老鹿来也是毫不留情："我爸超级'shuai'！蟋蟀的蟀，你看到就知道了。"

"哈哈哈，你要不要这么搞笑？"冯晴晴又捂着嘴笑起来。

其实冯晴晴的这点小心思班上的很多同学都有。周骛和鹿苑在班里多少有点另类，不仅是男女搭配，他们没有做过亲密的事，但就是整日形影不离，给人一种说不上来的亲昵感。

周骛有学霸光辉，鹿苑从始至终人缘都非常好。

鹿苑是颜霸是真的，大家对老鹿的好奇也是真的。但是当他们走到操场，见到真人后，反而有种被衬得普通的感觉。

不是老鹿长得不行，他算个中年版帅哥，身姿绰约，就是从头到脚透着铜臭，把什么都掩盖掉了。

大家下意识把周骜身边的女人和鹿苑身边的中年男人放在一起。

周骜的妈妈竟然如此漂亮有气质，长得还白，母子俩一样的白。

家长的站位是根据学生来的，女生在前男生在后，鹿苑站在女生队伍的最后，周骜则是站在男生队伍的最后面，中间隔了快三十个同学。

校长在前面讲了一通话，然后是学生代表上台演讲宣誓。

点燃梦想，激扬青春，飞跃困境，自强不息。

台上穿着蓝白校服的男生一脸严肃，手握拳在耳侧，目光炯毅。鹿苑上午还觉得这样挺傻的，这会儿忽然也有种热血的感觉，恨不得现在就冲进教室学习。

少年就应该是炽热的，自强不息，无所不能。

志愿者给大家发了气球和马克笔，用来写自己的目标。为了环保和节省资源，几个人一组。鹿正元和周婕两个人身体像装置了自动跟随一样，很快把两个高中生带到一起。

"你准备考什么大学？说来我听听。"老鹿张口问鹿苑，看上去还挺有兴趣的。

鹿苑看了一眼周骜，他手抄着兜，一副无聊至极的样子。

"问你呢，看你哥哥干什么？"老鹿瞧着她，"哥哥能替你考啊？"

鹿苑说："正在想呢，别催！"

周婕也微微笑了下："小骜呢？"

周骜一如既往的嘴毒："写了就能考上吗？那全国的学校改成寺庙得了。"

老鹿甩了下手："嘿，你们俩今天怎么回事？一个赛一个的不耐烦。"

"是啊，目标还是很重要的。"周婕说。

两个人都冷静了一会儿，好像跟家长撑完，终于发泄掉了那点小脾气，这才认真起来。鹿苑还没想好考什么大学，就在名字后面写了自己的目标分数"360"。

周骜写了那所基本上没什么悬念的大学。

两个家长这才算满意，一松手，把气球放飞了。

天空变得五颜六色的，草地上也响起了学生们二货一样的呼喊声。鹿苑的视力很好，他们放飞那颗气球飘了老半天，她还能看到自己和周骜的名字。

越飞越远。

要是他们也能跟气球一样，飞离这懊糟的现实就好了。

鹿正元摸了摸下巴评价："有志气考这个分数是好的，要是能再多考点就更好了。"

鹿苑没接他这话，在心里翻了个白眼。

一家四口站在一起，也引起了不小的围观。刚刚大家忙着自己的事情，这会儿八卦之心又重新动起来。

什么情况？家长都是认识的？

"别说，周骛妈妈和小鹿爸爸站一块，还蛮登对的嘛，有夫妻相哎。"

"哈哈哈，那简直乱了套了！"

说者无意，听者有心。

鹿苑听到最后一句，心情越加烦躁，闷着头，面无表情地走到了前面。

周婕注意到她的情绪，问周骛："苑苑怎么了？是不是不舒服？"

周骛也看了眼鹿苑，她用帽子兜住了脑袋，显得孤零零的。

老鹿直接说："别管她，小丫头就是欠的。来，我们来拍照片吧。"

"还合照啦？"旁边的吃瓜群众又一惊一乍。

每当有人朝他们靠过来时，鹿正元都会非常商务地点头微笑，一点都没发现有什么不对的。

过后老孔过来带家长去教室，学生们则直接留在操场上体育课。

老鹿和周婕从拍完照片就一直站在一起了，因为这是在学校，他们就没牵着手。

高三年级的体育课一星期只有一节，虽然没有被取消掉，但也只是个摆设，要不是因为今天家长会，他们也不会上这节课。

体育老师被迫"生病"久矣，忽然被通知复了还有点不习惯。就让男生们去器材馆搬东西，女生们在原地休息，待会儿随便带他们做点运动好了。

储旭做这种事最积极，蹦着过来搭周骛的肩膀，酸唧唧地问："你和小鹿，已经见过家长了？"

周骛不喜欢被碰，推开他的脑袋："嗯。"

"多久了？"

周骛："很久。"

储旭："……"

真是嫉妒！

独自在前面走着的陈然，脚步也忽然一顿。怎么听着不像呢？

女生们这边也没闲着，讨论得热火朝天。鹿苑脱了校服铺在草地上，人躺在上面眯着眼睛,耳边全是她们叽叽喳喳的声音。

鹿苑知道大家没有恶意,只是学习生活太枯燥了,出点傻事也算是给学生们的加料。

过了会儿,周骛回来了,脱下校服,往那个皱着眉的女生脸上一罩,遮住了刺眼的光线。

"晒成这样不知道转个脑袋?"周骛屈膝蹲在她旁边。

鹿苑懒洋洋地笑起来:"你管我呢,在晒黄豆酱!"

"那你在这儿晒满一百八十天,千万别起。"周骛也笑了笑,看着她。

鹿苑把他的校服往下拉到鼻梁上,露出眼睛。她的眼睛又大又清澈,被午后的阳光一晒,有种被水洗过的明亮。

周骛静默了几秒,低声问她:"为什么不开心?"

鹿苑说不上来那种感觉,就是很烦。

她的鼻子和嘴唇碰到的地方,是他校服的领口,带一点属于周骛的气息。

周骛习惯把拉链拉到最上面,领口会碰到他的下巴和嘴唇。

"我没有不开心啊。"鹿苑又笑了笑,大脑都跟着迷惑了阵。

"真的?"周骛并不相信她说的。

储旭站在塑胶跑道那儿喊他:"周骛,骛哥,快点走了!"

鹿苑推了下他:"你去吧,我想睡一会儿。"

周骛说了声"别真睡,地上冷,躺一躺就起来吧"然后就走了。

鹿苑不想跟他说真话他并不强求,只是他也有点烦,因为这次家长会。但是他更不想把"厌烦"写在脸上。

鹿苑转身叹了口气,这样想其实有点自私,本来鹿正元和周婕就是夫妻,她有什么资格让他们不要一起出现在学校呢?

是她不对,思想走偏了。

有个女生看鹿苑:"小鹿,你和周骛,你们……"女生两根食指对戳一下,表达关系。

话都到这儿了,再让她们传下去就不合适了。

宋缨喊了声:"好了,别说了别说了。"她问鹿苑,"要不给她们说实话得了?说得我都有点不忍心听下去了。"

鹿苑闭着眼睛点了下头。

宋缨跟大家说:"你们别想着自娱自乐了,他们是一家子,兄妹。"

"什么玩意儿?"

宋缨守着这么长时间的秘密也快憋死了:"没看到他们一起放气球,

还一起拍照吗？老孔那么多疑的性格凭什么只让他俩做同桌啊。就凭咱小鹿这人品……哪个男同桌能逃得出她手掌心？除了她哥。"

鹿苑挣开一只眼："我人品怎么了？"

"颜值颜值，说错了。"宋缨笑着道。

一旁的冯晴晴表示大受震撼，手上的鸡爪子顿时就不香了，颤颤巍巍地问："小鹿，这是真的吗？"

鹿苑安静了几秒："是的。我们是重组家庭。"

冯晴晴的表情都快哭了："怎么没听你说？"

因为，我不想说。

但鹿苑不可能用这话去撑自己的同学，她还是耐心解释："说了大家肯定会无休止地问。"

冯晴晴和宋缨一样，同为女生，大家都很理解她不想被打听家事，也并没有说她故弄玄虚。

只是……那群女生还是有点难以接受。

大家一阵沉默。

老孔的家长会没有开太长时间，主要是讲一讲接下来的这小半年，学校要和家里打好配合，为每一个高三生提供良好的学习生活环境。

鹿正元侧头低声对周婕重复了一句，周婕点了下头："只有我是家长吗？"

他笑笑，没说话。

坐在前面的是冯晴晴的爸爸，转过来和他们聊了几句，因为冯晴晴的成绩不错，要考的学校基本上也都确定了。

还有的就是怕在国内考不好的，家长也会提前准备把孩子送出去。

反正各显神通呗。

老鹿饶有兴趣地和对方讨论起来。

以前周婕从不担心周鸯，自从知道了他过去的事，她也不得不思考周鸯离开她会不会干出格的事情。

梁宗实说他有办法给周鸯申请国外的学校。周鸯喜欢物理，直接让他去最顶级的学府不是更好吗？

说实话，周婕有点心动了。

虽然她厌恶梁宗实，但没有必要因为自己的喜好耽误周鸯的前途。

夫妻俩为各自的孩子想了一会儿，一个现实也摆在眼前。

无论做出何种选择，这两人成绩存在很大差距，当了两年的兄妹，就要各奔东西了。

家长会结束后，学生们回到教室。

鹿苑看到自己座位上多了张草稿纸，老鹿随手勾画的东西，是他电话会议记录的数据。

她把纸团了团，扔进垃圾桶里。

到晚自习的时候，班里基本上都传遍了，鹿苑和周骛两个人是一家的。

和女生们的惋惜不同，班里有不少男生都沸腾了。有看热闹的，也有真心实意乐开花的。看热闹的居多，再没人嫉妒周骛可以跟女生一起坐了。

跟自己的妹妹，还不如跟个男生呢。

"你俩真是兄妹啊，瞒了我们这么长时间！"

"我说老孔怎么当这么长时间的睁眼瞎呢，他那鼻子比狗都灵，竟然允许男女一桌。"

"周骛妈妈和小鹿爸爸看上去很般配啊，一个超有钱的老总，一个气质美女。"

"你俩这么瞒着，是故意的吧？"

鹿苑已经收拾好了心境，懒懒地笑着说："是啊，羡慕死你们这些独生子女。"

"小鹿你好腹黑，有哥哥了不起啊？"

鹿苑狡黠地笑了笑。

等上课铃声打响，好事者都走了，教室安静下来。

周骛抽了本习题集，淡声问鹿苑："你说的？"

鹿苑一怔，然后才慢慢解释："嗯，他们两个一起来的，没办法不说了，都传遍我们俩见家长了，估计不超过两天都能传我俩领证。太离谱了。"

周骛没接话，也没笑。

"好人做到底，给他们当个八卦乐呵一下。"鹿苑笑了笑，忽然也有点拿不准了，放低声音问周骛，"你，介意吗？"

"什么？"周骛装没听明白。

鹿苑听他这么说就表明是介意的，她突然有些愧疚。

这不是她一个人的事情，也是周骛的，他不想让人知道他们的关系。

"你生气了吗？"鹿苑心提了下，看着他，"对不起。"

周骛突然抬手，拍了下她的后脑勺："写作业吧。"

陈然听着大家讨论，侧过头看了一眼，正巧看到周骛在拍鹿苑的头。他回想着这一年多来的事情好像有了解释，但有些事依然说不通。

这个世界上，女生了解女生，男生也是了解男生的。

周骛的心思，并没有那么单纯。

但是自从澄清两人的关系后，最兴奋的要数储旭。他先是私底下骂了一通周骛，竟骗了他这么长时间，害他伤心难过。而且还在他问起的时候，承认两个人早就见家长了。

周骛没理他。

储旭就臭不要脸地拍了拍周骛的肩膀："骛哥，你是不是担心我对小鹿不专心才故意误导我的？"

周骛："……"

储旭："我早说了，从始至终，我的女神只有小鹿一个。我一定会好好对她的。"

周骛烦躁地说了声："手拿开，再拍一下，你就去医院接上吧。"

储旭赶紧拿回来："别别别，咱们是一家人，别这样。"

储旭能气周骛的还不止于此。第二天中午，他就跑到鹿苑面前，小心翼翼地问："小鹿，你准备考哪所大学啊？我和你考一个城市好不好？双宿双飞的。"

Chapter 09
借你的梦想一用

听到"双宿双飞"四字,鹿苑的灵魂都为之一颤。

储旭看她呆呆的,又笑眯眯地道:"放心吧,到哪里,我都会罩着你的。"

鹿苑属实没想到这家伙还能说出更骇人的话,受不了似的推开他的肩膀,呼吸了一口清新的空气,说道:"大哥,我们可不兴这样,你别逼我吐。"

储旭嘿嘿笑起来:"那你心里兴什么样的啊?"

鹿苑还忙着写作业呢,用习题册掸了掸桌面,把橡皮碎屑拍到地上,叹了口气,不知道说什么好了。

周骛正好写完一道题,抬起眼皮向他看过去:"你还有什么话,跟我说。"

储旭惊惶地摆手:"哦,不不。"

周骛已经站起来了,拎着储旭后颈的衣服将人拖了出去。他个头比储旭高一点,但拽人的这个姿势却像拎小鸡,也可能是储旭对周骛的害怕让他不敢挣扎。

"骛哥,骛哥,别这样。"储旭脸红了,被周骛摁在座椅里。

"再说不着调的,我把你嘴粘上。"

鹿苑坐在位子上笑得眼泪都出来了。

周骛回来坐下,鹿苑问:"你干吗拽他?"

周骛拎着笔:"烦。"

321 /

"哦。"鹿苑立刻闭嘴噤声。

周骛意识到这话有歧义,补充了句:"他烦,不是你。"

"哦哦。"可是她也不敢再说了。

课间储旭竟然不死心地给鹿苑发了条微信,让她决定好一定要告诉他,看样子挺严肃的。

鹿苑有点怕储旭是认真的,想了想,态度端正地给他回了一条微信过去:【储旭,选择大学和城市是一件特别严肃的事情。当然你也可以轻松对待,这决定不了什么。但你要去哪里,可以因为那地方的风景你喜欢,可以是气候好,也可以是有一家你特别喜欢的小笼包店。但不能是因为我。与客观事物比,人是最有可能令你失望的。你和我,都承担不起你的决定。】

打完字她把手机放置在桌上冷静了一下,点击发送。

她说得挺委婉的了,也不知道储旭那个"二货"能不能看得懂。真实的原因就是鹿苑不喜欢他,但说出来怕伤他面子。

她这人也是怕麻烦,不愿意为不喜欢的人负责。

过了会儿,又有个男生凑过来笑着问鹿苑高考是怎么打算的,对方说自己可能要出国了。老鹿下午聊天的人,就是这位同学的家长。他一听说鹿苑家里也有想法,立马就兴奋地来问了。

这个男生不到五秒就被周骛冷冽的眼神吓走了。

周骛丢了笔,瞧了鹿苑一眼:"你到底招了多少人?"莫名有种他退位让贤,别人立马来补位的意思。

"如果释放魅力也是错的话,那你就判我无期徒刑吧,毕竟我漂亮得没眼看!"她臭不要脸地说道。

其实心情还是被影响了,但是少年人的心事并不是什么泼天的难过,一个玩笑就带过去了。

十几岁的难过放在大人那儿会显得矫情,只能说点没心没肺的,骗骗别人,也骗骗自己。

周骛愣愣地看了她几秒,也笑了笑。

这天周五傍晚回家,老鹿已经在客厅里坐着了,手边端着茶杯。

鹿苑条件反射般,后背一紧。

行吧,老总又要找人谈思想工作了。

周婕也在,但只是在书房里忙,两人一句话都不说。

鹿苑这一年里,一点点亲身感受到,两个人的相处模式彻底改变了。

当着两个高中生和外人的面，他们还是相敬如宾的，俨然一对模范夫妻。

去年她曾经看到两人聊天牵手，洗碗的时候顺便接吻的场面，好像再也不可能发生了。

这释放出来的不是好的信号。

鹿苑经历过一次家庭矛盾和分别，老鹿和妈妈也是由吵架和没话说开始渐行渐远的，她对这方面很敏感，真的不希望再上演一次。

吃过晚饭，周婕收拾东西回房间了，周骛继续学习，鹿苑毫无意外地被老鹿叫去了卧室。

这学期鹿苑的成绩基本上都呈上升趋势，老鹿对她的态度也好了不少，没有动辄贬低。叫她谈话的原因也很简单，这次家长会他和另一个同学的爸爸讨论了学校的事情。之前老鹿还拿不定主意，那个同学的家长上个月已经让孩子去机构上课了，这个时候还摇摆不定，可能就来不及了。

老鹿一针见血地问鹿苑："上次写的目标360分，你好像还从来没有考到过这个分数？"

老板就是会抓重点。

她神经紧绷着，绷到连思考都慢了半拍。

老鹿说："都这个时候了，我不想再用什么手段鞭策你。咱们父女俩开诚布公地交流一下，你要是实在没有把握考一个像样点的学校，我不怪你，一切听我的安排，真的没有时间了，国外的竞争没有国内那么大。"

鹿苑听到老鹿说"开诚布公"四个字，感觉到了严肃性。

老鹿就这么看着她。

过了好半天，鹿苑突然出声："爸爸，我会考到360分的。保证。"

她的声音太笃定，老鹿也不由得愣了下。

"我不想因为在这个地方跟别人竞争不了，就换一个地方躲起来。"鹿苑不紧不慢地说，"虽然我不是很聪明的人，但也不比别人差。"

老鹿迟疑："话是这样说，但光有决心是没用的，得有实力。"

鹿苑从抽屉里拿出一个本子，是她报了那个校外补习班，又放弃了，然后跟着周骛一起学习的过程，从一开学的摸底考试到现在的周考，大大小小一共有八次了。

一开始是周骛帮她记录的，后面她就自己记了。她跟老鹿坦白："8月底其实学校有过一次摸底考试，我状态不好，考了297分，怕你发火就没说。"

老鹿脑门一阵火蹿上来。

这个分数是什么概念？就是本科的大门都摸不着。

鹿苑又说："我知道情况很严峻，就很努力地想办法了，上次周考我进步到 340 分。"

她把本子递过去。

老鹿的火气又莫名降下来，两分钟内跟坐山车似的，翻着这几次考试的数据，每一科都记录得非常详细。

进步的确是挺大的。

但是老鹿很客观地说："从 297 分进到 340 分包含了基础分，还有你的粗心失误、状态不好，但是 340 分再往上就难了，你在进步，别人也在进步。"

鹿苑说："别人努力，我就会更加努力的。还有半年时间，我相信这 20 分我会拿下来的，况且，哥哥也在帮我。"

老鹿似乎有被打动。

这次谈话老鹿很冷静客观，鹿苑同样态度前所未有的端正，让老鹿不忍心说一句打击她的话来。

看着老鹿将信将疑的表情，鹿苑于是打感情牌："爸爸，我不想离开你和奶奶，也不想离开阿姨和哥哥。我们好不容易凑成一个家的。"

老鹿怔了怔，他一时不知道怎么回，只好问："你哥哥最近有没有跟什么外面的人混？"

"没有。上次那件事，真的是因为我受欺负了，他为了保护我。"鹿苑再一次不厌其烦地解释。

"你们兄妹两个能团结，挺好的。"老鹿谈完就出去了，看上去已经放弃了自己的某些想法。

鹿苑瘫在椅子上松了一口气，手指摩挲着笔记本。

妈妈已经离开她了，爸爸也很少理解她，好不容易来了个周骘，她不想被别人安排最后也跟他分道扬镳。

鹿苑躺在床上想了一晚上。

如果现阶段还没有确切的目标，那她可不可以，暂时以周骘的目标为目标呢？

——要不我报考北京的学校，和你一起？

——我们去北京，你还会照顾我吗？

——不用你照顾我，只想和你继续待在一起。

她打了很多腹稿，每一个都写满了不想和他分开生活。

这周有周考，五门一天考完。但是不用排考场，自己班里把座位拉开就行。

即使坐得很近，但鹿苑连跟周鸷讨论问题的机会都没有，更遑论说一些与学习无关紧要的话。直到晚修，他们考完最后的化学才一起走出教室。

取车的时候，周鸷接过她的书包放在自己的车篮子里，忽然问了句："今天考试的时候看你一直绷得很紧，是觉得难，还是累了？"

鹿苑"咦"了一声："考试的时候，你看我干吗？"

"我不能看你吗？"周鸷很坦然，并不心虚，接着问，"是昨天你爸跟你说什么了？"

"我跟我爸保证，会考到360分。"

"为什么？"周鸷皱了下眉。

"你也知道他一直看不上我的，前阵子还计划把我送出去呢，但是我不想去，就下了保证书。"

鹿苑说完，一脚蹬着自行车飞了出去。她已经好长一段时间不自己背书包了，少了几斤负重，骑得就是轻快。

她还想说，我们大学还在一个城市行不行。

你等等我吧。

但是此情此景，没什么氛围，她有点不好意思问。

她的身影在路灯下轻得如同一只蝴蝶，露出的脖颈和脚踝都是纤细的，周鸷抬起眼眸朝她的背影看了一会儿。

"为什么不想去？"他轻声问了一句，远去的那个少女并没有听到。

周考后面的一天是放假的。

鹿苑晚上吃完饭就进书房写试卷了，她想明天中午空出两个小时去看奶奶，她已经一个月没去了。

但是周鸷被周婕叫走了。

她撑着脑袋等了半天，也没把人等来，反应了一会儿觉得自己未免娇气又矫情，现在写个作业都要有人陪。

周婕开车带周鸷出去了一趟，谈话的地点在一家咖啡厅。周鸷知道这个地方，某人有次"离家出走"就来这个地方写作业的。

"什么事？"周鸷看着站在前台点单的周婕问道，"还要出来说。"

周婕自己点了一杯拿铁，给周鸷的是牛奶，笑着说："去那边坐吧，我们聊一下。"

周骜用手指碰了下自己面前的热牛奶："你想聊什么，家里不可以说吗？"

周婕脸上浮现一层不自然的笑："这里放松一点，适合谈事情。在熟悉的环境，我可能没办法客观。"

"很严重的事吗？"周骜又问。

周婕又笑了一下："你是不是已经决定去北京了？"

周骜说："还没确定下来，等到年后集训结束再说。"

"其实上完本科，你还是要再出去的。"

"你现在跟我说这个干吗？"周骜觉得奇怪。

过了几秒，他反应过来："你到底想说什么？"

"我是觉得，你将来自己申请学校，不如——"周婕干脆说了，"梁宗实说，他可以帮你直接出国，少走弯路。"

周骜在心里叹了口气。

周婕说："我知道你有自己的脾气，但这事关你的前途，不能感情用事。"

"你答应他了？"

周婕摇头："怎么可能，这得看你。"

这还差不多。

周骜说："我自己的事，自己会打算。"

"小骜。"周婕低声喊了他一声，"但是我希望你考虑一下。你还小，有时候年轻人有骨气是挺帅的，却幼稚。既然有资源为什么不好好利用？这也是他欠你的。"

她当初选择生下他，自以为很有个性，但如今想想，这个性中又包含了多少赌气的成分在呢？

结果就是她根本不能为周骜的生命负责，才导致他走了一段错误的路。

"你当我是什么，给根骨头就摇尾巴的狗吗？"周骜的嗓音也很低，透着生硬的冷感，"狗换了主人还要不吃不喝几天。"

"我不是那个意思。"周婕想了想，"每对父母都是这样的。你鹿叔叔也为了鹿苑想尽各种办法，我为你打算前途，有什么不对？"

根本就没有人考虑过他和鹿苑的感受。

"我说了，我的事不需要别人操心，我也不需要被人指点人生。"说完，他起身要走。

走到门口，玻璃门被人从外面推开。梁宗实在外头等了半天，他此前一直想进来亲自跟周骛谈，只是周婕没同意。

眼看周骛要走，他终于坐不住了。

"周骛，我能和你谈一谈吗？"梁宗实说，"拒绝的话很容易说出口，但机会只有一次，也不是所有人都有。"

周骛手扶在门把手上，顿了顿。

"我很不待见你，所以别来犯贱。"周骛个头比梁宗实高一点，敛着眼皮看他，"我不高兴了会整人，不管你是谁。"

说完周骛的手一松，厚重的玻璃门拍在梁宗实的后背上，让他不得不往前趋了一步，显得有些狼狈。

"这就是放养的结果。"梁宗实看着周婕说。

周婕本来情绪就有点低落，听了梁宗实的阴阳怪气，忍不住道："他不稀罕，你算了吧。"

鹿苑作业写到晚上十一点，感觉困了，就拿了一部分试卷回楼上。

洗完澡后回房间又写了两张，然后倒头就睡。

周骛什么时候回来的她完全不清楚。

周日早上，有人在门上叩了下，她听着声音摸出手机一看，八点。

洗漱完捧着水杯和试卷下楼，周骛已经在书房里了。

她隔着玻璃门看他。男生侧着身，清晨的曦光落在他半边的肩膀上，另外一边沉在阴影里，他人似乎被切割了，又好像他已经静坐在那里很久了。

书房里的温度还可以，他额前的发丝有点刚洗过的湿润感，肤色也是冷白的，整个人都清爽爽的。

鹿苑叼了片烤吐司走进去，献宝似的对他说："昨晚你不在家，我写了超级多的作业，你要被我甩在后面了，要不要等等你啊？"

周骛抬起眼皮看她："写多少？"

鹿苑翘着嘴角道："英语全部，数学一套试卷，物理一套，语文一套半。"

周骛把自己的试卷找出来摊给她看。鹿苑张了张嘴，周骛的进度和她一模一样！而且语文还把两套试卷全写了。

连做那么多阅读理解题不会吐吗？

昨晚她上楼以后，他肯定翻了她的作业，照着她的进度写的！

"你也太狡诈了吧，让我领先一次能怎么样？"鹿苑差点翻白眼。

这不得写到半夜?

"怕你骄傲。"周骛头也不抬地说。

此时他正在写鹿苑不到万不得已绝不碰的化学,顺便吐槽:"莫名其妙的好胜心。"

鹿苑:"……你还好意思说我?"

吃过午饭,鹿苑准备利用午休的那点时间去养老院。

周骛说要放松下眼睛,就和她一起上了公交车。

不巧赶上奶奶的午休时间,老太太迷迷瞪瞪的,鹿苑脱了鞋子爬上她的床,在她耳边小声说着话,一个十几岁的姑娘比老太太还能唠叨。

睡意这个东西好像能传染,老太太打了个哈欠,鹿苑也跟着打了个哈欠,竟然就睡着了。

周骛听房间里没了声音,去阳台吹了会儿风。

老太太虽然困但没睡着,她从床上掀开毛毯起来,又给鹿苑披了披。

她盯着阳台上的周骛看了好久。长得好看的人有个优点,无论看多长时间都看不烦,越看越喜欢,老太太还对他有好孩子滤镜,亲切得不行。

而后周骛进屋,老太太对他说:"我看得出来,苑苑把你当亲哥哥,也挺亲你的。你得给妹妹做个好榜样啊。"

周骛:"我会的,奶奶。"

鹿苑计划在这儿待一个小时的,可是醒来已经快三点了,外面一点动静都没有,她一个激灵从床上爬起来,心里慌慌的,生怕周骛不等自己。

拉开门看见周骛还坐在沙发上等着,她的心又放下来。

"我奶奶呢?"

周骛收起手机:"去打牌了。"

"哦。"她松了口气。

周骛看向她:"慌什么?做噩梦了?"

鹿苑说:"以为你没等我,先走了。"

"怎么可能?"周骛看了下时间,起身道,"回去吧。今晚早点休息,看你困成什么样了。"

"嗯。"

两人走到门口。街道上车水马龙,已经有了点晚高峰的架势。周骛拿手机打车,鹿苑看到街对面拐过来一辆熟悉的车,是老鹿的。

老鹿似乎没看见他俩,在门的另一边停下来。

驾驶座下来的是一个穿着工作装的女生,她绕着来到后座拉开车门,把走路不太稳当的老鹿扶了出来。

老鹿应该是中午有酒局,喝醉了。

两人搀扶的姿势早就过了社交尺度。鹿苑不是很懂成年人之间是不是都这样,但总觉得不妥当。

"爸爸!"鹿苑喊了声。老鹿没听见,被司机搀着往养老院里头走。

鹿苑要跟上去,被周骛拽住手腕,他也看见了。

"你过去可能解决不了问题,反而被责备。"

"可是,周阿姨——"鹿苑不知道怎么说,她已经替老鹿感觉到对不起周婕了。

周骛好像已预料到。

他比鹿苑更早明白,夫妻俩的感情在各种矛盾中消磨掉了。鹿正元不一定会出轨,但工作场合这种事肯定少不了。

"让他们自己处理。"周骛说,"你别管。"

也只能这样了,如果处理不好反而会适得其反。

鹿苑仰头看了眼天空,真想像只鸟,第一百次想飞离这个现实。

"小鹿。"

周骛错开她半个身位,忽然回头。

"嗯?"鹿苑应了声,听他这样叫自己感觉陌生又微妙。

少年看向她,眼睛明亮:"你愿不愿意,和我一起去北京?"

鹿苑又猝不及防地"啊"了一声,她像被一块厚实的馅饼砸晕脑袋,眼冒金星。

周骛看着她皱了皱眉:"如果你有非去不可的地方,也可以。我们一起去。"

他看着她,再次问:"你愿意吗?"

本来鹿苑也想说的,可是被周骛说出来了,她没想到。她一紧张就会下意识碰自己的鼻子或者耳朵,像是怕鼻子变长的匹诺曹。

周骛一直看着她。男生的眼睛清澈、幽深,明明没有开口讲话,却给人一种不能拒绝的强势。

这是一个很重要的决定。

可是话到了嘴边,她又想找一个最完美的表达方式,人来人往的街头,扰乱了她的视线。鹿苑看向街对面,捡树叶的小孩子,散步的阿姨,遛狗的大爷……唉,人好多啊。

眼前突然一白，周骛的双手伸过来，掐住她的脸颊。
　　"不要看别人，是我在问你。"他说。
　　"啊。"她被吓住了，这是在干什么？不答应他难道会被掐死吗？
　　周骛动了动嘴唇，又冒出一句："先回答我。"
　　鹿苑突然觉得很有意思，故意说："我去北京，不能上好的学校怎么办？"
　　周骛说："你能不能考得上好的学校和你的努力有直接关系，和去不去北京没有关系。"
　　鹿苑又说："我在北京人生地不熟。"
　　周骛："和我熟就行了。"
　　鹿苑："我要是再得罪人了，被揍怎么办？"
　　"我不是一直在保护你吗？"
　　"你这是要求还是邀请？"
　　周骛垂着眼皮，笑了笑，好像已经明白了她的意愿，故作恐吓："是威胁。"
　　"你拿刀砍死我吧。"
　　"逗我呢？"他松了松手指。
　　鹿苑："你没有诚意，邀请我和你一个城市上学，难道不……"话说到一半，她的声音渐渐小了下去，意识到自己说这话有歧义。
　　周骛听清楚了。
　　但是他没有就此延伸下去，有意把话题拐回来："知道。我邀请你一起去上学，就会照顾好你。"
　　鹿苑知道他的意思是家人之间的照顾，因为下一句他就做出了解释。
　　周骛说："现在目标确定，就等你考个足够的分数了。"
　　毕竟还没达到的高度，鹿苑也不能打包票："我不是很有把握。"
　　周骛松开她，手自然垂落。鹿苑的脸蛋皮肤呼吸到空气，又莫名空落落的。
　　"别担心这些。只要按照我说的做，多笨的笨蛋都能学好。"
　　又嘴毒？
　　"你才是笨蛋，你全家都是笨蛋！"
　　周骛说："我家的确有个笨蛋。"
　　鹿苑："……"
　　周骛又看了她一眼，跟她确认："愿意吗？"
　　鹿苑跟着笑起来："嗯，我愿意。"

他们站在院墙边，梧桐树下，脚边堆满了落叶。一个拎着菜的大叔从他们身边走过，正好听到鹿苑说的话，笑眯眯地搭话："唔，这是愿意什么呢？"

鹿苑不想自己的严肃话题被当笑料，刚要皱眉，周骛就抓住她的手腕，快步往前走去。

和跑差不多。

鹿苑忍不住笑出爽朗的声音，她看见拽着她的手腕往前狂走的人也笑了，翘着一边的嘴角，又酷又跩，看上去心情不错。

"笑什么？"周骛回头问她。

鹿苑说："开心啊，你呢？"

"我也挺开心的。"周骛说。

冷冽的风从少年人的脸颊和发梢拂过，要是有上帝视角，这两人就像两个傻子，这猎猎的晚风都在笑他们。

但正因为年少，多傻的事都合情合理。

鹿苑下了出租车，在巷子口买了两份桂花小圆子。

周骛问："你不是不喜欢吃这个？"

每次许阿姨做了，大小姐都会推得远远的，说像鼻涕，被许阿姨逮着拍了好几下后脑勺，警告她自己不吃不许恶心人。

鹿苑说："你妈妈喜欢啊。"

周骛又问："为什么讨好她？"

鹿苑又想翻白眼了，好好的一个人偏长了张嘴："你会不会聊天？"

"所以，为什么给她买？"他锲而不舍地又问了句，拿出手机看了眼时间，已经八点了，周婕这个时间必然是吃过晚饭了。

鹿苑很想把用小圆子把他的嘴堵上："因为周阿姨对我很好，我很喜欢她。我也想对她好，或者你说讨好也可以，明白了吗？"

你个大明白，懂个屁！

两个必要条件：对她好的，她喜欢的。

周骛手揣在运动裤兜里，悠闲地站着，像一台制冷机："我对你也很好，为什么不给我买？"

鹿苑瞠目结舌。这么幼稚的人确定是周骛吗？

"你确定要吗？"她不敢相信地问，印象里他也不爱吃甜食。

"要。"他斩钉截铁地说。

卖小圆子的老奶奶笑呵呵地又装了一碗。

331 /

她的泡沫箱子上没有贴二维码，也没见拿着手机。很多商家都引进了微信和支付宝付款，但明显没有普及到小摊贩这儿。

她用方言问："几铜钿（多少钱）？"

"拾尼（十二）。"老奶奶说。

鹿苑在钱包里掏了掏，没有硬币。她眼珠子转了下，对周骛说："我钱不够，你的钱包拿来。"

周骛皱了下眉，那两句方言他没听懂，但他还是毫不犹豫就给了。他的钱包就是男生用的很普通的黑色呢料的，某个动漫出的联名款。

鹿苑刚撕开魔术贴，一个蓝色的纸片一闪而过，钱包突然被他抓了回去。

"？"她不理解这是什么操作。

周骛琢磨出来那两句话了，抽了张二十元递给老奶奶："您再帮我装一份，不用找钱了。"

"好的，谢谢小伙子。"老奶奶挺高兴，"很晚了，我给你们装四份好了，我也该回家了。"

"谢谢奶奶。"

鹿苑说："你怕我坑你的钱吗？"

周骛快速合上钱包："你抠门的声音，我听见了。"

鹿苑就讽刺他个子："您在高原上杵着，空气挺稀薄的吧，怎么能那么快听见？"

周骛刀枪不入："看来你对声音传递的介质这块知识点挺自信，奖励你回去做一张物理试卷。"

"滚啊。"她忍不住推他背，罪魁祸首已经迈着长腿向前跑去。

也许是两个人氛围太欢快，衬得家里略显冷清了些。周婕从书房里出来，语气淡淡地问他们："有什么开心的事吗？"

鹿苑本来笑得灿烂，突然像被兜头浇下一盆冷水，有点尴尬。周骛把东西放在餐桌上，问："吃饭了吗？"

周婕说："吃过了。"

"鹿苑给你买了夜宵，再吃一点。"他语气冷硬，好像在命令周婕必须吃。

倒也是不必。

鹿苑很有眼色地观察着周婕的表情，连忙说："不是我买的，是哥哥买的！"

周骛和周婕同时转过头来，看着她。

周婕笑了笑:"到底谁买的啊?这个还要推辞吗?"

鹿苑指指周骛:"他付的钱,当然他买的!"

周婕心情也跟着不错,笑着道:"无论是谁付的钱,我都很开心。"她在餐桌边坐下。

门外传来汽车的声音,老鹿推门进来,把黑色的大衣往沙发上一丢,头发也有点乱,一副酒还没醒的样子,也可能是又喝了一场。

周婕并没有上去扶他,反而脸上有一丝不耐。

也是,没人喜欢自己的丈夫每天这个状态。

"爸爸,你要吃小圆子吗?"鹿苑充当这个家里的和事佬,"蜂蜜可以醒酒。"

鹿正元很给面子地走了过来,一家四口各自看着面前的一碗小圆子吃了一会儿,还说了几句话,至少是维持住了。

鹿苑收拾了塑料碗丢去门口的垃圾桶,回来时老鹿和周婕已经上楼了。

周骛坐在沙发上,正在看手机。

"今晚还要做试卷吗?"周骛抬头问道。刚刚说让她多做张物理试卷是开玩笑的。

"做,我要把下午浪费的时间都补回来。"

想想这几个小时,比浪费钱还肉疼,能做多少道题啊。

其实这段时间已经挺拼的了,但她觉得自己应该更紧迫一点。

下午和周骛互通了目标后,她就像找到了那片桃花源,眼前豁然一亮——山有小口,仿佛若有光。

北京的"985"院校是最多的,可也很难考,全国的考生都和她争着往那个地方挤,再拼命都不为过。

"一起。"周骛去倒了两杯水。

从晚上九点开始,除了看时间她没碰一次手机,两人学到凌晨一点才各自回房休息。

洗完澡躺在床上,鹿苑终于觉得这一天是充实的了。

她困了,可有一件事想不通就睡不着,从枕头下拿出手机给好友发消息。

周骛邀请她去北京的那一刻,她感觉到那意义非凡。他还承诺会照顾自己……这是什么意思呢?

为什么不明说?

——几个小时过去,心里还是住了一只小松鼠,嘭咚乱跳。

333 /

她把这个疑问发给林鲸，因为她无法臆测学霸的心理。

林鲸：【宇宙的奥秘，需要你亲自去发现。】

早读时间随季节调整。

夏天六点半，冬天六点五十分，可这宽限的二十分钟对睡眠严重不足的高三学生来说只是杯水车薪。

一点多睡觉，六点起床能要大小姐的命。闹钟每隔三分钟就响一次，她自己没爬起来，倒是把隔壁的人吵醒了。

周鹜皱着眉头掀开被子起来，差不多换好衣服，走到门口起床气也消了。

但是他没打算放过她，在她门上拍了拍："起床。"

鹿苑卷着被子又翻了个身，还睡意蒙眬着："你先下去。"

周鹜握着手机去卫生间，一边刷牙一边给她手机上连发了二十几条消息，表情包和随手打的字符都有，成功把鹿苑给振烦了。

她搓了下眼皮，冲出来打人，在卫生间门口匆忙刹车。

男生的脸上带着水珠，很白净，头发湿了两缕，他微微弓了弓身，正在对着镜子刮胡子。

十几岁的男生到这个阶段，都会有这一步的修容举措。周鹜的下巴很瘦，还有点尖，用的是刀片，一点点推掉下巴上的白沫子。

其实两个人到现在还维持着一开始的默契，前一个进卫生间的人离开时会把自己使用过的痕迹都收拾干净。

鹿苑是第一次看见周鹜刮胡子。她手撑在门那儿，愣了几秒，拿不定自己该回屋还是该去洗脸刷牙。

周鹜扭头看着鹿苑，鹿苑身体下意识地往回转。

他快速伸手抓了把她的头发，少女脑袋往后一仰。

又扯她头发！

"六点十分了，来刷牙。"他说。

鹿苑以为自己听错了，他在邀请自己一起使用卫生间吗？

淡定淡定。

别搞得一副没见过世面的样子，一起刷个牙怎么了，又不是什么见不得人的事情。

"让让。"她故作轻松地道，从他身后绕到台盆边，拿了牙刷和牙膏，尖尖的耳朵却捕捉到轻微的声音，刀片擦过皮肤。

鹿苑抬头，看见镜子里周鹜也正在看着自己。两人视线对撞上，他竟不躲不闪，心怀坦荡，还看着她。

在比尬的方面，鹿苑也是个名副其实的"渣"，受不了了先挪开目光。

周骛无声地笑了笑。

但是下一秒，有人换了个思路卷土重来。

"你挤着我了。"鹿苑边洗漱边含糊说，胯部往他身上一顶，把毫无防备的男生给顶了出去……

周骛"哟"了声。

两个人都无言地看着对方，有人一天不搞事情就不舒服。

"对不起——"鹿苑张了张口，想说"我不是故意的"。

有脚步声传来，周婕已经站在距离他们不到一米的距离，问道："怎么了？"

周骛把刮胡刀丢进牙杯里，抽了张纸巾擦掉手上的水："没事。今天起床没看皇历，遇着讨债鬼了。"

这还叫没事？

有的人是阴阳大师吗？

"讨债鬼"心虚地撇过脸，看向浴室那个方向，只听见电动牙刷的声音在嗡嗡地响，正替她表示尴尬呢。

周婕满脸看不懂，见周骛下巴上有道口子，下意识地抬手，却被周骛防备地躲开了。

"好像流血了。"周婕提醒道。不知道怎么说好，她觉得可能是周骛现在手还生，不会使用刮胡刀。

周骛手蹭了下，又说了句"没事"，进了自己屋。

周婕又看了看鹿苑，感觉有哪里奇怪，却说不上来。

"苑苑，我今天起晚了，可能来不及给你们做早餐了。"周婕揉着太阳穴抱歉道。

鹿苑吐掉泡沫："我们上学路上买一点就好了。"说完她又补充了句，"你要吃什么，我买好给你送回来。"

"我没胃口，你们自己吃吧。"周婕笑笑。

鹿苑这才发现她的脸色不是特别好，苍白无血色，嘴唇也干干的。

"你还好吗？"

周婕摇头，声音放低："你和你哥是有什么事吗？"

鹿苑本来没多想，这下心一虚："没有啊，怎么了？"

周婕笑笑，又摇了下头："想问问你哥的情况，他也不太和我说。对了，你们学校有女孩子喜欢他吗？或者他和哪个女孩子走得近？"

难道周阿姨看出来什么了?

"这个……有没有女生喜欢他我不知道,但是跟他走得近的就物理、篮球,还有作业。"

周婕又笑了笑:"没事,我随便问问。感觉他最近好像不太一样。你待会儿多穿点,今天挺冷的。"

"哦。"

鹿苑松了一口气。周骛有什么不一样吗?

上学的路上,她观察了几眼周骛,他的下巴上多了个创可贴,也没有什么不同。排队买早餐的时候,鹿苑掏出手机对着他的脸拍了一张照片。

当场就被周骛发现了,他把豆浆塞进她书包里:"干什么?"

鹿苑实话道:"周阿姨今天问我,你有没有和哪个女生谈恋爱。"

"你确定她是这么问的?"周骛明显不信。

"我改编了下,这是直白版的,迂回的怕你听不懂。有没有,你回答就行。"鹿苑咬着嘴唇,借机问,"你有喜欢的女生吗?"

周骛看了她一会儿,把她书包的拉链拉上,回答:"没有。"

"哦。"得到答案的鹿苑紧紧盯着他的下巴,心情很复杂。像是一个介质里充斥着多种杂质,空洞又拥挤,失落又庆幸。

"只有五个月了。"周骛站在她旁边低语,"你也不许有乱七八糟的心思,否则——"

"否则什么?"鹿苑紧张兮兮地问。

"打断你的腿。"周骛说完,手掌扫过她的后脑勺,跨上车子走了。

连老鹿最近都没担心过她喜欢谁,周骛防她防得最严格,还真是担心她考不上大学。

那段时间,鹿苑过得不是特别好。

一直被周骛敦促着,她觉得好像两个人不一样了。

宇宙的奥秘,她始终探索不来。

但如果时间往前走,再回头看那段光阴,就会觉得其实也没有很差。至少他们整日都是陪伴在一起的。

每天压在她头上最大的任务还是学习,提分数。

去掉寒假的时间,离高考不到五个月了,班里也没人搞元旦活动了,但鹿苑依然收到了礼物。

12月31日这天早上。

她来到教室，班里已经来了一半的人，在早读或者吃早餐。

她的抽屉里有一盒蓝色的永生花，还有一张粉蓝色的卡片。

【小鹿，新年快乐呀。】

歪歪扭扭，草爬子一样的字。

没有署名，但语气还挺可爱的，让人分不清男女。因为看丑字是男生，看语气又是女生。

鹿苑笑了起来，心情都被治愈了。

"让一让。"

她正捧着花闻呢，身后响起一道男声，周骛肩膀挂着书包，垂着眼皮看她，视线也顺着眼皮落下，冷冷清清的，跟谁欠了他钱似的。

"我收到新年礼物了！"鹿苑捧着花高兴地说。

周骛没理这茬，从她身后过去，放下书包。

鹿苑跟谁赌气似的，故意把花捧到他面前："奇怪，没有署名。这是你送的吗？"

周骛掀了掀眼皮："我能送这么脑残的东西？"这两年里女生之间特别流行永生花，让人看不懂。

鹿苑"喊"了一声："没有礼物，你说个屁。"

"手伸过来。"周骛忽然说。

"什么啊？"她好奇地扭过头来。

周骛从书包里拿出个东西，拍到她手上。深紫色打底，配橙色字体，比永生花脑残一百倍的配色——《冲刺高考100天》。

鹿苑干笑："谢谢你啊。"

周骛伸手："交换。你给我的呢？"

什么玩意儿？就凭这个东西还想交换礼物？

鹿苑敷衍："我对你只有诚挚的祝福。新年快乐，万事顺意。"

周骛看了她片刻，朝上的掌心翻了下，在她额前忽然拨弄了两下，然后他脸转过去，颤着肩膀笑起来。

2015年悄无声息地到来。

年底两个人的时间分布就很不一样了。周骛要参加集训，准备各种审核材料、保送高校的面试，在4月份之前没有多少时间管她。

鹿苑最重要的是一模，非常考验她的心态。

周骛有点担心之前给她定的目标是不是高了，面对这种大考，她会不会紧张。一模考不好，搞不好会影响接下来的二模三模。

于是，本来跟她危言耸听的人又想方设法鼓励半天。

鹿苑都被他搞蒙了："感觉你比我紧张。"

周骛在心里叹了口气，是紧张。毕竟某人智商这个玩意儿，不是在他自己脑子里的，不受他掌控。

周骛是那种无论前一秒在干多夸张离谱的事，下一秒也能立马进入专注状态的人。

但是鹿苑不能，他清楚地知道这一点。

高二转过来的那个暑假，他把自己关在房间里研磨竞赛题，时常能听见从她房间里传出来的各种奇怪的声音。

后来开学他坐在她后面，也经常看见她写着写着题目，就发起了呆，抠手指，数头发。碰到不会的题目，她会习惯性走神。

这也是很多人的通病。

他看不下去了，搬去和她做同桌，并不是狭隘地介意陈然。

如果老鹿是个思想开明的家长，同意鹿苑去学声乐，她不费力就能考个非常不错的艺术学府。

可惜她没碰上那种支持她的家长。

不过没关系，目前为止，她碰上的困难他都能解决。

唯一的问题是，他在这段时间不能打扰她在学习上的专注力。

这一年的春节比较晚，跟传统节日沾上边就显得很盛大且耗时。

但是学生们完全不用操心，十六中的老师不会让他们多休息一天，整个春节他们总共就放了一个星期的假，还布置了如山的作业。

年三十那天都得写三份试卷。

这要放在以前，鹿苑绝对会加入号叫埋怨的队伍。这是人过的日子吗？但是有周骛在，时间的紧迫性时时笼罩着她，她怎么也喊不出来了，老老实实在家复习。

鹿苑把奶奶从养老院接回了家。

平时老太太不愿意回来，只有春节和中秋、端午等节日才来住几天，然后立马又回去了。

鹿苑把一楼的房间打扫得窗明几净，阳光穿过院子里的枝丫，投射在床单上形成斑驳的暗影，有种悠闲而幸福的感觉。

她穿着家居服在床上滚了滚，尖叫起来，看得出来她有多喜欢奶奶。

今年春节挺热闹，不像去年，她一个人去养老院陪奶奶吃饭，又孤零零地回来。年夜饭是周婕在外面的餐厅订的一桌菜，因为她实在没能力搞下来那么一大桌子。

怕老太太看不惯，周婕硬着头皮，又做了两个本地菜滥竽充数。

但其实老太太根本没注意这些。吃过晚饭，她给两个高中生分别包了个大红包，象征性地发了两句言，就回房休息了，她怕在客厅待着周婕还得切水果伺候自己，多麻烦啊。

老鹿坐在客厅装模作样地看了会儿电视，手机一直在角几上响，扰得他不胜其烦，都是生意上的人，祝贺新年的，又不能关机。过了会儿，他叹着气拿去楼上接听。

周婕看联欢晚会也挺无聊的，顺便拿来电脑工作，躲去了书房。

客厅里只剩下他们两个。

鹿苑抱了一大堆零食放在茶几上，烘托着新年气氛。周骜洗完澡，穿着长袖T恤和运动裤下来，和她一起盘腿坐在地毯上。

春晚不是一般无聊，语言类的节目普遍不行，歌舞类的还能看。

有一首歌叫《当你老了》，听着还不错。

鹿苑打开手机音乐唱完了整首，她的声音偏甜，少女一些，但是唱得也非常好听。

周骜发现她真的很有天赋，是被祖师爷追着喂饭的小孩。

鹿苑把电视调成KTV模式开始唱歌，还让身边这唯一的观众点歌，干脆变成了她的专属演唱会。

反正这天是除夕，每家每户都很吵，也不用担心扰民。

周婕工作结束就去了楼上，叮嘱两个人别玩太晚，早点上去睡觉。

这话鹿苑明显是不听的，她和周骜一起唱歌，吃零食，打两人局的斗地主。

手机上的时间跳到2015年2月19日零时。

周骜的微信里跳出一条消息。

鹿苑：【周骜骜，新年快乐哦。】

他回：【小鹿，新年快乐。】

明明两个人就对坐着打牌，还互相骂对方是笨蛋，鹿苑看见他回的消息，勾了勾嘴角，才重新切回斗地主的App。

鹿苑打完最后一把游戏，睡意蒙眬地拿了个抱枕靠着沙发，合上了眼睛。

她不想立马上去睡觉，周骜也没催，默默看着墙上的时间。

不知是什么时间，楼上传来一声巨响，像是相框掉在地上，又像热水瓶被砸碎。鹿正元和周婕的声音一开始并不真切，后面越来越清晰。

鹿苑被惊醒了，她以为是外面打雷，直到听清楚了他们争吵的内容。

这个世界上，没有任何一对夫妻的吵架是不刺耳的，他们甚至说出了最涉及底线的字眼。

山雨欲来。

明明她睡前还能开心地唱歌，怎么忽然就变了天？

她的手指抖了抖，胸口起伏着，楼上的争吵让他们所在的客厅变成了一座孤岛。

她忽然很想抱抱周骛，甚至手上的动作比心里快，低声喊："哥哥。"

这两个字是挡箭牌，纵容她对他做的所有事。

"我在的。"周骛捂住鹿苑的耳朵，企图帮她隔绝那些声音。

"他们真的会离婚吗？"鹿苑小声问。因为是在睡梦中被惊醒的，她好像神思还未归定，声音都是抖的，像是被吓着了。

"不要听。"周骛搓了下她的耳郭，"跟你没有关系。"

鹿苑对老鹿的怒火有很深的阴影，即使她快十八岁了，每次听到爸爸歇斯底里的声音还是会很害怕。

"小时候，我爸和我妈也是在我睡着的时候吵架，频率很高，我爸一生气就会把家里的东西砸了，遥控器、手机、茶杯，然后我妈一直哭。"这么多年过去了，她仍然能记得很清楚，"我妈来我的床上睡，像倒垃圾一样在我耳边说爸爸的坏话，用很恶毒的话诅咒，一边说一边哭。"

非常毁三观。

那个时候她还没有能力辨别对错，只有恐慌，以至于现在都心有余悸。

随着老鹿年龄见长，脾气不像年轻时候那样暴躁了，鹿苑以为他选择和周婕结婚，是做好了再次迎接婚姻生活的准备。

可如今看来，并不是。他还是个一身刺的男人，很难改变。

鹿苑闭上眼睛，有泪水流出，睫毛湿了打成一缕。

周骛用手指蹭掉她的眼泪。

楼上的声音渐渐平息，或许是顾及楼下的他们。周婕不是个善于用激烈言语发泄情绪的人，只要她不出声，老鹿一个人就吵不起来，顶多发泄掉一时的怨怼。

周骛拍拍她的后背，哄道："再过几个月就不用面对这些了。"

鹿苑哭了一会儿，趴在他肩膀上没动。

怎么回房间的，她完全不记得了。

第二天早上醒来，她只觉得头很不舒服，脑袋里跟糊了一团似的，腹腔空空的饥饿感促使她坚强地从床上爬起来。她要去楼下，吃下一头牛！

对面卫生间的门也打开了，周骛低着头从里面出来，带出来一身的热气。

鹿苑差点没刹住脚步，被他用掌根抵了下脑门，给推了回去："看路，傻子。"

那姿势有点奇怪，她像只脑子不太好使的山羊，可着劲儿拿脑门顶主人。

"你又早上洗澡？"

周骛不回答，人却还站在那儿，她问："你，挡着我干吗？"

"你等会儿再进去。"

原来他知道，每次他洗完澡她就进去会不好意思。

"那我们就这么站着？"

"跟我对视，你尴尬吗？"周骛问。

"这还用问吗？"

"哦，那就跟我这么尬着吧，现在你也没法找别人尴尬去。"男生眼底带着笑，戏谑的笑。

"……"

新年第一天，鹿苑只顾着自己在周骛那儿丢脸了，差不多忘了老鹿和周婕吵架的事。

楼下风平浪静，老鹿和周婕甚至看不出吵架的迹象，因为奶奶在家。

但是老太太在家待到年初五就走了，说养老院的老姐妹约她打牌，至于是不是真的谁也不清楚。

有没有听到吵架声，只有她自己知道。

两个高中生也开学了，继续投入紧张的学习中。

老鹿和周婕没有要讲和的意思，他开年这几天比较忙，各个商场开业他得去走动，回家的次数也很少。

回来他也不去楼上睡觉了，就在一楼奶奶的房间里凑合一晚，第二天早上天不亮就离开了。

2月底的某天晚上。

老鹿喝得醉醺醺地回来，被女助理扶到门口，正巧碰上归家的周婕。

"鹿总喝醉了。"女助理歉意地笑着，"我没拦住他。"

周婕说："那你应该把他带到酒店去，没必要带回家里。"

鹿正元松了松衬衣领子，他的脖子肿胀着，整个充血的状态。他指着周婕的鼻子问："你闹够了没有？这是我的家，我不能回吗？"

周婕往后让了让，有些无奈地摇头："别指我，随便你吧。"说完她推门进去了。

鹿正元的女助理继续扶着他，小声问是回家还是去别的地方。

鹿苑听见声音出来，被从楼上下来的周骜拦住，他对她说了句"我去看下，你回去复习"。说完他走到门口拦住了那个女助理，说了什么鹿苑没听清，但没让她进来。

他把老鹿扶了进来，丢在沙发上。老鹿酒品不好，继续大喊周婕的名字。

这样的环境根本没法好好复习……周骜眉头锁得很深，鹿苑必然受影响，以前她一个人是怎么忍得了这样的父亲的？

老鹿宿醉之后第二天不会起得太早，两个学生去上学的时候他还在睡。

周骜陪鹿苑去了学校，早读和第一节课是连在一起的，他直接翘了。

他在学校一向规矩得很，几乎不翘课，上初中逃课的经验也忘得差不多了。他大摇大摆地走到校门口，被正在执勤的老孔抓了个正着。

"干什么去？"

"有事。"

"什么事？你请假了吗？"

"哦，那我请假。"

老孔："……"

周骜保送的流程已经在走了，和别的同学的赛道不一样。老孔对于他上课的要求自然就没有太严格，什么都没问就批了假。

周骜到家时老鹿已经洗漱好，正准备驾车离去。

"谈一下吧。"周骜一脖子汗把他堵在门口。

老鹿吓了一跳，以为他出什么事了："干吗这是？"

周骜抿着唇："说你女儿的事。"

"鹿苑什么事？"老鹿脑袋昏昏沉沉的，像记不起自己还有个女儿似的。

"她没事，你的问题。"周骜走进来换了鞋子。虽然一起生活了一年多，但他和鹿正元算是最不熟的，也就去年 10 月份宗虎的事情，让鹿正元空出时间来处理了下。

周骛有的时候很看不懂这些家长，老鹿十分在乎鹿苑的成绩，看不过她做任何与学习无关的事情。

可是鹿苑的状态，大多时候是被他影响的。

比如昨晚那种折腾。

比如长时间的精神打压。

还有三个月，他必须得帮她把这些外界干扰的障碍都清除了。

老鹿听到周骛不客气地说"你的问题"顿时脸色一拉："怎么了？"

"你影响到她了。"周骛看着鹿正元，他对谁都是一种平视的角度，不卑不亢。

老鹿顿时有点拎不清。

"她从小就没安全感，现在还怕你发火，怕我妈不开心，害怕家里不安宁。"周骛说。鹿苑心里有多脆弱，他再清楚不过。

明明那么骄傲，可对着周婕还怀揣着讨好。这个世界上，唯有道德感强的小孩吃的苦最多。

老鹿沉默了，周骛说的这些事实，他不是没注意到过，而是事情太多，没时间没心思在意。

他也能猜到因为最近他和周婕之间的矛盾，影响了两个人。

周骛没时间给鹿正元狡辩，开门见山道："你和我妈一样，都不会养孩子。"

周骛的眼神没有犹疑："剩下的时间就我来管她。只有三个月了，不能再有意外，你们有矛盾自己出去解决，别在家里吵她。"

不知道的还以为周骛才是鹿苑的爹。

老鹿又蒙了半天。怎么就他管了？

"不是，你这话说的——"

"你不是没时间管吗？"周骛皱着眉。

鹿正元闭嘴，既然周骛这么说了，也没什么好反驳的。周骛在别的事情上虽然有前科，但在学业上几乎是一览众山小的水平。

"你是她哥哥，我自然是放心的。"鹿正元思考半响，笑着拍了下少年的肩膀。

周骛听到这两个字，没接话。

周骛找周婕说这件事就简单多了，他直接对周婕说：要是在这段关系里感觉到不舒服，就去改变。

不用考虑别人，只关注自己的感受就好。

毕竟她一直都是这样的人。

343

2月份结束。

鹿苑偶然间抬头看了眼黑板旁边的时间，不知何时，已经从三位数撕到了两位数。

周骜去集训了。

她一个人上下学倒也没有什么感觉，反正平时忙得都没时间多看一眼风景，树叶绿了都没发现。

以前她还喜欢拉着林鲸或者同班的女生去校门口的小餐馆吃东西，现在为了节省时间，也都在食堂解决了。

学校为了方便高三的学生，让他们省去吃饭排队的时间，直接承包下二楼食堂，一周的菜单都是定好的，食堂的阿姨帮他们把饭菜打好了，坐下吃就行。

如果可以，他们甚至想给他们喂进嘴里。

唯一不好的就是菜品太单一了，食堂老板也不敢给他们吃什么猎奇的菜。

鹿苑嘴挑，特别不喜欢吃禽类，啃骨头她都嫌烦。偏偏食堂还特别喜欢做红烧鸭，一个星期吃三次，关键是还做得很难吃。

挺多同学都抱怨。

这事要搁以前老孔肯定是张嘴就撑，这群少爷小姐难伺候。

不过这次他竟然什么都没说，默默给学校连写了五封投诉信，把食堂的人弄得很无语。

最后由学校出面，给他们换了更合理的菜单，还下了调查问卷征集意见。

全世界都在支持他们高考，不只是学校里。包括老鹿和周婕，他们处在分居状态，周婕睡主卧，老鹿睡一楼。

但是每次她晚自习回家，都会有一个人在等着她，偶尔会陪她吃夜宵。

周骜集训很忙，老师不会管他们玩不玩手机，但也无暇想其他的事情。只有晚上回到宿舍，睡前他才拿出来看一眼。

惯用打发时间或者醒神的水果消消乐，他已经很久没有打开了，倒是会按时给鹿苑发消息，问问她有没有什么题不会的。

"家里，他们有吵架吗？"视频讲完一道题后，他迟疑地问。

"还好，就是不太讲话。"鹿苑想了想，认真汇报，"可能距离和好还需要一段时间，但我觉得不远了。"

周弩没接话，又问："食堂还给你们吃鸭子吗？"

鹿苑乐了："你连这个都知道？"

周弩说："老孔不是连写了几封投诉信吗？群里讨论疯了。"

"你看群？"鹿苑自己都没看，切到班级群里扫了眼，还真是。

"我为什么不看？"周弩奇怪。

鹿苑脱口而出："感觉你忙呗。"

周弩说："我为什么忙你不清楚吗？不用感谢，记住就行。"

鹿苑又傻笑了下，心里一暖，紧接着甜软起来。

已经是凌晨了，完成当天的任务就得睡，不能把时间浪费在聊天上。周弩说起马上要到来的一模："放轻松去考。碰着条件复杂的题目别嫌烦，条件给得越多说明越容易解，条件少的题目也别慌，你的知识架构很完善了，打开思维。按照本省往年的规律，一模的难度普遍比高考难，所以别太紧张。"

周弩意识到自己变得絮叨了，但是跟视频里的这个人，说再多也不嫌多。

鹿苑歪着脑袋说："知道啦，'周妈妈'。"

这一句话，让周弩连着三天没理她。

周弩不在家，鹿苑就把作业都搬回自己房间了。毕竟夜深了，一个人在楼下听着门前的狗叫或者车轮声，她也有点害怕。

她的一模成绩出来了，还不错。

358分。

鹿苑房间里只开了盏台灯，她和周弩开着视频聊了一会儿，彼此说了晚安就准备睡了。关了灯，夜深人静，那种周弩对她的意义和别人不一样的感觉，被放到最大。

也是她最安心的时刻。

到这个时候，鹿苑终于理解去年这个时候，每次碰着隔壁的姐姐，跟她打招呼也不抬头，不理人，只顾闷头往前走，像一台毫无感情的机器。

今年鹿苑自己也是一样的，眼睛里除了题，什么也看不见，反正天空是灰色的。

3月过去了。

周弩是在月底回来的，年后开始他坐在教室里上课的时间就很少了。流程都走完，他就离校了，在大多数同学歆羡的目光中。

十六中本就不是搞竞赛的学校，虽然是省重点，但是在往年的升学考试中跟厉害的学校比几乎没有竞争力。

周骛更像是一个借读的学生，轻飘飘地来，又轻飘飘地走。

老孔泪眼婆娑地说本想让他在高考中为校争光的，这下算盘珠子都散了。被物理老头呸了两声，让他把指望继续落在陈然身上。

老孔说当然是开玩笑的，从见到周骛的第一眼开始，就知道他不是个普通的学生，身上莫名有种剑走偏锋的天才的感觉。

当然，最后这句话也是开玩笑的。

天才并不好界定，因为努力也是一种天赋。

这天回家的路上，鹿苑说："感觉我也已经毕业了，心都飞出去了。"

周骛摸了下她的后脑勺："别做梦，还有两个月的冲刺，就登顶了。"

鹿苑又问："比别人多了两个多月的暑假，你有出去玩的计划吗？"这小半年都可以绕着地球跑了吧，她还记得去年，沈知燃利用三个月成功把自己晒成小麦色的环球旅行者。

周骛说："等你一起。"

鹿苑装了两秒的哭腔，说自己太感动了。

而少年已经骑着自行车走远。

周婕和许阿姨搞了个小型的家宴，一来是庆祝周骛保送，二来是鹿苑的生日到了，算是双喜临门。

鹿苑不太理解她这个"喜"字在哪里，又不是过八十大寿，如果顺利长到十八岁也算喜事，那就是吧……

许阿姨板着脸来捂住她这张没把门的嘴："我的祖宗，你要是没话说就专心祝贺你哥哥吧。"

"祝贺他不用上学，羡慕死我吗？"

周婕也笑了笑，突然说："感觉，苑苑这半个月状态不错？"

年后学习都学魔怔了，最近倒是经常眯着眼睛笑。

"有吗？"鹿苑歪了下脑袋。

"嗯，这个状态继续保持。"周婕说。

周骛于无声处，抬眸看了她一眼。

这天晚上老鹿回家待了不到十分钟，就被人叫去饭局了，连一句正儿八经祝福女儿成年的话都没来得及说。

许阿姨自己家有事。

周婕晚饭后也要去公司开会，自从周骛保送的事尘埃落定后，她操心的少了，就又恢复了以前的工作强度。

日期其实是4月3号了，她的生日早就过去一天了。周骛收拾了桌子，让鹿苑去复习,他一秒都不想让她分心。

鹿苑却坐在沙发上,乐得伸了个手:"有礼物吗?"

周骛走过来,在她朝上的掌心拍了下:"有个屁。"

沉默片刻,看她期待的眼神,他又不忍心地说:"等考完给你。"

反正什么事都得等她高考完以后再说呗?

Chapter 10
青春的盛夏

鹿苑以为自己记挂着周骛的礼物会失眠,但恰恰相反,她这一觉莫名睡得很好,一夜无梦。

听着楼下的车声醒过来,看时间才六点。今天还是要去学校上自习的,和以往的每个周末一样。

鹿苑想多睡半小时又睡不着,于是她翻身起床,换衣服洗漱,然后拎着书包下楼。

一楼静悄悄的,厨房的窗户是开着的,春天的湿风吹进来,哪儿哪儿都是凉的、冷的、安静的。

她这才发现沙发上丢着周婕的电脑包。周婕熬通宵回来了,现在已经回到楼上补觉去了。

她就是被周婕的动静吵醒的。

黑色大门又被打开,是许阿姨来了,亮堂地喊了一声:"今天起这么早?"

鹿苑失措地"啊"了一声。

随着她带来的热气腾腾的豆浆和麻团,招呼鹿苑去吃,冷清彻底被打破。鹿苑坐在桌边,小口斯文地吃着早餐。许阿姨开始打扫卫生,洗杯子,拖地。

"你哥呢?"许阿姨看了眼楼梯,这么久还没见人下来,周骛一向是比鹿苑起得早的。

"不知道。"鹿苑垂着眼皮,含糊地回答。

"是不是不舒服？"许阿姨看着她。

"不是，没睡醒而已。"鹿苑叹了口气。

"吃慢点，今天时间挺充足的。"她又笑笑说道，敏锐地听着楼上的动静，突然又笑起来，"小鹜终于起床啦。"

跟准点报幕似的。

鹿苑一扭头，看见周鹜踩着楼梯下来了，一脸没睡醒的样子，衣服都没换。鹿苑快速把豆浆喝了，看看墙上的时间，又奇怪地看着他。

周鹜问："怎么了？"

她放低了声音："快七点了，你要不要先去换衣服？"不然上学要迟到。

周鹜说："从今天开始我不用去学校了。"

鹿苑："……"

忘了。

许阿姨在旁边拖地，又捡了个乐呵："我的乖乖哟，这次你哥是真不等你了，一起上学还能提前毕业的哈。"

周鹜眸色淡淡地盯着鹿苑，鹿苑心里说不上来是什么感觉，但的确空落落的。不知是因为周鹜冷静的态度，还是被人调笑的恼火，反正不太开心。

从今天开始，没人跟她一起上学了。

她一句话没说，拎起书包就出了门。

巷子里已经开始热闹起来，她跨上自行车刚要蹬走，脑后的马尾被人扯了下。

"手机没拿。"周鹜清越的嗓音从身后传来，顺便把手机塞进她的开衫兜里。

"别骑太快，路上看车。"周鹜见她沉默，叮嘱了一句。

"知道！"鹿苑凶巴巴地回了一句，飞速驶离小巷子。

章老师七点半进来，给大家放两个听力训练，然后开始自习。教室里响起嗡嗡的小声背诵声，鹿苑看了眼黑板，只剩下六十几天，她强迫自己不可以再想乱七八糟的事情。

于是她拿起单词本，按照周鹜教自己的方法，十个单词一组，背了起来。

这一整天，两个人都没有发一条消息。

她在学校上着自习，他在家放假。

下午第三节课，老孔夹着试卷过来。有两个穿着工作服的师傅扛着梯子跟过来，他们教室的投影仪坏了，需要换一个。

写作业写蒙的同学仰着脖子看半天，感觉这也很有意思。老孔拍着试卷吼："看，看，也不怕把脖子扭断，要不要你们自己上去修？"

全班："……"

就无语，不知道我们现在的生活很枯燥吗？一只苍蝇从我们面前飞过，都要检查一下公母的枯燥程度！

同时大家又很羡慕那些已经离校的同学，比如另辟道路的某些人，比如周骜。鹿苑看了眼老孔，发现他的长相也是越来越刻薄了。

原来人还是要健康的，甚至胖乎乎的才好看啊，比如她家的许阿姨。

投影仪正对着的是陈然的位置，师傅在那儿摆了梯子，他就把课桌往后拉了一位，教室里的座位歪歪扭扭的，跟缺了牙的老太太似的。

老孔把试卷发下来后，看着教室琢磨了一会儿，让几个落单的同学搬桌子，组起了同桌。他看鹿苑旁边的位置，眉心一动："陈然，你搬到鹿苑旁边的位置。"

鹿苑也跟着眉心一动，看了老孔半天不说话。她私心地希望周骜的位置不要让任何人坐，但又没有资格阻止老师的决定。

储旭也虎视眈眈地盯着那个位置半天了呢，当场就跟老孔叫板："虎哥，我也想坐那个位置。"

老孔斜了储旭一眼："你要干吗？"

这浑小子的算盘声他可都听见了。

储旭说："那个位置风水好，周骜都保送了，我去坐坐沾沾喜气呗。"

"你少来。"老孔懒得搭理他，"你去坐着能干吗，把鹿苑的成绩往下拉一拉吗？"

储旭横鼻子竖眼的，脸上写满了不服气。

"陈然，搬过去吧。"老孔命令道。

鹿苑提前检查了下周骜的桌肚里有没有落东西，空空如也，一个纸头都没有。对上陈然温和的脸，她弯着嘴角笑了笑："欢迎你啊，陈然。"

陈然也笑了笑："我们又是同桌了。小鹿，其实这本来就是我的位置。"他坐得好好的，是被某个人抢走的。

他坐下来后整理着书，教室里也归于安静。

鹿苑不想做一个小肚鸡肠的人去细品这句话，装作没听见他话里有话，笑容更大了一点，说道："不要在意这些细节，反正只有两个月了。"

储旭脚踩着桌杠，双眼怒火，看着鹿苑和陈然有说有笑的模样，只觉刺眼。

兜兜转转，到最后和鹿苑同桌的人，始终轮不到他。

火气很大的校霸，晚自习也不想上了，拎着书包就回去了。

周六这天的晚自习鹿苑也跟着上了，讲台上坐着物理老头，戴着副眼镜在摆弄电脑，偶尔有同学上去找他讲题。

教室里很安静，有声音也细若蚊蚋。

鹿苑的身边其实有一阵子是没坐人的，空在那儿，但是没人和坐了周骘以外的人，感觉是不一样的。她写着写着，发现自己的答案和标准答案对不上，下意识用胳膊杵了下旁边的人："哎，这个题——"

陈然被她撞得往旁边倒，差点从椅子上翻下去，他惊呆地看着她："怎么了？"

以前鹿苑很少课上找他讨论，就算找了也是用手掌拍拍他的手臂，问前礼貌地问一句："你现在有空吗？"

鹿苑对上陈然诧异的眼神，也错愕了下，赶紧说："不好意思。"

陈然接话："你以为坐的还是周骘吗？"

鹿苑拍了下自己的脑门："忘了，他已经走了。"

陈然眯了下眼，笑着说："是啊，你哥太厉害了，我本想努力一把看有没有可能追上，结果他选的另外一条赛道。"

物理竞赛的课陈然高一高二也在上，但本校一直不注重这方面，搞竞赛的人也没那么狂热，他只拿了个三等奖，还是乖乖地高考。

周骘原来的学校就是名校，他也早就有一定的基础。他第一次考试装了一下，给人一种他在和陈然较量的感觉，但其实他根本就没有把陈然放在眼里。

也是去年9月份，陈然才意识到这件事。他曾经有过一段时间的慌张和低落，是老孔及时开导了他。

老孔说话也很不客气，有的时候你们在一个教室上课，考了第一和第二名，但并不代表你们的差距只有一名。

不能说周骘是天才，毕竟他经历过怎么样的学习过程别人不清楚，背后付出多少努力也不好计算。

事实就是摆在那里，个体存在差异。

但上天也给了陈然一定程度上的天赋，比如耐心、持之以恒的学习能力，至少他从来没有厌恶过知识。

天赋，不是只有高智商这一种体现，脾气和性格也是。

你们都会上岸，只是要通过不同的途径罢了。

老孔这种偏成熟的谈话，在关键时刻把陈然的心态摆正回来。

鹿苑从陈然的口中听到他对周骛的称赞，不自觉也与有荣焉。

"这道题怎么了？"

"我的答案不对，但是不知道哪一步错了。"

陈然给鹿苑看了下就指出了问题，她又拍了下脑袋，恍然大悟的样子。这张物理试卷难度不低，鹿苑已经能考到八十几分了，这一年她进步飞快。

做完错题集，鹿苑拿出手机看了眼。倒是有几条推送，各种App上的，微信上一条消息也没有。

周骛没有找她。

十几个小时了。鹿苑有一点失落，有点想跟他说说话，但是这会儿又不知道说什么。她叹了一口气，把手机丢回书包里。

周末的晚自习看得不严，走读生想走就可以走，班里也有不少同学收拾书包回去了。鹿苑也犹豫着，要不要提前回家。

陈然问她："你今天自己回去？"

鹿苑耸了下肩膀："是啊。"

"早点回吧，一个人太晚也不安全。有问题你家里还坐着个大神呢。"陈然提议，"正好我去千梓街买点东西，和你一起走。"

"行啊。"鹿苑心里一暖，得意扬扬。周骛骛你看，你不在这儿，我身边可多的是暖男。

我的人缘可太好了。

晚自习是十点半下课，周骛九点五十分从家里出发，准备去接一下鹿苑，这么晚她肯定也饿了。

刚到桥上，就看见她早上出门时穿的那件白色开衫敞开着，露出里面的娃娃领衬衣，她蹬得很快，晚风将她的马尾吹了起来。

周骛看着少女向着自己而来，心中有一丝愉悦，但很快又沉了下，她旁边还有个男生。

鹿苑告诉陈然："过了这个桥就到我家了。"

陈然停下来："那我就送到这儿吧。"

"回吧回吧。"鹿苑笑着道，"谢谢。"

"鹿苑。"周骛喊了一声。

两个人同时转过来，陈然示意般冲周骛点了下头，然后离开了。

鹿苑脸上有些意外："你怎么在这儿？"还是这个时间点。

周骛没说自己是准备去接她的："你怎么和他一起？"

鹿苑说："哦，陈然担心我走夜路害怕，就陪我走了一段。"

周骛问："那你害怕吗？"

鹿苑努了努嘴，心说你一个不用上学的人，在家吃喝玩乐，还敢来质问我辛苦学习的，有人陪我当然是比一个人孤零零回来的好啊。

"你猜！"她突然很大声地说。

周骛看着她的背影沉默着。他迟疑了几秒，骑车到她身边，从外套兜里拿出一个肉松饭团，问："饿吗？"

鹿苑斜眼看过来，眼睛都冒绿光了。她快饿死了，思考时大脑消耗了很多能量。

"你什么时候买的？"她努力掩饰着喜悦。

周骛看着她，语气凉飕飕的："你被别人送回来的时候。"

喊！就你会说风凉话！

周骛把饭团放她手里，还是热的，换了她肩膀上的书包。骑着车没法吃东西，两人站在路灯下，等她吃完，这才缓缓向家走去。

两人一进家门，就看到灯是开着的。

周婕回来了。

她看上去依然很累，发髻松散，有两缕落在脸颊，还有点好看。一看见两个人回家，她便问吃饭了没有，要不要再吃点夜宵。

鹿苑哪敢劳烦她，忙说自己已经吃过了，让她累了就上去休息。

周婕笑着点了下头，盯着在换鞋的周骛欲言又止，但碍于鹿苑在，最终还是选择沉默。

早上，周婕问周骛要不要去看一趟外公外婆，周骛说自己有事，这几天很忙，要去找朋友。

鹿苑走到门口的时候听了一耳朵，很好奇是什么事，但是她的"嘴替"周婕竟然没问，点头就完事了，真是不负责的妈。

她也是很无语，甩上书包就出门了。

周骛说有事没撒谎，但并不重要，他只是懒得跟周婕解释为什么暂时还不能回去而已。吃过早饭，他打车去了储臣那儿。

他和储臣还算比较能玩到一块去，如果当初和谭焯他们堕落下去，他现在估计也像储臣这样，玩玩车，做点生意。

高考完的暑假对大多数人来说就是放飞自我的过程，周骛也不例外，况且他还比别人多了两个月。

不过他也没打算闲着，一些兴趣爱好准备捡起来，比如摩托车。

储臣在为8月份的一个赛事加紧训练，两人挺有兴趣地研究了一下午。周骛在他这儿搞了一辆车，鹿苑一个人回家不习惯，他骑车去接，能节省不少时间。

太阳还没落山，储旭就背着书包回来了。

"干吗呢，别人考大学你准备烤地瓜是吧？"储臣一巴掌拍在他弟弟的脑瓜上，"怎么不好好在学校待着？"

储旭说："老师都开会去了，也没人抓我打球，太畅快我都感觉没意思了。"

"你就是欠的。"储臣掏出烟，在嘴里叼了一根，笑着道，"你不说在学校的动力就是你女神吗？怎么被老师抓又是动力了？"

周骛撩起眼皮看一眼储旭，嘴角扬起淡笑，根本不把眼前的二傻子当成威胁。

说到这里储旭就来气，立马找到周骛诉苦："别提了，自从骛哥不在学校，陈然又支棱起来了。"

"什么意思？"

储旭说："老孔又让他和小鹿做同桌了！这人好阴险，昨天就和小鹿说说笑笑一整天了，看着就烦。"

周骛听到这话，眉心一动。

储旭的痛苦是真情实感的。前阵子不知道周骛和鹿苑的关系，他就一直默默吃醋，但是碍于和周骛的关系好，而且打不过，他很少表现出来。

陈然这种"绿茶"，他可忍不了。

储臣听了哈哈大笑，当着周骛的面，故意说："二货，你自己不会争取啊？"

"老孔说我把小鹿往沟里带。"储旭皱着张脸，又骂了声，接着问周骛，如果他和陈然都想做鹿苑的男朋友，周骛比较支持谁。

周骛跷着腿坐在椅子里，没搭理他，看上去心情也不太爽。

周骛这样放松的姿态，有点痞气，跟学霸完全不沾边。

看来昨天陈然就和鹿苑坐一桌了。

昨天在千梓街接到她，他问两人为什么会在一起，她没说。今天又是一整天，她还是不准备透露一个字。

周骛摸出手机，给鹿苑发了条消息：【今天准备几点回家？】

过了半个小时，鹿苑没回。

他又打了几个字：【晚修提前出来，我接你。】

那边还是没动静。

如果说刚刚是在上课，那总有下课的时候。她下课会拿着手机玩一会儿。

那边储臣坐在车上，扫了眼周骛，又看热闹不嫌事大地问："弟，你还挺长情的嘛，小鹿这名字听你念叨三年了，怎么就那么喜欢她，你们学校没有别的漂亮姑娘了？"

"晴姐放你店里也不是最漂亮的女生，你怎么不换个女朋友啊？"储旭白了一眼他哥，嘟哝，"少看不起我了，我爱一个人可是很长情的。"

储臣："小小年纪什么爱不爱的，别逼我吐中饭。"

"你呕肠子我也是这么说。"储旭并不避讳自己的喜欢，认真道，"我会一直喜欢小鹿，坚持到她……结婚吧。她有老公我再喜欢就显得不礼貌了，嘿嘿。"

储臣见他态度坚定，赞许地点点头，不羁地笑起来："不错，喜欢人这种事得坚持，就像你每天坚持吃饭喝水一样，续命的玩意儿……"

"你这是什么破比喻，不会说就别说。"储旭又翻了个白眼，"少来污蔑我女神。"

周骛盯着手机，并无心情听他们说话。

他很少把某个男生当作竞争对手，无论在学业还是在这件事上。就算有，也只是转瞬即逝的醋感，因为鹿苑的心没定，他对她没有太强的占有欲。

但是现在，鹿苑对他隐瞒了，还是刻意的。

他非常不爽。

鹿苑的确看到周骛的微信了，不回复是一种恶作剧的心理——美女在忙着学习呢，你个无所事事的人就等着吧。

她以为周骛说的"接"，是到千梓街的那一片接她。

所以在陈然问她要不要一起回家的时候，她点头了。

鹿苑心里也有点数，陈然又不是周骛，只是一个关系好点的男同学，对她没有保护的义务。

两个人住得也不近，再让人送回家的话，就不合适了。

"我们一起走一段就好，你该回家就回，千梓街那条路挺热闹的，我都走了三年了，不怕的。"鹿苑认真告诉陈然。

陈然的性格也不可能像周骛那般对鹿苑说一不二，即使他想送鹿苑回家，被她拒绝后，就不会违逆她本人的意愿。

晚上老孔讲了两道大题，鹿苑忘了周骛说的让她早点回去，直到下课铃声打起才收拾书包，和陈然一起取车出校门。

等刷卡的时候，她慢悠悠地给周骛发了条消息，说自己准备回去了。

这个时候校门口总是停着很多私家车，普通的、高级的都有。再贵的，学生时代的大家都懒得看一眼。

有一辆全黑的摩托车停在对面，非常炫酷，引得不少男生围观。

陈然也没忍住驻足看了一眼，鹿苑凑热闹瞥去，结果看到周骛了。

他的脸沉着朝她走过来，质问她："为什么不回消息？"

鹿苑说："我回了啊。"她怕消息没发出去还拿出手机确认了下，发送成功的，"你没看见吗？"

周骛的手机在外套兜里，他没看，也不想求证，目光直直落在鹿苑的脸上，还有她和陈然不到二十厘米的距离上，两人明显是要一起走的。

陈然不料撞见兄妹吵架的场面，尴尬一笑，说道："车好帅啊。你驾照都考好了，动作够快啊。"

周骛不接话。这不是显而易见的事吗？

陈然对周骛的车当然是好奇加羡慕的，又说："放假很爽吧，看你都是社会人了。"

周骛看着他笑笑，挑了下眉："嗯，毕竟我已经毕业了。"和他们这些还在苦哈哈地复习，焦灼等待高考的高中生不一样。

他的语气很淡，陈然却是听出了不一样的味道来。刚刚还觉得他俩是兄妹矛盾，一个斥责另一个不回消息，现在立马感觉出了周骛有脾气，冲着他发泄出来了。知道了知道了，你是保送的大神，炫什么炫？

男人的自尊心让陈然感觉自己气短一分，同时又有点无语，这个男的真幼稚。

他看了看鹿苑："你还和我一起走吗？"

鹿苑赶紧说："你先回去吧，已经很晚了。"

"明天见。"陈然挥了挥手，踩着自行车离开了。

鹿苑接着说自己的事："我给你回了，你没看见吗？还来质问我。"

周骛这才把手机拿出来，只扫了一眼，指着上面的时间说："我下午给你发的，你几时回的？看见我之后回的吗？"

鹿苑无辜："反正是回了啊。再说，也没让你跑空。"

周骛盯着她。

鹿苑瞅瞅他的表情："我很忙的，看到消息就用意念回复了。"

"你接着编。"周骛转身走向停着的摩托车，自己也不知道发的哪门子邪火。脑中风暴了片刻，他才想起来说什么，她一天都在上自习课，打几个字的工夫还是有的。

最重要的是，没说她和陈然又变成同桌的事。

鹿苑推着车子跟上来，明显对他的车很有兴趣，来回看着，啧啧几声，笑着说："哪里弄的？"

周骛说："从储臣那儿骑过来的，为了接你放学。"

鹿苑的笑容更大一些，把身边生闷气的某人都感染了："可是我骑着自行车呢，怎么办？"

"自行车放在晴天网吧就行，明早我再送你过来。"周骛看见她弯着眼睛溢出的笑意，似乎非常高兴且有兴趣，顿时，他胸中闷着的情绪都消散了。

"那快送过去，不然他们要关门了。"鹿苑催促道。

两人一起把灰粉色的自行车放到储臣店里的储藏室。他俩和店员已经足够熟悉，出门前收银的姐姐拿了一瓶乌龙茶给鹿苑。

鹿苑拧开喝了一口，是凉的。周骛看见她喝水的时候胸口起伏着，快速扭开眼，拿个头盔递给她："会戴吗？"

鹿苑有点不好意思，尝试着往脑袋上扣，结果她后脑勺扎了个马尾套不进去，于是她把皮筋儿拿掉散开头发，黑发如瀑布般披散下来，这才成功戴上。

发丝上的橙香随风飘进周骛的鼻端，他像是也灌了一大口茶，喉咙跟着滚了滚。

"那你会带人吗？"鹿苑拿原话堵他。

周骛："你上来就知道了，敢吗？"

"这有什么不敢的？"她扶他的肩膀踩了上去，"你骑到河里，大不了我们鱼死网破。"

"'鱼死网破'这么用的？"周骛侧头从后视镜里看她一眼，"你的语文是体育老师教的吗？"

"那是什么？"这要是在考试里填一个合适的成语，她竟然想不到了，过了会儿又说，"同归于尽？"

周骛："……"

鹿苑意识到自己用词不当，又想了想："生死与共？"

周骛无语，偏头一笑，在一众四轮车里冲了出去。鹿苑猝不及防往后仰了下，然后迅速抱住他的腰。

她是第一次坐摩托车。印象还停留在小时候，某个叔叔骑的那种大红色的，体量和小电驴没什么差别。

温室里的少女不爱尝试吹风，坐那个哪有坐老鹿的轿车舒服。可是周骛的这辆却非常炫酷。

春风拂面，鹿苑的心也跟着飞了起来。

往常半个小时的归程，今天十分钟就能到家。可到了千梓街的地界，周骛想到什么，降下车速，问："要不要吃了夜宵再回去？"

鹿苑每天这个时候都是饿的，自然点头说好。

周骛把车拐进那家他们经常去吃的砂锅店。店里挺热闹的，有不少大学生情侣在吃饭。

鹿苑要了两份砂锅，一份辣的一份不辣的。

胖胖的老板娘冲厨房喊了一声，让他们自己找地方坐下，不用取号牌了，做好直接给他们端过来。

鹿苑挑了个靠路边的位置坐下。

砂锅端上来后，周骛捏着筷子把里脊肉夹到她碗里，忽然问："你，是不是骗我什么了？"

骗他？她自己怎么不知道。

"什么意思？"她问，心里顺便琢磨了下。

周骛松了筷子，那股不爽从身体的深处蔓延上来，静静看了她两秒，说："先吃东西。"

于是鹿苑也没多想，闷头吃了起来。砂锅很烫，没一会儿她的后背和脖子都冒了汗，脸也红红的。

周骛见她差不多了，店里也走了几个人，周围安静下来，他迟疑着说："你最近，别花心思在没意义的事上。"

他这命令加教导的口吻是什么意思？

"什么事没意义？"她提高了音量问道。

周骛看她过激的反应，有些莫名。所以现在到底是谁理亏？

他直接挑明了说："你和陈然是怎么回事？"

"什么怎么回事？"

"别装糊涂。"周骛语气严肃，"装可爱也没用。他坐我的位置，怎么不告诉我？"

鹿苑明白了，他说的有事骗他是这件事啊："本来想和你说的，昨天我有点生你的气，想赌谁先开口，就忘了。"

"算了，坐一起就坐一起吧，他对你说不定也能有点帮助。注意交往尺度。"周骛似是妥协了，"你现在的前途比任何事都重要，明白吗？"

第二天是周一，一楼如往常般热闹。周婕和许阿姨看见院子里停着的摩托车，问周骛是怎么回事。

他三言两语地应付过去。

许阿姨笑着说："小骛真厉害，学习好，也会玩。现在男孩都爱车，女孩喜欢爱车的男孩，哈哈哈，找女朋友可受欢迎了。"

鹿苑吃着早餐，一边挑着眉，没说话。

今天早上是周骛送她去上学，时间很足。她本可以吃得慢悠悠的，结果三两下把豆浆喝完，拿杯子去洗了。

周骛拎着她的书包，兄妹俩一起出门。

周婕没有许阿姨那么会讲，也不太问周骛的事，因为即使问了也是被应付的结果。

许阿姨叹道："小骛对他妹越来越好了。我记得刚来的时候他从来不等苑苑的，一张桌子吃饭还互戗，苑苑哪是他的对手，每次都被撑得脸红。"

周婕笑了笑，看着门口的方向，陷入沉默。

总之有种说不上来的感觉。

学校门口，正巧碰上老孔当值，凶神恶煞的一张脸，背着手，旁边还抓了几个没带校牌的倒霉蛋。

场面十分滑稽。

鹿苑背着书包往里头跑，被老孔唠叨了一声："慢点跑啊，别撞到人！知道晚了还不早点来？"

鹿苑扭头说："老师，你要不要看看现在几点了？"谁要迟到了？我只是习惯跑而已，青春就是要这个速度！她在心里头"中二"地说。

老孔看了眼手机，讪讪笑了声："你到底走不走？什么时候了还跟老师顶嘴，我看你一点都不着急！"

"……"

美女无语。

周骛站在路边看着她进了校门，高马尾甩了甩，映入绿色的林道中。

老孔看见他，换了副嘴脸招手道："周骛啊，来送你妹？"

"嗯。"他走过来，低声道，"虎哥，不会说就别说了。"听着像骂人。

老孔听出了不对，笑眯眯道："臭小子，心情不错啊。"以前上学的时候，周骜一天到晚冷着一张脸，比教导主任还威严，从他口中怎么可能听到"虎哥"这样的称呼呢。

周骜扬唇笑了笑，没说话，裤兜里的手机振了下，大小姐发来了消息：【晚上还来接我吗？】

周骜给她回了一个字：【接。】

对话框被老孔看见，羡慕地啧啧两声："这哥哥当的，往后两个月是不是专门给妹妹服务了啊？"

周骜发完等了一会儿，见鹿苑没再回消息，这才把手机收起来。他瞥了眼老孔微凹的眼眶，忽然说："糖尿病不能光靠饮食上控制，建议你积极锻炼，让身体强壮一些。"

老孔一愣，随后笑说："你知道啊？我以为自己瞒得挺好的呢。"

"为什么瞒着？"周骜不解，这是秘密吗？

"省得这帮浑球瞎传呗。"老孔可太知道这帮学生是什么人了，当初医生建议他回家调养一个月，班里各种八卦起飞，搞得他跟当红明星似的。

某些人还传他绝症，他当时没被糖尿病折磨死，险些被气死。

周骜说："关心你而已。"

"知道知道。"老孔点点头，"老师懂你们，皮是皮了点，可心不坏。"

只不过他还真没什么时间锻炼。作为班主任，他的作息基本上是和学生同步的，早上六点半到校，晚上十一点半离开。

他对这帮孩子，比亲儿子还亲。

老孔聊完，临走时提醒他5月份毕业照的时候要来，千万不要缺席。

周骜回了趟家，时间不到七点，周婕的车还停在门口。

他推门进去，看见门边放着一个黑色的小号行李箱。

"出差吗？"他问。

周婕揉了揉太阳穴，低声说："前段时间工作放下了就没捡起来，正好无锡那边又接了个项目，我两地跑浪费时间，就打算常驻过去。"

周骜去倒了杯水，停下看她。

"你现在也不需要我管了。"她语气有些迟疑，再次问，"小骜，你真的不打算趁这段时间出去走走，放松清静一下？"

周骜喝着水，抬眸问她："我为什么需要清静？"

说这话的时候周婕是脱口而出，下意识的，并没有深想，被周骜这么一问她回答不上来，脸上就有些挂不住。

自从她跟他提梁宗实的建议被反驳后,周婕就见识到了周骜身上的自负和决心。并非不良少年的那种刺头,更像是一种天生自带的傲气。

更让人感到压力的是,他的傲气并非没有来处。

即使没有她这个妈妈,周骜也可以做好任何事。

"我只是觉得,之前你的学习压力很大,需要放松。"周婕找回说辞,"别多想。"

周骜眼神一动不动地看着周婕,说:"我没多想。小鹿还有两个月高考,我不能不管她。"

为什么忽然叫小鹿?

周婕乍一听这个称呼有些不适应,听过别人叫,第一次听周骜也这么叫。

她淡淡道:"你们都是孩子,也不一定要你管,你没这个义务。"

"你和鹿正元不是一直在冷战吗?应该也没有心情照顾她吧。不然谁管?"周骜的声音也很冷淡,问周婕,"我记得你一开始不是这样对她的。"

虽然还不习惯当人的继母,也不会照顾人,但是她会给鹿苑买衣服、鞋子、自行车,也会指出老鹿不当的教育方式,用尽全力对鹿苑好。

现在,一切的好都在消失。鹿苑或许发现了,但她那个性格绝对不会说出来,即使有低落也就自己消化了。

周婕好半天没说话。

周骜:"当初,是你们让我和她一起生活的。情绪的投放不是金钱投资,想收回就收回的,我已经是她哥了。"

大门被打开,是许阿姨买菜回来了。

周婕收了收表情:"我知道了,有什么事等鹿苑考完再说吧。"说完,她拉着行李箱匆匆离开家。

其实周骜发现的事鹿苑也发现了。

即使她曾经在新年,甚至生日的时候祈祷过,这个家不要再发生动荡了。

她希望爸爸不要辜负周阿姨,希望他们不要吵架。

但长辈的事,她真的无能为力。

好在这种令人糟心的情绪被忙碌的生活冲淡。

从她生日开始,都是周骜接送她上下学,两人早上六点十分出门,晚上十一点归家。她学到多晚,他就陪到多晚。

361 /

周骜基本上不在鹿苑面前打开游戏,开电视,除了学习,家里静得像一座图书馆。

周婕大概一到两个星期回来一次;老鹿最近回家的频率倒是高了点,但也只是睡个觉。看到自己的女儿有人照顾,他再次习惯性当上甩上掌柜,问也不问。

三模成绩出来,鹿苑的总分367。不知道是不是因为试卷简单,比一模二模还要高。

老孔找她谈了一次话,让她保持现状,千万不能浮躁,并且举了两个例子,说以前有个三模考全区第一的人,高考滑铁卢了。

这话把孩子吓得够呛,心想这会不会是玄学。

晚上回家的时候她还跟周骜说这事,周骜拍了下她的脸:"老孔在吓唬你。他满嘴跑火车,你不是不知道。"

鹿苑说:"我有点害怕啊。"

周骜淡道:"你没发现自己这半年一直在进步吗?只有一次周考因为发烧状态不好,多了两个失误。"

他对她的情况,可谓了如指掌。

鹿苑趴在他肩膀上,说:"你不只自信,竟然还相信我。"

那自然,你是我带出来的人。

周骜说:"我了解自己也了解你。知识点是学进脑子里的不是装进兜里的,不会轻易丢失。"

"好有道理的样子。"

周骜想了想,又说:"知道我有什么信念感吗?"

"什么?"

周骜说:"强者无敌。"

放在任何事情上都是一样的,对他来说,甚至不存在状态好不好的问题。

鹿苑低低地笑了几声,他在照顾人上成熟得像个爹,但也只是个十八岁的少年,臭屁得很。

随着考试的临近,鹿苑心里那根弦也是越来越紧。老孔的"恩威并施"还有周骜的悉心照料,两方平衡下,成功把她给整生病了,一天到晚鼻涕横流。

许阿姨急得团团转,焦虑地说:"这可别做官忘印了啊!乖乖,你不是害怕的吧?我听说有人在高考的考场里晕倒了呢。"

/ 362

鹿苑吸着鼻子说:"我的心理素质好点,提前晕。"

"啊呸呸呸,不许胡说八道。"许阿姨拍了拍她的嘴巴。

周骘从小到大考试也没遇见过这样的情况,虽然累,但没崩盘过,他能做的努力都做了。

许阿姨脖子上常年挂着一块和田玉,还用丹砂描了字。某天晚上,他拜托许阿姨去寺庙里求求文曲星,给她请个符。

许阿姨笑得肚子都疼了:"小骘,你怎么忽然搞笑起来了。"

周骘也是没办法:"让那个家伙安心呗。"恨不得给她上点偏方,灵丹妙药都吃上。

最终还是唯物主义占了上风,没有请什么符纸。学校里有心理老师,可以做考前辅导。鹿苑的心态不算有问题,很快就平和下来。

三模之后学校也没再组织频繁的周考,让学生自行安排进度,查漏补缺。

5月的下旬,高三年级拍毕业照。

时间安排在周末,老孔让大家穿校服,毕竟是最后一张照片,要讲究个整体性,别搞一些奇装异服,光顾着自己好看了,实则拍出来像群魔乱舞。

周骘时隔一个多月再次进入校园里,引起围观。有几个男生上来跟他打招呼,问道:"骘哥,放假的滋味如何?是不是像网上说的一夜回到解放前?二元一次方程还会解吗?"

周骘说:"你考我?"

"不不不,我感受到大佬眼神的杀伤力了。"男生笑着跑远。

班上还在上课,他进教室,坐在最后一排等了会儿。自习课一结束立马就有人围了过来,问东问西。一半是让他分享一下保送后的生活的,另外一半是带着"刀"来的——竟然还敢来教室里放肆,简直让人羡慕嫉妒恨。

鹿苑看他被围得一脸无语,自己也笑得幸灾乐祸。恰逢她值日擦黑板,周骘让人群散了,说道:"算了,给你们做点贡献,平息一下怒火。"

说完,他走到讲台拿走了鹿苑手里的黑板擦,三两下擦干净了。

众人一开始觉得他上道,反应过来怒摔:"你这是帮自己人,怎么就叫给班里做贡献了呢?臭不要脸。"

几人拥着上来要打周骘,鹿苑不仅不帮忙,还在旁边继续拱火:"你们知道我在家受多少折磨吗?每天都酸得要死!"

上一个班拍完了,班委在走廊吼了声让大家下去集合,这才避免一场群殴事件。

毕业照一共四排，男生两排半，女生一排半。
鹿苑看了一眼周骛，然后站在女生第二排的边上就不动了。
周骛的个子在男生中是最高的，一开始他就被人推到最后的中间站着，等待大家稀稀拉拉地调整着。
后来谁都没发觉，他不知何时挪到了第三排的边缘，站在某个女生的身后。摄影师在取景器里发现了不对，他明显比旁边的男生高出半个头。
"那位男同学，你要不要去中间？"摄影师道。
周骛皱了下眉，拒绝："不要，太晒。"
其他同学也叫道："老师快点吧，要热死了，太阳刺得眼睛都快睁不开了。"
"好好好，坚持住啊，别眨眼。"
快门摁下的瞬间，男生的手搭在女生的肩膀上，他们穿着一样的校服衬衣，脸上挂着青涩而灿烂的微笑，迎接人生中最重要的一个夏天。

6月。
7号、8号、9号三天，本省高考，非常奇葩，比别的省多一天。
鹿苑的考场在七中，比十六中稍远。
那段时间的家长们对考生的保护有些过度，早早地把学校周边的几条路都给封了，众多妈妈穿了统一的旗袍，寓意"旗开得胜"。
夸张的是，有个同学的爸爸也穿了，形象十分滑稽。
老孔是一如既往的啰唆，最后一次了，他决定收敛自己的脾气，温声细语地提醒大家，准考证、身份证、2B铅笔、0.5规格的黑色签字笔……一定要检查好了，放在学校统一分发的透明袋子里，这样很方便检查，一眼就能看到缺了什么。
考前不许乱吃东西，定好闹钟，检查路线。每年的高考新闻里总有那么几个糊涂蛋走错考场，还有迟到求助警察的。
"同学们，这是老师最后一次对你们唠叨了，听听吧，以后想听也没有了。"
老孔此话一出，有几个女生莫名想哭，三年的高中生活就要落幕了。抹完眼泪又开始骂老孔，这个阴阳怪气的老头子，不会煽情非要煽，真是阴阳怪气高手。
鹿苑并不伤感，也不怎么紧张。

反正这大半年，是她十八年的人生中最辛苦的时光，能学的都学进脑子里了，周弩反反复复给她查漏补缺，各种复盘。

接下来，就是见证奇迹的时刻了。

她的家长都有工作，自然不可能闲得没事去送考给交通增加压力，老鹿只在前一天晚上拍拍她的肩膀，让她早点睡觉。

只有她哥是最操心的，生活起居，考前辅导，来回接送，许阿姨当辅助。

周弩每次把鹿苑送到考场门口，看着她进去，就等在外面，他一个高高大大的男生站在一众家长里十分显眼。

好几次，电视台的记者想拍他都被他躲了。

鹿苑最后一门化学考试了。

太阳高照，他距离考试结束还有半个小时的时候，去路口的花店取了两天前订的花。

一束盛开的向日葵，入目无他人，四下皆是你。

你就是太阳。

是对他的女孩的祝福。

记者姐姐终于抓到他了，拽着人不让走："同学，连续三天都看见你了。"

周弩不习惯对着镜头："干吗？"

"这么有缘分，你总得接受一下我们的采访，我们对你非常好奇。别遮啊，这么帅的脸上镜好看呢。"记者看着他问，"你是哪一届的？"

周弩面无表情："这一届。"

记者惊讶："那怎么没考试？"

周弩很践："我保送。"

记者倒抽凉气："……"牛。

"这花是送给女生的吗？"

"嗯。"他有点不耐烦了，在要逃开的边缘。

至于女生是什么身份，已经不言而喻。这个年龄的很多东西都是看破不说破，记者挺识趣地不追问了。

"介不介意，我们和你一起等？"

那个女生，应该是全考场唯一一个收到花的人。

多美好啊。

考试结束，考场里的大部分考生已经出来，唯独不见鹿苑。

她今天穿一条白色的裙子,周骛把所有穿浅色衣服的女生都看遍了,不由得奇怪,她在里面抓鸟去了吗,耽误这么久?

保安不让家长进考场,她也没带手机,只能干等。

眼看着通向考场的那条道路逐渐清空,熟悉的扑棱蛾子才缓缓飘出来,周骛快速走到门边,对她招了招手。

鹿苑抱着备考的透明袋子小跑过来,两人距离不到十米的时候,周骛才发现她的神色古怪,并没有大多数考生脸上出现的那种轻松和喜悦,她的眼眶和鼻头都是红红的,要哭不哭的,仿佛受了极大的委屈。

"怎么了?"周骛忙问。

鹿苑搓了下红红的眼皮:"我完蛋了。"

"怎么回事?"周骛不由得跟着紧张起来。

鹿苑看了眼他怀里抱着的金灿灿的向日葵,再次抽了抽鼻子:"考化学的时候,我的位置在窗户边上,因为考场里不允许开电风扇,就把窗户打开了,谁知考到一半外面刮风了,把我的答题卡吹走了。

"我当时一着急,就立马站起来喊老师,想下楼去找,谁知道这也算违反考场纪律,监考老师就把我清出考场了……而且窗户下面是一条人工湖,答题卡找不到了。结果考试结束,什么都挽救不了了。"

鹿苑哽咽着说完,看见周骛全程皱着眉头。

托她的福,周骛这辈子第一次知道什么叫"紧张到大脑一片空白"。

总之是非常新奇的心态和体验,他的第一反应也是完蛋,接下来的学要怎么上。

鹿苑问:"哥哥,我该怎么办?"

周骛:"……"

鹿苑:"化学没成绩,分数再高也没有学校要我,我要复读还是……"说着说着,豆大的眼泪就一颗一颗掉下来。

周骛的大脑持续空白。

要是放在平时,周骛必然是不留情面地该指责就指责,但是这会儿看着鹿苑眼睛红得跟兔子似的,从来都没这么委屈过。

他根本就不忍心说一句理智中肯的话来。

花了两秒找回理智,但也够呛,他前言不搭后语地哄道:"别着急,乖乖,有解决办法的,我先了解具体情况,不会让你没学上。"

由于两个人的神情过于严肃,拥着自己孩子的家长纷纷投来异样的目光,考试出来当场就抱头痛哭的人还是很少见的,顶多就是在心里郁闷。

鹿苑额头抵着周骛的胸口，被他捋着后背，哭了一会儿，肩膀竟然抖了起来。

"你才是笨蛋吧。"她终于忍不住，眼泪还没干，就快笑疯了。

周骛一脸蒙，也没听清楚她这句说的什么。

鹿苑笑得身体往后仰："我骗你的！这么离奇的考场事故你也信？怎么可能考着考着试卷飞走了。"

周骛反应过来，先是松了一口气，再是拉下脸。

鹿苑看他阴晴不定的神色，意识到自己可能玩笑开得有点大，赶紧扒他的肩膀："是送给我的吗？"

周骛没好气地说："送王八蛋的。"

鹿苑双手把向日葵接过来，凑在鼻子下闻了闻，很清爽的植物味道。

周骛也是没想到自己竟然着了她的道，降智到这种地步。

细想谎言里有诸多漏洞，任何一项都不能成立，但他就是被吓住了。考卷飞掉，好像是多年前的一则怪闻，她是从别处听来的。

他现在才开始生气，没忍住拍了她一下，拍完两个人都愣住了，然后又尴尬起来。

一个不是故意的，一个没料到。

"干吗？"鹿苑红着脸问。

"再骗我还揍。"周骛囫囵回了这么一句。

然后两人同时笑出来："哈哈哈哈……"

傻而默契。

周骛静静看了她几秒，说："小鹿，毕业快乐。"

"同乐，哥哥。"她的眉心、眼角，全是笑意。

刚刚那个记者姐姐去采访别人了，竟然还没走，看见鹿苑本人后又凑了上来。

"同学你好，考完感觉如何啊？"

鹿苑也不怵陌生人和镜头，自信道："挺好啊！"

"你觉得化学难吗？"

"不好说，反正没交白卷就是胜利。"

那姐姐笑了起来，女生比男生更开朗一些，也比较亲和："十二年的寒窗苦读都结束了，开心吗？这个暑假准备做什么啊？"

这种无聊的问题……充满了流程感，鹿苑想了想弯着嘴角："法律允许的，我都要干！"

周骛:"……"

记者:"……"

周骛问:"怎么过那么久才出来?"

鹿苑笑了笑:"我去上厕所了。化学不是我的强项,今天考试有点紧张,一出考场我就肚子疼。"

"感觉难吗?"

鹿苑依然很乐观地说:"还好,做下来感觉挺顺滑的。"

"那就好。"周骛摸了摸她的后脑勺,听见她这么说差不多就有答案了,应该不会差。

鹿苑捧着花饶有兴趣地欣赏起来,像太阳一样。以前她看见女生收到花感觉挺傻的,但是这一刻自己却觉得特别……被骄纵和偏爱。

周骛拿着手机在刷着什么,两人坐在车里,任由街景一点向后退去。

"我们现在回家吗?"鹿苑问。三天前她还趴在书山里无法自拔;现在一身轻松,好像看个数列题都不会解了,或者说看到题目就恶心。

周骛说:"回去把东西放下,出去。"

"好啊。"鹿苑也拿出手机玩了一会儿,她顺便做了个攻略,二十几号出成绩,这半个月她要使劲儿玩,疯狂补偿这半年来所吃的苦。

刚在备忘录记下两行字,班级微信群里就跳出消息。班长冯晴晴在群里"艾特"了所有人,说老孔在考场门口晕倒了,现在正在医院。

鹿苑惊呆:"这是什么意思,他的病一年了还没好吗?"

周骛说也看了群,说:"他那是慢性病。不过应该和慢性病没关系,累的吧。"

"什么慢性病?"鹿苑又问。

"去看了就知道。"周骛说。

冯晴晴把医院地址也发到群里了,老孔晕倒的地方就是她所在的考场。周骛点进去,发现医院距离他们现在所在的地方并不远,干脆让司机改了道。

两个人到的时候,老孔已经打上点滴了,同学有的在走廊,有的在病房里,护士赶都赶不走,只好让他们保持安静。

这群人,人均沉痛脸,跟遗体告别似的。

确实如周骛猜测的那样,老孔是因为太累了,血糖太高导致的乏力昏厥。并且大家也都知道了,从高二开始老孔忽然变瘦就是因为糖尿病。

鹿苑很惊讶,老孔还不到四十岁,人生都还没到一半,怎么就有糖尿病了呢?以后怎么办?

她和很多同学一样心里难过。早知道，他们上学的时候就不那么浑球，也不跟老孔对着干了。

从高二开始，老孔在食堂吃米饭都很控制了，老师们点奶茶他从来不参与，甜一点的水果也不吃，整天就吃点儿黄瓜，泡点菊花喝一喝，还总是被嘲笑是苦行僧，抠门。

都是没经过事的十几岁少年，这事对他们的冲击不小，一群人都沉默着。

尤其是储旭。

他就属于高考新闻里出现的那种糊涂蛋，早上准考证还忘了，是老孔找警察帮忙回去拿的。

现在他自责得不行："虎哥，你难受吗？"

老孔恢复了些许精神，瞅着他那海胆一样的大脑袋，干脆闭上眼逃避现实："干吗呢这是，别拿脸贴着我，烦得慌。"

储旭："我们都知道了！"这张破嘴，就不能说点好听的吗？

但老孔还真是没故意说恶心人的话，他只是想清静地休息一会儿，瞧瞧这一个个的。

"知道个屁，又不是绝症。"

储旭乖乖闭嘴任骂。

老孔扭头看见捧着花的鹿苑，金灿灿的向日葵，心情好了不少，换上了笑脸："怎么知道老师喜欢向日葵？"

鹿苑："啊？"

她不知道啊，这是她哥送她的！

老孔伸手："拿过来吧，向日葵寓意好啊，应景。就你还知道来医院送花，情商不错。"

鹿苑："……"

她下意识地看了眼周骛，只好硬着头皮把花塞给老孔。看他把脸盘子往花上贴了贴，非常享受的样子，竟有种猛虎嗅蔷薇的反差感。

老孔的身体没有太大问题，医生还是建议他留院观察一晚，就算血糖降下来，还有个过度疲劳。这个时候他也没问大家都考得如何，只摆手赶人道："都回去吧，我订了餐厅请你们吃饭，明天晚上，每个人都必须到场啊。"

要吃散伙饭了，大家又叽叽喳喳地期待起来，情绪浅浮，像是海上浪花，一碰即碎。

369 /

Chapter 11
没有什么能阻止小鹿

他们等到老孔的妻子来了才离开。

师母倒是不担心,朝着大家宽慰一笑:"没事,你们要是不高考完,他还不敢晕呢。都回去吧。"

这是真心话。

"这群小孩人看着不错啊,都很关心你。"师母说道,把向日葵拿出来插在花瓶里。

老孔闭上眼睛,在要睡不睡的边缘,慢悠悠地说:"那是,谁对他们好,他们自己心里清楚。"

两年寒来暑往,披星戴月,从早读陪到晚修,好好学的使劲儿鼓励,不好好学的抽着鞭子也往前赶,班主任做到这个地步也是没谁了。

师母笑了笑:"是啊,感情动物的温度在小孩子身上最能体现了。而且,老师陪伴同学的时间可比家长多多了。"

说来也是怪,大家对老孔属于爱之深骂之切的感情,有事没事就背地里骂他,什么锅都往他脑袋上扣,却比对任何一个老师感情都深,好像老孔才是他们的本命天使。

经过这么一出,鹿苑觉得很累,吃了午饭就回房间睡觉了,没想到这一觉非常漫长……晚饭都没醒。

周骛去她房间,站在床边拍拍她的脸:"起来了,吃点东西再睡。"

鹿苑卷着空调被翻身,脑袋埋在枕头下面,嘟哝了一句,就再没有声音了。

他只好把空调温度调高了一点,让她继续睡。

半夜,鹿苑睡到迷糊,神经倏忽一紧,不知道今天是哪天。还以为自己还有作业没写,从床头柜上摸出手机一看,这天已经是6月10号了,高考完了。这才放心。

她的身体像是一台超负荷运作的电脑,终于得以休息。

万籁俱寂,她无聊地趴在床上——发呆。

然后,她好像突然想到了什么,爬起来坐在书桌前。

周骛之前送她的那支竞赛笔,本来她放在笔袋里拿着用了两天。后来发现是换不了笔芯的那种,怕一下子给用完了,光留着笔壳挺奇怪的,就干脆收在抽屉里了。

她拿出来转了转,在纸上写了几个字,指腹摩挲着他的名字。

"Os At Nb"。

真的是化学元素?

突然,她目光呆滞了下。

锇,砹,铌。

我,爱,你?

甚至不是我喜欢你。

这个解读把鹿苑当场吓住了。她怕自己会错意,可又下意识地认定这就是正确答案。

她对周骛,不是她单箭头。

周骛也是喜欢她的,对吗?

时间一分一秒地过去,月下西头,窗外什么也看不见了,只有浓浓的墨蓝色。

万籁俱寂,难见天光,这才是真正的孤岛。

在确定答案后,她抱着手机压在胸口,额头抵桌面,一颗眼泪突然掉落在手背上,湿热一片。

原来,她喜欢的人,也早就对她动心了。

鹿苑放下手机,像是做了什么重大决定,放下笔,来到他的房间,敲门。

她想做就做了,根本没管周骛这个点睡没睡。

"我的吉他在你房间吧?"

"怎么了?"他手掌扶着门框问道。之前老鹿去她房间突击检查,放他那儿了一直没拿回来。

鹿苑笑了笑："挺长时间没弹了，手痒，想玩一下。"

周鸷点头应允。

"好。"她像条泥鳅似的，在他开门的时候就麻溜钻进去。

周鸷的房间她来过，但基本上没待超过两分钟就被他推了出去——说事情可以在门口，写作业在楼下。

现在她终于光明正大地进来了。

走进去有股淡淡的香味，和他身上的一样。

鹿苑拿到吉他就找椅子坐了下来，没有要走的意思，将吉他搁在腿上，拨弄了几下。她抻着腿，模样挺酷的，但是弹出来的声音不怎么好听。

"不插电吗？"周鸷倚着柜子问，这样跟弹在棉花上似的。

鹿苑说："我怕声音太大，会吵到邻居。"

"不怕吵我？"他损道，指着门口，"回自己房间玩，等会儿送过来。"

鹿苑看着他，跟着说了句："吵到你眼睛吗？"

周鸷直接无语住了。

鹿的确很长时间没碰了，她找了找感觉，又问周鸷："你有没有想听的歌？机不可失失不再来哦，过个十年八年，我的出场费可能就几百万了。"

周鸷笑了："别说大话，到时候不用我养着你就不错了。"

鹿苑撇了撇嘴，又随便唱了几句，但心里有一点生气，气周鸷对她的态度。

无论她唱什么，周鸷都默默听着，还给她拍小视频。

"有一首今年的新歌，我觉得很好听。"她看了眼手机，忽然说，"你听过吗？"

"什么？"周鸷问。

她低声说了句英文，眼底仍然带着笑。

这一句话让少年大脑嗡嗡两声，他分不太清楚这是她的原话，还是什么，胸口的呼吸似乎也停滞了几秒。

I really wanna stop.

But I just gotta taste for it.

I feel like I could fly with the ball on the moon.

……

But I need to tell you something.

I really really really really really really like you.

很好听，他懂，没等她唱完，他的心脏像棉花糖一样飞出窗外，都不用到大气层，遇热即化。

周鸶看了她一眼，手机都没关，丢在桌上，突然摔上门出去了。

鹿苑被那响彻的门声吓了一跳，她没有预料到他会是这个反应，委屈得眼圈都红了。

不喜欢她吗？

还是不喜欢她的表白？

周鸶感觉自己疯了。

他在岛台那儿站了好久，打开冰箱拿出罐啤酒，仰头全喝了。

又不知道过了多长时间，他摁着太阳穴上楼。一推开门，看见他喜欢的人还在。

她趴在桌上睡着了，头发遮住了脸，只露出上半部分的小半张脸来，眼尾的睫毛是湿的，再次结成一缕。

在等他吗？等他做什么？

算了，爱谁谁吧。

他俯身弯腰，本意是想把她抱起来送回去的，手碰上她脑袋的那一秒忽然就改变了主意。他拨开她的发丝，在她微微汗湿的鼻尖亲了下。

不止一下。

似乎持续了几秒，她的脸和他想象中一样柔软细嫩，带点护肤品的香气，还有些皮肤的鲜活。

倏然，少女的手扣上他的后颈。

鹿苑醒了，睁开眼看着他，近在咫尺，两人面面相觑。

她手上用力，没来得及说什么，周鸶对着那张殷红的嘴唇直接亲了下去。

鹿苑在周鸶靠过来的那一瞬间就清醒了，她的大脑一片空白，飘着细细密密的雪花，直至周鸶的唇贴她的鼻尖，男生的唇很软、很凉。

在他即将离去时，她再也没法装睡，主动迎了上去，终于有了踏实的画面感。

"这就是你说的，法律允许的事？"他问。

表白。

鹿苑得意地一扬下巴："得逞！我亲到了，难道你不允许？"

怎么能不允许？

他喜欢她多久了，自己都数不过来日子。

散伙饭下午六点才开始，可是那帮人四点多就到了，全都像从精神病院里跑出来的一样，兴奋得不行。

老孔从医院里出来，脸色看着还行，但也颇有种身残志坚的精神。

这种时候，大家的谈话都没什么营养，互相揭短，谁对谁有意思，谁拒绝过谁……

有个女生来问周骛："周骛，你暑假有什么计划吗？给我参考一下。"

另一个男生就戏谑道："你这是想约周骛吧？"

"是啊，有什么问题吗？"女生也不害羞，反正都毕业了。有好感又怎样，这种事跟往水里撒网似的，成功了就是捞一把大鱼，赚到了；不成功也没事，以后上大学也见不着面了。

周骛神色淡淡的，指了指鹿苑道："问她。"

鹿苑去哪儿他就去哪儿。

鹿苑不明所以地点开备忘录，认真道："我们准备报好志愿再出去。我计划先去北京踩个点，然后去海边，再回家躺着。"

"北京？"女生问，"小鹿，你准备和周骛一个地方上大学啊？"

鹿苑笑着点点头。冯晴晴帮她接话道："他们兄妹俩感情好着呢，肯定要在一个地方上大学啊。"

"周骛妥妥的妹控啊。"

"小鹿，有人想给你做嫂子，你觉得如何？"

"周骛，我想做你妹夫！"

搞得两个人都黑了下脸，目光里刀光剑影，好像是对方故意勾人似的。很快又有同学凑了过来，和他们一起讨论暑假的行程，有的相约着一起去旅行。

老师们听着大家叽叽喳喳，也不管，悠闲地看着电视。老孔调到本地的城市新闻，正好是本届高考，画面还很巧地拍到他班上的人。

周骛和鹿苑因为颜值出众，被记者采访了，鹿苑手里还捧着一束向日葵。

原来，他昨天收到的那束花，竟不是给他的！

老孔讪讪地关掉了电视，非常不好意思，即使没喝酒人也有点醉，他开始拽着同学教诲，像是学期末在成绩单上写评语，但这是最后一次了。

啰唆到周骛那儿，他多说了几句。

去年宗虎那件事学校都知道了。虽然周骛并没有什么错，但不可否认，他的处事方式暴露了性格的极端。

老孔语重心长道:"河中失足的，多是会游泳的人，因为人总是会被自己的聪明误导。这个世界上不是所有的事要靠法律去解决。法律是底线，在道德和人情之下。人情世故上面，你该跟你妹学习。"

他说完没等周骛反应，又去找下一个同学唠叨了。

正巧鹿苑凑上来，老孔先是诈她有没有跟哪个男孩谈过，没得到想要的答案，又拍了拍她的肩膀说追她的男孩肯定特别多，但也别急着谈恋爱，擦亮眼睛，先以学业为重。

鹿苑笑着说:"老师，我看着像'恋爱脑'吗？"

老孔:"这不是怕你被乱花迷了眼嘛。女孩子，恋爱不是全部哦。"

一顿饭从六点多吃到将近十点，老孔没提一句成绩的事，也不说高考，到最后他端着茶杯对几十个少年说:"孩子们，这个社会的发展很快，将来，有的人会大展宏图，也有的人可能会面临挫败，但是老师希望，你们永远记住这三年的奋斗，一张一张试卷积淀出来的梦想，你们曾经对自己的未来抱着赤诚的态度。

"高三都冲过来了，就没有什么坎是过不了的。

"路虽远行则可至，事虽难做则可成！"

说完这句话，包厢里响起噼里啪啦的掌声，大家笑着笑着，就又想哭了。

高三谢幕，少年散场，各奔东西。

吃完饭大家还要去唱歌，老师们则提前回去了。

鹿苑因为刚刚误喝了点酒，这会儿脑袋有点晕，丢三落四地把包和手机都忘了，周骛回去帮她拿了。

宋缨扶着鹿苑下楼，然后周骛推门出来，肩膀上挂着她的小挎包。

"我来吧，你弄不动她。"周骛说。

"小鹿不重。"宋缨不撒手。

周骛沉默了下:"小心她吐你身上，你还能去唱歌吗？"

"啊？"宋缨蒙了蒙。

周骛说:"你先和他们走吧，我带她在这儿吹下风。"

宋缨觉得周骛的话也有道理，于是松了手，和女同学一起上了出租车:"那你们快点啊。"

周骛从包里拿出一瓶纯净水，拧开递给鹿苑。她喝了一口，皱着眉问:"我怎么不知道我喝醉了还会吐？"看不起谁的酒量呢？

他们此时已经在人群的最后面。看着乌泱泱分散开的同学，周骛并没有解释，问："要不要走走？"

唱歌的地方距离饭店不远，走二十来分钟也能到。

"要！"鹿苑立马牵住了周骛的手。

从凌晨到现在，他们都没能找着机会亲近，还被糊一脸的"兄妹情"，三百六十度无死角的那种，搞得鹿苑非常不爽——谁要被称赞兄妹情深啊。

四下无人，鹿苑正琢磨着怎么跟周骛开口亲近，她心里那点大胆的浪潮已经被推向顶点，她抬起手指勾了勾，说："你还没有回答我，允许我亲吗？"

周骛看了她两秒，然后脑袋伏低了一点，鼻尖快顶到鹿苑的了，挑了下眉，鼻尖蹭蹭她，然后就吻了下来。

"虽然不会唱歌，但是小鹿，我也喜欢你。"

冯晴晴和陈然是最后从饭店里出来的，两个人中间还架着一个喝醉了的储旭。

按照道理来说，陈然就不该管储旭这个孙子的，高中三年，整天对他鼻子不是鼻子脸不是脸的，就因为吃那些莫名其妙的醋。这傻瓜至今都不知道自己吃错醋了。

可是一旦毕了业，学生时代的矛盾都烟消云散了。

储旭的几个小弟也醉醺醺的，被别人带走了，陈然决定不再和储旭计较。三个人走到路边，冯晴晴空出一只手打车，刚巧有一辆出租车从他们旁边经过，一看见有个喝醉的，又无情地开走了。

两人无奈，只能架着大高个又走了一段路。

十字路口，谁也没料到会看到那一幕。

冯晴晴张了张本就不大的嘴巴，半个小时前还被说是"妹控"的人，正在和他的妹妹，旁若无人地接吻。

画面给人的冲击感太大了，她的"四核"大脑也处理不过来这样的信息。冯晴晴紧张地呼吸着，想要逃开。

陈然也看见了，虽然惊讶，但是他早猜到了似的，适时挪开了视线。

储旭感觉到自己忽然不走了，烦躁地睁开眼，想看看什么情况。冯晴晴眼疾手快，冲陈然做了个封喉的动作。

不能再多一个人看见了。

陈然收到信号，一急之下，把冯晴晴的布袋子扣在储旭的头上，让他再次眼前一黑。

储旭醉归醉,但最底层的意识还是有的,当眼前一片漆黑的时候他快吓死了,疯狂甩开禁锢着自己的"东西"。

他个子很高,又是常年打篮球的好体能,轻而易举就把冯晴晴给推到了地上,陈然也不可避免地被甩在树上。

两人还心虚地连滚带爬,往树后面躲,生怕被发现。

冯晴晴没办法,突然大叫了一声:"储旭你疯了吗?"

那边接吻的两人听见后,唇瓣分开。鹿苑没脸了,躲进周鹜怀里:"什么声音?"

周鹜抚了下她的发心,回头看见坐在地上的"大狗子",还有两个奇奇怪怪的人。他说:"应该是储旭喝醉了,我去看下。"

"我也去。"鹿苑小跑跟着,她现在一刻都不想和周鹜分开。

周鹜走到储旭面前时,冯晴晴和陈然已经爬起来了,他们赶忙把储旭脑袋上套着的布袋子扯开,地上零零散散地落下了东西,充电宝、卫生巾、唇膏……乱七八糟的。

周鹜看着地上皱了皱眉:"你们在做什么?"

陈然看了眼冯晴晴,使眼色,后者说:"储旭醉了耍酒疯,夺了我的包往脑袋上扣,拦都拦不住。"

储旭:"啊?"

是他自己套的吗?

周鹜沉默了,思考这句话的可能性,随后把储旭从地上拽了起来,鹿苑也赶忙蹲下捡东西,总之场面混乱不堪。

储旭恢复视线后,第一眼看到的就是鹿苑。他倒在周鹜的肩膀上,笑眯眯地道:"小鹿,你回来找我啦?我知道你对我很好的。"

鹿苑忍无可忍,抓起周鹜的手,捂住了储旭的嘴,无语道:"别让他说话了,我担心太肉麻我会忍不住打人!"

周鹜并不想捂着储旭的嘴,刚松开一秒,"小鹿"两字像汩汩的自来水一样喷出来。于是周鹜指头捏住他的嘴唇:"鹿什么,再喊一声把你丢马路中间。"

储旭一被周鹜恐吓,就不说话了。

冯晴晴和陈然也不怎么敢说话,主要是不太敢看两人。鹿苑还什么都没察觉到,问道:"他这样还能去玩吗,要不送回家好了?"

储旭支支吾吾:"我没醉,不要回家。"

周鹜让冯晴晴和鹿苑两个女生先走,他和陈然扶着储旭,听见这只

"大狗"乱七八糟地跟鹿苑说着话。

一路上,四个人都很沉默,各怀鬼胎。鹿苑最单纯,她只是想着和她哥那个亲亲被打断,很烦人,她都不想去唱歌了。

陈然和冯晴晴则是替当事人尴尬,更替储旭尴尬,世界上所有的尴尬都让两个吃瓜群众承担了。

周骛看一眼陈然,问:"你们在门口捡到他的?"

陈然反应了几秒,说:"不是。我俩在包厢里检查有没有遗漏东西,就看见他躺在椅子下面。我们也才刚刚出来呢,一出来他就发酒疯了。"

"嗯。"周骛凝着眉心,不再开口。

他和陈然做了两年的同学,算不上好朋友,但还算熟悉。陈然不是话多的人,一旦开口解释这么多,想必是为了掩饰什么。

他们应该是看见了。

因为储旭,两个人的散步旅程变成了五个人。到了唱歌的地方,储旭的酒醒了,他又可以了。

一进到凉爽的空调房内,他又凑到鹿苑面前,挺认真地问:"小鹿,你明天有事吗?"

鹿苑坐在沙发里,非常诚实地说:"有没有事,取决于你要约我干吗?"

储旭说:"我想约你去鬼屋玩,是我哥开的店,不要钱。"

"鬼屋啊……"鹿苑还挺有兴趣的,反正明天要做什么她还没计划呢,但她还是下意识看了眼周骛。

周骛侧了侧头看过来,只是笑了下。

储旭懂了:"骛哥也去吧,正好需要你见证。"

"啊?"鹿苑眼睛顿时睁大。储旭要跟她说什么啊?不要啊!

她预感不好,正要拒绝,就听见周骛懒洋洋的声音传来:"行啊。"

鹿苑要晕死了,看储旭这个傻乎乎的表情不用猜也知道他要干什么,更不用猜就能知道周骛肯定会把储旭揍一顿。

那边还有看热闹不嫌事大的同学。

宋缨挤了过来:"我能一起去玩吗?"

储旭很大方:"当然可以啊,大家想去的直接跟我说就行了,我请!"

鹿苑彻底晕倒,没忍住将脑袋搁在周骛的肩膀上拱了拱。她已经有男朋友了,却不能告诉所有人。

冯晴晴又开始跟陈然对视起来,眼神里流露出一丝担心来,这要怎么收场?

她赶紧举手:"我也去,我也去!还有陈然,我们都一起去玩吧。"
陈然:"……呃,加我一个。"

燕家巷。

客厅里亮着灯,坐在沙发两端的人却十分安静,电视是开着的,被调成了静音。

鹿正元手指交握放在膝头。半年来,这是他第一次如此沉默,而不是以一个老总的姿态。

茶几上放着红本,两人的离婚证,很久之前就领了。

周婕说:"我的行李都收拾得差不多了,随时可以搬出去。至于小骛和苑苑,我们分别找时间和两个孩子说吧。"

鹿正元叹了口气:"不着急。反正这段时间我也不会回来住的,你想待多久就待多久。"

"帮你照顾孩子吗?"周婕讽刺道。

"小婕,我不是那个意思。"鹿正元的语气不由得有些着急。

"早知道你应该娶一个贤妻良母,可以忍受你的朝三暮四,而不是跟我。"

过年到现在,两个人之间的矛盾就没缓和过。以前周婕觉得人无完人,自己都不完美怎么可能找一个完美的伴侣,她可以忍受鹿正元的大男子主义、坏脾气。

但致命的是老鹿的生活作风、对婚姻的忠诚度,让她彻底失望。

两年的婚姻生活,对方的变本加厉,让她明白,需要忍让的婚姻,是没有必要维持下去的。

鹿正元一如往常摆出那张无可奈何的脸,告诉周婕:"那些不过是逢场作戏。哪个生意场上的人不是这样的呢?"

周婕听够了这套理论,也恶心够了,拿起茶杯朝着地板砸下去,尖叫道:"如果不是因为苑苑,因为两个孩子的感情越来越好,你以为,我今天还会坐在这里心平气和地听你狡辩吗?"

歇斯底里地吼完,周婕感觉到前所未有的疲倦,她是个职业女性,从来习惯理智地面对一切变故,今天忽然忍不了了。

鹿正元凭什么这么对她?

鹿正元见她如此情绪激动,也不敢硬着狡辩了,连忙说:"好好好,我不说了。这段时间我都不会回来,你和小骛先住在这儿,等园区那边的房子腾出来再搬。"

周婕嘴唇微微颤抖，一直不语。

鹿正元拎着公文包走到门口，想到什么，又折返回来，说道："我们离婚的事，先暂时不要告诉孩子。让他们有个接受的过程，以后会慢慢分开的。"

其实他们都没有想到大人的婚姻走到尽头，两个少年却越来越亲近。想必也是因为十几年来一个人孤独地成长着，忽然有了兄弟姐妹，就有了依偎。

人毕竟是感情动物。

无论她和鹿正元如何歇斯底里，也只想体面地离场，孩子是无辜的，不该受到伤害。这是他们仅存的理智。

鹿正元驱车离开。

两个人没有签婚前协议，但是周婕也没有多要老鹿的财产。公司的股份她不要，这栋老房子她也不想分，只要了一套市区的房子。

是他俩婚后合买的，为的就是等周骛和鹿苑毕业，一家四口搬进去。

寂静的客厅里，周婕没忍住捂着脸啜泣着。电视的画面一帧一帧地变动着，播到晚间新闻，她看见了熟悉的面孔。

周婕把声音调高，鹿苑清越的嗓音从电视机里跑出来，她对着镜头洋溢着轻松的笑，一个很耀眼的女孩子，周骛则默默地看着鹿苑。

很快，他搭着鹿苑的肩膀离开。

直到门外传来两个人聊天的声音，周婕匆忙擦了眼泪，把离婚证收起来。

鹿苑在巷子口看见老鹿的车开出去，轧过小水坑，差点溅她一身。

"爸爸！"她在后面高声喊，车子没停下来，消失在夜幕里。

周骛说："听不见的，别喊了。"

"这么晚了还要出去吗？"鹿苑纳闷道，但也没有过于在意，反正老鹿的行踪总是神秘莫测。

直到他们开门进了家，看见地板上的玻璃碎片。

周婕惊惶地看着两人。

"杯子怎么摔了？"鹿苑问。

周婕抹了把头发，说道："哎，刚刚走神一不小心手滑了。"

周骛跟在鹿苑身后，手撑了下墙壁换鞋子，视线一瞥，那四分五裂的碎片完全不像是手滑掉地上的，应该是摔出来的。

"你怎么了？"他盯着周婕的脸，问得很直。

"没事。"周婕笑了笑,看见鹿苑已经蹲下去了,把碎片捡起来放在掌心。

"我来吧。"周婕走了过去。

鹿苑看着她的眼睛,却说:"阿姨,你不是累了才没拿稳吗?我会打扫干净的,你上去休息吧。"

鹿苑看见了她眼底红红的,却没拆穿,甚至替她找了理由。

周婕的心脏忽然很痛,有莫名的割裂感。她对鹿苑没有任何仇恨,甚至挺喜欢这个懂事的女孩,可是对方的父亲叫她厌恶至极。

她摸了摸鹿苑的头发:"抱歉,我今天可能真的累了。"

"我知道的。"鹿苑还是弯着嘴角笑,"不然怎么会连东西都拿不住呢。"

周婕在心里叹气:"苑苑,其实我——"

"怎么啦?"鹿苑再次抬起眼,好奇地看着她。

"没什么。以后再说吧。"周婕快速上了楼,终究是不忍心。

鹿苑看着她的背影,又看周骛:"他们好像又吵架了。你觉得她想和我说什么?"

"不知道。"周骛把她手心的碎片丢进垃圾桶。两个人把客厅打扫干净,没再做什么,也各自回了房间。

周骛躺到床上时已经超过一点了,他摸出手机,给周婕发了条微信:【你还好吗?】

那边没回,应该已经睡觉了。

同样睡不着的还有鹿苑。

有过相同经历的人都会明白,发现父母争吵,好心情荡然无存,家里也像个冒着冷气的冰桶。

什么都不告诉他们的感觉也很不好,得靠猜,结果更坏。鹿苑内心其实挺煎熬,她甚至不想回家了。

她给周骛发消息:【我睡不着怎么办?】

周骛很快回:【为什么?】

鹿苑:【有点烦,还有点害怕。我不想在家里待着了。】

周骛好一会儿没有回复,鹿苑从床上坐起来,握着手机发呆。

阳台那传来开窗户的声音,然后一个瘦高的人影出现在她窗外。

周骛:【开门。】

鹿苑反应了几秒,从床上跳下去,开了阳台的门。

"你怎么过来了？"她惊呼。

"嘘。"周骛快速捂住她的嘴，两人一起撞到墙上，确切地说是周骛的肩膀抵着墙，鹿苑撞到他怀里。

"哦哦。"鹿苑把声音调小到气音说话，"我以为你会在微信里和我说呢，一直在看手机。"

没开灯，但是有月光。虽然看不太清楚，但她还是能感觉到周骛的视线落在自己的脸上。

"手机里没法判断你的情绪。"周骛说，"过来检查一眼。"

鹿苑心里顿时一片酸软，非常想哭。

周骛手指蹭蹭她的脸颊："还好吗？"

鹿苑又微微笑起来，狡黠地说："要是我一个人的话就会非常坚强的，但是现在不一样。"

"有什么不一样？"周骛问。

"现在不是单身了，一有机会就得装可怜，和男朋友撒娇。"

这一句话让本来过来和她说正事的周骛一件正事都没做，逮着她，摁在怀里亲了好半天。即使没照镜子，鹿苑也觉得自己的嘴唇有点肿。

6月的天不算太热，但是南方的夜晚很潮湿，尤其是院子里还有树，更是加重了水汽。开着门没一会儿鹿苑就感觉到自己身上微微黏腻。

她把周骛拽到空调房里，开了一盏小台灯，贴在他身前："喜欢这个称呼吗？"

周骛一直看着她，抽空点了个头。

鹿苑顿时心情很好，闹着他说："那，我是你的谁？"

她的本意是让周骛承认自己是他的女朋友，而不是旁人口中的妹妹，她才不要当他妹妹。却不想周骛又是沉默了好一会儿，然后轻轻吐出了两个字："乖乖。"

鹿苑挑了下眉，这个昵称很熟悉，许阿姨总是这样叫她。却又陌生，因为是从他嘴里说出来的。

"为什么是这个？"

"不知道。一开始就是。"

从他喜欢上她的那天开始，就觉得这样很贴切，鹿苑就该是他的。这种事好像都有点说不清，更靠近一种感觉，无法具象。

周骛问："为什么害怕？"

"他们吵架还砸了东西。"鹿苑嘟了下嘴巴，这个理由显得小题大做，又有点矫情，但是她没有更好的表达了。

周骛猜，她小时候见证了太多次父母吵架，结果就是妈妈走了，再也不回来。鹿苑被吓怕了，像是一个童年阴影。她不想这个磨合了两年的家再次散了，有人离开她。

"别担心了，我不会丢下你。"他掀开床上的薄被，示意她躺上去。

鹿苑钻到被子里："保证？"

周骛坐在床边："我说过，会对你负责，带你走。"

鹿苑没有想过以后，只计划了暑假和他好好谈恋爱，再一起去北京上学："带我去哪里？"

周骛是真的考虑过和鹿苑的未来："上大学可能还不够，时间和距离都不足以掩盖这种尴尬的关系。"

鹿苑怔怔看着他。

"小鹿，大学再加把劲，考研出国吧。"周骛牵着她的手，认真地说，"我们都会强大起来。无论外面两个人关系如何，我们一定不会变。"

这个想法好大胆啊，和私奔有什么区别？

当初老鹿跟鹿苑说让她出国读大学，她很排斥，更深层次的原因是对未知和陌生环境的恐惧。但是如果和周骛一起，她就不害怕了。

而且国外那么远，他们想怎么样就怎么样。

等他们发觉时，两人已经足够成熟。

可是……

鹿苑又有点纠结："你肯定会去最顶尖的大学，我都不一定能申请到那边的学校。"

"谁说自己不是笨蛋。"周骛弹了下她的额头，"就算不相信自己，也要相信我。"

"说谁笨呢，等我高考成绩出来，吓死你！"鹿苑不服气道。

周骛被她奇怪的好胜心逗笑，同时也很踏实，听她说了好几遍对自己的成绩很有信心。又听见她说："那我也会像高三那样，继续努力的。"

"嗯，会的。"

说到未来，鹿苑不免又想："我们离开家，可是我养不活自己怎么办？"说完她看一眼周骛，立马又说，"我会好好赚钱存钱的，不能总是否定自己。"

她有点激动，再次从被子里爬起来，把手机拿过来，还一不小心踩到周骛的腿上，调出自己的卡给他看："我已经开始存钱了。去了北京我可以去唱歌，开直播，我这么漂亮，肯定能赚到很多钱的。"

383 /

"所以，你辛苦考过去，是去打工的？"

周骛揉了下自己的大腿，顺便白她一眼。他既然是想带她走，自然有周全的打算。

鹿苑卡里的余额不算太多，鹿正元是老人做派，自己请人吃饭开一瓶酒两万，但给她钱并不会大手大脚。

周骛把鹿苑的手机拿过来，卡号记在自己手机里，说："别担心钱，这是我考虑的事。"记好后，他顺便给她卡里转了点，说是"零花钱"，以后还会经常给她卡里打钱的。

周骛养女朋友，绝对比老鹿大方。

鹿苑一见数额，比她攒了两年的还多，还真是人比人气死人啊。

这些钱一部分是来之前他外公给的，还有一部分是给储臣弄系统的报酬。靠知识和技术，比卖蛮力赚钱容易多了，以后他应该会赚更多的钱。

鹿苑心里的不快和慌张慢慢地消失了，因为周骛的到来，给她指了明确的方向。

他们是有未来的。

描绘的未来很简单，也很单纯。

窗外的月色，皎洁如水，流淌在桌面和地板上。

少年的脸一半映在月光里，一半沉浸在黑暗中，十分温柔。

周骛看已经两点多了准备回房，被鹿苑拽住了手指。她看着他，可怜巴巴地说："再抱一会儿好吗？明天起来，在家里不能抱你，和同学玩也不能抱你。我好可怜。"

看出来她在造作地撒娇，他却没有办法拒绝，何况他也很想亲亲她。

他喉头轻滚，俯身抱住了少女的身体，软绵绵，暖融融。

周婕就在隔壁房间睡着。

隔着两道门，他们悄无声息地亲密着，恨不能把对方揉进自己的身体里。

鹿苑悄悄掀开被子，身体往后了一点，空出位置："你上来睡吧。"

周骛脑海里空白了一会儿，他合上眼思考着，而后躺在她身边。他用残存的理智告诉她："只陪一会儿，很快天就亮了，我妈起床估计会敲我房间门。"

不能被发现。

鹿苑闷闷不乐地"嗯"了一声，嗓音低低的，眼皮也耷拉着，故意发小脾气。

周骛只能哄，轻啄她的嘴唇，一下下的，宛若游离。

"睡吧，我等你睡着走。"

鹿苑糊里糊涂地听话了，什么话也不敢说，乖乖地闭上眼睛。

天微亮的时候，周骛睁开眼，怀里的人睡得很沉，嘴唇微张，露出一点点粉嫩的舌。

三四个小时，他太煎熬了，身体僵得像烙铁。

他忍不住在她唇瓣上匆匆贴了一下，起身，沿原路返回自己的房间。

手机里多了一条消息，是周婕发来的，时间是凌晨三点，那个时候他正在和鹿苑交颈相拥。

【我和你鹿叔叔分开了，择期搬家，先告诉你一声。】

周骛下楼的时候，周婕已经准备出门了。

她故作轻松地笑了笑："这件事，过几天再告诉鹿苑吧，或者等搬家再说，她不是刚高考完嘛。"

周骛不知道自己是否该感谢周婕的仁慈，离婚这件事看上去对周婕的打击并不大，如果他没有收到她凌晨三点发来的消息的话。

"你真的没事吗？"周骛站在门边问她。

"有事又能怎么样？"周婕回头看了一眼，淡淡地说，"小骛，你真的不太会关心人，但是谢谢。"

周骛："……"

母子间，是肉眼可见的生分。

周婕："新房子月底能好。虽然你要去北京了，但东西还是收拾一下，反正是要离开这里的。"说完，她驱车离开家。任何事情都不能影响一个成年人的正常工作，她的晋升通道还在继续，职场竞争仍旧存在，一个男人并不算什么。

周骛第一次站在门边，目送着周婕离开，但是他心里在琢磨着事情。

两人的分道扬镳，并没有让他感到轻松。

他刚返回屋内，鹿苑就起床了，她揉着眼睛，端着水杯下来："就你一个人在家吗？"

周骛看着她反问："公主要人伺候啊，还想点谁的名？"说着他拿出手机，作势要打电话叫人。

被戏谑的人旋即眼睛都亮了，把茶杯往桌上一丢，轻飘飘地扑到他身上，小嘴叭叭道："快点来，我要抓紧时间抱抱。"

看来昨晚撒娇的事情并没有断片，周骛张开手臂，像老鹰捞小鸡一样把她收拢进自己怀里，听见她又问："你几点回去的？"
　　周骛说："天亮之后，没看时间。"
　　"你走的时候我竟然不知道。"鹿苑脸压在他胸口，深深地吸了口气，用细若蚊蚋的声音问，"那，今晚要不要再过来？"
　　"你真是……"周骛听后默默叹了口气，不知道该说什么好了，却没拒绝，"看情况。"
　　鹿苑阴谋得逞般笑了笑。
　　刚谈恋爱的少年就是这样肤浅，无论如何都按捺不住自己的热情，时时刻刻都想黏在一起。周骛扯扯她的发梢，示意她把头抬起来，然后两个人很自然地接吻。
　　他们没有在一楼客厅亲过，交触的瞬间总是有种紧迫感，生怕从哪儿冒出一个人，脑海里还会不断浮现一家人其乐融融吃饭的画面，周婕会摸摸她的头。
　　鹿苑觉得，这可能就是禁忌感吧。
　　她正吻得入神，大门那儿忽然又传来响动，把两人都吓得一跳，鹿苑简直魂魄都要吓掉几缕了，猛地把周骛推开，跑去厨房。
　　周骛也是没料到她反应这么激烈，后脑勺撞到墙上，闷闷的一声。
　　许阿姨拎着环保袋进来，袋子里冒出几根茭白尖。
　　他无语地揉了后颈，问："许阿姨，今天不是休息吗？"
　　许阿姨笑说："我在老街菜场买菜，顺便送一点过来。"她瞧着周骛古怪的神情，"小骛，你怎么了？"
　　周骛干咳一声，诌道："没事，碰了下。"
　　许阿姨说："我看见苑苑从门口跑过去，她撞的你？"
　　"嗯。"周骛特意加重声音肯定。
　　许阿姨有点纳闷两个人为什么忽然又不对付，还有苑苑一大早急什么，又不用上学。她也没深究，随口说道："哎哟都这么大了还这么猛，长得再漂亮男孩也不敢追啊。"
　　周骛抬了抬眼皮，接了句："谈恋爱嘛，愿者上钩。"
　　鹿苑："……"
　　"说得也是。"许阿姨笑了笑把菜放进冰箱，又叮嘱鹿苑不要喝凉水，她决定把卫生打扫了再回去。
　　鹿苑站在冰箱边喝豆浆，目光瞥向周骛，见他用食指指尖戳了戳电子表，表示时间已经不早，要出门了。

鹿苑把杯子放进水池，注意到周骛今天穿的是黑T，同色运动裤，就是很普通的十八岁男生的穿搭，但是放在他身上就特别好看。

她思考自己有没有差不多的搭配，说："等下，我去换一件衣服。"

再下来时她裙子脱掉了，也换成了黑色的T恤和运动裤，肩上还背着个运动款包包，和她平时的风格不太像。

许阿姨又看不懂了。刚刚那个不是挺好看的嘛，现在怎么穿得像个男孩子？

一关上门，鹿苑就在墙边转了个圈，三百六十度地给男朋友展示自己的穿搭："发现什么了吗？"

周骛摘下她的包，低笑了下："情侣装。"

"哈哈！"

也是这个年纪的人谈恋爱的通病，一方面要隐瞒，却又暗戳戳地搞同款，生怕别人看不出他们已经在一起了。

"有种明星谈地下恋的感觉。"鹿苑得意地说，又担心做得过头了，"会不会太明显？"

其实一点都不明显，但鹿苑的小心翼翼让周骛心揪了下："还好。"

周骛的摩托车停在门边，他准备骑车过去，鹿苑赶紧摇头："不要，头盔会弄乱我的发型，我们打车去吧。"

周骛："……"

某人的恋爱包袱真重，她不知道自己怎么样都好看吗？

鹿苑拿出手机："过来，自拍一下，纪念。"

一上出租车，鹿苑就看到微信里跟轰炸似的。原来是储旭拉了个群，有十几个人，是今天要出来玩的同学，这会儿大家已经兴奋起来，七嘴八舌地聊着。

鹿苑首先把群消息设置了免提醒，然后又看到储旭"艾特"了自己好几条，问她出门了没有，什么时候到，待会儿要喝什么他提前点好。

鹿苑知道他要干什么，明明已经拒绝过了，谁知这是一颗执着的"海胆"。

看来她得正儿八经地再拒绝一次。

一想到待会儿要面临的尴尬场面，鹿苑现在就开始头疼了，奈何她这个脑子再也想不到既能拒绝储旭又不伤害他面子的高情商话术了。

周骛也看出端倪："你知道他要干什么，为什么还要去？"

鹿苑说："如果我这次去都不去，还会有下次。那么他就会多一段时间抱着希望，早拒绝早轻松。"

有点道理。

周骛握着手机看了几秒，"艾特"储旭：【我是她代言人，跟我说。】

储旭急了：【骛哥，你别闹。】

无聊群众在讨论声中抽神吃瓜。

"存款"的意思还不明显吗？表白啊。

搬好小板凳，花生瓜子矿泉水，前面的收一收脚。

储旭：【你们都起什么哄？弄得人好尴尬。】

他是给鹿苑准备了惊喜的，并不想现在就承认。

周骛：【你要表白？】

鹿苑看着鱼龙混杂的群消息，往上翻着，看到周骛的头像，忍俊不禁起来，又问："你不会真要揍他吧？"

周骛扯着嘴角笑，缓缓动了下脖子。

看他这表情，鹿苑想到之前的某些画面，他一生气就喜欢把人摔地上……

"我现在，有种脖子疼的感觉。"

周骛说："总被挖墙脚，很烦，得抓个出气筒。"

鹿苑一听，顿时又有种自己很受欢迎的错觉，但其实也就储旭一个总是在她眼前晃。她仍旧臭不要脸地说："那要不我少释放一点魅力吧。"

说完这句话她已经做好了被周骛吐槽的准备，却不想周骛淡淡地说："没事。我看看是某人土松得快，还是我撅铲子的速度快。"

鹿苑："……"

一路上插科打诨，周骛短暂地忘了一些现实的琐事。

储臣的鬼屋规模很大，可见财力雄厚。周骛和鹿苑两人下车的时候，正好碰上储臣开车过来，他看了眼鹿苑，笑得一脸神秘："早啊，小鹿同学。"

鹿苑也皮笑肉不笑："早，储旭的哥哥。"

储臣的视线在两人的身上来回睃着，很快发现了微妙之处，脸上出现一言难尽的表情："你们俩这是——"

"你没话说就闭嘴吧，省点力气。"周骛眼风扫过去，没让他把话说完。

储臣摇头："太尴尬了，我已经开始替我弟难过了，这到底是什么品种的傻瓜。"

鹿苑："他在骂谁？"

周骛："他看出我们的关系了，在骂他弟。"其实从第一次看见他在校门口欺负她时就明白了。

鹿苑："狠起来连自己的弟弟都骂？"

周骛笑了笑，抬手勾住她的脖子压自己胸前："我狠起来，连自己妹妹都喜欢。"

鹿苑："……"

话还没说完，前厅那儿跑出来几个人，同学都已经到了，并且吃了一会儿瓜子了。这边的店是新开的，宣传力度很大，来排队的人很多。

储旭红扑扑的一张脸，招呼着鹿苑，塞了杯果茶在她手里。为了讨好周骛，储旭给他一瓶可乐。

鹿苑有些不忍心，如果有一天储旭知道了他们两个的真实关系，世界观都得崩塌。

周骛倒是很放松，就是看着乌泱泱的人有些烦，问储臣："那么多人都是你找的托吗？"

大家纷纷扭头看他，储臣翻着白眼："你没话说就闭嘴。"

储旭问鹿苑："小鹿，你会害怕吗？"

鹿苑其实并不怕，不就是装神弄鬼嘛！

"我是坚定的唯物主义者，你觉得呢？"

"啊？"储旭挠了挠头，那他设计了这么多岂不是白费了？

鹿苑觉得这样诚实的答案或许不利于谈恋爱，她看了一眼周骛，恰好他也看过来，于是又立马改口道："呃，我怕我怕。你这么问我了，肯定准备了很多巧思，对吗？"

周骛似乎懂了什么，勾了勾嘴角，笑得很恣意。

他走到柜台那边，跟一个姐姐借了纸和马克笔，唰唰写了几个字。

储旭也展露笑容，还是小鹿懂他啊！

他凑在鹿苑耳边道："里面几个房间我都熟，待会儿你跟着我，我保护你。"

鹿苑往后撤远了点："行吧。"

储旭打算今天跟鹿苑告白，他在里面布置了一个小而浪漫的场地。

在告白之前，他还准备了一个在鬼屋里英雄救美的环节。

"僵尸男"把鹿苑轰到一个全是"血迹"的小房间里时，叫天天不灵，叫地地不应，储旭踹门而入，用他一米八几的高大身材打倒"男僵尸"，成功解救小鹿。

人在危险的时候，心理防线最弱，到时候鹿苑肯定对他感激涕零，芳心暗许。

现代社会英雄救美的机会其实非常少，只能在鬼屋里实现。可惜储旭没有找人验证过，这个方案到底有多傻。

工作人员过来通知排到他们了，储旭赶紧拉着鹿苑："我们一起！"

周骛懒洋洋地跟了过来："加我一个。"

那个姐姐说："一个鬼屋最多六个人，还有别的同学要来吗？"

冯晴晴一边背着任务，一边为了满足吃瓜的好奇心，像只小豹子一样伺机而动，立即抓住了陈然的手："我们！我们！"

储旭觉得人多变故大，想要拒绝，冯晴晴说："四十分钟呢，肯定很恐怖，你需要带两个智商高的人。"

鬼屋里头黑漆漆的，过第一个关卡很容易，到第二个稍微吓人一点，不过也是装神弄鬼，鹿苑只在视觉上被吓了一次，就跟国产恐怖片似的，恐怖的只有BGM。

一开始她是跟冯晴晴手牵着手的，三个男生在前面，然后不知上到第几层，她手里牵着的衣角变成周骛的了，再之后牵着的是周骛的手。

他的手很神奇，冬天是干燥又温暖的，到了夏天又是凉的，让鹿苑总是想玩他的手。

"你害怕吗？"鹿苑问。

周骛挑了下眉，好笑地问："你保护我吗？"

鹿苑用极小的声音说："那，快到姐姐怀里来？"

走在他们身边的冯晴晴和陈然："……"

没眼看，没眼看，臭情侣无时无刻不找机会秀！

可惜，陈然并不能像冯晴晴一样单纯吃瓜，他沉默着，看他们暗戳戳地谈恋爱，心情有点复杂。

在红蓝光线四射的房间里，周骛本来低头听着鹿苑说话的，忽然抬了下眼皮看向陈然，后者心虚地移开了视线。

鬼屋都过完一大半了，鹿苑一直很好奇，储旭一早上都在致力于劝她和他一起闯关，但是到目前为之也没看到伏笔和端倪。难道是她自作多情了？

只有周骛把唯物主义者的信念进行到底，泼了"鬼"满脸可乐，掀了一次"贞子"假发，把"丧尸"塞进墙里……总之搞得工作人员非常无语。

中途还得管他女朋友乱七八糟的尖叫，稳定她的情绪。

眼看着到出口处，储旭才渐渐兴奋起来："小鹿，根据我的经验，快结束的时候才最危险呢，你和我从这边走。"说着，他就要把鹿苑拉到一个小房间。

鹿苑回头看周骛。

冯晴晴和陈然看着他们三角恋。

鹿苑刚踏进去一只脚，一个脸上贴着黄符的"僵尸"就蹦了过来，手伸得长长的，指甲是紫色的，快碰到鹿苑的脸了。

"啊！"她被吓得尖叫一声，"我不要进去，别拽我了！"

"快来呀，别怕呀。"储旭疯了。

其余三个人反应非常快，周骛冲过去把鹿苑拉了过来，然后陈然和冯晴晴合力把储旭踹了进去，冯晴晴的那一脚，猛得像少林寺练出来的旋风腿。

这还不够，她还非常坏心地要关上小铁门，现实版"关门打狗"。周骛用手挡了下，冲里面扔了张字条。

那个扮演僵尸的工作人员没搞清状况，十分尽责地吓唬着储旭，发出奇怪的声音，用指甲撩他的头发，摸他的脸。

储旭没料到屁股上会挨一脚，失去理智，吼得震天响。

"喂喂喂，别吼了，你同伴都走了！"工作人员快被震聋了，也是十分无语。

"啊？"储旭颤颤巍巍地从地上爬起来，小屋里没看见鹿苑，只看见落在地上的一张纸。

借着煤油灯的光线，他打开看见一排猩红的大字：

【傻瓜，她不喜欢低智儿童。】

夸张的嘲讽，还宠溺地叫他傻瓜——来自跩哥的关爱。

储旭气得把纸撕得粉碎。

那边四个人从三楼的出口跑出来，冯晴晴和陈然已经走到了楼梯处。

鹿苑没力气了，脑袋栽到周骛的后背上，大口地喘着气，额际出了细细的汗："储旭是真的喜欢我吗？他是准备搞死我吧？"

周骛拿出一包纸巾，抽了张擦她脸颊的汗："怎么，你还等他给你表白？"

鹿苑仰脸享受男朋友的擦脸服务，不好意思地笑了笑："对啊。我以为他会跟我告白，刚刚在出租车上，还酝酿了好一会儿拒绝的话术呢。

真情实感,妙语连珠,触及灵魂,放在抒情作文里绝对属于瓦罐子镶金边,金光闪闪。"

"什么玩意儿?"周骛被她逗笑,她太可爱了。

鹿苑却不愿意说了,转移话题:"你刚刚丢进去的什么?"

周骛继续给她擦汗:"给他一个忠告,别人的女朋友不要瞎觊觎。"

"我以为你会打他。"

"你要是觉得揍他一顿才解气,也不是不可以。"周骛随着她的话说下去。

"别别别。"鹿苑赶忙说,她还是很怕周骛打架的。

这时,她发现他们站的地方是一个员工通道,墙上画着夸张的喷绘,小窗户里透进来的日光略阴沉。

四周安静着,隐约能听见脚步声,渐远渐近,他们忽然就这么四目相对了。

陈然和冯晴晴在等电梯,回头才看见他们没跟上来。冯晴晴刚刚还处于极度兴奋状态,脑袋晕晕地扶着墙:"小鹿呢?"

"是不是没出来?"陈然说。

"不会啊,周骛拉着她的。不会是迷路了吧,要不去找下?"

陈然把东西放下,沿着原路回去一趟。

周骛将鹿苑擦完汗的纸巾攥在掌心,两个人靠得很近,鹿苑的胸口仍旧在轻轻起伏着,消解刚刚的紧张情绪,她的脸和脖子从里泛起潮红,袅娜纤弱,像一朵刚被掐下来的小花。

他下意识把掌心贴在她的脖子上,细腻柔嫩,脉搏在跳动。

他呼吸一紧,立即松开手。

半掩的门外传来脚步声,是男生的球鞋摩擦大理石,有些尖锐,也有些重。周骛对这种声音很熟悉。

片刻后,陈然的半个身影出现在门边,但是他并没有看见他们,背对着二人,四处张望。

他只需转个身,就能发现他们。

周骛收回视线,黑长的睫毛遮住了点光,瞳仁幽深。他定定地看着鹿苑,唇角漾开极淡的笑。

"怎么了?"鹿苑不明所以。

"接吻吗?"

一个低头,一个踮脚,没有犹豫,唇瓣缓缓地触碰着。像小动物对心爱食物的品尝,温柔,湿漉漉地探索。

鹿苑被他搂着腰，勾住他的脖子，心脏都跟着颤了颤。

好像，这才是触及灵魂。

直到吻得深了点，她还是有些生涩，对亲密的事属于人菜瘾大，急咻咻的，不会喘息了。

周骛温柔地松开她，轻啄她柔软的脸，然后埋进她温热的颈窝，一下下抚着她的后背，低声喊她的名字："小鹿。"

余光里，那道男生身影默默地消失了，走得悄无声息。

他又抱得更紧了些。

陈然惊慌失措地回去找冯晴晴，像是丢了魂一样。

周骛看见他了吗？

电梯终于来了，冯晴晴摁了下问："没找到他们吗？"

陈然仓皇摇头："好像……下去了吧。"

"你怎么去那么久？电梯都来了两趟了。"冯晴晴看着他古怪的脸色，苍白、失神，"难道你也被吓到了？"

陈然无奈地笑了笑："没什么，下去吧。"

鹿苑觉得自己变成了"亲亲怪"，一旦身边没人就会想抓住周骛一顿亲，被他索吻也根本不想拒绝。

两个人都有点不好意思，亲完就抱住对方，脸埋在脖子里平缓情绪。

她仰头看见哥哥一脸酷酷的表情，嘴角还带了点湿意。她用手指帮他揩掉，嘲笑似的"啧"了一声，这个时候竟然还装酷。

周骛垂眸看她，眼神威胁，鹿苑立马就不笑了，板着脸故作深沉。

"再笑揍你了。"周骛说。

"知道，你很会揍小孩，一拳能解决两个。"她拿他以前的话揶揄。

可惜周骛无论如何都下不了手，只能轻拍一下她的后腰，以示威严。

在楼梯间待的时间有点久，另一批鬼屋的同学都已经出来了，打电话问他们在哪里，鹿苑借口说在上厕所，马上下去。

到了一楼，大家正凑在一起讨论待会儿吃什么。储臣坐在吧台后面抽着烟，笑嘻嘻地给大家发了话："你们这一大帮小伙子小姑娘的，到哪儿不是蝗虫过境？去撸串得了，我请客。"

这样不错，不用因为口味不一而争论半天。

储臣问周骛下午还要不要和同学玩，不去的话去他基地看他练车。

鹿苑点点头："我也去看，可以吗？"

其实她并不喜欢看人练车，只是想自己和周骛待的地方人少一点。

储臣笑吟吟的:"行啊,你是他的代言人啊?"

"有问题吗?"鹿苑挑了下眉。

"我哪敢啊。"储臣笑。

周骛耸了耸肩,他没有发挥的空间了。

几人拥去隔壁的烧烤摊,储旭的表白仍未完成,他走到鹿苑身边:"小鹿,下午你和我们去看电影吧,别跟周骛去基地了,那边乌烟瘴气的,没什么好玩的。"

鹿苑侧头瞅了眼储旭:"你准备请我看鬼片吗?刚刚的事我还没找你算账呢。"

储旭白嫩的一张脸被激得通红:"我那是失误,没想吓唬你的,别生气了。"

鹿苑看着走在前面的同学,故意放慢了脚步,落在人后。她默默叹了一声,挺严肃地跟储旭说:"储旭,你还记得老孔说的话吗?高中时代的玩伴可能是我们这辈子最好的朋友了,因为我们都是很纯粹地付出真心的,你仗义、快乐、自由、阳光……"

储旭听见鹿苑夸自己,有点激动,动了动嘴唇:"小鹿,你真觉得我这么好?"

鹿苑点了点头:"当然,你的好,我们都知道,虽然你有时候喜欢做傻事。我很珍惜你这个朋友,也想一辈子和你当好朋友,不想有什么改变。"

一辈子的好朋友……

鹿苑有的时候不太喜欢动脑子,但对人说出的每一句话,总是习惯性斟酌三分。她骨子里其实很温柔,因为身边的好友对她也是如此。

话虽委婉,但拒绝的意思很明显。储旭默默地重复着这几个字,眼里有无法抑制的沮丧,拖着尾音喊她:"小鹿。"

鹿苑拍了拍他的肩膀,笑了笑说:"哎,别哭,小心他们嘲笑你,我可不会站在你这边了啊。"

说完,她快步向前走到冯晴晴身边,留时间给他慢慢消化。

周骛刚和储臣谈好事情出来,远远看着他们的背影。照道理他真该把储旭揍一顿,忽然就打消了这个念头。

鹿苑自己有能力处理好一切。

十二三个人把人家的烧烤店都给占满了,来打架似的,老板把三张桌子拼在一起,形成一个长条,大家分坐两端。

男孩们很懂事，自己坐在空调下面的位置，那儿最冷。几个女孩子坐在外侧，正好可以看电视。

鹿苑给周骛留了凳子，就在她身边。

一抬头，发现冯晴晴和陈然就在他们对面。陈然的表情有点不自然，尽管那天晚上模模糊糊地看到了他们接吻，可是刚刚的画面，仍旧给了他很大的冲击力，太真切了。

现在一看他们两个，他就心虚得想找地缝。

鹿苑看着他笑："陈然，你不会被吓到了吧？"

"没有，小鹿。"陈然摇头，战术性喝了口茶水。

鹿苑歪了歪脑袋，不是太明白他为何这样。周骛则懒洋洋地舒展着身体，一条手臂搭在鹿苑的椅背上。

周骛心怀坦荡的样子，让陈然忽然明白——刚刚在楼道里，周骛是看见他的，也是故意亲给他看的。

哪怕自己在小鹿心中只是个好朋友，周骛仍然要那一点点悸动和可能消灭殆尽。

很好，他彻底死心，死透的那种。

老板娘传好菜，把墙上的电视调到新闻栏目，这些天的热点仍旧是他们这一届的高考，放着奇怪的素材，每年都有忘带准考证的、走错考场的、迟到的……让人啼笑皆非。

画面一转，终于来了个清新的标题，叫《最好的等待》。

男生捧花站在考场外。因为外形过于干净帅气，被多个栏目拿来当素材。

周骛没有想到被自己当作隐私的事情，会被放到新闻里，反反复复乃至成了热点，几天了还不过去。

他并不想要这样的关注。

好在在座的同学并没有在意，他们早就习惯了这对兄妹日常黏在一起，被误会也正常。

储旭哧鼻道："现在的新闻好没底线啊，骛哥和小鹿都能凑在一起。"

冯晴晴咳了咳："其实……他们也不是亲兄妹。"

储旭一脸奇怪："可是小鹿又不可能和骛哥谈恋爱的。"

"为什么？"这次是陈然出声询问。

要怎么说，储旭表达不出来，就是觉得奇怪，想了半天才说："他们的爸妈是夫妻呀，他们在一起不就乱套了吗？"

此话一出，大家都沉默了。可能也有人觉得他们的行为举止比一般的兄妹亲密了些,但都礼貌地不往某个方向提。

说者无意,鹿苑像是被什么刺中了,身体僵硬,甚至没敢去看周骛的表情。

老板把串和小龙虾端上来,鹿苑拿起签子,一边喝茶一边吃肉填着自己的胃,好一会儿才舒缓过来情绪。

五香麻辣的小龙虾在周骛的面前,他戴手套剥了虾尾放在碗里,自己没吃,推到鹿苑面前。

同学笑说:"骛哥,你这是直接拉高了小鹿男朋友的标准啊,以后不给剥虾的就不合格。"

鹿苑心里头难掩高兴,还有点虚荣,但更多的是心虚,此地无银三百两地道:"干吗,有哥哥就是可以当个宝宝,你羡慕吗?"

储旭立马说:"小鹿,我也帮你剥。"

这"舔"得太明显了,鹿苑可受不住,连忙拒绝:"别别别,我其实不太爱吃小龙虾。"

储旭纳闷,"我看你吃得挺欢啊,他剥一只你吃一只。"

宋缨冲他丢了颗盐水花生道:"你傻吗?咱们小鹿使唤她哥名正言顺。吃你剥的岂不是要嫁给你?你算盘怕不是要打人家脸上?"

瘦猴接话:"别这么说,我们'存款'只是纯种'舔狗'而已,不用小鹿付出任何代价。"

要不怎么公开表白三年,还只混了个同学呢。

储旭的脸又是一红。

鹿苑服了这帮人:"闭嘴闭嘴。"周骛又给鹿苑剥了小半碗搁在她手边,笑看她跟人插科打诨。

作为"唯二"知道怎么回事的吃瓜群众,冯晴晴感觉好累,宛如撞破"爱豆"恋情的站姐。

既要替他们隐瞒,又很担心。

/ 396

Chapter 12
必要的分别

饭后大家准备去看电影。和同学告别以后,两人一起去了储臣的训练基地。

早上闷热,午后的天空就有些阴沉,鹿苑问:"好像要下雨了,还能玩吗?"

周骛捏捏她的手指,笑了下:"没想真的玩什么,就是想单独和你待一会儿。"

鹿苑眼睛亮熠,两人想到一起去了,她试探着说:"那要不,回家?"

"回家还叫单独吗?"

说不定许阿姨在家,周婕和老鹿也随时有可能回来,真是一个悲伤的事实。

但是好不容易有个两人能够无忧无虑的时光,天又下了暴雨,好像专门跟他们作对。

鹿苑一脸倦怠地回房趴着,到了半夜两人醒了,开始打语音电话,哪怕就住在隔壁。

她说话的时候带着鼻音,这一听就是感冒了,回家的时候淋了雨没有及时保暖,周骛的愧疚和心疼简直到了临界点。

他下楼倒水找药,仗着家里没人,直接推门而入,哄着她喂药。

人也顺理成章地留在她床上,两人靠在床头聊天。鹿苑下午睡过一觉,这会儿劲头很足,裹着小薄被爬起来给他讲暑假攻略。

还有大学的安排,第一年过英语四级,第二年过六级……还要考雅思。英语的话鹿苑觉得自己还可以,就是数学和理化她再也不想学了。

就问周骛选什么专业可以躲过这些。

周骛没打击她的积极性,能考上什么大学还没影呢,但有计划是好事。看她的手账本,才两天时间已经满满当当的了。

她是理科生,高数是逃不掉的,所以还是继续受着吧。又问她,既然不喜欢理科,分科为什么要这么选,难道是老鹿说理科好找工作吗?

鹿苑诚实地说,有一部分老爸的原因,但更多是文科要背书,烦人。

周骛再次无语。理科不想算,文科不想背,她怎么不嫌吃饭累?

这样的谈话其实很有意思,他们拧开台灯,坐在书桌前,一脸严肃地探讨很久。心里隐隐兴奋又期待,未知的生活在勾着少年往前走。

鹿苑傻乐地幻想着,周骛不介意陪她傻一会儿。

"周阿姨会让你和我一起去旅行吗?"

周骛不需要思考这种事:"不是你说的,能管住我们的只有法律?"

"有道理。"她笑起来。

回到床上相拥而眠,两个人抱着睡是很热的,尤其男孩子的火气一向旺,体温好像也比她的高。鹿苑睡得浑身热,把被子卷到他身上,连人带被,把他当成了巨大的抱枕。

周骛不太自在,被软绵绵的身体抱着是一种煎熬。他在后半夜睡着,却没想到再睁开眼时窗外已经传来响动,闹钟失灵了。

他彻底清醒过来,悄无声息地回到自己的房间,然后才假装刚起床的样子。

周婕喝完水就上楼了,到转角处听见周骛问阿姨电子体温枪在哪儿。

"怎么了?"

周骛故作不对付地说:"楼上那位发烧了,得量一下体温。"

"我记得放在电视柜下面的柜子里了,药箱里你检查过了吗?"许阿姨的关注点全都在鹿苑发烧这件事上,心疼又生气,"是不是晚上又把空调温度调低了?说了几遍就是不听。反正生病了就是自己受。"

周婕顿住:"苑苑生病了?什么时候的事?"

"昨晚。"他随口道。

答完才意识到不对,如果鹿苑昨晚发烧,那么他是怎么知道的呢?好像受冷之后并不会立马发热。

"哦。"周婕的回答也淡淡的,并无情绪。

是他自己情绪紧绷了。

鹿苑生龙活虎了半夜，早上彻底蔫了，头昏脑涨，糊里糊涂。

许阿姨找来体温枪给她量了，38.3℃："我的乖乖，你这是又作什么死？"

鹿苑嗓子干痛，说不出话来，捂着小被子。

话说有情饮水饱，一晚上和哥哥抱在一起睡完全不觉得难受，这会儿自己躺床上就可怜巴巴的。

"去医院，别在家里干憋。"许阿姨拉开衣柜给她找衣服。

"不要！"她舔了舔嘴唇，对去医院十分抗拒。

"脑子烧坏了怎么办？"许阿姨见她冥顽不灵就开始危言耸听，"住在我家前面那个傻子你还记得吗？就是小时候发烧烧的，还有楼下的，烧成了脑膜炎。你想像他们那样吗？"

周骛："……"

鹿苑的脸蛋白里透红，剥壳鸡蛋一样的光滑，嘀嘀咕咕地道："我已经高考完了，傻就傻了呗。"

许阿姨还有一堆的活要做，并不能在这儿跟她耗着，只好妥协一步："那先吃点药，还不降温就得去医院。"说着许阿姨又去找厚被子，说捂一捂汗能好点。

鹿苑没有反驳。

捂汗是老一辈人的习惯，周骛觉得这并不科学，他小时候生病发烧，外公外婆从来都是物理降温。

"她要散热。"他走到床边，毫无感情地叙述着，"被子都别盖，用水擦一下身体。"

许阿姨看着他，有点怀疑地道："再冻着岂不是烧得更严重？"

周骛的脸持续木着，不为所动。

许阿姨对他有好学生滤镜，又是年轻人，肯定懂得多，她也不至于老古董："那我去打点水来，确定有用的吧？"

"不！"躺在床上的鹿苑一个垂死病中惊坐起，速度快到摆出了尔康手，"不要给我擦，别。"

许阿姨说："害什么羞，你小时候我还给你洗澡呢。"

"我现在已经长大了，怎么能让你帮我洗澡？"

许阿姨："……"

周骛也轻咳一声，说："我说的方法也不一定适合每个人的体质，还是算了吧。"

最后还是给她捂着一层冬天的大棉被了事，压得她气儿都快喘不上来。许阿姨下楼做卫生去了，周骛不能堂而皇之在她房间里待着，也只好出去了。

鹿苑打了个哈欠，却不舍得睡，摸出手机给他发消息：【你在干吗？】

周骛：【楼下打游戏。】

鹿苑：【我无聊。】

周骛侧头看了一眼正在擦玻璃的许阿姨，回复：【我去陪你？】

鹿苑：【怎么可能，家里两人盯着呢。】

消息发出去了一会儿没有回复，鹿苑以为他打游戏去了，就慢慢地等着，两分钟后听见敲门的声音。

鹿苑躺在床上喊："门没反锁，自己进来。"

进来的是竟周骛，他刻意留了条缝以示清白，手里拿着保温杯，还有切好的橙子，蹲在床边："想怎么有聊？我用送吃的借口上来的，只能待一分钟，否则真要被怀疑图谋不轨了。"

鹿苑忍不住笑起来，笑着笑着就被自己的口水呛咳嗽了。

等他下去，许阿姨问："刚问要不要喝水不愿意喝，结果又让你跑腿，小丫头真是够折腾的。"

周骛笑笑，漫不经心地翻着书："大小姐嘛，就该这待遇。"

其实他完全可以回自己房间的，却意识到有点此地无银三百两，于是在楼下刷存在感，企图告诉别人：我们不对付，没私情。

中午过后，许阿姨干好活就回去了。

周婕也起床吃了午饭去公司。

她临走前看见周骛坐在沙发上懒懒散散地看书，没有要动的迹象，于是问："你今天要做什么？"

周骛说："鹿苑病了，我在家看一下。"

"那好，有事给我打电话。"

一种奇怪的观感缓缓涌上来。她当然希望周骛变成一个有温度的人，这两年来他也的确在发生变化，但好像是有指向性的，只对鹿苑好。

她坐在车里没有立即开走，拿出手机搜了高考的关键词。这些天的新闻全都跳出来，很快就看到了他们两个的视频。

这个新闻是某天她加班的时候刷到的，两人被网友认为是一对。

她一直想问周骛来着，但每次得空拿起手机又不知道该问什么、怎么问。

兄妹俩的关系好像过于好了？

既然他自己都否定了，应该不至于有什么离谱的事，周婕在心里告诉自己，他是一个人太孤单了，好不容易有个同龄的妹妹，动了恻隐之心而已。

鹿苑睡醒一觉脚底轻飘飘的，风一吹她就能飞起来了。

头不疼也不昏了，就是一身汗。

按照道理她应该量体温，再去洗个澡让身上清爽起来。

但是睁眼的第一件就是从枕头下面把手机摸出来，给她的便宜哥哥发消息，不，是召唤：【我醒了。】

等了几分钟，手机里没动静。

阳台的帘子被拉起来，接着门打开，一个宽肩高个的男生敞着腿坐在那儿，侧了侧头看她："公主，有指示？"

鹿苑惊了一下："你怎么在这儿？"

周骛起身走过来："猜你醒过来肯定要找我，干脆就在这儿候着了。"

阳台挺凉快的，头上是树荫，偶尔有风吹来。而且在这儿坐着一旦家里有谁回来，他也能看见。

鹿苑抬腿踢开被子，说："我要洗澡了。"

"那我抱你过去？"他尝试着问。

"哦。"某人伸伸手，"谢谢哦。"

忽然就客气得跟普通同学似的。

鹿苑在床上连着躺了三天，周骛就在家陪了三天，白天许阿姨过来的时候他就在楼下打游戏或者看书，下午人走了他就上楼看着她。

搞得阿姨特别不适应他突然的游手好闲。这种时候不是该疯了一样去玩吗？

鹿苑躺在床上天马行空，突然想起来，她已经很久没有看到老鹿了，也没听周婕提过他。

她给老鹿发了条微信过去，等到第二天才收到回复，老鹿出国了。鹿苑问他什么时候回来，又过了几个小时，他说最少一个月，还给她转了笔不菲的零花钱。

自从他结婚就再没有给过她生活费，任何支出都是从周阿姨那里拿的。老鹿一向觉得家庭的收入花销应该统一管理，以示周婕的女主人地位。

鹿苑心里毛毛的，可这无端的猜测她又不能对任何人倾诉，哪怕是周骛。

周婕同样也很少回来,给了两人很大的独处空间。

被浪费的时光总是最美好的。

因为生病他们只能窝在家,看电影,打游戏。晚上周骛会通过阳台来到她的房间,什么都不做也要抱着睡在一起。

和鹿苑一样,他也非常珍惜在一起的每分每秒。她的本质就是个小黏糊,为了陪她,他摩托车也不玩了。

他 8 月中旬就开学了,之后还要回去看外公和外婆,所以两个人决定提前去北京旅行。

收拾好了行李,前一天晚上告诉周婕。

周婕很意外:"就你们两个人吗?"

"还有别的同学。"这不算撒谎。为了谨慎起见他们还约了班上别的同学同去,但行程不同。

看周骛的态度只是通知她,而不是征求意见。

"我和老鹿离婚的事情,你告诉她了吗?"

"没有。"

"还是要说的。"周婕本来是想等到分数出了以后再提,但是看他们两个整日形影不离就改了主意,"我们和她总是要分开的。鹿苑不可能一直生活在假象里。你不说就我来说吧。"

周骛明显有些排斥这件事:"我找机会说。"

周婕又说:"园区那边的房子提前弄好了,等你回来,我们就搬过去。"

周骛心里头一沉,什么也说不出来,生活不受控制的感觉很糟糕。

一起旅行这件事总是让人开心的。

从高铁检票开始鹿苑就兴奋,相机挂在脖子上记录着每一个流程。上车以后,他们和那几个相熟的同学分开。

五个小时的旅程,她终于在路程行驶到一半的时候累了,歪在周骛的肩膀上。

周骛剥了个橘子塞进她手里:"有件事。"

"什么啊?"鹿苑挑了下眉,"干吗这么严肃?"

"他们离婚了。"他的声音平淡到没有起伏,"本想月底再和你说,但回去以后我们就得分开生活。"

鹿苑的大脑"嗡"的一声闪着雪花,紧接着一片空白。

那一节车厢里的乘客很多,周遭的人细碎地说着话,唯独她站在某个被分离出来的孤岛上。好久之后，才找回一丝现实的感觉。

许多想法飞速冲进大脑，又纷杂地离开。她已经不是害怕分离的年龄了，相反，那两个人离婚反而给他们卸去了道德上的枷锁。

可鹿苑完全开心不起来。

她喜欢哥哥，可是做了两年的家人，周婕的呵护和关心已经深入她的骨骼血液。

开始的时候，她告诫自己不要对周婕敞开心扉，不要被对方的温柔俘获，没人会一成不变的，但终究没能守住防线。

她有过预感，没想到结果来得如此猝不及防。她和他交握的手指蜷缩了下，没头没脑问了句："那我们，可以不偷偷的吗？"

总能有一处解脱吧。

"应该不太行。"周骛回答。那两人的离婚不太愉快，再知道两兄妹感情变质，只会让事情往更糟糕的方向上发展。

鹿苑眼神茫然，把很多想法掩藏在心底，又开口问："那我们不会变的，对吗？"

周骛说："是。"

"有些事情，我们只能接受。"他淡淡地说，"但会有办法解决的。"

周婕和鹿正元的感情破裂以后，情绪一直不太稳定，性格也极其敏感。离婚没有撕破脸不代表没有怨恨。

而鹿正元这种高段位男人，让人恨意满满，却又抓不到他犯错的确凿证据。

两个孩子一起去旅行，周婕其实不太高兴，她内心深处甚至不希望周骛和鹿苑有交集，最好是彻底断干净。

鹿苑不在的这些天，也方便周婕把自己在这个家里的痕迹都清理掉。

许阿姨尴尬地站在一旁看着周婕收拾："真的不跟苑苑打声招呼吗？事情弄成这样……"

周婕淡淡地说："我不太好面对她，这样也免得尴尬。"

阿姨无奈地叹了口气，没有办法想象，等鹿苑回来发现家里一切都变了，她该如何自处。

周婕把东西打包送进新房里，又回来收拾周骛的房间。男孩子很注重隐私，每次她都是站在门边说两句话就走，很少进去，也从来不碰他的东西。

周骛东西不多，只是衣物和书，还有一些电子产品，被他收拾得很整齐。周婕没有花费太多时间，分别放在纸箱里就可以了。

电吉他应该是鹿苑放在这儿的，她没有想太多，拿到地板上。

最上方有两个白色的纸盒子，得踩着凳子才能够到，里面装着杂物，她翻了下，迟疑了，发现这些并不属于周骘。

全是鹿苑字迹的笔记本，两个人上课传的小字条，坏掉的发卡，吃剩半包的陈皮糖，玻璃瓶里的千纸鹤……

她一向高冷的儿子，像个贫窭卑微的拾荒老人，拼拼凑凑，敝帚自珍，把别人不要的东西收集起来，藏在无人看见的角落里。

他总是非常谨慎，没有留下一眼即现的破绽。

可处处又都是他无法抹去的，喜欢鹿苑的痕迹。

周婕的身体打晃，没站稳，一脚踩空从凳子上摔了下来。那个瞬间她的脸色苍白，满脑子的荒唐，像是被人丢进冰冷的河水中，寒意侵身，无法动弹。

这半年来，与他性格相悖的行为好像都有了解释，给鹿苑补课，陪鹿苑高考，事事以鹿苑为先，走到哪儿都把鹿苑带着，还有这次去北京。

果然……

她最不想见到的事情还是发生了。

鹿苑原定的行程是一周，回去正好可以查成绩。即使是考试的感觉还可以，真到了被通知结果的时候，她仍旧摆脱不了惶惶不安。

两人商量第五天晚上就回去，她笑说要回家沐浴焚香，虔诚等待惊喜或者厄运的降临。

周骘手指抵着她的唇瓣，捂嘴行为明显。

其实他也想尽快回去。来之前周婕说要搬家，他不想让别人动他的东西，虽然也不太可能，就怕周婕心急提前。

昨天晚上通了电话，周婕的声音听上去很平静，只是提醒他北京这两天下雨，让他出门记得带伞。

周骘稍稍放心下来。

回程的高铁上。

无可避免地要思考起现实，他们在这个暑假会分开生活，原计划的毕业旅行不一定能如约完成。

但是鹿苑也没表现出不高兴，这一点倒是令周骘很意外。

"以后我都会补给你，别有情绪。"

鹿苑说："知道，保险起见。我会乖乖等着的。"末了又问，"一回去就要搬家吗？"

"我妈发微信说出差了，过两天回，不过也快了。"

鹿苑想说舍不得，可怕说出来会让周骛愧疚加不舍。她不能总是让他为自己担心，只好咬着嘴唇憋住。

高铁到站，城市正下着雨，明明天气预报上显示的是晴天。

出租车只能开到巷子口，即使打着伞，两人还是淋湿了肩膀。

鹿苑握着钥匙拧开门，客厅里有种长久无人的寂静味道，只有纤尘不染的木地板提醒着她，阿姨早上来过。

四双拖鞋整整齐齐摆在玄关下方。

"家里没人？"鹿苑眨了下眼，把小包丢到沙发上，只听见周骛换鞋和放行李的声音。

他去卫生间拿了条干净毛巾，罩在她脑袋上。

一想到两天后就得分开，这样的时光也不再有，她便忍不住撒娇，倾身上前抱住他的腰："你给我擦。"

"自己没手是吧？"他满脸嫌弃，手上动作却比大脑先一步。

不舍情绪已经达到峰值，她仰着脸，嗅着他身上清冽的味道，嘟嘴索要一个亲吻，他低头贴了上来。

屋顶的雨声进不来，噼里啪啦打在玻璃上。仿佛前奏猛烈的曲调，像西餐厅打烊前的催促，让食客吃完快走。

以至于他们都没有看见地板上几个极淡的高跟鞋印。

鹿苑后来好像忘了那天周婕站在楼梯处看着他们，到底是崩溃的诘问，还是暴怒的低吼。

那个角度好像两年前她躲在栏杆后面，第一次看到周婕和老鹿在做的事。

她只看到周婕的脸色极度难看，嘴唇毫无血色地颤抖着。

周婕看到周骛房间里的东西，还在劝慰自己，他们两个本质是好孩子，不会做那么荒唐的事。

所以，她想亲自求证，情况不是那么糟糕。青春的悸动如果在所难免，周骛应该也会保持理智去克制，直到这一幕彻底粉碎了她的幻想。

周婕的愤怒，撕碎的还有鹿苑。

和周骛在一起的这些时日，就如同野兽出没的荒野，无论是炙热烈阳，还是大雨滂沱，少年都在拼命地往前跑，以为能跑过时间，能抓住更多东西。

但能否成功，早就有了定数，她心里都明白。

世上的谎言都是那么拙劣，撒谎的人总以为自己无懈可击，却不过是别人俯视的角度，生杀予夺，轻松点评。

在周骛拽着周婕的手腕，阻止她走向鹿苑的时候，周婕第一次粗鲁地甩开了他："松手。"

周骛叹了一口气，看上去还算镇定："你的问题我会解答，不用问她了。"

周婕眼里流露出恶狠狠的愤恨和后悔："我说了，你松手！"

那发疯的眼神，让周骛倏然放开。她摸出新房的门卡，扔给周骛让他先离开。一些话她要先和鹿苑谈。

她虽然不是一个合格的妈妈，却是一个优秀的职场女性，就算情绪如何崩溃和歇斯底里，都会很快保持理智，解决问题。

周骛不为所动，也不走。

周婕冷笑："你以为我会打她吗？如果你不走，我不保证会对她怎么样，也不保证把事情闹到多大。你有脑子，知道会对谁不利。"

"你先走吧。"这次是鹿苑说的。

周骛拿起卡和伞沉默地走了出去，却长久地站在巷子里不知去哪里，也不能回去。

雨太大了，天空是灰色的，看不清前路，他根本就没有方向。

从被周婕发现到现在，他其实并不能保持冷静，掩藏的秘密以最不体面的方式被公开，犹如裂帛般惨绝。

他的脸颊和手指被雨扫刷，泛着白，透着冷。

直到这一刻他才看清楚自己，自以为强大却脆弱不堪，软肋被人随便捅一下就要命。那些害怕的东西他从未言明，可就摆在那里，他自己知道，周婕也看得清楚。

鹿苑不安地看了眼门口，周骛已经离开，眼前是冰冷的周婕，她已经无颜面对。

周婕拧眉审视着她，从未表现出来的陌生叫人害怕："你知道你们是兄妹吗？哪怕我和你爸分开，你们也不可能在一起。"

鹿苑想问为什么，凭什么，可话到嘴边又说不出口。"背德"两个字，犹如一座大山压得她喘不过气来。

后面无论周婕问她什么，鹿苑都是把责任扛到自己身上。因为不是周婕的亲生女儿,无所谓了。

因为初中的事,还有宗虎的敲诈,大人把所有的错都归咎到周骛身上。可是他有什么错呢?只是为了自我保护,为了保护她。

"你们以后,再也不要见面了,也不要联系。"

"不。"鹿苑声音突然有些沙哑,她不想和周骛分开,下意识说,"我们不分。如果你不接受,我们就离开家,离开苏州,也不要钱……"

周婕的嗓音尖厉到像被劈开,歇斯底里地吼她:"你凭什么和他一起离开?"

鹿苑僵着的身体却透着倔强和固执:"我们没有血缘关系,今后也不再是兄妹。"

周婕质问她:"鹿苑,我对你不好吗?有对不起你的地方吗?"

鹿苑眼神有些茫然,不理解周婕为什么要这么问。

"这两年,你爸都不管你,是我一直在照顾你们的生活。我没有当妈妈的经验,可也尽力了,我忙到睡觉的时间都没有,哪怕半夜还是要开车回来,就怕你们有事没大人管。想方设法讨你的欢心,就算不能真的做你妈妈,也是把你当成我的女儿了。"

"我得到了什么?"

周婕手指叩响桌面,一字一句地问鹿苑。

鹿苑无法回答这个问题。

"你爸爸自私自利,劝我牺牲自己,"说到这里,周婕的胸口剧烈地起伏着,"却出轨背叛我。还有你,和你哥哥乱搞在一起。"

鹿苑感到胸口阵阵寒凉钝痛,已经滋生出愧疚,因为对方说的都是事实。

"我就问凭什么?我做错了什么要被你们父女祸害?"周婕的声音仿佛碎掉的玻璃碴,很轻易就把人划伤,脸上却有泪水滑下。

周婕甚至抬起了手,愤恨地想打她一巴掌。

鹿苑说不出话来,恍然大悟自己的坚持在周婕的伤痛面前显得那么可笑。如果那一巴掌能让周婕解恨,她愿意承受。

"你和你爸,父女一丘之貉,让我恶心。"

燕家巷1608号,最终只留下鹿苑,还有两个行李箱。

从天明到天黑。

她的眼泪在周婕离开后夺眶而出,痛苦到呼吸不畅。除了恨爸爸,恨自己,还能恨谁?

她趴在沙发上睡着了，在半夜被冻醒过来，肩膀和脖子一片冰凉，脸颊上干涸的泪痕，扯出微痛的感觉。

她翻了个身，没有找到手机，只能看到模糊的天花板。窗外的雨还在下，只是变小了，滴滴答答的声音没完没了。

屋顶有个鬼脸，漆黑丑陋，她离鬼脸也越来越远。

她下意识叫了声"哥"，却没有人回答。

她想说我好像掉进深渊里了，爬不上来了，很害怕，你救救我。

周骛给鹿苑打了十几个电话都没人接，发去的微信也没回。她的手机肯定是没电关机了，他想回去找她。

她一个人在家里肯定会害怕，不知道门窗有没有关好。

可是周婕纠缠住他，疯了一样把他的手机砸了："你去哪儿？"

周骛无所谓一个手机，周婕不能阻止他做任何事，谁也不行。

"我要去找她。"

周婕现在对鹿苑和对外人无异，要时刻保持她的冷漠，不承认自己失败，但是对儿子不同，和周骛之间她从来都是索取感情的那个。

她的偏执和病态在面对周骛执意要去找鹿苑的那一刻，彻底爆发。

几个小时前她可以威胁周骛，如果不离开燕家巷就把他们的事情搞得尽人皆知，让鹿苑在燕家巷再也抬不起头来。

现在同样可以。

周骛根本就不可能让鹿苑遭受指责，哪怕他自己并不在乎别人的看法。

这个方法成功拿捏住了周骛，但同时她又很矛盾。因为在成长过程的母爱缺失，周骛对她几乎没有感情，也不在乎她。

在愤怒和懊悔的同时，她有些不愿意提及的嫉妒。

母子俩在客厅，几乎呈对峙的状态。周骛捡起手机检查损坏程度，主板还是好的，但是屏幕彻底黑了，他手边没有这种零件，手机就没法用，联系不了鹿苑。

他忍不住吼了一声："你到底想干什么？"

周婕抱着手臂，灯光落在她脸上，惨白又尖刻。她已经不想追究到底算是谁的责任了，只是告诫他："她是你妹妹，你觉得闹成这样还不够荒唐吗？"

周骛的反应几乎和鹿苑一样："她不是！这种关系是你和鹿正元强安给我们的。"又说，"你以为我会在乎这些？"

周婕想到他过去做的那些狠事："你为什么会这样，不违法就可以吗？道德人伦，在你心中算什么？"

周鹜没有时间和周婕掰扯自己的品行如何。他疲惫地摁了摁额角："我说过，我们都管好自己就行。我不需要你负责，不需要你养，如果你觉得我的行为让你不齿，就当没我这个儿子。"

说出这段话的才是最真实的周鹜。

但真实的想法往往最伤人。

周婕也是真的倦怠了，她本想有所保留，不必用最残忍无情的办法去应对这两个小的。

"你找到她，继续在一起鬼混吗？"周婕冷笑起来，"哦，她和我说了，想一起离开这里，不被人发现是吗？"

周鹜看她，眉心锁着。

"你们自己也清楚一旦被人知道有多难收场。"周婕说，"你当然心脏强大，觉得别人的评价不重要，但你想过她吗？这些事在别人口中不过是三五日的八卦而已。

"如果你们在一起，我会告诉鹿正元。你知道他是什么样的人，狠起来能打死自己的女儿，根本轮不到你带她走。她奶奶会对她失望透顶，甚至家里的阿姨，这些年对她的滤镜全都碎掉，谁让她勾搭上你呢。"

"够了！"

"有你，她就没有家了。你可以一走了之，甚至可以不要我这个母亲。"

"不要再说了。"

"如果你觉得，她活该承受这些，那我不拦着，你们想去哪儿去哪儿。"

周鹜是周婕的儿子，终究还是知道他的本性和弱点。威胁的方式都是一样的，根本就不用换，就能以他最害怕的方式伤害他。

他脱力般坐在沙发上，弓着腰，手肘撑着腿，脸埋进掌心。

脑海里不断涌现着鹿苑的六个耳洞，她说最喜欢奶奶了，对阿姨撒娇……还有对周婕，情感也如同冰山一点点地融化，听到他们离婚，她惊慌失措又难过。

嘴上说着潇洒离开，可最牵挂的也是这些人。她是一个心软又重感情的人，对学校里的朋友每一个都是付出了真心换来的，她害怕孤单，怕被亲人抛弃。

事情发展到这个地步，他其实并没有选项了。

409

每一步都在被人牵着鼻子走。

周婕跟他摊了牌，定了定说："你考虑一下，但时间不多了，鹿正元就要回来了。如果我发现你再去找她，我会在电话里告诉他你们的事。"

周骛一夜没睡。

在天擦亮的时候他拿到周婕的电话，打给鹿苑。

那边不到一秒就接了，想来她一直在等着。电话接通后她没有开口，不确定是谁。

"小鹿，是我。"他出声，明明还不到二十个小时，却像久违的名字。

"我知道。"她等待了一夜，在听到他声音的这一刻终于破防，断断续续地说，"我看到你给我打电话了。我不知道你们的新家在哪儿，也找不到你，就一直给你打电话，可是电话又打不通……"

他们一起生活了两年，即使不是情侣彼此之间也有默契。鹿苑并没有哭，只是声音有些沙哑，可周骛察觉出了细微的不对。

"小鹿，无论我妈跟你说什么，都不要放在心上。"周骛握着手机，手却微微有些抖，"你没有错。现在洗把脸，上床去睡觉。"

鹿苑忍不住了，抽噎了一声："我……我没想到会是这样，对不起。"

"为什么道歉？"

"没什么。"她抹掉没用的眼泪，声音逐渐变弱，"你今天白天能来看我吗？"

周骛看了眼周婕的卧室，他当然想回答说好，他也想见到鹿苑，却说不出答案。

鹿苑通过他的迟疑好像猜到了某种走向。她不死心，仍怀揣着希望，又尝试着另一种问法："后天或者大后天呢？你什么时候有空，你的行李还在家里。"她扣着他的箱子，只要东西还在，他总是要回来拿的。

周骛垂着眼皮坐在落地窗边，窗外的朝阳正在升起，他却好像被困在笼子里的野兽："等我想到办法。"

鹿苑明白了："好，我等你。"

挂上电话，周骛做了个深呼吸，快速站了起来。他想，这个时候去见她一次，不要想太多，不会发生什么事的。

他去卫生间洗了把脸，拿起钱包和坏掉的手机，走到门口换鞋。

卧室的房门被推开，周婕穿着睡衣走出来，审视他。

周骛觉得周婕疯子的本质越来越明显。从很多地方可以看出端倪，比如当年不顾一切未婚生下他，就为了赌气。

周婕也是一夜未睡，发生了这样的事她根本就睡不着，看见周骛又蠢蠢欲动，不肯死心，她无奈地叹了口气。

周骛看她的眼神从来都是冷淡的，这一刻，多了些憎恶。他问周婕："你昨天对她说什么了？"

周婕说："你不是觉得我是阻止你们在一起的坏人吗，可你现在在犹豫什么呢？你连让她爸知道都不敢！"

"你到底对她说什么了？"

"恶毒的话我都说了，谁让她勾引你的。"

周骛难以想象能从周婕的嘴里听到这个词，他的情绪也到了一个爆发的临界点，好像下一秒就要崩溃了："她虽然没有叫过你妈妈，可已经把你当成亲人了！"

周婕心烦意乱地拧着眉，她知道原因在周骛这儿，他房间里的那些东西就是他动心的证据，可是鹿苑却把"罪名"揽到自己身上。

意识到他们在抱团取暖，这加重了周婕的焦虑。

中年人很少谈爱，即使有也只是一时的荷尔蒙作祟。她和鹿正元走到一起的原因无非是合适和见色起意，以至于不到两年感情就消失殆尽。

要为对方如何如何，谁都不愿意妥协的。

但是少年人的喜欢是纯粹的，猛烈到不计代价和后果。

周婕尽量克制烦躁，理性地说："我知道这两年我和老鹿疏于照顾家里，你朝夕相处难免滋生感情。但相依为命不见得就是爱情，等你们都长大了，见到更多更优秀的人就会明白，年少时的喜欢不过如此。"

周骛抬手，发泄似的挥掉玄关上的杂物："你曾经对她好，只是爱屋及乌，可是我不一样，我是真的喜欢她，计划了很多未来的那种喜欢。"

"你说那些话，她受不了的。"他掩饰着发红的眼尾，可掩盖不了发抖的声音，"你不是想让我和她再也不要见面吗？我答应你。"

周婕问："你说到做到？"

"有条件，你去给她道歉，收回那些话。"

"不可能。"她怎么可能跟一个小女孩说对不起。

"那就这么耗着吧，我狠心带她走，熬一熬，也许十年八年就能跟家里和解了。"周骛身体靠着墙，薄薄的肩膀弯曲着，像被压折的植物。

他们好比开车比赛撞墙，看谁怕死先停下来。

周骛说的这个办法，不是没有实施的可能。

鹿苑一个人在家待了两天。

没有人联系她，周骛的电话一直关机。她想通过周婕去联系他，可是又不敢。

她什么都没干，只是躺在床上睡觉，不吃东西，整个人都浑浑噩噩的。

第三天的午后，她接到周婕电话的时候正在千梓街的一家砂锅店里，人声嘈杂，油烟缭绕的，她看到屏幕上跳出来的名字，心也跟着一起跳了出来。

"哥？"她试探地喊了那么一声。

"是我。"周婕的声音传来，鹿苑的心又从万里高空掉落下去。

周婕约她见面。

鹿苑已经不知道自己还能对周婕说什么、做什么，才能弥补对她的亏欠。

周婕看着眼前的女孩子，微微叹了一口气："你爸是你爸，你是你，我不应该把他的错归咎到你头上。"

鹿苑的声音很低地喊了一声："阿姨。"

周婕似乎有所触动。即使不是被周骛逼着来道歉，她内心里也没有真的责怪鹿苑，还是拿鹿苑当孩子看的。

周婕一直都记得鹿苑给她买的酒酿小圆子。

如果不是鹿正元就没有那么大的仇恨，她承认自己的决定带了几分迁怒。

"那天，阿姨在气头上，说的话有些重。"周婕手指松松地捏着杯柄，"我知道你是个好孩子，只是在青春期犯了一点错，改过来就好了。"

喜欢周骛是错吗？

现在的她告诉自己不是，可发现自己心意的那一天，她惶惶不安，发给好朋友的微信里说的也是犯错了。

她潜意识里也觉得不应该吗？

这个认知令她很痛苦。

鹿苑的喉咙仿佛被湿棉花堵住了一样难受："你还怪哥哥吗？"

周婕愣了愣。

鹿苑并不在乎自己在周婕那儿的评价，只想让她不要责怪周骛："他喜欢自由。因为小时候碰到事没有人给他处理，也没人教，所以他才没有按照你希望的样子长大。他不冷血，也不坏，你们相处时间多一些，会发现他的好。"

周婕匆匆打断，不想再听这两个小孩互相为对方开脱，只会显得自己无情罢了。

"这件事我不会告诉你爸爸。上了大学以后，认识别的人就会好起来的，你们就到此为止吧。"

他有些行李还在燕家巷的房子里，周婕约鹿苑出去的时候，让周弩趁这个时间去收拾。

她根本就没有打算让这两个人见最后一面。

周弩没料到会在门口碰见跑回来的鹿苑。

短短两天她瘦了很多，脸色苍白，长发凌乱，穿着宽大的T恤和运动短裤。看见他的那一瞬间，她的眼睛亮了一下，很快又暗下去，眼泪夺眶而出。

视线落在他手里的箱子上。

早就知道了结果，可亲眼看见还是很难过。她的气息不匀，舔了舔干涸的嘴唇："你真的不等我了吗？"

周弩的指关节无意识地捏紧，只看了她一眼就移开始了视线，再开口时他的声音也变得极其沙哑，用很低的声音说："乖乖，除了不能在一起，哥哥答应你的都不会变。"

可是，除了和他在一起她还能要什么？她执拗着不挪动身体，也不说话，像个在发脾气的小朋友。

周婕的车停在巷子口，她降下车窗，摁喇叭催他。周弩只能侧身从她身边绕过去。他明白她的心意，也想继续喜欢她，可是如果他的喜欢本身，就会给她带来伤害怎么办？

鹿苑赌气似的冲他的背影喊："你这次走了，我们就绝交，我一辈子都不想再看见你！"

周弩没有回头。

一个走得坚决，一个挽留得理不直气不壮。

等人和车都消失在视野里，鹿苑才意识到他真的离开了，又懊恼万分地跑出巷子去追。

我刚刚说的不是真话，只是想引起你的怜悯，你别生我的气，回头看看我好吗？

千梓街上绿树成荫，车流如织，哪还有他的影子。

高考成绩出来了。

鹿苑已经一个人连续在家里睡了五天，都不记得这回事，还是好友林鲸帮她查的分数，374分。

鹿苑整整高出理科一批投档线30分，也是她自己最好的成绩。

"小鹿，你这次考试有如神助啊。"

鹿苑看着分数却有些茫然，只是愣愣地笑了笑，都没笑到眼底。最后的那几个月她没日没夜学习，是为了和他考到同一个城市。如今却没办法告诉他，也没有资格选择了。

你看见了吗，这么多日夜一直呵护我，亲自把我送到终点，我按照你的要求做到了。

老鹿也很高兴，难得夸奖了她。

可惜鹿苑不知道怎么面对这样的爸爸，自己也心虚，一直没搭理他。

报考志愿就那么几天，她却迟迟拿不定主意，可以选择的学校挺多，她的成绩能报考北京不错的学校。

但是她知道，自己不能这么做了。

这天中午，她接到初澄的电话："小鹿，你还记得去年我们的约定吗？来上海吧。"

"记得。"她在电脑上摁下确认键。

这个电话就像一场及时雨，给了她体面的理由。

做某个决定就像利刃砍在皮肉上，一瞬间的惊吓，然后是持续的痛苦，我要接受这样的伤口和这样的未来了。

窗外的梧桐成长于长空烈阳，风吹叶片，藏着蝉鸣，湮没了少年故事。

又是一年夏天。

在最喜欢的季节里，我们分道扬镳，再也不见。

Chapter 13
一晃七年过去了

在很多年后鹿苑回忆她人生中那个漫长的暑假,应该很难熬。

十八岁的她,满心满眼都是那个人。她的初恋,在感情最浓烈的时候,戛然而止了。

可那个夏天的鹿苑就这么过来了,要说多痛苦也没有。

因为高考成绩还不错,所有人都在祝贺她,爸爸对她的生活暂时没有干涉了,经济上也十分宽松。

那两个月她几乎都在外旅行。朋友的邀约如同雨后春笋般冒出来,她不再有空隙思念,忙碌填补了周鸯的空缺,那些计划着和他一起去的地方,最终她都和别人去了。

暑假快结束的时候她回到家,皮肤晒得有些黑,身体依然很瘦,但因为假期的运动结实了不少。

许阿姨要辞职了,鹿苑意外又不舍:"为什么这么突然?"

"你也要去上大学了,你爸爸和奶奶又不经常回来,这个家哪还需要人帮忙啊。"

鹿苑还想挽留,许阿姨说其实自己早就该退休享清福了,只是因为舍不得她一个小姑娘才留下来的。

"趁我还在,把家里不用的东西都清理掉吧,换一个新生活。上次听你爸说计划搬家,也不知道什么时候。"

这个房子经过几次整理和大扫除,从周婕搬离开始,就一点点空了。

她的这两年就好像是个梦,梦里办了一场盛大又离奇的晚宴,高朋满座，宾客尽欢，梦醒之后嘉宾离场，不留痕迹。

鹿苑始终不愿意再进周骛住过的房间，尽管她曾经对这个房间充满了好奇。

许阿姨又收拾出许多杂物。有她儿童时期的娃娃、衣服、绘画书。

"你看看还想留吗，不留的话我就叫收废品的来拉走。"

鹿苑也懒得看："都不要了。"

许阿姨问："有些看上去是文件表格什么的，你看看吧，别真拉走了又找不到。"

鹿苑看见阿姨手上捏着一张纸，上面写着2011年某某杯小提琴比赛青少年组决赛的报名表。

"这个比赛，我记得你拿了个二等奖啊，怎么表格还在家里？"老人家对过去的事情总是记得很清楚。

鹿苑说："可能当时多写了一张吧，不需要了。"

许阿姨又瞅了瞅这张纸，笑说："看出来了。还把相片给撕下来了，我记得那时候你脸还肉肉的，完全是小孩相，一转眼就成大姑娘了。"

当事人对着表格看了好一会儿都不记得自己撕过照片，便随手团了团丢进垃圾桶。

许阿姨看她对什么都提不起兴趣，回到家就神情怏怏的，吃得也很少，便温声劝解："乖乖，有些人能做一段时间的家人就已经算是缘分了，不能强求太多。大人的矛盾跟你无关。再大一点，你的生活重心就不是家人了，是你自己。"

鹿苑身体顿了顿，真的跟她无关吗？

她身边的人都不知道自己和周骛谈过恋爱，依然把她当一个孩子看待，宽容、爱护，这必然是周骛和周婕妥协的结果。

可是这样的生活，真的是她想要的吗？

要平静的生活，就不能有他。

有一点许阿姨说对了，十八岁以后她的生活重心不再是家人。

去上海念书以后她的日子变得匆忙起来。

同宿舍的女生都挺卷的，有个是从某高考大省出来的，考试能力惊人，这让本来打算放松的其余三个人头皮一麻，丝毫不敢懈怠。

鹿苑都觉得自己不配跟她一个专业，况且她考进来是占了某些便宜的，某人给开了太多的小灶。

她报到的那天肩上背着电吉他，室友起初以为她是艺术生，问是不是走错了，她指了指门上的名字以证清白。

之前这把吉他是放在周鸳房间的，因为害怕被老爸看到。虽然现在老鹿已经不管了，她依然担心不在家的时候被他一个不高兴就拿去丢掉了。

吉他就挂在墙上，她也很少碰，准确地说是：怕。

被室友央求着弹了几次，很给面子地把她吹嘘一番，说她是别人家的孩子，有才有貌。

毕竟才认识不久，她不能臭不要脸地应承这溢美之词，只好自爆缺点："久了你们就知道，我学习不行，对知识过敏。"

大家也是信了她的邪。和当年的宋缨一样，总觉得小鹿这张脸长得就不像学习好的样子。

结果一到期中考试，她的成绩在班里排名第七。差点被人拦在楼道里扯头发，说她装蒜，用后来的网络流行语叫"凡尔赛"。

天地良心，她真的没有。

其实专注学习的感觉挺好的，也很有成就感，她在高三那年被人逼着提升专注力，习惯就养成了。

开学没有多久，她就和老鹿闹崩了。

那天是中秋节，父女俩难得坐在一起吃了顿饭，甚至都忘记因为什么起了一点摩擦，鹿苑急起来口不择言提了他出轨的事，老鹿否认，严厉地斥责了她，让她不要忘记谁是爹。

这一年来的很多事情，鹿苑对老鹿是心存怨恨的，无论是因为愧对周婕，还是因为自己。她不愿意再当一个傀儡被他控制。

吵完她以一种再也不回头的架势出了家门，再后来她把老鹿给她打生活费的那张卡锁进抽屉里，以显示自己的骨气。

少年时期一有了委屈，就在心里发誓再也不要这么坏的爸爸了，攒够了失望就离他远远的。

没想到还真能有这一天。

不过这个底气也不是瞎来的，从她上了大学，奶奶就把她自己的退休工资卡都给她了，老人家安心，她自己也能不因为经济受人牵制。

其实想想，即使做了"错事"，爱她的人依然很多，家人、朋友，永远簇拥在她周围。

她的大学生活很丰富，上专业课，参加社团，还跟同学一起去打过工。

多数时间还是在学习，拜那个考试狂魔同学所赐，宿舍四个人从大一开始就集体争取各种奖学金，考各种证书，把"上进"二字刻进血液里，生怕毕业就失业。

搞得鹿苑一度自我陶醉——原来我真有学霸的潜质。

她的性格很好，为人大方，用老孔的话说是把智商的那部分匀到情商里去了，总能收获很多朋友。

偶然间发现已经过去一年了，树叶又绿了。

曾经哭着喊着想留住的那个人，在她脑海中的脸庞越来越淡，她已经不太能想起他的声音了。

他所做的事情，他的神态，也渐渐被旁人代替。

鹿苑意识到，她正在忘记周骛。

9月的某天，鹿苑回苏州看奶奶，然后和朋友约会。

林鲸这一年过得也不算好，她被妈妈留在本地念书，又被强行填了不喜欢的志愿，档案学专业。

因为他们高中的时候没有设任何专业指导课，鹿苑都不知道这个档案学是干什么的。档案还需要学吗？

林鲸叹了口气："这么说吧，毕业以后好找对口专业工作，我妈是这样打算的，她并不在乎我喜欢什么。"

林鲸大二偷偷转了专业，为此和家里大吵一架，母女关系几乎要破裂了。

某些家长的控制欲真的很可怕，鹿苑虽然没有这样的妈妈，却有老鹿那样强势的爸爸，谁也没比谁好到哪儿去。

吃完饭，她们去听了演唱会。

林鲸非常喜欢陈奕迅，票是很早之前抢的，对他的真爱程度几乎到了每首歌都烂熟于心的程度。

她们周围的歌迷几乎也是这样，从头跟唱到尾，在尾声全场大合唱了《富士山下》。

林鲸偶然间看见鹿苑的眼眶泛红、泪光闪烁，不确定地问了声："你还在想他吗？"

鹿苑摇了摇头，扬起头，看向几乎没有星光的天空，身边的人在唱着：

曾沿着雪路浪游

为何为好事泪流

谁能凭爱意要富士山私有

你喜欢一个人就像喜欢富士山，走过那个地方就好，不可能据为己有。

鹿苑咬了下嘴唇，微微笑起来，说："不用安慰我啦，我不是那种非要执拗于一段恋爱的人，毕竟谈也没几天，我已经走出来了。"

林鲸说："小鹿，往前看。"

鹿苑走到燕家巷路口，四下已经无人，只有清冷的路灯照着一段路。

忽然想起在一起的那些时光，她从来没有问过周骛是不是真的喜欢她，什么时候开始喜欢的，对她是爱情，还是生活在一起而产生的依赖，换一个人也可以。

她越来越怀疑。

曾在书中看到一段话，形容不可能的爱情就像去摁发炎的智齿，也许不是爱你，只是爱那种痛苦的感觉。

周骛曾经是这样吗？

可是分开得太匆忙了，她没有得到解答。

一年过去了，她还是没有走出来，甚至不敢看一眼燕家巷的尽头，再也没有那个穿着蓝白校服的少年了。

鹿苑以为自己不会沉浸太久。可是她知道，午夜走在街头穿着厚外套还是冷到了骨子里；凌晨三点的天花板，白得像太平间；听到《富士山下》还是会泪水横流，因为根本没办法把他当成虚构。

这些都是想念的剪影。

他陪了她两年，不是假的，也不是书中一页。

他的电话再也打不通了，她蹲在地上，听着传出来的陌生女声哽咽。其实已经不是不服气，只是不甘心，计划了那么多的未来不能实现，太遗憾了。

即使只是哥哥，还是想和他再见一面，好好地告个别。

这一年的元旦，鹿苑收到一捧向日葵，卡片上写着：【小鹿，新年要快乐哦。】

没有署名。

或许是收到过同样的花，她看见的瞬间惊了下，很快又反应过来自己想多了。卡片的语气很熟悉，字体也很丑，这个送花的人连续三年，每逢新年或她生日，都会亲手写这么一张字条，却不说自己是谁。

室友陈桥搭了下她的肩膀："你的追求者吗？"

"这不是显然？"鹿苑笑了笑。和大家相处一年多，神棍小鹿的属性再也隐瞒不了了，叛逆、神经、自恋。

陈桥看着纸片道:"这哥们儿连自己的名字都不敢告诉你吗?"
鹿苑笑笑:"所以他没机会啊。"
她和那些上了大学就脱胎换骨般变漂亮的女孩子不同,她是从初高中就很耀眼的,换句话说,她曾经土过,但绝没丑过。
向她表达好感的男生不少,鹿苑拒绝起来也驾轻就熟,干脆又很给对方面子,以至于都没人说她一句不好。
"换个角度想,他也不给你机会拒绝他,这样就可以一直保持追求你了。"
鹿苑笑得肩膀直颤:"你说得很有道理啊。"
元旦有三天假期,宿舍的四个人里只有一个上海本地的回家了。鹿苑有点忙,本想回一趟苏州的,但是宋缨和冯晴晴都说来找她玩,于是她只能取消高铁票。
冯晴晴在南京上学,宋缨去了杭州,这两位一到就把在F大的陈然也喊了过来,四个人商量着晚上开个房间打麻将,有利于大学生的脑力锻炼。鹿苑皱眉道:"我们这样不会被群众举报吧?"
冯晴晴说:"上海阿姨又不是朝阳大妈,谁管你。"
陈然笑着说:"我一个男生跟你们三个女孩去酒店,还是晚上,太奇怪了,对你们影响也不好,要不我们找个阳光一点的地方?"
鹿苑笑弯了腰:"晚上哪有阳光的地方?我们都不怕,你怕什么?"
陈然害羞:"不是,别瞎说。"
鹿苑"啧"了声:"你这么不主动,冯晴晴是看不上你的,你得动起来啊。"
陈然脸红,跟烧起来似的。
冯晴晴急咻咻道:"小鹿你说什么呢?"
鹿苑说:"说谁谁知道。哎,你真是来找我的吗?"
然后,两人的脸集体爆炸红。
当天晚上,储旭看到宋缨发的朋友圈,立即打电话说也要来。这么多人鹿苑可招架不住,正琢磨怎么弄呢,沈知燃就打电话来,约她晚上去酒吧。
于是,鹿苑一股脑把人往那儿领。
靠近零点,大家一起倒计时,迎接2017年,喊得震天响,一个个跟脑子抽风似的,储旭一激动突然抱了下鹿苑的肩膀,把她往上举了举,尖叫道:"小鹿,新年快乐!"
抱完,他自己贼尴尬,哪怕是红蓝灯光下,鹿苑都能感觉到他的脸红,缩脖子,没脸见人……

鹿苑灿烂一笑,拍了下他的肩膀:"海胆,你真是喝高了,胆子也肥起来了。"

储旭顺着她的台阶下,连忙点头克制地说:"我不小心喝醉了,对不起啊小鹿。"

鹿苑没在意,但嘴上还是说:"下次再乱抱女孩子,小心砍你手。"

零点后,鹿苑久违地在公开场合开嗓唱歌,然后心安理得地接受着下面人的尖叫和如雷掌声。

她希望自己真的能快乐,少一点不切实际的想念。

她二十岁了,被朋友捧着,簇拥着,喜欢着,不孤单,也算如愿以偿。

沈知燃和乐队的其他两人都在上海,尤其沈知燃和鹿苑还是一个学校的。

她刚来上海的时候,三个男孩子就找了她,希望她能继续做乐队的主唱。鹿苑调整好状态,准备真的好好做点事情,但沈知燃那边又出事了,闹得还有点大。

他们的乐队因为《奇妙宇宙》这首关于校园暗恋的歌,再加上主唱和贝斯手的颜值在线,吸引了一拨颜粉受众。

但是很快就被爆出沈知燃在高中时期参与过校园暴力。

那个被霸凌的学生得了抑郁症,网友几乎将沈知燃的各种信息扒了个底朝天,开始全网谩骂和抵制。

鹿苑知道这件事的起因是那个叫姜雪的女孩子,她给沈知燃写过情书,被同样喜欢沈知燃的高芬芬团伙针对了。

高芬芬也整过鹿苑,只不过她在周骛面前讨不到好处,不仅拍了出丑视频,还给整出了学校。

或许沈知燃并不觉得自己做错了什么,发生的那些事他本人都不知道,也没有责任。但有的时候道理就是很奇怪,匹夫无罪,怀璧其罪。

那个叫姜雪的女生更没有错。

网络的魔幻可以彻底改变一个人,沈知燃跌入谷底,从阳光恣意的少年变得颓废、厌世、抑郁、自暴自弃,基本和乐队其他成员闹翻了。

鹿苑知道这样不行却无暇顾及,她要忙着毕业。有人考研,有人加入"社畜"大军。鹿苑不想再念书了,她想尽快自由起来。

在选择工作上,鹿苑没有参考老鹿的意见,甚至没接他的电话,进入一家外企实习,吃了几个月的苦,顺利留了下来。

一年夏天，鹿苑和三个室友去毕业旅行，途经北京，在那儿停了一天。

时隔四年，她再次踏上那片土地。

走过曾经来过的街道，她猛然间害怕起来，甚至莫名其妙地想：会巧合到撞见周骛吗？看见他要说什么？喊哥还是叫名字？

室友问她为什么看上去惴惴不安，鹿苑半真半假地开玩笑说，怕碰见前任呗。

室友说："你想得真多，知道首都有多大吗？"

鹿苑问："多大啊？"

室友："两个半上海呢。"

北京的确太大了，是她异想天开，尴尬的机会都不给她。后来她又默默地想，北京再大他就在这里上学啊，能去哪儿呢。

可是，他今年也该毕业了吧，会留在国内读研还是出国？

四年前他坐在她床前，握着她的手说："小鹿，大学再拼一把，我们一起出国。"

很多细节根本就不能想。

鹿苑的工作一直挺顺利的，她在一个职能部门，对接上有些烦琐，但没有业务部冲指标那么要命，还能有自己的时间。

工作的第二年，乐队四成员又莫名其妙地和好了，闲暇时间偶尔聚聚，喝野酒，吹吹牛。

作为唯一的女生，三个男孩子对她都很好，基本上都是她的护花使者。只是大家对过去的事情还很遗憾，毕竟受到无妄之灾。

严重受灾的沈知燃有了重新创作的想法，其余几人一拍即合。

网络上的声浪在逐渐变小，当年的事情学校有做出过澄清，网友都在兴头上，捂住耳朵不听，两年的沉淀慢慢冷静下来，发现冤枉了人，又开始一边倒称欠他一张专辑的钱。

从 2017 年开始，各类音乐节井喷出现，让有创作实力却穷困潦倒的摇滚乐队终于能从市场上分一杯羹。

2021 年底，他们乐队受邀参加一个知名音乐节。

当天下了雨，人很多，显得乱糟糟的。

台子是玻璃的，虽然没积水但非常滑。闪电男给鹿苑拿来一双球鞋让她换上，怕她摔倒。

鹿苑踩了踩，说："放心吧，没问题的。"

她出来的时候每一脚都踩得很重,有些兴奋地看向台下,人山人海,所见之处人头攒动。

某个瞬间,她好像看到了一个戴着眼镜的高个子男人,眉眼和气质有些熟悉,却又极度陌生。

一闪而过。

她顿了顿,视线再去寻找就没有了。

鹿苑蓦地有些心慌,无论是真见到了他本人还是出现了幻觉,都挺惊悚的。

他们表演完时间不算晚,但是天色已经暗沉,头顶全是乌云。广场上工作人员给大家发了彩色的雨衣。

鹿苑在混乱中出了意外,一脚下去,架子塌了,沈知燃都来不及拉住她。

昏迷前她脑海中闪过一个大写的:"我去——"不至于这么倒霉吧?

如果真的不幸,那就死了算了,可千万别高位截瘫或者脑子摔出问题,她不能接受不自由的生活,也不想拖累任何人。

后来送到医院诊断,一条腿摔断了。

做手术的时候,她做了个乱七八糟的梦,梦里回到高中的课堂,她趴在桌子上睡觉,马上要上课了,同学怎么叫都叫不醒,觉得她死掉了,在讨论吃席的问题。

鹿苑想爬起来大喊一声"我还没死呢",可眼睛怎么也睁不开。

周骜用物理书三两下把人都扇走了,冷冷地冒了个字:"滚。"

她听见有人喊她的名字,喊小鹿,还有喊乖乖。最后两个字让她瞬间泪目。自从他离开,许阿姨也走了,就没人这么叫她了。

病房里站满了人,认识不认识的,她下意识找了一圈。沈知燃手在她眼前晃了晃:"看什么呢?这是病房,不是太平间。"

鹿苑笑了起来,没心思跟他斗嘴。

活着,健康地活着真好。

其余的人也笑了。

第二天病房里又换了一批人,同事、大学同学、朋友。她确定昨天是幻觉。他来了怎么能不来看她呢?就算当时不知道,新闻上也有。

所以,她到底在期待什么呢?

第二天老鹿过来了,站在床尾沉脸看她,顺便洋洋洒洒地发表了一通意见。

主要思想还是希望鹿苑不要搞那些乱七八糟的事情。如果好好在公司上着班，怎么会摔伤呢？

鹿苑本来就因为受伤而心烦意乱，听着他的唠叨更是郁闷，卷着被子，撑了一句："你要是讲不出一句我爱听的，就走吧。"

"……"

老鹿自己事多，不能待太长时间，给她找了护工，还有一个他公司的女职员，说是本地人，也可以照顾她。

鹿苑已经懒得管他和对方是什么关系，直接把人打发走了。

午饭后林鲸过来。那段时间也是赶巧，她的公司关了，她还没想好接下来要做什么，正处于无业游民的状态。

到底是亲闺密，和上午那群吃吃喝喝、嘻嘻哈哈完就拍屁股走人的同事不一样。

鹿苑忍不住委屈地哭了："鲸鲸，我好疼啊。"

林鲸抱着她的脑袋和肩膀："小鹿要坚强啊，会好起来的，好了我带你去吃好吃的。"

鹿苑不习惯被陌生人搀着上厕所，只能林鲸半抱半扶着去，护工阿姨不明白这小姑娘在别扭什么，于是说："这个时候有个男朋友就好了。"

鹿苑脸色铁青，不说话。

林鲸说："要什么男朋友，我不是人吗？"

护工："……"

午后储旭来探病，看到鹿苑打着石膏的腿比自己受伤还难过："小鹿，疼吗？"

"你这不是废话吗？"鹿苑笑了笑，"是断了，骨头断了。"

储旭说："那我留下来照顾你吧。"

鹿苑赶紧拒绝："海胆，别这样。男女有别，你在这儿我洗澡都不方便。"

这倒也是事实，储旭不好意思地摸了摸自己的后脑勺，有点傻气。

除了腿，她的手臂和额头也有些擦伤，蓝色的镇痛泵就挂在床边，想必是很疼吧。可是鹿苑眉头都没皱一下，还和他有说有笑。

储旭抠着手指，默默地道："小鹿，感觉你长大了。"

鹿苑挑了下眉："你这个老父亲口吻算怎么回事？"

"不是不是。"储旭摇头，想起了什么，"就是和以前比变化很大。我记得上高中的时候，你很挑食，菜都要人帮忙挑，骛哥还得给你剥虾，挺娇气吧。"

当时她说有哥哥就是可以当个宝宝。

鹿苑听到熟悉的名字和曾经的某些事，脑海恍惚闪过一些画面，但是时间太久就模糊了。她再次笑了笑："人是要长大的。年纪小的时候懒是可爱，现在是矫情了。"

储旭想说你在说什么屁话，不知道有人巴望着给你做事情吗？

想想又算了，说出来肯定被鹿苑打。

时间不早了，他起身告别："那我明天再过来。"

鹿苑说："你有时间就来。"正好她也无聊，有人在眼前晃晃挺好的，要搁以前她肯定嫌烦把人撵出去。

林鲸把鹿苑哄睡，可她睡了没一会儿又醒了。

她看着窗外飘忽的树叶沉默。林鲸知道鹿苑这个时候肯定很焦虑，别看她表面挺正常，都是装出来的。

护士走后，鹿苑低声祈求："想出去待一待。"

"你这情况，确定？"林鲸犹豫道。

"我觉得一个好心情更重要，再这样下去我会烂在这个房间里的。"

半个小时后，林鲸给鹿苑身上盖了层厚厚的毯子，在护士的眼皮子底下把人给偷运走了。

12月的上海光看温度不算很低，甚至都没到零度，但也冷得让人受不住，两人鼻尖和脸颊都是红红的。

回去的时候被护士抓到，问："你刚刚不是在床上吗？"

"楼下玩了一会儿。"鹿苑回答。

护士差点翻白眼："腿都这样了还不好好休息，真能折腾。快回去吧。"

鹿苑有点开心，叛逆被抓包很有意思，两人憋到七楼，出电梯的时候咯咯笑起来。

就是在这个时候，轮椅差点撞到迎面走来的人。

看到周骛的时候，鹿苑脑子蓦地蒙了起来，闪着惨白的雪花。一天的复杂情绪，无论是郁闷的是高兴的，全都清空了，只剩下错愕。

两人安静地对视了几秒。

周骛垂眸看她，然后皱起眉，有些不理解。

鹿苑视线落到他手里拿着的那束向日葵上，张了张嘴，问："你怎么在这儿？"

周骛迟疑片刻，回答："感冒，过来开点药。"

他倒是没像她傻乎乎地问出她为什么出现在医院里，她的样子已经说明了一切。

林鲸抬头看了眼指示牌。这不是住院部的七楼吗？确定来这儿看感冒？

电梯口人多，不能久留。等鹿苑回到病房的时候，人还在状况之外。周骛看她打着石膏的腿，垂着的指尖有些红。

林鲸扶她上床的时候，他似乎想上来帮一把，但最终被隔绝在她的世界之外。

他们都长成真正的大人了。过去朝夕相处、肌肤相亲的细节都被磨灭了，不可能像年少时期那般亲密。

十六中的校服是统一的，鹿苑以前经常错穿他的校服外套；她被他勾着脖子威胁，或是他故意扯她的马尾；她嫌恶的东西就倒进他碗里，为了不让阿姨斥责浪费他会认真吃完……

近七年的时间，早就抵消掉了那两年。

眼前的男人也早就不是穿着校服的少年。

和鹿苑印象里的少有重合，皮肤还是那么白，肩膀好像宽了些。少年时那种时而乖巧时而嚣张的神情不见了，现在戴着眼镜，斯文又有距离感。

他很安静，长久地看着她的腿，视线丝毫未挪。

林鲸打破了尴尬："这个向日葵是给小鹿的吗？"

"嗯？"他抬了下眼皮。

"给我吧，我拿去插起来。"林鲸过去把花接过来，可是病房里的花瓶只有一个，早就被上午探病的朋友送的花占了。

"不巧，没这花的位置了。"林鲸惋惜地说。

鹿苑："……"

周骛看着她说："我看见护士站有多的，你可以借一个。"

林鲸突然有些无语，说话还真是不客气："你们聊吧，我去借花瓶。"

出去一个人，病房里的气氛并没有好多少。鹿苑回过神来时，周骛已经坐在她床边的凳子上了，这才问了个正儿八经的问题："摔得严重吗？"

鹿苑故作轻松地笑笑："没死。"一向善于聊天的她也突然就有些尴尬，拿起床头的杯子喝了口水，眼睛胡乱瞥向别处，结果水冷透了，弄得她胸口生凉。

/ 426

周骛又问:"医生怎么说的?"

鹿苑回答:"忘了。"

意识到她不配合,周骛看了眼床头的治疗信息,等会儿他自己去问主治医生。第一栏是鹿苑的个人资料,当他注意到旁边的年龄时,也愣了下,她已经二十四岁了。

时间的杀伤力太大。

这不怪鹿苑,她不是故意不配合,只是有些紧绷和陌生。

整个人和旁边毫无痛觉的植物无异。

在一起的时候,她把他当男朋友也当哥哥,依赖他,什么都告诉他。甚至刚分开的那一两年她也在想他,总希冀着见一面,把自己的委屈和埋怨说给他听。

可这个愿望没有实现。

现在鹿苑独立了,面对几年不见的陌生男人,能说什么呢?

当他再开口时,护士推门进来,给鹿苑量体温,有些偏高,不忘把刚刚她偷溜出去的事情再拿出来说一遍,"不听话""不爱惜自己""自己的身体不爱护指望谁在乎"等等。

鹿苑也很久没有被这么"骂"过了,一句反驳的话都没有。

反倒是周骛跟护士说了几句,也是问伤情的。护士反复强调,要多休息、保暖,如果痛的话就喊医生,把镇痛泵用上。

护士给鹿苑盖上被子就出去了。

周骛扯着被子一角,拉到她下巴下面,回忆刚刚护士的吐槽,终于找到一丝熟悉之感。还是那么不安分,以前没少挨许阿姨的骂。

林鲸拿花回来,看时间已经不早:"她该休息了。"

周骛动都没动。

林鲸只好说:"医院不建议探病时间过长。"怕他听不懂又多加了一句,"当然也不让陪床,等会儿我也得回去。"晚上有护工在。

话说到这里,周骛听不懂也得懂了。

周骛心脏像是缺了一块,漏着风。

他在来之前预设过,他和鹿苑之间怕是回不到从前了,过去那么多年他们都在往前走。可是真到了这一刻,又是另外一种撕裂般的痛感,是他难以接受的变迁。

不是只有她感受到距离和陌生,他也同样。

印象里跋扈的少女一颦一笑都透着天真,对每个人都很热情,莫名的开朗和自信仿佛是她人生的神来之笔。

而且还很黏他。

可如今她对他半句话都没有了，他甚至能感受到，她的疏离都不是装出来的。

回到酒店，他打开卡包，里面躺着一张蓝色的方块小字条，半边被水浸了，黑色的笔迹有些模糊，仍旧能看出写的什么。

鹿苑送给他的千纸鹤瓶子一直被他带在身边，随他漂洋过海从国内到国外，再从国外回到国内，甚至是短途的出行，都和笔记本放在一起。

上月搬家，请了个保洁阿姨来打扫卫生。周骛给的小费很大方，要求倒是不苛刻，保洁也算负责。

清洁餐厅的时候，阿姨不小心把他放在那儿的玻璃瓶碰到地上，碎了。地板是刚拖的，还湿着，千纸鹤沾了水。

她看这个瓶子也不是值钱的东西，就没有太担心。她把碎片收拾进垃圾桶，里面的东西放在桌上晾起来。

等周骛回家看到，阿姨才意识到情况的不对。这个文质彬彬的大男生情绪很浓，问"碎片扔哪儿了"的时候，语气也很重，在要发火的边缘，生生克制住了。

"在垃圾袋里，我还没拿去丢掉。"阿姨愣愣地说，又道，"那个瓶子我看很普通，我可以赔给你。"

"你没法赔。"周骛丢下一句，就去翻找垃圾袋。

瓶子本身也是鹿苑精心装饰的，贴着珍珠和亮片，他曾经不小心碰掉过一颗，又小心翼翼地粘上了。从那以后他甚至给那个小装饰贴了一层保护膜。

找回碎片，他又去收拾那些千纸鹤，不愿意再让别人碰。

阿姨偶然间见识到他偏执的神情，十分不解，但事情没做完就被打发走了。

纸张沾了水很麻烦，会变形，很难变回以前的平整度。这些年周骛都没舍得打开瓶子，怕变色。

他拿了吹风机一张一张把湿的吹干，压平，直到看见翅膀下面是黑的那一只。

鹿苑飞扬的字体出现在眼前。

我喜欢你。

所以，我希望你一生都能得偿所愿。

周骛这些年状态一直很平稳，鲜有什么能引起他的情绪波动，那一段遗憾的过去就像在别人看来普通的玻璃瓶子，藏在行李的最深处，从不拿出向人展示。

有的时候，他也会思考，会不会有一天忘了和鹿苑的事。

可是那一刻，关于这件礼物的所有细节猛然涌现在他的脑海里，惊喜和难过也一并加注在身体里。

她送礼物的那天，喊了哥哥。

说他占有了小鹿人生中珍贵的六千秒，何其幸运。

可是他并不知道，原来她的喜欢比他想象中更早一点。周骜捏着那张纸，心脏突然鼓胀酸涩，记忆汹涌得如同潮水，思念分毫未减。

鹿苑这一夜都睡得不好，周骜出现得太莫名了，搅皱了原本平静的池水。

年纪小一点的时候，她曾经想象过很多和他再次见面的场景。比如跟他炫耀自己不错的高考成绩、拿了奖学金、顺利拿到 offer 或者成为很厉害的乐队主唱。

在诸多的委屈中还有赌气的成分，你看，我一个人也过得很好。

后来又想，她喜欢的那个人那么厉害，做任何事情总是游刃有余，会稀罕她这点小成就吗？

鹿苑在庸碌的生活中渐渐没有时间思考这些，也许他们永远都不会有再见之日。

在她把重心放在自己身上时，那个人却又出现在她面前，还是在她最狼狈的时候。

于是，前半夜她在思考为什么周骜会突然出现，后半夜开始懊悔，为什么自己会表现得这么僵硬，像根木头一样，十几岁时无法无天的灵气竟荡然无存。

第二天早上七点。

天刚刚亮了没多久，病房的门就被推开，鹿苑一惊，看见进来的人是林鲸，她又缓缓躺到枕头上去："你怎么来这么早？"

林鲸笑着扬了扬手里的早餐包，说道："我猜到你昨晚肯定睡不着，就早点过来陪你，省得你一个人胡思乱想。"

鹿苑叹息："你真是我肚子里的蛔虫。"

"我还能了解不了你吗？"林鲸把小桌板拉了出来，把早餐摆上，"他忽然就来了，我也被吓了一跳，都不知道他怎么找到你的。"

至于说感冒看医生，鬼才信。

鹿苑想起当天下午在台上看到的一闪而过的影子，现在基本可以确定是周骛。

"也不是突然出现的，他去音乐节，就知道我受伤的事情。"

林鲸直呼好家伙："那音乐节去了很多爆火的乐队，一票难求，你都没能给我搞一张，学霸还有闲情抢。"

鹿苑接了一句："也许，是给女朋友抢的。"

这……神来之笔。

林鲸差点把粥洒出来，不由得看她一眼，然后回答："你说的，也有可能。"

鹿苑低头吃了一会儿东西，却忍不住又说："我不知道，他为什么忽然来音乐节。"以前上学的时候，他并没有这方面的爱好。

林鲸坐在床边，摸摸她的头发，就知道她还是想要聊他，说："苑苑，这要问你。以前那么想他，现在人回来了，你是怎么想的？"

鹿苑摇头："昨天你出去的那二十分钟，我的嘴被胶水粘住了，什么话都对他说不出来。"

林鲸说："对他还抱有什么样的期待，你需要认真思考。如果已经放下了，就往前走；如果还想得到就把他搞到手，小鹿拿捏人不是随随便便？"

可是……

昨天下午的沉默让她根本就不敢多想，再一次近距离，她闻到他身上的味道都变了，熟悉的皂荚味消失了，她也不敢再触碰他一下。

当年恋爱被发现以后，周婕跟她承诺会保守秘密，之后她过了一个平静的暑假，没有遭受过异样的眼光和风言风语。一直到现在，老鹿和奶奶都不知道她做过什么事。

因为太想念他，一开始没有理智，后来也能想通了。以周婕当时的怒气程度怎么可能悄无声息地处理掉，那是周骛用离开给她争取到的，他把所有的矛盾和火力都集中到自己身上。

难以言说的委屈，她受了，他也受了，甚至更多。

她不是对哥哥没话说，而是许多肺腑之言到了嘴边只能咽下去，她怕站在面前的不再是哥哥，而是一个陌生的男人。

这天是周一，病房却异常热闹。

储旭早上不到九点就来报到了，他毕业之后没有认真上班，去分了他哥产业里的一杯羹，生意做得风生水起，俨然成了一个自由职业者。

没过半小时，冯晴晴和陈然也来了。

冯晴晴在南京读完本科就来了上海，考进陈然的母校，两个人都有计划继续在学业上深造。

鹿苑曾经在大二的时候看出来这两人对对方有意思，经常约着出来玩，每次都叫电灯泡，比如自己和宋缨。

她有意撮合过，但发现事情和她想象的相去甚远，这对到现在竟也没成。

鹿苑受伤的缘故，病房忽然就变成了小型的高中同学聚会。在场的一半以上算是无业游民，知道鹿苑没有性命之忧，大家就开始放飞自我。

储旭和陈然开了一把游戏，这么些年下来这傻子意识到陈然的竞争力不大，他的敌意消减了大部分，陈然对此表示很欣慰。

冯晴晴说反正陪人也是无聊，不如点些炸鸡来，别搞得死气沉沉跟葬礼似的。鹿苑也想吃，想法刚冒出来就被林鲸扼杀在土壤里，给她叫了医院特制营养餐。

鹿苑坐在轮椅上吃着没滋没味的水果，自己的病床都被人占了。

这到底是一群什么损友啊，她简直哭笑不得。

周骛没来太早，怕自己突然出现吓着她。

此时他站在门口，还未敲门，透过玻璃看到她和熟悉的朋友在一起的状态。久违的笑容，松弛的状态，被人推着轮椅在病床前还转了一圈，差点摔下来又被接住，有惊无险。

昨天她没有对他笑过一次。他清楚地记得从电梯里出来的时候，她的脸上好像有一丝愉悦，但在看见他的那一瞬间，笑容荡然无存。

当他再一次推开那扇门的时候，鹿苑脸上的笑又没了，只是傻傻地看着他。

这个认知比窗外的寒风更要冷冽。

屋里的每一个人，都值得他嫉妒。

"骛哥！"先反应过来的是储旭，他攥着手机就跑了上来撞周骛的肩膀，激动道，"好久不见啊，你怎么来了？"

其余的几人眼里同样闪过错愕。

冯晴晴说："你这问的屁话让人怎么回答？"

储旭解释道："不是，我真的好久没见骛哥了，非常感慨。高中毕业后就联系不上他了，手机微信都停了。"

这位的情商也非常感人，句句让人回答不上来，自己倒是浑然不觉。

几乎没有人不知道周骛和鹿苑的家庭出现变故了，鹿苑身边再也没有他的身影，也不提他，就该明白那个变故还不太愉快。

这些问题，鹿苑也挺好奇，目光穿过层层阻碍看向了他。

只见他抬手，解了颗领口的扣子，才慢慢说了几个字："出了点事。"颇有些心不在焉和敷衍。

"无论有什么事，"储旭推着他的肩膀，把人推到沙发上去，继续埋怨，"你也太狠了，非要等小鹿受这么严重的伤才舍得来看。"

鹿苑："……"

谁知这话像杀伤力极大的武器，被他歪打正着，把当事人炸得四分五裂。

周骛难得有些招架不住，沉默了好一会儿，主动岔开话题："你怎么样？"

储旭乐得说自己，别人的目标是做社会精英，他就是这个社会的中层力量，现在的生活就是他想要的，做生意能赚钱，还能玩，每天都非常开心。

"那就好。"

反正他也不是真的好奇。

反倒陈然对周骛的学业有些好奇，毕竟当年是一上来就打败他的超级学霸。

他们班去北方念书的人不多，大多留在了江浙沪或者南方一带，没人和周骛同校。

这次周骛倒是认真解答了，在北京读完，申请了国外的学校，今年才回来。

过了争强好胜的少年时期，陈然不吝称赞，周骛所取得的成就超过他的想象，却又在情理之中。

当然这其中还有很多繁复的家庭纷争，他没有必要告诉别人。

比如高三毕业的暑假他外婆去世了，他知道那段时间鹿苑和朋友在旅行，他计划处理好家事后和她再见一面解释清楚，可最终没能分出精力。

周婕摔了他的手机，让他换号表态度。去上学没多久，周婕因为职位升迁也去北京，以陪伴之名行监视之实。

以前埋下的不安分的种子太多，导致他在周婕那里的信誉值几乎是零。

她表面温软和气，可身体里的执拗让周骛难以承受，数次崩溃。

他在国外遇见过梁宗实，发生了一些不愉快的事情。生活已经这样了，他没忍住自己的脾气，直接给了那人一拳，彻底断了对方的幻想。

谁也别想借着各种名义来沾他的边。

鹿苑半靠在床头，发呆看着手机。明明他在跟别人讲话，她却听得仔细，心头一跳一跳，始终无法平静。

这么久以来，第一次知道关于他的事情，很陌生，她却记起这是他们约定的未来。

无论有没有和她在一起，他都按照着曾经的约定往前走，那条路她早就偏航了，距离他非常远。

纷杂的聊天声中，鹿苑控制不住去看他一眼。那个瞬间他正巧也在看她，对撞了视线，他也没有偏移。

鹿苑慌忙摁着手机，假装有消息。

储旭对他那些经历并不感兴趣，只是有点怨念："骛哥你也太那个了吧，这么多年不见你都不想小鹿的吗？好歹她是你妹啊。"

鹿苑："……"

冯晴晴和陈然："……"

这真是史上最长的"瓜"了，这傻子不知道，在当事人的心里两人根本就不是兄妹，本来前任见面就挺尴尬的。

这时却听见周骛回答："想。"

有些含糊的一声，让人几乎产生错觉。

于是大家同时又愣了愣。

"想你还不来看她，都把我们小鹿逼得不再是个宝宝了。"

鹿苑听不下去，团了张餐巾纸丢过去："你要不要听听自己在说什么？"从周骛进来到现在，她的脸上难得出现一次笑。

用力丢纸的动作扯着身体了，她疼得龇了下牙，额头直冒冷汗，唇角溢出一丝痛呼。

"小鹿，你怎么了？"储旭见状连忙站起来。

鹿苑不愿意在某人面前出丑，只好说："我想去下洗手间。"

储旭说："那我抱你过去？"

鹿苑一个眼神甩过来："敢再抱我一下，手给你砍了。"

"你不是不能走吗？"储旭不明白，"我只抱到门口。"

她的声音很小，可周骛听见了，储旭曾经抱过鹿苑。

什么时候抱的？为什么会抱？连续的问题冲进他的脑海，来不及多

433 /

想，他过去把储旭隔开："我来吧。"

储旭还想说："你不知道小鹿胳膊上还有伤，别给碰着了。"

"我知道。"周骛眼神有些凌厉地看着储旭，"我是她哥。你抱她合适吗？"

这话还真是让人没法反驳，储旭只能退位让贤，毕竟人家才是哥。

这熟悉的憋屈感，还真是久违了。

这房间里还有两个女孩子，可这两人坐在一旁挑了挑眉，悠闲地看着电视，谁都没管，故意看笑话似的，鹿苑狂使眼色也没看见。

鹿苑在众目睽睽下再推辞就显得矫情了，她只能掀开被子，周骛走到床前，弯腰，一手穿过她的膝窝，一手揽住她的腰。

或许预计要施加的力稍大，真正抱起来的时候他的身体向后仰了一瞬，紧接着脑海中出现些许空白。

她比他印象里轻很多，也非常软，不知是时间长记忆错乱，还是藏在宽大病号服里的身体瘦太多。

鹿苑全程没看他的脸，只盯着自己的白袜子。即使曾经那样亲密，周骛抱她的姿势也很绅士，手指微拢，避开重要部位。

病房的洗手间是可供残疾人使用的，对现在的鹿苑来说很方便。周骛把人放下后低声问了句："你自己可以吗？"

鹿苑闷着头点了下。

外头还有四个闲人，说不定在等着吃瓜，两人没有独处的空间，哪怕周骛有太多话想和她说，此时也不合时宜。

只是见她对自己一直沉默，他实在没忍住摸摸她的后脑勺："怎么不说话，不认识我了吗？"

鹿苑脸上的尴尬还未褪去，只能说："没有。"又说，"我上厕所了，你出去吧。"

"好了叫我。"周骛说完自动退了出去，默默地给她关上门。

鹿苑方便后没好意思叫人，自己慢慢挪动着开了门，恰好林鲸去接外卖，把她扶了过来。

中午鹿苑要休息，这些人也各自有事，只得离开。

"小鹿，我们明天再来看你。"

鹿苑坐在床上摆摆手，依依不舍道："你们有时间就来啊。"

林鲸像是她妈，一根根把手指掰回来："可以了。你是住进来养伤的不是来开派对的。"

鹿苑无辜地说："我动不了，只能躺在这儿，实在太无聊。"

储旭看向周骜,问:"骜哥,你不走吗?"

周骜身上的外衣已经脱去,里面是一件合身熨帖的衬衫,他没有要动的意思,岿然坐在沙发上:"我休假。"

储旭:"……"

只不过没等他多说,就被陈然和冯晴晴拽走了,别人家的事情少管。

林鲸的电话响了,她拿起手机去外面接。门关上以后,气氛瞬间又降至冰点,和昨天无异。刚刚周骜虽然说了不少的话,可和鹿苑说话的机会寥寥无几。

他在国外上学的时候,曾经听过一个哥们儿的结论。刚开始约女孩出来玩,千万不要去看电影,旁边有人就问为什么,多浪漫啊,可乐、爆米花,狭小安静的空间……

那哥们说都是自己的血泪教训,因为两小时出来,你们还是陌生人。

众人恍然大悟。

在鹿苑拿起手机准备转移这种尴尬的时候,周骜扯过椅子,主动坐到她床前,轻声问道:"无聊吗?"

为什么又要找她说话?

鹿苑在心里疑问,她现在看到他的脸都会感到压力。

"还好吧。"鹿苑扯扯嘴角。

周骜知道她心头梗着,不自在和怨气肯定都有,不愿意开口跟他聊自己的事。但是他不能放任这种情况继续蔓延下去,那些想和她亲近的心情已经昭然若揭。

他看着她:"想和我聊聊天吗?"

"聊什么?"鹿苑神色茫然。

周骜问:"关于我的事,你有想问的吗?"

鹿苑想问的太多了,可问出来又怕莽撞,只能挑安全的拎出来:"你真的休假啊?"

周骜笑了笑:"我这次会在上海待很久,来医院陪你好吗?"

"……"

"是感觉不熟,不好意思吗?"毕竟自己不占主动的位置,他得脸皮厚一点才行,"那现在联络一下感情。"

她今天比昨天放开了一点:"很久是多久?"

周骜听到熟悉的语气,不自觉心情亮堂了一些,逗她:"你猜?"

鹿苑又把调子往回收一收,板着脸:"我不猜。"无论如何都是要走的人，聊这些没有意义的事情做什么呢？

鹿苑午后睡了长长的一觉，他在旁边看着，难免想起以前。

年纪小时睡在一起的夜晚有很多。可是很少安静地观察她睡觉的样子，两人总是关了灯在被子里说悄悄话，抑或是汗湿淋漓也舍不得松开拥抱。

少有的几次，她在他怀里睡着了，也是现在这样乖巧，他会忍不住去亲吻她的额角和眼皮。

那股熟悉的感觉回来了一点，不像醒着时对他那样疏离。他想亲一亲她，却只能摸摸她的耳朵，低声说："小鹿，我还没有得偿所愿。"

不在你身边的这些年，我变了很多。

可还是喜欢你。

鹿苑在医院住了几天，终于被医生允许回家休养，把她高兴坏了，恨不得在原地蹦个高。

周骛开车把她送回公寓，人没上去，只给她留了个号码："这是我的电话，也可以搜到微信，有事联系我。"他说这话时顿了下，隔了两秒才继续说，"我有点事要去趟北京，一周后回。"

鹿苑坐在轮椅上攥着那张字条。

周骛的行程有些匆忙，没等到她回答，也没给她压力要主动加她。

两个女孩子上了楼，林鲸说："虽然我不知道他现在怎么计划的，可以肯定的是，他不想和你就这么算了。你怎么想的？"

鹿苑沉默着坐在沙发上，并不为此开心，反倒一脸沮丧。

"小鹿，你不是那种犹豫不决的人，怎么了？"

鹿苑叹了口气："鲸鲸，我现在回看以前，全都是遗憾。我不甘心。"

"如果不甘心，现在有机会不更应该尽力去弥补吗？"

鹿苑盯着张字条说道："我怕他现在回来对我好，只是一时头热，因为分开时太遗憾。而且，他总是要走的。"

十八岁时太心急，对于喜欢的人立马就要抓住他的所有，想把自己最好的东西给对方，甘愿冒险。

如今的鹿苑对于终究要失去的人，不愿意再敞开心扉了，被丢下的感觉，太痛苦。

林鲸本身不是个八卦的人，之所以一直想问鹿苑到底是怎么想的，不过是因为当年周骛走的时候特地找到她，交代了一些事情，以至于她潜意识里总觉得他们不会结束。

但是现在拿出来说,好像又没有必要了。

这几年过得太忙,她们很少有促膝长谈的机会。

这晚,林鲸点开部电影,和鹿苑坐在懒人沙发里,一个喝啤酒一个喝白开水,漫无目的地聊着天。

二十五岁还没有到来,曾经意气风发的少女们都已经遭受了人生的滑铁卢。

一个情场失意,一个职场失意,各自比着惨。林鲸喝醉了:"惨还是我惨,至少你有一段刻骨铭心的初恋。"

鹿苑乐观:"有点道理。"

林鲸:"所以,老娘为你操碎了心,你有什么资格不爱护自己?"

鹿苑咯咯傻笑,好像被醉意传染了,趴在林鲸的肩头说:"鲸鲸,你如果再创业,我会把自己所有的钱都给你。"

"你以为我照顾你,是为了钱吗?"林鲸白她一眼。

鹿苑:"我知道不是。可我心疼你,你是我最好的朋友,我相信你一定会好起来的。"

林鲸一听乐开了花:"虽然但是,我对你有多少钱很感兴趣,听你语气很牛啊。"

鹿苑骄傲地细数:"乐队演出费分了不少,攒下来有个十几万吧。"她摁着脑袋思索自己的资产,"我奶奶的退休金在我这儿,不过那个不能动。"

"哦,还有上学时生活费的卡,很久之前就不用了。里面应该还有一点吧。"当年老鹿知道奶奶的卡在鹿苑这以后,也就停止打钱了,真是个抠搜的爹。

她把自己的财产一股脑抛到好友面前,借着"酒意"一张张地算着,锁进抽屉许久的那张卡也被拿了出来:"长时间没有流水,可能会被冻结。"她也不是很了解。

林鲸说:"在手机银行上登录看看就知道了。"

这张卡鹿苑没有设置短信提醒,也没动过,记得只有两万块钱,这些年扣一扣服务费,应该不到了。

林鲸看着那串余额数字被吓得差点跳脚:"你确定是两万?我的个人账户上从来没有过这么多钱。"

"你这么穷吗?"鹿苑笑着凑了过来,然后也愣住了。眼前有些模糊,她来回数了好几遍,竟是七位数。

"老鹿已经对你这么大方了吗?"林鲸不可思议道。

"不是他。"鹿苑瞬间清醒。

她点进明细里,看见跨行转账四个字下面的账户名。是她熟悉的名字。账单里也只有他,一直在给她打钱,每个月固定1号。

往下划拉,可以追溯到2015年10月,坚持了六年多,却没有只字片语。这么多钱何止能养一个鹿苑,三个四个都绰绰有余。

鹿苑很快明白过来是怎么回事。她心跳忽然很重,每一下都宛如重锤鼓击。她的眼睛牢牢盯着屏幕,被光刺得眼眶酸涩。

原来,她朝思暮想的人,这些年里并没有消失,只是悄无声息地和她保持着单向联系。

那些平凡日子里看似随口一句的承诺,都不是开玩笑,也没有因为分道扬镳而改变。

她没有在意,可是周骛一直记得。

鹿苑突然就委屈得想哭,眼眶潮红,泪水啪嗒啪嗒往下掉落。这种委屈很难言明是谁的责任,颇有些造化弄人的意思。

当初失恋的影响蔓延很广,她在很长一段时间里想起来就心酸,但也只会夜深人静偷偷哭一会儿,打碎了牙往肚子里咽。

在面对外人的时候要乐观开朗,满不在乎。

感受是极其私人的东西,别人无法替她体会。尤其一个十八岁少年的怅然失去,以成年人的眼界看来极其没必要,也显得矫情。

因为要懂事,要善良,她从小到大都被老鹿强势的父权打压。无论如何,老爸的出发点是好的,达不到他的要求就是自己无能。

因为周婕两年的照顾,在自己和周骛的恋情被戳破时,面对周婕的指责乃至羞辱,周婕把和老鹿的恩怨加诸她身上,她也说不出一句反驳的话来,只有不停地道歉和愧疚。

道德感很强的小孩会受到更多伤害。

她成为人见人爱的小鹿,却很少关注自己喜不喜欢自己。直至去年,她的潜意识里都认为,自己和周骛谈恋爱是一件错事。

她只是喜欢了一个人,人类的本性本就无法避开猛烈的喜欢。

鹿苑突然捂住脸把林鲸吓了一跳,她开了个玩笑:"小鹿你怎么了?别哭啊,该哭的是我才对,都没人给我打过这么多钱。"

"我只是发现了一件事。"

"你还是喜欢他,对吗?"只有周骛的出现,才会引起她这么大的情绪波动。

林鲸差不多知道鹿苑的心意了,这么多年并没有迁移。她思考了一会儿，突然觉得欣慰，也感触颇深："小鹿，有件事以前我觉得没有必要说，现在说给你听一听。"

"什么？"

"你还记得高考完的那个暑假吗？"林鲸说，"6月22号，周骛来找过我。"

6月22号？

是他们分开的第二天。

那天一早他出现在林鲸家楼下，神情暗淡，说着拜托人的话。

"我和小鹿因为一些原因要分开生活，我不得不离开。她现在情绪很低落，一个人在家，我担心她出事。如果可能，拜托你多陪她出去散心，转移我们分开带给她的伤害。"

他的声音很低，"分开生活"其实就是分手。林鲸虽然和周骛不熟，见一个骄傲的男生这样，也难免动容。

"你还好吧？"林鲸担忧道。

周骛只是摇了摇头，叮嘱道："我们的事别在她面前提，也别说见过我，拜托了。"

林鲸和鹿苑一起去了南方海边毕业旅行，回来没多久，陆续有别的女同学约鹿苑出去，都是跟她玩得很好的。她们没问鹿苑发生了什么，怎么不见周骛，为什么突然决定不去北京上学。

当然，也没人提及是周骛拜托她们，照顾失恋中的鹿苑的。

那么多朋友陪着才让她的暑假没那么难熬。于鹿苑的生活，周骛已经无能为力了，这是他唯一能做的。

林鲸既然答应了周骛不告诉鹿苑这件事，自然会保守秘密。况且他们已经分手，天南海北地隔着，坦诚也无必要。

只是周骛又回来了，情况就不一样了。

周骛当天到北京已经很晚了，他没回周婕那儿，和人碰面把即将入职的工作安排核对了下。

他从小就喜欢物理，读的也是物理相关专业，毕业后在国外一家公司实习。如果是从自身的发展和利益的角度，留在那边可能更好一些。可他几乎没有犹豫地就回国了，并且在回来之前把工作的事敲定。

他一向我行我素，但在正事上他从来都是走直线，周婕从没在这方面操心。

这个决定把周婕打得猝不及防，是个成年人就该知道孰轻孰重。只

439 /

可惜周弩也只是碍于礼貌通知了她一下，之后她就再也没有抓到他人。

结束饭局回到酒店，他洗了澡，穿着睡衣坐在床边擦头发，手机就攥在手里。鹿苑的号码一直存在他的手机里，以前没见面的时候他不能打，现在打又怕给她压力。

他想快点回到她身边，北京如无必要他应该不会长待，当年毕业时有些东西还在周婕的房子里，他得去收拾。

他提前给周婕打了电话，说要过来一趟。门卡他有，密码也记得，却不料到的时候周婕正在家中，似乎在守株待兔。

和她打了个照面，周弩便进房间收拾东西了。周婕抱着手臂，抵了下门："你把工作签到上海了？"

"是。"

周婕脑中的神经麻了一下，他放弃国外的机会已经够离谱的了，回来最好的选择也应该是在北京。

"为什么？"周婕心中有不好的预感，谁在上海她很清楚。但是这么多年过去了，把两人再联系在一起又有些不可思议。

"去找鹿苑。"周弩头都没抬，直接承认了。

那一瞬间，周婕仿佛被迎面的冷风打了脸，那些歇斯底里的回忆一下子涌开。她好半天才找到头绪："你们又在一起了？"

"没有，但是我打算把她追回来。"

周婕缓缓将抱着的手臂散开，心也凉了半截："有那么多女孩子可以选，比她适合你的比比皆是。你找任何一个人，我都不会——"

即使心中没有太大的波澜，但他还是有些烦躁，说："你不是早就知道原因了吗？那年，你翻过我房间的东西。"

周婕顿时哑了声，有一丝被戳穿的心虚。

当时她为什么会骗他自己在出差，说过两天回。结果他们刚在客厅亲密一下，她就站在楼上审视二人。不就是从他收集的那些东西中看出了蛛丝马迹，想亲眼验证结果。

"我刚到她家的时候就喜欢她了，"周弩揉了揉额角，坦然道，"喜欢到舍不得丢她亲手碰过的任何东西，她不要的发卡、施舍给我的半包糖。你觉得我可能变吗？"

周婕至今仍旧不理解。她的儿子性格虽然不张扬，也走过歧途，可骨子是极度骄傲的，这种骄傲是基于他的智商和学业成就。

至于在一个女孩子面前，显得……那么卑微？她不愿意承认，可事实就是这样。

她依然不希望和鹿正元有任何关联。她不知道要怎么说，反对的理由还是那些："我知道，越是被反对的感情越上头，可你们的关系并不适合在一起。"

"不要再用你的那套理论来绑架我了。"周骛生冷地打断，"我的道德只对自己在乎的人有用。"

周婕被他的语气压制住，再次沉默下来。

周骛看着她："这么多年了，我想，我站在鹿正元面前坦白自己喜欢他的女儿，他不见得会反对。以前我害怕的事情很多，怕她遭受非议，怕保护不了她。"

如今回头看，没选的那条路，真的就糟糕透顶吗？

"可是我现在很后悔。"他在心里微微叹着气，眼里也有些怨怼，"你知道她现在看我的眼神吗？和看陌生人没有区别。现在的我，和当年你回头找我感受到的失落是一样的。"

最后一句话细细密密扎进了周婕的心里，她很清楚那是何种感受。可她已经没有办法再说什么了。她的私心周骛看出来了，当年委曲求全地没说，现在提出来，因为没人管得了他，也没有任何威胁。

周骛把行李箱合上，多说了句："我们在一起你看得了就接受，看不了就少见面。都是独立的个体，谁也别为谁妥协。"

说完，他越过周婕走出了家门。

心脏也被12月的风吹得极冷。

他曾经不止一次去上海。

可是上海那么大，人那么多，他只见到过她一次，那时候他正在准备出国，而她也从失恋的情绪中走出来了，看着很开朗，有了新的社交圈子，身边的人都是他没见过的。

理智上他该为她高兴，也不应该去打扰。可他当时整个人莫名处于一种无端的恐慌当中，人心是最容易变的，你根本不知道它什么时候转移。

以前他们曾经讨论过鹿苑的妈妈，他问她是否还想妈妈。

鹿苑说不想了，分开太多年，她都忘记了妈妈的样子。对于不爱她的人，她也不想期待。

他很怕自己不被期待。

再去融入对方的生活其实很难。他回来以后也一直没有找到机会，如果不是鹿苑受伤，他贸然闯入，可能现在还徘徊在边缘之外。

以前鹿苑表白有多勇,现在就有多胆小。

十八岁的时候抱着一把电吉他在喜欢的人面前借着唱歌表白,臭不要脸,还诡计多端,心想如果周骛反应正常两人就顺理成章,要是反应不正常她就抵赖——我只是唱一首歌而已,是你自己瞎想的。

现在她想着找人和好,电话也有了,又不知如何开口,也下不了面子。

周骛会不会以为她是因为那一串的钱重新喜欢上他的啊?

头疼。

过了两天,圣诞节来临。

以前鹿苑是不过这种舶来节日的,只不过因为在外企工作,公司会放假,导致她也逐渐融入那种氛围里。

今年她约了宋缨和冯晴晴来玩,还附加了两个男士,一个是陈然,还有一个是宋缨的男朋友。

到下午的时候,她鬼使神差地把储旭也叫来了。

公寓太小人又太多待不下,直接去了楼下。圣诞节,才晚上九点酒吧就生意爆满,闪电男给他们留了个绝佳的位置,只是看着鹿苑的断腿笑得皱纹都多了三条:"你是第一个拄拐来蹦迪的,身残志坚,不愧是小鹿。"

鹿苑直接给了他一杵子。

"好嘛,要我背你去卡座吗?"

鹿苑说:"不,我要自己蹦过去。"

不过到最后她也没蹦,是林鲸扶过去的。闪电男送酒到他们的位置,扫了一圈,笑道:"好家伙,全是熟面孔。"

储旭到的时间比较晚,夹克外面还顶着外面的冷风,看着大家说:"我排面很大啊,都在等我吗?"

一桌人"喊"他,一颗海胆有什么好等的。

只有鹿苑笑眯眯地接话:"对呀。"

"有点激动是怎么回事?"储旭拨开人群,直奔鹿苑身边,非要挤在那儿。

中央的大屏幕上正在重播欧洲杯,男生们虽然已经看过了,但是再看一遍依然疯魔不已,一会儿笑得"花枝乱颤",一会儿激动得像是从精神病院里跑出来的。

女生们则是被吵出了嫌弃脸,凑在一起窃窃私语,讲着自己喜欢的话题。

忽然之间好像又回到了高中那段纯真的岁月。

成年以后也交了很多朋友，但是真正能交底，展露自己本性的好像也就是少年时代骗来的朋友。

鹿苑没什么兴致，撑着下巴看向储旭，十分安静。

过了会儿，储旭也感觉到有什么不对，视线四处找了找："哎，怎么没见骛哥啊？今天不是圣诞节吗，他不过的吗？"

鹿苑摇了摇头，说："不知道。"

储旭："你是他妹你怎么不知道呢？"

鹿苑说："我们又没住在一块，我怎么会知道他的行踪。"

"那打给他啊。谁有他的电话，上回在医院我竟然忘跟他再加上好友了。"储旭说道。

在场没人给他回话，他只好看向鹿苑："小鹿？"

"我不打。"

储旭不知道鹿苑在搞什么鬼："电话给我，我打给他。"

鹿苑很为难地从通信录里调出号码，说："用你自己的手机打，别用我的。"

林鲸在喝酒，偶然侧头看看她，笑得一脸莫测。某人绕了整个地球那么大一个圈子，简直像换了个人格。

周骛接到陌生号码电话的时候，刚下飞机，正在等行李。听到那头是储旭，他感觉有点神奇。

如果不是自己早一天回来，可能就答应不了储旭的邀约。

之后他拿了行李，直奔酒吧。

鹿苑看着面前的酒，没喝，指尖点了点杯沿，在他走进来的那一瞬间也只是瞧了他一眼。

周骛在飞机上时，花了一个小时的时间来思考，如何在她感到舒适的尺度之内与她建立联系。当年他们在一起，几乎当了快两年的同学和兄妹才互相表白心意。

如今的小鹿也不是受了委屈就"离家出走"的高中生。

周骛恍了恍神，径直走了过去。卡座的位置足够大，他拍了下储旭的肩膀让储旭换个位置。

"干吗？"储旭问。

周骛说："我们要说点事。"

储旭也只能挪开。但是周骛坐了过去，却什么话都没跟鹿苑说，拿起她指尖下的酒杯，仰头喝了下去。

"抱歉，有些口干。"他带了些笑意，"你介意吗？"

鹿苑看着他:"我没有喝过。"

"哦。"他点点头。

其实现场的声音太大,他并没有听清楚鹿苑的话,先点了头再说,之后侧了侧脑袋,唇落在她耳边五六厘米的距离问:"你刚刚说什么?"

但是没等她回答,宋缨就拍了下巴掌道:"你们俩说什么我们不能听的?"

旁边有人给鹿苑面前的空杯倒上酒:"好久没聚了,走一个吧。"

少一个杯子,服务生还没来得及补上,周骛直接摆了摆手,说:"小鹿有伤,别喝了。"

最后大家喝酒,鹿苑喝可乐,她用力捏了下易拉罐,在周骛再次俯身过来的时候,说了句:"想跟你说声谢谢,哥。"

这不是什么了不起的称呼,也不撩人,只是亲密时的一个代称。后来鹿苑很少会和别人一样喊他的名字,总觉得太生分,但是又找不到合适的昵称,就会喊"哥哥",或者搞怪地叫一声"周骛骛"。

他一律都答应。有次在公交车上这么叫,旁边的阿姨好奇地回头看,奇怪怎么会有男生叫这个名字。

可也是这一声,让周骛恍惚回到过去。

这是一个讯号,也许他的小鹿回来了。

他的胸口默默起伏,缓了口气压制着,站了起来:"很晚了,我先送你回去。"

他们以鹿苑的腿伤为由,跟朋友告了别。公寓不远,平时鹿苑都是走着来回的,今天的时间却尤其快。

几天了,她已经没耐心等待。

鹿苑有些后悔,也许不应该把所有人都招来组那么大的局,更不应该让储旭来联系他。

直接打电话给他,会怎么样?能死吗?

现在的她脸皮薄,但好在人来了,而且和她预期的一样,提前来了。

屋内没有开灯,只是半拉的窗帘缝隙里投射进来的一些光线。一进门,周骛就把她堵在那儿,低声问:"为什么这么麻烦,让别人联系我?"

原来他都知道。

鹿苑不想承认。

"不知道吗?只要你勾勾手,我就跑来了。"他的口腔里有凉凉的酒气。

"我不知道，什么都不知道。"鹿苑一想到那些事就难过，竟有哭腔，"分开时我说了要绝交的话，为什么还要找人陪我？为什么要给我打这么多年的钱？我现在的生活，是你想给我的吗？"

她的诸多问题周骜回答不上来。现在的他像十八岁一样笨拙，不知如何是好，只是慌乱地满城跑，找补救的办法。

"乖乖。"他的声音也有些沙哑，没有逻辑，只会道歉，"是哥哥错了。"

鹿苑揩掉眼尾的湿意，抬手拽住他的衬衣领子，不管不顾地吻了上去。

鹿苑已经很久没接吻了，也没跟人保持这样的亲密，她攀着他的脖子，靠在他怀里，全部的呼吸都是他身上的气味。

亲着亲着，她的眼泪就忍不住了。

全世界就她最委屈似的，眼泪啪嗒啪嗒往下掉，流到唇角，咸湿一片。周骜怔了怔，捧住她的脸吮吸掉泪珠，狠狠地亲回来。

鹿苑被抵在门上，两人手指紧扣，津唾交换，辛甜的酒气也被渡了过来，连带着湿滑的唇舌。一上来就这样的两个人情绪都有些高，陌生又熟悉的感觉，百感交集。

如今长大了，类似贪心和欲望的东西则更为坦荡，无需掩饰。

鹿苑脑中一空，突然咬他的唇瓣，淡淡的铁锈味在两人的口腔里蔓延开。

周骜微微分开一些，用指腹蹭掉血迹，问了句："为什么咬我？"

"不知道。"鹿苑摇头，"泄愤。"话是这样说，可她没等周骜发问便主动道了歉，"对不起。"

周骜的眸光中带着克制和隐忍，又有些期待已久的亮光，低头吻了下来。

突兀的微信声音在空荡的房子里响起，鹿苑本不想理会，只想沉浸到久违的温柔里。可连续响了两声，又让她不得不拿起来看一眼。

局是她组的，自己倒是没待多久，甚至在周骜来了不到二十分钟就光速离开，广大损友难免怀疑和愤怒，万一找上来砸场子怎么办？

鹿苑找回理智，抽了抽鼻子摸手机，微信是林鲸发来的。她贴心地说：【等会儿结束我们去附近的酒店开个房间通宵打牌，我今晚不回来了。好不容易想通，你们好好叙旧，慢慢来啊。】

透过一长串的文字，似乎能看到好友的苦口婆心，鹿苑没忍住破涕为笑。

周骜已经摸到墙上的开关，"啪"的一声室内大亮。鹿苑的手机被他看到两秒，又恰好"好不容易想通"几个字落进他眼里。

他们在彼此心中是最特别的存在，可周骛再次意识到鹿苑真的变了，以前她思考一个问题并不需要太久，这次快一周。

还有那些连日来的冷淡，简直把他打进十八层地狱。

他抬手把她的身体揽过来，追问刚刚的疑惑："号码是给你的，为什么不主动打给我？"

鹿苑本来情绪就不稳，刚恢复一些理智，这会儿被问声音又接着颤，鼻尖也红，支支吾吾地说："我们分开太久，我对现在的你一无所知，也怕你不再喜欢我。"

周骛想问为什么要这样想，时间的确可以让人发生很多变化，可是他对她的喜欢从来没有过一分的转移。

他的心里头突然有一丝委屈。

可是再想一想鹿苑这些年是怎么过来的。当初不过两天没见她人就瘦脱了相，她的道德感很重，不仅仅是因为分手，还有周婕的那些话，必然也导致了她一直心怀愧疚。

"那现在开始了解我？"周骛捉住她的手，摩挲着她的皮肤和骨骼，一寸也不想放过，"看看我到底有什么变化。"

鹿苑不想自己脑补或者猜测，虽然有点破坏画风，可她还是直接问了："你有没有，喜欢过别人？"

"你觉得可能吗？"周骛哑然失笑，"喜欢别人为什么还要不远万里回来找你。"

鹿苑放心了："我也没有喜欢过别人。都是别人来喜欢我的。"

本美女可受欢迎了。

她的眼睛明亮，有些小骄傲。

真的很可爱，周骛没忍住凑上去亲一下她的眼皮："真的很多吗？"

"要我给你细数吗？"她狡黠地笑起来。她并不知道周骛对她的喜欢是从暗恋开始，并且早已见证过诸多喜欢她的男同学，个中不平和醋意只有他自己清楚。她只想逗逗他："那你做好准备，可能得数到早上。"

周骛不想自虐，曾经的两个情敌如今依旧如磐石一样钉在那儿，已经够他累的了。

"我会嫉妒发疯，你真的要来吗？"

终于能再次靠在一起，鹿苑也根本不想多花一秒去提别人的名字，于是重新抱住他的脖子："我不忍心。"

如果两个人对彼此的生活感到陌生，要慢慢熟悉起来，有一样倒是不用慢慢来。

她会自然而然地亲吻他,看着他的眼睛会想亲,听他说话也会想亲,他的嘴角熟悉的弧度和柔软,他身体的一切本就是属于她的。

"不是要泄愤吗?"他追吻过来,轻啄她的脖子,太痒也太直白,把人闹得直往沙发靠背躲,结果被他压住了又狠亲一顿。

鹿苑说:"我又不是小孩子,怎么可能真的怪你?我知道你已经做出努力了。而且我爸到——"

"你告诉他了?"

"都说我不是小孩子了,怎么可能?"她见他不放心的模样,语气不自觉有些嗔怪,"当年周阿姨跟我承诺不会告诉我爸,但是以她的生气程度还对我这么宽容,我猜肯定是你和她交换条件了。我怎么可能让你的努力白费?"

"有人跟我说,我走了,把某人逼得不能再当个宝宝了。"周骛嘴上戏谑着某人,心头却是酸软。

"那我可以做回原来的小鹿吗?"

有脾气就发,无关痛痒的小毛病也不用忍着。

周骛难免回忆起许阿姨曾经说过她小时候过的日子,下雨没人送伞,发烧也不会被家长送去医院,出门会把所有要用的东西都装书包里,把肩膀都压垮了。

"这些年过得很不开心吗?"

鹿苑几乎是不假思索地回答:"没有啊。你每个月都给我转钱是担心我没钱花?"

"是没有看到还是跟我赌气故意不用?"周骛看见鹿苑第一眼的反应,就知道那些钱的目的并没有达到。

鹿苑老实回答,大一的时候因为和老鹿吵架显摆骨气就把卡锁抽屉里了。但是好在奶奶的钱还在她这儿,就当是借的。她也没乱花,安安分分到大四实习,终于有能力自己赚钱。

鹿苑的运气不错。

他们乐队虽然中间沉寂了几年,在她毕业的那一年又起来了,后来有了点名气去音乐节,出场费到她手里的那部分也挺高的。

两人靠在沙发上,情绪平缓下来,逐渐有耐心聊天的架势。作为交换,周骛说自己的经历却显得比较简略和无聊。

给鹿苑打钱也是基于一种担忧。他很清楚鹿正元对鹿苑的那一套做法，就像不能给驴子吃太饱，怕它懒得不拉磨。

可是在他心里，根本就不舍得鹿苑生活上过得委屈，一点都不行。

即使不在一起，本来该给她的钱也不会少。钱都是他自己的，当初保送去大学就有一笔不菲的奖学金，分期到月，悉数打到她的卡里。

后来去了美国，他拿的是全额奖学金，自己也有一部分积蓄，再加上打工，始终能保证给她的供应。即使那个时候他很清楚，鹿苑已经工作，不需要他的钱。

这个世界是平衡的。

于他来说，赚钱不难，煎熬的是内心。

当初外公让他忘记过去跟周婕去生活，而他又要忘记和鹿苑的过去，带上行李，再次在旅途上漂泊，整个人都像没根似的。

他把自己最难的一部分省略掉。鹿苑对他的生活十分好奇，听得入迷，并且表示很想看他这些年的样子。

午夜早就来临，精神又始终处于波动的状态，鹿苑终于打了个哈欠。

她下意识看一眼周骛，他笑说："去洗澡吧。你不赶我，我就不走。"

前些天都是林鲸帮她洗的澡，今天林鲸不在，但是鹿苑也没让周骛帮忙，毕竟才刚和好，一下子要发展那么深入还是挺别扭的。

周骛只是把她抱到浴室里，又帮忙拿了干净的衣裤和毛巾，礼貌地退出。

之后他趁她洗澡的时间，认真打量了下这间公寓。两居室的空间，风格和她在燕家巷的房间很像，有些女孩子使用痕迹的乱中有序。

注意到墙上的装饰时他愣了下，挂着的骑行车、白色电吉他，都有他们共同的记忆。旁边有一个展示柜，最上层扣住的相框，他好奇地拿出来看了眼。

两个人的合照，脸上都挂着青涩的笑，他的奖牌挂在她的脖子上。

后面用马克笔写着一行字：

小骛、苑苑摄于 金鸡湖

当年挂在家里的照片墙上，被她拿出来了，他仍然记得照片拍摄时的所有细节。他曾为鹿苑和他的分离和生疏不甘心，可他的痕迹又总是出现在她的生活范围里。

鹿苑洗完澡已经困得不行，眼皮都要睁不开了，直奔卧室，迷迷糊糊地告诉他门禁卡放在了哪里、门锁密码，方便他去拿行李再回来。

之后她卷着被子就合上了眼，睡觉习惯倒是跟以前一样。

周骛没有立即离开,坐在床边,握住她的手,心想这么快就交付身家,对他还真是放心。

也不知过了多久,鹿苑的手指蜷缩,身体也抽筋似的抖了下,人醒了。借着小片的光线看向坐在床沿的人,她低声说:"哥,你不走了是不是?你再走,我们可能真的熟悉不起来了。"

因为睡得太晚,两个人醒来的时候也很晚了。鹿苑被手机吵醒,一共两件事。

一个是林鲸发来的问她和周骛要不要下去吃早餐,这帮夜猫子已经打完牌了,准备找个地儿填饱肚子。

另一个是,老鹿发微信问她腿伤如何,让她有时间给他回电话。

鹿苑躺在枕头上,举着胳膊看手机,因为困顿而眼神游离,她意识到什么,空出一只手在被子里摸了摸,并无另一个人睡过的痕迹,屋子也很静。

猛然间,她失落了下。

鹿苑从床上坐起来给老鹿回电话。上学的时候老鹿对鹿苑有诸多不满,这个不对,那个不行。上大学她几乎不再出现在老鹿的面前,如今工作,她又是做着老鹿没接触过的领域,大大减少了被指点江山的次数,生活果然松快很多。

"爸,什么事?"鹿苑问。

"都几点了你才起床?"老鹿依然是张嘴就没好话,不过也只能在生活上对她发号施令了,"年轻人早些起床锻炼,再吃顿健康的早饭,一天的工作都精精神神的。"

鹿苑无语地闭了闭眼睛,好笑道:"今天是星期天。你以为谁都像你老年人,觉少,还话多?"

还不到五十岁的老鹿:"……"

虽然吵架闹崩过后被迫和好,但鹿苑也早就不是任老鹿拿捏的软柿子,换句话说,她翅膀硬了,能随时跟老鹿顶嘴反抗,也能一个不高兴就溜之大吉。

老鹿告诉自己要冷静,省得血压被气上来,然后才直奔主题:"我过两天去那边开会,中午接上你一起吃顿饭,有个人给你介绍一下。"

介绍人?

"谁啊?"鹿苑感到奇怪,她和老鹿的生意有沾边的地方吗?

老鹿含糊道:"合作商。比你大几岁,长得不错,也是外企工作,应该跟你有话聊的。"

鹿苑瞬间明白过来,老鹿这是要给她介绍对象的意思?还真是煞费苦心了。

不过鹿苑理解,毕竟在老鹿的价值观体系里,她应该跟"一表人才"的男生谈恋爱,这叫正道。他一直非常介意他们乐队的其他三个男生、开酒吧的闪电男、花花公子沈知燃……哪一个他都看不上,生怕她跟他们谈上恋爱。

"你觉得长得不错,那你就自己去谈呗,看对眼了还能学电视剧,商业联姻,就彻底走向国际了。"鹿苑又开始胡说八道了。

老鹿在那头被气得翻白眼,差点撂电话,紧接着骂了几句拎不清之类的话。

鹿苑反正是左耳进右耳出,笑得腹痛躺倒在床,心想自己以前偷偷谈恋爱千方百计也要瞒着所有人,尤其是老鹿,不然能被打死。

可到了今天,她得明确告诉老鹿,她有喜欢的人,并且是打算长期发展的那种。

"我有男朋友,你别管了。"

"谁?"老鹿惊讶,忙不迭问,"和你一起胡混的?"

鹿苑怕说出来吓到老鹿,敷衍道:"电话里一句两句说不清楚,以后你就知道了。"

说完不等老鹿再开口,她便以有事为由匆匆挂了电话。之后又给朋友回复消息,说起来洗漱完就下去。

只是她现在不知道周骛在哪儿。

昨晚离开了?

明明都说了不会走的。

处在这个阶段的人神经都很敏感,也患得患失,鹿苑察觉到自己的确是在失望,一点都不潇洒了。她慢吞吞地起身换了衣服,然后开门,看见沙发旁边立着一个黑色的大号行李箱。

周骛穿着宽松的T恤和运动裤坐在沙发上,腿上放着电脑,听见开门声他扭头看过来。

鹿苑的房子里没有来过别的男性,全都是女孩子。他的个子很高,坐在沙发里显得非常……大只,把刚刚还在低落情绪里的鹿苑堵了下。打电话说的他听见了吗?

但看他的表情又不太像。

"几个小时不见,又不熟了吗?"他的脸庞在清晨的日光下显得很柔和。

一大早就损她，鹿苑没好气地瞪过去："不是，刚刚起来没看见你。你昨晚睡哪儿了？"

周骛拍了拍身旁的毯子，已经叠放整齐，这就是他昨晚留宿的地方。

"不冷吗？"鹿苑眼神有点不自然，"怎么不去卧室睡？"以前家里那么危险的地方还非要在一个屋里睡，现在可以光明正大了，他反而跟她分床。

他走到她身边，手搭上她的脖子解释说："是想和你挤一下的，但怕压着你的腿，只好先委屈自己在沙发上睡一晚。"

他没说昨晚去车里拿了行李上来，借用她的浴室洗了澡，也下意识掀被躺在她身边了，意识到不可行后，他也没有太委屈自己，逮着人亲了好一会儿。像个跋涉在沙漠里的旅行者，终于碰到水源，如饥似渴。

只不过她睡得太沉，毫无知觉。

"既然你邀请了，那我今晚睡到房里去？"顺便把今晚也要留宿的诉求给表达了，他凑低了头看向她的眼睛，表情里带着轻松的戏谑，把鹿苑说得非常不好意思。

她嘴硬道："真是企业级理解。不还有个次卧吗？我的意思是让你去那儿睡！"

周骛已经笑得肩膀抖动，揽着她贴向自己："那我想和你睡在一张床上，可以吗？"

两个人靠得很近，鼻息交缠，嘴唇也近乎贴上，听见他说："我们昨晚不是和好了吗？"

说着，他就要凑上来亲，鹿苑猛地抬手捂住自己的嘴："我还没刷牙。"然后身体往下一蹲，让他抱了个空，一蹦一蹦去浴室洗漱。

周骛懒懒地舒展了下身体，神经也放松下来，很享受这种久违的斗嘴时光。

等鹿苑洗漱完出来，已经看见她的哥哥兼男朋友进了厨房，站在冰箱前皱眉思索。时间已经不早，他想找点东西来做早餐，但她的冰箱"穷"得难以想象，只有几瓶饮料，让他很难不怀疑她吃饭的家伙会放在洗衣机里。

"你就是这样生活的？"周骛从兜里拿出手机，准备点一些食材送来。

鹿苑用面巾擦掉脸上的水珠，额际的发丝贴在皮肤上，还有一缕翘了起来,有些俏皮:"出去吃吧,他们都在等。"

"谁们?"

鹿苑说:"昨晚那些人啊。"

她也看了眼手机,说:"已经到了,在点餐。"

周骛愣了愣,晚上喝完酒早上还要聚在一起吃饭,这么闲吗?当他表达了疑惑时,鹿苑笑着解释说:"他们没在酒吧一直待着,去旁边的酒店开了个房间打牌。"

周骛:"通宵?"

鹿苑说:"对。我们以前上学的时候也经常聚,在热闹的场子里玩到早上四五点,然后直接去早餐摊,完了还能接着上课,精力非常旺盛。"

周骛的表情一言难尽。他那个留学生圈子里也有人特别爱玩,但人到底是以群分的,要学习的那一批则非常拼命。

在国内的时候他学起来还算轻松,可人外有人,特别是有个印度的同学智商够得上天才的地步了,他得拼尽全力才能看起来毫不费力。

然后鹿苑又说:"当了'社畜'以后就不太行了,精神和身体的内耗太大,明显见老。"

周骛等着她说下去,到底怎么个老法。

"蹦迪蹦不了太久,喝酒也不能喝太多,就只好委曲求全打一晚上牌了。"就连陈然那种一丝不苟的好学生,也被他们带歪了。毕竟出了高中,就再也没人能管得了他们。

周骛:"……"

他当年走的时候是希望她有朋友陪着快乐一点,倒也不必如此欢快。

着实让他嫉妒了。

看周骛表情不对,鹿苑赶紧补救:"咳,忘记你会提前过来,不适应要不你别去了?"

周骛仿佛被她干噎了个硬馒头:"你没猜到我会提前回来?还敢让'海胆'给我打电话?"

完蛋。

她的小心机露馅儿了,于是又想逃窜。一条腿的跑不过两条腿的,自然是被人抓了个正着,推推搡搡到沙发上去了,结果就是出门晚了半个多小时。

等两人到了酒店餐厅,那帮人早已经吃完了,满脸邪火地等着他们,恨不得冲上来一人给一杵子。

鹿苑指指自己的腿:"不好意思啊,行动不方便,体谅一下残疾人。"

林鲸在一旁闷着头笑，看样子是已经和好了，她可太知道重归于好的老情人能有多腻歪。

冯晴晴说："你知道吗，从你家到这儿，爬也早爬来了。"

鹿苑从善如流地说："那我是蹦着来的。"

一路背着她的周弩："……"

但是他也没有拆穿她，毕竟两个人都有责任。他把椅子拉开让她坐进去，然后问："你想吃什么，我去拿。"

鹿苑说："一份砂锅米粉，还有生煎。"

周弩记下了，多看了她一眼，心想她的口味也已经发生变化了吗？

等他把东西端过来才明了，有些东西是不可能变的。

鹿苑从小吃生煎包就非常讨打。肉里多多少少会加小葱，或者皮上面也会撒小葱。但是她又非常喜欢吃生煎的那层脆皮，香香的。

周弩拿来半份，她扬了扬下巴，然后他就知道她要干什么了。用筷子把上面的软包夹掉，他自己解决，留出焦黄的脆皮放在她面前的餐盘里。

"这样可以了吗？"他问。

鹿苑神气地点点头。

在座的人都看得目瞪口呆，摩拳擦掌。储旭掐着腰看鹿苑："小鹿你怎么能那么欺负弩哥，太欠了，我能把你打一顿吗？"

鹿苑耸耸肩，无辜地说："不是啊，是他喜欢吃软皮和馅儿。"

周弩慢条斯理地吃着东西，顺便回了句："嗯，她迁就我。"

无论如何谁都不会信的，这一刻梦回毕业的那年聚餐，周弩坐在鹿苑旁边亲手给她剥虾的场面，总之某人已经引起了人神共愤。

储旭默默在心里酸了会儿，虽然他也臆想过和鹿苑在一起，必然会好好照顾她，什么都愿意为她做。可是她和周弩的那种默契，别人是比不来的，他也做不到周弩那样的细心。

想到这儿，他又忍不住叹息："弩哥一来，又把你的择偶标准拉高了。别人真是没活路。"

此话一出，鹿苑顿住了，以前他们因为身份不合适，并没有戳破兄妹的身份，暗戳戳恋爱很爽。

可毕竟是大人了，不可能再玩地下情，也很难掩饰，可至于怎么在朋友面前公开，也是个问题。

周弩看一眼储旭，直截了当地说："你没机会了。"

储旭顿时就哭丧着脸："真的吗？"

"千真万确。"

最致命的是大家对此集体保持缄默,好像默认了。反正看着储旭这些年插科打诨似的喜欢着鹿苑,有的时候觉得他的喜欢很专情,有的时候又觉得宽泛到只是在开玩笑。

比如当年在鬼屋,他企图吓唬鹿苑借机表白,现在想想都觉得他百分百是个搞笑男。

没想到有人蠢得如此可爱,周骛想笑,又不忍打破他的幻想。而且储旭喜欢的是鹿苑,这件事的发言权在鹿苑手里,他并不会主动干涉。

下周末就是元旦假期,几个人商量要不要一起过,毕竟回家或者出去旅行时间都不够。

鹿苑先举了手:"我已经请了快两周的假了,情况好一点还是要回去上班的,事情很多。"

储旭听见鹿苑这么说,也表了态:"那我也不来了,和朋友上山骑摩托。"

"骛哥你现在还骑车吗?"以前的周骛带着点邪气,出了校门就是个不良少年,和储臣飙车也不带他玩;现在衬衫革履,上课才戴着的眼镜如今也日常架在鼻梁上了,隔绝了那双冷淡的眼。

周骛摇头,早没时间顾及这些爱好了:"下个月我回去一趟,提前约你哥。"

"行啊。"储旭点点头,又看时间已经不早,便提前跟大家告别,"我得抓紧回去睡个觉,要死了。"

鹿苑在想事情,等她抬起头时发现储旭其实是有点反常的,一向粗线条又活力满满的他,竟然说累。

她知道以前储旭的那些心思,真真假假地开着玩笑,但她认真地讲清楚拒绝了。储旭还是没心没肺,跟他们一起玩。除此,她不知道还能再说什么。

林鲸站起来:"我也回去了,身板要散架。"

其余三个人,要么表示回酒店房间睡到十二点,要么说回学校,留下两个迟到的人自己吃早饭。

等周骛和鹿苑悠闲地吃完,再慢慢地晃回去。

林鲸在鹿苑家并没有睡觉,一直在打电话处理前公司的事情,她看到客厅摆着的行李箱,不由得"啧"了声,感慨万千啊。

等这对旧情人进门的时候，她正拿着包穿鞋。

鹿苑："你要走啊？"

林鲸笑了笑："你已经有人照顾了，我很放心，等你回去我们一起吃饭。"

鹿苑眼神露出不舍，都没住几天呢，还想出言挽留，就看见周骛竟然直接侧身站在门口了，手里捏着车钥匙："我送你？"

鹿苑："……"

林鲸忍俊不禁，她再不走某人就该赶了："行啊，那麻烦了。"

两人一起送好友去乘高铁。

回来的路上，鹿苑猛然想起以前他喜欢骑摩托送她去上学，飞驰在绿茵下的千梓街，非常炫酷，现在换成四轮汽车都有点不适应了。

而且他的车竟然是本地牌照，更有些奇怪。

但她没来得及问这种细小的事情，就被别的事情转移了注意力。推辞元旦聚会的事并不是借口，的确有工作。

她整个中午捧着电脑坐在房间的地毯上写东西，打电话，沟通不畅的时候还会抓耳挠腮。

周骛借去送水果看了她几次，但她每次连抬眼看他的时间都没有，只会摆摆手，多少会让周骛感到失落。

刚刚吃早餐的时候，他只是听说了她和朋友蹦迪，通宵打牌，攒钱去各种地方旅行的冰山一角就嫉妒得不行。而他无论在北京还是在美国，都不是很自由，因为牵挂在这里。

周骛很想弥补和鹿苑在一起的时光。

Chapter 14
少年的爱永远高贵

鹿苑除了要应付工作，还得应付老鹿。

老鹿过来这边开会本计划要来接鹿苑去吃饭的，但是周骜在家里，她不可能让老鹿上来，只好借口说自己要忙工作。

老鹿已经跟那边的人约好了，临时变卦不礼貌，就把对方的微信推到了鹿苑的手机上，说："你们先加上联系方式，聊一聊。"

迫于礼貌，鹿苑加了对方。微信名应该就是他的英文名，叫Eric，看得鹿苑一阵出戏。并不是她对这个名字有什么看法，而是她的上司中有个叫这个名的，客户公司也有一个。

鹿苑也很直接告诉对方自己有男朋友了，老鹿不清楚。但对方好像没看见那三个字，仍对她很有兴趣的样子，搞得鹿苑不得不动用胡说八道语言体系。

鹿苑，月薪三千，四肢健全，生活能自理，还会玩智能手机，总之未来可期。一副脑子不太正常的样子，不料对方反而对她好奇心更浓，越说越起劲。

鹿苑都惊呆了，她的人格也如此有魅力吗？

她打电话给老鹿："你介绍的人你自己处理掉，反正我是不可能答应的。"

老鹿没耐心听她是怎么想的："还没见面你这么早下定论干什么？这个爸爸帮你考察很久了，真的挺不错的。不比你自己谈的好？听我的话——"

鹿苑手指捏得咔咔响，惊呆道："老爸你要不要听听自己在说什么，我说我已经有男朋友了你还要给我介绍，是准备让我劈腿吗？"

老鹿强调："我这是让你挑着好的选。"

鹿苑跟他没法沟通，他就差把"骑驴找马"直接说出口了，气得她把电话挂断，然后删了那个 Eric。

卧室房门半掩，外面却出奇安静。鹿苑意识到周骛肯定听见了，只是没有出声，而且他好一会儿没有进来送东西了。

她放下手机，蹦着出去，果然看见她的男朋友坐在沙发上沉默地写着邮件，对于她的靠近也没有任何表示。

"你听见了？"她扒着人的肩膀问。

"你声音太大，我想不听见也难。"周骛一脸的冷淡。

鹿苑默默叹息："这两年做生意好像很不容易，我爸碰着个条件好点的就想给我介绍。等我年后回家一趟给他坦白我们的事，在电话里说，怕他急火攻心。"

道理周骛自然明白，但是他目前非常享受鹿苑急咻咻趴在他肩头解释的状态，就起了逗弄她的心思，一脸的冷酷："怎么补偿我？"

"你说？"鹿苑看着他滚动的喉结十分入神。

周骛扶了把她的腰，把她搂到腿上："邀请我来寄人篱下。"

鹿苑心痒了下，一跳一跳："你不是已经在这儿了吗？"

"长期的，入驻主卧的那种。"他说。

鹿苑受不了他蛊惑的声音，眼神就没离开过他淡色的唇，然后直奔目标地吻了下去，微凉的手指也往他的毛衣下摆钻。

情况一发不可收拾，两个人身体不稳歪倒在沙发里。在家穿的衣服很柔软，多以纯棉、松紧带的为主，很容易就能扯开。

鹿苑一路从他的嘴唇，吻到锁骨。如今的男人不像少年时莽撞青涩，内敛克制，更有味道。

她肆无忌惮，连亲带啃，终于把他的唇色咬成了嫣红，脖颈和喉结也都起了反应。

最后她盖着他的灰色毛衣歪在沙发里，肌肤上有他细细密密的吻，如同野兽在舔舐自己的食物。

因为腿伤，家里也没有必要的东西，他们没有做到最后一步。

鹿苑看着白茫茫的天花板，心想以后他正经地睡到她床上，该怎么忍啊？

石膏什么时候能拆？

很快到了元旦的这天，鹿苑早上从快递那里收到一捧花，卡片上写着：【小鹿，新年的一年希望你幸福哦。】

还是丑丑的，草爬子一样的字体。

鹿苑睡眼惺忪，红色的玫瑰，应该是九十九朵，显得很隆重。

她不知所措地看着卡片，终于感到一丝压力。

其实无论节日还是生日，鹿苑收到礼物并不奇怪，可是她有一种感觉，每年坚持送花的是同一个人，至于是谁，她一直猜不到。

大学室友曾经说过，送花的人非常巧妙。从不表明是谁，也就不给她拒绝的机会。

卧室的门被打开，周骛湿着头发出来，弯腰把下巴搁在她的肩膀上，刚想亲她的脖子就看到了花。他眉宇间凝结着不爽，抬手摘掉了卡片，看清楚写的是什么后，又把卡片塞回花朵里。还好是祝福不是表白。

鹿苑观察着他的表情，笑着揶揄："你吃醋了？"

"没。"他刚洗完澡没戴眼镜，那双幽深的眼睛直白地释放着情绪，亲切又生动，眼神是不会骗人的，"祝福送红玫瑰，也是够'茶'的——"

还傻，不知道这样对于有男朋友的人来说没用吗？

鹿苑眼睛斜过来："你怎么这么说别人？我记得高二时有人为了和我一起回家，故意骗我说自行车被扎胎是因为打击报复，让我害怕了好长一段时间，不敢单独行动，直到保安抓到那个坏蛋，那就是个乌龙。"

她多说一个字，周骛的脸色就难看一分，直至某人叽叽不休的嘴被堵上。

本以为自己十七岁时的喜欢会被戳穿，却不想唇刚离开就听见她说："你当初为了控制我，吓唬我，做人的节操都没了。"

"你觉得我那么做是为了吓唬你？"周骛从她的颈窝里抬头。

"啊？"鹿苑也跟着愣了愣，疑惑道，"你不会那个时候就喜欢我了吧？"

"没有。"她的便宜哥哥咬牙否认道，以前做了那么多事都喂了狗，"单纯看你不爽。"

鹿苑："……"

周骛偏过头，又吻了她一下："这种前后夹击的日子，什么时候能结束？"

一边是她的暗恋者蠢蠢欲动，一边又是老鹿给介绍的对象，他不爽好几天了。

鹿苑下午去医院换了一个石膏鞋，比之前的方便，穿着裙子也不违和，还有些机械感。

假期没有别的事，鹿苑想去看奶奶，正好老鹿也叫她回去一趟。

她打算把事情和老鹿当面说清楚，至于怎么说她也想好了。她已经和周骛在一起，但并不会说是以前谈的，可以说在大学毕业后联系上的，互相喜欢就走到了一起，反正越简单越好。

她没问周骛要不要一起去苏州，因为当年周婕和老鹿离婚弄得大家都很尴尬，周骛对老鹿存在着一定的成见。

把计划和周骛对了下后，结果他问："你不带我回去吗？"

鹿苑没料到他会这么问，有些犹豫，不光是担心会面，还有一方面她和周骛并没有就将来规划太多，甚至她都没有问他工作怎么打算的。万一老鹿问呢？

她对规划未来这件事有很大的阴影，当年就是想太多太周全，结果抵不过残酷的现实，脆弱得如同泡沫一捧即碎。

"去也行。"鹿苑点点头，"我带你去看我奶奶。但是在我爸面前先别说太多，不是我软弱，而是事情得有个过程，我爸这人眼睛很毒……"

周骛很干脆："走吧。"

两人第二天一早便开车回去了，先去养老院看奶奶。

老太太养得好，记忆力也非常好，见到周骛还亲切地喊他"小骛"。

老太太眯着眼睛笑，她不像别的长辈似的问东问西，学业工作对象。只聊了聊以前的那些事，他和鹿苑每隔一周都会来看她，然后鹿苑趁机看半个下午的电视。

最后两人走的时候，老太太拍了下他的手背交代："你好好的啊。"她的眼神已经混浊，看向他的时候却是温柔祥和。某一瞬间他觉得老太太其实早就看出了什么，只是不说透而已。

下午他们回到千梓街，这里和过去并没有两样，只是一些店铺搬迁了，比如那家砂锅店，但是咖啡厅还在。

两人对坐在原木色的圆桌两边，鹿苑觉得很有意思，拿出手机拍了张照片。两杯冒着热气的咖啡，照片一角是周骛修长挺括的黑色长裤，瘦长白皙的手腕搭在腿边，难以名状的性感。

拍完她就发了朋友圈：【新年快乐。】

不到两分钟就十来个赞了。她勾着唇笑，评论区都在猜测，这逆天的腿和禁欲的手,到底属于谁!

鹿苑就是高冷不回复,吊足了大家的胃口。

"笑什么?"周骛问。

鹿苑对他扬了扬手机:"看。"

周骛没看清楚,就翻了自己手机上的朋友圈,但是他和鹿苑目前重合的好友并不多,也就是几个高中同学。不过也有人在问:【是不是周骛?他的手表我记得!】

"为什么不回答?"

鹿苑说:"因为我没有想好怎么回答,是哥哥,还是男朋友。"

周骛问:"你心里的答案是什么?"

鹿苑捧着手机,自己评论自己:【男朋友。】

这样每个人都能看到。周骛低笑了声,其实她自己不说并没有人能肯定照片上的就是他。

于是他跟在后面打了几个字:【男朋友来认领身份。】

鹿苑:"?"

这冷硬又贱的语气莫名闷骚,鹿苑惊道:"你这样大家不都知道了?这也太突然了。"

周骛真是不知道该说她傻还是粗线条了,真以为两人都这样了别人还瞎吗?他在毕业的那一年,就亲她给其中一个情敌看了,还有几个无辜殃及的吃瓜群众。

"除了那颗'海胆',你还以为谁不知道?"他的手越过桌子在她额前碎发上拨了下,"笨蛋。"

"你又这么说我!"鹿苑翻了个白眼,想看看吃瓜群众的反应,刚刷新就看见某几个人炸出了千军万马的气势。

冯晴晴:【你们终于公开了,我都快憋死了。】

陈然:【恭喜啊。】

还有一些是看不见周骛的回复,但被上面两人的发言给勾出了好奇心的,刷屏似的问:

【谁啊?】

【到底是谁?你不说我也快憋死了!】

鹿苑下巴差点惊掉:"晴晴是怎么知道的?"上周元旦,他们也没表现出多亲密啊。

周骛说:"你有没有想过,七年前她就知道了。"

"就连陈然也……"太夸张了。

周弩慢悠悠地说:"别人不知道,他一定得知道。"高三结束的那个晚上,他们在街头接吻被冯晴晴和陈然看见了,他俩比他们还尴尬,慌乱之下把储旭的头给套上了。

周弩当时就察觉到了。

静了片刻,他问鹿苑:"摊开了说也没有很难,对不对?"

鹿苑皱了皱鼻子说:"我还喜滋滋地以为自己谈了个地下恋情。节后回去,肯定要接受他们的拷问了。"

周弩语调柔软地说:"不怕,把我搬出来,万事不愁。"

鹿苑刚说了个"好",手机就振动起来。老鹿把电话打进来了,开门见山地问:"你回来了?"

鹿苑说:"在千梓街这边逛了下。"

鹿正元是因为看见她的朋友圈才打过来的,什么男朋友不男朋友的,别看照片上穿的西装革履,腿还挺长。他女儿长得好看,自己也是个十足的颜控,但是男人光靠好看是没用的,得活得好看才行。

老鹿说:"待会儿有人来家里做客,你回来见个面吧。"说完就把电话挂了,没给她拒绝的机会。

鹿苑大三那一年老鹿在市区又购置了个平层。燕家巷1608号的房子已经空了几年了,但父女俩一旦回来,还是习惯性来老房子这边看一看。

老鹿带的人就是他要给鹿苑介绍的Eric,上午的时候两人还在老鹿的门店里考察生意。

鹿苑挂了电话跟周弩商量,等她回去先把对方给解决了,会给他发微信,到时候他再进去。不然到时候她和老鹿拍桌子瞪眼睛,血溅当场,太混乱了,老鹿说不定怎么想呢。

这才是理智的做法,俗话说的"有难同当"实则是两人一起送人头。

但周弩忍不住问:"你能应付得了你爸吗?"

鹿苑眨了下眼:"放心,我早就过了被他骂哭的年纪。"反倒是她现在经常把老鹿气得成功治好了低血压。

周弩在鹿苑走后,又在店里坐了一会儿。门打开走进来一个穿着大衣的男人,因为他打电话时头差点撞玻璃上,周弩不由得多看了眼。

"鹿总给我介绍她女儿,见过照片,长得挺好看,还玩乐队。"

"之前还把我删了。"那边不知道说了什么,男人不屑地笑了两声,"小姑娘心高气傲惯了,单纯得不行,好骗的……要不是扒着老鹿这个大客户……"

周骛也是没料到会这么巧，那些话让人听着非常不爽。

咖啡做好之后，男人拿上杯子走了出去。周骛先一步出去，差一米的时候，他刻意把门拉开一点，又适时地松开。木边包裹的玻璃门很重，"嘭"地撞在迎面跟出来的男人身上。

男人没料到周骛会忽然放手，还以为他会绅士地帮忙拉一下门。

咖啡洒了出去，手臂和衣服前襟全湿了，手背也被烫红。男人满脸恼怒地看着周骛，颇有些责怪的意思。

周骛面无表情，只侧头看了他一眼就离开了。

这么多年过去，没想到这家咖啡厅的门竟然还没修，当年他就是这样不小心砸了梁宗实的后背。

等这个Eric整理好自己到访的时候，已经是半个小时之后的事情了。鹿苑无论是在见到本人前还是本人后都丝毫没有兴趣，甚至一个礼貌的眼神都没耐心给，一个平平无奇的男人罢了。

她站起来对老鹿使眼色："你说要见的，我面子已经给你了，可以了吧？"

Eric看着斯文，也很害羞内敛："你好啊鹿苑，久仰大名。"

鹿苑一脸莫名："你在哪里久仰的？"

Eric："……"

老鹿："不许没礼貌，人家Eric客套话听不出来？真以为你很厉害。"

鹿苑默默叹了口气，也觉得自己做得有点过了，可能人家也是碍于面子不得不来，于是坐在沙发上，听老鹿和对方侃侃而谈，十分煎熬。

她给周骛发消息：【我爸太能吹了，估计还得等一会儿。】

周骛：【我已经在门口了。】

要不是刚刚在巷子口，被一个认出他来的奶奶抓住聊天，他还能早点进来，等鹿苑真正反应过来他说的门口是哪里时，就看见大门被推开。

屋子里的人得等人走到院子里才能看清楚是谁。老鹿太多年没见周骛，虽然立马就能认出来，但也有了陌生感，一时愣住了，半晌才道："小骛？你怎么回来了？"

他下意识用了"回"字，也许是因为上次分开并没有告别的过程。

Eric看清人后则是万分尴尬，从脖子到脸再到耳朵都涨红难受，既有担忧对方听见他电话内容的不安，也有怕被戳穿的窘迫。

周骛视线扫了眼，不加任何寒暄地问："这谁？"

老鹿没说话，倒是鹿苑笑得幸灾乐祸："我爸要给我介绍的朋友啊。

你要来给我参考吗？"

周骛的出现对老鹿的冲击有些大，像突如其来的暴雪，平静的表面让他闻到过去的某些遗憾抑或愧疚。

离婚是周婕提出的，直至领证的那天他都没有心甘情愿。无论当年是因为对家庭的责任疏忽，还是对周婕感情上的忠贞，他都是愧疚的，即使他嘴上不承认自己做错了。

过了好一会儿，他才从震惊中清醒过来，对上 Eric 疑惑的眼神，他略显磕巴地介绍道："哦，这是鹿苑的哥哥，自家人。"

鹿苑瞬间无语。

老鹿不说她还能好好介绍一下，这些话可完全没给她后路啊。

Eric 张了张嘴："没听您说过啊。"

周骛在沙发上坐下来，不急不慢，也不回答。

只是 Eric 对上他的眼神有些难看，颇有些伪装不下去的意思，但是他涨红的脸色在老鹿看来就是紧张和不好意思，毕竟年轻人相亲都这样。

不过，多尴尬的场面都难不倒老鹿这种老牌社交达人，他兴冲冲地给鹿苑和周骛介绍着眼前这个青年才俊。不知道的还以为老鹿正在给自己的女儿推销产品，想促成的心意昭然若揭。

Eric 谦逊地点点头，连说哪里哪里。

鹿苑什么也没听进去，心说这场面真是神奇。

沉默半晌的周骛忽然问老鹿："你觉得他们哪儿配？"

言下之意就是配个屁。

但凡是个正常人都不会这么说话，老鹿被噎了一下，但是他以前就知道周骛有的时候语不惊人死不休，又不是没经历过，缓和了一阵尴尬："两人站在一起清秀悦目，怎么不般配？"

鹿苑也装模作样地问："爸，你怎么看出来的？"

Eric 忽然就觉得自己掉进了豺狼窝。这一家子说话怎么都这么阴阳怪气？

周骛很不给面子地笑了下，老鹿虽然在很多事情的处理上都不行，但是作为父亲，他总不至于害鹿苑。虽然不知道 Eric 实力如何，外表倒是有几分姿色，即使配不上小鹿，带出去也不至于丢人。

"长得稍微好看点就能给你当女婿？"周骛瞥向老鹿，言语微讽，"你的标准这么低了？"

老鹿脑门冒出一些热意来，他看出周骛是来砸场子的了："你这说的什么话？"

周骛没有收敛的意思："既然这样，你不如考虑我。"

"……"

老鹿像吃了两斤炸药一样震惊。

"无论是你说的站在一起的匹配度，还是别的任何条件。"周骛的语速不快不慢，"我们一起生活过，我知道怎么照顾她，也比你养得好。"

"那个，我打断一下。"群演 Eric 终于找到一丝缝隙插话了，"你不是她哥哥吗？"

"这和你没关系。"周骛对他很不耐烦，也更为不客气，"如果想走捷径，我建议你另辟径行吧，鹿苑的主意你就别打了。"

果然，在咖啡厅说的那些话他都听见了。

其实 Eric 本来想，如果能和一个富家千金成了的话能少奋斗二十年，再好不过了。老鹿的女儿虽然看着不太好追，但长相和声音真的没的说，他可以努力一下。

但他现在有点怕周骛把他的话原原本本地重复出来，心一慌："你们的家事我不便在场吧，鹿总，明天见。"

老鹿惊得嘴巴合不上，信息太多他来不及消化，人家说话他也没听清。

鹿苑也烦，本想心平气和地骗一骗老鹿的，被周骛这么一搅和，又得重新想借口了。

"我说认真的，你想一想，我等下回来跟你谈。"周骛留下这么一句也出去了，等鹿苑反应过来时，他人已经消失在门口了。

这样的周骛像是身体里还遗留了一些年少的幼稚。发疯已经是多少年前的事情了？这又是发的什么病？人家又没惹他。

"我也出去一下。"鹿苑越想越严重，突然很怕当年天台上和打人的事再次发生。

周骛不知道老鹿会不会被洗脑，一脑门子想给鹿苑找个所谓好归宿，但解决问题斩草除根是他的原则。

走到千梓街桥下的时候，Eric 终于忍不住回头："哥们儿，你想干吗？我没惹你吧。"

"刚刚的话不打算解释一下吗？"

"我那就是开玩笑。"Eric 也没打算装傻，"又没真想骗她。而且你们的家庭关系也对我有隐瞒吧。"

周骛最烦被人议论，他拎住 Eric 的衣领："最好是这样。我说了，你别打她的主意，等下主动跟老鹿说清楚。你的基本情况我都了解了，不怕的话可以跟鹿正元打听我以前干过什么。"

说完他又突然松了手，Eric 晃了下身体往后趔趄，差点摔了。

鹿苑走过去的时候，只看到 Eric 的前襟明显给揪出一道深深的痕迹来，人也有些狼狈。

"你在干吗？"

不会又揍人了吧？

明明是别人被整，周骛自己倒是理了理衬衣领子和袖口，好像欺负人的事不是他干的。周骛看见她，不急不慌地说："谈点事情。"

"你确定？"

Eric 看见鹿苑本人，心虚起来，都来不及控诉连忙先走了。周骛表情很淡："你觉得我打他了吗？这是法治社会，至于吗？"

"我都看见你抓人衣领了，干吗呢这是？"鹿苑眼神实在疑惑。

周骛看了她片刻，心想鹿苑是很单纯，而且是她自主选择的单纯。

他却不能忍受有人把她放在天平上去衡量价值，和她在一起是因为漂亮，因为声音好听，抑或是企图从老鹿那里得到什么好处。

并且他也不想告诉鹿苑，宁愿她永远都不要接触这种事。

"回去解决你爸吧。"

这句话成功把鹿苑的注意力拽了回来："你还说呢，不是说等我信号再来的吗？"

"等到地老天荒？"周骛冷冷地接了一句，"等你爸再多给你介绍几个对象？"

鹿苑笑了起来："等到山无陵天地合。"

"你多大了？"周骛也忍不住笑。

两个人进门前老鹿还瘫坐在沙发上，握着手机，距离眼睛挺远地瞅着，Eric 发微信说自己和鹿苑并不合适，谢谢他的好意了。

他脸上还是一言难尽，大概是被周骛雷得外焦里嫩，没恢复过来。

"为了气我你真是什么事都干得出来。"老鹿看着鹿苑说道，"还把小骛扯进来。"

鹿苑冤枉啊，她没扯周骛，而是他本就在其中。

周骛没让鹿苑一个人对老鹿编瞎话，继续刚才被中断的话题："不是为了气你，也不是故意作对。我回来就是为了和鹿苑在一起。"

465 /

鹿正元的表情僵在脸上，有种被烧得奄奄一息，又被炸成烟花的感觉。

可现在的鹿苑并不害怕了，因为老鹿的反应和当年周婕的比起来，可谓是小巫见大巫。他甚至算不上生气，只是震惊。

不得不说，时间真是有魔力。

"我说的男朋友就是哥哥——不，周骛。"鹿苑小心翼翼地看着老鹿的表情。

那一秒钟她脑海里闪过很多事情，也有千万个借口和谎言，足以应对老鹿的盘问和怀疑。

可是她心一动，忽然觉得任何语言和辩驳都没有意义。老爸的意见真的重要吗？

不，她最想遵从的是自己的内心。

"我们已经在一起了，现在是在通知你。无论你同不同意，都不会有任何改变。"

鹿苑说完就拽着周骛的手往门口走："给你时间慢慢想，想通了就来祝福我们。"

剩老鹿一个人在客厅里发癫，半晌才冲着走到门口的两人说："还等我祝福你们？"他没听错吧。

"为什么逃？"走到巷子外周骛忍不住问道。他不能理解鹿苑忽然就要走的行为，不像她。

"不然你想跟他辩论吗？"鹿苑回忆起当年自己在家里在咖啡厅里，和周婕讲道理、表决心，可这种事根本没有道理可讲。

"我爸那种在生意场上巧舌如簧的嘴，黑的能说成白的，一般人说不过他的。"

周骛顺着她说的想了下，的确是这样："你怕被说服？"

鹿苑："怎么可能。我这又不和他辩论比赛，谁输谁赢没意义。"

周骛又问："不在乎他的看法了吗？"

鹿苑说："以前我很在乎那些，结果就是和你分开这么久。"

周骛心里蓦地酸涩起来，再不忍心多问一句。

两人直到晚上才回去，房子里果然已经空了。

老鹿大概被气晕了，一个人待在燕家巷也没意思，没多会儿就走了，也没给鹿苑打电话。

其实去市区住会方便一些，但是鹿苑说要找些东西。

鹿苑这次来拿了几张卡片，是她这两年收鲜花附带的，同一个人的笔迹。她思考很久，写卡片的人应该认识她很久了。

周骛洗完澡擦着头发出来，站在门口犹豫了一秒钟，看见鹿苑房间门是半掩着的，便直接进去了。

她从床底下拉出几个纸箱子，地板上也铺着零碎的小东西。

鹿苑从一个透明的盒子里拆出一个娃娃来，问："眼熟吗？"

"这是什么？"周骛坐在床沿皱着眉。一个穿蓝裙子的迪士尼公主？

"你竟然忘了？"鹿苑非常不满，直接揭晓谜底，"第一次见面的时候，你送我的辛德瑞拉。"

讽刺她是灰姑娘。

周骛记起来了，但他现在不可能承认这么打脸的事，于是一路装到底："你记错了，我怎么可能送这种东西给你？"

他的嘴硬且损，气得鹿苑直接上手薅他的头发，两个人一起扑到床上闹腾，直到周骛的电话响起，他空出一只手去接，是储臣打来的。

鹿苑也从床上起来，继续翻找东西。她小时候的东西许阿姨嘴上说太多太乱要拿去卖了，可到底都没舍得，都整整齐齐地给码了起来。

她翻到高中时期的杂物，竟真的找到几张字条字迹类似，虽然力道不同，可某些习惯始终不变。比如她的"鹿"字，上面广字的一撇拉得很长。

最早的一张是高一时的生日礼物，被她一股脑丢进礼物盒里，与其说珍藏，不如说货物存储。

【小鹿，生日快乐哦。】

【小鹿新年快乐哟。】

那种感觉忽然让鹿苑感到心酸又压力倍增，整个人都慌乱不堪，从高一到现在多少年了？不知为何她有个奇怪的感觉，或许这就是最不可能给她耐心写字条的人。

鹿苑眨了下酸胀的眼睛，在初三的同学录上终于看到一模一样的鹿字，下面的署名"平平无奇美男子——储旭"。

那一瞬间鹿苑的心情里，愧疚占了大部分，同时被一种无能为力笼罩着。

第二天上午，鹿苑在去基地的路上看她官宣的那条朋友圈下面，唯独没有储旭的留言。而每次她发朋友圈，他总是最积极点赞的那个。

她还没想清楚就已经到了，遥遥地就看到了储旭站在太阳下对他们招手，还有那条德牧。

"小鹿，你来啦？"还是一样的开场白，鹿苑突然就觉得也许抱着来找他谈一谈的想法，并不明智。

鹿苑弯着嘴角笑，装作不知道这件事："海胆，新年快乐啊！"

"啧。"储旭嫌弃地看着她，"能换个称呼吗？"

"存款。"鹿苑听话地换了。

"你真是……没一句我爱听的。"

储臣迫不及待地喊周骛去试他的改装车，鹿苑腿还是不方便，就在休息区坐下来，储旭自然而然地就留在了原地陪鹿苑。

他从办公室里拿了一瓶热的椰奶递给鹿苑："这个不含牛奶。"

"你还记得我对牛奶过敏。"鹿苑感慨储旭的观察力真仔细，自从她发现自己的呕吐和腹痛症状的罪魁祸首是牛奶后，就再也没喝过了。

"你可是我女神之一，必须的啊。"他笑着，说到某个字上时忽然就沉默住了，"之一"只是他一直给自己的掩饰，又低声加了句，"骛哥肯定都知道这些吧。恭喜你们啊。"

"谢谢。"鹿苑手指搓着瓶身，有意开启话题，"还有送给我的那些花。每一年的，我都很喜欢。"

储旭有一瞬的无措，很快被语速过快的表达掩盖："被你发现了？我都没写名字，你竟然知道是我送的。"

鹿苑看他一眼："我也是才发现的。这次回来看到你初中给我写的同学录，字迹一样。"

"原来是这样。"储旭点点头。

鹿苑忽然不知道该说什么了："对不起。"

"千万别道歉，小鹿。"储旭还是笑得很灿烂，眼底却有些难过，"其实你已经做得很好了，早就明确拒绝过我，还安慰我，给我讲道理。喜欢人这种事，本来就是一厢情愿，就得愿赌服输。"

"你都知道，为什么还坚持送？"鹿苑问。

"因为你太好了，不甘心呗。"储旭帮她把椰奶拧开，递回去，"被你发现了，我以后就不能送了。"

鹿苑接过喝了一口，也笑起来："多少是不合适了。"

"没事，对我来说青春也算完整了。"储旭抬头看了一眼蓝天，悠闲地说，"你的青春里只有周骛，可我的青春里都是你啊。"

鹿苑呛起来："怎么像演偶像剧？"

"你还笑?"储旭都想掐鹿苑了,"真是不厚道啊。你看似对朋友都很好,可是我们认识十几年了,你从没注意过我的字是什么样的。"

"很好,你成功让我内疚了。"

储旭说:"以前陈然给你讲题,我就故意大声说话搞破坏,后来骛哥和你坐在一起我更嫉妒,只不过骛哥太厉害,会报复回来。"

储旭看着垂头的鹿苑,既心酸也很感激她专门来找自己道歉。即使鹿苑不喜欢自己,可他的感情投放也有被好好对待。这让储旭觉得自己没有喜欢错人。

"小鹿,真的不用道歉,我都释怀了。"储旭说,"送花也只是坚持的一个习惯而已,而且我知道你和骛哥很不容易,一定吃了很多苦吧?"

"你好像一点都不惊讶?"鹿苑感到奇怪,周骛不是说只有储旭没看出来吗?

"因为我早就知道骛哥喜欢你啊。"储旭回想了一下,他应该是最早知道周骛秘密的,"高二我们经常一起打篮球,有次去小超市买水我们都忘带校园卡了,无意间看见骛哥钱包里夹了一张你的照片。"

鹿苑心里闪过一个大大的问号。她怎么不知道周骛的钱包里有自己的照片?

还是高二。

那个时候她和周骛还是"撑天撑地撑空气"的关系吧?

"你和陈然同桌的时候,我问骛哥每天看见你俩出双入对是不是很不爽,他说是。"储旭想想那个过程,也觉得非常好笑,"那时候我就把他当成好兄弟,因为终于有人能理解我了。"

鹿苑本来只是想说储旭送花的事,结果越听越迷糊。

储旭又说:"这事真的跟过山车一样。高三你们俩是同桌了,我的嫉妒对象又从陈然变成了周骛。后来开家长会我才知道你们俩是重组家庭兄妹,于是又开心得不行。

"我以为是骛哥单向喜欢你,但他不可能追你,也不能和你在一起,毕竟现实中这样的关系家里人不太能接受。"

可是储旭觉得最不可能的那个人,最后却和鹿苑在一起了。

"这样看,我是不是还挺坏心的?"

鹿苑并不介意和储旭说:"当时是不太能接受。现在还好,我们各自的家庭分开了。"

虽然自己意难平,可还是希望自己喜欢的人能得偿所愿。

"那我以后就不喜欢你了啊，再喜欢就不礼貌了。"

鹿苑笑着说"好"。

两个人准备离开时已经是傍晚了，储臣提了句他和梁晴五一办婚礼，让周骛到时候带着鹿苑过来。

等周骛的车开出去，储臣拍了拍他傻弟弟的后背："死心了吧。"

储旭抽了下鼻子："本来说好了喜欢到她结婚，现在只能提前结束了。"

"傻子，喜欢不早点行动，留着现在后悔？活该。"储臣幸灾乐祸道。

"你懂什么？我试过了。"储旭白了一眼他哥，每个人都有自己生活的智慧，诉求也不一样，"我喜欢她，可是她一点都不喜欢我，死缠烂打这么讨人厌的事我可不做。"

他知道自己多羡慕陈然的理智，得到小鹿偏爱的周骛，还有他们那样的睿智。

可鹿苑到底有多好，他也最知道了。

喜欢她是个偶然的契机，初二他因为违反纪律被老师赶出去。

那天早读，鹿苑背着书包从走廊过来，看见脸被晒红的男生在抹眼泪。

其实是被晒刺眼了。

她以为储旭在哭，就过去拍了下他的肩膀，说："别伤心，你可以花五块钱雇我，我帮你骂他！保证十分钟不重样，让你药到病除。"

这个女生很搞笑，储旭被她骗走了五块钱。

鹿苑也兑现了承诺，说了十分钟老师的"坏话"来开解他，被罚站也没什么，每个人都有丢脸的时候。

后来他吃着鹿苑用他的钱买来的雪糕，莫名其妙就开始漫长的喜欢。

即使他很清楚，鹿苑只是同理心强，她对每个人都很善良。

如果让储旭因为自己的喜欢而给鹿苑造成困扰，他并不愿意。

车行驶到街角时鹿苑又扭头看了眼，能清楚地看见储旭站在夕阳下的动作，其实车外的人只能看到一个无情的车尾而已，但他依然很高兴地摆手。这样看来是有点傻的，但也很真诚。

鹿苑玩了会儿手机，沉默着叹了口气，心中的愧疚依然没能消散。

周骛打左转向的时候顺便看了她一眼，幽幽开口："要不我把我车倒回去，你们再聊会儿？"

鹿苑瞪大眼："什么？"

"还什么？"周骛手指搭在方向盘上敲了下，"一下午了你们都聊什么？"

鹿苑从他冷淡的神情和语气忽然意识到，周骛可能是吃醋了，于是笑着问："周骛骛，你吃醋了？"

"一颗'海胆'而已，用得着我吃味？"周骛并不承认。

他越是这样说就越能证明他心里很不爽，要真不在意的事情早懒得计较了。鹿苑觉得非常有意思，故意逗周骛："这条路不能倒，你开到前面掉头。"

周骛："……"

"忽然想起来，还真有件事没跟储旭说呢。"

周骛又瞥她一眼："别招我。后果自负。"

鹿苑顺杆爬："什么后果？说出来吓吓我。"周骛对付她无非是那些招数。

结果一路上周骛开车都很沉默，高速一路走快车道，生生把行程缩短了半个小时。

不过鹿苑也没在他开车的时候故意挑逗，她逐渐从储旭的事情中抽离，想起另外一件事。

储旭说高二的时候看见周骛的钱包里夹着她的照片，这件事让她感到不可思议，明明朝夕相处，她竟然一直没有发现。

这也源于她很少动周骛的东西，以前上学的时候他几乎是"禁止"她去他的房间里。

藏照片这种事除了喜欢总不能是为了晚上扎小人吧？那会不会他藏的不止她的照片？

啧，她的便宜哥哥真是心机很深啊。

等两人到家已经是晚上，华灯初上，鹿苑站在门前输入密码，周骛站在她身后，在门打开的那一瞬间，勾手把人提着腰抓进去了，丢在巨型的懒人沙发上，她的胳膊也提溜到她脑袋上。

鹿苑第一次被这么对待，有点粗暴，她也有点喜欢。

嗯，这次不是勾着她的脖子往自己身上压了。

"干……干吗？"她呆呆地问。

懒人沙发里的填充物是泡沫颗粒，随着两个人的动作被挤压而随机变形，她听见周骛摘了鼻梁上的眼镜，丢在木地板上。

"坦白从宽。那颗'海胆'一下午缠着你干什么？"他的嘴唇游离在她脸颊上方，坚硬的鼻尖被风吹得很冷，有意无意地蹭着她的，如撩拨一般。

储臣拉着他在那儿炫耀狗屁的改装车，他就只能远远看着两个人坐在凉棚下悠闲地晒太阳。有那么几个时刻，他烦闷得想暴走，可又不想被人看穿自己心眼其实很小。

并且想这样做的心思持续了很多年，在北京，在大洋彼岸，一想到她身边有那么多危险分子……企图，或者正在见缝插针，能把人逼疯。

鹿苑不知道他是真想知道还是故意跟她玩，故意说："秘密。"

周骛的一只手滑下来，指尖蹭过她的脸颊，然后毫不留情地堵住她的嘴。周骛多数时候冷静，但一旦疯起来也是没底线。

鹿苑的手臂被散开，落在地板上，摸到金属框架的眼镜，回忆着她喜欢的人脸上的禁欲模样，在他低头亲吻她脖子的时候，镜片上会沾染蒙蒙的雾气……

此刻，他的眉眼掩在她灰色的毛衣之下，只看得见黑色短发，点点湿热的痒让她想躲开。

然后周骛不自觉无声笑了起来，真是幼稚，也真可爱。虽然这事弄到最后伤敌一千自损八百。

有种心理疾病叫报复性补偿，于他来说，在靠近她的时候这些年的不甘心也就得到了补偿。无论做什么，都是有效的治疗方法。

4号早上，鹿苑正常去公司上班，周骛正常在家"无所事事"地休假。

刷牙的时候，鹿苑想，如果按照社会价值论，周骛的价值在大多数人眼里应该比她的高。无论他将来选择去北京或者国外工作，这都是必须面对的问题，两个人是要好好商量规划的。

相处是个复杂的命题，即使可以亲密地做很多事情，但是涉及深层次的问题，鹿苑还是保持着自己的分寸。

等一等再说吧。

周骛听见她的声音，也起来了，拨了下凌乱的头发走到她身后，少爷似的把下巴往人肩膀上一搁，手放她腰上。

鹿苑从镜子里看他："我上班要来不及了。"

周骛说："我开车送你。"

"算了吧。"鹿苑说，"你不知道这里是大'堵'市吗？又不是千梓街。多豪的车都不如地铁靠谱。"

周骛唱反调似的说："我不知道。"人也不肯从她肩膀上移开，她动一下他就跟一下。

鹿苑知道他其实是不舍得她离开，但是这班必须要上，于是她说："中午，我有一个半小时的午休，你来找我吃饭吧。"

"理由？"他还傲娇起来了。

鹿苑走到门口换鞋子，又回来捧住他的脸说："这么帅的男朋友，不拉出去遛一遛太亏了。"

周骛："……"表情一言难尽，大概是被无语住了。

鹿苑："你知道我们公司对我有好感的男同事还挺多的，而且今年年会我是主持，必然又得收获一堆迷弟，要是以为我还单身，不得踏破……"

"十一点四十分，我在楼下等你。"他表情严肃起来。

约周骛过来，只是早上分开的时候忽然想看看他现在的钱包，可是没理由直接要。经过一个上午的思考，她才找到了那么点借口，显得比较正常。

她和周骛去楼下的一家日料店吃饭。服务生和鹿苑很熟了，快吃完时，过来提醒一句说这天是周二，刷某行信用卡可以打折。

鹿苑抬了下下巴，然后伸手："给我钱。"说得理直气壮。

"密码0402。"周骛直接把手机递给鹿苑，被鹿苑拍了下手掌。

她想了想，说："信用卡给我，打折。"

周骛有些奇怪："有手机银行。"

"钱包。"她强调。

这年头出门带钱包的人已经不多了，鹿苑才想起来这借口也烂到家了，万一他没带呢？

可是周骛今天偏偏带了。

他对鹿苑几乎没防备心，尤其是钱。这些年他连续给她打了上百万，眼睛都不眨一下的。

虽然不理解，但是他也几乎没有犹豫地把钱包递了出来。

但是等鹿苑拿着钱包走开的时候，他才意识到自己其实并不坦荡，就如同当年他一直不想让她进自己的房间一样。

为时已晚，被她套路了。

鹿苑站在隔帘后。

她丢失的2011年小提琴比赛报名表上的照片，蓝色的底，她扎着马尾，脸上带点婴儿肥，还是个小孩模样。

473 /

高三结束的那个暑假，她和许阿姨看到的那张报名表上的照片。

此刻就在他的钱包里。

鹿苑仔细回想着他曾经是否露出过蛛丝马迹，记忆里好像有一次。某个晚上两人在路边买酒酿小圆子，他的钱包落到她手里几秒，又很快被拿走。

一闪而过看到蓝色，原来是她的照片。

鹿苑心里头忽然酸涩起来，无论是十几岁喜欢却无法宣之于口的日子，还是后来分开时无望的想念，一年又一年地过着，他一定很难熬吧。

如今回头看，好像再也无法承受。

兔子忍受疼痛的能力是无限的，原来人忍受痛苦也是没极限的。

她站在屏风后面回头看周骘，隔着层层的阻碍，他恰好也抬眸看向自己，目光安静而温柔。

两人相视笑笑，鹿苑从他的钱包里抽出一张卡递给服务生，本还想试试能否猜对密码，但这张卡小额的消费无需支付密码，也就作罢。

等鹿苑回到桌边把钱包递给周骘，他那一瞬的慌张已经平复，也没有当着她的面打开钱包检查照片是否还在。

如果不仔细看，也看不出来他耳根其实是有些红的，眼底有微不可察的失措，只是正在努力地坦然。

室外冷风拂面。

鹿苑把手揣进周骘黑色的羊绒大衣兜里，与他十指交握。他的掌心干燥，暖融融的，很舒服。走到写字楼前，周骘捏捏她的后颈："上去吧，我晚上来接你，下班地铁人多会踩到你。"

她觉得这个对话很像高三那年，最后的两个月，他这个做哥哥的每天尽职尽责地接送妹妹上下学，于是问："接到什么时候？"

周骘想说到她的腿完全康复，话到嘴边琢磨了下又觉得这样岂止，便没有说出答案："你想什么时候？"

鹿苑也没给出确切的要求，只是做贼似的四处瞄了瞄，然后轻轻嘟了下嘴。

周骘双手捧住她的脸，在她唇上印了一口，又意犹未尽地来回蹭蹭。

鹿苑满意地笑起来，忽然问："哥，问你一个问题。"

"你说。"

鹿苑说："如果有一天，我又变成了废物，赚不到钱也没有工作，你会喜欢我或者养我吗？"

周骛没有弄懂她这个问题背后的意义，但只思考题面的话，他说："我第一次见你的时候，你只是个十六岁的小女孩，在我眼里你一直很耀眼。"

他依然会很喜欢她。

至于养她，他在很多年前就承诺了，从未打破。

鹿苑只是想问，如果她要从头开始，周骛会不会等等她。得到想要的答案，鹿苑眯着眼睛笑了笑："我会努力，在你眼里一直耀眼的。"

两人分别后，鹿苑进了楼里，周骛则开车去了趟超市。

下午工作不多，重要的事情上午都办完了。

茶歇时间同事们喊鹿苑去休息区喝咖啡，她摇摇头，从抽屉里拿出一套手工盒子出来，说道："你们去吧。"

同事古怪地看着她："小鹿，有情况啊？"

"什么情况？"鹿苑不明所以地问。

同事拿出一面镜子放在她面前："看，嘴角都带着弧度。"

"别把我说成花痴。"鹿苑一把扣住了镜面，拒绝直视。

"哈哈哈，刚在楼下看到你和一个帅哥亲亲呢。"同事抿着嘴，"新交的男朋友呀？和之前的不是一个风格的。"

鹿苑想了下说："几年前交往的，算新吗？"

同事张大嘴巴惊呼。

鹿苑又补了句："我只有这一个男朋友。"

不怪同事误会，因为玩乐队的关系，她身边围着的男孩子不少，长得也都不错，每个都可以拎出来充当大美女的男朋友。

"怎么之前没见过呢？"同事笑着问。

鹿苑纠结了一下，不想把其中曲折告诉外人，只说："异地恋。"

"恭喜你，终于结束异地恋啦！"同事也很聪明，自然知道鹿苑近些时间的状态不同，肯定是因为男朋友回来了。

鹿苑专心忙了一下午，再抬起头时天已经黢黑。窗外的楼宇里亮起了灯，隐隐约约能看见对面楼里正在开会的人，和小时候路过别人家门口，看见身影匆忙的阿婆的感觉一样。

她站起来伸了个懒腰，东西装进包里，下楼。

下了点雨，地面是潮湿的。

鹿苑裹紧了身上的外套，走到喷泉广场的对面，看见周骛撑着的黑伞上方被路灯照出一圈毛茸茸的圈来,雨丝细腻。

"怎么不在门口等?"周骛问。

"故意淋雨,想让你愧疚、懊恼、心疼……"她搞怪地说。

"神经病。"周骛嗤笑一声,过了会儿,抬起手臂把她搂进自己怀里,低声问,"你冷不冷?我很心疼。"

鹿苑:"……"

他有的时候也很可爱。

"拿的什么?"周骛拿下她肩上挂着的一个帆布包,里面装了本很大的书。

"回去告诉你。"鹿苑不给他紧紧抱在怀里,神神秘秘的。

不过等两人回到家,一个忙着洗去身上的冷意,一个去准备晚饭,几乎忘了这茬。

等鹿苑换上睡裙出来时,已经闻到淡淡的饭菜香。周骛以前基本不会做饭,也不喜欢做这种琐碎的事情,他的兴趣爱好更多在物理和机械上。

但是碍于当年要照顾嘴挑到人神共愤的妹妹,他得先一步成长,后来出国了,衣食住行样样都得自己熟悉,生生把他给逼出来了。

不过,鹿苑一直不喜欢麻烦别人。现在和大家一起吃饭,碰着菜里有葱姜蒜的她也不说,要么不吃,要么默默地挑出来。

周骛并不介意惯着鹿苑的"小毛病",对于她,他反而很享受照顾的过程。像是悉心照顾一只布偶猫,高冷、娇气,回头会用粉嫩的小爪子在猫奴脸上踩踩,猫奴本人还高兴成不值钱的样子。

这种感觉就像许阿姨总是会一边嗔怪大小姐不好养,一边又叫着"乖乖"疼爱。

他做了鹿苑爱吃的东西,鹿苑终于找到在家的感觉,不过很快又搁了筷子。

"怎么了?"周骛怀疑是自己的手艺不行,"太咸还是太腻?"

鹿苑笑出声,说:"你能不能不要一副被我欺负的样子?凡事别在自己身上找问题。"

周骛反应过来,顺着说:"来吧,不听话的小孩是要挨揍的。"

也不知道为什么,鹿苑看着他摊开的手掌,脑海里忽然闪现一些少儿不宜的画面,比如他会拍打她某些不可说的地方。

鹿苑受不了自己这么流氓,赶紧站起来抓住的手:"为了认错,我有礼物送给你。"

周骛跟随她来到卧室，又看见她的帆布包。鹿苑先拿出来一个小盒子："其实算是两个。先给你看第一个。"

周骛打开白色的盒子，里面装着一根纯银的手链。作为一个男的，一个除了手表，身上毫无配饰的男人，周骛觉得这礼物可能不太适合他，虽然她很用心。

鹿苑说："你别嫌弃，先打开看一下。"

"怎么打开？"周骛不理解，倒是有个坠子。

鹿苑让他坐在椅子上，自己跪坐在床单上，捧着他的手指导着打开坠子里的机关。确切地说是一个小盒子，里面暗藏玄机，有一张照片。

是两人十七岁的合影。

鹿苑并不知道周骛是何时喜欢自己的，也忘记自己是什么时候喜欢上他的，但这是两人第一张合照，就算是一个开始吧。

鹿苑笑起来，说："我上大学的时候特别流行这种热缩片，我们宿舍有男朋友的女生就把合照缩起来当吊坠，就我没有。"

周骛看着她，却没有说话。

"现在补一下。"鹿苑有点开心，先把自己逗乐了，"可能对大学生来说很幼稚，但是对二十五岁的小鹿来说就刚刚好。"

周骛心口一滞，像是被人狠狠攥住，扯着深深的褶皱。有细密的痛感，但是很快被她的笑容感染，因为他真的很喜欢这样的小鹿。

她总是一面被遗憾拖住，一面又去抓快乐。

"可以替换掉你钱包里十四岁的我了吗？"她可怜巴巴地看自己的男朋友说，"都快被你盘包浆了吧？"

其实十四岁的鹿苑和二十五岁的她，模样并没有太大的变化，只是没了婴儿肥，眉目也更加清晰。当年周骛在两人一起使用的那个书房里捡到一张表格，觉得很可爱，就把她的照片撕下来。

周骛毫不留情地说："二十五岁的礼物接受，十四岁的照片也没收。"

鹿苑嘟着嘴装作生气，不到一分钟又装不下去了，因为想到一张照片被他独自珍藏了七八年就很难过。

于是她又翻开那个方形的大本子。翻开的第一页，是他们去北京玩的那次的照片，被她扫描出来，层层叠叠，一栋栋建筑立着，还有藏在朱红色门里的小猫……全被她做进了立体书里。

后面是他们曾经计划好，却没去的地方。

她一下午都在做这个东西，终于赶在下班前做好了。

"有些地方是你一个人去的，有些是我和别人去的。我忘了要和你一起考研，出国。好可惜啊，我们都没有一起。"

周骛现在不太能见得这些，每一道都是伤口。不得不说少年时的爱意比天都大，分开太伤人了，很难治愈。

鹿苑看着异常沉默的他，轻声问："哥哥，你还遗憾吗？"

周骛下意识地点头。

"虽然错过了这么久，但是我们的未来还有很多年，再一起去怎么样？"

鹿苑想，如果能活到八十，她现在也才二十五岁，分开的时间都不到十分之一。她还可以把后面的每一页都填满。

鹿苑从老鹿那里继承了一些察言观色的基因，天生就会为人处世，比如切忌交浅言深。

没想到有一天能用到自己和周骛的身上。

因为重逢得太不易，周骛于她来说也是极其特别的存在，鹿苑并不愿意把现实的问题拿到两个人之间互相为难。

其实她很清楚老爸给她介绍对象的本质可以称之为各取所需，老鹿希望她有安稳的生活，而对方无非是看中老鹿有不错的家底。

鹿苑在内心深处一直觉得自己和周骛的感情应该是最纯粹的，为此她可以拿一些东西去交换。眼看着周骛的假期就要结束，关于在一起，关于前程，好像也不得不提上日程了。

周骛坐在她的椅子上，安静地欣赏着她送给自己的礼物，他应该非常喜欢，手指细细地摩挲了几下。

鹿苑在床上瘫坐了一会儿，跪起身趴在他的肩膀上喊人："哥哥。"

"为什么忽然撒娇？"周骛心里头软了下，侧头就能亲到她的嘴唇，背上也像是挂着一个软乎乎的玩偶。

"以后你是怎么打算的？"鹿苑的声音多少带着些不确定。

"什么意思？"周骛一时也被她问蒙。

"有前车之鉴，我觉得异地生活对情侣来说太不友好了。"鹿苑沉默了下，说，"你休假结束还是要回去，我们得好好计划一下。"

周骛把书合上，听出她想表达的意思，不自觉挑了下眉。

"怕你不理解，我解释一下。我送你这个书的意思呢，就是希望以后的所有事情我们都一起去做，无论是旅行还是生活工作。"

周骛笑着问她："如果我要走，你打算怎么样呢？"

鹿苑略略着急："情侣就不应该分开生活啊。如果你要去北京的话，那我是不是也要跟着一起？"

"你想去北京吗？"周骛问。

"在我这里，去哪儿不是要思考的问题，我不想和你分开。"鹿苑早前就想过，最终的结论是，"如果你回北京的话我就跟去，我可以去那边工作，反正乐队活动的频率也不高，随时飞回来就好，而且我还有你打给我的钱，足够我度过很长的适应期。"

周骛："我要去国外呢？"

鹿苑瞪了瞪眼，却还是说："我有钱，英语六级也过了，长得漂亮，去国外再搞个乐队说不定能红……"

周骛没忍住笑："去月球？"

"去月球——"鹿苑跟着念了句，一秒后反应过来这人是在耍她，迅速出手勒住他的脖子，"想去月亮，我买个炮仗把你炸上去。"

"这么暴戾？炸了可就没男朋友了。"周骛被勒得想咳嗽却还有心情开玩笑，"这段时间你不说也不问，我以为你没想到，结果是这么琢磨的。"

鹿苑哼着说："我当然会琢磨啊。被迫分开这种事放在书里不过是两页纸，在我这却是这么多年……"她要花多少时间才能走出来，再来一回真的受不了。

周骛默默转过身，再次把她抱到自己的腿上："自己琢磨这么久，为什么不问问我是怎么想的？"

鹿苑当然是不想给他压力，但是她没说，反问道："你给我打这么多年的钱我却没回应，这钱等于打水漂，你是怎么想的？"

周骛不喜欢听她这么表述："谁教你这么说话的？打水漂？"

鹿苑："我都不和你在一起了还想着养我，你是弱智吗？"她有天晚上想周骛可能是个"纯纯恋爱脑"，和老人误入传销组织被骗钱没什么区别。

周骛叹了口气解释："没想那么多。分开的时候，第一次感觉到自己对生活的束手无策，给你钱算是给我自己的安慰。无论你和老鹿的关系怎么样，有这笔钱你就有底气不受制于人。我也能放心。"

"你怎么这么好？"

"因为我爱你。"

听见他直白地说，鹿苑竟有些羞涩："突然煽情？"

"不是你先煽情的吗？"两个人颠倒，变成她半躺着，他半跪在床沿，一点点啄吻着，开着的那盏小灯把两人的影子映在墙上，模糊缱绻，温柔至极。

"为什么会想跟我走,而不是让我留下来陪你?"周骜在亲吻的间隙又问。

鹿苑说:"因为发现你的喜欢比我早。没有回应你我很抱歉,所以想为你做点什么。"

随着他躬身的姿势,黑色的毛衣领口下坠,露出男人清瘦白皙的锁骨,性感又禁欲。鹿苑侧头去咬:"能告诉我,你什么时候喜欢我的吗?"

"不能。"他拒绝的时候皱着眉,她的小虎牙咬在皮肤上发出的刺痛感,让人无法忍受。

"我都打算再次和你私奔了,都不行吗?"她装可怜。

鹿苑每次这样都挺让周骜没办法的,尽管他知道这是她的撒娇手段。于是他咬回去:"私奔个屁,我们都多大了,谁能管?"

也对。鹿苑才想起来他们都已经完全是大人了,即使是老鹿和周婕不支持,也不能奈他们几何。

他的手指滑过她的眉尾:"我是不是也该送你一个礼物?"

"什么?"鹿苑一听礼物,眼睛都亮了。

"严格意义上不算礼物。"周骜笑笑,"不用辞去工作去北京,也不用把我炸去月球。我把工作签到这儿了。"

鹿苑整个人都愣住了,连丸子头被人拆了都不知道,任长发散落在枕头上。

周骜说:"原本定的是12月份入职,我把一切都安排好再来找你。没料到你在音乐节上出意外了,我人也跟着乱,什么都没准备就去医院了,看样子把你吓到了。"

鹿苑回忆那天还真是这样,还在想他怎么来得如此莫名其妙。

那天的周骜情绪也非常低落,鹿苑于他来说不是第一次再见,可是他那天见鹿苑确实突然。她的反应让他发现这些年分开代价过大了。

"那为什么没去?"鹿苑很想知道。

"延迟了,想留在你身边照顾你。"

他说的休假其实是请假。鹿苑还想说点什么,被周骜堵了下嘴,他说:"小鹿,这些年我一直都很想你。

"能回来的时候,我就来到你身边了。

"不用为我妥协,因为是我先喜欢你的。"

他每说一句话就会忍不住亲她一下,从锁骨亲到嘴角,每一下都在治愈自己的缺失,他总是在心里告诉自己,不要再遗憾了,往后还有很多年:"我爱你。"

"哥……"

其实他长这么大得到的东西并不多,少年时期像条野狗,遭受无妄的唾弃,犯了很多错。无论想不想和她成为一家人,生活的确给了他惊喜。

鹿苑鲜活耀眼,让他甘愿绕着她转,摇尾巴,承认自己满心满眼都是她,这辈子也只对她一个人忠诚。

鹿苑早晨醒来,周骜已经起床离开卧室,住在一起快两周她渐渐熟悉他的习惯,和读书时没有太大的差别。

六点多起床在小区里跑一跑步,带早餐回来,开启给某人的叫醒服务。

等把人送上班,他再回家来打开电脑工作。

鹿苑住的这个小区周边的早餐都乏善可陈,一周多的时间他就开始自创了,倒也有模有样。

鹿苑却比高中时期懒了很多,八点前起床是不可能的,起床也不愿意说话,说话也慢半拍,就像网上说的,她人生智力巅峰和毅力巅峰只在高三。

上学时他站在她门外,只需叩一下,里面就立马能有回应,现在得去床上三催四请了。

不怪鹿苑赖床,太累了,六七个小时的睡眠都无法拯救昨晚的疲倦。

鹿苑对着日光眯眼,看着手臂撑在她枕边的人,他问她:"起吗?"

"困,要睡。"她拉上被子盖脸转了个身,本以为他会退出去,没想到都没酝酿出睡意,一双微凉的手伸进被子里来,铲车似的把她整个人从床铺里掏出来了。

"我说了要睡觉。"

鹿苑身上窘迫,顾头不顾尾地找衣服,他把自己的浴袍扯过来包住:"起来吃早餐。"

鹿苑无语,不是谁都像他一样,晚上做完运动早上接着跑步,还不累的。

"我倒要看看你给我准备多少好吃的东西。"她怨念频生,"不值得我起来弄死你。"

周骜接话:"算了吧,如果迟到你会让我死无全尸。"

鹿苑叹息:"扶本公主去洗漱。"

"你喜欢玩角色扮演?"周骜看她,凉凉道,"不如今晚我们也玩一下？"

"你扶不扶啊？"

"扶扶扶。"他笑。

鹿苑以为这天会到公司很早，结果证实是她想多了。

踩进门仍旧是九点半，因为跟男朋友同居是一件很有趣的事情，从洗漱吃东西再到换鞋上班，一路都在嬉笑打闹。

中午的时候，鹿苑发了条微信问他：【周骛骛，你觉得，现在的生活是你想要的吗？】

周骛不知道她当下正在想什么，但是他愿意这个问题。

没等他回复，鹿苑就打了一段字发来：【我理想中是这样的，毕业后我们生活在一起，在没有人打扰的房子里，你做我爱吃的东西，偶尔接送我上下班，一起去看电影或者打游戏，不小心想起不高兴的事情，我会给你抱抱，逗你开心，也许将来还会养一只长得很像你的德牧，它的名字叫 Friday，哈哈哈哈……】

忽略掉最后一句搞怪的。

周骛想，只要有她在，哪里都是理想的生活。

很幸运，现在每一天都是他们十八岁时计划的。

虽然殊途过。

1月下旬，鹿苑腿上的石膏拆了，周骛入职研究所做核能研发的相关工作。

他们的生活步入正轨，也正在进入下一个征程。

其实也并非风平浪静。鹿苑在老鹿那里丢下一颗炸弹，等他缓过神来准备劝说他们在一起多并不合适，两家没法相处且会被人指点，鹿苑潇洒地丢下一句："老爸，这是你要考虑的，不是我的问题。当初你和周阿姨结婚也没有考虑过我和周骛好不好相处。"

把老鹿撑到无语至极。等他气急来找鹿苑时，却发现这两个家伙俨然已经到密不可分的地步了。

周婕也曾打电话给周骛提及相关事情，同样是被回绝，周骛甚至都不会给任何理由和解释。

春节过后，乐队接到十六中的校庆邀约。

作为唯一的女生，且是有稳定对象的人，鹿苑自然是把周骛给带上了，不过周骛对沈知燃的印象不算很好。尤其去年音乐节鹿苑摔下台伤了腿，导致他总是隐隐担心。

沈知燃看到周骛倒是觉得非常有意思，因为他知道周骛的秘密，有些人很会发疯，一场疯发好几年，却不敢告诉自己的女朋友那些卑微的喜欢。

鹿苑仍旧不知道那首歌的真正含义，生生给安在了沈知燃身上，后者也不提，就让他们这么误会着。

坏得很。

沈知燃写了首新歌《去野》，也是一首符合校园主题的清新歌曲，歌词听着很有感觉，和《奇妙宇宙》又不太一样，更为野、放肆无羁。

鹿苑问："十六中今年的校庆找我们表演，你准备唱新歌吗？"

"不，唱某人的暗恋。"

鹿苑愣了愣，笑说："你又不是一个爱分享的人，做任何事都有自己的目的。可是初姐姐已经走了，你唱给谁听？风把信递给她吗？"

她说起话来也损，丝毫不顾及沈知燃的面子。

"谁能听懂谁知道，是吧，科学家？"沈知燃被撑得不爽，他不跟鹿苑说，就对周骛阴阳怪气。

周骛不承认也不否认："科学家能把你的工作室炸了，要不要？"

鹿苑不太理解这两人，明明不熟，却一见面就互掐，火药味还这么足。明明早就揭晓了答案，沈知燃喜欢的另有其人。

她坐在沙发上喝水，看向沈知燃说："你以前暗恋的不会是周骛吧？那我退出，你们俩结婚吧。"

两个男生的脸都黑了。

"你们家的智商是都给一个人了吗？"

"喂，别说我女朋友。"

闪电男和韩硕都快笑疯了，这是十六岁的小鹿熟悉的配方啊。

3月26号是十六中的校庆。

他们提前一天回到苏州，和熟悉的同学吃了饭，像是一场盛大的联欢，第二天又见了令人又爱又恨的老孔。

老孔这些年的变化很大，看上去明显见老，不知道是不是被熊孩子给气的，气色倒是好了许多，不再是当初冰糖葫芦的模样。

他在江湖中还是人称"虎哥"，一看见调皮的男生就开嗓子骂："上课铃声响了听不见吗？腿落家里了？你怎么不像个虾爬子，爬回教室……"

这才是真正熟悉的配方。

听得鹿苑乐了一会儿，又脊背一麻，像是回到被老孔支配的日子，动不动就抽查她的作业，做梦都给吓醒。

她不愿意被老孔拉着扯家常，于是赶紧去找同学，去逛逛最令人喜欢的小卖部，看看操场小竹林是否还在。

周骛上学时其实和老孔的接触不多，更多时候是和物理老师一起。当然他也并非是喜欢物理老师，只是一起搞竞赛，两个聪明且沉默寡言的人可以省去很多麻烦。

老孔却极喜欢周骛。在这个物欲横流的社会里，很多人追求极速利益，周骛走的却是另外一条路。

去最高学府深造，回到国内，专心搞研究，不骄不躁。老孔曾经担心他性格极端，桀骜不驯，善于伪装，会走入歧途，好在一切都是最好的结果。

老孔絮絮叨叨地问了周骛很多学业和工作相关的问题，脸上是挂不住的骄傲，最后又八卦地问："个人问题解决了吗？现在有女朋友了吗？"

周骛说："有。"

"行啊。"老孔高兴起来，拍拍他的肩膀，"结婚了通知老师。你是我带过的最优秀的学生，一定要喝一杯喜酒的。"

周骛说："你今天就能见到。"

老孔愣了一下："是咱们学校的啊？"

他知道的学生中，哪个能和未来的科学家匹配呢？

周骛却点了下头。

老孔更加兴奋："谁啊，是我带过的吗？"

周骛说："等下她会上台，你一看就知道了。"

老孔纳闷，目前邀请的校友中适龄女性有哪些？好像没有吧？

活动安排在下午三点，正好契合暖春三月。

周骛脱掉外衣，里面是一件挺括的白色衬衣，气质清隽，赏心悦目。他去活动后台找鹿苑，她刚化妆完，正在调试耳麦。

"你待会儿要上台讲话吗？"鹿苑记得周骛也受到了邀请，想想还挺骄傲。

"怎么可能？傻不傻。"他不认为自己是个好学生，也不足以给后辈做榜样，便拒绝了。

鹿苑看着自己的男朋友："超级帅好吗？"想了想又说，"低调点也是对的，现在小孩都肤浅，只看得见你的皮囊，完全看不到你的精神内核，会造成不良影响。"

"……你上去没问题？"周骛无语了一阵，盯着她看，她的唇色不深，涂着亮而清透的唇釉。他低头在唇瓣上亲了亲，微黏还有些甜味，他忍了，还多摩擦了几下。

"我本来就是除了美貌一无所有。"鹿苑被他的温柔吸引，自然而然地回吻过来，故意在他清瘦的面颊上蹭过，留下一点唇印。

"擦掉。"他眉心轻蹙一下，又缓缓展开。

"我不。"她狡黠地眨眨眼。

周骛看着她威胁："我这样出去，别人问起，我说你亲的。"

他真干得出来这种事，但是她可丢不起这人，连忙去用指腹擦掉了，又报复似的在他下唇咬了一口，直到过道那里传来脚步声，他搂着她的腰去了更加隐秘一点的窗帘后。

"待会儿上台要唱什么？"他又低声问。

"那首校园歌曲。"鹿苑在试音的时候又唱了遍，仍旧没有发现，有点吐槽性质地说，"沈知燃这人真的是，恨不得全世界都知道他上学喜欢过一个人。"

周骛："……"

"我先出去，结束在门口等你。"

冗长的致辞之后，开场的节目就是在去年大火的灰色鱼雷乐队，以及他们刷爆各软件平台的成名曲。

少年时期，他们的出场被安排在校庆的最尾端，还把校领导气到脸色铁青，因为过于桀骜、出格的作风。

如今他们一出场，就引起了青葱少年的掌声和尖叫。

吉他、贝斯、鼓声在热情洋溢的欢呼声中响起，激昂地震动着没有穹顶的蓝天，主唱手掌做扩音形状，听着大家的千呼万唤，跑到舞台中央。

她的笑容总是灿烂，脸颊上有一个动态的印第安纹，又飒又可爱。

在此起彼伏的欢呼声中，没有人知道两分钟前，鹿苑收到一张像素模糊的照片。

【小鹿，他一直喜欢你，没有一刻停止过。】

葱葱郁郁的千梓街，六点钟，穿着白色衬衫和白色裙子的男孩女孩，迎着朝阳，发丝飞扬。

鹿苑已经想不起来，那是2013年9月的哪一天了。

早已烂熟于心的旋律在操场上响起。

她从来是自己故事的主角，唱自己的歌。

老孔的耳朵快被轰炸了，身后的学生太激动。他都不知道当年被他担心太漂亮容易不务正业的女孩子这么受欢迎。放心之余他也感慨，时代变了，每个孩子都有自己的道路走。

花是花，石是石。

网上说，法国卢浮宫的名画受人敬仰，山巅深水的旷野也令人心旷神怡。

他纳闷地问周骘："我怎么没看见你女朋友？"

周骘笑了下："你不是正在看着她吗？"

"……"

老孔半晌说不出一句话来，这位好学生把他震得外焦里嫩、嘎嘣脆。

周骘笑笑不说话，鹿苑曾经问他何时喜欢上的，周骘不清楚。

也许是她第一次对他笑，她对他说代表宇宙欢迎他，也可能是那年她站在台上万丈光芒地唱着歌……

喜欢她的瞬间，就像飞驰而过的列车。

匆匆而去，他每一刻都想抓住。

观众还在尖叫。

她却挥手告别，极速奔向台下，对他做着两人才懂的手势。

周骘起身走去外场等她，无意间一瞥，看到穿着蓝白校服的少年，一张张青涩的脸，掩映在浓绿之下。

他有片刻的恍惚。

花有重开日，人无再少年。

始终有少年炽热，毫无指望，全情倾注，跌入深渊，陷入猛烈的相爱中。

Extra 01
阳光灿烂的生活

傍晚温度有些变化,周骛拎着自己的外套逆着人群去后面寻找人,已经看见鹿苑,结果又被蜂拥而出的少年冲散了。

起风了,校园里吹起一阵不知名的花香。

他个子很高,站在一群女学生中尤为显眼,淡漠、疏离,也一副从不理人的表情。如今的周骛和十几岁时最大的不同就是气质足够成熟了,以前不少女孩子见着他只会抿着嘴轻轻地笑,或者多瞥一眼迅速跑开。

现在戴着眼镜,算是把"生人勿近"写在脸上。

鹿苑则不同。

她从小就有亲和力,这天穿着一件橄榄绿的短款衣服站在人群里,飞扬的眼尾有一线白色,青春的气息都要溢出来,身边围了不少孩子,有找她合照的、签名的、叙旧的。

周骛往前走了两步,又被人冲了下,他无奈地拿出口罩,遮住口鼻。其实说好了站在门口等她一起离开,也就几分钟的工夫,可他眼看着某人露出的那一截细腰,隐约的马甲线阴影。

刚刚在台上也就算了。

夏天还未到来,春天的风是有些寒冷的,到时候疼起来的是她自己。

周骛皱着眉看她,然后拿着手机的左手抬起,指尖戳了戳屏幕,意思是让她看手机。

鹿苑远远地瞥他一眼,表情看上去也有点着急,立刻做了回应的动作,表示自己马上就过来。结果下一秒,她又再次被人围住了。

周骛:"……"

鹿苑本想快点去和周骛会合,因为有些话想和他说。现在人聚集得有些多,令她很担心,结果后面又来了几个同学恭敬地喊学姐。

鹿苑一愣,旋即笑了,这个称呼还挺可爱的,第一次听。

闪电男背着吉他从背后撞了下她的肩膀:"快点走,不然你男朋友又得发疯了。"

鹿苑:"滚蛋,不要污蔑周骛。"

也不知道怎么回事,自从沈知燃说过周骛发疯,这个名声就传出去了。鹿苑着实没搞懂,但是她每次都会义不容辞地帮男朋友辩解。

自己的男朋友自己可以污蔑,别人休想。

闪电男笑嘻嘻地剥了颗水果糖丢进嘴里,又迅速拉上口罩。

异性相吸的法则在这儿,两人说笑的时候几个男孩凑了上来让鹿苑帮忙签名。有个个子和轮廓长得竟和周骛神似,口罩之上的眼睛,眼睑微微下垂,有些桀骜和孤僻,鹿苑不由得多看了一眼。

男生被看得莫名,脸还有些红,低声问鹿苑:"学姐,这位学长是你的男朋友吗?"

鹿苑笑了:"当然不是。"

男生又问:"那乐队的副唱和鼓手哪个是啊?"

"我就非得在乐队内谈个对象啊?"鹿苑的笑容更浓,倒也没觉得冒犯,因为不止一个人误会她和其余的成员是情侣关系。事实就是她和他们谁也看不上谁。

男生点点头,又若有所思地看着鹿苑:"学姐,我可以加你的微信吗?"

鹿苑"啊"了一声。

其余几个男生纷纷起哄,感慨这位勇士的魄力。这男生是见过大场面的人,不紧不慢地解释:"我喜欢你们乐队很久了,歌单里全是你们的歌。"

闪电男已经笑得弯下腰,岔气似的走了。

"别有压力,我只是很有兴趣认识你。如果可以加上你微信,我可以给你提供很多有趣的事情,以及有用的情绪价值。如果不方便也没关系,你的歌我依然会很喜欢。"男生礼貌且有理有据,不让人尴尬,简直是搭讪界的一股清流。

有那么一瞬间,鹿苑都想认识这位温柔版的周骛了,以至于忘记了好奇心害死猫。

鹿苑对着男生笑得很灿烂:"谢谢你啊。微信是不能加了,学姐家里有个男朋友,特别爱吃醋还爱发疯。不过可以给你签个名,等我大火就值钱了……"反正胡说八道是她的擅长项目,也不管谁的风评被害。

男生弯眼淡笑:"学姐你真可爱。"

就是这个笑容直接把鹿苑给送走了,直到她身上被罩上一件男人的西装外套,带着淡淡的木质香调。

周骛只是站在那里,静静看着她的脸,自带冰箱效果。

鹿苑还没说话,男生看向周骛,眼神有些愣怔,可能也是发现了自己在某些角度神似这个人。

他问道:"学姐,这位就是你那爱吃醋又爱发疯的男朋友吗?"

鹿苑:"……"心想你可真会说话,故意来害我的吗?

周骛掌心落下,把她的手攥住了。鹿苑能感觉到他的情绪,虽然有的人一个字都没说。

鹿苑大言不惭道:"当然不是了。这是我哥。"说完她拉着周骛蹿离人群。

等走到那个熟悉的篮球场,蓝色的铁网已经斑驳,有男高中生穿着清凉的球衣正在打篮球。

"这场面很熟悉啊。"鹿苑回忆道。以前每天中午或者晚修之前,她去学校外面吃饭回来,经常会看到周骛和储旭他们在这里打篮球,他惯常穿的球衣是黑金色的,有时额间会有发带。

周骛却没有被她的故意转移话题所蛊惑,捏着她的手腕问道:"你的男朋友爱吃醋,还爱发疯?"

鹿苑尴尬:"薛定谔的男朋友。这不是我说的,沈知燃说的。你在他面前发过什么疯?"

周骛脸色阴沉:"我是你哥哥?"

鹿苑直接"闭麦",看来他还想追究到底了,于是又开始胡说八道:"其实你不在的时候,我还谈了个男朋友,之前没好意思告诉你,就是怕粉碎你心中对真爱的定义。"

周骛侧身,突然改捏住鹿苑的下巴:"还有一个男朋友?"

"对啊,我摊牌了。"她笑着做出摆烂的姿势,"毕竟我曾经在你心里的形象,比'海王'也好不了多少吧?"

什么陈然、储旭、沈知燃、闪电男等各种跟她有交集的男生,周骛是一个个看过来的。

周骜看了她一会儿，就在鹿苑以为他要打她的时候，只听见他说："你哥哥也想做你男朋友，怎么样？"

鹿苑几乎要倒抽一口凉气，他知道自己在说什么吗？

"另一个怎么办？"鹿苑顺着他的话问。

周骜挑了下眉："我回来了，干掉不行吗？"

鹿苑憋着笑："撬墙脚啊？"

周骜刚想说话，背后有人喊他们："你俩干吗呢？"

鹿苑分辨出是老孔的声音，语调也是上学时抓人的尖锐，瞬间后背一颤，拽住男朋友的手再次要跑。

老孔提高了音量喊："跑什么，我还能把你们怎么样吗？"

鹿苑反应过来自己已经毕业了，刚要松一口气，又想到她和周骜曾经长达两年的时间以兄妹的关系在这个校园里肆意横行，是别的男女同学都不敢保持的亲密距离。

要是让老孔发现两人现在的关系，这位人民教师不得把天灵盖掀开？他也没比老鹿开明多少……

"没什么，老师。"鹿苑笑笑，"特殊时期，保持距离。"

老孔斜眼看她："你现在反过来教育我了。"

鹿苑："你就说我说得对不对？虎哥，你这个思想觉悟怎么不太高了？"

"你俩肯定吃了不少苦吧？"老孔默默地发出叹息，"不说我也知道。"老孔是认识老鹿的，也间接认识了周婕，虽然事业有成可不代表开明，他俩都是强势的。

鹿苑手指一紧，反握住周骜。

储旭也问过她是不是因为这件事吃了苦。

老孔走过来，拍拍周骜的肩膀："你以为老师会说什么？虽然你在学校时一直表现得乖巧，但是老师看出来你其实骨子里恃才傲物，一般的规则也束缚不了你。"

"既然因为这件事吃了苦，这么多年还能在一起就说明是真心的。"老孔说，"也算是给你今后的人生一个教训。"

鹿苑本来还沉浸在和周骜的斗智斗勇中，没想到老孔一下子把话题拉到更深层次的地方去了。

周骜面对老孔的语重心长并无太多感想，但还是说："老孔，谢谢你。"

"臭小子。"老孔每当私底下找人谈话的时候就会很啰唆，和面对一个群体时的"素质达人"完全两样。

"那是因为你们俩的行为和我没有切实的利益关系。我要是你爸，肯定说不出这么豁达的话来。"

"行了，走在路上的陌生人不会跟我说这些。"

嘴上不承认，心里头还是跟个老妈子一样。老孔难得从周骛那儿听到一句有温度的话，一副感动得要哭的模样，还想拍拍人的脑袋，结果后者个子太高够不着了，而且男生的头很讨厌被别人碰，在他抬手的瞬间就闪开了。

老孔情绪错综复杂，担心之余又夹杂着一点欣慰。这两个小家伙好歹是把青春这个坎过了，如今两人都取得了这个年龄不错的成就，在职业上很顺利，那些过去的，老孔根本就不会计较了。

当年周骛各种帮鹿苑打掩护、辅导作业，到最后干脆充当爹的角色送着上下学……老孔想到就觉得好笑，亏他还嫉妒。

老孔这个老师很特殊，上学的时候大家都恨他，毕业之后大家都爱他。

这天学生来得很多，嚷着要凑在一起喝酒，餐厅的位置都订好了。结果到了傍晚，因为一些原因被取消了。

鹿苑是个爱热闹的人，难免有些失望："好无聊！"

"想有聊不如继续说一下刚才的话题。"

鹿苑装失忆："刚刚我们有说什么吗？"

周骛眸光睇着她："你的男朋友吃醋，还爱发疯。"

鹿苑："……"

"才一会儿没看着你又多了个情敌，看来你比较想看我发疯。"

鹿苑只是单纯嘴瓢，爱胡说八道而已："哪有什么情敌？你不知道我吗，'社恐'，像那种漂亮的小男孩站我面前，我连人家手都不敢牵一下的。"

周骛："……你重新定义了'社恐'。"

鹿苑弯着眼睛笑出声，调侃自己："社交恐怖分子。"

周骛垂眸看她，目光落在她琥珀色的瞳仁里，熠熠发光。这是他从十七岁到二十五岁都一直喜欢的人，并且想得到的人，有些冲动根本就抑制不住。

他手落下，重新牵住她的手，握在掌心轻轻揉搓着，凑近她耳边说："我不'社恐'，敢牵漂亮女孩子的手。"

鹿苑的耳边有他湿热的气息，带着一根发丝痒痒的。她还没来得及开口，眼前一片阴影也覆盖下来，周骛偏头亲在她的鼻尖上："也敢亲漂亮的女孩子。"

他比她想象中的肆意很多。

"这是学校，你怎么亲我？"鹿苑睁大眼，下意识地抽出手捂住嘴。

周骛看见她惊慌失措的模样忍不住笑了，于是低头又亲了一下："你个笨蛋，我亲的是你的鼻子，捂嘴做什么？"

鹿苑："……"赶紧把整张脸全捂住，她不是害羞，只是要脸。被人看见了还怎么混？

周骛亲完人也不为难，拉上下巴上的白色口罩，遮住了半张脸。顺便把鹿苑的手也扯下来，用口罩代替。

"有人，注意防护。"

鹿苑哼哼唧唧："我最该防的是你！"

周骛松开手："行，那今晚分开住。"

"我偏不。"鹿苑赶紧又上前抓住他。既然老孔都知道了，现在她一点都不害怕被认识的人知道。

人群正在往校门口走去，鹿苑跟在周骛身后当个盲人，掏出手机又看了一眼那张照片，终于想起那是周骛陪她在空荡的街上练车。

那时候她不会骑自行车，却做贼似的怕被人知道，两个人只能在早上趁巷子里的人还没起床，偷偷练习。

一切都是为了某人的面子。

这算是鹿苑青春期里唯一的黑历史了吧。

照片是她正在牵着手的人发来的。

"你什么时候知道的？"她问。

周骛回头："你公开唱这首歌的时候，我从沈知燃那儿收到了这张照片。"

鹿苑十分震惊，那真的也太早了，他竟然忍住这么多年不说，而且沈知燃竟然也不说。想想一切都对得上了，当初在学校门口的小吃店里，沈知燃为她被霸凌那件事而道歉，说送给她一首歌。

她看得出这首歌其实应该是男生来唱的，因为是男生的视角。所以她这么多年，一直以为是沈知燃送的这份礼物很随意，夹带私货，明明是自己给女生表白的歌。

鹿苑胸腔里闷了一口气，说不上来的感觉，她的嗓音低低地问："之前为什么不告诉我？"

周莠要怎么说呢？

我一开始是来做你哥哥的，结果却喜欢上你，合适吗？

喜欢是他一个人的事情，为自己的心之所向付出是他要做的，并不需要她的回应。

"没有必要。"周莠简略地说。

鹿苑绷直了唇线，眉心微拧在表达不满，"现在为什么又坦白了？"

"因为需要爱有回响。"他说。

"你的爱是有回响的。"在你喜欢上我的时候，我一直在喜欢你。

如果今天就是结局，那他们就是 Happy ending（圆满结局）。可是鹿苑每次想起过去，眼眶总是潮湿想哭。

周莠没有告诉鹿苑的是，沈知燃说他发疯也算确有其事。

当年她被那些女生堵在天台恐吓，他一个个找回去算账给她出气。当然也没有放过沈知燃，那个早晨，许阿姨休假，他早起了二十分钟出来帮她买早餐，在巷子口碰见了罪魁祸首。

那个单纯到意气风发的少年骑车飞驰而过，带起了周莠耳边的风，却在一秒后被人摔倒在地。

两个男生互不相让，扭打起来。

沈知燃一向光明正大，但周莠打架却招招阴狠，拳拳打到别人看不见的地方，沈知燃都怀疑自己内脏要破了。

这是个疯子吧？

周莠警告沈知燃，管住自己，鹿苑是他请去唱歌的，不是她自己求着去的，求人就得有求人的态度。

沈知燃被这个气质阴鸷的人搞得也很郁闷，十几岁的少年受人追捧，在意的人却很少。

"你算老几？我和小鹿是兄弟，你算个老几！"

"我不算老几。"周莠脸色更为阴沉，"但是她再因为你被欺负，我让你亲尝被人从天台推下去的感觉，不信你试试看。"

这话放在别人那或许是危言耸听，可是看周莠的眼神，你会觉得那是他会干出来的事情。

沈知燃想到自己曾经拍到的照片，忽然就印证了猜想。两人才认识一个月有个屁的亲情，那明明就是一个疯子的偏爱。

后来他就写了那首歌送给鹿苑，也发给了周莠，算是一种道歉。

可是他没想到周莠在这方面却竟然厌成这样，憋这么多年都不告诉人家。

　　因为晚上的聚会取消了，两个人直接回了燕家巷的房子。
　　鹿苑一身懒意地扑在她舒服的大床上，今天下午吹了风，脑袋也有点昏沉，她不想动了："我假都请了，我们休完再回去吧。"
　　周骛皱了下眉，本想把她抱起来，但到底是不忍心，只能答应了。好在他这次过来把加班的东西都带上了，会也能线上开，应该影响不大。
　　而且老鹿这阵子不在苏州，也没人来烦他们。
　　老鹿这两年因为大方向的市场很疲累，比鹿苑上学的时候还要忙，这次去上海开会也没空回来。但是他在百忙之中竟然还能想到关心鹿苑。
　　虽然对她有诸多不满，但到底是自己唯一的女儿。
　　傍晚，老鹿同志打电话来询问："苑苑，你在哪儿，在家吗？"
　　"是的，老爸。"
　　老鹿："我现在回不去，你一个人能行吗？"
　　鹿苑看了眼身边，道："不是一个人，还有周骛。"
　　老鹿在听见鹿苑说和周骛在一起的时候，干脆躺在沙发里掐人中了。他不确定地问："你是故意骗老爸的吧，想让我难受？"
　　这些年来鹿苑迎来了人生的第二次大叛逆，时不时说话跟吃了枪药一样来撑老鹿，就差把"不满"写在脑门上了。
　　想来也是因为经济和性格独立，不再依附任何人带来的底气。
　　鹿苑哼笑："爸爸，你猜？"
　　老鹿心头一紧，然后松开："我就知道你是骗我的。"
　　鹿苑恶作剧的心理悠然而起："鹿爹，你在担心什么？"
　　老鹿闭上了嘴不说话，快五十岁的人了，有些话还是说不出口，只会用威严来表达自己的情绪。
　　"担心我们做出格的事情？"鹿苑举着手机在耳边，偶尔瞟一眼正在工作的周骛，"说我们在一起你不相信，我说没在一起你也不放心吧。"
　　老鹿："你现在长本事了。"
　　鹿苑笃定了老爸就算再着急也回不来，就放肆起来，干脆挂了电话，拍了一张周骛看电脑的侧脸发给老鹿：【担心吗？那就继续担心吧。】
　　老鹿好长一段时间都没再有回复，估计有点承受不了，在消化。
　　到了晚饭时间才发来几个字，支支吾吾地让鹿苑别太过分，燕家巷的邻居都认识他们，他还是要混的。
　　鹿苑想笑，干脆就没有回复他了。想到十几岁的时候，他出国，她为了买一辆自行车连发了一周的消息都得不到回应,现在地位完全颠倒过来,让老鹿也尝一尝得不到回应的感受。

她把手机丢到沙发上,看向院子里天已经完全黑下来,靠着墙的那棵树投下的全是黑色的影子。

周骜就坐在那棵树下,一片绿色的树叶从他的鼻尖擦过,落到膝头,他本人也愣了下,然后笑了,拈起叶片压在一沓白纸里。

明明是很普通的一件事,鹿苑却感觉到自己被撩了。

回头的时候他正好看见鹿苑正在看自己。哪怕是情侣,无意间这样对视难免尴尬,鹿苑赶紧挪开视线,却不料周骜对她招了招手:"过来。"

"干吗?"鹿苑趿拉着拖鞋走过去,一边心想,老鹿十分担心的事情可不就是她最期待的吗?只有他们两个在家,没人来打扰,想想就很刺激啊。

周骜安静地握住她的手腕,一把拽到自己的腿上,低声道:"抱一下。"

鹿苑身体重心不稳,脑袋栽到他肩膀上,嘴唇正贴着他的脖子。那里是他身体最为柔软又温热的地方,鹿苑和他亲近的时候也十分喜欢亲脖子。

于是她在撑着起来的时候,嘴唇趁机贴了下,克制着自己没咬他:"只是抱一下吗?"

周骜看着她,笑了声:"你刚不是在趁机偷亲我吗?我要是不拉着你,你还能亲到哪儿去?"

"少放屁。"鹿苑堵住他的嘴。情侣间怎么能算偷呢?那就是贴贴。

周骜手指从她手心里抽开,捧着她的后脑勺,压向自己:"你偷偷干的事少了?我记得有人喜欢让我半夜潜进她房间陪睡,我被迫做了多久的采花贼?"

这种揭老底的吐槽让人羞愧,实在没面子,鹿苑情不自禁地去掐他的脖子,他也不反抗了,大概是想试试她到底能坚持到什么时候,会不会忍心看他脸红脖子粗。

她人就坐在他腿上,被他搂着腰,有些放任的意味。

就在周骜快要咳嗽起来的时候,听见"吱嘎"一声门响,院子的大门竟然被推开了。

她刚刚没关吗?

鹿苑吓得条件反射地从周骜的腿上跳起来。

周骜坐的是一张藤椅,很轻,被她推远了差点也翻了。至少他放在旁边的电脑和纸全掉在地上。

周骛一脸无语的表情,她还真是人菜瘾大,每次都跟夸毛的猫一样。

大门似乎只是被风吹动了下,可也吓得鹿苑不敢再和周骛在院子里亲热。

大门还开着,周骛并不想被路过家门口的人看见,然后再被她无情地推开,于是率先无情起来,甩开她的手走了出去,鹿苑就追在后面拍打他的肩膀,差点冲撞到路过的老人。

燕家巷的年轻人不多,多是老年人,看见这两个小的很热情地打了招呼,问何时回来的、现在在哪儿工作等等。

鹿苑一边耐心回答,拉着周骛的手却松开了,对这边的人她没有办法解释他们已经从过去的兄妹变成情侣。

周骛手向后捞了下,捞个空。那一刻的感觉的确令人不太爽,他看了一眼鹿苑,见她正在跟一米之外的某个人说话,刻意没看她。

等周骛转身的时候,鹿苑扭头去看他,却没看清他的表情。

也不知为何,鹿苑突然通过这简单的一个拉手动作,感觉到两人之间的氛围如同一张白纸,忽然被人撕开了。

这种情绪一直持续到回到家里,鹿苑想跟周骛说点什么,结果他被一个电话牵绊住。好像是他工作上的一个事情,他拿着电脑去了书房。

那样子有点像当年的周婕,眉宇紧锁,脸上略微带了点不耐烦。鹿苑听见他对电话那端的人说:"我现在在休假,没办法处理。"

重逢以来,鹿苑很少在周骛脸上看见不耐烦的神情。

她有点愧疚,整个晚上都乖乖地没去找他,去楼上洗了澡躺在床上。

直到周骛过了零点回到楼上,他推开门看见她床上鼓起的包缓缓动了下,被子漏出一个缝又合上了,看来是在偷看他。这才察觉出她的焦虑。

大环境是这样,人难免会陷入这种情绪里,周骛能理解。

"怎么了,你想和我聊聊吗?"周骛低声问。

鹿苑就直接说了:"你是不是因为我晚上故意推开你,撒开你的手,生气了?"

"说实话吗?"周骛的语气听上去非常有耐心,"失落是在所难免的,但是不会生气。"

"为什么?"鹿苑又问。

"别误会,我的失望不是对你,只是一些客观事实。"周骛摸了下她的头发,认真给女朋友打了个比方,"我小时候因为是单亲家庭,出身还比较特殊,经常被人指点造谣。"

鹿苑知道周骛出生的那个地方虽然经济发达，可是传统观念依然很强。

周骛说："我一开始是在家附近的学校念书，被同学知道了隐私。外公教我不要在意别人的眼光，因为我没有做错任何事，可以挺直腰板。可是流言蜚语很可怕，我依然很郁闷。"

周骛笑了下："后来外公搬家，给我转学到了另外一个地方。他给我编了一套谎言，在那套谎言里我的家庭健康、性格健全。从那以后我的生活正常很多。"

"为什么呢？"鹿苑不太明白，而且周骛从来到这个家开始，也是伪装的。

"我一直不认为所谓真理是绝对的。"周骛说，"我外公会因为自己尚且不能应对流言蜚语，就不会强求我去应对。

"在一些人的观念尚未被改变之前，没有必要以身试险。

"我们要做的，是从根本上证实自己没错。"

周骛说的这些，曾经所经历的流言蜚语，说实话鹿苑并不能从根本上与他有同理心。

但是也因为和她讲道理的人是周骛，她就无条件信任他。

同时鹿苑心里又有种说不出来的心疼，对于他对过去的各种隐瞒。

"这样说能想通吗？"周骛摸摸她的眼皮。

她点点头，又因为心里积压的事情有点多，想要个拥抱，于是身体往后撤了撤，掀开被子让他躺进来："抱抱。"

周骛躺进来的时候她自动贴了上去，双手环抱住他的腰和肩膀，紧紧的，差点把周骛揽到岔气，他不禁想笑："谋杀亲夫吗？"

鹿苑仰起头眼睛亮亮的，狡黠地说："巨能环，暖和。"

将近4月的天气夜间有些冷，但是开空调又不至于，两个人抱在一起睡就刚刚好。周骛的手贴在她的后背上，指腹摸着纤细的肩胛骨，勾了下肩带，发出一道轻弹皮肤的声音。

鹿苑心里很踏实，是那种既低落又满足的感觉："还记得以前他们总是不在家，我在这里，你在隔壁，可是房间里没有一点声音，下雨打雷的时候我会很害怕。"

"为什么不告诉我？"

"那个时候我们每天都会斗嘴，互相看对方不顺眼。我告诉你被你奚落吗？"

"我那个时候太傻了。"周骜下巴抵着她的额头蹭了蹭,"从来没有看你不顺眼过。"只有第一次还没见到她的时候,送了个辛德瑞拉,本质只是一个少年的恶作剧。

"那为什么吓唬我?"鹿苑还记得当初在储臣的网吧门口,他狠狠捏了自己的手腕,都红了。

"理智上要融入新环境顺利把两年过完再离开,心理上却很厌恶。不懂得怎么对待女孩子,尤其是你。"

鹿苑愣了愣:"为什么尤其是我?"

周骜想了想:"因为会不自觉被你吸引目光。尝试过摆正态度,到最后却矫枉过正。"他看着她身边一个又一个男同学,也知道她对每个人都很友好,即使他们是这样的关系。如果他首先表达出善意,她自然就顺理成章地接住了。

可他只是坐在她身后,很少和她说话,除非她需要他。

他对自己唯一的奖赏就是每次上课无论迟到与否,他都会从前门进去。因为那样可以看见她的肩膀埋在书里的状态,一定很自在,是他没见过的。

有的时候皱眉,有的时候在和人讲话,有的时候则在吃零食,都很可爱。

鹿苑心头一跳:"可是,你是我感觉最不好相处的人。在俘获人心这方面小鹿只在你这里吃瘪。"

"没有。我沦陷了。"

他们在被子里紧紧相依地接吻,再也不用担心楼下没有规律的汽车声、有人会随时回家,可以安心地感受对方。

被子是柔软的面料,光着的腿很容易滑到凹陷处,鹿苑把自己团成了花的睡裙踢到一边,顺势就攀住了他。

衣料窸窣的声音在夜里极为明显。

周骜微微下沉着,放松地接住了她的压制,又撑高了上半身,使拥抱更为紧密和用力。这是他们都喜欢的方式,快要融为一体。

周骜含住了鹿苑的唇瓣,吸吮,鹿苑身体无法抑制地空虚了一半,如同沙漠需要甘霖,她主动迎了上去。

周骜促狭地捏捏她的后颈,不知是故意撩拨还是下意识。

"怎么了?"鹿苑喘息着问道。

"像个急不可耐的小朋友。"周骜轻笑了一声说,又道,"慢慢来,大概会有两周的时间,会被拿来浪费。"

除了高考完的那个暑假，他们几乎没有时间是可以拿来"浪费"的。

鹿苑想到了这儿，忽然问："我有什么不同吗？"

周骛细密地啄吻她的嘴角："那时候你像一颗水蜜桃，香甜，是夏季最明艳的水果，却很脆弱。总是怕莽撞伤害你，皮肤很软也容易红，捏你的手腕很怕捏断。"

她浑身上下都是骄傲的大小姐气息。

"现在呢？"

"长大了。"他说这句话只是单纯字面意义上的长大，变得成熟，不会被人左右，当然也不太爱跟他哭了。

鹿苑抿唇微笑，手背过来，指腹蹭着他脑后的发根，很享受被扎的感觉，然后温柔地再次拥住他。

第二天早上，鹿苑醒来的时候周骛已经不在床上了，她忙下床穿鞋去找。

太阳光斑驳地落在地板上，上面还有拖洗过的水迹，这个恍惚的画面似曾相识。

周骛穿着T恤和运动裤站在岛台前，低头在手机上快速地记录着什么，眉心也皱起，一副难为的样子。

鹿苑弯了下腰，突然从他空着的臂弯里钻了进去，贴着他的胸膛扬起脑袋："你的小可爱忽然出现！"

土得掉渣的哏，但是她做起来就还挺可爱。

周骛："……"

鹿苑看他木然的表情："你没有被吓到吗？"

周骛说："我只是在看东西，不是失聪。"

"你在看什么？"鹿苑视线往他手机上瞟。

"没什么，养花手册。"周骛把手机收了起来。

鹿苑闻到早餐的味道，灶台上的小蒸锅也在咕嘟冒烟，她这才想起来为什么似曾相识，这可不就是许阿姨在家做饭的样子吗？

"过来吃饭。"

"你抱本公主过去。"

"要我喂你嘴里吗？"

"你不嫌麻烦，我觉得这样也可以……"

两个人又开始斗嘴模式。大小姐习惯了对她哥这样，周骛看似不愿意被使唤，但实际行动上完全不排斥，欠身把她抱到了餐桌边，亲自伺候了早餐。

鹿苑和周骛一起生活，研究食谱，一天到晚再没有别的正事，缓慢消磨的时光如果从积极的层面看，正好弥补了过去几年缺失的朝夕相处。

在燕家巷的这段时间，两人的关系也自然会被人看出来，有一个邻居知晓，不出意外的话，不久后几乎所有人都会知道。肯定会有各种各样的看法，不一定都是赞同，也可能会引起旁人的猜疑、讨论，甚至成为茶余饭后的谈资。

可但凡是人，就避免不了被人议论。

"其实我更想告诉我奶奶。她最疼我了，我不想骗她。"

"你觉得她会很介意这件事吗？"

鹿苑摇摇头："我不知道。"

周骛说："你有没有想过，也许她早就猜到了这件事。"邻居和同学其实看不太出来什么的，但是作为最了解鹿苑的亲人，鹿苑是什么样的性格奶奶最清楚。

她的精神很独立，怎么可能和毫无血缘关系的哥哥形影不离呢？

"要不要打赌？"

"赌。"

两个人一起去看了奶奶。老太太的精神状态比鹿苑好太多了，面色红润，皱纹都不见多一根。

知道老鹿在上海回不来后，她笑得十分开心地问鹿苑："妹妹心里很高兴吧？"

鹿苑当然开心："才不是呢。"

"谁痛快谁知道。"老太太捂嘴笑道。

鹿苑嘴上不承认，趴在奶奶的床上不知不觉又睡着了。

周骛迟疑开口，话刚开头，就被老太太猜到。

"你们俩谈恋爱了，我知道。"

周骛也不意外。

"什么时候开始的？"老太太叹了口气问道。

"高考后的一段时间。中间分开过，去年我回来找她了。"周骛说。

老太太看着他，不用想也知道中间为什么分手，只是感慨道："我说呢，苑苑上大学的时候经常不开心。"

周骛心里一抽。

"你们要是不能好好谈，就别来找她。"老太太说，"你说，你走了为什么要回来找她。"

周骜承认道:"以前我不够成熟,不能保护好感情,即使在一起也会痛苦,我不能给她什么就不会招惹她。但是现在做好一切准备了,我会尽自己所能给她最好的生活。"

"你来告诉我是想干什么呢?"

周骜很坦诚:"我想一直和苑苑在一起,我们会结婚,有健全幸福的家。我不想把她带走逃避现实,我希望她快乐,不要再做选择题,生活里也不应该只有我。"

鹿苑的奶奶并不能说得上赞同他们两人在一起,毕竟也没有她发表意见的余地。在这一点上,她比老鹿和周婕看得明白,不至于自不量力地以为自己的想法很重要。

孩子毕竟长大了,根本就管不住,何况鹿苑的乖巧只是她的选择,而非被迫。

于是在周骜说完后,她只是点了点头:"初一十五都让你们给做了,应该没有我说话的空间了吧?"

周骜:"……"

老太太还是一如既往的酷:"等这人醒了你们就走吧。等订婚结婚要找我拿钱的时候再来。"

周骜:"应该不需要。"

老太太噎了一下:"哎哟?你很有信心啊。"

周骜说:"没有规划好未来,我就不会回来找她。"

等鹿苑醒来太阳已经下山了,天色有些昏暗,她伸了个懒腰,也不知道怎么回事,每次来到奶奶这里都会犯困想睡觉。

她爬起来攀住奶奶的脖子,迷糊地说道:"奶奶你刚想说什么?给我准备了钱是吗?介意现在给我吗?"

奶奶:"别以为我老了就揍不动你。"

鹿苑大言不惭地说:"奶奶你看清现实了吧,你以后指望老鹿不如指望我,所以把钱给我不亏,以后我肯定不让医生给你拔氧气管。"

老太太摆摆手,指使周骜:"带走带走。"

周骜觉得鹿苑的精神失常,像是出了鸟笼的回光返照,再留下来精神问题可能会传染,于是跟奶奶告了别,两个人一起走出奶奶的公寓。

鹿苑若有所思地说:"我刚刚没有睡太死,听见了。没想到我奶奶早就知道了。"

周骛笑了笑:"我们两个以前就出双入对,稍微敏锐一点,就能看出来吧。"

鹿苑说:"谁说的,我爸和周阿姨不就没看出来吗?"

周骛安静了一下,这些日子他们在老房子里甜甜蜜蜜地过着二人世界,老鹿和周婕倒是来过电话询问状况,虽然不是很频繁,但是听得出来担心。

只可惜这两个年轻人并不想理会他们的掌控。

说到这里,他们同时沉默了下,决定暂时翻篇。

之后,他们去参加了储臣和梁晴的婚礼。

这场婚礼被连续推迟了两次,储臣在受尽等待的折磨后迫不及待把梁晴娶回家了。

鹿苑对于凑这种热闹是非常积极的。由于新娘的一个伴娘来不了了,鹿苑顺利做了她人生的第一次伴娘。

再一次接触这么多新鲜面孔,周骛就显得不是那么香了。

有件事让周骛不爽,因为他拒绝了做伴郎,但那天的伴郎里有储旭,穿着和鹿苑非常搭配的礼服,一个黑西装蝴蝶结,一个浅蓝的礼服小裙子。

不知道的还以为这两人是情侣呢。

以至于周骛全程黑脸,差点被认为是前来砸场子的新娘前男友。

当天情绪最不稳定的男人并不是周骛,而是主人公储臣。鹿苑看流程以为是欢脱的草坪婚礼,却不料刚宣誓的时候储臣就开始哭,脆弱到不行。

一个一米八几、身材健壮、文着花臂的男人捂着脸哭,泪流满面,凶猛又可爱。

储臣和梁晴认识太多年了,从十几岁的青葱岁月走到成熟稳重的成年人,中间经历过太多次动荡和变故。

鹿苑本来觉得有点傻,但不知为何自己也被感染得有点想哭。直到被一只湿答答、软乎乎的舌头舔了舔掌心,是储臣的那条德牧,已经十岁了,是他答应梁晴重新开始生活的时候决定养的。

还充当了花童的角色,帮他递戒指。

流程结束,周骛准备带鹿苑去吃些东西,却不料在后花园里被认识的人拦住了去路,是以前俱乐部的男生,也很久没见了。

等周骛终于打发了人,却发现有人已经代劳了他这个男朋友的体贴。

鹿苑和储旭也半年没有见面了,自从元旦过后,储旭就没有再去上海找鹿苑玩过。毕竟已经被鹿苑发现了秘密,再以死党的名义就不是那么名正言顺了。

鹿苑刚刚在忙,没吃什么东西。储旭端了些小蛋糕走到鹿苑的面前,笑眯眯地道:"小鹿,你想吃哪个口味的?"

鹿苑笑着摇摇头:"都不想吃。"

"那吃点水果吧。"储旭做了两手准备。

鹿苑拿了一颗草莓送进嘴巴里,听见储旭问:"小鹿,你这段时间过得怎么样?"

"还不错啊。"

储旭:"周骛对你好吗?"

鹿苑不由得瞄了眼储旭:"怎么啦?"

储旭这个搞笑男说:"问问。要是周骛对你不好,你给我打电话,我给你当打手。"

鹿苑赶紧摇头:"不要。"

"干吗?"

"你打他很可能会反被打。"鹿苑说,"而且,你不要欺负我的男朋友,知道吗?"

储旭惊呆:"小鹿你怎么这样?你以前不是这样的人啊!"

鹿苑嘿嘿笑起来,又从他端着的盘子里拿了一片橙子,刚送进嘴里,就感觉到肩膀上搭上来一条手臂,周骛冷着脸问:"你们在说什么,啊?"

鹿苑余光瞥见这人冷峻的下巴,故意说:"说你不知道的东西。"

周骛的脸更冷了:"可以不说了吗?"

"好吧,你不让我说,我就不说了。"鹿苑故作一副被强迫的模样。

周骛不想她再跟储旭多说一句话,直接把人拽走了。

草坪上,宾客在跳舞。

鹿苑看周骛臭着的脸还没恢复,估计被她气得不轻,于是摆出主动和好的态度说:"哥,我们来跳舞吧。"

周骛站起来一手扶在她腰上,一手搂她的肩,就是不说话。

鹿苑叹了口气:"好嘛不要生气了。"

周骛说:"我看你吃'海胆'的橙子很开心。"

鹿苑:"我可以解释的。"

周骛:"你解释吧。"

鹿苑笑得灿烂明艳，对每个人都是成竹在胸的模样，说道："其实'海胆'端给我的草莓也挺甜的，你要是不打断，我还想多吃几颗呢。"

一句话成功把周骛惹毛，直到晚餐时间他都没跟鹿苑说话。

两个人回到家里。

周骛先去洗澡，擦着头发，穿着睡衣坐在她的椅子上看手机。鹿苑跑进来抱住他的脖子的时候，才发现有人已经生一下午的气了。

"你怎么了？"鹿苑亲着他的耳尖问道。

周骛说："没什么。情绪低落。"

"这还叫没什么？"鹿苑惊讶道，"为什么情绪低落？"

周骛看她一眼："喜欢你的人太多，不爽。"

鹿苑："呃……"

周骛："在家的这段时间，我没有把你养好？"

鹿苑："也没有吧。"

周骛："那颗'海胆'端的草莓和橙子很甜，我端的就不甜。"

"……"鹿苑凝视着他的表情，突然很愧疚。

周骛说："行，我是你男朋友，连一个解释都不配。"

鹿苑："……"

周骛放下毛巾，见鹿苑垂着眼皮沉默就没再说话，走过去揭开被子一角躺下去，淡淡道："好了，我需要消化一下情绪，先睡了。"

鹿苑无语地扯了扯自己的长发，还是第一次碰见周骛这么低落的情绪，她开始反省是不是自己玩笑开过头了，没有顾及男朋友的感受。

好像是这样。

如果有喜欢周骛的女生，她肯定会更醋。

过了会儿，她关掉灯缓缓爬到床上。借着月色观察周骛，发现他并没有熟睡，只是闭目小憩而已。

"哥哥。"鹿苑摇摇他的手臂。

周骛却转了个身，背对着她。

鹿苑只好趴在他身上，脑袋钻进他的臂弯里，贴着他的下巴："哥，别生气了啊。"

"睡吧。"周骛嗓音低沉道，"让我自己安静一下。"

"别啊。"鹿苑瞬间就有些着急了，"别自己冷静，和我聊聊啊，我错了好不好。"

周骛终于睁开眼看她："你错哪儿了？"

鹿苑："我今天不该和别人一起玩，不搭理你。"

"然后呢？"

"我不该夸储旭端给我的水果甜。"鹿苑回忆了一下，"不该在储旭面前逗你。"

周骛在黑暗中哼笑，又很快扯平嘴角，继续装作生气的样子："你知道储旭喜欢你很多年了吧，即使你有男朋友了他也没有眼力见。你不拒绝他的献殷勤，我会怎么想？"

"那我以后不接受他的殷勤了。"鹿苑在心里头抹汗，说得她跟渣女似的。

"表个态我才能相信。"

鹿苑眼睛亮亮地发誓："我以后绝对不吃他的东西，不对你隐瞒任何秘密，不和他背地里说你的坏话，也不在公共场合丢下你……"

鹿苑因为周骛生气愧疚得不行，什么软话情话都往外蹦。

直到她在橙黄的灯光下，看见周骛脸上的神情，心头一闪。

"哥，你演我？"她反应过来。

周骛捏捏她的脸蛋："你个笨蛋才看出来？"

装得真像……

根本就没生气，白哄他了。

两人过了好长一段轻松甜蜜的二人世界时光，终于打算回上海了。

其实工作倒是不着急，鹿苑自己比较着急，因为老鹿忙完以后就会回到这边来，两边碰面难保会有什么化学反应。

她催着周骛赶紧走。

等老鹿回到苏州的时候看见人去楼空的家，气得牙齿打战，立即打电话给鹿苑："走这么快，我还能打你们一顿吗？"

鹿苑："我都二十多了，你想打也打不着了好吗老鹿。"

老鹿哼笑："你逃走干什么，还不是心虚？"

这话听着表面在理，一般人听进去还真会难受一阵，但是鹿苑毕竟遭受了太多年，完全是一副"不听不听王八念经"的态度，她直接回老鹿："你要是不上火，这么着急打电话来骂我干什么。"

"谁急谁尴尬。"她得意地补充。

老鹿再次无语了一阵，丢下一句"你给我等着"后直接把电话给挂了。

周骛不是很理解鹿苑的做法，欲言又止，终究还是没有问出来。鹿苑主动解释道："我不是害怕我爸，也不是想逃避。他自己还没想通那就继续反省，少拿自己的想法来影响我。"

周骛理解了，摸摸她的脸蛋说："其实，你不想亲口解释可以让我来。我对长辈还是有一套的。"

鹿苑能想象出来周骛撑人的劲儿，"扑哧"一声笑出来："不要。和人对峙多少也是损人不利己，影响到你，我会心疼，然后我也会不开心的。"

闻言，周骛微微挑了下眉，一段电流从身体蹿过。

"心疼"二字让他十分受用，尤其是从喜欢的人嘴里说出来。但同时他意识到鹿苑在揣测人心上变得多面了，他可以好好利用她这为数不多的偏爱。

鹿苑并没有意识到自己说的话对周骛有什么影响，只是从心而出罢了。

回去以后生活步入正轨，因为周骛彻底搬过来和鹿苑一起住，那个单身公寓开始放不下两人的东西，于是他们决定搬家。

主要距离鹿苑上班的地方近一些，而周骛工作的研究所本来就在周边郊区，单位有宿舍，即使他想每天见到鹿苑，也不是每天都能回家来，所以失去了度量的意义。

最后他们选了一套非常现代化风格的三室两厅。有很大的阳台，三面落地窗玻璃，除了晚上，每时每刻都能晒到太阳。

房子很好，但是鹿苑刷视频看到有人提醒说，和男朋友同居除了要看对方长得帅不帅、有没有钱，还得双方沟通一下吃不吃香菜、爱不爱干净、是不是每天都洗头……

这些对于他们来说并不是问题，因为曾经住在一起过。鹿苑挑食，很多东西不爱吃，但这也不在她需要考虑的范围内，因为她相信周骛会自己克服一切困难的。她可不克服，她让困难绕着她走。

不过她还发现了一个"华点"，就是情侣虽然住在一个房子里，但是分两个房间睡。既保证了每个人都有自己的独处空间，又能兼顾想做点不可描述的事情的时候，对对眼神凑在一起就行了。

这简直是完美方案。

她把这个想法认真和周骛说了一下，结果还没说到三句话，他就皱起了眉，一副听不下去要揍人的模样。

"你觉得不好吗？"鹿苑眨眨眼睛，"小时候我们也是睡在相邻的房间,然后你晚上偷偷来到我房间抱着我睡,感觉很好啊。"

周骛想说谢谢,可是他不想再做贼了。自己的女朋友还得偷偷抱着,这是哪国的道理?

"没有。"

本来工作就很忙,他是疯了吗跟她分房?但是他也没有向鹿苑倾诉自己不愿意分房的意愿,不然显得自己太黏人,肯定会被她拿来当笑话。

"那你的表情干吗这样?"

周骛直接堵路:"一共就三个房间,一间用来放你的衣服,一间做我的书房,没地方了。"

鹿苑觉得他说得很有道理,戳着脑袋想了想,又笑笑说:"那没关系,反正这个房子的合同还没签,我们找四个房间的房子不就好了。"

周骛脸色微冷,过了一秒说:"贵,没钱。"

鹿苑:"……"

无论是哥哥还是现在的男朋友,他一直属于同龄人中非常有钱的那一类。

但鹿苑听见他这样说,不由得惊呆了,顺便反省是不是因为养她太花钱了,反省的结果就是他在瞎说。

"我有钱啊,我可以——"

"你有个屁。"周骛再次打断她,"我喜欢小房子,风水好。"

鹿苑瞪大眼睛:"你还未来的科学家呢,竟然这么迷信?"

"是谁迷信?"周骛看着她说,"我记得有人为了骗取同桌的作业抄,冒充笔仙。"

翻旧账这方面鹿苑说不过,最后还是定下了三室的房子。

周骛在本市工作属于人才引进,符合买房的条件,也就是说现在就可以考虑了。但他们现在处于叛逆期,没打算靠两边的长辈。

之前打给鹿苑的钱本就是给她当零花钱的,他手上的钱在上海买个上亿豪宅当然不可能,但是给她买个小房子,放她那些漂亮的衣服和化妆品还是绰绰有余的。

可是这会儿他不得不装穷。

说到这种严肃的问题,鹿苑也认真起来,因为她也想尽快和周骛有一个安稳的、真正属于他们的家。

两个人还是每天都在一起。

但是周骛把他们共同的卧室布置成鹿苑最喜欢的样子,有毛茸茸的地毯,充满化妆品香味,他一个一米八几的大男人每天从公主床上醒来,床头摆满了可爱玩偶……再来一面镜子,他就可以直接去演白雪公主了。

他嘴上嫌弃,但又暗戳戳地高兴着,因为周身的每一个分子,都飘浮着他喜欢的人的气息。

鹿苑有时乖巧有时闹腾地钻进他怀里,充满爱意的时候喊哥哥,赌气的时候喊周骛骛,冷战的时候嘟着嘴给他一个邪魅狂狷的眼神。

每一样他都十分受用。

正式乔迁的那一天,鹿苑邀请了朋友来家里暖房。不外乎她那些高中的死党,是为了照顾周骛才特意请了他也认识的人。

毕竟这个房子有男主人的存在,她也邀请了陈然过来热闹。陈然出手阔绰,直接带过来一台价值不菲的扫地机器人。

"陈然,谢谢你啊。"鹿苑眼睛亮亮的,"我本来就不想打扫卫生呢,你真是及时雨。"

陈然看着鹿苑,笑容温和道:"我猜到了这就是你需要的东西,解放双手。"漂亮的女孩子不该做家务。

端着盘子站在厨房门口的周骛:"……"他什么时候让她做过家务,说得跟真的似的。

"你真的很贴心。"鹿苑向来不吝夸奖,无论多客套的话都会被她说得很真诚,陈然都有点不好意思了。

宋缨攀住了鹿苑的脖子,看热闹不嫌事大:"陈然这么贴心,要不你把周骛甩了和陈然在一起吧。"

陈然脸更红了:"咳咳,别太损了,说什么呢?"

鹿苑本身就没有那种想法,也就大大方方地乐起来:"陈然太完美,我不忍亵渎,还是和周骛骛沆瀣一气吧。"

"哈哈哈!"

"你也有谦虚的时候……"

周骛脸黑着走过来,捡起一颗半拳头大小的草莓塞进鹿苑的嘴里,堵上。鹿苑没反应过来,只觉草莓爆汁,唇齿酸甜。

她一口没有吃完,把草莓屁屁反塞进周骛的嘴里:"哥哥,给你吃。"

每次做缺德事的时候她也会喊哥哥,因为她知道这么叫了周骛就拿她没办法,只能摸摸她的头。

其余的人看着这两人,除了羡慕还是羡慕,情侣在吃草莓,他们吃狗粮。

冯晴晴嫉妒地说:"你们也太甜了吧。"

"哪里甜了？"鹿苑感到不解，"这不就是我们每天的日常吗？"

"我能打她吗？"冯晴晴再也按捺不住了，抡起沙发上的鹅绒抱枕朝着鹿苑砸去。

周骛的第一反应就是抱住鹿苑的脑袋护住她，抱枕砸在他手臂上，又被他打飞。陈然一看见周骛竟然也参加战局，冯晴晴只有吃亏的份，于是赶紧捡起另外一个抱枕打向周骛的脑袋。

起先几个人齐心合力，把这对臭情侣摁在地上打，后来鹿苑鬼精地爬走了，周骛少了牵制就可以放心反击。

幼稚的枕头大战，或轻或重的几下，不乏某些人报私仇。

比如陈然受不了周骛的黑心肠，各种"茶"味把众人的小鹿骗走；周骛也烦陈然一副道貌岸然、中央空调的样子，都这个时候了还不忘暖一暖别人的女朋友。

最后客厅里全是鹅毛和彩带碎片，他们或躺在沙发上，或坐在地毯上，幕布上放着电影，拉上了窗帘后，光影不断变化。

鹿苑把酒拿出来，啤酒、香槟混着喝。她的酒量不太行，两罐啤酒下肚就倒在沙发里昏昏欲睡了。

她被人抱了起来，躺在了周骛的腿上，在清冷的空调房里有一丝温暖，很舒服。她睁开眼睛看见周骛的下巴，这种死亡角度他依然很帅，下颌线利落分明。

她抬起一根手指蹭着他的喉结和颌骨，有种说不出的性感。

"哥哥。"她用只有两个人的声音喊他，其实也不知道想表达什么。

周骛一低头，就吻到她唇上。屋里是黑着的，朋友坐在前面东倒西歪地看着电影，他们在悄无声息地接吻。

有个人歪身体去够茶几上的零食，带起一阵动静，鹿苑惊住，迅速往他脖子上趴，咯咯地笑起来。等房间里再次归于平静时，周骛扶着她的后脑，对准她的唇，狠狠地吮咬。

这天晚上的氛围说不上浪漫，但是在朋友环绕的热闹里做亲密的事情却是能刺激神经的，两人都有些意犹未尽。

等朋友都离开，鹿苑累得动不了，艰难地冲了个澡爬回床上。

周骛整理了下客厅，看见陈然送的扫地机器人仍有一丝不爽。他把包装拆了，让它工作。最后他洗完澡回到客厅，又看见了它，堵在卧室门口。

忽然，他胸口又有一股气憋着，于是用拖鞋把它往旁边推了推，冷冷地道："你在这儿熬夜加班吧，不许进来。"

说完,他关上了房间门。

总之,扫地机器人对这个男人非常无语。

鹿苑趴在枕头上,在满屏的照片中做选择,想挑几张发动态,除了大家的合照,还有几张她和周骛两个人的合影。

周骛面对镜头一向冷冷的,高冷的气质简直攀到顶峰。但是画面里两个人好像过于亲密了,有一张本来她在拍身后的朋友,周骛没有看到,俯身对着她的嘴亲了下来,留下她的半张脸和他浓黑的头发,以及宽阔的背影。

鹿苑很喜欢这个瞬间,也很想发,但是朋友圈里有工作上的同事和领导,有点不合适。

鹿苑纠结了一下。

周骛拉上被子躺在她身后,静静等待着,看见鹿苑删掉了那张照片。

他的不爽几乎要喷薄而出,但是又不想开口问鹿苑为什么不发两个人合影的朋友圈,显得他很小气,可是一想到陈然送的机器人以及对方的"贴心",那些不爽根本就按捺不住。

他给手机充上电以后,故意沉沉地叹了口气,希望鹿苑能发现他的不开心。

鹿苑头也没抬,问了句:"你嗓子不舒服吗?"

"没有。"

"是不是受凉了?我把空调温度调高一些呢?"鹿苑又随便地问了句,周骛知道她其实并没有真的在关心他。

周骛冷哼道:"心凉。"

鹿苑手指一顿,翻过身来看着他,眼睛眨巴眨巴,忽然不太能理解这句话了。

周骛被她明亮的视线看得心头一闪,刚刚那句话有点矫情,但话都说到这儿了,就没有收回的道理,又继续道:"是有点冷,来抱着睡吧。"

鹿苑能感觉到他的不开心,于是赶紧把手机放下去搂他的腰,额头顶顶他的胸膛,哄道:"怎么了?和我说说啊。"她可是个完美女朋友,这世界上就没有她哄不好的人。

周骛把灯关了,有点满意:"今天你为什么要和陈然说那些话?"

"啊?"鹿苑说,"就是朋友间开玩笑啊,平时都会说的。"

周骛低声道:"我当真了。"

"别啊。"鹿苑怕周骛认真,也许是夜色太深太静使人的情绪放大,她切实感受到周骛的低落,"我发誓没有喜欢过陈然,才会开那种玩笑,你生气了吗?"

"没有。"周骛回答,可是表情却在说:是的。

鹿苑感觉自己跳进黄河也洗不清了,本来就渣女的名声在身,不会又来一个"女海王"吧?

"我都不知道怎么解释了。"

周骛说:"我有眼睛去看。听说陈然认识你的时间比'海胆'还要早,我转学到十六中的时候你们是同桌,他经常给你讲题,给你买吃的,我还记得你们互送了一块手表,寓意是什么?一辈子吗?"

鹿苑心里头一个大大的问号,她真的都快忘记以前的事了。

她送过手表给陈然吗?

周骛继续说:"以前他一直喜欢你。"

鹿苑:"不是,你怎么记得那么清楚?"

以前周骛那些不愿意袒露的暗恋细节,现在都变成了他的武器,一点点说给鹿苑听:"可惜我没有早点认识你,还这么多人跟我抢你。"

鹿苑觉得自己彻底凉了。

"当年,靠近你只是因为喜欢。在北京和国外的这些年,我每天很想你,可是没有学成就不能回到你身边。"周骛的声音很低,"我一个人在外面,担惊受怕,怕你被别人骗走,比如陈然。"

鹿苑赶紧揉揉他的耳朵说:"你别吃陈然的醋,除了你,我对任何人都没有意思。我最喜欢的就是你了。"

"真的?"周骛问。

鹿苑就差拍胸脯保证了:"当然啊,你是最好的。我和别人都要说客套话的,但是和你就不用,表露的完全是真实自我。"

说着她还怜惜地亲亲他的下巴。

周骛在黑暗中扬唇笑着,享受她软嘟嘟的嘴巴的接触,于是低头和她吻了一会儿,但没用力,仍旧表现着低落。

"为什么删掉我们的合照?"周骛问,"我不能出现在你的社交软件上吗?"

鹿苑心一虚,赶紧说:"发发发,我现在就发行吗?"

周骛连她的担忧和对策都想好了,说道:"你可以设置分组,把工作和生活中的朋友分开,就不会有那些烦恼了。"

于是当晚,鹿苑仅朋友可见,发了一条动态。是她和周骛在他们温馨的新家合影,接吻照,都没露脸,但是氛围感……欲说还休的气息直接拉满，令人想入非非。

这不是周骛第一次在她的朋友圈里出镜，却是首次的"大尺度"，这下所有人都知道他们在一起了。

鹿苑没想过会发生什么化学反应，只想哄男朋友开心而已。她早上起来才发现冷寂许久的朋友圈炸了。

周骛在凌晨竟然盗了她的图，也发了一个动态。两人共同的朋友就是高中同学，下面排队的对话简直不能看。

再去看她自己的，比周骛的更不能看，来十个保安清场都不够。

老鹿一早上给她打了五个电话，发微信问她怎么可以把这种照片发出来。

可见已经把老鹿逼到发疯的边缘了，鹿苑哈哈大笑，但是没理他。

"暗恋"她的几个男生含着眼泪也说不出祝福的话，只能用表情包表达失恋的心情，尤其是陈然。

他早上擦着湿漉漉的头发看手机，一向斯文儒雅的男生忍不住骂了声脏话。

周骛这个黑心肝的，无论几年前还是几年后，都把他送进乱葬岗了，结果还能精准地在他的身体上炸一炮。

Extra 02
周鹜和周五

周鹜这一周的工作有点忙,没办法每天都回家来,于是鹿苑也琢磨了几天的时间,她决定反客为主拿捏周鹜。

周五这天早上,她起床刷牙的时候刷了会儿朋友圈,又看见梁晴发的动态,梁晴经常在朋友圈里更新狗和老公的照片。

梁晴和储臣去了北方度假,带着德牧。储臣穿着干净的T恤和运动短裤,一副阳光大男孩的模样,和狗子在水库边嬉戏。

一人一狗身上都湿漉漉的,毛发一缕缕沾着水支棱着,在阳光下异常好看。

这条狗子小的时候脸窄窄的,和周鹜长得很像,现在胖了点就不像了。依然莫名憨态可掬,毛茸茸的,她非常喜欢,并且也觊觎很久了。

只可惜鹿苑是个连自己都不能妥善照顾的人,她喜欢狗,却没办法对一条生命负责。

现在她和周鹜住在一起了,她相信周鹜把她照顾得那么好,肯定也能照顾好一条新鲜的小狗崽。

周鹜他们的研究所这周末有网球比赛,问鹿苑愿不愿意过去看比赛。鹿苑脑子里转了转,赶紧说:"我去我去。"

周鹜见她如此积极,倒也没有多想她为什么忽然对运动感兴趣了,但他很喜欢她漂漂亮亮地在他同事面前招摇过市,她在任何一个群体里,总是最漂亮的。

周鹜是个做任何事都较真的人,那天的网球比赛他毫无意外地拿了单人组冠军，穿着运动服，帅得惨绝人寰。

鹿苑直接飞扑上去亲吻他的脸，两人在如雷的掌声和尖叫声中抱在一起，高调得不行。

比赛结束以后，鹿苑想让周骛教她打球。

周骛高中的时候喜欢打篮球，网球是在上大学的时候参加社团才开始的。先教了她一些基本要则，两个人练习了一会儿就对打了。

鹿苑的体力其实还不错，她穿着运动短裙露出那双又直又长的腿，还白得晃眼，每一次的挥拍都牵扯着流畅优雅的身体线条。

周骛和她对打也是三心二意，完全没有比赛时的状态，放着"大洪水"，给她一种自己运动天赋真的很不错的感觉。

鹿苑非常兴奋，直到大汗淋漓，腿部肌肉牵扯着酸涩才休息。周骛在心里叹了口气，终于不打了。

他绕过球网走到休息凳上，从运动包里抽出干净的毛巾，一点点盖过她的脑袋。她的一张清丽的小脸在白色毛巾里十分娇俏，嘴唇像饱满的小花一样嫣红，眼睛也湿漉漉的。

她仰头眨了下眼睛，乖巧地看着他。

周骛干涩的喉头滚了下，一时不知道该说什么。

鹿苑小声说："哥哥，我的腿好酸，你帮我揉。"

于是周骛坐下来，拍了下自己的大腿，跟她说了句："腿放上来。"

鹿苑把小腿跷了上去，男人修长清瘦的手指接触着柔软的皮肤，一点点把她酸涩的地方揉开。

毕竟是在外面，他克制着自己的动作，却莫名想起以前她被人欺负后腿摔伤了，在医务室处理，脚踩在他的膝盖上。

那是他第一次触摸到她的皮肤，表面上很平静，心脏却颤抖得不像话。

"你在想什么？"鹿苑感受到他宽大的手掌施加的力正正好，让她很舒服又很受折磨。

周骛咳了声："好点了吗？"

鹿苑眼睛像布偶猫一样，圆圆亮亮的，满是睿智和狡猾地看着他，柔软的手指穿插进他的指缝里，挤压他的手指："你弄疼我了。"

因为刚刚运动完，她的手心里有些汗湿，明明是手背上痒，他却觉得蔓延到了嗓子眼里。

"为什么弄疼我？你是忍不了了吗？"她笑得鬼精，让人想掐死。

周骛不耐地站起来，掩饰着心里的躁动。

鹿苑眼尾里溢出一些志得意满的笑意来，故意说："不过，看你这样阴晴不定也好酷啊。我小时候就不喜欢对我献殷勤的男生，我喜欢不理我的。嘿嘿。"

周骛听不下去了，隔着毛巾揉揉她的头发："喜欢个屁，回家。"

周骛直到回家还维持着高冷男朋友的人设，等他洗完澡，把浴室整理干净，回到卧室后，看见鹿苑趴在枕头上，眼睛红红的。

其实还没看到眼泪，周骛的心脏就麻麻的了。

这恶作剧游戏还玩？没够了是吗？

可偏偏他看见她哭就忍不住心软："怎么了，不舒服吗？"

鹿苑憋了半天才支支吾吾地说："你不爱我了。"

周骛："……"

真想堵住她的嘴，不许再作妖，可还是忍不住抚摸她的头发哄道："乖乖，想要什么跟我说。"

"哥哥，你想做爸爸吗？"鹿苑抹抹眼泪问道。

这真是……无论如何都想不到的答案。

周骛一瞬间眼里闪过一百种情绪，震撼、意外、惊吓、狐疑，被雷劈了。他开始想鹿苑的真实意图，最后得出的结论是，尽管他现在只想二人世界，谁也不要参与进来，结婚还没影呢就要当爹到底有多不靠谱，但是如果鹿苑想要，他会试着改变一下人生计划。

"小鹿。"周骛咳嗽了一声，"那我们得先去领证，然后——"

"不用。"鹿苑趴在他胸口，打了个嗝儿，继续道，"养狗好像是需要狗证啊？"

周骛："……"

鹿苑笑嘻嘻地说："你还记得我年初的愿望吗？我想养一条德牧。名字都想好了，中文名字叫'周五'，英文名叫 Friday，长得像你，一看就是亲生的。"

周骛脸瞬间冷下来，感受很复杂，其中还夹杂着一丝微不可察的失望。

他不想养狗，有她一个还不够消耗他精力的吗？

"不行。"周骛果断拒绝了。

鹿苑又开始哭："你不爱我，一点也不心疼我。"

周骛有些疑惑，毕竟被女朋友说长得像狗也不是什么值得高兴的事。但是他也没有不高兴，毕竟鹿苑在很小的时候就说他长得像狗了，还是只长相粗犷的德牧。

这种话听着都免疫了。他用手机搜了下照片，是挺酷的，但是他无情地退了出来。他养她一个人就够了。

他换了一件T恤走回卧室，鹿苑还趴在床上，露着雪白的肩膀。听见动静，她悄悄扬起脖子瞄了一眼又趴回去……

周骜决定直接回绝鹿苑。想养狗？没门！

"小鹿，我只想和你过。"周骜半蹲在床边看着她，声音温柔得有些商量的意味。也不知道怎么回事，刚心理活动硬气得不行，想象着挣她一番立住威严，结果话到嘴边却软下来，小鹿怎么可以被说重话？

"要不还是算了。你能把自己照顾好就不错了，确定能再对另一个生物负责？"他卑微得像个讨好女儿的后爹。

鹿苑看着他好半天，一句话也不讲，眼里充满了哀怨。

"那你每天都回家啊，你来养不就可以了吗？"她问。

"我——"周骜摸了摸额头，竟觉得有点热，"是你要养的。"

鹿苑说："是你说我养不好的啊，你都没问我能不能克服困难。"

周骜闭嘴了，因为他知道这么问下去会陷入她的圈套，鹿苑肯定会说"我不能克服，那你不能帮我吗"。

周骜又在心里骂了句脏话。然后他躺到床上，听见鹿苑说："好嘛，不养就不养，你说了算呗。也就没有满足我从小到大的一个愿望而已，别人有的我就是没有，没什么了不起的。反正我从小到大都习惯了，以后就看着别人家的狗子解解馋好了。"

"哦，也不用。看你就行了，因为你就非常'狗'。"鹿苑把睡裙往下扒拉一下，指着上面的痕迹给他看，"这是不是你咬的？好痛哦。"

周骜："……"这不是纯纯的道德绑架吗？可算叫她搞明白了。

鹿苑卷上被子翻了个身，直接把他撅出去了……周骜看着自己身上，一条棉被丝儿都没有。

"苑苑，你不讲道理。"

"我就不讲，你打我吧。"她说。

周骜彻底无语了。他也没说一定就不养啊，这不是在商量吗？如果她真的很喜欢，他也不是不能妥协，毕竟狗子跟他姓，还叫他爸爸……无痛当爹。

第二天鹿苑去工作室了，晚上和大家去酒吧唱歌，很晚才回来。

而周骜又被临时叫走加班，两个人连面都没碰上。

他临走前给她留了吃的,一格一格分好类,字条贴在冰箱上,提醒她按时吃饭,言语里可见诱哄的意味。

鹿苑虽然没有见到人有些失落,可是也掩饰不住开心。她想给周骘打视频电话,调到微信界面又退出来了。

周骘骘这个家伙太聪明了,肯定是圈套,谁先服软谁倒霉。

她坚守住自己的底线,翻开某橙色软件看狗玩具,莫名有一股自信,自己马上就能拥有狗狗了。

这是她第一次缠着周骘提要求,她相信肯定会得到满足的。虽然也可以不问他的意见,但是一个家庭嘛,毕竟还是需要爸爸这个角色的。

周骘周一去出差,结束之后他看了眼手机,非常平静。以往他离开家连续两天,微信里的消息都会爆满,鹿苑叽叽喳喳地跟他说着乱七八糟的琐事,吃了什么、和谁玩了,在路边看到一条狗也会跟他汇报。

一条狗……

他是狗。

周骘这天晚上没有回去,第二天一早就去了储臣的基地,说想看看他的狗。储臣感觉很奇怪,周骘自从工作以后就很少跑过来了,他自己就是狗,回家照镜子不就行了吗?

"你妹想养狗是吧?"储臣问。

周骘拧了下眉:"你怎么看出来的?"

储臣道:"这还需要看出来吗?你每次带她来,她都会跟狗玩啊。"

周骘沉默了下,储臣都看出来了,他竟然不知道,以前带她来的时候是看到过她和狗玩,但也只是觉得她无聊罢了。

周骘跟储臣说想要一条德牧,让他推荐一下,储臣笑说:"女孩子养这种狗挺好的,个子高,性格温驯黏人,想想你们家小鹿牵出去遛的时候多酷啊。"

周骘心想别到时候狗遛她就好了。

储臣又笑着说:"最重要的是,像你。"

周骘终于忍不住把忍了几天的脏话骂出来,堵住储臣的嘴。

最后储臣带周骘去朋友那儿看狗,朋友家的大狗刚好生了小狗崽子,还没断奶,奶呼呼,丑萌丑萌的,挪动着小屁股十分可爱。

周骘用手指挖了挖人家的小肚皮,黑乎乎的毛是渐变的,发根是浅色的,尖端却颜色黝黑。脸蛋也很短,幼态尽显。

周骘用看人的眼光去看狗,每个人都是动物系长相,幼崽和鹿苑长得也很像,都是下庭略短一些,可爱又狡黠。

"是挺像的。"他笑一声，等把狗子带回家他就立马嘲笑她。

储臣朋友是个三十几岁的男性，比他俩都大，脸上多了些岁月的温柔，笑着说："看上这条啦？它对你挺亲热的，看上去这条狗跟你很有缘。"

周骛有点怕这个人也说狗和他长得像，于是及时打断，问了些价格以及何时可以来接的问题。

那朋友知道周骛是储臣多年的朋友，坚持不肯收钱，反正也是替狗子找个好人家。但是小奶狗现在不能带走，大概要在妈妈身边喂养到两个月，打了疫苗才能带走。

周骛有些失落，因为不能马上让鹿苑拥有一条狗。但是他临走前拍了几张小奶狗的照片，准备拿回去给鹿苑解解馋，她想要的都会拥有。

晚上回到上海，周骛直接回了家。

鹿苑还是有些冷淡，因为某人在端着拿乔，她下巴一昂，哼地走过去了，顺便用屁股一撅，差点把他从沙发上掀翻。

大小姐就是这样，明明不会冷战还学人冷战，自己又忍不住去撩，结果露出马脚。但是周骛不会让某人下不来台的，他主动开了口："给你看个好东西。"

鹿苑狐疑地瞅瞅他，脑子里不知道又装的什么废料，脱口而出："你又想耍什么花招？"

"说你想不想看就是了。"他卖了个关子，嘴角勾起一抹神秘的笑来。

"想。"鹿苑立马跟了上去。

周骛垂眸看她："先叫声哥哥来听听。"

鹿苑毫不迟疑地喊道："哥哥，好哥哥。"没想到他内心里竟然很喜欢这个称呼。

周骛把手机相册调给她看："你不是想养德牧吗？我托朋友找到了，是这只，下个月就能接回来了。"

"真的吗？"鹿苑忍不住激动了下。

她夺过周骛的手机爱不释手地看着屏幕上的小奶狗，本以为实现愿望需要一个征程，没想到这样就达成了？

"周五，周五……"她笑眯眯地喊。

"啊？"周骛没听清地应了一声，后反应过来她叫的是狗，"能换个名字吗？"

"不行，这是我狗儿子御用的名称。"

"换一个称呼。"周骛威胁道,"不然不去接了。"

鹿苑捧着手机眼巴巴看着他,沉寂了几秒,清脆地喊:"老公行吗?"

周骛又在心里骂脏话了,他的本意只是让她给狗换个称呼,根本不是让她给自己换个称呼的意思。

本来叫哥哥他已经很满足了。

她的眼睛像布偶猫一样明亮干净,微垂着看他,像是某种试探,她几乎能确定对方是喜欢这个称呼的。

于是她扬唇笑了起来,眯着眼睛又抑扬顿挫地叫了两声:"老公,老公……"

"够了。"周骛拿走她捧着的手机,丢到被子上面去,使他们之间毫无阻隔,"谁教你这么喊我的,我们结婚了吗?"

鹿苑眨巴眼睛:"我们结婚不是迟早的事吗?提前熟悉一下称呼有什么不对?"

鹿苑身体被压进被子里,脑边的枕头被他的手掌压下去,氛围忽然被拉到紧张,看他倏忽严肃的表情,她忽然不太确定自己做得到底对不对了。

"再叫两声。"周骛突然说。

鹿苑松了一口气,心里仿佛被棉花糖塞得满满的,裹得甜甜的,但是她不会再叫了,哪有这么好的事啊。

周骛看了她一会儿,说道:"没结婚,平时就不许这么叫。"

鹿苑奇怪道:"平时?那不平时的时候呢?"

周骛低笑了下,反手扯过被子盖住两人的头顶,意味已经十分明显:"你说呢?"

他不会明白地表示自己的喜好,否则又被她拿捏可不好,自己一点定力都没有。

因为已经定下了狗狗,鹿苑那一个月都非常积极为迎接新成员的到来而准备,小房子、小玩具、小罐头、小肉干,还有帅气的新衣服。

两个人像是即将当父母的新手。周骛也想象了一下以后有狗的生活,他们应该会更加和谐。

又等了一个多月,天气逐渐热起来,鹿苑光看照片已经不够,而且每次跟原主人祈求真的像个卑微的狗奴才,她想早点把狗接回来。

却不料在约定时间的前面一周,被通知小狗崽子突然生病住院了。鹿苑隐隐担心着,可还是很不幸运,小狗崽身体太虚弱,没有能挽救回来。

虽然还没有照顾过它,可是这一个月来她心里早就认定了这是她的狗儿子。鹿苑情绪很低落,周骛看着她这个样子也有些后悔,本意是让她早一点开心起来,却没想到弄巧成拙。

储臣也有些于心不忍,因为周骛的关系,他一直拿鹿苑当小孩子看待,感觉她就是想养条狗作为玩伴,脑子转了转,说道:"没事没事,我还认识郊区的一家犬舍,可以去看看,宠物狗多得很。"

周骛倒是没有很快应答储臣的提议,他认真思考了一番这件事的前因后果,理性地跟鹿苑说:"小鹿,养宠物就是早晚有一天会面临分离。即使不是生病,狗的寿命和人的寿命是不同的。如果你觉得自己承受不了这种分别,不如不要这种有时效性的快乐。"

这话过于理性了,却是周骛的真实想法,也是为了她好。

不过也很欠打,就连储臣都忍不住看一眼鹿苑的表情,心想她会不会哭出来,或者跟周骛吵架。

可鹿苑只是安静了片刻,反问周骛:"你知道情侣、家人之间也终有一天会面临分离吗?我和你的寿命应该也不一样,如果你承受不了我们将来的生离死别,那会选择现在跟我分开以免将来会更难过吗?"

周骛噎了一下:"那怎么会一样?"和鹿苑在一起的快乐可以抵消这世界上百分之九十九的东西。而且这一生应该会很漫长,他也能获得很多快乐。

鹿苑挑挑眉:"有什么不一样呢,只是时间长短而已。"

周骛没说话,储臣笑出了声,没想到这小丫头不是只有娇气,脑袋里清晰得很。

储臣道:"小鹿,你哥的话有一定的道理。你还想养吗?"

鹿苑认真思考了下,点点头。

储臣提议道:"如果你想养宠物来陪伴你,其实领养比购买来得有意义。"

鹿苑眼睛亮了下:"好啊,谢谢储臣哥。"

周骛有些嫉妒,对她好她就喊人家"哥"了。鹿苑从后视镜里看了一眼周骛的表情,笑着问:"哥,你要是不想去就先回去吧。"

周骛憋了憋:"我说不去了吗?"

储臣带他们去了那家狗舍,是一个老奶奶在看管的,院子外面拉了围栏防止狗狗跑出去,也可能是防坏人来偷狗。

老奶奶告诉他们,如果不方便带回家,可以每年出几百块钱领养一条狗狗放在她这边养,随时来看,非常具有性价比。

鹿苑："真的吗？"

老奶奶："小妹妹，一看你就非常有耐心。小臣都领养了好几条。"

鹿苑说："我还是比较想带回家养。但是我可以献爱心。"

老奶奶胖胖的脸笑眯眯的，眼睛都成了一条缝，指着一边的小房子告诉鹿苑："这边都是没人领养的，身体是健康的，性格也很温驯，你看看和哪个有缘分。"

流浪狗中品种狗不多，但是每条狗狗都很可爱，当然也有丑到刺毛撅腚的。鹿苑虽然一心想养条德牧，可是经过上一轮的打击，热情减退不少，她觉得眼缘和健康也很重要。

她一走进去，就有几条狗子靠近她，满眼好奇地打量着她，眼睛圆溜溜的。距离鹿苑最近的是一条看上去像是金毛的狗，模样乖巧又可怜，会安静地在鹿苑腿边转，摇着尾巴。

她第一眼就喜欢上它了，身体很健壮，应该很好养。就在鹿苑决定伸手去摸一摸这狗的时候，另一只四趾"手"突然伸了过来，把金毛的"手"给压下去了。

随即是一声"嘤嘤"，从鹿苑的身后走过来一条黑黄结合的毛孩子，个头不太高，眼睛一只蓝色一只棕色，耳朵竖着，十分奇怪。

鹿苑扭头看见了这个小家伙，丑萌丑萌的，颜值和金毛可比不了。

小家伙挡在金毛前面，歪了歪脑袋，可怜巴巴地看着眼前这位两脚兽，又"嘤嘤"了一声。

鹿苑当场心就化了，又不想做个三心二意的渣女，就不准备花太多的关注在这个丑孩子身上，可是这个小家伙直接把金毛撅到了一边，用鼻子贴贴鹿苑的手背，它的鼻尖湿湿凉凉的，十分舒服。

"两脚兽"最终没有忍住诱惑，把魔爪伸向了这条新来的。克制而乖巧的金毛狗狗被挤出来，也没争取，就委屈地走开了。

周骘一直在看着，鹿苑和小杂毛狗玩得不亦乐乎，他不由得有些震惊，这怕不是一条心机狗啊，真"绿茶"。

储臣笑着说："这狗是德牧和哈士奇的混种，三个多月了，可爱吧。"

鹿苑心里也在想，这条狗崽子除了长得丑点，性格和周骘也很像，非常心机。可是即使有心机还有拆家的风险，她也上钩了。

她还是有些犹豫，并不想这么快做决定。刚准备站起离开，小狗崽子竟然立马躺地碰瓷，扭动着身体，龇牙咧嘴，以此来勾引人。

鹿苑没办法，只能再次伸手去揉它的肚皮。

她最终决定带走这条混种狗崽。

因为是老奶奶自己养的,所以没有繁复的手续,鹿苑当天就抱走了。

看得出来鹿苑非常开心,一路上她坐在车后座跟小狗玩。

这条小狗大概是感觉到了自己有了新的主人,马上要过好日子了,还是个漂亮的小姐姐,但是因为自己流浪了一段时间怕被丢掉,一路上都很乖,隔着毛毯窝在鹿苑的怀里,时不时地用鼻头顶顶她,或者用湿湿热热的舌头舔她的手指。

可算把这个"金主"讨好了。

周骛回头看了她一眼,提醒道:"小鹿,还没有给它检查身体,不要让它舔你。"

鹿苑嘴上答应得好好的,可是根本就忍不住,因为她终于有狗了。

两人一回到家,就把狗狗送去了宠物医院检查身体、驱虫、洗澡,给它吃好吃的狗粮和罐头。

狗狗之前养在老奶奶那里过得很粗糙,也没人撒娇。但现在情况不同了,它有爸爸妈妈,是个有人爱的宝宝了。

当天晚上,鹿苑和周骛吃了晚饭,提前一些时间去接狗。结果它正懒洋洋地躺在浴池里洗澡,没有看见他们。

宠物店的小姐姐揉揉它的爪子,冲它喊道:"周五,周五小宝贝,你爸爸妈妈来啦。"

第三声和第四声的音很容易搞混,在周骛听来也十分违和,他差点就应答了,如果不是后面加了个小宝贝的话。

鹿苑也一脸的尴尬,一抬头对上周骛的眼睛,她不好意思地笑笑,小声说:"嗯,周骛小宝贝。"

周骛一抬手就捏住了她的后颈:"你最好想清楚一点,自己会付出什么代价。"

"Friday!"鹿苑决定直接叫英文名。她隔着玻璃喊"周五",狗崽子听见声音,扬起脑袋看到鹿苑,顿时爬了起来,冲着鹿苑汪汪叫。

鹿苑眉眼弯弯,朝着周骛扬下巴:"喏,爱有回应的。它知道自己的名字了。"

周骛无情拆穿:"它只是听见声音了,随便来个人它都会叫。"

鹿苑撇撇嘴:"它就是在回应我。"

周骛:"你每天下班我去接你,你会觉得爱有回应吗?"

"没有。"鹿苑诚实地说。

"我就知道。"周骛转身出去了,他有些受不了里面的冷空气和动物香波的味道。

他并不排斥狗崽子，可又觉得鹿苑的注意力都被转移走了。

就像以前明明他和她朝夕相处，可是她稍微和别的男生说一句话，他就疯狂不爽。

周骛不愿意承认自己在吃一条狗的醋，但是他们刚重逢的时候她对他都没那么热情吧。

当然鹿苑也不知道他到底怎么了，自顾自看着周五傻乐。等工作人员给周五洗完了澡，毛发吹得香香蓬蓬的抱出来，她更是眼馋地对它又亲又抱，狂吸不止。

还在工作人员的推销下，办了张五千块的洗澡卡。

鹿苑在阳台给周五建了一个小别墅，里头放满了玩具，她陪它在外头玩了一会儿。

周五还不会在家里固定的地方上厕所，鹿苑没办法，要不然早把它带进房间里来了。

但是这一年的夏天似乎特别热，鹿苑怕把周五热中暑了，赶紧挪回客厅里。

大概是怕周骛不习惯，她主动承包了每天早上出门遛狗、喂狗粮、洗澡、教习惯的任务。

从来不让它在家吵闹。

只是某天鹿苑牵周五下去遛，和其他狗友聊天，自称妈妈她有点不好意思，毕竟这狗又不是她生的，于是灵机一动，改称为阿姨。

到家就露馅了，因为周骛给周五喂水的时候自称了一声"爸爸"，周五没搭理他。

鹿苑调侃道："我们周五小宝贝最喜欢阿姨了，不要爸爸。"

周骛："阿姨是谁？"

"我啊！"

"所以我是爸爸，你是阿姨？"

周骛觉得自己在被这个家排挤，尽管他没有证据。

"所以，你们是一家人我是意外？"

"我和你才是一家的。"

"我不配和你做它的爸爸妈妈？"

"配配配。"

"你准备什么时候带它离家出走？"

"……"

鹿苑意识到自己说错话，赶紧承认错误："我错了，错了错了。"
可惜周骛已经不理她，径自去了卧室，留给她一个背影。
鹿苑瘫坐在地上反思，这个称呼的伤害真的很大吗？还是周骛太脆弱了？
反思的结果是无论如何，她得去哄哄。

外面下雨了，鹿苑把周五安顿好在小房子里，又给开了空调拿了小枕头，这才小跑着冲进卧室里。
床上没人。
"周骛骛？哥？"她喊了一声，无人应答。
浴室里也没有。
鹿苑正要出门去找，眼前忽然一黑，鼻尖袭来一片凉意，是沐浴露的香气，紧接着她就被抱着丢到了床上。
周骛把她裹成蚕蛹，厉声威胁："求我，道歉。"
鹿苑现在是人为刀俎她为鱼肉，自然认怂："哥哥，我错了。"
周骛指尖刮着她的鼻梁："不给你点厉害你看不出来我不高兴是吧？"
鹿苑在心里叹息他真的好幼稚，但又觉得很幸运，周骛永远不会真的对她生气。
周骛见她脸憋得通红，把被子拿开，开始提条件："第一，无论如何我们要保持同等的称呼；第二，以后不可以为了狗忽略我的感受，哪怕是新鲜感也不行。"
鹿苑快被他逗得岔气，满口答应说好。
周骛高大的身躯俯下来，手臂揽着她的腰，另一只手与她十指紧扣，压在枕头上，然后细细密密的吻落下来。
窗外电闪雷鸣，似有一道光打在了玻璃上，整个屋子里大亮了一下，又暗下去。
鹿苑紧张地抽手抓住了男人的后颈。
只听见门被推开，啪嗒啪嗒的声音传来，是周五的脚步声。
狗崽子嘴里叼着个玩具，歪着脑袋看向床上。
打雷它害怕了，需要爸爸妈妈的保护。
不要说怕被周骛发现，就连鹿苑自己都吓了一跳。
倒也不必如此缠着爸爸妈妈，我们也是需要私密空间的。
周骛隔着被子一时没有听见周五的脚步声，鹿苑一边安静承受他的吻，一边担惊受怕地瑟瑟发抖。

"怎么了——"周骜的眼神里有一丝疑惑，只是疑问还未发出，就听见床下传来的嘤嘤声，周五就趴在床沿的夜灯旁边，下巴贴着地面。不敢吵也不敢闹，但是眼睛里充满了求知欲。

"……"

尽管是面对一条狗，鹿苑也感觉到了"社死"，不愿意再多看一眼，只是用手指指了指床边。此时周骜也意识到了不对，因为他听见了另一个碳基生物的喘息声，于是侧头看过去。

周骜同样沉默了许久，他被迫打断正在做的事，叹了口气从床上坐起，顺便给鹿苑身上披了被子防止走光。

鹿苑自觉地拉到盖住下半张脸，听见周骜问："这是你想要的效果？"

"不。"鹿苑没脸了，"把它弄出去。"

平日里周骜对周五并不太温柔，回来也很少主动去揉它，并且不允许它进卧室、上沙发，导致了周五对这个父亲有些许的陌生和恐惧。

当然周骜也没让周五失望，当它伸出前爪要抱抱的时候，周骜则直接伸手拽住它脖子上的项圈往外拖。

这是违背了周五意愿的事情，它小小年纪立马像条死狗一样，屁股墩坐在地上赖着不肯走，"嘤嘤嘤"地叫着，看向了床上的妈妈。

只可惜，鹿苑身上没衣服，她不好意思起来。

"出去，乖。"周骜不耐烦地叫了它一声，手上的力道也大了点。

"嘤嘤嘤！"周五还不会汪汪叫。

"趁我还没发火，乖乖听话。"周骜警告了一声，"想让我扁你吗？"

周五紧张地扭动着身体，躁动不安，但是没叫，突然大家都感觉到了一阵不对劲，因为有嘘嘘的声音出来。

孩子一旦安静下来，必定是在作妖。

鹿苑用被子捂住身体，伸手去打开房间的大灯，果然看见周五脚边一摊黄黄的。

然后两个人同时再次沉默了。在周骜的眉头拧得更深之前，她连忙拿了睡裙套在身上去处理意外。

"你别生气，我来处理！"鹿苑大喊了一声，生怕他教育周五。

周骜是个极度爱干净整洁的人，连房间都不允许它进，生怕在床单上留下狗毛，可想而知一摊尿对他的伤害有多大。

鹿苑一边在心里努力憋笑，一边装着严肃模样去拿纸巾和拖把。

周骛面子实在有些挂不住,半边脸沉在光的背面,上身没穿衣服,肌肉反着细腻的光,过于性感,但是整个人的气场也有些危险。他还从来没有遭遇过这么离谱的事情。

以后还怎么在这房间里待?

周骛抬眸看了她一眼,淡淡地问:"所以,以后我们是干什么都得带着它了吗?"

"这是个特殊情况。"鹿苑哭笑不得地走到他面前,主要还是怕周骛会真的把周五揍一顿,弯腰想去抓住项圈。

还没触到,就被周骛搂腰提到了一边,冷冷地道:"别动!"

"怎么了?"鹿苑紧张地问。

周骛说:"你回床上吧,刚刚出了汗,这样容易感冒。"万一再踩到什么不该踩的东西,他真的会留下心理阴影。

鹿苑虽然担心周五,可也没有逞强,于是乖乖回到床上。眼看着周五被周骛拽到洗手间,还关上了门,等他把房间彻底打扫干净才把狗送到客厅去。

只有他们父子两个,周骛毫不客气地扯了扯周五的脸蛋子,说道:"Friday,我认真跟你说一次,以后不许进我们的房间。

"每个人都该有自己的隐私领域,我和妈妈有进过你的狗窝吗?

"再进来,我真的会揍你。"

周五:"……"

周骛把它严严实实地塞进去之后,这才回了卧室。本来他是想和鹿苑过一个美好的夜晚,这下也完全没心情了,脑子里全是它撒尿的画面。

鹿苑爬上来问:"你刚刚没打它吧?"

周骛闭上眼睛:"下次就吃狗肉火锅吧。"

鹿苑就知道他被气到精神失常了,克制着自己的笑,暗自下定决心一定要好好教育周五。

周骛和周五属于互相伤害。

第二天早上周骛去上班,出门前看见周五趴在自己的小房子面前,下巴贴着地面瞅他,眼珠子向上翻着十分可怜。周骛有些恻隐之心,想在走之前摸一摸它,不料刚蹲下,周五就挪着屁股到鹿苑的脚边了,轻轻咬着她的裙角。

"Friday,你怎么啦?"鹿苑蹲下来揉着它的脸蛋子,和它贴贴,耐心地说,"妈妈要去上班咯,打工赚钱给你买好吃的罐头,谁让我这么爱你呢?"

周五亲热地舔了舔她的掌心。

周骛看着有些酸,但是也没有多想,毕竟只是一条幼崽狗。而接下来的连续两天,周五对周骛都不算热情,一见到他就跑得远远的,除非鹿苑在场它才会在两人腿边打转。

很好,反正他也不习惯对着鹿苑以外的任何生物表达感情。

这周周骛因为工作出差,连续两天没回家。而鹿苑因为吃了上次的教训,也想快点给周五培养出定点如厕的习惯。毕竟再在他们的卧室撒一次尿,这个家庭该破裂了吧,周五一直躲着周骛呢。

狗是她要养的,她肯定得负责。

都说德牧聪明,尽管周五混了一些哈士奇血统,鹿苑也并不认为智商会被拉到太低,可是周五这个笨蛋的愚蠢程度也着实超出了鹿苑的想象,好像它就是一台无情的吃饭和撒娇机器,怎么教都教不会。

她甚至都可以想象到,当年有个天才给她辅导功课,敲着她的脑袋说笨蛋,其实内心是有多翻涌了。

鹿苑舍不得打周五,每次它在地毯上撒了尿都会缩着尾巴看她,可怜巴巴或者得意扬扬的样子,还想让她表扬不成?

于是她就骂它!暗戳戳地给它取外号,悄悄地骂。

这天傍晚鹿苑下班回家,房子里空荡荡的,周五安静地趴在门边,一听到动静就飞扑到她的怀里,抵消了她的很多疲倦。

鹿苑对着它又亲又撸,母子情深没多久,她就察觉出又不对劲了,它竟然又乱撒尿了,还撒在了周骛的篮球鞋里,他最喜欢的那一双。

逼得鹿苑直接骂出了一句脏话,这双鞋是限量款,花了她五位数,就这么被糟蹋了?

扔了?还是洗干净装作无事发生?

鹿苑纠结了好一会儿,窝了一肚子的火把周五牵出去遛,这才幡然醒悟,养宠物并不是一件简单到只有快乐的事情,还要无限的耐心和责任感。

鹿苑有些丧气地把周五带到楼下,绕着小区走了五圈,打算把它遛累,待会儿回家倒头就睡,就不会来烦她了。

不过也有好处。

周五虽蠢却实在美丽,两只耳朵竖得高高的,两只眼睛不同的颜色,而且它的身材高大威猛,即使不是传统帅哥,却也是小区里最凶猛的崽。

它走过之处必定引起围观,尤其是还有一个漂亮的小姐姐牵着它。

谁不想自己的儿子有出息，这一点鹿苑还算满意。以前她从不在小区里溜达散步，吃完饭就躺进沙发里刷手机，现在因为周五每天的步数都能到五千步往上，还认识了很多狗友。

只不过，有些讲究纯种血统的主人就对周五不太友好，得知它是串种之后还有点嫌弃。

"串串狗不够健康，而且不漂亮啊。"

"性格也不是很好。"

"你是从哪里捡的吧？干吗不花点钱买个纯种狗啊？"

鹿苑听了好几次这样的言论，一开始还解释一番，周五性格其实很可爱，活泼又黏人。但是后来发现自己的三言两语根本就撼动不了别人心中的成见，就干脆不解释了。

她有点不高兴。

从小到大她一直都是很受欢迎的，养了条狗竟然被嫌弃了，而且很有可能这就是周五被原来主人遗弃的原因，她不想带着周五和那些崇尚纯种狗的人一起玩了，周五她骂可以，别人就是不能说一句坏话。

"Friday，你争气一点。"鹿苑在黑暗中扯扯周五的耳朵，"咱们一定要把乱撒尿这个习惯给改掉！"

"快，在这里撒一泡，给妈妈看看你有多厉害！"她拍了拍周五的屁股。

周五不适应地往前躲了躲：妈妈，我的傻气是遗传你的吧？

"最好不要去拍狗狗的屁股。"这时一个男人的声音冒出来，光线很暗，她看不清对方的长相，只注意到他脚边肥嫩的柯基犬。

"哦，谢谢。"鹿苑不算热情地回答。

那男人笑了笑："你的狗狗很可爱，不用在意别人说的，你自己爱它才是最重要。"

"我也是这样想的。"鹿苑嘴角扬起一抹不甚在意的笑，总算遇到一个会说人话的。

"你的狗叫什么名字？"那人有聊天的意思，这很正常，毕竟都是爱狗人士，总是能轻易开启双方都感兴趣的话题。

鹿苑一直盯着周五的屁股看，漫不经心地回答了一句："笨猪。"

"法语吗？"男人疑惑道，"你好？"

鹿苑略略尴尬了下，总不能承认这是她骂笨儿子的话吧？

"不是，它叫 Friday，星期五的意思。"

"真是个可爱的名字。"

那条柯基对周五很热情,一上来就去捉它的尾巴玩。可是周五这个笨笨的大块头对小狗却有些胆怯,且十分不感兴趣,只是低头嗅了嗅对方,瞬间就摆出一副不感冒的死德行。它有点想走,又不好意思。

就像它的妈妈一样,同样对这个前来搭讪的狗友不感兴趣。

鹿苑对男人的恭维"嗯嗯"了两声就沉默了,毕竟大美女的周围总是充满了搭讪和表达好感的男人,并不是谁都能从她这里获得友好。

也不知道这位邻居是对鹿苑感兴趣还是对周五感兴趣,他告诉鹿苑:"你养狗不久吧?要培养和狗狗之间的感情,建议不要拍它的屁屁哦,这样不仅起不到引导的作用,还有可能伤害它,让它感到极度的不安全。"

说到教育孩子,鹿苑又有了点兴趣,愿意和对方多说两句:"你养狗多久啦?那摸哪里比较好?"

男人又笑了笑,很自信地科普道:"你可以摸摸它的下巴,那样会让它感觉很舒服和安全,或者耳朵也可以,不过要顺毛。"

鹿苑想了想,说道:"怪不得每次揉它的耳朵,总是一副舒服到要死掉的模样。"

男人:"……什么?"

"没什么。"鹿苑独自回忆了下周五窝在她怀里不值钱的样子,就觉得很好笑。

天色已晚,周五终于在一个草丛里解决了生理问题,而且那条小柯基一直在闻周五,鹿苑赶紧带它回了家。

周骛这晚还是没有回家,两人睡前打了个视频电话。鹿苑好几次欲言又止,不知该不该告诉他周五做错了事。

最终她没说,决定拿去洗鞋店弄干净,装作什么事也没发生。

可第二天她因为太忙就忘记了这件事,那双脏鞋子被扔到了阳台。直到周骛傍晚归家,两个人抱着在客厅里亲昵了好一会儿,周五也很配合地在爸爸妈妈腿边打转,狂摇大尾巴。

鹿苑这段时间没去乐队工作室,休息的时间多了起来,人也吃胖了一些,脸庞红润妩媚,周骛几日不见她又想念得十分厉害。他起身捏捏鹿苑被亲得有些红肿的嘴唇,像饱满的花瓣,轻声道:"我去洗个澡,去卧室等我。"

他走了两步,又指了指趴在地上虎视眈眈的家伙:"先把它关到笼子里去,二人世界不想被打扰。"

待人走后,鹿苑搂住了周五的脑袋,小声道:"Friday,你爸爸像不像一个渣爹?他一点都不爱你,只想把你做成狗肉火锅,妈妈才是最爱你的人。"

周五:"嘤嘤嘤。"

搂了不到一秒,鹿苑赶紧撒开了周五去洗了个手,她可不想用摸过狗的手再去摸周骛。毕竟这个世界上她最爱的人就是周骛啦。

周骛洗完澡顺便把脏衣服拿到小阳台的脏衣篮,一眼就认出那双布了地图的鞋子属于他!

他最喜欢这双鞋,因为是鹿苑熬夜给他抢的。

"Friday!"周骛站在阳台门口,眉心蹙着,看向正在咬白菜玩的周五。周五抖了下,机敏地看过来,眼神好像在说:今天这顿打怕是躲不了了。

鹿苑也听见了周骛沉沉的带着怒气的嗓音,很快从厨房里出来,看见周骛拎着那双球鞋。她快速跑向门口拿起狗绳,拽着周五就向门外跑。

她三两下穿上鞋子,急急解释:"我们先出去躲躲,你消消气,我回头再跟你狡辩——哦不,解释!"

然后,一人一狗就消失在视野里。

周骛:"……"

这辈子没这么无语过,他是会打狗还是会打人?这下倒好,不仅最喜欢的球鞋毁了,老婆也没了。

鹿苑迎着夕阳和周五在香樟树下散着步,边走边跟周五碎碎念:"要不是为了你,妈妈这个时候就躺在爸爸的怀里了,他还会叫我乖乖。现在倒好,我们俩只能在外面流浪了。

"Friday,你要记住,妈妈为了你付出了很多,这个世界上没有人比妈妈更爱你。虽然你造得多脑子笨,还听不懂人话,随地拉撒没素质。"鹿苑对着狗说话也十分有劲,"所以你也要对妈妈好一点,把尿在外面撒出去!"

周五:"……"

"哈哈哈哈,你真可爱,连一条狗都逃不了被 PUA 了吗?"

鹿苑扭头,看见一个男人。其实她不太能认得出来对方,只是认出他的狗。是上次教她不要拍狗屁股的男人。

这男人长得干干净净的,穿着白 T 恤和牛仔裤,气质温柔,眼带笑意,给人的观感还不错。

鹿苑这话是对周五说的,可也有点自说自话,被人听见了还有点不好意思,她下意识碰了碰鼻子。

"Friday,你好啊。"男人弯腰,手在周五的背上摸了摸。

周五这个"二货"不认人,立马就去舔人家的手了,鹿苑拉都拉不回来。

男人说:"你是在催它在外面方便吗?"

鹿苑点点头,说道:"对。它在家里有的时候憋不住,也不会去厕所,就随地撒。"

男人问:"你打它了吗?"

鹿苑心说她从来不舍得动周五一根毛,只会骂骂它是笨猪。周骜生气的时候也只会皱皱眉威胁它,他们从来不打狗。

"你有什么好办法吗?"

男人笑了笑:"必要的惩戒措施还是要有的。但惩戒的目的不是为了伤害它,是为了纠正习惯。"

鹿苑不吝夸奖:"你懂得好多,具体怎么做呀?"

男人被一个美女用这样的语气夸赞有些不适应,脸瞬间红了,过了会儿才慢慢恢复下来:"你要先让它意识到某些事情是不可以做的。比如它随地大小便,你可以做出惩罚的动作,拿一张报纸弄出很大的声音来威吓它,下次它就不敢这样胡来了。"

"有道理啊。"鹿苑以往没听说过这样的办法,但感觉是有效的,毕竟这男人的小柯基看着年岁不小了。

男人看出鹿苑是个生手,自己还挺能发挥的,便问:"你一般什么时候出来遛狗?"

鹿苑:"晚上六七点吧。"

"我们可以加个微信吗?可以约着一起遛,你有不懂的可以问我,我一定知无不言。"

鹿苑自然不介意加微信,就当多关注了个宠物科普博主。

正当她拿出手机,两个人身体凑近的时候,在草地上躺平的周五忽然爬了起来,钻到他们之间硬是把人给隔开了。它像个脑子不太好使的警犬一样在男生身上嗅来嗅去,一脸的不友好,连声"汪汪"。

"看,你的狗狗很聪明,也很有警戒心。"男人化解了这个尴尬,还是扫上了鹿苑的微信。

周五嗅完对方,又回到鹿苑身边用鼻子顶了顶她的腿,似乎在催着她赶紧走。鹿苑难得听到周五被夸,比自己被夸还开心,赶紧摸了摸狗脑袋，走走走，现在就走。

回家之前鹿苑自知犯了错，去帮周骛买了他喜欢吃的冰镇小圆子带回家，正好周骛已经冷静下来，坐在书房里看书。

鹿苑小跑着过去坐在他腿上，周五也飞奔过去，绕着他的脚边转。周骛本来还有点气，但是他没有办法拒绝鹿苑的撒娇，只好决定下一顿再吃狗肉火锅。

"那个鞋子扔掉吧。"鹿苑噘噘嘴。周骛这样洁癖又"高贵"的人大概是不会穿沾狗尿的鞋子的。

"不许丢。"周骛搂着她的腰，闷闷地咬牙，"洗干净供起来，那是你第一次为我花这么多钱买双鞋。"

让鹿苑这只铁公鸡为他拔毛那是真的不容易。

鹿苑臭不要脸地说："可是我把最宝贵的自己送给你了啊，这还小气？"

周骛："……"

他看着她几秒，眼神忽然顿住，而后起身利落地把她抱起，向卧室走去顺便把门反锁："今晚我要吃一顿大餐。"

鹿苑都来不及惊叫，整个人挂在他身上，几秒后陷入了被子里。

等她彻底清醒已经是一个小时以后的事情了，浴室里周骛在洗澡，周五一开始叫了一会儿，找不到鹿苑就干脆趴在门口了。

莫名有种岁月静好的感觉。

手机响了一下，是刚刚加上的那位邻居发微信问她，有没有用他教的方法，态度有些殷勤。

鹿苑的朋友圈是一个月可见的，他竟连续给她点赞了五条。这种热情让人有些应接不暇。

鹿苑礼貌地说了句还没用得上，等下次有需要一定咨询他，婉拒的意思明显。

周骛出来时她忽然把手机丢去一边装睡着，因为被咬得很痛，周五是个傻狗，他就是凶狠的野狗。

周骛坐在床边，冰凉的嘴唇亲了下她的额头："乖乖，困了吗？"

鹿苑没出声，以为他就此算了。却不料这人的手竟在枕头下面摸了摸，把她的手机掏了出来，又顺利输入六位数密码，解锁了。

鹿苑虽然闭着眼睛，可一切都能感觉到。

周骛骛也太"狗"了吧！偷看她的手机？

但是周骛更"狗"的事她大概不知道，就在她带着狗逃窜下楼的时候，他虽然没追下去，可拿着望远镜在阳台上看了好半天呢。

包括她跟另外一个狗主人聊了有十来分钟，还加了微信，那男的明显是对她有好感的，都是男的，他又不瞎。

要不是看到周五这傻狗还知道维护它爹的权益，他今晚就吃狗肉火锅了。

周骛并没有真的去翻鹿苑的手机，只是点开微信确认一下是否真的加微信了。鹿苑再也忍不住从被子里钻出来："干吗偷看我手机？"

周骛冷笑："有人把我的球鞋毁了还逃避责任。扯平。"

鹿苑舌尖打结："我不是还给你了吗？"

周骛视线往下瞥了瞥，暧昧道："你用什么还的？"

鹿苑想说子债母偿，可说出来太羞耻了："只是加了个狗友，请教照顾宠物的问题而已。"

周骛："……"

鹿苑："你又不喜欢 Friday，动不动就想吃狗肉火锅，我只能寻求别人的帮助了。"

周骛凶巴巴地否认："谁说我不喜欢 Friday 了？我的儿子，我自己会负责，轮不到别人来教。"

鹿苑眼睛一亮："你以后会和我一起照顾它吗？"

周骛揉揉她的耳朵："我有说过不想照顾它吗？你不知道在一个家庭里爸爸妈妈需要一个唱白脸一个唱红脸吗？"

第二天早上六点，鹿苑还没起床，周五也还在睡着。

周骛却已经起来晨跑了，这一次，他出门前把周五带走了。周五一脸的困意，就像个倒霉蛋似的被它爸拽出门锻炼，在它的脸上除了可怜就是无语，找不到别的表情。

周骛腿长，又习惯了每日跑五公里，体能非常好。周五一开始还放不开，跑了一圈之后越来越兴奋，朝着它爸龇牙咧嘴，亲昵地蹭周骛的运动裤。

男孩子嘛，就应该多跟爸爸培养感情。

快七点时，父子俩才跑步回来，悠闲地漫步着，在小区门口碰见了一条柯基，又跃跃欲试地闻着周五的屁股。

一肚子坏水，鹿苑看不出来，周骛可清楚得很。

柯基的主人一眼就认出了周五，喊了一声："Friday？"

周五直往周骛的身后钻，躲开了那条柯基，它还是个宝宝呢，别来沾边。柯基主人也一脸的尴尬。

周骛冷淡着一张脸问道:"你认识我的狗?"

"这是你的狗?"对方有些疑惑,"我经常碰到一个女孩子牵着它。"

周骛那张脸还是高冷到不好惹的模样,不客气地介绍道:"它的英文名Friday,中文名周五。我姓周,它随我姓,这名字是我女朋友取的。"

一句话交代了全部背景。

周五好像已经知道了Friday是自己的名字,骄傲地往它爸裤腿上又贴了贴,还舔了周骛的手。

这次周骛没嫌弃它也没躲,只是反手挠了挠它的下巴,舒服得它一脸得意。

这一刻,父子感情达到了前所未有的巅峰。

为鹿苑争风吃醋这种事对于过去的周骛来说太幼稚,但是现在就刚刚好。

那个柯基的狗主人和鹿苑搭讪、加微信,相约一起遛狗的确是存在私心的。不仅仅是因为鹿苑长得漂亮,还因为他认出了鹿苑是某个小众乐队的主唱,恰好那个乐队是他很喜欢的。

竟然能住在同一个小区,简直是天大的缘分,他本想装作没认出她来,慢慢认识的,这样显得很自然,况且他对自己有着一定的自信。

却不料对方竟有男朋友。怎么没听说呢?

柯基的主人看到周骛的气质外貌,还有那天塌下来他能顶着的身高,就知道自己应该没有什么竞争力了,而且对方的脾气似乎也不是个好相与的。

周骛没那个闲情和陌生人多聊,遛狗也不需要搭子,他直接走了,在便利店买了一瓶水,自己喝了几口,见周五这个没骨气的吐着舌头,围绕在他腿边打转。

周骛蹲下来给周五喂了几口水,揉揉它的脑袋,笑道:"臭小子,表现得不错。"

周五"嘤嘤嘤"地冲他怀里钻了钻,觍着张大脸,差点把周骛撞倒。

周骛并没有生气,只觉得可爱,他甚至还返回超市买了根香肠给周五加餐,吃完之后才回家。

"以后也要这样知道吗?"周骛捏捏它,"你得明白谁是你爸,是谁给你买肉肠。"

周五:"嘤嘤嘤。"

之后的几天周弩每天都回家,晚上就变成了两个人一起去遛狗,鹿苑没察觉有什么不对。直到有一次她单独下去的时候再次碰见了柯基的主人,他对自己不再殷勤,点点头就擦肩而过,态度肉眼可见地冷淡下来。

鹿苑终于也松了一口气,舒服多了,其实被殷切对待也很有压力。

养育周五是一件很麻烦的事情,就像养一个小孩。要照顾它的吃喝拉撒,不让它生病,还要小心它拆家。

周弩虽然对狗儿子有所改观,可不减脾气,这一年的下半年,周五拆了几次家就被周弩教训了几顿,父子关系时而亲密时而岌岌可危。

鹿苑并不觉得烦,因为她觉得这两人一狗也是家的样子。

Extra 03
去疯，去野

第二年的秋天，鹿苑和周骛因为回苏州参加好友林鲸的婚礼，才和老鹿见面吃了顿饭。

他们依然没有与父母和解，但是也从每次打电话和发微信时剑拔弩张到能和平地沟通，这个过程虽然慢，但是鹿苑很满意。

老鹿相对还算比较好说话，虽然他强势，但是鹿苑也表现出并不在乎他支持与否的态度。

那天鹿苑去市区的房子拿东西，和回家的老鹿碰了个正着。而周骛跟老鹿放狠话已经是去年的事情了。

周骛是无所畏惧的人，尴尬的反而是老鹿，他脸色不阴不阳地对着坐在楼下车里的周骛喊了声："晚上一起吃顿饭吧，我是你们的爹又不是洪水猛兽。"

周骛在点头前看了看鹿苑，这要看她愿不愿意。

老鹿低哼："鲸鲸恋爱谈了不到一年就结婚，老林都快高兴死了，你们还在这儿不紧不慢地作妖，一点长大的样子都没有。"

鹿苑笑着说："我谈恋爱时间长怎么了？我对象稳定、爱我。要不是为了你，你以为我不想结婚吗？"

老鹿瞬间瞪眼睛："你才二十五，都算早婚了，往我身上赖干什么？"

鹿苑专挑雷区蹦迪："不往你身上赖，你和周阿姨从夫妻变亲家不尴尬吗？"

老鹿熟练地继续去招人中了，这一天天的。无法想象他和周婕真要见面该怎么办，所以他曾经希望这两个小家伙感情闹掰算了。但他们谈了快两年了还没分，老鹿也没辙，晚上勉勉强强和他们和颜悦色。

除了这层身份的尴尬，周骘的确是最好的选择。他的工作前途无限，还是未来的科学家，对社会有重大贡献。从私人层面讲他很爱鹿苑，也能照顾人，不像某些人是来图家产的。

周骘其实也不太担心老鹿这里，他更觉得周婕那里才是个难关。

鹿苑作为林鲸最好的朋友，也是她的伴娘。

林鲸的婚礼简单而温馨，又不落俗套，全程是她丈夫操办的，周到细心，婚礼上的花都是她最爱的，完全看不出她和丈夫是相亲认识，且只相恋半年。

鹿苑此前只见过林鲸的丈夫蒋燃一次，比林鲸年长六岁，是一位成熟温柔的男人，气场强大，对旁人也很有距离感。

蒋燃和林鲸的相识也不算突兀，他曾在燕家巷住过一段时间，在她们还是小学生的时候，对方已经是男神级别的人物了。

林鲸在不知爱情为何物的年纪里就是外貌协会的会员，曾经十分眼馋大哥哥的颜，没想到成年后竟做了夫妻。

不过成年人的爱情倒也没那么纯粹，一半童话一半现实，说合适更为恰当一些。

蒋燃虽然财力丰厚，但原生家庭却不算和睦。而林鲸的家庭比大多数人都幸福，父母均在事业单位且是中高层领导，有着不错的底子。

鹿苑从小就羡慕林鲸的家庭氛围，她有着撒娇任性的资本。

林鲸告诉鹿苑，她和蒋燃之所以结婚，父母和家庭也是她的底气。至于爱情，或许在她这里是有一些的，但对方她并不清楚。

"鲸鲸，你是不是有些悲观了？"鹿苑问。

林鲸笑了笑说："每个人情况不同。你和周骘的关系是从小到大的守望和相依为命。而这段婚姻对我来说更像是一段征程，我没有期望过他是我的避难所，但应该可以互相治愈。"

林鲸在经历一些低谷之后，变得清醒通透了。但鹿苑觉得她或许是身在迷雾之中还没有看清楚，蒋燃这个年纪的男人不会表达太多，但对她的喜欢比她想象中要深很多。

他对她从没有一丝敷衍，看她的眼神和看别人总是不一样的。

鹿苑期待着婚姻给林鲸带去治愈，他们两个都是温柔且情绪稳定的人。

仪式的最后，林鲸没有扔捧花，而是直接将花交到了鹿苑手里。

婚礼结束之后，鹿苑下意识去找林鲸一起回家，却被蒋燃拦住了。他把充斥着疲倦和困意的林鲸搂在怀里，温柔地笑着说："今天开始鲸鲸要跟我回家了。"

看好友被带走，鹿苑才恍然大悟，林鲸已经有了一个可以在她倦怠时为她兜底的男人。

周骛也走过来牵住鹿苑的手："回家了，Friday 等不到你不肯睡觉。"他还有理有据地拿手机里的监控给她看，周五正落寞地趴在门前呢。

想管她就直说，扯什么狗啊。

回去的路上，鹿苑的酒劲上来了，手指掐着手捧花的花瓣，絮絮叨叨地对周骛说："你知道吗，鲸鲸是我最好的朋友，在我失恋难过的时候是她一直陪着我的，可是去年她在情绪低谷时我却没有陪着她。"

因为她的时间都被某个心机 boy 占用了。

周骛也在想着事情，听出她话里话外的阴阳怪气："她的爱人会陪着她度过低谷期，你那小身板能给谁肩膀？"

"你闭嘴。"鹿苑嘟了下嘴。

周骛瞥了眼她手里的捧花，一把抢了过来，放在自己腿上："别薅秃了。"

"不就是一束花。"

"这是祝福。"周骛强调，"别忘记你朋友对你说了什么。"

新娘把捧花给伴娘，还能说什么？

鹿苑闭上眼睛，微微笑了下："嗯，我很羡慕鲸鲸。"

"不用羡慕别人。"周骛低声说，"我会给你最好的。"也会陪她最长。他总是很笃定地承诺。

他认真想过和鹿苑求婚，前提是他给的一定得是小鹿最想要的。

他不确定鹿苑是否想要尽快走入婚姻。

但他不再满足于只做她的哥哥或者男朋友，他想做她的丈夫。

这一年的冬天，鹿苑的乐队本有红的机会，但是乐队的老板沈知燃并不缺钱，就直接拒绝了某些娱乐节目的邀约。

再加上曾经的舆论风暴把他打入泥潭里，他花了几年才走出来，并不想再掉进舆论的旋涡里。他曾经答应过一个人，专心做音乐，然后等她回来。

这也是灰色鱼雷乐队即使有出圈的音乐，依然被称为小众乐队的原因。

可这也更让他们自由，是鹿苑喜欢的方式。

年底有音乐节的邀请，正好是在南方的海边城市，温暖得四季如春，微风和煦，最巧的是那是周骛的老家。

鹿苑还从来没和周骛一起去过，正好她先借此机会去看一看周骛以前的生活，顺便"延伸"一些想法。她回家以后和周骛商量了这件事，问他愿不愿意休年假陪她一起去。

周骛却迟疑了下，拧着眉。

鹿苑以为周骛是不愿回顾那些不好的旧事，忙说："不去也没关系，反正我们很快就回来，我们一起过圣诞，庆祝恋爱两周年。"

"去。"周骛忽然又改了口，"五天的假期，够吗？"

鹿苑眼睛一亮，她想在那个地方跟他提出结婚的请求。

而周骛也想在那个地方跟鹿苑求婚。

鹿苑的好几个朋友也表示想参加，顺便旅行。正好主办方留了十张票给乐队，鹿苑耍无赖全抢了过来送给自己的朋友。

鹿苑和周骛提前了两天过去，因为飞机上托运动物太折腾，他们就没有把周五带过去。

周骛想把周五托付给高中同学两天，才发现在上海的同学几乎都跟着去音乐节，更像是一场老同学的大联欢。

他隐隐感觉这阵仗莫名有些大了，却也没有多想。

在好友的见证下向她求婚，也许更好。

一到那个城市鹿苑就忙起来了，和乐队一起彩排、开会。

周骛没有来得及去看他外公，就开始筹备求婚了。他在酒店租了一辆车，保持着耐心，一个一个地去接鹿苑的那些死党。除了高中同学，还有他不认识的她的大学同学。

陈然是和冯晴晴一起来的，晚上十一点半才到，看见周骛本人站在风中时不免感激，况且他还贴心地给他们准备了咖啡和水果。

"周骛你也太好了吧。这会儿生产队的狗都睡了。"

周骛没听出来这是玩笑，直接说："狗睡了我没睡。"

"谢谢你。"冯晴晴要哭出来，他们下了班就赶飞机正饿着呢，没想到他如此细心，看来小鹿把他磨得很好，"你和小鹿让我们赴汤蹈火都行。"

周骛说："我们俩又不上刀山下火海，那倒不至于。不过现在有个忙需要你们帮。"

"什么忙?"冯晴晴问道。

周骛说:"我明天晚上跟小鹿求婚。"

陈然吃了一口水果,隐隐感觉不爽。

周骛挑了下眉:"时间很紧,需要你们今晚通宵,以及明天白天帮我布置场地,方案很具体,我不放心别人。"

陈然怀疑周骛是故意的,立马把吃他的东西给吐出来。周骛两步走过来,抬手猛地捂住了陈然的嘴,差点把人撞到车门上去。

他不容置喙地说:"策划方案我做好了,已经发到你们的邮箱里了。不帮忙我就把你扔进海里。"

这是什么野蛮行为?

陈然直接无语了,在心里骂了句脏话。

难道自己败就败在不够臭不要脸吗?让情敌帮忙布置求婚现场,亏他想得出来。

周骛见陈然安定下来,这才把手撤下来,又抽了张纸巾擦擦掌心,一副理所应当的模样。

冯晴晴上车后算了笔账:"今晚通宵,明天上午还得来,下午我们要去音乐节。请问你准备让我们什么时候睡觉?"

周骛说:"我给你们留个五个小时的时间自由活动,但是晚上七点前必须准备完成。"

冯晴晴怒摔:"你真的比我们的老板还'狗'呢!你要是去当老板,肯定会被人打死吧?"

周骛眯着眼睛假笑了下,毫无感情道:"就算我是黄世仁,也是最大方的黄世仁。你们在这里度假的一切费用我包了,我说的是任何消费。"

冯晴晴又感动得哭了:"老板,我这就去卖命。"

陈然把杯子捏得咔咔响。

周骛包了酒店最好的一间海景房,冯晴晴和陈然到的时候其他几位"小奴隶"已经就位了。而周骛之所以请朋友来布置,而不是雇酒店的工作人员,完全是因为每一处细节都是他们过去的痕迹。

他并不想被陌生人知道。

也因为朋友才最懂鹿苑想要什么感觉。

周骛送给鹿苑的是一个迪士尼公主主题的房间,他思来想去选了这个,就如同他们第一次见面,他送了她一个辛德瑞拉,本想嘲讽一番,可见到她本人竟也觉得十分贴合,鹿苑就是闪耀的公主本人。

等安排完人，鹿苑的电话就打了进来，询问周骛是否把人接到。

周骛哄了她一会儿，瞎话行云流水："接到了，我马上就回去了，你先睡。"

鹿苑问他们都在哪个房间，说想来看看。

周骛道："别人都睡觉了就别打扰了，明天再说。我现在回来了。"

挂了话电话后，周骛说："你们先弄，我先回去陪我老婆一会儿，凌晨再过来。"

陈然低声道："我想打人。"

冯晴晴："你想想他答应我们什么！"

第二天早上，鹿苑和他们在餐厅见了面。她为了表演时的状态，睡得饱饱的，但是她的朋友们一个个盯着黑眼圈，无精打采的。

"你们干吗去了？"

冯晴晴打了个哈欠："不提也罢。"

鹿苑噘噘嘴，见周骛吃完了早餐去外面打电话，她凑过去跟大家说："拜托你们一件事可以吗？"

陈然笑了笑："不用拜托，有事你说好了。"

鹿苑有些不好意思地说："我打算今天下午跟周骛求婚，在音乐节上。"

"咯咯咯！"宋缨呛水了，"不是，你们没商量好吗？"

"求婚这种事讲的是惊喜，我怎么可能跟他商量啊！"鹿苑奇怪道。

是不能商量。

冯晴晴心说就是因为没商量才撞档期的："哪有女生跟男生求婚的啊？"

鹿苑眨眨眼睛："我喜欢他就想和他结婚，这有什么不可以的？"

陈然指尖敲了敲杯子："不过，你为什么忽然求婚？"

鹿苑瞥了眼外面，说道："因为周骛骛为我休了五天的年假，我有预感他近期可能要跟我求婚，我得抢占先机。对了，他有跟你们透露吗？"

冯晴晴刚要开口，陈然立马说："没有啊。他怎么可能跟我们透露。"

"那就好。"鹿苑点点头。

"你需要我们做什么？"

鹿苑说："主办方那里我已经打好招呼了，他们也帮我做了布置，作为置换我送给他们一个八卦噱头。我想拜托你们今天下午把周骛押送过去，一定把他打扮帅气。这是我们这辈子很重要的时刻，要拍照留念的。"

冯晴晴说:"那我们有什么好处?"

鹿苑很大方:"随便提。但别过分。"

冯晴晴说:"给我买个包。"

宋缨:"我也要一个包。"

陈然:"我就要一副耳机吧,待会儿自己去商场挑。"

鹿苑高兴道:"没问题。"

众人也很开心,毕竟敲了两次竹杠,恋爱使人降智商。

而周骛根本就不用被提醒穿正装,这是鹿苑的重要场合。

近一年他很少看她表演,如今站在台下,看着他喜欢的女孩在台上火辣美艳,台下响起此起彼伏的尖叫和掌声。

他的心里翻涌着醋意和骄傲。

他们乐队是最后一个出场的,音乐节在五点钟结束。

唱完最后一首歌已经不剩多少时间,而鹿苑花钱买断了最后五分钟,接下来就是她自己的时间。

"周骛。"鹿苑忽然出声压过了所有的声音,音效里应景地出现一道"嘎吱"的声音,让大家都停了下来,看向了她。

周骛脸色一变,下意识地抬了下手向侧面走去。

鹿苑看见了,说道:"2013年,你还记得我是怎么祝你生日快乐的吗?我说代表宇宙欢迎你。"

周骛走到一半不知怎的眼眶忽然变红了。

他当然记得,那是他十七岁收到的最好的生日祝福。

鹿苑说:"今年你二十七岁了。这十年来我一直都爱你,你愿意和我结婚吗?"她的作风高调,横冲直撞,不合时宜,哪怕是最浑不吝都不见得会在这种场合,一个女孩子向一个男生求婚。

鹿苑并不在乎别人的看法。

她就是要豪掷千金,就是狂野。

台下如海浪一样涌起惊叫声,大家仰着脑袋去寻找那位男主角。虽然习惯了玩摇滚的人不拘一格,但万一是女生一厢情愿,"恋爱脑"上头,就有瓜吃了。

可惜大家没有找到,正想入非非时,周骛已经到了侧面,他两步走上台阶,没有回答鹿苑,他直接侧身弯腰,一把将她抱了起来,带了下去。

不管吃瓜群众的死活。场面宛如沸腾的河水。

他被那群人骗了，他们肯定比他更早知道鹿苑要在公共场合求婚，被抢白他非常不爽，想把她捏怀里吃了算了。

鹿苑身体浑然腾空，天旋地转，身体撞到他肩膀，大脑一片空白。

她急匆匆地问："你没有回答我，下面上万的人肯定认为我是'恋爱脑'了。"

周弩并不放开她："谁不是呢，你以为我碰上你不算'恋爱脑'吗？"

"那你答不答应我？"鹿苑眨了眨眼睛，"你不是喜欢我发关于你的朋友圈吗？不是总吃醋有别人喜欢我吗？我当众表白不好吗？你不好意思还是尬了？"

周弩在胸口里闷着气道："没有。但是我以为你不喜欢被人围观。"

鹿苑笑了，趴在他肩头，扯扯他发红发烫的耳朵，感觉很好玩："我想在哪里就在哪里，才不会管别人。我并不在乎有没有人见证、祝福或者漠视，我只是想在太阳下、鲜花簇拥中、人声鼎沸里，告诉你——

"周弩，哥哥，我爱你。"

鹿苑亲了他嘴唇一下，说："我需要你陪我很久很久。"

她甚至不在乎有人嘲笑还是诋毁，哪怕是最亲近的人，她只凭心意做事。

"你愿意和我结婚吗？"

那边观众们还在热闹地等着吃瓜再退场。

鹿苑却已经被周弩带走了，还是直接抱走的那种。

这事在之后被称为癫狂情侣的谜之操作。

周弩没有料到在他准备求婚的当天会有这么一遭。抱起鹿苑的时候他脑子里乱糟糟的，紧张、激动、慌乱之后又有点懊恼，他的动作太晚了，竟被打了个措手不及。

两个人什么话都没交代，就上了车。

周弩开着租来的敞篷，环着海开了很久，迎着海风一言不发。鹿苑脑袋也蒙蒙的，她看着有些模糊的海平线，心里泛起酸涩："你为什么不回答我，是不愿意和我结婚，还是接受不了我的做法。"

"都不是。"周弩急促地打断。

"那是因为什么？"鹿苑不解。然后开始反思从表白到现在，一切都发生得很魔幻。难道是他自己不喜欢被人起哄吗？

那好吧，的确是有点把他架上去了，这个反应也正常。

周弩紧紧抿着唇，说道："让我缓缓。"

"缓多久？"她紧接着问。

周骛："你先闭嘴。"

"你还凶我？"鹿苑瞪大眼睛不可置信地说。

"我不是。"周骛叹了口气，着急地看着她，"没凶，别气。等我们回酒店再和你具体说好吗？"

"那好吧。"鹿苑扭脖子看向外面，嘴角咧了咧。虽然不知道周骛为什么是这个反应，可是她一点都不担心。因为她在心里笃定，已经把他吃得死死的。

周骛在海边开了一会儿车，终于让自己的心情平复下来，等他们回到酒店天已经黑了。酒店外观的树木轮廓都变得深绿模糊，鹿苑却没有倦鸟归林的感觉，她还始终兴奋着，总觉得这一天还没有结束。

周骛把车停下，牵她的手上楼。鹿苑盯着电梯摁钮，看到周骛拿卡刷了另外一层。

"干什么呀？"她这样问，语气里多少有点明知故问的意思，想必也已经猜到了。

"你继续猜。"周骛低头对她笑了笑。

"我要是猜到答案，你岂不是很没有面子？"她狡黠地一笑。

"不至于。"周骛淡漠的脸上有种胜券在握的意味，"我的创意和你不同。"

鹿苑眼睛亮了一下，笃定地说："你要在这个地方求婚。"

"没错。"

他竟没有像那种"大直男"一样，脸上露出诧异和慌乱。鹿苑喜欢这种预料的惊喜，而不是没化妆没做好准备的惊慌，她想，如果周骛没去研究核物理，去做个创意总监也是不错的。

此时电梯里没别人，鹿苑直接抱住他的手臂，踮着脚亲了一口他的下巴："啊啊啊，我有点期待，真的能比我当着上万人面的表白惊喜？"

周骛低下头，追着吻下来，落在她的唇瓣上："你猜不猜？"

鹿苑撇撇嘴心想，在酒店房间里求婚无非是那些气球和鲜花的把戏罢了，还能有什么花样？

不过她小鹿女神愿意为男朋友纡尊降贵，装作自己是个傻白甜。

"不猜了，怕待会儿没惊喜。"鹿苑哼道。

酒店的顶楼到了，周骛走到一个房间前停顿了下，鹿苑笑着问："我要不要闭上眼睛，装作从来没见识过惊喜？"

既然周骛把她的求婚仪式打乱了,那么她也不介意给对方"搞破坏"。

周骛探探她的脑门:"你戏精上身吗?可以现在装上了。"

鹿苑觉得这是一句单纯的调侃,嘻嘻哈哈地抽走了卡刷了上去。

但是她进去的第一眼并没有看到铺成爱心的玫瑰花瓣,也没有看到摆成她名字的蜡烛,甚至没有气球。

怎么回事?求婚标配在哪里?

从门口到客厅是一段开阔而安静的走廊,玄关处放着艺术品花瓶,鹿苑穿着长靴踩在地砖上,皱了下眉,莫名有点心慌。

她往里走了几步,竟然看见游乐园里宫殿的布置。不过因为开间足够大,也足够奢华,这比买票才能进去的游乐园精致逼真多了。

脚下有一截地毯,尽头是层层叠叠的纱幔,花团,藏宝箱……纱幔背后是红丝绒的高背的国王椅、镶嵌宝石的权杖。

她所经之处,鲜花锦簇。她猜错了,这根本就不是求婚啊。

直到几位朋友盛装出现。宋缨捧着一条奢华的披风亲手给她披上,夸张地喊道:"公主驾到!"

看着下午还在音乐节上跟傻子似的嘶喊的朋友现在竟然盛装出席,鹿苑的CPU要被撑爆了,可能这才叫真实的惊喜吧。

不出所料,就是某人安排的。

鹿苑像个木偶似的被人系上"公主披风",请上宝座,坐在那张国王椅上,这是加冕仪式吗?感觉是很奇怪的,尴尬,更多的是感到幸运和满足。虽然"中二",可是她莫名觉得高高在上的感觉很爽。

鹿苑正沉浸在迷迷糊糊中,竟然又有人拿出一顶王冠,从红毯尽头一个接着一个传了过来,最后由周骛戴在她头上,非常隆重。

鹿苑本来脸都快笑僵了,当宝石王冠压在头发上感觉到重量时,她才忍不住轻呼一声。

这仪式也太逼真了吧,她好像真是某个公主。

虽然还不知道周骛的脑回路为什么忽然会这样,但是她非常开心,情绪满得都快要溢出来,即使知道这是在演戏。

这样的爽,再待下去一秒,就是她将来功成名就时的黑历史。

周骛问她:"开心吗?"

鹿苑仰着脑袋揉着脸蛋子:"开心。"

周骛看她傻乐,也笑了笑:"这场景感觉熟悉吗?"

"啊?"鹿苑瞪大眼睛,在腹诽他怎么会知道这是她小时候心中的场景。

周骛说:"以前和许阿姨聊天,她很爱说你小时候的事情,喜欢玩过家家,尤其喜欢玩公主加冕戴王冠的把戏。"

小时候,鹿正元的工作很忙,她大多数时间都是待在家里看电视,至于看的什么离谱东西,就是小孩子喜欢的那些"玛丽苏"。

总是披着床单,拿着扫把站在楼上,对着楼下的奶奶和阿姨"发号施令"。

但是没人搭理她。有次她被床单裹到腿了从楼梯上滚下来,眼尾到现在还有一截隐隐的疤痕。但是这件事在大人看来很可爱,被许阿姨拿来回忆说笑。

周骛不知道鹿苑现在当公主和女王的愿望还有没有,但是知道她很享受被当女神对待,每次有人叫她"小鹿女神"都会高兴得屁颠儿。

也许,小女孩时代的梦想实现了依然能让她开心。

"加冕仪式"的最后还有一段祝词,是由陈然代表大家念出来的,羞耻度爆表了。不仅是鹿苑,就连陈然本人都快憋不住笑,一副随时要去上厕所的模样。

鹿苑一边乐呵一边又忽然很想哭。她都二十几岁了,还有人记得她七八岁时的愿望,陪她一起胡闹扮家家。

不是所有人都有这样的运气,她真正地感觉到自己正在被爱着。

等仪式都完成了,她看向周骛,目光落在他西装革履的穿着上,还注意到他胸口有一圈浅蓝的口袋巾,和他今天的领带颜色很配,而领带是她送的。

总之帅得天愤人怨,走在街上也不可能是群众演员。

"你的角色是王子吗?"鹿苑问。

周骛没有想到真的搞出来的确挺尴尬搞笑的,他很想回鹿苑一句"我是你爹"。

但是今天就算了,他为了配合情节人物,说:"骑士才会每天都在公主身边保护她,所以我是骑士。"

鹿苑用笑意掩饰内心的吐槽,腹诽了片刻却有点想哭。

"然后呢?"鹿苑总觉得不该只是这样。

周骛静了下才拿出戒指:"还有一枚钻石戒指,送给你。"他单膝跪地,"小鹿,我们结婚,永远都不分开好吗?"

"这是求婚吗?"鹿苑抿抿嘴,努力掩饰着笑。

"不求婚我拿戒指干吗?"周骛根本就没管她的回答是什么,直接就捉住她的手。

鹿苑倒吸一口气，激动得语无伦次，不知道该怎么回答才显得清新脱俗一点，结巴了几秒说："我第一次被求婚，还没从刚刚的角色扮演里回过神来，你能再求一次吗？"

周鹜无语："我也第一次求婚。你确定让我在这儿跪下去吗？不怕回家了我收拾你？"

"谁收拾谁？"鹿苑仰着下巴嘚瑟道。

周鹜微低着头，似乎在想怎么回答。那边的损友就等不及想喝酒吃席了，他们开了一瓶香槟滋出来："赶快吧臭情侣，真当我们是来吃狗粮的？不怕这边有人掀桌子？"又指了指那边某些满脸愤恨的单身狗，一个个都是大冤种。

沈知燃作势要走过来："你再作妖就别要这戒指了，我看钻石挺贵的吧，科学家一年的工资够买吗？"

"别来沾边。"鹿苑还真怕他们来破坏自己的求婚仪式，于是赶紧飞扑过去抢周鹜手里的盒子。

周鹜完全没料到鹿苑突然的动作，因为还半跪着身体重心不稳，瞬间被撞跌。他想伸手接一下鹿苑，结果两人一起搂着滚下去。好在酒店的地毯又厚又实在，并不疼，就是姿势……有点狼狈。

鹿苑最后撑着周鹜的肩膀骂沈知燃道："你懂个屁！周鹜比你有钱多了，他只是低调，还比你守男德。"

沈知燃点头："行行行。"

那一瞬间周鹜觉得自己母语是无语，但是他趁机给鹿苑把戒指戴上去了，生怕她的脑袋瓜子里再进入什么奇怪的东西生出变故。

虽然跟鹿苑求婚是一件自然而然的事情，不会有被拒绝的可能，但是当着一群缺德的玩意儿跪地还是挺尴尬的。他更喜欢两人单独做一些事情，但是鹿苑喜欢热闹，喜欢人多，他想让她开心。

大家眼看着任务完成纷纷去开红酒，吃东西，开派对。鹿苑仔细看了一眼手指上的戒指，真的很大颗，也非常闪，可能真的像沈知燃说的周鹜一年的工资都不一定买得起。

她干脆就趴在他肩膀上没起来，咯咯笑着。

周鹜等了一会儿，脑后压实了地毯，拍了下她的侧腰："起不起来？"

"等会儿。"鹿苑勾着嘴角笑起来。

压着他的机会难得，她借机用双手掐住他的脖子，摁住他的肩膀审问道:"你不知道求婚前面的那些仪式会让我'社死'吗?"

周骛的脖子都快被她掐红了,还咳嗽了一声:"我看你很开心。"

"我是很开心啊。"鹿苑愣了下。

"开心就完了。"周骛说,"管这么多做什么?"

鹿苑:"可是那些其实和求婚没有什么关系啊,都喧宾夺主了吧?"

周骛笑了笑:"十八岁的时候你说过要跟我离开家,我发誓做这个世界上对你最好的人,至少也要比你爸养得好。让你的愿望得到满足,是我的本分。"

两个人从地上爬起来,鹿苑快速吻了一下周骛的耳朵,小声说:"这个仪式我很喜欢,每一个流程和细节,一辈子都不会忘。"

毕竟一个人没有多少次真正当公主的机会。

他们去和大家喝了一点酒,抱着跳了舞,周骛在鹿苑唱歌的时候顺便威胁了几个损人。明知道两人准备的求婚撞档期了,竟然等着看笑话。

他决定不再兑现之前的承诺,"狗"得不行,差点被人用酒瓶子爆头才勉勉强强答应。

以前的周骛就是那种高冷不好惹的跩王,但是这两年下来画风也逐渐被鹿苑带偏,即使还是冷,但有了人情味。

时间不知不觉到了半夜,这些人没有散去的意思,毕竟他们还年轻,还有好多时光可以造作。

尽情玩了个周末,周日晚上他们就回上海了,该上班的上班,该上学的上学。

鹿苑和周骛的假期比他们多三天,就没有一同回去。

傍晚,周骛拉着鹿苑去沙滩上,踩在细腻的沙子上,看着夕阳沉入海面。

海风习习吹来,带来凉爽和甜腥。

鹿苑的长发被风吹起,霞光沾染在发梢,她弯腰捡贝壳,不同的颜色和大小,形状奇怪不规则:"可以做成手链哎。"

周骛小时候也经常来海边,路边卖这种工艺品的店铺也很多,他并不感到新奇。但是鹿苑喜欢,他就不介意做这种浪费时间的傻事。

鹿苑蹲下,把一片紫色的小海螺放在周骛的手背上比画着:"好看吗?"

"需要打磨一下,会割手。"周骛温柔地提醒,也跟着蹲了下来,几乎要碰到彼此的鼻尖,鹿苑顶上来亲亲他,听见周骛说,"小鹿,求婚的那天我是不是忘记说我爱你了。"

"好像是吧。"鹿苑微笑起来,"怎么了?"

"没什么。"周骛说,"只是想确定地告诉你一下,我爱你,想和你结婚。"他单膝跪在沙子地上,模样十分认真,眼睛里全是真诚,"周六那天我更多的是让你快乐。但是后来又怕你一直处在兴奋的环境中,会忘记我和你结婚的诚意。"

他仰视着她。

"我会一直爱你,直到死去。"

这才是属于他们的一刻。

他的眼眶有些红,言语里带着偏执和渴望,想给她的太多,怕表达不够,因而常常感到难过。

鹿苑俯身亲吻他额头,她真的什么都明白,也许一时想不到的表达,也会通过一辈子去实现。

回去的路上,周骛的电话响了几次,都被他摁断。

鹿苑无意间瞥见,来电显示的名字是周婕。

在鹿苑之外的角度看,周骛这个人对谁都十分冷血,包括他妈妈。从小到大他手机的备注一直是周婕的名字,而非称呼。

以至于鹿苑会觉得他和母亲的那一方属于雷区。这两年他们计划了很多未来,工作、养狗、买房、结婚,包括把老鹿气疯,却从来不提及去见周婕。

这次周婕打电话来的目的也很明显是询问他们的近况,鹿苑当众表白的事情周婕应该有所耳闻,他们一直通过自己离经叛道的行径给对方施压,却还从来没有认真听过反馈。

"你不接吗?"鹿苑问。

周骛挂断电话,说:"回头给她发个微信。"

鹿苑侧了侧脑袋,笑说:"你是不是害怕她发疯?"

周骛说:"都是成年人,谁会怕谁,她疯不过我。"

鹿苑摩挲了下无名指上的大钻戒,于是问:"这边距离你家近吗?"

"怎么了?"

鹿苑说:"我们来三天了,你还没有带我见过家长。"

"你想见吗?"周骛是觉得没有必要。在他的认知里,是他和鹿苑结婚,又不是他妈或者别的家人,婚礼上见个面就差不多了。

当年老鹿和周婕结婚就是这样。

鹿苑说:"我想去看你小时候的家里。"

周骜眼神一动,点了下头:"好。"

鹿苑在很多年前见过周骜的外公,那个时候他外婆还在世,是一对看上去气质清冷典雅的老夫妻,和人保持着礼貌上的亲切,还给她准备了一件价值不菲的礼物,却没什么亲切感。

不说他们分开的这些年,复合之后,周骜每次去看外公都不会带着鹿苑。其中的意思很明显,不想让鹿苑在谈轻松的恋爱之余接受压力。

本来这层家庭关系,就是他和别人比的弱势。

这天晚上他们什么都没做,躺在床上聊了会儿天,简单地抱着,说起一些过去的事情。周骜眉心微微蹙着,鹿苑也睡不着觉。

"你要是不想去就不去,没人会说什么的。"周骜多说了一句。

鹿苑笑出声:"我什么都没说呢,是你不想让我去吧。"

"私心来说,有点。"

"为什么?"鹿苑一愣,"你不是说你外公不管你的吗?难道会说难听的话给我听?告诉你,我才不怕呢。"

周骜说:"我妈回来了,现在可能还在家里。"

鹿苑:"……"大话说早了。

鹿苑说出去的话不可能收回,也很不想在周骜面前认怂,卷着被子一直熬到凌晨才睡过去。

她和周婕有多少年没见过面了?

时间久到已经记不清了。

但是她会一直记得当年周婕和她说过的话。

第二天一早,两个人从酒店开车直奔周骜外公的家。鹿苑这才发现,其实酒店距离外公家特别近,不到半个小时。

说不紧张不可能,鹿苑毕竟还年轻,但是她并没有少了礼数,从知道要来这个城市的时候,她就特意准备了礼物,是一份文房四宝,送给老人家。

周骜外公住的这个小区十分高档,进门时一个五十几岁的保姆阿姨递上了拖鞋,笑着道:"周先生,小骜回来了。"

那阿姨身材胖胖的,一脸慈祥,颇有些许阿姨的气质,对周骜的称呼也是一样的,鹿苑顿时感觉很亲切,送上了笑眯眯的问候,紧绷的心情也放松了不少。

"外公,我回来了。"周骜对着里面喊了一声。

鹿苑也跟着朝屋子里看了看，一来是想看看周骛外公的模样，二来是想确认下周婕在不在。

不多时，书房里走出来一位头发花白的老人。

周婕生周骛的时候还不到二十岁，相当年轻，可是周骛的外公今年有九十岁了。老两口要女儿的时候已经很大了，养育周婕是相当纵容，后来又养育周骛，也是采取的放养模式。

因此，母子俩都相当有性格。

外公的年岁虽然看上去很大，身体倒是硬朗得很，腰背挺直，无须借助拐杖就可以走得很利索，脸上甚至没有普通老爷爷的那种老花镜。

周骛牵了牵鹿苑，对外公说："这是苑苑，你以前见过她的。还记得吗？"

外公没什么表情地打量了鹿苑一眼，那表情让人感觉毛毛的，不过鹿苑也没认怂。这些年她长大了，见识了形形色色的人物，自然知道一旦一个老人对自己露出这种表情，那必然是不满意，或者想给一个下马威的。

她左右看了看，确认今天周婕不在家，于是松了一口气。

她脸上露出一丝愉悦的笑容，摆摆手，道："嘿，你好，外公。"

周骛："……"

外公："……"

这是什么狗屁打招呼的方式，应该对着一个尊敬的老人这样吗？老头轻轻哼了声，指指沙发道："别在门口傻站着了，进来坐下吧。"

周骛手搭在鹿苑的肩膀上，对外公说："苑苑第一次来家里，你记得说普通话，否则她听不懂。"

老头斜了他一眼，不客气地道："我还要你教我说话？"

周骛耸耸肩膀，道："为你好罢了。否则你想对她说点难听的话，她也听不懂，还高兴地以为你在夸人，费口舌的不是你自己吗？"

外公："……"

你又在放什么屁？一进门就吓唬人。

鹿苑听出周骛对自己的袒护和偏爱，倍感安全，于是赶紧奉上提前准备好的礼物："一点心意，您随便用用。"

老头接了礼物却看也没看，随便放在沙发边上，冷道："我书房里一堆都是别人送的，用都用不过来。"

周骛说："这个不一样。"

"有什么不一样？"

周骛:"苑苑送的,贵。"

"……"

老头无言。气氛在一开始就弄成了这样,也是没办法。周骛进门看见是保姆迎上来的时候,就知道老头在端架子,也许融化一段关系需要时间,但是他一点都不想让鹿苑在这段时间里难受。

那就干脆杠着好了。

火力都在周骛那儿,鹿苑顺便就装了会儿乖,打量着这个房子。老头则是重新打量着鹿苑,瞧瞧她雪白的皮肤、细细的眉毛、翘挺的鼻梁、红红的嘴巴……这小姑娘长得也太好看了,怪不得周骛五迷三道的。

如果不是想起自己女儿和她父亲的那段婚姻,老头也不至于对她有偏见。而且,昨天周婕在家里还说起他们,言语里不乏对这两个人在一起的意见,两个任意妄为的孩子罢了。

昨晚听到周骛要带人回来,他激动得一晚上没睡好。

"你爸还好吧?"老头对着鹿苑发问道。

鹿苑心想他应该不是关心老鹿如何,只是故意挑起事端让她不高兴罢了,于是笑着道:"您关心他干吗啊?想他啦?"

老头脸色一阵难看:"我想他干什么?"

鹿苑点点头:"对啊。想了也是添堵,就别想了。"

"……我上次见到你的时候,还是个小孩子。"外公比画了下身高,"现在都这么大了。"

鹿苑说:"以前我还是哥哥的小跟班,现在都可以和他结婚了。"说着,她伸出手给外公看无名指上的大钻戒,"看,这是婚戒。"

老头并不想看戒指,只是告诉她:"没见识。求婚戒指和结婚戒指是有区别的,这个都不知道。"

鹿苑被嘲笑了也不恼,就笑着说:"原来是这样,那我们结婚的时候还得再买啊,哥哥又得花钱了。"

老头再次被气到:"结婚这么大的事情,你们可真是一点都不跟家长商量。"

鹿苑叹气:"那您会祝福我们吗?"

"都没来问我的意见,我祝福个什么。"

保姆阿姨主要负责照顾老头的身体,时不时听着他们讲话。虽然听明白他们从进门开始就夹枪带棒的对话,可是这个家里很久没有这么鲜活了。

自从周骛的外婆走了,老先生的生活就如同一潭死水,了无意趣。

周骜这些年在外面上学工作，一年回来不了几次。周婕倒是经常来，但都是来去匆匆，像是领导视察工作。

如果周骜能早点带人回来结婚简直是完美。对象嘛，怎么可能有完美的呢？鹿苑的唯一缺点就是，她是老鹿的女儿。

老头和这两人处于话不投机半句多的状态，被轮流戗了之后，周骜带鹿苑去他的房间休息了，给老爷子一点喘息的空间。

家里好不容易来个陌生面孔，老头还没戗过瘾，又不好意思让他们多留一会儿。他给阿姨使了个眼神，让去问问他们中午要不要留下吃饭。

阿姨问完去书房回话，老头着重交代道："那小女孩是江苏人，你中午做点他们那边习惯吃的菜吧。"

"好嘞。"阿姨给他泡了杯茶。

老头又问："他们在房间干吗呢？"

"没看清，凑着头和小骜聊天呢。"阿姨笑着说道，"不过我仔细看了眼小姑娘，长得可真好看啊，跟洋娃娃似的。"

"哼！"老头说，"我也是没想到小骜这么肤浅，只喜欢漂亮的。听他妈妈说这个鹿苑是唱歌的，是明星吗？你听说过没？"

阿姨摇摇头："这我还真没听说过。"

"我来搜搜看。"老头动作利索地打开手机，手写字体，在百科上搜索了鹿苑的名字。

阿姨抿嘴一笑，竟然还准确地知道了人家的名字是哪两个字。

"你再去看看他们在干什么，回头告诉我。"老头指着门口道。

等阿姨去客厅转了一圈再回来时，看见鹿苑的表演视频。她化着明艳的妆容，穿着前卫的服装，活脱脱一个离经叛道的少女。

"现在年轻人怎么都爱穿这种衣服？那么小，还露着肚子也不怕感冒了。"阿姨啧啧称奇，满脸的看不懂，还有一些排斥，"小姑娘穿这样的衣服，不太得体，我女儿要是穿这种衣服——"

"人家又不是你女儿。"老头却听不下去了，"人家这叫时尚，叫穿衣自由。哪里不得体了？"

"哟，周老先生，您说的这句话和我女儿说的一样。"阿姨忍不住笑道。

"我人虽然老了，可思想一点都没老。"外公指着电脑说道，"一代人有一代人的思想，人家二十几岁的小孩子没有自己的风格，我还看不上呢。"

阿姨抿嘴笑。

"你来，我跟你说说，我孙媳妇的这个乐队是唱摇滚的，她还是主唱呢，其他三个男孩都是乐手，这样看来她应该是最厉害的。"

"摇滚我知道崔健，很厉害。"

"你那都是老皇历了，人家这叫新生代。"老头笑眯眯地说，"你看台下这些人都是喜欢他们的，很受欢迎啊。"

"是挺疯狂的。"

"而且这还不是她主要的工作，小骛说她在外企工作。"

"那岂不是和她爸爸一样，非常会赚钱？"

"是很优秀。"

"这么会赚钱的女孩子……但是我们小骛只会搞研究，脾气又不好，也不会来事儿。女孩子那么有本事，以后会不会把小骛给甩了？"

"……我家小骛是未来的科学家，而且两人感情很好，从上学的时候就在一起了！"

"所以，您还在反对什么呢？"

"……"

鹿苑在周骛的床上躺着，她并不知道自己被老头研究得透透的。她刚刚有点紧张，这会儿在反思自己对老人家是不是用力过猛，给人的印象很不好。

周骛无奈："那你为什么要这么说？"

鹿苑实话说道："我这不是怕你外公棒打鸳鸯给我难堪嘛，所以我得在一开始摆出恶女的形象，告诉他，就算反对，我们也要在一起。"

周骛笑了笑，小声告诉她："忘和你说了，其实我外公不会管我做的任何决定。"

"那他为什么对我们这样？"

"不管不代表没有任何看法。"周骛摸摸她的长发，"他是一个有智慧的老人，允许我试错。即使我以前犯过那样严重的错误，他也没有放弃过我。"还是给他收拾了烂摊子。

鹿苑讷讷道："小的时候不懂，长大以后才发现养育孩子其实很难，比做一个工作、一项研究难得多。我奶奶那么温柔的人，还会忍不住打我一巴掌呢。"

周骛下意识摸了摸她的脸，想说点什么，话到最后变成了："发现了。Friday 总是教不好，再挠沙发我可就真的打狗了。"

鹿苑都懒得吐槽了，他每次说揍自己和揍狗，哪次不是雷声大雨点小？于是她又笑眯眯地说："不过我没想到你外公这么老了，竟然还这么好看，高高帅帅的。"

周骛瞬间不知道该说什么了。

鹿苑上去抱住他的腰，小声道："哥，你以后估计也会像外公那样有型，看来我赚到了。"

"如果我不帅了，你会丢掉我吗？"他问。

鹿苑心说他本就是她所有追求者中最帅的，她就是个"颜狗"啊，就没想过找个丑的男朋友，但是她嘴上说："我爱的是你这个人啊，我又不是只看脸。"

周骛满意地捏捏她的脸蛋，又亲了一口。

上午的阳光很好，来了之后发现情况也比她想象的好一点，再加上一晚上的胆战心惊没睡好，鹿苑很快就睡着了，直到午饭时间才被喊起来。

可是周骛外公对她的态度并没有多好，还是非常高冷的一张脸，鹿苑想吃过午饭就离开了，不再打扰老人家。

但是外公问周骛："你电话里跟我说，你这次休了年假？"

周骛点头："有事吗？"

外公装作无意扫了一眼鹿苑："那会在家里住一晚上的吧？"

鹿苑人都僵了，她比较想念酒店舒服的大床，还有按摩浴缸，以及露天泳池。周骛说："我妈不回来，我们就可以多留一晚。"

外公笑着道："她昨天就去北京了，放心吧。"

在鹿苑看过来时，他又立即变了脸色严肃起来，是一个正经的老头。

鹿苑也不是很排斥和老人家待在一起，下午继续和周骛的外公斗智斗勇。顺便在看他的时候想象老年的周骛，即使已经是位耄耋老人，依然头脑清晰，仪态端庄，思想还非常与时俱进。

在知道她当众跟周骛表白求婚的时候，第一反应不是女孩子怎么可以跟男的求婚，也不是怎么可以把私事当众说出来。

相反，他很赞同鹿苑无所畏惧的勇气。

哪怕是被鹿苑气着，也没有倚老卖老。

这种豁达，和鹿苑的奶奶很相似。

顿时，她心里对老人家的好感噌噌往上升。傍晚，老头把两个小的拉出去散步。这个月份的上海早就进入冬季，要穿厚厚的大衣才能出门，但是在这个城市，鹿苑还穿了条漂亮的小裙子。

555 /

总之很适合生活。

鹿苑对周骛说："以后我们可以来这边度假，还可以来养老。"

老头说："别了，小骛妈妈也会来这边度假。"

鹿苑冷笑："外公，您说话可真讨人喜欢。"

"是吗？"老头也冷笑，"以后小骛不仅长得像我，老了也会像我一样刻薄，你还喜欢吗？"

周骛："……"

关他什么事？

鹿苑立马抱住周骛的胳膊："哥哥怎么样我都喜欢。"

说到结婚的问题，其实已经不远了。昨晚两个人在睡前讨论了一下，鹿苑倒是不着急，反正现在感情和生活都很稳定，但是周骛想尽快和鹿苑完婚，拥有合法的关系。

他的原话是，他们可以互相在对方的手术同意书上签字，他还可以把她写进遗嘱里，这就是最完美的关系，也是他二十七岁最好的生日礼物。

面对这样的周骛，鹿苑还有什么心情说不呢？

于是他们一拍即合，决定在夏天举办婚礼。

对于婚礼，周骛也不想简单操办，他需要隆重、美满的仪式感，家人肯定是必不可少的。老鹿那里已经完全放任他们自由，只差软化周婕了。

外公就是突破口。

老头说等他们生了小孩，可以带过来给他玩。对于没有影子的事情鹿苑并不想答应，说："我可以把 Friday 带过来给您玩，它是我们的儿子。"

周骛看着鹿苑，也笑了下。

晚上回到家，他陪外公下了会儿棋，很诚实地告诉外公。除了事业，他的人生理想只是和鹿苑结婚，快乐、平安地到老，如果外公爱他，就要支持他的一切决定。并且他们将来很大可能不会有小孩。

外公叹气："你的事一向不容别人的意见。可是你俩感情不是很好吗，怎么不要孩子啊？"

周骛说："我只爱她，不爱孩子。当然，要不要也全然看小鹿。"

"有小孩多好啊。"

周骛说："我妈那时以为有了我会很幸福，但事与愿违，并且她把自己的不幸加诸我身上了。我在十七岁以前真的不快乐。"

周骛说:"是和小鹿在一起之后我才觉得自己是鲜活的。如果你想我好,就帮忙劝劝我妈吧。"

周骛回到卧室的时候,鹿苑已经洗完澡坐在床上玩手机了,见他回来,她一脸兴奋地爬了过来拽住他:"跟你说一件事,我觉得非常可行。"

"什么?"周骛看她的表情不免有些好奇。

鹿苑脸上露出神秘莫测的笑容来,又给周骛一种不太好的感觉,只听见她问:"你外婆,是在我们高考的那一年走的吗?"

"怎么了?"周骛问。

鹿苑讷讷:"那已经快十年了,真够久的。"

"你直说吧,我倒要看看有多离谱的主意。"

鹿苑知道周骛和周婕近期又在僵持,因为要结婚的事情。不只是他们着急,其实周婕也很着急,否则不会一天几个电话,虽然鹿苑也不知道周婕到底在着急什么。

鹿苑抿着嘴笑,说道:"其实我感觉外公一个人生活很孤独,也很想念你。我就想到了一个十全十美的办法,瞬间把所有的问题全都解决。

"我们把他接走吧,顺便介绍一个志同道合、脾气相当的老伴。"

周骛的嘴角抽了抽,然后语气发凉地问:"你别告诉我,你要给他介绍的老伴是你奶奶。"

"对啊!"鹿苑激动得拍了下手,"以后大家生活在一起,我们不仅可以照顾他们,还能互相陪伴,周阿姨还管不着。"

周骛摸摸鹿苑的脸,真想夸她可爱,却实在夸不出口:"亲上加亲?"简直是乱上加乱。

"你觉得行不行?"

周骛已经无力吐槽了,他反问鹿苑:"你为什么不直接去问我外公,或者问你奶奶?"

鹿苑声音变小了一些:"我怕被打。"

"所以……"周骛摁了摁额头,"你还敢去说吗?"

鹿苑看他的表情就知道这玩意儿有点离谱,又听见周骛说:"不说十年,哪怕一百年,外公对外婆的感情不会变的,他也不会孤独,外婆走的时候他们把下辈子的承诺都许好了。"

鹿苑感觉到自己的无厘头,说了声"对不起",又道:"好感人。"

周骛的感情观受外公外婆的影响,哪怕有了女儿,有了外孙,他们最爱的还是对方。除了对彼此的执拗,他们对一切都看得很淡。

老头从失去爱人的悲痛中走出来，但不代表从爱中走出来。

周骛也是这样的人。

他对于鹿苑，永远只有这一个选项，从来没有备选。

鹿苑回过神来，她可能真是魔怔了。但是周骛并没有怪她，反而笑笑摸着她的脑袋瓜子夸她有奇思妙想的能力，至于周婕那里，他会解决好。

两个人回到上海便是元旦了，再之后便是春节。

鹿苑从朋友那里把周五接回来，这个傻儿子有点生她的气，除了一开始对她狂摇尾巴，相处了一会儿就对她爱搭不理，趴在床底下不出来。

好像在责怪她和狗爹出去玩没带它。

鹿苑逗了它好一会儿，给它吃了好吃的狗狗罐头都没哄好，又在周骛那双废掉的球鞋里撒尿。直至周骛拿起扫把要打狗，鹿苑把它抱过来，这狗东西才找回一丝母爱的痕迹。

这是周五第一次和爸爸妈妈分开这么长时间，它真以为他们要抛弃它。

鹿苑发誓以后再也不会丢下它了，后面去工作室，回苏州，全程都把它带着。

就这样到了这一年的春节。为了保证狗儿子的家庭和睦，周骛和鹿苑还是决定在一起过年。但是在年前的两天，他们各自接到了父母的电话，施加压力。

以往他们也是在一起过春节的，但是明显感觉到双方家庭的着急。老鹿和周婕应该是知道这两人准备结婚的计划了，还知道婚期定在这一年的夏天。

最后决定周骛回去陪周婕和外公，顺便做思想工作，她则去找老鹿。

这一年的冬天很冷，还下了雪，过年的氛围却比过去好太多了。过去的三四年好像每个人都过得很辛苦，老鹿的生意也是，现实足以改变他很多。

吃年夜饭的时候，老鹿喝了酒，摸着周五的狗头，拿出一套房本，说道："这别墅是在上海郊区的，也装修好了。在你和小骛领证之前过户到你的名下，算是你的个人财产，是爸爸送给你的结婚礼物。"

鹿苑一直都知道老鹿有钱，但是对自己抠门也是真的。

"爸，你没事吧，该不会上次体检检查出什么问题了吧？"

"你在放什么屁？有你这么诅咒老爸的吗？"老鹿怒目圆瞪。

鹿苑笑笑，倒也没看出他有多生气："你从来没有对我这么大方过，受宠若惊。"

老鹿叹道："谁都可以说老爸小气，但是你不能。大学四年，你跟我赌气，借用了你奶奶的退休金，可也不想想没有我的同意，老太太能给你？"

鹿苑觉得他的话有一定的道理。

"老爸承认在做父亲这件事上有一定的错漏，但爱你没掺杂一点假。不给你很多钱，是怕你花钱大手大脚的，怕你学坏。"老鹿好像醉了，说起话来大舌头，还难得有点语重心长的意味，"你妈妈就是——"

鹿苑忙打断他："别提不相关的人了。"

"好好好。"老鹿说，"那就说和你有关的。我以后也不会再组建家庭，你是我唯一的女儿，我的钱全都是你的，还敢说我小气？哪天我死了，你个笨蛋只有一张漂亮的脸，不知道外面有多少男人想骗你，老爸是男人，最懂男人了。"

鹿苑觉得这句话也挺有道理的，老鹿的钱可不就是自己的钱嘛……她眯了眯眼。

老鹿表情一跳，怔怔问道："你个小丫头，该不会现在就想把我送走吧，好继承我的财产？"

"那你想多了。"鹿苑笑笑，"身外之物我从来都没有放在心上，也不在乎。我有能力得到，周骛也会给我。"

说到周骛，老鹿就想起了周婕。

他没有脸再提起对方，那么好的人还是被他辜负了。也许是醉酒的原因，他还是提起了："这两年你有见过周阿姨吗？她过得好不好？"

以鹿正元的人脉和关系网，又都在一个圈子里，他想知道周婕的消息还是会知道，可是他偏偏想再次从鹿苑的嘴里听到那几个字。

鹿苑摇了摇头："没见过，自从你们离婚，我就再也没有见过了。"

老鹿有些失望。

有些事情鹿苑不得不说："老爸，你和周阿姨的事情我不应该评价，也没有资格评价。但是我和周骛不会再分开，无论是十七岁还是现在，他一直都是我最喜欢、最爱的人，不会为任何人左右和让路的那种喜欢。"

也许老鹿和周婕的再次见面会是他们的婚礼，也许一直不见。

能家庭圆满是最好的，就算不能圆满鹿苑也不遗憾，是曾经的阴错阳差把周骛带到了她的身边。

如果要有代价，鹿苑愿意付出一些。

559 /

老鹿没再说什么，匆匆留下了一句"老爸也只是问问，毕竟曾经是一家人嘛"，然后就离开了餐厅。鹿苑盯着老鹿给的房产证，有点想笑，也很满足。

父女俩摊开了，老鹿至少是爱她的。

鹿苑把餐厅收拾了，和周五一起回到房间给周骛打电话。电话里周骛的声音温柔而松弛，问她苏州有没有下雪，看天气预报里是下雪的。

鹿苑遗憾地说没有。

周骛说："应该会下的，再等等。"

她听见电话的那端，周婕在叫周骛吃饭。鹿苑不好意思和周婕打招呼，匆匆挂了电话。

年初二把奶奶送去养老院，老鹿出国，鹿苑也带着周五回到他们自己的家。

这一天神奇地下雪了，地上白茫茫的一片，靴子踩上去有"嘎吱"的声响。

周五快乐得像一条疯狗，在雪地里打滚。

鹿苑拍了一张照片给周骛看，他所在的城市，可能这辈子都不会下雪。

周骛没有回，鹿苑和周五打起了雪仗，傻狗无法再伪装成周骛的亲生儿子，别人家的狗都能接住小球球，周五一个雪球都接不住，只会龇牙咧嘴地傻笑，还撑了鹿苑一个屁股墩。

鹿苑坐在雪地里有些生气，嘟着脸不想理周五。

手机放在羽绒服里，她没感觉到振动。

过了会儿，周五的狗脑袋上迎来一个大大的雪球，狗狗委屈。

是谁？

是谁欺负她的傻儿子？

鹿苑一个利落地爬起来，就看见了不远处穿着黑色羊绒大衣的男人，他的发丝是黑的，脸是白的，长身玉立，又团起一个雪球准备砸周五。

傻狗看清是狗爹，飞奔过去扑到他身上。鹿苑也跑了过去，但是周骛只接得住鹿苑，推开了傻狗，留它绕着爸妈疯狂打转。

"你怎么回来了？"鹿苑惊喜道。

周骛的造型没来得及多摆一秒，就捧住她的脸，手指摩挲着她的脸蛋："因为我很想你。"

所以一刻也不想分开。

朋友吐槽周骜这个人,实际上就是个"妻宝男"。

不和鹿苑在一起的时候就是又冷又跩,和鹿苑在一起的时候吧,就跟周五没有什么区别了,没脾气,没骨气,只有忠心耿耿。

但是他们不敢当着周骜的面这么说,只会跟鹿苑吐槽。

鹿苑在雪地里的这一刻,明白了朋友所描绘的画面,的确是这样。

要说起周骜这次过年提前回来,不只是因为想快点见到鹿苑,而且他和周婕也不太能待得下去,他们之间始终横亘着一道隔阂。

周骜确切地通知了周婕他们的婚礼安排和婚期。

周婕的脸白一阵青一阵的。

后来不知道是不是因为周骜外公的劝说,在周骜临上飞机时,周婕打来电话说想跟鹿苑见一面,她不会再说难听的话,也不会阻挠。

周婕来到上海已经是五天后的事情了。

鹿苑本人也有些紧张,并不是即将见到男朋友妈妈的紧张,只是面对周阿姨这个人。

一大早天没亮她就起床洗漱,化妆,把周骜弄得也有点担忧。

"如果还没有准备好,不见面也可以,不要有心理负担。这一次……我在,我妈不会对你说过分的话。"

鹿苑说:"我一直都没有讨厌过周阿姨,因为她以前真的对我很好。只是太多年没有见而已。"

餐厅是鹿苑定的,按照周婕喜欢的口味,两个人先到了点餐。

周婕下了出租车,站在路边拢了拢围巾,遥遥看见落地玻璃里面坐着的一对年轻男女。

鹿苑给周骜喂了一颗草莓。

她已经是大人的模样了,再也不是那个不敢同她提出诉求,被她指责一句就眼眶泛红的小姑娘,想到这里,她有些愧疚。

周婕没有给自己太多的时间思考,推门进去。

鹿苑看见她站了起来,脸上露出笑意,就像不记得那些狼狈的对峙,笑着说:"周阿姨,好久没见。"

"苑苑。"周婕也笑。

鹿苑说:"这家本帮菜,我每次来都会点酒酿小圆子。对了,你现在还爱吃吗?"

十七岁那年,她虽然没有真的喊过,却真的把周婕当自己的妈妈,深夜去给她买酒酿小圆子,这一刻,周婕心脏酸软。

她真的做错了一些事。

这一顿饭于周婕来说很轻松。

自从她进去，鹿苑没有和周骛表现得过于黏腻，但也没有僵硬。一个半小时的用餐时间里，即使周骛想去维持平衡，但并没派上用场。

他们两个人看着鹿苑的那张灿烂的笑脸就可以了。她总是很容易就表现出高兴，和十几岁时在燕家巷的房子里一样，不会让气氛冷场，但说的话没有一句不涉及原则。

周婕心想，当她处在一个舒服的环境里时，那必然是由于另一个人努力创造出了这样的环境。

无论是十年前，还是现在，她从未在鹿苑面前有过后母的尴尬，她一直是个情商高的孩子。

当年的小女孩稚嫩，现在得体。其实周婕已经看不到鹿苑最真实的状态了，这让她有一丝失落。

这顿饭结束，周婕先起身说自己有事要去处理，就不再打扰他们。走到门口时，她笑了笑："以前……没有听过你喊我妈妈，没想到——"

"没想到以后会有很多机会。"鹿苑挽着周骛的胳膊，笑意盈盈，一副心无城府的模样。

周婕点点头："嗯，对的。"

"周阿姨再见，慢走。"鹿苑又笑了一下。

周骛陪周婕走到路边上了出租车，他站在风里有些沉默，似乎也在回味刚刚的画面。周婕动了下手指："苑苑这些年，变了很多。"

周骛看了她一眼，说："可是我宁愿她像小时候。"单纯地保持着自我，在真诚接纳别人的同时，首先是让自己快乐，而不是为了粉饰太平。

周婕一愣，半晌没有说出话，伴随着心里的那股酸涩进了车里。

鹿苑无疑是聪明的，但是在场的三个人何尝不聪明。周骛回过头看见鹿苑站在玻璃窗里面，眼神张望着，等他迈步进去，她立马迎了上来，着急忙慌地问："怎么样，周阿姨有没有说我坏话？"

"坏话？"周骛听到这个词不免有些诧异和久违，这种形容是他上小学的时候流行的吧。

鹿苑立刻换了个形容词："不是，就是她有没有对我不满啊？"

"刚刚你不是看见了吗？"周骛故意装作皮笑肉不笑的模样，"你让她有不满的空间吗？"

"这又没办法看她心里是怎么想的。"鹿苑对他翻了个白眼。

"我也不知道她心里是怎么想的。"周骛淡淡地说,"就像我不知道你心里的想法。"

鹿苑听出来这话有些酸,立刻就知道他有些不满,应该是她客气过头被人看出来了。可是体贴照顾人也是错吗?鹿苑忍不住撇撇嘴,抱着手臂向外面走去。

周骛只是无所适从和愧疚,并非责怪鹿苑,在周婕走进来的那一瞬间,他莫名想起了那年的情况,很心疼她。鹿苑已经钻进车里,把卫衣的帽子拉上遮住脸,垂着脑袋抱着手机玩。

从她的侧面,周骛可以看见明晃晃的不开心,听见他上来的动静也不抬头。周骛微微笑了下,抬手拽掉她的连帽,捧住她的脸蛋往中间挤了挤。

鹿苑不算标准的三庭五眼的大气长相,她的下庭稍稍有点短,更显狡黠可爱,以至于二十七岁了还看上去很小。她脸颊的肉肉就这样被周骛挤到脸中间,十分搞笑。

"干吗?"她不耐烦地问了一声。

周骛抿了抿嘴唇:"你在生气。"他这样说着,小心地低头吻了上去。

鹿苑快速推开周骛,让他最后一个吻不小心落到她的耳垂。

"怎么了?"周骛不解。

鹿苑使劲儿瞪他:"你当街耍流氓?"

周骛本想哄一哄她,结果弄巧成拙,把刚刚的温存浇透了。

沉默一直持续到两个人回到家。

周五这个狗东西恬不知耻地咬坏了鹿苑买给它的小玩具,白色的棉花全都露出来,还得意扬扬地叼给鹿苑看,一副求表扬的样子。

鹿苑气得推开狗脸,超大声地说:"滚蛋狗东西,对你好竟然不知珍惜,狼心狗肺。"

周骛:"……"

越来越会骂人了。

周五看不懂鹿苑的情绪,还凑着大脸蛋子往她怀里钻。这个年岁的周五看上去就是一条成年狗,体重都快赶上它妈了,却还常常把自己当个宝宝。

鹿苑本来就是半坐在沙发上的,她听说这样有利于锻炼臀部,被周五一挤,整个人都被挤掉到沙发下面,摔了个屁股墩,造型狼狈又奇怪。

她睁大眼睛看向周五,这是人干得出来的事?

不,它只是一条狗。

也不知怎的，鹿苑的眼泪忽然就掉了下来，眼眶红红的，她的嗓音里带着哭泣："狗东西还变本加厉地欺负我，我再也不喜欢你了！"

周骛本来是进厨房倒水的，听见"扑通"一声立马走了出来，就看见鹿苑四脚朝天地坐在地上。

她抹了抹眼泪，非但没有急着爬起来，过了一秒，整个干脆就直接摆烂躺在地板上了……

周骛第一反应就是走过去把她抱起来："摔痛没有？"

鹿苑被人捧起来，屁股坐在他的手上却感觉更委屈了，怒道："你是不是心里特别开心，我都被一条狗给欺负了！"

周骛哭笑不得："我该开心吗？"

鹿苑："……"

周骛："我打狗，不给它吃狗粮？饿死它算了！"

周五："……"关老子什么事？

鹿苑抹抹眼泪，顿时觉得自己矫情了："那也是不必。"

"小鹿，乖乖，老婆。"周骛语气极度温柔，搂着她左捏捏右捏捏，确定没有哪里缺斤短两才解释道，"我不想你委曲求全。"

鹿苑沉浸在他的嗓音里，呆呆的，什么恩恩怨怨都忘了，弱弱地应了一声。

周骛说："我妈是什么样的人我很了解。看你委屈我很难受，一时说话有点冲。"

鹿苑解释："我没有委曲求全啊。"

周骛说："你只是用礼貌和客气粉饰太平。"

鹿苑："……"这也没有吧。

周骛抱紧她说："我发誓要做对你最好的那个人，也希望你把我当成最亲近的人。不愿意你因为我落入俗套，总感觉你对我疏远了。"

鹿苑的确对周婕不算真诚，她一直没忘记周婕说的她和老鹿一样恶心。

是她这辈子听到的最难听的话。

"可是我愿意为你这样啊。"这是她爱人的表现。

"我不愿意。"周骛闷闷地又装可怜，"你不愿意原谅就可以永远不见她。"

鹿苑不知道怎么说，她把周骛和周婕分得很清楚。

她知道周骛不安全感的根源，为了让周骛安心，她说："我永远都把你当成最亲近的人，比老鹿还亲。"

周骛保证:"我会让你一直做快乐的小鹿。"

鹿苑后面也没有再和周婕多见面。

周骛从小到大没有对鹿苑说过希望她克服什么、努力什么、尽量怎样做,因为他想要鹿苑开心,所以鹿苑想要的东西他都会给。

他这辈子就只喜欢过一个人,最喜欢的人也就是鹿苑而已。不知道别人是何种感情,但是在周骛喜欢上鹿苑的那一年开始就很奇怪,心疼和喜欢是并行的,让他十分痛苦。

乃至看见小鹿被老鹿训斥他会心疼;鹿苑的脸被划伤了,他连续一个月对老鹿横眉冷对不说话;鹿苑被人欺负,稚嫩的少年恨不得弄死对方。

小鹿是被他高高捧在上的,也是他最容易心疼的人,真就没办法看她有一点的委屈。

他对她最亲昵的称呼是乖乖。

他们每个人都有爱对方的方式。

盛夏时节,他们搬进了真正属于自己的家,鹿苑很喜欢坐在窗前看夜景,周五也有地方在家里撒欢。

婚礼也是在这个时节举行,一场浪漫的草坪婚礼。

周婕和老鹿时隔多年再见面,哪怕曾经那么狼狈难堪,但如今老鹿放下面子给周婕点点头,周婕也微笑示意。

算是一笑泯恩仇。

结束后两个人怕碰上对方似的快速上车走了。

要说他们真的毫无芥蒂也不可能,生活没办法十全十美,差不多即可。小鹿同学身边总是有众多爱她的人陪伴着,并不会多难过。

很多人的生活好像是结婚之后归于平淡的柴米油盐,老婆孩子热炕头。

婚后的这一年,鹿苑去看了好朋友林鲸的小孩,小名叫蒋姜姜,软乎乎的,像一团棉花糖,唇红肤白,又软又嫩。他们夫妻俩和全家人都很喜欢这个小朋友,尤其是她的丈夫,很会照顾小朋友。

鹿苑和周骛轮流抱了小朋友,周骛好奇地抱了一会儿,一开始有新奇和惊诧,但是没多会儿就开始不对劲了。小男孩哭得眉毛都红了,横着眼瞧这个陌生的男人。蒋燃抱回自己的儿子问他:"你这什么眼神?"

周骛忍着情绪绷住嘴唇不说话,半晌才吐出一句:"孩子很可爱,但我是真的搞不来。"

蒋燃笑："男人就得承认自己也有短板。"

周骛："……这短板可以切了。"

鹿苑看到他一言难尽的表情才笑着过来问："原来你害怕幼崽啊？"

周骛无奈地摇摇头，划拉着手机说："你知道小孩为什么总是哭吗？"

鹿苑故意摇头："我不了解，你给我科普一下。"

周骛扯着嘴角冷笑道："这么大点的小婴儿连闭上眼睛睡觉都不会。一旦身体有了困意，感觉难受就只会哭，需要大人去抱，引导哄睡。"

鹿苑惊诧了一下，不过她一向不学无术，还真不知道小婴儿有了困意是不会自主睡觉的。

周骛自己想象了一下："日复一日，年复一年，大人需要培养的是从他最基本的睡觉到大学毕业，心理和生理的健康，健全的人格……"还不排除任何意外情况。

现在光是想一想就会头痛了。

鹿苑拒绝想这件事，她感觉自己的人生里有太多美好的事情，还有很多梦想要完成。要拿出那么多时间来养孩子，那自己怎么办？放弃人生的乐趣吗？

她的好姐妹林鲸曾经也有一段时间处于迷茫之中，无论是工作还是家庭，孕育下一代生命需要付出很大的代价。

最终她想明白了自己想要的是什么，她觉得人类幼崽带给她的快乐是可以抵消一些辛苦，生活也因此鲜活，所以她选择了这个孩子。

但是每个人的幸福都并不可复制，鹿苑心想她从小就和林鲸是不同的人，她最喜欢自由，也最喜欢自己。

聚会的这天恰逢圣诞节，他们两个人在林鲸家里吃饭。看这两口子把儿子装扮成一个小小又可爱的姜饼人在圣诞树下拍照，小男孩一个屁股墩坐在那里傻傻的，眼神呆呆地看向爸爸妈妈。

蒋燃是个乍看上去有些严肃的人。都是男人，周骛觉得他的方式和自己很相似。见他半跪在地毯上给儿子拍照，很低声地说着话，好像是在教导着什么。

在大家都不注意的时候，他竟然凑低了头偷偷亲在小男孩圆滚滚的脸蛋子上，微微笑了下。小男孩知道这是和爸爸之间的默契，更是下意识噘着湿漉漉的小嘴去亲爸爸。

最后口水还扯成了一条黏丝丝的线，挂在蒋燃的脸上，他耐心地抽了张纸巾，把儿子的口水擦掉。

这个画面被周骛无意间瞥见,他被震惊得五脏俱裂,原来一个正常的男人也可以变成这样腻腻歪歪的吗?原谅他没有自己的孩子,哪怕是小时候他也没有和人有过这样亲昵的时光。

他立马就想到了自己家里的狗儿子周五,每天伸着个大舌头舔人都会被他嫌弃,况且狗儿子还恬不知耻地在他的球鞋里撒尿。

在欢声笑语的节日里,周骛认真想了想这个大部分人都会考虑的问题,于他来说去接纳另外一个新生命好像也并不难。

但是他不确定这样会不会把他对鹿苑的爱和关注减少,这是他不能容忍的事情。

小男孩长得非常好看,还鲜嫩,鹿苑一时被吸引了注意力,一晚上都在和他玩,还开玩笑说等姜姜长大以后来娶自己,简直是吃人豆腐加耍流氓。

周骛心里很酸却不想承认,在暗处扯了扯她的袖子,见她没反应只好自己先走进电梯。

林鲸憋着笑,戳了戳鹿苑的腰:"好啦,别占我儿子的便宜了,喜欢就自己生一个。"

鹿苑笑着没说话。

"回去吧,不然你哥可能再也不会来我们家了。"

鹿苑笑着进了电梯,攀住了周骛的胳膊:"你看到没有,姜姜的身体好软,好香啊,还是个亲吻狂魔。"

周骛垂眸看了她一眼:"看到了。他刚亲了你,但是不久前他还亲过他爸。"

鹿苑点点头,说道:"只是用嘴唇碰了下我的额头啦,和亲他爸爸之间不知道擦了多少次嘴。"

"那也不可以让别的男人亲你。"周骛严肃地说,还透着冷意,真的就是在跟她讲道理。

只可惜鹿苑往往都会把周骛这种小心眼发作的发言当成放屁,左耳进右耳出,她并不在意,点头敷衍道:"知道啦,也就小时候太可爱,稍微长大一点鲸鲸会教他不要随便亲女孩子的。"

周骛:"嗯。"

鹿苑:"他会在一个充满爱的家庭里长大,性格也会很好的吧。"

"我的性格也很好。"周骛补充了一句。

对于这种睁眼说瞎话的行为,鹿苑以为自己换了副耳朵:"你再说

567 /

一遍。"

周骛不咸不淡地给自己纠正了一下:"我对你的性格是不错的。"

"这还差不多。"

这天太晚,两人暂时回了这边的家,却不巧碰上了老鹿在家。

周骛先去洗了澡回卧室处理一点事,等鹿苑擦着头发出来撞上坐在客厅喝茶的老鹿:"爸爸,你干吗还不睡?"

老鹿斜了她一眼,没吱声,又呷了一口茶,满脸悠然自得的样子。

鹿苑看着他,也慢悠悠地坐下了:"你看上去很闲啊,要不要出去社交一下?"

鹿正元白了她一眼,以前听见鹿苑这种欠打的话他必然是吹胡子瞪眼睛的,可如今鹿苑结婚了,在他心里就是一个大人了,不能再用小孩子的方式教育对待。

鹿苑想了想说:"你公司现在好像也没有多忙,都步入正轨了。我说真的,你可以给自己放个假出去旅游,认识一点和工作无关的人。"

老鹿说:"你才多大点就想来管你爹的生活了。"

鹿苑:"这不是怕你太寂寞吗?"老鹿的具体生活她不是很了解,但是听周骛的外公说周婕现在的社交圈子很广,生活也十分惬意。

鹿苑觉得自己现在已经长大了,结婚以后和爸爸的关系也算不错,也许她可以从家人的角度对老鹿关心一下。

"我这个周末和鲸鲸爸去湖边钓鱼了,不寂寞。"老鹿看着鹿苑微微叹了一口气,"就是有点烦。"

"怎么了?"鹿苑感到意外,要知道这两人是几十年的好友。

老鹿说:"鲸鲸爸最近添了个小外孙,可劲儿地跟我炫耀,烦死了。"

"哦……"

老鹿:"之前鲸鲸比你先结婚,他就开始嘚瑟了。"

鹿苑"啊"了一声,说道:"这倒也没有必要吧,以前上学的时候我的成绩没有鲸鲸好呢,你也会自卑吗?"

老鹿沉默着,似乎在想事情,以前鹿苑上学的那些破事他都忘得差不多了,反正没少叫他操心,但也没闯大祸。鹿苑比林鲸嘴甜古怪,所以老鹿基本上没有大揍她。

"往事不可追矣。"老鹿倚老卖老道,"但是现在嘛倒是可以追一追。"

鹿苑坚持用魔法打败魔法:"人生就那么些大事,早干完早死是吗?"

老鹿:"欠揍,我告诉你我现在年纪大了心脏不太好,你可别气我。"

鹿苑："好好好，你说你说。"

老鹿看了眼卧室的方向，隐隐约约听见里面有敲击键盘的声音，大概是周骛在忙碌。他说："你们结婚也有一段时间了吧。现在呢，你和小骛的工作都很稳定，钱咱们家也不缺。正好我不想把时间搭在生意里，你们考虑生个小的吧……"

生个小孩才是个完整的家嘛，至于过去错综复杂的关系也会随着新关系的到来而更新。

老爸的这一席话听下来鹿苑就有点后悔了，她就不该转型做个好女儿，看吧，老鹿看到希望，又给她压力了。

虽然今天刚刚见到了林鲸家的小男孩，她也很喜欢幼崽，想亲亲抱抱。可是她很清楚，自己对幼崽的喜欢和当年缠着周骛要养狗的心情是一样的。

她没有母爱，只想过好自己的这一生。

鹿苑摇摇头："算了，这事以后再议。"

"你有什么意见把小骛叫出来说，还等什么以后？"老鹿都快竖起眉毛了。

鹿苑吐了吐舌头，对他扮鬼脸做出"噜噜噜"的动作："因为我现在还是个宝宝！"说完她就踩着拖鞋跑回房间了。

周骛本来坐在床上，笔记本摊在腿上，脸上卡着一副眼镜。鹿苑冲进来的时候，他毫无防备，下意识伸手去接鹿苑的身体，结果导致自己的身体和电脑被冲散了。电脑亮着屏幕掉在地毯上，他抱着鹿苑滚在床沿，还好有一条腿撑在床上勾着她的身体。

鹿苑吓得发出一声惊叫。

房间里乱作一团，关键是门还没关上，老鹿坐在沙发里看得一清二楚，他瞪了几秒眼睛，谨慎地走到门口，"贴心"地帮两人把门关上了，赶紧撇开脸一言难尽地说："没个正形。我真是信了你的邪，以为你长大了。"

"嘭"的一声，门被关上了。亲热场面被老爸抓包，鹿苑不以为耻反以为荣地对着周骛继续做鬼脸。

周骛毕竟要脸，他用拇指和食指捏住眼镜框摘掉了放到一边，皱着眉问鹿苑："怎么了？"

鹿苑："把我爸气着了。"

"刚我在屋里听见你们聊天，好像提到我了。"周骛想了想，"你们说了什么？"

"老鹿看见鲸鲸有小孩,嫉妒了呗。"

没等周骛再开口,她又说:"不过我觉得他应该学着接受这种失望的情绪,人生在世哪能事事都如意啊。"

周骛揶揄她:"你真是知道怎么气人。"

鹿苑懒洋洋地伸展手臂:"毕竟我自己的快乐最重要。"

周骛赞同地点点头:"对。"

很多人生的重大决策都不是一瞬间决定的,而是积年累月,循序渐进的影响。于鹿苑来说和周骛结婚是她这两年最快乐的事情,再无其他。

关于要一个小朋友,她在年龄小点的时候心里闪过一丝想法,但从来不深想。她和周骛之间的默契就是,从未讨论过的问题就表明他也没有想过。

人类幼崽很可爱,但不一定要拥有。这两天接收的信息很多很乱,回到上海的家中后,两个人洗完澡躺在床上,轻松又郑重地做了这个决定。

做丁克夫妻。

这是早就达成的默契,就像鹿苑这二十多年的人生也从不纠结。

这样的契合令人身心愉悦。

那是一个电闪雷鸣的夜晚,黑胶唱片机还在旋转,放着舒缓的音乐,狗儿子叼着小被子在门口趴着。憋了两天的周骛倾身吻住她,吸吮着她口腔里的甜意。

鹿苑很喜欢这种充溢的感觉,她很累却没睡,趴在床头无聊地玩着手机,在想明天带周五去哪个公园玩。

周骛下床去冲了个澡,顺便把冰箱里剩下的一瓶啤酒拿了出来,仰头灌了一口走进卧室。鹿苑噘噘嘴:"我也要喝。"

周骛笑了笑,半跪在床沿扶住她的后脑勺,把瓶口送到她唇边,她轻轻抿了一口,被沁凉的酒液舒缓了身心。两人相视一笑,颇有些放纵的意味。

她听见周骛说:"带它去海边。"

"嗯?"

周骛笑:"一辈子没去过大海,狗生是不完整的。"

鹿苑接话:"人的一生不野一次也是不完整的。"

来年的春天,鹿苑辞去了本来安稳的工作,开始了自由职业的生涯,原因是乐队突然爆火,以势不可当的趋势。

有人说鹿苑不该辞去体面的工作，去追求虚无缥缈的梦想。乐队的爆红总有个期限，不可能是一辈子。

　　但那些人不明白，鹿苑只是意识到自己更加热爱什么。

　　爱自由就像爱周骛，永远没有尽头。

　　周骛是最赞同她的那个人，他从小到大都觉得鹿苑就不该被束缚在任何的规则里，她该像飞鸟，翱翔于天地。

　　他永远都会是她的后盾，这一点无须怀疑。

　　也是这一年的夏天，周骛在周末带着周五，追遍了灰色鱼雷乐队的全国演唱会，从南到北，从初春到深秋。看着他爱了很久的女孩子在台上熠熠，她永远耀眼，永远炫酷。

　　而他愿意当她永远的观众，把她奉为天真的小鹿女神。

　　最后一站对他们来说是十分特别的城市，故乡。

　　沈知燃写了一首新歌叫《去野》，这一站是首唱，从她曼妙悠扬的嗓音里传向世界。

　　身单力薄的我们总是身处荒野，

　　在绝望和希望之间，

　　被来回拉扯，

　　春衫少年郎，却不害怕疯狂，

　　去疯，去野。

　　没有什么可以阻挡……

Special extra
奇妙互换之旅
················ ♥ ················

  天气预报显示，台风"梅花"将于9月8日晚登陆浙江舟山，预计再于次日凌晨登陆上海……"梅花"是今年截至9月登陆中国的最强台风，并给中国华东、东北等地带来强风雨影响。

  周骛驻足看了一会儿电视上的播报，又看看外面，正在下着淅淅沥沥的雨。
  照理说，他应该先留在研究所休息一晚的，但是又怕台风真的来了回不去。
  他已经一周没有回家了，不知道鹿苑一个人在家过得好不好。
  思索不到三秒，他毅然决定回去。
  到家时鹿苑已经睡着了，来迎接他的是周五。傻崽子叼着鹿苑给它买的新玩具，是一个黄色的毛绒小球，一刻也不舍得撒开，兴奋地跟他炫耀。
  周骛摸了摸它，然后去洗了澡。
  窗外的细雨已经转变成了强降雨，雨滴狠狠砸在玻璃上，溅成四溢的水花，使原本旖旎的夜景变得模糊冰冷。
  看来他今晚的决定是正确的，再晚一点可能真的赶不回来了。
  他睡前检查了下鹿苑，她睡前应该是网上冲浪把自己玩困了，手机还抱在胸口，如此不自律真让人不省心。
  周骛把手机拿去旁边，又给她拉上被子，这才安心闭上眼睛。

许是雨声太大，夜里他睡不安稳，总是梦到自己被困在路上。天微亮时，鹿苑似乎推了他一下，他很累，含含糊糊地把她往怀里一搂，说道："小鹿，让我再睡一会儿。"

等他再次睁眼醒来时，只觉腹部冰凉，是掉到地上了吗？

目光所及，视角很低，周五的饮水机、饭盆、黄色的毛球玩具……而他正趴在小窝里，玻璃上倒映出他的身形——一条丰神俊逸的大黑狗。

"？"

他变成狗了？

这是什么超自然现象，还是梦？他竟然在一个台风夜穿到了周五的身上？

迷茫了三分钟后周骛就冷静下来，意识到这并非一场梦，他走出周五的狗窝，用前爪推开主卧的门。

第一次当动物，他还很不习惯四只脚走路，总是各走各的，还互相打架。

鹿苑躺在床上呼呼大睡，手机依然抱在胸前，床上并没别人。

那么，"自己"现在到底在哪里呢？

这个世界上还有没有周骛这个人？这是他目前最关心的问题。

周骛尝试着叫醒鹿苑，但发出的嗓音只有"汪汪"声，这让周骛无比尴尬和羞耻，就像难以接受自己四只脚走路一样。

人类和狗狗语言系统完全不通，非常不方便。

造物主的售后端做得不太好。

鹿苑听见了狗叫，但她这个时间还非常困，并不想起床，伸出一条腿，把周五往旁边踹了踹。

一屁股坐在地上的周骛："……"

看她这个状态，必然是起不来的，即使强硬把她喊醒，也没有办法表达出让她帮自己确认身份的意思。

于是周骛只能站在床前，看她撅了撅屁股继续睡，身体还悬在床沿，要摔不摔的样子。他现在是没有办法抱她了，只能默默用后背顶着她，中途还帮她把手机叼走，再拉上被子。

一夜安静无梦的鹿苑睡得非常好，外面的狂风暴雨和雷霆闪电与她无关，只是她一睁开眼就看见床沿搭了一颗狗头，正虎视眈眈地盯着自己。

"傻狗，看什么？"鹿苑觉得周五今天有点奇怪，干吗用一副讨债的神情看着她？不就是睡了会儿懒觉吗？

说完她掀被起床，顺便摸了把狗头。

周鹜等她一个多小时，已经烦躁，不满地发出一声温柔抵抗——"嘤嘤"。

"嘤"到一半他不由得震惊了。这是什么鬼声音？撒娇吗？

太恶心了！

他尝试着龇牙瞪眼，展示猛兽的野性与雄风，找回面子，但鹿苑已经优哉游哉地出去了。

鹿苑早上有多慢吞吞他是知道的，趁她洗漱的时间，他观察着家里这一周的变化，虽然现在在周五的身体里，但他仍有人类的灵魂，可以思考。

恢复冷静，他想起来可以去书房检查自己电脑里的东西，一看便知。

然而正当他预谋开书房的门时，鹿苑从厨房里出来了，并且手里端着热气腾腾的一碗肉："傻狗，快点来吃饭了！"

说罢，她揪住周五的耳朵往墙角拎，一碗白花花的鸡胸肉倒在狗盆里。

算了，人都变成狗了，还在乎什么饭盆是不是在地上，更无须谈人的尊严了。现在最要紧的任务是，不要露出破绽，在鹿苑发现前让一切回到正轨。

虽然鸡胸肉毫无油星，但品尝起来味道很不错，香香软软，还被她贴心地撕成了小条。突然，"嘎嘣"一声在齿间蔓延，有种啃墙皮的感觉，他敏锐地吐了出来，是钙片，和鱼油一起，被搅浑在肉里试图哄骗他吞下去。

他不喜欢吃钙片，下次别放了，谢谢。

他用鼻子把钙片往旁边推了推，低头继续吃肉。

他又去喝了点水漱口，中间刻意避开鹿苑的注视——舌头舔水太羞耻了。

才两个小时，他已经无法忍耐。

鹿苑过来收拾饭盆准备拿去洗，惊奇地发现她藏在肉下面的钙片和鱼油竟然全都被周五挑出来了。

这是从未发生的现象，周五这傻狗怎么变得这么聪明？

鹿苑并未生气，反而高兴起来，咧着嘴角，拿手机给好朋友发消息：【可喜可贺！我们周五终于不再处于智商盆地了！它会吐不喜欢的东西了！】

好朋友冷笑脸：【……的确可喜可贺哈。】

家人们，谁懂啊？小鹿她现在好像自家孩子拉一坨屎都要在朋友圈分享的宝妈。

忽然转变物种的周骛，暂时还无法适应以宠物的身份和鹿苑相处，只想找个墙角独自冷静一会儿。

他准备等鹿苑回房间的时候，偷偷溜进书房打开电脑。

但鹿苑一直躺在沙发上玩手机，还不时监视他。

他就知道指望这个家伙不靠谱，于是假装漫不经心地走到沙发边，用爪子摁了下遥控器的红色摁钮，再快速调到新闻频道。

既然上不了网，他决定看电视获取一些信息。

早间新闻播报了此次台风"梅花"带来的影响，舟山一艘渔船被掀翻，幸好没有人员伤亡，多条街道被暴雨淹没，损失无法估量……周骛在心中回忆，这和昨晚看到的天气预报基本吻合了。

下一条新闻仍是台风暴雨相关，他准备再看看。

"太惨了！"鹿苑对着电视画面喊了一声，看着一本正经看电视的周五，心想"它"看得懂吗，然后无情地换了频道。

在她的认知里，周五误触遥控器是正常的事，不值得深究。

但被打断的周骛却很不满，他想说"小鹿别闹，让我看完"，但发出的声音却是："汪汪汪！"

听见自己的声音，他在心里骂了句脏话。

鹿苑去揉周五的脸盘子，对上"它"的眼神，忽然顿住了。

是她看错了吗？为什么周五的眼神沉静得有种邪魅狂狷的霸总气质？

要知道周五是一条串串狗，两只瞳孔颜色不一样，自带搞笑皮套，智商低，人来疯。

一人一狗对视了几秒，"它"眼睛雪亮深沉，精神抖擞，正襟危坐在沙发上——实在太俊逸了，鹿苑竟被看得脸一热。

她疯了，竟然看狗看害羞了。

鹿苑率先扭开脸。

周骛不懂她为何会这样，下意识用吻部顶了顶她的脸颊和耳朵。这是动物向人类示好的信号，就像他当人时会亲吻她一样，眼神也不自觉柔软起来。

鹿苑怀疑自己不正常，周五是在怜爱她吗？

她再次抓拍了张照片给自己的朋友：【你看周五这张像人吗？】

朋友很快回复:【它像不像人我不知道,但是你挺"狗"的。】

鹿苑:【……】

没眼光,周五明明帅得惨绝人寰。

现在周五的身体里住了一个高冷学霸的灵魂,鹿苑肯定看不出来,不过即使看出不一样,也不可能有别的心思。

她对周五只有妈妈一样的柔软,于是也捧着它的脸亲了一口。

住在周五身体里的周骛嗅到她脸上的气味,心里产生丝丝缕缕的怪异,他也无法表达,酸唧唧,这算不算是一种背叛?

正当他陷入沉思的时候,屁股底下一腾空,他已经从沙发上离开,被鹿苑抱到了腿上。

被公主抱的一米九大猛男:"……"

还怪不好意思的嘞。

鹿苑发现今天的周五格外低沉帅气,果然高冷也是一条狗最好的医美,她也因此更愿意花时间跟它玩。

反正外面是狂风暴雨天,没有办法出去,她把周五抱在自己的腿上,拍拍它屁股,扯扯它耳朵,像哄小宝宝一样摇它。

周骛被摇得头晕眼花,天花板一直在晃,几次想挣脱都不忍心,快吐了。

小鹿,小鹿,可以了……

看电视的计划被迫打断,他原本想着等鹿苑玩手机或者睡午觉再找机会进书房。

但是看今天这个样子,小鹿势必要拿他消遣,他只能彻底放弃了这个想法,否则被鹿苑看到他真"人模狗样"坐在书房电脑前上网,岂不是要被吓死?

一人一狗在家里游戏,并且在心里都觉得自己是在哄对方玩,把对方当成小朋友。

鹿苑捡起昨天新买的黄色小毛球,逗弄道:"周五,我抛球你接住好吗?"

周骛只是丢给她一个高冷的眼神,让她自己体会:休想!

然后继续端坐在沙发上冥想。

只可惜,鹿苑并不能读懂周五的意思,只觉是傻狗听不懂人话,需要锻炼。

"来!"鹿苑把黄色的小球抛向走廊。

蓦地，一道矫健的身影迅速出现在鹿苑的视线里，后腿壮实，前肢迅猛，极具力量感，周五精准地在小球落地前衔在嘴里，又帅气地送到她面前，摇着尾巴求表扬！

"好狗！"鹿苑非常兴奋，趁热打铁又丢了一次，周五再次追了出去。

就这样来来回回，上百次。

最后周骛回到沙发上躺下来，狠狠咬牙，肚皮发紧，四腿发颤。

他忘记了自己现在这个物种的特性，小球一旦被抛起来，而他，就忍不住飞去叼！

鹿苑当然也看出周五跑累了，为了表扬它，她贴过来和它亲亲。

周骛已经适应了小鹿动不动就要亲亲的习惯，也很享受和她的亲近，会在她靠过来的时候，用冰凉湿润的鼻子蹭蹭她的。

但是这种温馨的亲子时光并不长久，她总会因为无聊而欠嗖嗖，比如抓他的大尾巴，玩他的肚皮，抠他的爪子缝儿……

真的很烦狗。

周骛无奈地看她一眼，心想：你要不要给你老公打个电话，关心一下？

终于到了晚上。

鹿苑打了个哈欠，准备睡觉，强撑着眼皮给在加班的周骛发了语音，告诉他最近天气恶劣，她会照顾好自己，不给社会添麻烦。

也叮嘱周骛要注意休息，然后早点回家。

发完两条语音，她听见窗外暴雨敲打玻璃的声音，忽然伤感起来，想到自己孤孤单单，只有一条傻狗陪着，心疼地抱住了自己。

已经回来，却不幸到了周五身体里的周骛并不知道这一切，他等鹿苑彻底睡着后，走到书房，打开电脑，虽然登录不了单位的内网，但是能查到的东西已经足够。

好在这个世界上仍然存在着周骛，和鹿苑结婚的人也是周骛，这样他就放心了，现在只需想办法回到那个身体里。

他又上了一会儿网，寻找着蛛丝马迹。

突然，卧室里传来一声惊叫，他赶紧从椅子上跳下来，跑进去查看。

是窗户被风吹开了，但是已经被鹿苑重新关上。

她看见急匆匆赶过来的小狗，眨着漂亮眼睛，它殷切地用眼神在表

577 /

达着自己的关心。这年头狗都比人靠谱，鹿苑感动得一塌糊涂，拍拍床单做出了邀请："今天我们一起睡觉吧，反正周骛那个狗东西不在家。"

周骛心里百味杂陈，这是今天第一次从她嘴里提到这个名字，还是被骂狗东西。你可真是一点都不想我啊！

同时又很愧疚，自己作为丈夫的确失职。

鹿苑又拍了拍床单。以前的周五看到这样的指令早就飞扑上去了。

但是现在，他并不想以狗的身躯躺在床上，不卫生。鹿苑对他完全是处于对宠物的爱，可此时的他却是以爱人的角度看她，坚决不能出自己的轨。

于是周骛高冷地趴在床边，坚决不上去！

许是这一天玩得太累，他趴在地板上很快就睡着了，翌日早晨，鹿苑起来上厕所他才醒过来。

——屁股被踢了一脚，踢醒的。

即使知道小鹿并不是故意的，她只是迷迷糊糊没看清，但周骛还是真情实感地发了个脾气："小鹿！"发出来的声音却是"嘤嘤嘤"。

"不好意思，不好意思，周五五！"

周骛："……"你最好是真心认错的。

鹿苑为表示歉意，今天给周五的早餐除了一碗鸡胸肉，还多了一个牛肉丸。

周骛依然不喜欢吃鱼油和钙片，用鼻子把它们顶开，只吃肉。

鹿苑打开窗户，雨已经停了，她伸了个懒腰，然后决定带周五出去遛一遛。

周骛吃完早饭，刚躺在沙发上准备休息，就看见鹿苑拿着牵引绳对他亲切地招手："周五，我们去下面玩吧！"

他昨天接了上百次小球，现在肌肉还酸呢，又来折腾他？

鹿苑看周五无动于衷，继续诱惑："来嘛来嘛，哪有小狗狗不喜欢出去玩呢？你这条假狗！"

"……"

就是说现在当小狗也挺不容易的，还得哄不听话的主人。

他满是无奈又纵容地看了一眼鹿苑，走了过去，心甘情愿让她帮自己套上牵引绳。只能安慰自己，出去溜达溜达也好，至少不用在家里无聊接球。

鹿苑对上周五的眼神，再次看出了愉悦与溺爱的意味，她忍不住想亲亲它，太帅气了，也太可爱了。

雨后遛弯是一个不错的选择，周骛现在能闻到许多种味道，落叶、泥土、蚯蚓，以及微风送来了丝丝缕缕、细不可闻的别的小狗的味道。

他通过这个气味，确定自己并不喜欢这条还未见面的小狗。

果然，三分钟后，一个年轻女人牵着一条体形娇小的博美出现在他的视线里，白色的小博美穿着裙子，一颠一颠地跑过来。

这小博美十分没有眼力见，还非常不礼貌地在周五的身边"汪汪"叫，贱兮兮的，似有挑衅的意味。

殊不知它眼前的这位，一个爪子就能将它拍飞。

周骛对它并不感兴趣，高冷地看着前方，一个眼神都不屑于给。他用脖子扯了扯绳，示意鹿苑快速离开这里。

鹿苑没有了解他的意思，仍和博美的主人维持着交流。

"你的狗狗很漂亮啊，公的母的？"

"小母狗，你的呢？"

"是公的，已经做过绝育了，哈哈哈。"

周骛："……"

博美主人："很帅气啊，是什么品种，两只眼睛不一样呢，真好看。"

鹿苑："是串啦。"

小博美嚣张地汪汪叫，周骛不胜其烦但一直忍着，直到对方绕到他身后，企图闻大狗的屁股。

他忍无可忍，前爪抓地，肩胛耸立，露出凶狠威严的表情，嗓音也无比浑厚震慑："汪！"

这一声吼，把小博美吓出了破音："呀！"

它的主人也吓了一跳，扯住狗绳眼疾手快地扯回了狗狗。

年轻女人不再和鹿苑多聊，尴尬地领着博美离开了。

鹿苑和周骛也离开那个小花园。路上散步的小朋友，看见漂亮的大型犬都会兴奋地观摩、夸奖，并且询问鹿苑可不可以摸。

以往，周五那个显眼包是很喜欢别人摸它的，会乖巧降下耳朵，眯起眼睛，或者敞开肚皮，等待别人来摸。

但是今天，鹿苑看周五十分冷漠，眼神睥睨且高贵，扭着屁股直接走开了，鹿苑就拒绝了他们。她当然希望周五受到很多人的喜欢，可是她更在乎它自己的感受。

鹿苑想逗一逗周五，就伸手在它脑袋上做一个抚摸的动作，手掌还未落下来,周五的耳朵已先降下去,它在求摸。

鹿苑手抽回来,又悬在半空,只见周五的耳朵再次降下来。

"哈哈哈!"鹿苑咧嘴大笑起来。

周骛颇为无语,一口咬住她的手腕,眼神警告道:不许再戏弄了。

他今天只是想和她好好地散散步而已,为防止鹿苑再搞怪,他直接自己叼住了牵引绳。

一路上微风夹杂小雨,不知名的粉色小花瓣落了一地,还有一片被风吹到他的鼻头。

"浪漫"这个词,忽然映入脑海。周骛觉得,这一刻即使不是以老公的身份陪在她身边,也很美好,重要的是陪伴。

但是要说最渴望的,还是变回周骛,因为可以不用被逼着吃鱼油钙片,还不用睡在地上。

鹿苑心里也在想着一件事,那就是中午要吃个牛肉汉堡。

他们沿着花园走了一圈,再次走到刚刚遇见博美的小水池旁,这次是有几个人围在那里,叽叽喳喳讨论不停。

原来是那条小博美和另一条哈士奇玩,被人家甩到了水池里,它不会游泳,主人急着找人帮忙,邻居们也在讨论着营救方法。

周骛假装看不见,走到小树旁边嗅了嗅小花,难道几个成年人还救不上来一条小狗吗?鹿苑也跑去凑热闹,和人家七嘴八舌地提供办法。

"来个会游泳的人直接下去捞就是了?"

"谁会游泳啊?"

"我不太行,风湿。"

"还是等物业来吧。"

"等物业来小狗就死了。"

鹿苑不屑道:"这小水池浅成这样,我卷个裤腿下去就行了。"

一个大妈道:"那你卷裤腿下去吧。"

周骛看向鹿苑时,发现她竟然还真在脱鞋子。他真是服了这群人,明明就是找根树枝把小狗挑上来的事儿,搞得像生死营救。

他跑过来咬住鹿苑衣服,阻拦她下水,又看看自己在雨天仍然保持干净漂亮的毛发。有洁癖的男人颇有些不愿意,但是他现在作为狗去叼树枝,会不会显得太聪明了?

他只好一个猛子扎进水里,为了迎合他们的智商,真是麻烦。

岸上响起一片惊叫声。

水池并不深,甚至刚刚还被工作人员打捞过树叶残骸,很干净,周鸳却在脑袋埋进水里的一瞬间有些昏昏欲睡，像是小时候每周二下午的电视台一样，闪现着雪花。

他意识到不对，又很快把脑袋扬起来，快速游到扑腾的小博美身边，一口咬住对方的后颈皮毛。

小博美终于被营救上岸，一群人又欢呼起来，周鸳也不知道他们到底在欢呼什么，这不是一条狗的基本素养吗？

哦不，也不是，否则为什么会有傻狗掉进水里吱哇乱叫。

众人庆贺的时候，只见这条风流倜傥的大狗狗，一脸淡定，深藏功与名。

他甩了甩毛发上沉重的水，使身体变得轻盈一些，无暇回应别人的感谢，脚步虚浮轻飘起来，一个强烈的想法告诉他，很快就要变回去了。

意识到这一点，他得赶快回家。

高智，矫健，灵性，就是周五现在的代名词！

鹿苑抱住了自家崽子，关切地揉揉他的大耳朵："周五，你越来越棒啦，要不我把周鸳拴在家，你去上班吧？"

"……"

周鸳表面上回应着，用鼻子顶顶她的，温温柔柔，实则心里在想，你现在表扬的是你口中的狗东西老公。

呵呵，他就算做狗也想着保护你！

回到家后的那一场睡眠，持久而疲倦。

再次醒来已经是个大晴天，也过去了好几天。

小博美的主人带着小狗登门感谢，带来许多肉干和狗狗玩具。小博美自从掉进水里被别的狗救起，再也嚣张不起来了，站在门口唯唯诺诺，狂摇小尾巴，满脸透着讨好。

周五和小博美互相嗅了嗅彼此的气味，发现不是对的狗，就兀自回到屋内，咬着自己的尾巴玩了。

鹿苑送走了博美主人，饶有兴趣地拿起黄色毛绒小球，对它喊道："周五，我们来玩小球的游戏吧！"

只见周五兴奋地摇了摇尾巴。

鹿苑把小球朝半空丢去，让它飞奔去叼。

黄色的小点在空气中划出一道抛物弧线，周五努力地追随着小球——肯定是没有叼住的。最后它一脑袋撞到墙上，呜呜咽咽地乱叫，看上去委屈极了。

581

那圆溜溜的小眼睛里，满是清澈和愚蠢，好像在控诉妈妈为什么要欺负它。

鹿苑尝试了几次都失败了，就不再为难周五。

过了会儿，周骘从书房里出来，鼻梁上卡着眼镜，手里端着咖啡杯，一副高智商精英模样。

鹿苑对着他叹气："我真的没有骗你，前几天周五真的学会接小球了！"

周骘扶了下镜框，淡淡地笑着问："为什么现在不行了？"

为什么，鹿苑也说不上来。她没有说谎，台风那两天的周五的确像被人类附体一样，甚至眼神都是睿智而霸道的。

现在，那睿智消失了，只剩下智障。

不过鹿苑养周五只是让它健康快乐，于是她又宠溺地揉揉狗头："笨点没关系，至少它不挑食了。"会乖乖吃下钙片和鱼油。

周骘对上周五的眼睛，傻狗当然不知道发生了什么事。他走过去也拍拍鹿苑的脑袋："你也不要再挑食了。"